증편 한국구비문학대계

6-14

전라남도 광양시

이 저서는 2014년 대한민국 교육부와 한국학중앙연구원(한국학진흥사업단)의 구술자료 아카이브 구축사업의 지원을 받아 수행된 연구임(AKS-2014-OHA-1240001)

증편 한국구비문학대계

6-14

전라남도 광양시

나경수 · 서해숙 · 이옥희 · 편성철 · 김자현

한국학중앙연구원

역락

발간사

민간의 이야기와 백성들의 노래는 민족의 문화적 자산이다. 삶의 현장에서 이러한 이야기와 노래를 창작하고 음미해 온 것은, 어떠한 권력이나 제도도, 넉넉한 금전적 자원도, 확실한 유통 체계도 가지지 못한 평범한 사람들이었다. 이야기와 노래들은 각각의 삶의 현장에서 공동체의 경험에 부합하였으며, 사람들의 정신과 기억 속에 각인되었다. 문자라는 기록 매체를 사용하지 못하였지만, 그 이야기와 노래가 이처럼 면면히 전승될 수 있었던 것은 그것이 바로 우리 민족의 유전형질의 일부분이 되었기 때문이며, 결국 이러한 이야기와 노래가 우리 민족을 하나의 공동체로 묶어 주고 있는 것이다.

사회와 매체 환경의 급격한 변화 가운데서 이러한 민족 공동체의 DNA는 날로 희석되어 가고 있다. 사랑방의 이야기들은 대중매체의 내러티브로 대체되어 버렸고, 생활의 현장에서 구가되던 민요들은 기계화에 밀려 버리고 말았다. 기억에만 의존하여 구전되던 이야기와 노래는 점차 잊히고 있다. 한국학중앙연구원이 1970년대 말에 개원함과 동시에, 시급하고도 중요한 연구사업으로 한국구비문학대계의 편찬 사업을 채택한 것은 바로 이러한 시대적 상황에 대한 우려와 잊혀 가는 민족적 자산에 대한 안타까움 때문이었다.

당시 전국의 거의 모든 구비문학 연구자들이 참여하였는데, 어려운 조사 환경에서도 80여 권의 자료집과 3권의 분류집을 출판한 것은 그들의 헌신적 활동에 기인한다. 당초 10년을 계획하고 추진하였으나 여러 사정으로 5년간만 추진되었으며, 결과적으로 한반도 남쪽의 삼분의 일에 해당하는 부분만 조사하게 되었다. 그럼에도 불구하고 한국구비문학대계는 주관기관인 한국학중앙연구원의 대표 사업으로 각광 받았을 뿐 아니라, 해방 이후 한국의 국가적 문화 사업의 하나로 꼽히게 되었다.

21세기에 들어서면서 한국학중앙연구원에서는 미완성인 채로 남아 있는 구비문학대계의 마무리를 더 이상 미룰 수 없다는 생각으로 이를 증보하고 개정할 계획을 세웠다. 20년 전의 첫 조사 때보다 환경이 더 나빠졌고, 이야기와 노래를 기억하고 있는 제보자들이 점점 줄어들고 있었던 것이다. 때마침 한국학 진흥에 대한 한국 정부의 의지와 맞물려 구비문학대계의 개정·증보사업이 출범하게 되었다.

이번 조사사업에서도 전국의 구비문학 연구자들이 거의 다 참여하여 충분하지 않은 재정적 여건에서도 충실히 조사연구에 임해 주었다. 전국 각지의 제보자들은 우리의 취지에 동의하여 최선으로 조사에 응해 주었다. 그 결과로 조사사업의 결과물은 '구비누리'라는 이름의 데이터베이스에 탑재가 되었고, 또 조사자료의 텍스트와 음성 및 동영상까지 탑재 즉시 온라인으로 접근할 수 있는 시스템을 갖추었다. 특히 조사 단계부터 모든 과정을 디지털화함으로써 외국의 관련 학자와 기관의 선망의 대상이 되고 있다.

이제 조사사업의 결과물을 이처럼 책으로도 출판하게 된다. 당연히 1980년대의 일차 조사사업을 이어받음으로써 한편으로는 선배 연구자들의 업적을 계승하고, 한편으로는 민족문화사적으로 지고 있던 빚을 갚게 된 것이다. 이 사업의 연구책임자로서 현장조사단의 수고와 제보자의 고귀한 뜻에 감사를 표하지 않을 수 없다. 아울러 출판 기획과 편집을 담당한 한국학중앙연구원의 디지털편찬팀과 출판을 기꺼이 맡아준 역락출판사에 감사를 드린다.

2013년 10월 4일

한국구비문학대계 개정·증보사업 연구책임자 김병선

책머리에

구비문학조사는 늦었다고 생각하는 지금이 가장 빠른 때이다. 왜냐하면 자료의 전승 환경이 나날이 달라지고 있기 때문이다. 전승 환경이 훨씬 좋은 시기에 구비문학 자료를 진작 조사하지 못한 것이 안타깝게 여겨질수록, 지금 바로 현지조사에 착수하는 것이 최상의 대안이자 최선의 실천이다. 실제로 30여 년 전 제1차 한국구비문학대계 사업을 하면서 더 이른 시기에 조사를 했더라면 하는 아쉬움이 컸는데, 이번에 개정·증보를 위한 2차 현장조사를 다시 시작하면서 아직도 늦지 않았다는 사실을 실감했다.

구비문학 자료는 구비문학 연구와 함께 간다. 자료의 양과 질이 연구의 수준을 결정하고 연구수준에 따라 자료조사의 과학성이 결정되기 때문이다. 실제로 1차 조사사업 결과로 구비문학 연구가 눈에 띄게 성장했고, 그에 따라 조사방법도 크게 발전되었다. 그러나 연구의 수명과 유용성은 서로 반비례 관계를 이룬다. 구비문학 연구의 수명은 짧고 갈수록 빛이 바래지만, 자료의 수명은 매우 길 뿐 아니라 갈수록 그 가치는 더 빛난다. 그러므로 연구활동 못지않게 자료를 수집하고 보고하는 일이 긴요하다.

교육부에서 구비문학조사 2차 사업을 새로 시작한 것은 구비문학이 문학작품이자 전승지식으로서 귀중한 문화유산일 뿐 아니라, 미래의 문화산업 자원이라는 사실을 실감한 까닭이다. 따라서 학계뿐만 아니라 문화계의 폭넓은 구비문학 자료 활용을 위하여 조사와 보고 방법도 인터넷 체제와 디지털 방식에 맞게 전환하였다. 조사환경은 많이 나빠졌지만 조사보고는 더 바람직하게 체계화함으로써 누구든지 쉽게 접속하여 이용할 수 있는 데이터베이스를 구축했다. 그러느라 조사결과를 보고서로 간행하는 일은 상대적으로 늦어지게 되었다.

2차 조사는 1차 사업에서 조사되지 않은 시군지역과 교포들이 거주하는 외국지역까지 포함하는 중장기 계획(2008~2018년)으로 진행되고 있다. 한국학중앙연구원 어문생활연구소와 안동대학교 민속학연구소가 공동으로 조사사업을 추진하되, 현장조사 및 보고 작업은 민속학연구소에서 담당하고 데이터베이스 구축 작업은 한국학중앙연구원에서 담당한다. 가장 중요한 일은 현장에서 발품 팔며 땀내 나는 조사활동을 벌인 조사자들의 몫이다. 마을에서 주민들과 날밤을 새우면서 자료를 조사하고 채록하여 보고서를 작성한 조사위원들과 조사원 여러분들의 수고를 기리지 않을 수 없다. 조사의 중요성을 알아차리고 적극 협력해 준 이야기꾼과 소리꾼 여러분께도 고마운 말씀을 올린다.

구비문학 조사를 전국적으로 실시하여 체계적으로 갈무리하고 방대한 분량으로 보고서를 간행한 업적은 아시아에서 유일하며 세계적으로도 그 보기를 찾기 힘든 일이다. 특히 2차 사업결과는 '구비누리'로 채록한 자료와 함께 원음도 청취할 수 있는 데이터베이스를 구축해서 세계에서 처음으로 인터넷과 스마트폰으로 이용할 수 있는 디지털 체계를 마련했다. '구슬이 서 말이라도 꿰어야 보배'인 것처럼, 아무리 귀한 자료를 모아두어도 이용하지 않으면 소용이 없다. 그러므로 이 보고서가 새로운 상상력과 문화적 창조력을 발휘하는 문화자산으로 널리 활용되기를 바란다. 한류의 신바람을 부추기는 노래방이자, 문화창조의 발상을 제공하는 이야기 주머니가 바로 한국구비문학대계이다.

2013년 10월 4일

한국구비문학대계 개정・증보사업 현장조사단장 임재해

한국구비문학대계 개정·증보사업 참여자(참여자 명단은 가나다 순)

연구책임자

김병선

공동연구원

강등학 강진옥 김익두 김헌선 나경수 박경수 박경신 송진한 신동흔
이건식 이경엽 이인경 이창식 임재해 임철호 임치균 조현설 천혜숙
허남춘 황인덕 황루시

전임연구원

이균옥 최원오

박사급연구원

강정식 권은영 김구한 김기옥 김월덕 김형근 노영근 서해숙 유명희
이영식 이윤선 장노현 정규식 조정현 최명환 최자운 한미옥

연구보조원

강소전 구미진 김보라 김성식 김영선 김옥숙 김유경 김은희 김자현
김혜정 마소연 박동철 박양리 박은영 박지희 박현숙 박혜영 백계현
백은철 변남섭 서은경 서정매 송기태 송정희 시지은 신정아 오세란
오소현 오정아 유태웅 육은섭 이선호 이옥희 이원영 이홍우 이화영
임세경 임 주 장호순 정다혜 정유원 정혜란 진 주 최수정 편성철
편해문 한유진 허정주 황영태 황진현

주관 연구기관 : 한국학중앙연구원 어문생활사연구소
공동 연구기관 : 안동대학교 민속학연구소

일러두기

- 『증편 한국구비문학대계』는 한국학중앙연구원과 안동대학교에서 3단계 10개년 계획으로 진행하는 "한국구비문학대계 개정 · 증보사업"의 조사 보고서이다.
- 『증편 한국구비문학대계』는 시군별 조사자료를 각각 별권으로 간행하는 것을 원칙으로 한다. 서울 및 경기는 1-, 강원은 2-, 충북은 3-, 충남은 4-, 전북은 5-, 전남은 6-, 경북은 7-, 경남은 8-, 제주는 9-으로 고유번호를 정하고, -선 다음에는 1980년대 출판된 『한국구비문학대계』의 지역 번호를 이어서 일련번호를 붙인다. 이에 따라 『증편 한국구비문학대계』는 서울 및 경기는 1-10, 강원은 2-10, 충북은 3-5, 충남은 4-6, 전북은 5-8, 전남은 6-13, 경북은 7-19, 경남은 8-15, 제주는 9-4권부터 시작한다.
- 각 권 서두에는 시군 개관을 수록해서, 해당 시 · 군의 역사적 유래, 사회 · 문화적 상황, 민속 및 구비 문학상의 특징 등을 제시한다.
- 조사마을에 대한 설명은 읍면동 별로 모아서 가나다 순으로 수록한다. 행정상의 위치, 조사일시, 조사자 등을 밝힌 후, 마을의 역사적 유래, 사회 · 문화적 상황, 민속 및 구비문학상의 특징 등을 중심으로 설명하고, 마을 전경 사진을 첨부한다.
- 제보자에 관한 설명은 읍면동 단위로 모아서 가나다 순으로 수록한다. 각 제보자의 성별, 태어난 해, 주소지, 제보일시, 조사자 등을 밝힌 후, 생애와 직업, 성격, 태도 등을 중심으로 서술하고, 제공 자료 목록과 사진을 함께 제시한다.

- 조사자료는 읍면동 단위로 모은 후 설화(FOT), 현대 구전설화(MPN), 민요(FOS), 근현대 구전민요(MFS), 무가(SRS), 기타(ETC) 순으로 수록한다. 각 조사자료는 제목, 자료코드, 조사장소, 조사일시, 조사자, 제보자, 구연상황, 줄거리(설화일 경우) 등을 먼저 밝히고, 본문을 제시한다. 자료코드는 대지역 번호, 소지역 번호, 자료 종류, 조사 연월일, 조사자 영문 이니셜, 제보자 영문 이니셜, 일련번호 등을 '_'로 구분하여 순서대로 나열한다.
- 자료 본문은 방언을 그대로 표기하되, 어려운 어휘나 구절은 ( ) 안에 풀이말을 넣고 복잡한 설명이 필요할 경우는 각주로 처리한다. 한자 병기나 조사자와 청중의 말 등도 ( ) 안에 기록한다.
- 구연이 시작된 다음에 일어난 상황 변화, 제보자의 동작과 태도, 억양 변화, 웃음 등은 [ ] 안에 기록한다.
- 잘 알아들을 수 없는 내용이 있을 경우, 청취 불능 음절수만큼 '○○○'와 같이 표시한다. 제보자의 이름 일부를 밝힐 수 없는 경우도 '홍길○'과 같이 표시한다.
- 『증편 한국구비문학대계』에 수록된 모든 자료는 웹(gubi.aks.ac.kr/web)과 모바일(mgubi.aks.ac.kr)에서 텍스트와 동기화된 실제 구연 음성파일을 들을 수 있다.

차례

현대 구전설화

민요

근현대 구전민요

4. 진상면

▌조사마을

▌제보자

설화

5. 진월면

▌조사마을

▌제보자

설화

현대 구전설화

민요

광양시 개관

광양시는 동쪽은 섬진강을 경계로 경상남도 하동군, 서쪽은 순천시, 남쪽은 광양만, 북쪽은 구례군과 접하고 있다. 동경 127°32'~127°47', 북위 34°53'~35°11'에 위치한다. 면적은 453.34km^{2}이고, 인구는 14만 1388명(2008년 현재)이다. 행정구역으로는 1개 읍, 6개 면, 5개 동, 192개 리가 있다.

자연환경은 소백산맥의 남단에 해당하는 백운산(白雲山, 1,218m)이 군의 북부에 솟아 있고 서쪽의 솔봉(1,123m)·형제봉(861m)·동주리봉(862m) 등과 동쪽의 매봉(865m)이 동서로 늘어서 있고, 북부는 험준한 산악지대이다. 옥룡면에 있는 백계산(白鷄山, 506m)은 동백림으로 유명하다. 백운산의 남쪽으로 4개의 지맥이 뻗어 있는데, 이는 천연적으로 순천시와 경계를 이룬다.

하천으로는 섬진강을 비롯해 진상면 어치(於峙, 1,216m)에서 발원한 수어천(水魚川), 백운산과 도솔봉에서 발원한 서천·동천이 있는데 모두 북쪽에서 남쪽으로 지나 광양만으로 흘러든다. 전라도와 경상도의 경계를 지으며 흐르는 섬진강은 하구인 진월면에 이르러 넓고 긴 하구가 되어 태인도에 이른다. 과거에는 수량이 꽤 많았으나 현재는 상류부의 댐 건설로 인하여 수량이 크게 줄고, 그리고 퇴적물이 쌓여 강바닥이 높아져 2~3t

짜리 나룻배가 드나들 때도 불편하다. 광양만은 1980년대 중반까지 13개의 유인도와 21개의 무인도가 있어 다도해를 이루었으나, 개펄이 넓고 간척지 개발에 유리한 조건을 갖추어 간척사업공사가 계속됨에 따라 현재는 6개의 무인도만 남아 있다.

기후는 해안선을 끼고 있어 난류와 해양의 영향을 받아 비교적 온화한 해양성 기후의 특색이 나타난다. 연평균 기온은 13.9℃이고, 1월 평균기온 0.7℃, 8월 평균기온 26.4℃이다. 겨울은 대륙성 기후의 영향으로 3한 4온의 기온이 뚜렷하다. 연 강수량은 1,920mm로 다우지역이며, 농작물 재배에 좋은 조건을 이루고 있다. 특히 섬진강 하류는 우리나라 최다우지의 하나이다.

구석기시대 유적 · 유물은 봉강면 석사리, 옥곡면 대죽리, 옥룡면 용곡리 · 죽천리, 진상면 지원리 등 6개소에서 다수 발견되었다. 신석기시대의 유적 · 유물로는 진월면 오사리 · 진정리에서 빗살무늬토기편들이 발견되고 있다. 청동기시대와 철기시대의 유적 · 유물로는 광양읍 덕례동과 봉강면 · 진상면 · 옥곡면 등지에 고인돌군이 집중적으로 분포되어 있으며 아울러 돌칼 · 돌도끼 · 돌끌 · 조개무지 등도 발견되었다.

삼한시대에는 마한 54국 중 하나인 만로국(萬盧國)이 광양 지역에 있었다고 알려져 있지만, 옥룡면 죽천리 내천마을이나 진상면 비촌마을에 변한의 성지(城址)라고 전해 내려오는 유적이 있어 변한의 영역에 속했을 가능성도 있다. 백제에 편입된 뒤로는 마로현(馬老縣)이라 했으며, 신라의 통일 이후에는 희양현(曦陽縣)으로 개칭하고 순천군의 영현이 되었다. 신라 말엽 풍수지리설의 창시자로 알려진 도선(道詵)이 백운산 옥룡사에서 독자적인 선문를 개설하였다.

940년(태조 23)에 광양현으로 개칭되어 여전히 승평군의 속현으로 있다가 충정왕 이전에 감무가 파견됨으로써 주현으로 독립하였다. 이 무렵에 광양김씨가 벌족(閥族 : 나라에 공이 많고 벼슬 경력이 많은 집안)으로

대두해 당대 최고의 외척인 인주 이씨나 해주 최씨 등과 혼인 관계를 가지면서 정치 무대에서 활약하였다. 고려 말에 이르러 왜구의 노략질로 극심한 피해를 입었다. 1413년(태종 13)에 현감이 파견되었다. 1597년(선조 30)의 정유재란 때 왜장 고니시(小西行長)의 침공을 받았는데, 광양성에서 치열한 전투 끝에 왜군을 왜성대로 물러나게 하였다. 그러나 이 전투의 결과로 광양현이 폐허화됨에 1598년 순천에 편입되었다가 얼마 뒤 다시 분리, 복구되었으나 피폐한 읍세는 쉽게 회복하지 못하였다. 조선 말기 사회 모순이 격화되었을 때 두 차례(1869, 1889)에 걸쳐 민란이 발생한 것도 이 같은 지역적 여건과 무관하지 않은 듯하다.

1894년 동학농민전쟁 때 패퇴한 농민군이 광양과 섬진강변에서 일본군과 전투를 벌였으며, 이때 섬진강에 빠져 죽은 자가 3,000~4,000명이나 될 정도로 큰 손실을 입었다. 1895년의 관제개혁 때 남원부 소속의 군이 되었으나 이듬해 13도 체제로 다시 개편했을 때 전라남도에 속한 광양군이 되었으며, 돌산군이 새로이 만들어질 때 여러 섬들을 돌산에 이속시켰다.

1906년 백낙구(白樂九)·황순모(黃珣模) 등을 주축으로 한 의병항쟁이 치열하게 전개되었으며, 이는 전라도 의병봉기의 계기를 만들어 주었다. 1914년 일제가 지방행정체제를 개편할 때 칠성면·우장면·사곡면 등이 광양면으로, 진하면과 월포면이 진월면으로 통합되고 돌산에 이속시켰던 여러 섬들이 재편입되는 등의 변화를 겪었다. 1915년 섬진강 연안의 다압면 섬진리가 경상남도 하동군으로 이속되었다.

1923년 농민 500여 명이 단합해 소작쟁의를 일으켰으며, 이듬해 1월에는 골약면에서 소작쟁의가 일어났고, 1932년 1월에는 금광 광부 800여 명이 동맹파업을 하는 등 일제의 경제적 수탈에 항거하는 운동이 어느 지역보다도 활발하게 일어났다. 1934년에는 광양청년회 회원 100여 명이 독서회 사건으로 체포되기도 하였다.

1948년 여수・순천 사건의 잔당들이 백운산에 은거하면서 광양을 약탈 대상으로 삼아 극심한 피해를 입었다. 1949년 광양면이 읍으로 승격되고 1966년 골약면에 태인출장소가 설치되었으며, 1973년에는 골약면 송장리가 여천군 율촌면으로 이속되었다.

1981년 11월 광양만에 제2제철소의 건립이 시작됨에 따라 1986년 골약면과 태금면 및 옥곡면 광영리 일대를 관할하는 광양출장소가 설치되었다가 1989년 광양출장소를 동광양시로 승격, 광양군에서 분리되었다. 1995년 시・군 통합에 따라 광양군과 동광양시가 통합해 광양시로 되었다. 1998년 광양시 과소동 통폐합으로 황금동・성황동을 골약동으로, 금호동・금당동을 금호동으로 통폐합하였다.

이 지역의 민속문화로는 우선 '약수제'를 들 수 있다. 백운산의 고로쇠나무에서 나오는 고리수는 신경통에 특히 효험이 있다고 해, 매년 경칩이 되면 인근 사람들이 모여 약수를 받아 놓고 하루를 즐기며 마시는 행사가 백운산약수제이다. 이 행사 기간 동안 궁도대회・국악공연・농악놀이가 계속된다. 이외에 광양농악과 태인동 용지마을의 큰줄다리기가 있다.

광양시의 동제는 정기적으로 지내는 사직제・서낭제・여제(厲祭) 등과 상황에 따라 수시로 지내는 기우제가 있다. 기우제를 지낼 때는 지방 유지를 제관으로 선정하며, 선정된 제관은 목욕재계하고 심신을 청결하게 한 다음 제에 임한다. 이 동안 마을 주민은 문전에 황토를 깔아 비 내리기를 기원한다. 정기적인 동제로서 사직제는 사직단에서 토지신과 곡신에게 제를 지내 풍년을 기원하는 것이고, 서낭제는 서낭신에게 제사를 지냄으로써 재난을 없애고 복을 빌며 여행의 피로를 풀기 위한 것이다. 그리고 여제단(厲祭壇)은 한 해의 액과 질병을 막기 위해 여신(돌림병의 신)에게 제를 지내던 곳이다. 마을사람들은 정월대보름에 이곳에 모여 정성껏 제사를 지냈다.

광양시는 지리산과 연봉을 이루는 백운산, 푸른 섬진강, 그리고 광양만의 해안경관이 잠재적 관광자원을 이루며, 광양제철소 및 연관공업단지 또한 산업관광자원이 되고 있다. 시의 북부에 우뚝 솟은 백운산은 동쪽으로 억불봉(億佛峰), 서쪽으로는 도솔봉과 읍봉, 형제봉을 거느리고 남쪽으로 4개의 지맥을 뻗고 있어 그 위용이 장엄한 전라남도의 명산이다. 이 산기슭에 있는 옥룡사지 인근에 자연휴양림이 조성되어 있다.

산의 정상에서 바라보는 사방의 경관은 장관이다. 북쪽의 장엄한 지리산의 절경을 비롯해 백운산을 굽이굽이 휘감고 도는 푸른 섬진강의 물결과 강을 따라 전개되는 은모래밭, 남쪽의 크고 작은 섬들이 쪽빛 바다에 떠 있는 다도해가 손에 잡힐 듯 한눈에 들어온다. 백운산에서 채취한 '고로쇠약수'는 전국적으로 이름이 알려져, 이른 봄 경칩을 전후해 각지에서 많은 사람들이 이를 마시기 위해 찾아온다.

백운산 기슭에 도선이 창건한 중흥사, 백계산의 지세에 반해 역시 도선이 창건한 옥룡사지가 있으며, 용문사·성불사 등의 고찰이 있다. 광양읍에는 아담한 유당공원이 있고, 진월면 망덕리에는 모래질이 좋은 망덕리 해수욕장이 있었는데, 태인도간의 농로가 생기고부터 진흙으로 모래사장이 훼손되어 지금은 폐장 상태에 있다.

강과 바다가 합류되는 자연경관이 좋은 곳이고 섬진강휴게소도 있어 관광개발의 여지가 많다. 옥룡면 동곡리에는 기암괴석과 노송이 어우러진 자연암굴인 학사대(學士臺)가 있다. 광양의 특산명물로는 사대부와 부녀자들이 호신용으로 몸에 지니고 다녔던 패도(佩刀)와 궁시(弓矢)가 있다. 외지에서 관광 온 사람들에게 인기 있는 광양의 토속 음식으로는 재첩국·약오리탕·광양숯불고기 등이 있다.

광양제철과 연관공단의 조성으로 외지인들의 왕래가 빈번해 호텔·여관을 비롯한 숙박시설과 음식점이 잘 갖추어져 관광에 편리하다. 명승관광지가 많지 않기 때문에 관광객의 수효는 그리 많은 편이 아니나, 백운산은 동백림군락지도 있으며, 산업시찰을 하기 위해 광양제철을 견학하는 사람이 매년 늘어나고 있다.

지역 축제로는 백운산고로쇠약수축제 · 전어축제 · 광양숯불구이축제 등이 열리고 있다.

참고문헌

광양시지편찬위원회, 『광양시지』, 2005.

『한국민족문화대백과사전』(http://encykorea.aks.ac.kr)

1. 다압면

▌조사마을

전라남도 광양시 다압면 금천리 동동마을

조사일시 : 2010.3.20

조 사 자 : 나경수, 서해숙, 이옥희, 편성철, 김자현

동동마을은 본래 광양현 동면(東面) 다압리(多鴨里) 지역으로 추정되며 1700년대 초기 이후에는 다압면에 속하였다. 1789년경에 간행된 『호구총수』에서는 광양현 다압면 동동(東洞)이라 하였고, 1912년에 간행된 『지방행정구역명칭일람』에서는 광양군 다압면 동동리(東洞里)라 하였다. 1914년 행정구역 개편으로 평촌리·동동리·서동리·직금리·염창리가 병합되어 다압면 금천리(錦川里)에 속하였으며, 1987. 1. 1. 기준 『광양군 행정구역일람』에 의하면 광양군 다압면 금천리(법정리)에 속하여 행정리상 금천2구가 되어 동동(東洞)이라 하였다. 현재는 광양시 다압면 금천리(법정리)에 속하여 행정리상 동동(東洞)이라 한다.

동동마을은 어느 때인지 알 수 없으나 화전 생활을 하던 김씨 부부가 뒷산 중턱에 있는 큰 동굴 근처에서 삶터를 마련하고 정착하였다고 전한다. 이러한 연유로 마을 이름을 '동골(洞窟)'이라 불러오다 동굴의 동쪽에 있는 마을이라 하여 뒤에 동동(東洞)이라고 하였다고 전한다. 마을 양지뜸 남쪽에 불당골이란 골짜기가 있는데, 이는 통일신라 때 이곳에 절(불당)이 있었다 하여 부르는 지명이다. 전해 오는 이야기로는 이 절에 부처상을 비롯한 유물들이 있었는데 일제강점기 어느 일본인 부자에게 부처상과 절의 부속물들이 헐값에 넘어갔다고 한다. 지금도 불당골에는 청기와 등이 산재한다.

현재 마을에서는 36가구에서 남자 47명 여자 35명이 거주하고 있으며 주요 소득원은 벼농사, 밤, 매실, 고로쇠수액이다. 자생조직으로는 1981

년에 조직되어 부녀자들의 친목도모와 농번기 때 품앗이로 서로간의 일손을 돕는 부녀회가 있다. 마을의 주요 시설물로는 1974년에 준공된 마을회관과 2000년에 준공된 농산물판매장과 녹차체험학습관, 마을정자 등이다.

▌제보자

강소순, 여, 1932년생

주 소 지 : 전라남도 광양시 다압면 금천리 동동마을
제보일시 : 2010.3.20
조 사 자 : 나경수, 서해숙, 이옥희, 편성철, 김자현

강소순 제보자는 1932년에 경상남도 하동군 평사리 불당골에서 태어나서 이 마을로 시집을 왔다. 아담한 체구에 적극적인 성격을 가지고 있다. 실제 이야기판에서 많은 이야기를 하지는 않았지만 '사내끼 백발'과 '호랑이와 곶감'에 관한 이야기를 구술하였다. 이외에 아리랑 타령과 민요를 함께 가창하기도 했다.

제공 자료 목록
06_03_FOT_20100320_NKS_KSS_0001 호랑이와 곶감
06_03_FOS_20100320_NKS_KSS_0001 사내끼 백발은

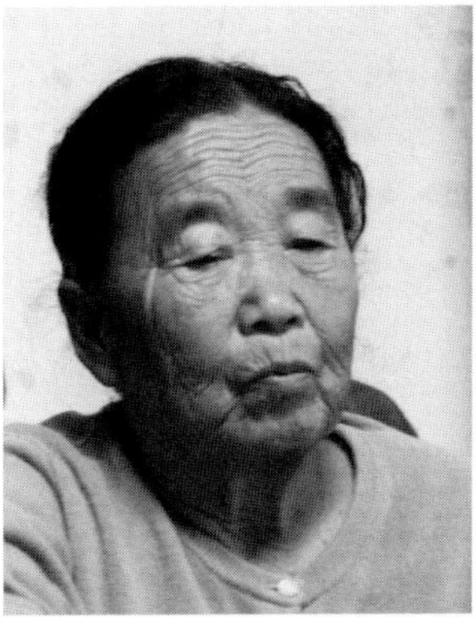

김을님, 여, 1935년생

주 소 지 : 전라남도 광양시 다압면 금천리 동동마을
제보일시 : 2010.3.20
조 사 자 : 나경수, 서해숙, 이옥희, 편성철, 김자현

김을님 제보자는 1935년 광양시 다압면 금천리 동동마을에서 태어났고, 17살에 같은 마을 사람과 혼인했다. 호랑이와 도깨비

에 관한 이야기와 옛 노래를 여러 곡 불러 주었는데, '거무 타령'과 '장가간 첫날밤에'와 같은 옛 노래의 사설도 비교적 온전하게 구연했다. 고령임에도 좋은 목청을 지니고 있어서 조사자들에게는 무척 반가운 제보자였다.

제공 자료 목록
06_03_MPN_20100320_NKS_KEN_0001 뒷골에서 만난 호랑이
06_03_MPN_20100320_NKS_KEN_0002 직접 본 도깨비불
06_03_FOS_20100320_NKS_KEN_0001 홍글 타령
06_03_FOS_20100320_NKS_KEN_0002 거무 타령
06_03_FOS_20100320_NKS_KEN_0003 장가간 첫날밤에
06_03_MFS_20100320_NKS_KEN_0001 김삿갓 노래

김한성, 남, 1929년생

주 소 지 : 전라남도 광양시 다압면 금천리 동동마을
제보일시 : 2010.3.20
조 사 자 : 나경수, 서해숙, 이옥희, 편성철, 김자현

김한성 제보자는 1929년 광양시 다압면 금천리 평촌마을에서 태어나 지금까지 거주하고 있다. 현재 평촌마을 노인회장을 맡고 있으며, 매실 등 과수 농사를 짓고 있다. 마을을 찾은 조사자들을 위해 동동마을 박동석 제보자를 소개해 주는 등 많은 도움을 주었다. 이 제보자는 동동마을 사람은 아니었으나 끝까지 함께 하면서 지명전설 두 편을 구연했다.

제공 자료 목록
06_03_FOT_20100320_NKS_KHS_0001 옥녀봉과 바랑골
06_03_FOT_20100320_NKS_KHS_0002 신선대라 부르는 이유
06_03_FOT_20100320_NKS_KHS_0003 섬진강변의 천냥바우

박대순, 여, 1941년생

주 소 지 : 전라남도 광양시 다압면 금천리 동동마을
제보일시 : 2010.3.20
조 사 자 : 나경수, 서해숙, 이옥희, 편성철, 김자현

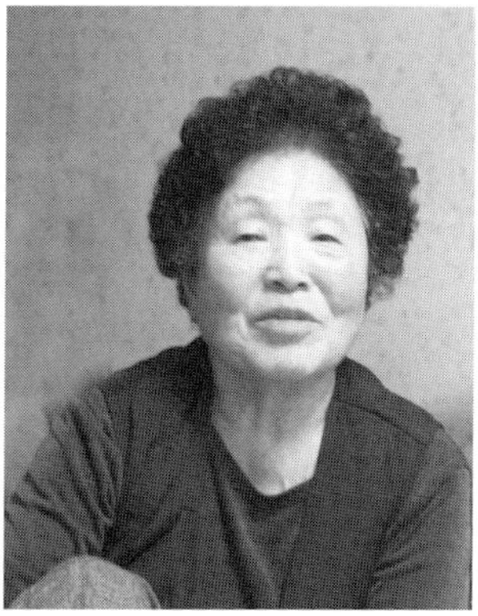

박대순 제보자는 이 마을 뫼동거리에 거주하고 있다. 현재 교회를 다니고 있으며 권사직을 맡고 있다. 박대순 제보자가 살고 있는 집은 전해오는 이야기로는 매우 터가 좋지 않다고 하여 사람들이 기피하는 땅이다. 하지만 박대순 제보자는 본인은 교회를 다니기 때문에 터가 안 좋아도 아무 일이 없다고 하였다. '나물바구니를 돌려준 호랑이'에 관한 이야기를 들려주었다.

제공 자료 목록
06_03_FOT_20100320_NKS_PTS_0001 호랑이 사랑바우

박동석, 남, 1928년생

주 소 지 : 전라남도 광양시 다압면 금천리 동동마을
제보일시 : 2010.3.20
조 사 자 : 나경수, 서해숙, 이옥희, 편성철, 김자현

박동석 제보자는 1928년 광양시 다압면 금천리에서 태어났다. 농사일

과 함께 풍수지리에 능해서 지금도 묘자리 풍수일을 하고 있다. 이 제보자는 마을 인근 지명에 얽힌 전설을 여러 편 들려주었으며, 이외에 도깨비담, 소화담과 모심을 때 부르는 소리도 들려주었다.

제공 자료 목록

06_03_FOT_20100320_NKS_PDS_0001 신선대와 형제봉
06_03_FOT_20100320_NKS_PDS_0002 구지봉의 유래
06_03_FOT_20100320_NKS_PDS_0003 함정골 유래
06_03_FOT_20100320_NKS_PDS_0004 호랑이는 외줄로 간다
06_03_FOT_20100320_NKS_PDS_0005 호랑이에게 밟힌 사촌형
06_03_FOT_20100320_NKS_PDS_0006 마을 뒷산으로 길을 내지 마라
06_03_FOT_20100320_NKS_PDS_0007 바보 행세하는 구례 윤보
06_03_FOT_20100320_NKS_PDS_0008 한재 유래
06_03_FOT_20100320_NKS_PDS_0009 열녀바우
06_03_FOT_20100320_NKS_PDS_0010 손때 묻은 것이 도깨비가 된다
06_03_FOT_20100320_NKS_PDS_0011 홍두깨 방망이 유래
06_03_FOS_20100320_NKS_PDS_0001 모심는 소리

유말순, 여, 1940년생

주 소 지 : 전라남도 광양시 다압면 금천리 동동마을
제보일시 : 2010.3.20
조 사 자 : 나경수, 서해숙, 이옥희, 편성철, 김자현

유말순 제보자는 1940년 광양시 다압면 금천리 동동마을에서 태어나서 18살에 하늘 아래 첫 동네라고 하는 전남 구례군 피아골로 시집을 갔다. 남편은 서울대학교 임학과

의 산림을 관리하는 일을 했는데 지금은 퇴직하여 과수 농사를 짓고 있다. 유말순 제보자는 매우 활달하고 적극적이며 다정한 성격으로 조사에도 적극적으로 임했고, 조사자들에게 남편이 직접 채취한 고로쇠수액을 대접하기도 했다. 이야기 구연능력도 뛰어나서 경험담과 지명전설, 도깨비담 등을 재미있게 들려주었으며 민요도 여러 곡을 들려주었다.

제공 자료 목록
06_03_FOT_20100320_NKS_YMS_0001 뱀의 복수
06_03_FOT_20100320_NKS_YMS_0002 개고기 먹고 호랑이 만나다
06_03_FOT_20100320_NKS_YMS_0003 총각소 유래
06_03_FOT_20100320_NKS_YMS_0004 집으로 들어온 호랑이
06_03_FOT_20100320_NKS_YMS_0005 도깨비불
06_03_FOT_20100320_NKS_YMS_0006 친정어머니가 만난 너뱅이들의 도깨비
06_03_FOT_20100320_NKS_YMS_0007 도깨비의 정체
06_03_MPN_20100320_NKS_YMS_0001 냉동실에서도 죽지 않은 누에
06_03_FOS_20100320_NKS_YMS_0001 물레야 자세야
06_03_FOS_20100320_NKS_YMS_0002 청춘가

윤선아, 여, 1926년생

주 소 지 : 전라남도 광양시 다압면 금천리 동동마을
제보일시 : 2010.3.20
조 사 자 : 나경수, 서해숙, 이옥희, 편성철, 김자현

윤선아 제보자는 1926년 광양시 다압면 금천리 동동마을에서 태어났다. 같은 동네 사람과 혼인하여 평생을 이 마을에서 살고 있는 토박이이다. 조용한 성품으로 조사에 적극적으로 참여하지는 않았으나 조사자들과 주민들이 적극적으로 권유하자 흥글 타

령 한 소절을 불러주었다.

제공 자료 목록
06_03_FOS_20100320_NKS_YSA_0001 홍글 타령

광양시 다압면 금천리 동동마을회관에서의 조사장면

호랑이와 곶감

자료코드 : 06_03_FOT_20100320_NKS_KSS_0001
조사장소 : 전라남도 광양시 다압면 금천리 동동마을 동동마을회관
조사일시 : 2010.3.20
조 사 자 : 나경수, 서해숙, 이옥희, 편성철, 김자현
제 보 자 : 강소순, 여, 79세
구연상황 : 도깨비 이야기가 끝나자 제보자가 자기도 어릴 적에 들은 이야기를 하겠다며 다음 이야기를 구연했다.
줄 거 리 : 아이가 밤새도록 울자 어머니가 곶감을 주니 울음을 멈추었다. 이를 엿듣고 있던 호랑이가 곶감이 자기보다 더 무서운 줄 알고 도망갔다는 이야기이다.

나 한자리 하고요잉. 나. 전에 나 쬐간하서(어릴 적에) 우리 어매가 애기 키웠어. 동생을 키웠는디. 밤~새도록 울어도 안 달게저요(달래지지 않아요) 요놈 아가. 밤~새 울고 안 달게지더라마. 그래 인자, 곶감을 깎아 났는디 엄마가,

"곶감 한 개 갖고 오니라."

달게(울음을 달래) 보고 있으니께 인자, 곶감을 갖다 준께 울음을 딱 그쳐. 그래 호랭이보다 곶감이 더 무서울 거이다. 그런 이 애기.[손뼉을 치면서 웃는다. 청중도 따라 웃는다.] 내가 우리 애기 우리 동생을 키우다가 그 이야기를 들었어요 시방.

(청중 : 그래 곶감이 호랭이보다 더 무섭다는 이야기가 있어요.)

어매가 어매가 글걸래(그렇기에). 진짜 우리 동생헌테 주면서 그랬어.

(청중 : 그래 호랭이가 밖에서 딱 볼 때 저 놈 애기가 내(계속) 울었는디 "호랭이" 해도 안 그치더만 곶감을 갖다 주니 그친다. 그런께 '저 곶감이란 것이 나보다 더 무서운 거이다.' 근께 호랭이가…….)

호랭이가 놀라 갔다고 그러더만.

(청중 : 그래 인제 호랭이에게 안 들었으니께 긴가 아닌가는 모르죠.[웃음])

옥녀봉과 바랑골

자료코드 : 06_03_FOT_20100320_NKS_KHS_0001
조사장소 : 전라남도 광양시 다압면 금천리 동동마을 동동마을회관
조사일시 : 2010.3.20
조 사 자 : 나경수, 서해숙, 이옥희, 편성철, 김자현
제 보 자 : 김한성, 남, 82세
구연상황 : 조사자들이 조사장소가 마땅치 않아 제보자와 함께 마을회관을 찾아가 그곳에서 이야기판을 벌였다. 제보자가 마을 인근의 지명에 대해 이야기하다가 조사자가 이 마을에 옥녀봉이 있는지를 묻자 다음 이야기를 구연했다.
줄 거 리 : 옥녀가 베를 짜고 있다 하여 '옥녀봉'이라 하며, 바랑을 짊어진 중이 옥녀를 보고 내려오다가 옥녀가 싫다 하니 바랑을 던지고 골짜기로 넘어갔다고 해서 '바랑골'이며, 베 바닥은 섬진강 혹은 이처선돌이라 하며, 배틀은 금두의 옆 산이라는 이야기이다.

그 옥녀봉 이야기를 헐라며는 그 유래를 갖다가 쭉~ 알아야 되는데, 근데 인제 우리는 중간에서 인자 부모들로부터 크고 나온 이로부터 이 옥녀봉이란 것을 알았거든요. 그럼 옥녀봉이 무얼 옥녀봉이냐? 이러니까는, 그 저 옥녀가 베를 짜고 있다. [옆의 청중이 고개를 끄덕이며 긍정을 표한다.] 이래 갖고 금천리라 이랬거든. 여그를.

근데 그 옥녀를 좋아하는 중이요(중이 있어요). 이 중이 저 산 너머에서 이리 넘어오다가, 처녀가 옥녀가 처녀가 돼 가지고 베를 짜고 있는디 중이 넘어오니까, [손사래를 치면서] 싫다 했거든.

그니까 요쪽에 [왼쪽을 가리키면서] 가면 바랑골이 있어요. 바랑골. 바

랑을 짊어지고 넘어가다가 그것을 내버리고 기냥 중만 넘어가 버렸거든. [청중이 웃는다.] 그래 가지고 바랑골이라고 또 있고. 아까 본 북섬이라고 있고.

북이 이리 왔다 갔다 해 베를 짜면요. 그 베 바닥을 섬진강이라 헌 사람이 있고. 베 바닥을. 그러고 또 저 그 이차선 도로를 베 바닥이라 허는 사람이 있어요. 베 베 우리가 짜는 베. 베틀 말고. 베틀 얘기는 또 나와요. 베틀은 또 인자 어떤 거이 베틀이냐? 허므는. 우리가 여그 다리를 건넜잖아요.

저 북섬 앞으로 시작해서 다리를 두 개 건너야 해요. 두 개를 건너야 써. 그래 그것이 베틀에 씨작이예요. [양 손끝을 어깨너비에서부터 가운데로 모으면서] 씨작. 이쪽 발 저쪽 발이 서로 연결되어 갖고 있는 그 옥녀가 발을 딱 보트고(발판에 발을 붙이고) [베틀을 짜는 모습을 시늉하면서] 이리 이리 이리허면서 베를 짜잖아요. 북을 [팔을 좌우로 왔다 갔다 흔들면서] 이리이리 주면서.

그러고 인자 저 건너 금두 앞에 가며는, 금두. 갱상도(경상도). 금두 앞에 가며는 그 옆 산이지. 옆 산에가 기장 벼슬을 헌 사람이 있어요. 그러며는 그 '기'자가 먼 자냐 하며는 베틀 기(機)자예요. 베틀 기잔데 거그다가 묘를 쓰고 선생 일곱이 낳답니다. 선생님이. [웃음] 그런 또 유래도 있고.

(조사자 : 아까 스님이 베를 짜고 있는 옥녀를 보고 바랑 바랑을 던져 버렸다구요?)

스님이 바랑을 메고 여 항상 옥녀가 베를 짜고 있은께 넘어다 봤을 꺼 아니요. 그러니까 이 옥녀가 베를 짜다가, 싫어했다고. 싫어허니께 이 바랑을 집어 던져 버리고 넘어가 버렸어. 저 산을. 요쪽 그 면사무소 쪽으로 넘어가 부렀어요. 근께 요 건너에 가며는 바랑골이라고 있어요. 바랑골이라고.

신선대라 부르는 이유

자료코드 : 06_03_FOT_20100320_NKS_KHS_0002
조사장소 : 전라남도 광양시 다압면 금천리 동동마을 동동마을회관
조사일시 : 2010.3.20
조 사 자 : 나경수, 서해숙, 이옥희, 편성철, 김자현
제 보 자 : 김한성, 남, 82세
구연상황 : 앞서 옥녀봉 이야기에 이어서 다음의 이야기를 구연했다. 제보자가 이야기 하는 것이 어색한지 멈칫거렸다. 이에 조사자가 독려하며 이야기를 유도했다.
줄 거 리 : 신선대를 '저녁 중'이라 부르는데, 해가 넘어갈 때 신선대를 비쳐주기 때문이라고 한다. 혹은 옥녀를 위해 신선의 얼굴을 비쳐준다 해서 신선대라 부르기도 한다는 이야기이다.

박동석씨가 오며는 애기를. 나도 그분한테 들었는디. 요 신선대라고 있어요. 신선대가 있는디. 쫙 삐댕이 [삐쭉한 모양을 그리면서] 요리 생겼거든.

신선대. [청중들이 이야기를 오간다.] 그런데 그것이 저녁 중이랍니다. 저녁 중. 저녁[잠시 숨을 고르고] 해 넘어 갈 때 중이라. 거 왜 그러냐? 꼭 해 너머 갈 때만 거그를 비쳐 주거든.

거 동쪽이 돼 노니까 뒤에서 해가 올 때는 어두버지 갖고(어두워서) 해가 너머 갈 때는 여그가 딱 비쳐 준다고요. 그러니까 옥녀가 옥녀를 위해서 어 아는 님이 저 신선의 얼굴을 비춰 준다. 그런 뜻이 있죠.

섬진강변의 천냥바우

자료코드 : 06_03_FOT_20100320_NKS_KHS_0003
조사장소 : 전라남도 광양시 다압면 금천리 동동마을 동동마을회관
조사일시 : 2010.3.20
조 사 자 : 나경수, 서해숙, 이옥희, 편성철, 김자현

제 보 자 : 김한성, 남, 82세
구연상황 : 앞서 박동석 제보자가 열녀바우 이야기를 하자 제보자가 이야기를 거들었다. 이에 조사자가 아는 이야기 있으면 해 달라고 하자 다음 이야기를 구연했다.
줄 거 리 : 섬진강 위의 간동 솔밭에 천냥바위가 있는데, 어떤 사람이 천냥 빚을 져서 갚아야 할 상황에 이르렀다. 그러나 그 빚을 갚으라고 하면 이 바위에서 떨어져 죽을 것이라고 해서 붙여진 이름이다.

간동 간동 천년바우라는 바우는. 쪼매헐 적에(어릴 적에) 내가 직접 봤는디 그 바위를. 어느 근데 누군지는 몰라도 어느 사람이 빚을 천냥을 지었다는 기라. 그래, 네가 꼭 받을라면 여그서 떨어져 그 밑에가 아주 수십 질이 되는 강인데.

"그거 꼭 받을라면 여가 빠져 죽것다." 이러니까.

"안받는다." 했어.

"안받는다."

해서 그 사람을 살렸다고요.

(조사자 : 아~ 그래서 천냥바우.)

예. 천냥바우.

(조사자 : 혹시 [옆에 있는 청중을 가리키면서] 그 바우가 그 바우는 아닌가요? 다른 바위인가요? 천냥바위는 어디에가 있어요?)

쩌리 쩌 그 머이냐?

(청중 : 간동! 간동.)

간동. 간동 그러니까 저 거시기 섬진 섬진 우이제(위이지). [청중을 보면서 갑자기] 밑이가? 맞아. 모퉁이다.

(조사자 : 거기도 다압이예요?)

(청중 : 다압 다압.)

거그도 다압이지.

호랑이 사랑바우

자료코드 : 06_03_FOT_20100320_NKS_PTS_0001
조사장소 : 전라남도 광양시 다압면 금천리 동동마을 동동마을회관
조사일시 : 2010.3.20
조 사 자 : 나경수, 서해숙, 이옥희, 편성철, 김자현
제 보 자 : 박대순, 여, 70세
구연상황 : 앞서 뱀 이야기가 끝나자 조용히 자리를 지키고 있던 제보자가 다음 이야기를 차분하게 구연했다.
줄 거 리 : 백운산 우동박골에 호랑이 사랑바우가 있는데, 어느 날 그곳으로 나물을 캐러 가던 처녀들이 호랑이 새끼를 발견하고서 귀여워했다. 이를 지켜본 호랑이가 울음소리를 내자 처녀들은 놀라 집으로 도망갔다. 다음날 되니 그곳에 놓아 둔 나물 보따리가 집 앞에 놓여 있더라는 이야기이다. 지금도 그 바위 밑에 가면 호랑이가 살았던 흔적이 있다고 한다.

내가 시집오기 전에 옛날 아주 옛날이야긴데. 여기 여기 이 지형 저 꼬랑이 우동박골이라는 이름이 있는 꼬랑이 있어요. 산꼬랑이. 우동박골 꼬랑이라는 디가 여 백운산 자락 아주 정상 밑에 쯤 돼요.

근디 지금도 호랭이 사랑바우라 하는 바위가 있어요. 호랭이 사랑바우. 그런 바위가 있는데 즈그 옛날에는 나물을 캐러 가믄 저기 무서우니까 동네사람 몇몇이 어울려서 갔대요. 그랬는디 인제 나물을 캐 갖고는 어디 바위 밑에를 한 번 가니까, 아~주 반들~반들~허니 아주 예쁜 강아지가 있더래요. 그래서 하~도 탐시럽고 이뻐서, [웃음을 터트리면서]

"우리 이거 한 마리씩 가지고 가자."

그러고 보듬고 이리 나왔대요. 그랬더니 아 바위 위에서,

"응(어훙, 호랑이의 울음소리)~" 허드래요.

그래서 얼~마나 놀래 가지고 그냥 나물 보따리고 강아지고 그냥 다 집어 내삐리고.

막 뒹구러서 쫓기서 왔뿌렀대요. 나물 보따리도 못 가져오고.. 그랬는디. 자고 나니까 나물보따리를 죄다 물어 놨더래. 그런 이야기가 있어. 그

런데 이야기는 그짓말이겠지요이~[웃음]

[청중과 말이 겹친다.] 그 얘기가 있는디. 지금도 그 바위 밑에를 가면 둥그러니 움썩허니 아주 호랑이가 살았던 흔적도 있어요. 호랑이는 없지마는 옛날에 그런 이야기가.

(조사자 : 우동박골이 그렇단 이야기예요?)

예. 우동박골 꼬랑에 아주 높은디 가면 우리들이 일 년에 한번 씩 가거든요. 일 년에 한번 씩 거기를 가. 우리가. 지금도 바위 밑이 있어요. 그 바위가 지금도 있어요. 그 골에 호랭이 사랑바위 이름이 있어. 그런 옛날 이야기가 있어요.

신선대와 형제봉

자료코드 : 06_03_FOT_20100320_NKS_PDS_0001
조사장소 : 전라남도 광양시 다압면 금천리 동동마을 동동마을회관
조사일시 : 2010.3.20
조 사 자 : 나경수, 서해숙, 이옥희, 편성철, 김자현
제 보 자 : 박동석, 남, 83세
구연상황 : 앞서 김한성 제보자가 신선대에 관한 이야기를 했고 이어서 유말순 제보자가 누에에 관한 이야기를 했다. 차분히 이야기를 듣던 제보자가 신선대에 관한 이야기가 간략해서인지 다음의 이야기를 구연했다. 제보자는 식도암 수술로 인해 성대가 온전치 못하는데도 힘을 내어 조사에 적극 임해 주었다. 성대 때문에 이야기는 비교적 간결했다.
줄 거 리 : 지리적으로 경상도는 신선이고 전라도는 옥녀인데, 저녁 해 넘어 갈 적에 신선대를 환하게 비춰준다. 그리고 신선대 옆으로 형제봉이 있는데, 형제처럼 나란히 서 있어서 붙여진 것이라 한다.

잘 모르는데, 저 저 건넨(건너는) 신선이고잉. 신선대가. 경상도가 신선이고, 전라 전라도는 옥녀라. 옥 옥녀고 근께 인자 신선인디. 신선 저 저 신선이 인자 어디가 비치면 인자, ○○○○ 저녁 언제 해 너머 갈 적에

햇빛이 환하게 비치거든. 긍께 신선이 늦게 들어 옥녀한테 늦게 들어왔단 기라.

하. 저녁에 해 너머 갈 적에 여그는 갑 저그는 햇빛이 신선이 요리 [손 하나를 산으로 하고 그 주위를 신선이 돌듯이] 빵도니 몬당 요리 비춘께. 말허자믄, 저녁에 들어온 낮에 들어와서 보면 저녁에 들어왔단 기라.

(조사자 : 음~ 얼굴이 환하니까.)

하. 긍께 그래 말하제요. [목 축이기 위해 물을 마신다.]

(조사자 : 그 형제봉에 관한 무슨 이야기는……, 그 형제봉 있는 데가 왜 신선댄가요?)

형제봉은 요쪽으로 구리 쪽으로 있고, 쭉 같은 봉이 쌍으로 있는데 하나는 높고 하나는 낮고, 그래서 요 두 개가 요로꼬롬 [손가락 두 개를 나란히 마주 보면서] 형젠디 형제봉이거든. 인자 요쪽으로 인자 하동 쪽으로는 신선 신선대고. 신선이고.

구지봉 유래

자료코드 : 06_03_FOT_20100320_NKS_PDS_0002
조사장소 : 전라남도 광양시 다압면 금천리 동동마을 동동마을회관
조사일시 : 2010.3.20
조 사 자 : 나경수, 서해숙, 이옥희, 편성철, 김자현
제 보 자 : 박동석, 남, 83세
구연상황 : 신선대와 형제봉 이야기에 이어서 다음 이야기를 구연했다. 제보자는 식도암 수술로 인해 성대가 온전치 못하는데도 힘을 내어 조사에 적극 임해 주었다. 성대 때문에 이야기는 비교적 간결했다.
줄 거 리 : 구지봉은 장군이 아홉이 났다고 해서 붙여진 이름이다.

저그, ○○ 뒤에 가면 구장봉이라고 있거든. 구장봉. 긍께 장군이 아홉이 났다고 아 구지봉이라고 구지봉이라고 허고, 택지 뒤로 쭉 올라가면

구지봉이라고 허고 구장봉이라고도 한다. 구지봉이라고도 하고 구장봉이라고도 하고.

함정골 유래

자료코드 : 06_03_FOT_20100320_NKS_PDS_0003
조사장소 : 전라남도 광양시 다압면 금천리 동동마을 동동마을회관
조사일시 : 2010.3.20
조 사 자 : 나경수, 서해숙, 이옥희, 편성철, 김자현
제 보 자 : 박동석, 남, 83세
구연상황 : 구지봉 이야기에 이어서 다음 이야기를 구연했다. 제보자는 식도암 수술로 인해 성대가 온전치 못하는데도 힘을 내어 조사에 적극 임해 주었다. 성대 때문에 이야기는 비교적 간결했다.
줄 거 리 : 함정골은 호랑이 함정으로 판 굴이라 해서 붙여진 이름이다.

아 옛날에 우리 옛날에 ○○방아씨라서 거 거까지 와서 딱 있었어. 그때 근디 저 우에 [옆의 김한성의 무릎을 치면서] 함정골이라고 있다고잉. 함정골에다가 [구덩이 모양을 그리면서] 호랭이 함정 굴을 팠었어. 옛날에. 모르지만. 그래서 함정이라고.

(청중 : 그래서 함정이라고 그러구나.)

하.[긍정의 대답]

(청중 : 함정골~!)

유래적인 거로 들어야 되지마는 보지도 못허고

(청중: 옛날 함정이다!)

왜 그러냐면, 그 함을 굴을 파서 호랭이 빠지라고…….

호랑이는 외줄로 간다

자료코드 : 06_03_FOT_20100320_NKS_PDS_0004
조사장소 : 전라남도 광양시 다압면 금천리 동동마을 동동마을회관
조사일시 : 2010.3.20
조 사 자 : 나경수, 서해숙, 이옥희, 편성철, 김자현
제 보 자 : 박동석, 남, 83세
구연상황 : 앞서 호랑이 이야기가 끝나자 이어서 다음 이야기를 구연했다. 제보자는 식도 암 수술로 인해 성대가 온전치 못하는데도 힘을 내어 조사에 적극 임해 주었다. 성대 때문에 이야기는 비교적 간결했다.
줄 거 리 : 호랑이가 걸어갈 때는 외줄로 간다는 이야기이다.

저 소날 짐승 밭에 가면 요리 가고 요리 가고 요리 가고 들을 베러 간디 호랭이가 딱 요로코롬 와. 호랭이가 ○○전 빨개라.

전에 외줄도 많고 전에 요런 ○○○○[옆 청중과 음성이 겹쳐서 잘 들리지 않는다.] 딱 네 발은 요러지마는 타고 갈 제 탁 [호랑이의 큰 발로 외줄을 탈 때 발을 교차하면서 건너는 시늉을 한다.] 요러진다(발을 교차하면서 건너간다).

호랑이에게 밟힌 사촌형

자료코드 : 06_03_FOT_20100320_NKS_PDS_0005
조사장소 : 전라남도 광양시 다압면 금천리 동동마을 동동마을회관
조사일시 : 2010.3.20
조 사 자 : 나경수, 서해숙, 이옥희, 편성철, 김자현
제 보 자 : 박동석, 남, 83세
구연상황 : 앞서 호랑이 이야기가 끝나자 이어서 다음 이야기를 구연했다. 제보자는 식도 암 수술로 인해 성대가 온전치 못하는데도 힘을 내어 조사에 적극 임해 주었다. 성대 때문에 이야기는 비교적 간결했다.
줄 거 리 : 사촌형이 아랫재의 숯밭에서 누워 있는데, 호랑이가 배를 밟고 지나갔다는 이야기이다.

우리 우리 사촌형이 죽은 지 시방 얼마 안된 마. ○○○○ 사촌하고 이제 아랫재에서 지게를 요리 노면(놓으면) 요리 하늘을 보면 누워서 자잔아(잔다). 지게는 [땅을 가리키며] 요리 놓고잉. 요리 떡 놓고 본다.

인자 한 사람은 안 자고 있는디 [머리를 긁적인다.] 안 자고 있는디. 그 숯밭이 있는디 안 자고 있는디 가만히 있는디. 이리 지내가다가 사람티가 딱 누워 있는디 딱 이리 가다가 쪽~ 가다가 본께 사람 배를 살~짝 디덧어(밟았어).

디덧 호랭이 [언성을 높이면서] 호랭이 저도 놀랬어. 놀래 갖고 사람 배는 딛고 호랭이 저도 놀래고 살짝~ 간디 쓰~윽 간디. 저짝 저짝 모퉁이 꼬랭이만 할랑 뷘다. 덤비든 못 보것드래(못 하겠더라).

응~ 추~욱 이리 가는디 근께 본께 [호랑이가 밟은 배를 보니] ○○○ 살짝 긁힌 게 있더래. 마 이리 이리 가다 본께 사람이 이리 살짝 딛고 간다는 것이 여그(여기, 호랑이가 밟고 간 사람의 배)만 살~짝 긁고 간디. 글고,

"어이고."

헌께 옆에 사람도 보고,

"아이고 아이고"

헌께, 저 저쪽 저쪽 몬당에 호랭이가 할랑할랑 나가더래. 어찌 빠르지.

(조사자 : 누가 그러셨어요? 옛날 마을 어른이요?)

우리 우리 사~촌 형님 ○○○○이라는 사람이 우리 사촌이 그런 애기를 해싸더만.

마을 뒷산으로 길을 내지 마라

자료코드 : 06_03_FOT_20100320_NKS_PDS_0006

조사장소 : 전라남도 광양시 다압면 금천리 동동마을 동동마을회관
조사일시 : 2010.3.20
조 사 자 : 나경수, 서해숙, 이옥희, 편성철, 김자현
제 보 자 : 박동석, 남, 83세
구연상황 : 제보자의 이야기는 계속 이어졌고 청중들은 조용히 경청하고 있었다. 앞서 호랑이 이야기가 끝나자 조사자가 산의 혈 때문에 인물이 난 이야기가 있는지를 묻자 다음 이야기를 구연했다. 제보자는 식도암 수술로 인해 성대가 온전치 못하는데도 힘을 내어 조사에 적극 임해 주었다. 성대 때문에 이야기는 비교적 간결했다.
줄 거 리 : 마을 뒷산으로는 길을 내지 않는다. 길을 내면 그 기운이 마을로 들어오지 않고 다른 곳으로 가기 때문이다.

(조사자 : 아니면 뭐 산에 혈 때문에 대단한 인물이 나왔다더라.)

그런께 그전부터요. 이 능이 요렇게 [어깨부터 손끝을 가리키면서] 내려왔더만. [손끝 쪽을 가리키며] 여가 마을이 있으면, 마을이 여가 있으면요. 능이 마을이 산 밑에가 있거든.

그런디 산 밑에가 있으면 얼추 당추 집지을 질을(길을) 못 내게 해요. 소리내게 사람이 댕기기는 댕겨도 큰 질을 뭐 경○ 댕길 큰 질을 못 내. 긍께 등 짤린다고.

(조사자 : 등 짤린다고~)

야.[긍정의 대답] 여 몬당을 짤라 분께 사람이 여 운기를 다 여 여그 다 준다고(산 능선 중간을 잘라 길을 만들면 산의 좋은 기운이 마을로 가지 않고 길을 따라 다른 곳으로 간다 이런 뜻이다) 그런 말이 있지요. 그런데 저 때 저 누구 동네 뒤로 그 큰 질을 낸다고 그래가 말리거든. 어디 동네 길을 내냐고…….(함부로 동네에 길을 낼 수 없다고)

(청중 : 동네 뒤에 묘도 못 쓰게 하는데(하물며 길을 내게 마을 사람들이 승낙하지 않는다.))

바보 행세하는 구례 윤보

자료코드 : 06_03_FOT_20100320_NKS_PDS_0007
조사장소 : 전라남도 광양시 다압면 금천리 동동마을 동동마을회관
조사일시 : 2010.3.20
조 사 자 : 나경수, 서해숙, 이옥희, 편성철, 김자현
제 보 자 : 박동석, 남, 83세
구연상황 : 제보자의 이야기는 계속 이어졌고 청중들은 조용히 경청하고 있었다. 앞서 이야기가 끝나자 다음 이야기를 구연했다. 제보자는 식도암 수술로 인해 성대가 온전치 못하는데도 힘을 내어 조사에 적극 임해 주었다. 성대 때문에 이야기는 비교적 간결했다.
줄 거 리 : 구례에 사는 윤보는 명당을 잘 보는 사람으로 명당을 찾고자 하는 이들과 밥을 먹을 때 일부러 바보 행세를 한다. 이때 그들을 바보로 알면 명당을 잡아주지 않고 평상시처럼 대해 주면 명당을 잡아 준다는 것이다.

옛날에 윤보란 사람이 구례 윤보란 사람이. 윤보. 윤보란 사람이 윤보란 사람이 뫼자리를 잘 봐. 뫼자리를 잘 본디 참~ 잘 보는디 해서. 그 집이 가서 뫼자리를 잡을라고 인자 청약오믄 청약오믄 밥을 상을 차려 놓면 대접헐라 허믄 이게 먹다가,

"퍼 퍼 퍼."

밥 [입 속을 가리키며] 이놈을 갖다가(입속에 든 밥을) 상에다가 온 반찬에다가 막 비틀비틀허면(밥 상위에 밥풀을 뱉어 어지럽힌 모양).

"에잇 빌어먹을 이건 뭐 나는 뭐 좀 나는(나은) 줄 알았더만 ○라고."

하며 쫓아버린 사람은 뫼자리를 못 쓰고, 그냥 따라(따라서, 윤보가 입에든 밥알을 밥상 위에 뱉으면),

"퉤 퉤 퉤."

하나(하지만) 그냥 따라 묵는 사람은 뫼자리를 잡아 주더래. 근께 바보 행세를 했어.

"난 거지 난 아무것도 모른다. 퉤퉤퉤퉤."

막 묵으면서 반찬 흘리고 반찬 묵고 근께 귀엽쟁이 자기 심정으로는

귀엽쟁이제.

'나를 사람으로 보냐? 사람으로 보냐? 이렇게 나 거지마냥.'

막 뫼 좀 하나 잡을라 한디 가만,

"선생. 선생"

이라고 데려다 논께 그 모양이거든.

"에잇 빌어먹을"

(하고, 생략되었다) 싫어라 한 사람은 못 잡고. 그래도 그래도 잡고(참고) 그 참 좋은 것 맹이로(처럼) 대접을 해 준다면 명지를(명당을) 잡아 주더래. 근께 사람 그 바보라 해 가지고 무시해 불면,

"니는 틀렸다. 날 바보로 알지마는 나는 본(本)은 바보는 아닌디."

퉤퉤퉤 하면서 밥도 못 묵는디 떠묵는 사람 떠묵는 사람은 잡아 주더래.

(조사자 : 네 네 그 윤보가 남사고였을까요?)

아니. 남사고는 아니제.

(조사자 : 남사고는 아니고여.)

그라모. [머리를 쓸어 올리면서] 저 구례 사는 윤보 윤보라 하더라.

한재 유래

자료코드 : 06_03_FOT_20100320_NKS_PDS_0008
조사장소 : 전라남도 광양시 다압면 금천리 동동마을 동동마을회관
조사일시 : 2010.3.20
조 사 자 : 나경수, 서해숙, 이옥희, 편성철, 김자현
제 보 자 : 박동석, 남, 83세
구연상황 : 제보자의 이야기는 계속 이어졌고 청중들은 조용히 경청하고 있었다. 앞서 이야기가 끝나자 다음 이야기를 구연했다. 제보자는 식도암 수술로 인해 성대가 온전치 못하는데도 힘을 내어 조사에 적극 임해 주었다. 성대 때문에 이야기

는 비교적 간결했다.
줄 거 리 : 광양의 한림학사가 백운산을 가다가 길을 잘못 들어서 한재로 가게 되자 일부러 길을 내주었다 해서 한재라 부르게 되었다는 이야기이다.

광양 광양서 한림학사가 낫제이(태어났다). 한~림 학사가 낫제. 광양에서 학사가. 인자 ○○ 시방 머인지 몰라도 학사란 것이 머 선생을 갈친다던지 인물을 갈친다던지. 그 한림학사가 낫는디.

한림학사가 나 가지고 한림학사가 온당께. 백운산 여기 말이 질을(길을) 잘못 들어 저 한재로 됐었어(들어왔어). 한재 긍께 한재 그것이 한림학사 한번 댕긴 뒤로는 시방, 시방 가 보며는 질로 우거졌지만 범위는 한~ 크게 막 한~ 학사 온다고 한림학사 온다고 그 질을 내줬단 말이야. 저 한재를. 그래서 한재 한재 그러거든. 한림학사가.

(조사자 : 아~ 한재가 한재라고 이름이 붙여지게 된 게 한림학사 올 때 내준 길이라서?)

저 저 저 저 우에 가면,

"한재 넘어간다."

그러거든. 한림학사 한번 갈 때 그러코롬 이 말허자믄 이 관○○○○ 어디 내놨다 그러더라. 그마 그런 말을 들었제.

열녀바우

자료코드 : 06_03_FOT_20100320_NKS_PDS_0009
조사장소 : 전라남도 광양시 다압면 금천리 동동마을 동동마을회관
조사일시 : 2010.3.20
조 사 자 : 나경수, 서해숙, 이옥희, 편성철, 김자현
제 보 자 : 박동석, 남, 83세
구연상황 : 제보자의 이야기는 계속 이어졌고 청중들은 조용히 경청하고 있었다. 앞서 이야기가 끝나자 조사자가 열녀에 관한 이야기가 있는지를 묻자 제보자가 다음

이야기를 구연했다. 제보자는 식도암 수술로 인해 성대가 온전치 못하는데도 힘을 내어 조사에 적극 임해 주었다. 성대 때문에 이야기는 비교적 간결했다.

줄 거 리 : 다압면에 열녀바우가 있는데, 천냥 빚을 진 공재일이 빚을 갚지 못해 죽게 되는 상황에 이르렀다. 공재일의 부인이 이 사실을 알고 남편이 죽으면 자신도 따라 죽는다면서 용소에 치마를 뒤집어쓰고 죽었다. 이를 알고 결국 공재일을 살려 주었다는 이야기이다.

예전에 그 저 그 저 여기 다압면에 가면 매산 가면 열녀바우라고 있어. 어. 열녀바우가 있는디. 옛날에 서경에 저 공재일이라고 공재일이라고 있었다 그런마. 공재일이라고 있었는디. 우○○ 이 양반이 있었는디. 그래 갖고 왜 여깄냐면 공재일이 없이 산께. 빚에 삭 바쳤어.

(조사자 : 빚을 졌어요~)

응. 빚을 져 논께. 천냥 빚이더만 빚을 안 갖고 온께.

"목숨을 달라 그래라."

목숨 달라 그런께. 천 천냥이 얼마라고 사 사람 목숨하고 천냥하고 바꿨거든. 목숨 달라서(달라고 하여) 그 잡아 놔 갖고(잡아 놓고) 그냥 그 빚을 달라고 뚜두러 팼어. ○아 낸께. 그 당헐 수가 있는가. 근께 한~림(한참) 있다가 찾아 본께,

"우리 영감 죽것다."

"하이고 우리 영감 죽기 전에 나가(내가) 죽어야제."

저 서도에 가면 용왕쏘란 것이 있어. 용왕쏘에서 치매를(치마를) 뒤집어쓰고 죽어 부렀어. 그래 논께,

"아무씨 죽었다."

헌께 영감을 헐 수 없이 살렸어. ○○○○○○잉. 그래 갖고 할멈이 죽어 논께(죽으니까) 영감은 도로 살렸네. 그래 갖고 그거이 참~ 열녀라고 해 가지고 저 매산 가면 열녀바우라고 있어.

(조사자 : 음~ 매산에 열녀바우.)

응. 매산에 가면 열녀바우라고 있어.

(조사자 : 용암쏘에서 치마를 뒤집어쓰고 죽었다고요?)

하.[긍정의 대답] 용암쏘에서 죽었다 해.

손때 묻은 것이 도깨비가 되다

자료코드 : 06_03_FOT_20100320_NKS_PDS_0010
조사장소 : 전라남도 광양시 다압면 금천리 동동마을 동동마을회관
조사일시 : 2010.3.20
조 사 자 : 나경수, 서해숙, 이옥희, 편성철, 김자현
제 보 자 : 박동석, 남, 83세
구연상황 : 앞서 도깨비 이야기가 끝나자 이어서 제보자가 다음 이야기를 구연했다. 제보자는 식도암 수술로 인해 성대가 온전치 못하는데도 힘을 내어 조사에 적극 임해 주었다. 성대 때문에 이야기는 비교적 간결했다.
줄 거 리 : 사람의 손때가 묻은 것이 도깨비가 된다는 이야기이다.

도깨비라는 게 뭘 도깨비라 하믄. 여그 손에 때를 묻하서(묻혀서) 손에 때가 많이 손때가 묻은 그것이 도깨비라 말하자면. 그 그 신이 손때가 묻은 거가 신이 붙어 갖고 도깨비가 돼 말하자믄. 가만히 놔두면 저 산에가 꽂아 놓으면(도깨비가 되지 않고, 생략된 말),

손때가 많이 묻어야지 거가 신이 붙어 갖고 도깨비가 되지. 근께 이 시방 세상이 밝은께(밝으니까) 귀신이 없제. 지금도 불 캄캄헌디 가다 보믄 지금도 산에 들가면(들어가면) 무섭고 귀신이 귀신이 나온다. 워낙 밝아논께 귀신이 밝은 데서 힘을 못 써.

홍두깨 방망이 유래

자료코드 : 06_03_FOT_20100320_NKS_PDS_0011
조사장소 : 전라남도 광양시 다압면 금천리 동동마을 동동마을회관
조사일시 : 2010.3.20
조 사 자 : 나경수, 서해숙, 이옥희, 편성철, 김자현
제 보 자 : 박동석, 남, 83세
구연상황 : 앞서 할머니들 중심으로 민요가 연이어 구연되었다. 조사자가 재차 도깨비 이야기를 묻자 다음 이야기를 마지막으로 구연했다. 제보자는 식도암 수술로 인해 성대가 온전치 못하는데도 힘을 내어 조사에 적극 임해 주었다. 성대 때문에 이야기는 비교적 간결했다.
줄 거 리 : 저녁에 혼자 자는 여자가 홍두깨를 가지고 한밤을 지키고 있었다. 어느 날 잠을 자는데 웬 남자가 와서 같이 자게 되자 홍두깨 방망이를 잡지 못하고 노래만 불렀다는 이야기이다.

근디 여자가 저녁을 잘못 묵었던 모양이여 깐딱깐딱허고(저녁마다 잠을 자지 못하였던). 어쩐다고 깐딱깐딱허고 또 깐딱깐딱하고. 저녁만 그러간디 귀찬으거던.

"시숙님"

"왜 그라냐?" 그란께.

"낮에 막 어떤 놈이 불을 깐딱깐딱허고 또 깐딱깐딱허고."

"그럼 그 문을 끄내비라(잠궈라). 그래 놓고 홍두깨를 밤이 와 옆에 놔뒀다 아 마 마 홍두깨로 대가리를 사정없이 패비라."

대체 시숙 말이 맞거든. 홍두깨를 밤에 와 딱 놔뒀다가 가만히 자는디. 아 어떤 놈이 요로코 한께 잔디. 아 여 배 우에 올라와 있어이. 이놈이.

"어떤 놈이냐?" 허고.

"이 이 이 [다급한 목소리로] 홍두깨 방맹이 홍두깨 방맹이."

남이 ○가 준께 홍두깨 방맹이라. [웃음]

(조사자 : 어? 나중에 뭐하니까요? 홍두깨 방맹이, 홍두깨 방맹이 그랬다구요?)

하.[긍정의 대답] [할머니들이 청중으로 있어서 육담이기에 이야기를 꺼리신 분이 몇 마디 한다.] 홍두깨 방맹이 방맹이 하나 됬다가 남자를 뚜두려 팬께.

(청중 : 자기가 시숙님이 시켰던가 보네.)

저 시숙님이 시켰어.

"온 것 보믄 딱 문고리를 해 놨다가 문 잠궈도 풀어냈다가 오믄 막 홍두깨 방맹이로 갖고 막 대가리를 시리 막 패부라." 해 분께.

(청중 : 요 위에 올라간 놈은 어떻게 됐는디?)

그렇게 하고 문을 땅겨 놨는디. 문을 땅겨 놨는디 마 잔디(자는데) 배 위로 올라와 붓어.

"이런 홍두깨 방맹이. 홍두깨 방맹이."

그러다가 지가 좋은께 막 노래 부름서,

"홍~두~깨~ 방~맹~이~ 홍~두~깨~ 방~맹~이~"

(조사자 : 아 아~ 인제 이해가 됐네.[웃음])

[웃음] 허드래(그렇게 노래를 부르면서 홍두깨 방맹이라고 말을 하더래). [전원 웃음]

뱀의 복수

자료코드 : 06_03_FOT_20100320_NKS_YMS_0001
조사장소 : 전라남도 광양시 다압면 금천리 동동마을 동동마을회관
조사일시 : 2010.3.20
조 사 자 : 나경수, 서해숙, 이옥희, 편성철, 김자현
제 보 자 : 유말순, 여, 71세
구연상황 : 앞서 호랑이에 관한 이야기가 끝나자 조사자가 뱀에 관한 이야기를 해 달라고 하자 제보자가 다음 이야기를 구연했다.
줄 거 리 : 뱀이 집안으로 들어오길래 때려잡았는데 뱀 꼬리가 떨어졌다. 이후 뱀 꼬리가

없는 뱀들이 집안으로 들어왔다는 이야기이다.

뱀은 우리 친정어머니가 저 똥내똥이라는 디 거가 살았는디. 저그 뱀이 한 마리가 들어오는 것을 우리 아부지가 탁 때려서 잡았대. 그런께 인자 꼬랑댕이가 탁 떨어져 뿐거야. 뱀이~ 꼬랑댕이가 딱 떨어졌는디.

언제 하리(하루) 저녁밥을 딱 묵고 인제 옛날에는 인자 호롱불을 켜 놓고 저녁밥을 이렇게 딱 묵고 앉았는디. 뱀이[언성이 높아지면서] 들어오기를 시작허는디 꼬랭이 없는 놈들~ 대가리 없는 놈들~이 들어오드래요. 온 집을.

저 또내똥이란디 지금 저 여그 우리 친정어머니가 살았어. 옛날에 나 인자 낳고 거그를 낳기 전에 나 낳아 갖고 거그 살았는디. 그 마당에를 마 저녁밥을 먹고 이렇게 [밖을 보면서] 앉았는디 한~정 없이 들어오더래. 긍께 대가리 없는 놈, 꼬랑댕이 없는 놈 그냥 그거를 인자 안○여 그러는 거제.

(청중 : 왜 그랬을고?)

몰라.[고개를 저으며] 그래 한~정없이 들어오더라고. 뱀은 요물이니까 뱀을 벌로(뻘로, 함부로) 죽이면 안 된다는 얘기를 옛날에 우리 엄마 아빠가.

개고기 먹고 호랑이 만나다

자료코드 : 06_03_FOT_20100320_NKS_YMS_0002
조사장소 : 전라남도 광양시 다압면 금천리 동동마을 동동마을회관
조사일시 : 2010.3.20
조 사 자 : 나경수, 서해숙, 이옥희, 편성철, 김자현
제 보 자 : 유말순, 여, 71세
구연상황 : 앞서 지명 이야기가 끝나자 조사자가 호랑이에 관한 이야기를 물었다. 이에

제보자가 다음 이야기를 구연했다.

줄 거 리 : 평생 동안 백운산에서 나물을 캐면서 살아가던 사람이 있었는데, 산행할 때 밤이 되면 호랑이가 동행하고 이끌어 주었다. 그런데 어느 날 개고기를 먹고 산에를 갔더니 호랑이가 나타나 죽이려 하자 이렇게 죽는구나 하면서 노래를 불렀다. 그랬더니 호랑이가 가고 없더라는 이야기이다.

평생 나물만 캐서 묵는 분이 있어. 자기는 ○○ 농사도 없고 항시 나물 쑥나물 끝에서부터 나물을 캐서 묵어. 근디 인자 산나물이 나서 인자 백운산으로 나물을 캐러 갔는데. 그날 어쨌냐믄은 개를 잡아 갖고 개고기를 뿍아 묵고 갔대.

근디 개허고 호랑이하고는 적이잖아요. 그런디 인자 혼자 그 당신은 평상 혼자 다녀. 근디 인자 지금 누구 말허자믄 우리 여기 있는 [옆의 할머니를 가리키며] 또래마냥 될 꺼이라.

그때 나이 많았으니까. 그래서 인자 나물을 캐러 갔는디. 정 정때나(점심때나) 새에(새참에) 요렇게 쉬 있을 인자 담배나 한 대 피울라고 요렇게 딱 앉아 있으니까 솔대밭에서 소리가,

'살살살사글사글사글사글~'

소리가 나더래. [언성을 높이면서] 계속~. 그러니께 자기 생각에 호랭이라. 그러니까 인자 굉~장이 자기 싫었재. 자기 산행을 댕기며는 호랭이를 어쩌냐면 늦으면 바래 주고 말하자며는 그렇게 이끌어 주고 호랭이하고 통헌다는 거재, 항~시 산만 파 묵고 사니까.

근데 인자 쫌 있다 본께로 쓰~윽 나오더래. 큰~것이. 그거는 중간에 진짜 지금은 없지마는 우리 애기를 세 개 낳을 때 광양 살았는디 우리 바로 집 옆에 분이었거든 근디 얘기를 헌디. 까무잡잡하니 여자가 그리 생겼어.

그 호랭이가 나와서 어쩔 수 없더래, 자기는 꼭 잽혀 묵게 생겼더래. 개를 묵어서. 그래서 담배를 한 대 [입에 담뱃대를 대는 시늉을 하면서]

착~ [담뱃대에 불을 피우는 시늉을 한다.]

성냥불을 이렇게 피서 입에 물고는 손을 타악~[손뼉 친다.] 침서 노래를 한자리 불렀더래. 크게 노래를 한자리 부림시로(부르면서) 즈그 말하자믄 인자,

"나가(내가) 일평상 산을 이렇게 밥 묵고 살았는데 마지막엔 나가 가는구나."

그 노래를 지어서 자기가 불렀대 인자. 부리고 인자 하~ 인자 잡아 묵냐? 하고 딱 돌아서니까 온디 간디 없더래.

그래서 그거는 틀림없이 실화로 들은 얘기거든. 중간에 긍께 우리가 한 서른 한 마흔 이짝 저짝에 그런 얘기를 들었어. 그때 호랭이가 전혀 산에 없을 때였거든.

(청중 : 아 호랭이는 후떡후떡 이래 안허드만. 사브락 사브락 사브락 사브락...)

근께 그 수누대는 계~속 사각거리고 오는디 길이 갈라지더래요. 그 위에. 삭 삭 삭 삭 온디 갈라져서.

(청중 : 호랭이가 왜 그런고는 외길로 가는 기라.)

(청중 : 아 외줄로.)

그러니까 자기 생각에 개고기허고는 적인디 자기가 잡아 묵었다 그런 기라.

총각소 유래

자료코드 : 06_03_FOT_20100320_NKS_YMS_0003
조사장소 : 전라남도 광양시 다압면 금천리 동동마을 동동마을회관
조사일시 : 2010.3.20
조 사 자 : 나경수, 서해숙, 이옥희, 편성철, 김자현

제 보 자 : 유말순, 여, 71세
구연상황 : 앞서 제보자가 홍글타령과 김삿갓 노래가 부른 뒤에, 마을 사람들과 준비한 고로쇠물을 마시면서 휴식을 가졌다. 조사자가 이어 이 마을에 용소가 있는지를 묻자 다음 이야기를 구연했다.
줄 거 리 : 처녀에게 주려고 달래를 따던 총각이 빠져 죽은 곳을 '총각쏘'라 부른다는 이야기이다.

근디 하○ 나물 건너 간디 그 밑에가 총각쏘다대.

(청중 : 참나무 우에~ 참나무 우에.)

근디 지금도 달애(달래) 넝쿨이 막 넝클어가(영글어져) 있거든. 근디 처녀가 어째서 배가 고파 죽었는지 어쨌는지 모르지마는, [웃음] 그 총각은 처녀 생각이 나서 달애 따다가 다래 넝쿨에 떨어져 죽었대.

(조사자 : 근데 혹시 처녀가 다래 따다 죽었는데 총각이...)

아니. 처녀는 달애 따다 죽은 거이 아니고, 달애를 따다 줄라고 총각이 올라가다가 그 쏘에 빠져 죽었어. 근데 그 소에 또 먼 일이 나냐 그러며는.. 소를 모 몰고 논을 갈라고 이렇게 건너가는데,

그때 점때(저번에) 해구집 소가 그랬다지. 그 총각쏘에 빠졌드래. 소가~. 그래 가고 큰 물이 지고 거가 짚은께(깊으니까) 빠져 갖고 막~ 허우적거리더래. 그래서 그걸 꺼낼라고 굉장히 욕봤더래. 총각 빠져 죽은 쏘에 까딱하면 소가 죽을 뻔 봤어.

집으로 들어온 호랑이

자료코드 : 06_03_FOT_20100320_NKS_YMS_0004
조사장소 : 전라남도 광양시 다압면 금천리 동동마을 동동마을회관
조사일시 : 2010.3.20
조 사 자 : 나경수, 서해숙, 이옥희, 편성철, 김자현
제 보 자 : 유말순, 여, 71세

구연상황 : 앞서 이야기가 끝나자 조사자가 호랑이가 곶감 좋아한다는데 그런 이야기를 아는지 묻자 다음 이야기를 구연했다.

줄 거 리 : 한밤중에 술을 받으러 가던 영감이 돌아오다가 귀신에 홀려 나무에 끼어서 나오지를 못하였다. 그 사이 영감이 사는 집에 호랑이가 나타나자 기르던 개가 놀라서 방으로 들어오고 가족들도 놀라 벌벌 떨었다는 이야기이다.

곶감이야기는 몰라도 저그 우리 지리산에 이사를 간께. 이 갑장 우리 영감님 갑장 그 할멈이 애기를 하는디. 그 옛날에는 없이 살아서 순~ 산에 감자를 파먹고 살았대.

근디 인자 감자를 파먹고 살다가 영감이 하~도 술이 묵고 자운께(먹고 싶으니까), 술을 묵을 때 지리산에서 달공으로 술을 받으러 가는 거라. 저녁밥 묵으면 술이 묵고 자와서. 걸어서 거길 술을 받으러 가는디. 술을 받아갖고 오던 영감이 오다가 그 귀신한테 홀끼 갖고(홀려서),

그 밑 우리 물 받는디 그 밑에 가며는 이렇게 [제보자의 두 팔을 벌린 크기 정도의] 나무가 쌍방져 있어요(두 그루의 나무가 마주 보고 서 있어요). 거가 찡기 갖고(그 나무 사이에 끼어서) 술병 진창 거가 찡기 갖고 밤~새도록 집일 못 온 거여.

그런께 저녁에 할멈허고 애기 둘 데꼬 인제 방에가. 촌에 촌에 말하자믄 옛날에 오막살이 이렇게 지(지어) 놓고 그리 인자 감자바위 감자밭 옆에가 감자 매며 사는디. 이자(인제) 영감은 거그 가서 안오고 새끼를 둘 데꼬 인자 거가 앉아 있는디.

개를 큰~놈을 키웠대. 근디 개가 방~으로 [팔을 크게 휘저으며] 후~딱 뛰 들어오더래. 막 문을 옛날에는 이런 문이 아니고 옛날에는 새살문 [손가락 두 개를 교차하면서],

(청중 : 호창문 호창문.)

요런 문 [몸을 작게 움츠리면서] 포도시 사람만 나오고 들어가는 문이여. 근디 거 거가 [갑자기 옆 청중들이 웃음을 터트린다.] 호랭이가 후~

딱 방으로 뛰어들어 [말을 다시 정정하여] 개가 뛰 들어와서 인자,

'이거 호랭이가 분명이 왔는가 보다.'

그리여. 호랭이가 개를 잡아 묵으러 온 거야 인자. 그래서 개가 저~녁내 못 나가고 인자. 개 한 마리허고 딸허고 아들허고 둘 데꼬 할멈이 저~녁내 집이가 그리 벌벌벌벌~ 떨고 집이가 있었대.

그 영감이 작년에 죽었구마. 근디 영감이 하도 안와서 이튿날 할멈이 날이 새서 나와 보니까 호랭이는 없고. 분명히 밤에는 호랭이 왔던 거라~ 거가. 근데 인자 아침에 나가서 인자 거 달공이란 데를 술 받으러 간디를 인자 그 할멈이 인자 거그를 내려간께.

거 영감은 귀신이 잡아 갖고 그 쌍바위 거그 요렇게 요렇게 나무가 [한 아름 정도 크기] 두 나무가 요렇게 두 개가 섰는디 그 새이로(사이로) 꼬~옥~ 찡깃더래요. [언성을 높이면서] 사람이 자기 영감이. 호랭이는 가 뿌리고 없고.

아니야. 우리 동네 얘기는 다 했고 인자…….[청중들과 조사자들이 전부 이런 이야기는 해도 무방하다고 저마다 한마디씩 한다.] 그래 갖고 인자 그~ 영감을 끄어다 내 논께로(나무 사이에서 빼내고) 인자 죽을 줄 알았대 모도(모두).

그랬는디 안 죽고 살아 갖고 빼작거리고 살아 갖고. 굉~상한(굉장히) 술만 술만 먹고 살아. 그래 갖고 나가(내가) 가면,

"우리 우리 할멈이 어디 있는지 좀 보래."

할멈이 술을 하도 못 묵게 하니까~ 할멈이 열 한 살이 더 묵어(많아). 말하자믄 총각으로 장가를 못 갔어. 없이 살았어.

그래서 인자 딸이 둘 낳아서 시집 갔은께 못살고 온 할멈을 얻었어. 그래 갖고 살아 노니까(사니까) 이 할멈이 술을 못 묵게 해 영감을~ 긍께 우리 지리산을 팔년을 거가 살았는디. 평상 나가 인자,

"아저씨 형님 어디 가셨어요?"

그러면, 살금살금 여그 샛밖에 서서,

"우리 할멈 오는가 보래."

그래 인자 첨엔 멋도(무엇인지도) 모르고 요짝 어디로 할멈 온가 쳐다보면, 정자에서 술을 인자 막 인자 딸아 갖고 막 [그릇에 음료를 따라서 한 모금 한다.] 딱 묵고는, 안주고 뭐고 이런 게 없어. [입을 쓰윽 닫는 시늉을 하면서] 올까 싶은께 싹~ 딱아 불고 나가 불면 그만이라.

그 술을 묵고, 그러고 살더만 작년에 근께 칠십에 돌아가셨는갑네. 영감이~ 그 영감님이.

아니다. 칠십 둘에 칠십 서이에 돌아가셨구나. 우리 영감하고 동갑인께.

도깨비불

자료코드 : 06_03_FOT_20100320_NKS_YMS_0005
조사장소 : 전라남도 광양시 다압면 금천리 동동마을 동동마을회관
조사일시 : 2010.3.20
조 사 자 : 나경수, 서해숙, 이옥희, 편성철, 김자현
제 보 자 : 유말순, 여, 71세
구연상황 : 호랑이 이야기가 끝나자 조사자가 도깨비에 관한 이야기를 묻자 다음 이야기를 구연했다. 제보자는 활기찬 분으로 민요며, 설화며 조사자들의 요구에 적극 참여해 주었다.
줄 거 리 : 그 옛날에 바느질하면서 살던 때에 한밤중에 바느질을 하고 있는데 갑자기 불이 나갔다. 맞은편에 살던 사람이 불이 나간 그때에 도깨불을 보았다는 이야기이다.

도깨비 이 동네처럼 많이 있더래. [전원 웃음] 도깨비 이거 이거 이거 요그 농협.... 요 건너 인자 요그 대밭이 있어 지금. 거그에 있었는디. 옛날에 반란시대 때 사람을 많~이 잡아다 직였때(죽였대). 거그서.

그런디 밤이는 막~ [키를 치듯이] 챙이로 이렇게 까불더래. 천천히~

그러며는 불을 불을 딱 써자브믄, [갑자기 웃으면서] 현실로 도깨비 이야기를 내가 한번 해 볼께이.

시집을 가서 산디 서방이 군대를 갔어. 인자 나 혼자 사는 거라. 인자 저녁이면 겁이 난께 인자 방문을 저런 큰~ 요런 대작대기를(큰 막대기를) 인자 가로질러서 놓고 인자 이렇게 잤는디. 거 우리 친구가 한나(하나, 한 명) 옛날에는 왜 종이 그 왜 그 뭐요 뭐? 그 다리 절름절름허고 안사요~ 추동~

(청중 : 닥(닥나무) 조선종이.)

응. 조선종이 맨든 사람. 그 왜 다린 절름절름허고.

(청중 : 다리 절름절름헌디.)

하.[긍정의 대답] 그 사람이 사는디. 그 부인이 나허고 굉~장히 친했어. 그런디 요거이 요거이 인자 저녁에 머슬 허냐? 잉. 머슬허냐? 하고. 우리 허고 집이(그 조선종이 만드는 집) 하고 마주 보는데 나온께.

딱 불을 써 놓고 나가(내가) 방에서 인자 바느질을 했어. 옛날에~ 옛날에 동네 바느질 꺼리를 갖다가 이렇게 바느질을 했어. 그때는 뭐 이런 전기불이 전기불이 없고 촛불을 키고 그런 때거든.

촛불을 딱 키고 인자. 바느질을 요렇게 허는디, 아 갑자기 불이 딱 꺼지는 거야. 불이. 꺼져부러서 차~암~ 참~ 쫌 싫더라고 혼자 있은께잉. 그리되믄 집이. 그래서 불을 도로 써 놓고 밤~새도록 동네 옷을 맡아다가 인자 이리 설이나 돌아오며는 바느질을 해서 줬거든.

그 바느질을 이렇게 허는디. 아 이 불이 탁 꺼져 부러. 그래서 인자 한~참 있다가 도로 불을 키 놓고 바느질을 저녁내 했어. 근디 이튿날 딱 나간께 뭐라고 그런고는, 날 보고 동골서 왔다 해서 동골댁이라 그래. 이 동네가 동골이라. 동동이란 디가 말허자믄 거그서는,

"동골덕 동골덕" 그래.

"동골덕 엊저녁에 왜 불을 써 놓고 있다가 불 한번 안 꺼지던가?"그래.

"아 뭐~ 나 바느질 헌디 불이 한번 탁 꺼지더라. 글더마는 한~참 있다 좀 무서버 인자 불을 썼다. 기냥."

"느그 집이 문구녕에서 딱 도깨비가 불을 탁 건져 갖고 나오더마는 졸졸졸졸~ 키고 저~어 건너까지 가더래."

긍께 말허자믄 전기불 파딱파딱 킨 것 맹키로 계속 그놈이 뻗쳐 나가더래. 긍께 도깨비인거여. 긍께 옛날에 우리 살던 그 집이 굉~장허게 무서운 집이라. 말허자믄 옛날에 요렇게 옛날 그, [옆 사람을 보면서] 옛날에 가 그 수학능이라고 ○○○ 안 있소잉?

학수풍이 있었는디. 거가 저그 고라니도 요렇게 댕기다가 빠져 죽고잉. 집이 저 굉장히 안 좋은 집이라. 아들도 죽고 그래서 집이 좀 안 좋은 집을 시집을 가서 지금을(저금을) 해 놔서 그 집을 사서 지금을 내 놨는디. 인제 귀신이 나왔던가 봐.

그래 갖고 도깨비가 인자 우리 방에 가서 불을 갖고 그렇게 나가더래. 그래 갖고 그게 읍내땍이다 이름이. 읍내떡이 거 내가 거 용문 살다 거가 죽었는가 살았는가.

친정어머니가 만난 너뱅이들의 도깨비

자료코드 : 06_03_FOT_20100320_NKS_YMS_0006
조사장소 : 전라남도 광양시 다압면 금천리 동동마을 동동마을회관
조사일시 : 2010.3.20
조 사 자 : 나경수, 서해숙, 이옥희, 편성철, 김자현
제 보 자 : 유말순, 여, 71세
구연상황 : 도깨비 이야기가 계속 이어졌다. 옆에서 이야기를 듣던 제보자가 어머니에게 들었다면서 다시 도깨비에 관한 이야기를 시작했다.
줄 거 리 : 친정어머니가 혼자서 밤중에 너뱅이뜰을 지나가는데, 앞서 남자 둘이 가고 있어 쫓아가면 저만큼 멀어지기를 반복했다. 어머니가 너무 무서워서 노래를

부르고 가다가 남자를 쳐다보니 한없이 커졌다. 어머니가 귀신에 홀린 것을 알고 그 자리에 한참을 주저앉았다가 집으로 돌아왔다는 이야기이다.

이거는 우리 엄마 얘기거든.

(청중 : 오늘 굉장히 얘기를 허요.)

우리 친정어머니 얘긴디. 우리 친정어머니가 옛날에 저그 좀 여자라도 남자 같이로 막 인자 쎄더래. 기가. 근디 인자 여그서 산 것이 아니고 악양 저거 평사라고 저그 들어간 디 대촌이라고 거그서 우리 친정어머니가 살았더래요. 옛날에.

근디 지금은 나도 저 악양 들이 전~부 논인디. 옛날에는 거가 뭐이냐 그러며는 전~부 웅덩이라. 어. 그냥 요렇게 [둥근 모양을 그리면서] 웅덩이라. 그래 갖고 거그서 요렇게 뭐 연꽃도 피고 막 그런 웅덩인디. 그렇게 너뱅이뜰이라고 해. 그 웅덩이를 보고.

그렇게 그 들이 널렀대(넓었대). 근디 인자 우리 어머님이 인자 아버지는 일찍허니 돌아가시고 혼자 인자 살면서, 저 하동장을 봐서 가 갖고 저 갯이라고 있는디 저 악양 밑에 거그를 올라 온께. 앞에 남자 둘이 가더래. 남자 둘이 가는데 계~속 가서 인자,

"나가(내가) 사람 있으니께 안 무섭다아."

밤이라 그렇게 허고 그래 인자 올라왔을 때 올라온께. 깜박깜박 허는디. 요만침 [손 한 뼘 정도 벌리면서] 다가가믄 배삐(바삐) 다가가믄 그 정도(손 한 뼘 정도의 거리) 떨어지고 또 배삐 좀 다가가믄 그 정도 떨어지고, 그런디 어찌,

"아저씨 아저씨 같이 갑시다. 같이 갑시다."

인자 그렇게 부르니까 말이 없드래요.

말이 없어서 하도 이상시러버서(이상해서) 인자,

'이것이 먼 귀신이냐?'

싫어서 인자 막 크~게 노래 한 자리를 부르고 그 너뱅이뜰에를. 오면서 노래 한 자리 부르고 거그서 막 둘이 ○ 갈라지고 이런께 노래를 부르고 요렇게 간께. 이렇게 [위로 눈을 올려다보면서] 쳐다본께 하~는지대뿌리(한정 없이) 그게 커지더래야. 사람이~ 귀신인가? 도깨빈가 몰라 인자잉.

그렇게 커져서 인자 막~ 인자 막~ 정신을 채려 갖고(차려서), 인자 막 거그서 주저앉았다가 막 담배를 한 대 피우고 일어나서 그 너뱅이뜰을 이렇게 걸어서 집이까지 들어왔대. 도착을 했대~ 그런디 그 동네 남자가 그 자기 우리 어머니 뒤에 따라 오다가 그 사람헌테 걸린 거야. 귀신헌테. 그래도 우리 엄마는 요 그 기가 쎄 논께 인자 거그서 안 잽히고.

도깨비의 정체

자료코드 : 06_03_FOT_20100320_NKS_YMS_0007
조사장소 : 전라남도 광양시 다압면 금천리 동동마을 동동마을회관
조사일시 : 2010.3.20
조 사 자 : 나경수, 서해숙, 이옥희, 편성철, 김자현
제 보 자 : 유말순, 여, 71세
구연상황 : 제보자가 도깨비 이야기를 계속 이어갔다.
줄 거 리 : 한밤중에 어떤 사람이 길을 가다가 도깨비를 만나 밤새 싸우다가 나무에 묶어 두었다. 이튿날 가서 확인해 보니 피 묻은 빗자루였다는 이야기이다.

인자 귀신헌테 그 분이 잽히 갖고는 밤~새도록 그렇게 댕기다가, 인자 그놈허고 싸~우다가 싸~우다가 된잽이가 나 갖고 이렇게 허다가 그걸 나무에다 묶었드래. 요렇게 [도깨비를 나무에 묶는 시늉을 하면서] 요렇게 인자 거짓말인가 참말인가 모르겄대도~

우리 엄마가 애기라 자기가 직접 나한테 헌 애기라. 그래 이리 [나무에

도깨비를 묶는 시늉을 하면서] 묶었는디 이튿날 가서 본께 피가 묻은 빗지락이더래. 피가 묻은 빗지락.

그래서 그 소문이 옛날에 인자 그 빗지락 같은 피묻은 걸 벌로(뻘로, 아무 곳이나) 버리며는 그거이 귀신이 되고 도깨비가 된다는 얘긴디. 그냥 학실히(확실히) 귀신인가 아닌가는 모르겄지마는 우리 엄마는 분~명히 그 귀신을 저녁에 만났대.

근데 자기는 집이를 여기를 왔는디~ 뒤에 분이 오다가 그 너벵이뜰을 다 끌키 댕겼대. 악양 너뱅이뜰을. 그래 갖고는 싸우다가 싸우다가 사람이 하~도 싸우다 보면서 인자 그 사람도 기운이 쎘는갑지~

그래 이래 [도깨비를 묶는 시늉을 하면서] 묶은다고 묶었는지 자기 허리끈을 풀러 갖고, 이튿날 해 있나 싶어서 거기를 가보니까 그 피가 묻은 빗지락이더래. 피가 이그리(많이) 묻은 빗지랙.

그래서 옛날에 빗지락 몽댕이 피묻은 것 아무데나 버리며는 그것이 도깨비가 나고 귀신이 된다는 그런 옛날 전설에 그런 얘기가 있었는 거이라. [고개를 옆으로 돌리면서] 인자 나보고 그만하라 해.

뒷골에서 만난 호랑이

자료코드 : 06_03_MPN_20100320_NKS_KEN_0001
조사장소 : 전라남도 광양시 다압면 금천리 동동마을 동동마을회관
조사일시 : 2010.3.20
조 사 자 : 나경수, 서해숙, 이옥희, 편성철, 김자현
제 보 자 : 김을님, 여, 76세
구연상황 : 조사자들이 조사 간 당일에는 광양시매화축제가 한창이여서 마을사람들을 만날 수가 없었다. 마침 다압면에는 매화꽃이 만개하여 매화 향기와 그 향기를 쫓는 사람들로 가득했다. 조사하기에는 적절하지 않은 시기였던 것이다. 그래서 계획에 없으나 행여 하는 마음으로 지리적으로 산골짜기에 위치한 동동마을을 찾아갔다. 마침 마을 어귀에서 만난 마을 주민에게 이 마을을 찾은 연유를 설명하니 부녀회장과 통화할 것을 종용했다. 그리하여 부녀회원들과 함께 인근 산의 나물을 캐러 간 부녀회장과 통화하여 30분 후에 마을회관에서 만나기로 약속했다. 시간이 되어 마을회관에 9명의 마을 주민들이 모이자 조사 취지를 설명하고, 마을의 일반 현황을 파악하였다. 이어 조사자가 화두로 호랑이를 만난 적이 있는지를 묻자 다음 이야기를 구연했다.
줄 거 리 : 뒷골로 고사리를 끊으러 가다가 꼬리를 흔들며 산을 내려가는 호랑이를 보았다는 이야기이다.

뒷골 한번 꼬사리 끊고(고사리 끊으러) 간께로, 저 종구○○○ 간께. 저 형님 꼬사리 끊고 온디. 아 몬당 딱 올라간께. [양 손바닥을 맞대고 손끝을 움직이면서] 살랑살랑살랑~ 허면서 고리비산을 흔들면서 내려와.

'아이고 사람이 죽는다.'

싫어 무서우면서 도로 그리 내려와 갖고 요짝에 생○○○ 중 돌아온디 종구 즈그 안정머리 왔다. 요짝 그 부린께로 사람 아~무도 없어. 호랭이가 그래. 호랭이가 그래 외질로(외길로) 가더라고. 호랭이가.

(청중 : 귀신이 나오믄 겁이 나고 호랭이가 나오믄 땀이 난다더만.)

그래 아까 몬당에를 딱 올라간께. 그 처녀가 ○○가 올라간께로. 몬당 딱 올라선께 보선(버선) 하나씩 있는디. 저 몬당 저 동연이 즈그 시어머니가 그런디 그 몬당[계속 옆 사람을 보면서 이야기를 한다.],

[조사자를 한번 보고 다시 이야기를 이으면서] 탁~ 살랑살랑~ 이래.

(청중 : 여그 쳐다 보고 [조사자를 가리키면서] 해. 여그 쳐다보고.)

꼭 사람이 나락 농약 치을라고(농약을 뿌리려고) 가르는 것 맨키로 내려가더래요. 그래서...

(조사자 : 직접 보셨어요?)

예. 그 때 한 서른 살 묵었어요.

(청중 : 그때 호랭이는 봤어?)

[언성을 높이면서] 몸뚱이는 안 봤단께. 근께 몬당 딱 간께는 탁 고리비산을 요리 [풀사이로 지나가는 호랑이를 표현하면서] 내려가더라. 그러니까 틀림없이 인자 [청중들이 모두 호랑이에 관하여 한마디씩 동시에 말한다.] 무섭더라고. 무서버서 인자 사람이 그러는가 싶어서 [손을 등 뒤에서부터 앞으로 휘저으며] 막 밑으로 돌이 쏟아져 갖고 중들이 그런가 싶어서 우에는 ○께 전부 없어. 그래서 그거이 호랭이라.

직접 본 도깨비불

자료코드 : 06_03_MPN_20100320_NKS_KEN_0002
조사장소 : 전라남도 광양시 다압면 금천리 동동마을 동동마을회관
조사일시 : 2010.3.20
조 사 자 : 나경수, 서해숙, 이옥희, 편성철, 김자현
제 보 자 : 김을님, 여, 76세
구연상황 : 앞서 도깨비불 이야기에 이어서 제보자가 다음 이야기를 구연했다.
줄 거 리 : 도깨비불이 처음에는 하나 되다가 네 개가 되고 온 전체가 불이 된 광경을 보았다는 이야기이다.

도채비가 근께 요근 있어. 나 저 건너 있으니께로 서○○○ 요짝에 오고, ○○○○ 셋하고, 아 거그서 도채비가 첨엔 [손가락 하나를 펴면서] 불 하나를 딱 키더만, 돼아지 지키러 갈라고 저 말래에 딱 영감이 앉았는디,

아이구마 거그서 불이 하나 딱 나오더만, 집불 맨키로 하나 됐다가 네 개 됐다가 막 철철철철~ [팔을 크게 벌리면서] 온 전체가 불이라. 그래서 그 인자 나가(내가) 그때 도채비를 한번 봤어. 아 그래 논께 우리 집에 와서 울 영감헌테 물으니 도채비 못 봤다고~[웃음]

냉동실에서도 죽지 않은 누에

자료코드 : 06_03_MPN_20100320_NKS_YMS_0001
조사장소 : 전라남도 광양시 다압면 금천리 동동마을 동동마을회관
조사일시 : 2010.3.20
조 사 자 : 나경수, 서해숙, 이옥희, 편성철, 김자현
제 보 자 : 유말순, 여, 71세
구연상황 : 김한성 이야기에 이어서 제보자가 다음의 이야기를 구연했다. 마을 부녀자회장이신 제보자는 마을 사람들과 함께 약초를 캐러 산으로 가는 도중에 조사자의 연락을 받고서 내려와 자리를 함께 했다. 힘이 넘치고 마을 사람들과 더불어 함께 하는 모습이 보기 좋았다.
줄 거 리 : 집안에 키우던 누에를 냉동실에 넣어 두었으나 죽지 않고 살아 있더라는 이야기이다.

우리 집 여 광양에서 살다가 한 십오 년 전에 지리산으로 이사를 갔어. 지리산으로 이사를 가갔고 지리산에서 장사를 허는데. 머리가(머리카락숫이) 없어서. 장사는 되도 안고 묵고 살 길이 없는 거라. 그래서 인자 우리 집을 짓는디 아래채를 지었어. 그 아래채에다가 누에를 키웠거든.

누에를 키워 갖고 엄~청 누에가 많이 잘 됐어. 그래 인자 저~ 보성사

람이 당뇨가 들었다고 누에 좀 키워 돌래서 인자 계약재배를 했어. 그래 인자 그걸 말류냐(어떻게 말리냐)? 그걸 어떻게 해서 말류냐? 하니까~.

그것을 냉동실에 넣다가 그 놈을 내 갖고(내어서) 밖에다 말리면 된다 이러더라고. 긍께 저녁에 이놈을 싹~ 추스러서(추려서, 상품이 있는 것과 없는 것으로 분리하여) 냉동실에다가 싹 넣었어. 그래 여 갖고(넣어서).

그래서 이튿날 볕에다 내 널었어. 저녁내 내 놓으니까 바닥에 넣어 논께 대가리가 싹~ 떨어지더라고. [갑자기 언성을 높이면서] 그러면 죽어야 되거든 분명히. 근디 그거이 안 죽고 볕에 탁 놔둔께 어찌하냐? 하믄, 대가리 [머리를 살짝 흔들면서] 꿈뻑꿈뻑~ [전원 웃음] [또다시 고개를 흔들면서] 꼬째꼬째~ [전원 웃음] 이러고 [언성을 높이면서] 싹~ 살아나는 거야.

냉동실에서 모가지가 다 떨어지게 얼었어. 그런디 볕에다가 요놈 한 바구니, 요놈 한 바구니 쭈욱~ 볕에다가 노니까, 해가 인자 햇살이 딱~ 비쳐서 따뜻하니까 그 놈이 누에가 살아나는 거야. 그래 갖고는 다리가 꿈틀꿈틀 어쩔 것이여.

[다시 머리를 흔들고 팔을 흔들면서] 대가리가 꿈틀꿈틀 막~ 이러고 살아가는 거야. 막 매달려들고 얼마나 자망○○○ 놀랬어. 그래서 그 이야기를 광양 가서 어느 동네 가서 그 애기를 허니까,

"꼭 이걸 텔레비전에 나가서 한번 허라."

그런 거라. 이 애기를. 그것이 상상도 못 헐 애기라고. [손뼉을 치면서 웃음]

그래서 인자 그것을 도로 싹~ 잡아서 또 냉동실에 갖다 넣었어. 싹~ 살아나니까[온 몸을 꿈틀대듯이 움직이면서] 발을 옴찔 글고(거리고) 대가리 막 흔들고 째째째째 그러고 싹~ 살아나.

그래서 그 이제 안들은 사람은 거짓말이라고 헐 거이라. 그래 우리 집에 손님들도 많헌디 손님들도 다 보고 자망을 해 놀래 갖고. 놀랠 일이제

본다면잉. 그 죽은 것이 살아나니까.

그래 인제 그놈을 싸악~ 걷어다가 냉동실에다 도로 다 넣다. ○ 넣어서 한 사나일(사나흘) 얼어 갖고 내 논께 그땐 죽었다. 그땐 죽었어.

하리(하루) 저녁 냉동실에서는 안 죽는다. 안 죽은다 그거여. 근디 사람도 죽어서 냉동실에다 너며는(넣으면) 자기가 살아난 것 같으며는 하리(하루) 있어 갖고 안 죽어. 누에가 안 죽는데 죽겄어. 얼어 갖고 안 죽제. 그래 인자 나 끝이여. [이야기가 끝났다고 고개를 옆으로 돌린다.]

사내끼 백발은

자료코드 : 06_03_FOS_20100320_NKS_KSS_0001
조사장소 : 전라남도 광양시 다압면 금천리 동동마을 동동마을회관
조사일시 : 2010.3.20
조 사 자 : 나경수, 서해숙, 이옥희, 편성철, 김자현
제 보 자 : 강소순, 여, 79세
구연상황 : 김을님 제보자의 노래가 끝나자 강소군 제보자는 자신이 노래를 한자리 하겠다며 이 노래를 시작했다.

[나가 한자리 부르까]

새끼야 백발은 씰디가(쓸데가) 있어도
사람의 백발은 쓸디가 없네

[우리가 백발 되믄 쓸 디가 없어]

홍글 타령

자료코드 : 06_03_FOS_20100320_NKS_KEN_0001
조사장소 : 전라남도 광양시 다압면 금천리 동동마을 동동마을회관
조사일시 : 2010.3.20
조 사 자 : 나경수, 서해숙, 이옥희, 편성철, 김자현
제 보 자 : 김을님, 여, 76세
구연상황 : 주민들이 옛날 노래를 권하자 이 노래를 불러 주었다. 부끄러워하면서 불렀는데, 목청이 좋고 가사 전달도 잘 되어서 청중들은 박수를 치면서 호응해 주었다.

진주당성 안사랑에
장기띠는(두는) 내처남아
자네누님은 날마다고
어디를가서 중노리(중노릇) 갔네
매부제(매부집)가풍이 얼마나좋으면
우리누님이 중노리갔소
얼씨구좋네 저절씨구
아니놀면은 뭐엇하나

[아이구 잘하십니다 박수]

거무 타령

자료코드 : 06_03_FOS_20100320_NKS_KEN_0002
조사장소 : 전라남도 광양시 다압면 금천리 동동마을 동동마을회관
조사일시 : 2010.3.20
조 사 자 : 나경수, 서해숙, 이옥희, 편성철, 김자현
제 보 자 : 김을님, 여, 76세
구연상황 : 김삿갓 노래가 끝나고 청중들이 잘한다며 다른 노래를 더 권하자 이어서 이 노래를 불렀다.

이산 저산 솔을비서(베어)
남해 금산 절을지서(지어)
그절 안에 피는꽃이
반만 피어도 화초란다
왕거무 범나비가
그 꽃구경 가시다가
왕거무 줄에가 걸렸다네(걸렸다네)

장가간 첫날밤에

자료코드 : 06_03_FOS_20100320_NKS_KEN_0003
조사장소 : 전라남도 광양시 다압면 금천리 동동마을 동동마을회관
조사일시 : 2010.3.20
조 사 자 : 나경수, 서해숙, 이옥희, 편성철, 김자현
제 보 자 : 김을님, 여, 76세
구연상황 : 기억이 나지 않는다며 왕거무 타령을 끝까지 부르지 못했다. 청중들은 감탄하며 노래를 더 권하자 이어서 이 노래를 불렀다.

장개간 첫날밤에
평풍뒤에 아가소리
아가소리가 왠소리냐
아랫방에 하님들아
가매한틀 다둘러라
오던질로 돌아가자
이왕에라 가실라거든
아기이름이나 짓고가소
아가이름은 숨은동이요
엄마이름은 동네잡년

그러더라요 [웃음]

모심는 소리

자료코드 : 06_03_FOS_20100320_NKS_PDS_0001
조사장소 : 전라남도 광양시 다압면 금천리 동동마을 동동마을회관
조사일시 : 2010.3.20
조 사 자 : 나경수, 서해숙, 이옥희, 편성철, 김자현

제 보 자 : 박동석, 남, 83세
구연상황 : 전에 모내기하면서 불렀던 소리를 해 달라고 권하자 이 노래를 불렀다.

아나 농부야 말들어
아나 농부야 말들어
서마지기 논배미가 반달같이도 남었네

물레야 자세야

자료코드 : 06_03_FOS_20100320_NKS_YMS_0001
조사장소 : 전라남도 광양시 다압면 금천리 동동마을 동동마을회관
조사일시 : 2010.3.20
조 사 자 : 나경수, 서해숙, 이옥희, 편성철, 김자현
제 보 자 : 유말순, 여, 71세
구연상황 : 청중들에게 옛날에 베 짜면서 밭 매면서 불렀던 노래를 불러 달라고 권하자 유말순 제보자가 이 노래를 불렀다.

물레야~ 자세야~
어서 빙빙 돌아라~
대밭에 든 총각
밤이슬~ 맞는다

옛날에 요거하면서(물레질 하는 흉내를 내며) 불렀던 노래야

청춘가

자료코드 : 06_03_FOS_20100320_NKS_YMS_0002
조사장소 : 전라남도 광양시 다압면 금천리 동동마을 동동마을회관
조사일시 : 2010.3.20

조 사 자 : 나경수, 서해숙, 이옥희, 편성철, 김자현
제 보 자 : 유말순, 여, 71세
구연상황 : 물레야 자세야를 부른 후 다른 노래를 권하자 이 노래를 불렀다.

이 아래 소년들아~
백발을 보고 반절 마라
엊그제 나도 소년이더니
백발이 되기가 천하 쉽네
얼씨구나 좋다 어~절씨고
이렇게 좋다가는 또 딸낳네

[웃음]

흥글 타령

자료코드 : 06_03_FOS_20100320_NKS_YSA_0001
조사장소 : 전라남도 광양시 다압면 금천리 동동마을 동동마을회관
조사일시 : 2010.3.20
조 사 자 : 나경수, 서해숙, 이옥희, 편성철, 김자현
제 보 자 : 윤선아, 여, 85세
구연상황 : 강소순 제보자의 노래가 끝난 후 윤선아 제보자에게 노래를 권하자 이 노래를 불러 주었다.

깊은 산 저 골창(골짜기)
숲 짚은(깊은)~ 골창
등꽃이 피어서 만발했네
산이 높아야 꼬랑도 깊고
쪼고만한 여자속 깊을수가 있냐

김삿갓 노래

자료코드 : 06_03_MFS_20100320_NKS_KEN_0001
조사장소 : 전라남도 광양시 다압면 금천리 동동마을 동동마을회관
조사일시 : 2010.3.20
조 사 자 : 나경수, 서해숙, 이옥희, 편성철, 김자현
제 보 자 : 김을님, 여, 76세
구연상황 : 홍글 타령이 끝나고 청중들이 잘한다며 다른 노래를 더 권하자 이어서 이 노래를 불렀다.

죽장에 삿갓쓰고 방랑삼천리~
흰구름 뜬고개 넘어가는 객이누구냐
열두대문 문간방에 글씨를보며(걸식을 하며)
술한잔에 시한수로 떠나가는 김삿갓

2. 봉강면

전라남도 광양시 봉강면 봉당리 상봉마을

조사일시 : 2010.4.10
조 사 자 : 나경수, 서해숙, 이옥희, 편성철, 김자현

상봉마을은 본래 광양현 북면(北面) 며내리 지역으로 추정되며 1700년대 초기 이후에 광양현 며내면에 속하였다. 1789년경에 간행된 『호구총수』에는 며내면 봉서촌(鳳棲村) 지역이었으며 1872년 광양현 지도에 며내면 상봉리(上鳳里)라 하여 문헌상 처음으로 마을 이름이 기록되어 전한다.

1912년에 간행된 『지방행정구역명칭일람』 왜정시대 행정구역 개편 이전에는 봉강면 상봉리(上鳳里)라 하였는데, 1917년 『조선면리동일람』 행정구역 개편 후에는 당저리, 조양리, 하봉리, 봉계리와 병합하여 봉당리(鳳堂里)로 통합되었다. 1987. 1. 1. 기준 『광양군행정구역일람』에 의하면 봉강면 봉당리(법정리) 지역이 되어 행정구역상 봉계마을과 함께 봉당1구가 되었으며, 현재는 광양시 봉강면 봉당리(법정리) 지역으로 행정리상 상봉(上鳳)이라 한다.

상봉마을은 당저(堂底)의 동북쪽에 있는 마을로 1350년경에 기계 유씨(杞溪兪氏), 김해 김씨(金海金氏), 진주 강씨(晋州姜氏), 경주 정씨(慶州鄭氏)가 차례로 이곳에 정착하였다고 전한다. 비봉산(飛鳳山) 기슭의 마을 중 제일 위쪽에 있다하여 상봉(上鳳)이라 한다. 봉당리는 1914년 행정구역 폐합에 따라 당저(堂底), 조양(朝陽), 하봉(下鳳), 상봉(上鳳), 봉계리(鳳溪里)를 병합하는 과정에 봉계와 당저의 첫 글자를 따서 봉당리(鳳堂里)라 하였다. 봉당리 지역 내의 자연마을 지명은 대부분 비봉산(飛鳳山)을 중심으로 이 산과 연유하여 이름이 지어졌으며 조양(朝陽)마을은 1962년 백운저수지가 준공됨에 따라 수몰되었다. 상봉마을의 쇳등이라는 곳에는 일제

때 쇠가 많이 채광되어 일시 철광산을 이루었으며, 후에는 금이 많이 나오기도 하였다.

현재 마을에서는 63가구에서 남 114명, 여 101명으로 총 215명이 거주하고 있으며, 주민들의 주요 소득원은 벼, 밤, 감 등이다. 마을의 자생조직으로는 애사시 상부상조를 목적으로 하는 상조계가 있다. 마을의 주요 시설물로는 2001년 준공된 마을회관, 봉강면사무소, 봉강우체국, 광양소방서 봉강출장소, 광양경찰서 읍내지구대 봉강치안센터, 봉서재(鳳棲齋, 기계유씨의 종각), 봉강초등 학교, 비봉정 등이 있다.

마을의 문화 유적으로는 당산나무와 거연정이 있다. 당산나무는 봉강면 봉당리 741-4번지의 도로 및 담 사이에 위치한 느티나무이며 수령이 약 80년이고, 흉고 2.5m, 수고 10m로서 보호수 지정번호 15-5-2-4번이다. 거연정은(居然亭)은 봉강면 상봉마을 봉강천변에 위치하였으며 단층팔작지붕 건물로 정면 3칸, 측면 2칸의 재실형 구조이다. 1898년 박희권(朴熙權)의 독서처로 건립되었다. 이곳에는 매천(梅泉) 황현(黃玹)이 지은 기문이 전하며, 정자 오른쪽 암벽에 '居然亭'이란 제명이 음각되어 있다.

전라남도 광양시 봉강면 부저리 저곡마을

조사일시 : 2010.4.10

조 사 자 : 나경수, 서해숙, 이옥희, 편성철, 김자현

저곡마을은 본래 광양현 북면(北面) 며내리 지역으로 추정되며 1700년대 초기 이후에 는 며내면 지역에 속하였다. 1789년경에 간행된 『호구총수』에는 며내면 저곡촌(楮谷村)이라 하여 문헌상 처음으로 마을 이름이 기록되어 전하며 1872년 광양현 지도에는 며내면 저치리(楮峙里) 지역으로 나타난다. 1912년에 간행된 『지방행정구역명칭일람』에는 이 지역이 봉강면 월곡리(月谷里)와 내저리(內楮里) 2개 마을로 문헌에 기록되었으며,

1914년 행정구역 폐합으로 석평리·월곡리·내저리·부현리를 병합하여 부저리(釜楮里) 지역에 속하였다.

1987. 1. 1. 기준 『광양군행정구역일람』에 의하면 광양군 봉강면 부저리(법정리), 부저2구(행정리)가 되어 저곡(楮谷)이라 하였고, 현재는 광양시 봉강면 부저리(법정리)에 속하여 행정리상 저곡(楮谷)이라 한다.

저곡마을은 1730년경 김해 허씨가 처음 이곳에 정착하여 마을을 형성하였다고 전하나 여러 관련 문헌과 이곳 지역에서 출토된 유물로 보아 이보다 훨씬 앞서 마을이 형성되었을 것으로 추정되고 있다. 한편이 마을에서 석기시대 유물로 추정되는 석도(石刀)가 출토되었고, 옛 선대인들의 생활용품인 자기와 토기 파편이 발굴되었다.

마을 이름 변천 과정을 살피면 저곡촌 → 월곡리, 내저리 → 저곡으로 되어 현재에 이르고 있는데 옛날 이름의 원뿌리는 닥실·달실이었다. 전문학자들의 견해에 의하면 닫골 → 닥골 → 닥실, 달실로 변화되었는데, "닫골" 옛말의 뜻은 '산골짜기 마을'이란 의미를 가지고 있으며, 닥실이 한문식으로 저곡(楮谷), 달실은 월곡(月谷)으로 변하였다고 한다. 그러나 마을에서는 옛날에 이 지역에 닥나무가 많다 하여 닥실·딱실로 불렀다고도 하며, 월곡(月谷)의 유래는 마을 북쪽 산의 형국이 떠오르는 달의 모습과 같은 반달형이여서 여기에 연유하여 마을 이름을 월곡(月谷)으로 명명(命名)하였다는 이야기도 전한다.

현재 마을에서는 62가구에서 남자 74명 여자 85명 총 159명이 거주하고 있으며, 주민들의 주요 소득원은 벼, 감, 밤 등이다. 마을의 자생조직으로는 부모상을 당했을 때 상부상조하는 위친계가 있다. 마을의 주요 시설 물로는 1994년 준공된 마을회관, 경모당, 봉양재(최산두 묘각) 등이 있다.

마을의 문화 유적으로는 최산두 묘와 신도비, 당산나무 등이 있다. 최산두의 묘는 저곡마을에서 동북쪽 화전봉(花田峰) 능선 아래 중턱에 위치한다. 최산두는 이조 성종 13년(1482년 4월 10일) 광양에서 태어나 중종 31년(1536년 4월 14일) 54세에 사망하였다. 무덤 앞에는 석인상이 있고 한단 아래에 망주석이 세워져 있다. 그는 문장에 뛰어나 유성춘・윤구와 함께 '호남삼걸'이란 칭호를 받은 인물이며 저서로는 『신재집』이 있다. 최산두 신도비는 저곡마을에서 부현마을로 향하는 도로를 따라가다 마을 조금 못 미쳐 도로 왼편에 위치하고 있다.

당산나무는 봉강면 부저리 602-1번지에 위치한 푸조나무이며 수령이 약 250년이고, 흉고 4.9m, 수고 18m로서 보호수 지정번호 15-5-2-5번이다. 한편 마을 북쪽에 위치한 달재에는 당산나무와 유사한 귀목나무가 있는데 이곳은 예부터 마을주민과 이곳을 찾는 외지인들의 휴식처가 되고 있으며 마을정자가 세워져 있다.

▌제보자

강대순, 남, 1932년생

주 소 지 : 전라남도 광양시 봉강면 봉당리 상봉마을 상봉마을회관
제보일시 : 2010.4.10
조 사 자 : 나경수, 서해숙, 이옥희, 편성철, 김자현

강대순 제보자는 1931년에 광양시 봉강면 봉당리 상봉마을에서 태어나 농사를 지으며 이 마을에 거주하고 있다. 박병기 제보자의 설화에 동참하면서 보충 설명을 해주는 등 이야기판 분위기를 살리는데 도움을 주었고, 본인도 호식 당한 사람이야기, 도깨비 이야기 등을 구연하였다.

제공 자료 목록
06_03_FOT_20100410_NKS_KDS_0001 호식에서 살아남은 사람
06_03_FOT_20100410_NKS_KDS_0002 고기를 좋아하는 도깨비

권양준, 남, 1943년생

주 소 지 : 전라남도 광양시 봉강면 봉당리 상봉마을 상봉마을회관
제보일시 : 2010.4.10
조 사 자 : 나경수, 서해숙, 이옥희, 편성철, 김자현

권양준 제보자는 1943년 광양시 봉강면 봉당리 상봉마을에서 태어나 농사를 지으며 이 마을에 거주하고 있다. 새마을지도자 등 마을 일에도 앞장서고 있다. 상봉마을의 분위기가 이야기판에서 보았을 때는 전체적으로 활발한 분위기는 아니어서인지 권양준 제보자가 들려주는 '걸어가

다 멈춘 산' 이야기는 매우 간단한 이야기였지만, 상봉마을에도 이와 같은 설화가 존재한다는 것을 확인시켜 준 소중한 자료였다. 그리고 박병기 제보자와 강대순 제보자의 이야기에 동참하면서 보충 설명을 해 주었다.

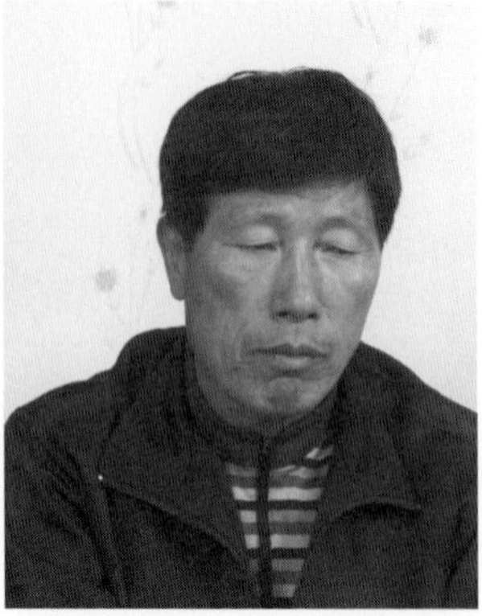

제공 자료 목록
06_03_FOT_20100410_NKS_GYJ_0001 걸어가다 멈춘 산

박병기, 남, 1945년생

주 소 지 : 전라남도 광양시 봉강면 봉당리 상봉마을 상봉마을회관
제보일시 : 2010.4.10
조 사 자 : 나경수, 서해숙, 이옥희, 편성철, 김자현

박병기 제보자는 1945년 해방되던 해에 광양시 봉강면 봉당리 상봉마을에서 태어나 농사를 지으며 지금까지 마을을 지키고 있는 마을의 토박이이다. 상봉마을 주민들은 대체로 점잖은 분위기여서 활발하게 이야기를 구연하지는 않았지만 박병기 제보자가 지명전설을 여러 편 구연해 주었다. 그중에서 마을에 있는 서당굴쏘의 금송아지와 먹구렁이 이야기는 무척 흥미로운 이야기였다. 박병기 제보자는 이야기를 하면서 강대순 제보자, 권양준 제보자의 의견을 물어가며 이야기를 진행시켰다.

제공 자료 목록
06_03_FOT_20100410_NKS_PBG_0001 상봉마을 주변 지명유래
06_03_FOT_20100410_NKS_PBG_0002 옥녀봉 산신은 여신
06_03_FOT_20100410_NKS_PBG_0003 도깨비에게 홀린 우체국장 아들
06_03_FOT_20100410_NKS_PBG_0004 묘자리가 뒤바뀐 최산두
06_03_FOT_20100410_NKS_PBG_0005 서당굴쏘 속의 금송아지
06_03_FOT_20100410_NKS_PBG_0006 서당굴쏘에 사는 먹구렁이
06_03_FOT_20100410_NKS_PBG_0007 도깨비와의 씨름

채정규, 남, 1927년생

주 소 지 : 전라남도 광양시 봉강면 봉당리 상봉마을 상봉마을회관
제보일시 : 2010.4.10
조 사 자 : 나경수, 서해숙, 이옥희, 편성철, 김자현

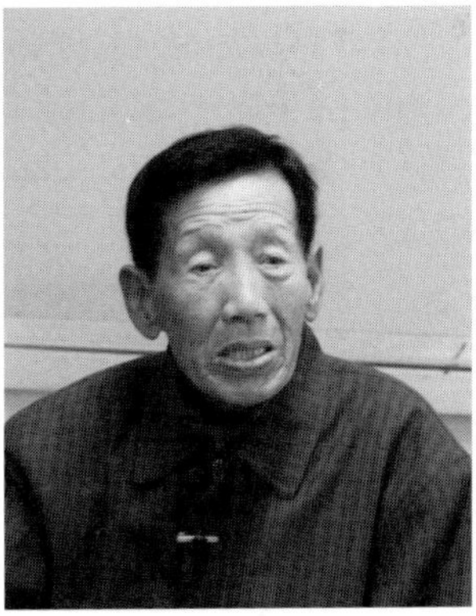

광양의 이야기꾼인 채정규는 1927년 광양시 봉강면 부저리 저곡마을에서 태어나 이 마을에서 살고 있다. 본관은 평강이며 5대째 이 마을에서 거주하고 있다. 정규학교는 초등학교를 마쳤고 오랫동안 한학을 공부했다. 젊었을 때 일본에 갔다가 해방 무렵 돌아왔다. 광양시 2대 시의원을 했으며 슬하에 3남 4녀를 두었다. 채정규 제보자는 어려서 할아버지 손을 잡고 최산두 시제 모시는 자리에 여러 번 참여하면서 최산두에 관한 이야기를 소상히 듣게 되었다. 채정규 제보자가 최산두에 대해 들려주는 이야기는 탄생담부터 성장담, 혼인담, 성공담, 죽음담, 사후담까지 최산두전이라고 해도 좋을 만큼 상세하고도 이야기의 내용이 풍부하였다. 광양시에서 최산두에 관해서라면 그 누구보다 많은 것을 알고 있다고 자타가 공인할 정도이다. 채정규 제보자는 최산두 이외에도 평

강 채씨 시조신화와 마을의 지명유래에 대해서도 많은 이야기를 들려준 특별한 설화 제보자였다.

제공 자료 목록

06_03_FOT_20100410_NKS_CJG_0001 평강 채씨 시조담
06_03_FOT_20100410_NKS_CJG_0002 중국 왕비가 된 월애촌의 여인
06_03_FOT_20100410_NKS_CJG_0003 진시황에게 바친 백운산 삼산
06_03_FOT_20100410_NKS_CJG_0004 백운산의 세 가지 정기
06_03_FOT_20100410_NKS_CJG_0005 후손이 없는 최산두
06_03_FOT_20100410_NKS_CJG_0006 어머니가 입으로 정기를 받아서 태어난 최산두
06_03_FOT_20100410_NKS_CJG_0007 최산두가 어릴 적에 겪은 두 가지 일
06_03_FOT_20100410_NKS_CJG_0008 도선국사 묘자리는 명당
06_03_FOT_20100410_NKS_CJG_0009 저곡마을의 선인독서혈
06_03_FOT_20100410_NKS_CJG_0010 병풍산과 국회의원
06_03_FOT_20100410_NKS_CJG_0011 저곡마을의 원지명은 월곡이다
06_03_FOT_20100410_NKS_CJG_0012 보은으로 효자 어머니 묘자리 잡아 준 호랑이
06_03_FOT_20100410_NKS_CJG_0013 도깨비는 없다
06_03_FOT_20100410_NKS_CJG_0014 걸어가다 멈춘 남산
06_03_FOT_20100410_NKS_CJG_0015 백운산에도 박힌 쇠말뚝
06_03_FOT_20100410_NKS_CJG_0016 최산두의 성장과정
06_03_FOT_20100410_NKS_CJG_0017 최산두의 유년시절과 귀향살이

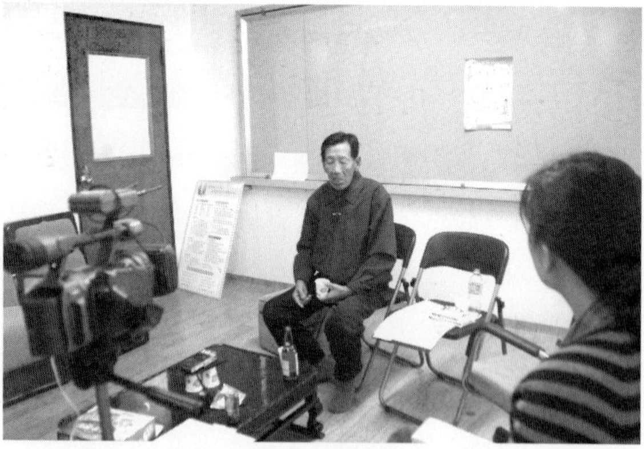

광양시 봉강면 봉당리 상봉마을 상봉마을회관에서의 조사장면

호식에서 살아남은 사람

자료코드 : 06_03_FOT_20100410_NKS_KDS_0001
조사장소 : 전라남도 광양시 봉강면 봉당리 상봉마을 상봉마을회관
조사일시 : 2010.4.10
조 사 자 : 나경수, 서해숙, 이옥희, 편성철, 김자현
제 보 자 : 강대순 남, 79세
구연상황 : 권양준 제보자가 산이 걸어가다 멈춘 이야기를 마친 후 조사자가 이곳은 산중이니 호랑이에 관한 이야기도 많을 것 같다며 이야기를 권하였다. 강대순 제보자가 생각난 듯 이 이야기를 시작하였다.
줄 거 리 : 진경몰에 살던 사람이 호랑이한테 물리고도 살아서 돌아왔으며, 호랑이한테 물린 자국이 남아 있다. 예전에는 사람들이 사는 마을까지 호랑이가 자주 나타나자 호랑이 침입을 막으려고 줄을 쳐놓기도 했다고 한다.

호식을 거슥해 가지고 돌아온 사람이 있지. 살아서. 아 우리 마을 사람은 아닌디. 저 그 저 바로 저 ○○ 거사 저 그 진경몰이라. 진경을 했나. 이 그분이 거슥이 흉터까지 있고 [목소리가 작아지면서] 그래. 그 사람이.

(조사자 : 흉터요?)

아.[긍정의 대답] 물리 가간이(물려 가지고).

(조사자 : 어떻게 살아남았답니까?)

몰라. 어떻게 해서 살아남은 지는 몰라도. 왜 그 호식을 당해 갖고 갔다가 돌아 살아서 돌아왔다. 이 얘기는 들었어. 근게 옛날에는 분명이. 근께 옛날에는 인자 동네 거시기 들개라고 허며는 순전히 가에다가 머 머 침입을 못 허게 헐라고 줄을 쳐 놓고 그렇게 해 가지고 살았다. 그런 얘기도 있고.

(조사자 : 아~ 침입을 못 하게~)

하. 인자 날~밤으로(밤낮으로) 침입을 해싼게. 그런 전설이 있어요. 글고 실지 또 겪은 사람이 있고.

고기를 좋아하는 도깨비

자료코드 : 06_03_FOT_20100410_NKS_KDS_0002
조사장소 : 전라남도 광양시 봉강면 봉당리 상봉마을 상봉마을회관
조사일시 : 2010.4.10
조 사 자 : 나경수, 서해숙, 이옥희, 편성철, 김자현
제 보 자 : 강대순 남, 79세
구연상황 : 서당굴쏘에 사는 먹구렁이 이야기가 끝난 후 조사자들이 흥미로워 하며 또 다른 이야기를 권했지만 제보자들은 생각나는 이야기가 없다고 하였다. 조사자가 도깨비가 물고기를 좋아한다고 들었는데 그것이 사실이냐고 묻자 강대순 제보자가 이 이야기를 시작하였다.
줄 거 리 : 밤에 다닐 때 고기를 가지고 다니면 도깨비가 침범하는데, 이유인즉 도깨비가 고기를 좋아하기 때문이라는 이야기이다.

우리는 갖고 다니지를 않습니다.

(청중 : 철칙입니다.)

(조사자 : 왜 그럴까요? 그 이야기 좀…….)

(청중 : 도깨비가 고기를 좋아한단 말이여. 도깨비가.)

예. 그런께 침범을 허거든요. 근께로 절때로 밤으로 다닐 때는 [웃으면서] 옛날엔 그랬단 말이여. 밤으로는 고기를 사들고는 다니믄 안 된다.

(청중 : 근께 옛날 사람들은 도깨비가 있다고 그러거든 또.)

(청중 : 도깨비하고 씨름 했다고.)

근게 가심불가 있냐. 없냐. 근께 귀신 신(神) 자가 있는거 보므는 틀림없이 도깨비가 [웃으면서] 없 있기는 있는 모냥이라.

걸어가다 멈춘 산

자료코드 : 06_03_FOT_20100410_NKS_GYJ_0001
조사장소 : 전라남도 광양시 봉강면 봉당리 상봉마을 상봉마을회관
조사일시 : 2010.4.10
조 사 자 : 나경수, 서해숙, 이옥희, 편성철, 김자현
제 보 자 : 권양준, 남, 68세
구연상황 : 반란군에 관한 구술이 끝난 뒤 또 다른 이야기를 권했지만 이야기보따리가 쉽게 풀리지 않았다. 조사자가 혹시 산이 걸어가다 멈춘 이야기를 알고 있느냐고 묻자 권양준 제보자가 이야기를 시작하였다.
줄 거 리 : 옛날에 산이 걸어가고 있는데 누군가가 산이 걸어간다고 말하자 그 자리에 멈추었다는 이야기이다.

아 옛날에 걸은디. 아 뭐신지 몰라서 그러지. 요 산이 옛날에 걸어가다가,

"아 산이 간다. 산이 간다."

그런께로 딱 서붓대요.(멈춰 버리다) 요 말이. [청중 웃음] 이.[긍정의 대답] [웃으면서] 말이 그래.

(조사자 : 그 얘기 좀 해 주셔요.)

모르지 몰라. 얘기할 거이 있나. 그런 거지.

상봉마을 주변 지명유래

자료코드 : 06_03_FOT_20100410_NKS_PBG_0001
조사장소 : 전라남도 광양시 봉강면 봉당리 상봉마을 상봉마을회관
조사일시 : 2010.4.10
조 사 자 : 나경수, 서해숙, 이옥희, 편성철, 김자현
제 보 자 : 박병기, 남, 66세
구연상황 : 조사 며칠 전에 마을 이장에게 미리 조사취지를 말씀드리고 시간 약속을 정한 후 마을을 찾았다. 마을회관에는 권양준을 비롯하여 4명의 어른들이 모여

있었다. 마을어른들께 조사취지를 설명한 후 마을에 전해오는 이야기를 부탁드렸다. 적극적인 이장님의 태도에 비해 이야기판의 분위기는 쉽게 마련되지 않았다. 조사자가 이야기를 이끌어내기 위해 상봉마을 지명의 뜻을 묻자 박병기 제보자가 답변을 하면서 이야기를 시작하였다.

줄 거 리 : 상봉마을의 봉은 봉황 봉자이다. 상봉마을은 봉당리에 속하는데 상봉마을 외에도 하봉마을과 당저마을이 있다. 당저마을의 옛 이름은 중봉이다. 상봉마을은 비봉산이 유명하다. 비봉산에는 암수아라는 암자가 있었는데 호랑이가 공부하러 오는 사람들 길 안내를 해 주었다고 한다. 그 암자를 굴골이라고 불렀는데 독수리가 살았다. 비봉산 꼭대기에 매봉재가 3개 있다. 일제시대에는 비봉산에서 금을 캤기 때문에 쇠등광산이라고 표기된 지도도 있다. 옛날 마을에 절터가 있었다는 이야기도 전하는데 그래서인지 기왓장이 발견된다. 이 마을에 처음 입향한 성씨는 기계 유씨이다.

봉잔데요(봉 자 인데요). 여기 여 [뒤쪽을 가리키면서] 뒷산이 높은 산 있잖아요. 바로 뒤에. 그게 비봉산이래요. 비봉산. 그래 아까 저 마을 표지판에도 있잖아요이. 여그 연혁이 쭉~ 적혀 있지 않나요. 천구백 칠십 삼년부터 매년 봉당리 일이라 했다가 봉당리 상봉이라 했다가. 다시 두 개 마을이죠이. 개울 이쪽 저쪽 두 개 마을이다. 근데 인제.

(청중 : 상봉, 봉덕.)

옛날 수해 때. 저쪽에 있던 동네가 떠내려가 버렸어요. 육십일년 도엔가.

(조사자 : 그 천변 천변 있는 쪽으로요?)

예. 그래 갖고 통합이 돼 갖고 지금 한 육십여 호 되는데. 이래서 봉당리가 일구 이구 삼구가 있어요. 그래서 행정구역에는 삼 개 리이고. 삼 개 리가 하나고. 그 다음에 행정통합을 ○○ 상봉, 하봉, 당저.

아.[긍정의 대답] 근께 인제 북쪽 위쪽에 있다고 상봉. 아 저 아래뜸에 있다고 하봉. 그 다음에 그 밑에 당저이라고 있는데. 거 저 옛날에는 중봉이라고 했답니다.

(청중 : 중봉? 가운데 있다고 중(中) 자를 쓴 거이…….)

(조사자 : 그럼 당 자는 뭡니까? 당 자는?)

[음성이 작아서 잘 들리지 않는다.] 당의 저. 마을 이름이래요. 인자 우리 토종말로는 댓밑에.

상봉, 하봉을 합해 갖고 봉당이라 그런대. 봉당 일구 이구 삼구가 있어요. 행정적으로는. 그런데 자연부락 단위로는 상봉.

(청중 : 상봉, 하봉, 당저 그렇게 세 개 마을로 돼 있죠.)

(조사자 : 그럼 혹시 뭐 봉황 형국이라서 봉이 들어간가요? 어쩐가요? 비봉산에서. 한번 그 이야기 좀 해 주시지요. 표지판에 있는 거는 있는 거구요. 들은 이야기 있으시면.)

인자 우리 저 비봉산이 상당히 유명합니다. 우리 마을은. 여기 학교 저 교가에도 나오고. 그래서 저 옛날 노인들의 이야기를 들어 보므는, 이 비봉산의 산신님이 그~ 상당~히 그~ ○○ 들으보므는 그 얘기를 들어 보므는 굉장히 유명했던 것 같애요.

얼른 얘기해서 그 비봉산에 가믄 그 암수아라는 암자가 하나 있어요. 인제 우리 ○○서도 나옵니다마는. 거기에서 옛날에 그 공부를 허러 다닌 사람들이 있었어요. 그러므는 내려올 때 호랭이가 실어다 주고 올라올 때는 요리 마중 나와서 싣고 올라가고 그러고 했어요 이.

(청중 : 그거 인자 우리 거슥 말로 저 굴골이라 그러거든.)

암수아가 굴골이다 그랬어.

(청중 : 옛말이 거가 굴골이라 그래요. [웃으면서] 인제 그런 말이 들어가야 거식허제.)

그런 전설이 있고. 그 다음에 인제 그 전에 보며는 독수리가 거기에 상주를 했어요.

(조사자 : 그 굴골이라는 절예요?)

(청중 : 예. 비봉산에 있…….)

비봉산 중터에 있는데. 그런데 인제 토종으로 그 월동을 헌 독수리도 거기서 가지도 않고 기거를 했다 해요. 거기서 기거를 했는데. 지금은 없어져 버렸는대. 거 그런디고. 또 우리 등산로가 참 좋습니다. 비봉산 있는 산까지.

(청중 : 아 지금 있는 등산로가 참~ 좋아.)

젊은 사람들이 가면 약 사십오 분에서 한 시간! 왕복 두 시간이 되죠. 올라갔다 내려오는 시간.

(청중 : 지명을 매봉재라 그래. 등산로를.) 인자 매봉재가 세 개가 있어요. 재가. 그래서 몬당이 세 개가 있어. 제일 밑에가 아래매봉재. 그 우에가 중매봉재. 상매봉재 해서 아까 말한 ○○ 삼봉인데.

(조사자 : 어째서 매봉재라고 하시던가요? 혹시 들으신 이야기가 있으시면…….)

그것은 혹시 ○○○(매봉재에 관한 이야기를 들은 기억이 나지 않는다는 뜻). [옆 제보자를 보면서] 혹시 기억나십니까?

(청중 : 매봉은 그 인자 그 왜 그런 거는 몰라. 매 모양으로 생겨서 형체를 그래서 지명을 매봉재라. 쳐다보며는 딱 등이 그래 갖고 내려왔거든. 매모양으로 이리 매대가리처럼.)

(조사자 : 음~ 여기 봉 자는 봉우리 봉(峰) 자겠네요.)

그리고 일제시대에 여그서 금광이 많이 나왔어요. 금광이 지금은 폐쇄가 됐습니다.

(청중 : 매봉재 바로 밑에.)

광산이 있어 가지고 일허러 많이 잡혀갔어요. 일제시대에. 그 뒤에 우리 한국 사람들이 다 광산을 하다가 아~ 별로 재미를 못 봤죠. 그래서 지금도 지적도 지도를 보며는 쇠등광산이라고 나옵니다.

(청중 : 쇠뜸. 쇠뜽~)

인제 거기가 인자 쇠뜽이 있고.

(청중 : 여가 광산에서 쇠가 많이 나온다고 해서 쇠뜽이라 했어. 철 철

이 많이 나와서 쇠뜽이라 했어. 금도 많이 나오지마는 쐬. 철이 많이 나와서 그래서 쇠 철.)

(조사자 : 일제시대부터 지어진 이름인가요. 그러면? 아니면 그 이전부터.)

그 이전부터 내려오는 이름이지.

그 다음에 여가 절터골인가 그런게 있고. 응. 옛날 옛[청중 기침소리가 들린다.]날 절터가 있는 곳이라.

(청중 : 근디 인자 거 절터골이라고 그런디. 명명은. 근게 우리가 인자 거가 절이 있으면 절터골이라고 헌디. 그 흔적은 아직꺼지 발견을 못 했어요.)

(조사자 : 거 뭐 절이 망해 갖고 나갔단 말도 못 들으셨어요?)

(청중 : 지명만 절터골이라. 그래서 인제 옛날에 절이 있었기에 절터골이라 그래. 그런 흔적은 없어. 거기가 거슥은 있죠. 기왓장 같은 것은 나오더만.)

아니. ○○○.

(청중 : 아니. 기왓장은 나왑디다. 저그 그 산 밑에가 그 밭에가 나와. 쪼금 반반~한 디에가(데에서). [청중 기침] 그거 절이 있었나…….)

사실은 우리 동네가 지금 많이 내려갔어요.

(조사자 : 하기사 저 산속에.)

아니 저 우에가 있었어요. 당저에. 우리 상봉에 제일 먼저 들어온 기계유씨(杞溪兪氏)들. 거가 제일 먼저 들어왔다고 그러는데.

(조사자 : 어디 유씨요?)

(청중 : 기계 유씨.)

기계. 그 분들이 제일 먼저 들어왔는데. 여기서부터 오십 메타(50m) 전방 우에 동네가 형성이 됐는데. 자꾸 타고 내려온 거여.

(청중 : 근께 인자 옛말이 그래요이. 작은 집이 큰 집 우로 가믄 못씬다

(못쓴다) 해 갖고 자꼬 내려오거든. 자꼬 집을 인자 큰 집이 있은께 밑에 짓고 밑에 짓고 그렇게 내려오믄 형성이 돼요.)

옥녀봉 산신은 여신

자료코드 : 06_03_FOT_20100410_NKS_PBG_0002
조사장소 : 전라남도 광양시 봉강면 봉당리 상봉마을 상봉마을회관
조사일시 : 2010.4.10
조 사 자 : 나경수, 서해숙, 이옥희, 편성철, 김자현
제 보 자 : 박병기, 남, 66세
구연상황 : 상봉마을 지명유래에 이어서 옥녀봉에 관한 이야기를 구연했다.
줄 거 리 : 마을 앞에 위치한 옥녀봉은 여신이며, 여자가 머리를 풀고 있는 형국이어서 과부산이라고 부른다. 작전지도에 과부산으로 표기되어 있다고 한다.

거 앞에 있는 거이 인자 옥녀봉인데. 옥녀봉. 여그 보고 남산이라 그런대. 거 산신이 여신이래요. 산신이 여자신이라. 전설을 들으면.

(조사자 : 옥녀가 뭐하고 있대요?)

그건 물어봐야죠. [전원 웃음]

(조사자 : 뭐 베를 짜고 있거나 그러진 않아요?)

으응. 그러진 않고.

(청중 : 인자 참 거시기 여자들은 머리를 풀어 있다는 그런 거이 있어. 그래서 그거이 옥녀봉이라 그래.)

(조사자 : 머리를 풀고 있어서.)

(청중 : 예. 머리를 풀고 있는 형국이라 그래서.)

여그 저 과부산이라고 해 봐. 응. 일명 과부산이라고 그래.

(조사자 : 옥녀봉을 일러서요?)

응.

(조사자 : 그러며는 과부들이 많이 가나 보죠? 거기를?)

(청중 : [웃으면서] 아니 인자 그런 거는 아니고.)

아니. 과부가 많이 된다 그 말이라. 인자 알기 쉽게 말하믄. 근디 거그를 우리도 그 과부산이란 걸 몰랐는디. 군 거시기에 보니까 나와 있더라고.

(청중 : [작은 목소리로] 작전소 작전소에.)

[큰 소리로] 예.

(청중 : 군 작전 지도에~)

예. 작전 지도에는 그거이 나와 갖고 있더라고.

도깨비에게 홀린 우체국장 아들

자료코드 : 06_03_FOT_20100410_NKS_PBG_0003
조사장소 : 전라남도 광양시 봉강면 봉당리 상봉마을 상봉마을회관
조사일시 : 2010.4.10
조 사 자 : 나경수, 서해숙, 이옥희, 편성철, 김자현
제 보 자 : 박병기, 남, 66세
구연상황 : 도깨비와 씨름한 이야기를 마친 후 조사자가 도깨비와 싸울 때 이기려면 어떻게 해야 하느냐고 묻자 박병기 제보자가 답변을 하면서 이야기를 시작하였다. 우체국장 아들이 자전거를 타고 가다가 다리 밑으로 떨어진 사연은 강대순 제보자도 알고 있는 듯 중간에 보충 설명을 해 주었다.
줄 거 리 : 옛날에 우체국장 아들이 밤에 자전거를 타고 가다가 다리 밑에 떨어졌는데 도깨비가 밀어서 그렇게 되었다고 했다. 절대 떨어질 일이 없는데 떨어졌기 때문에 귀신한테 홀려서 그렇게 되었다는 이야기이다.

(조사자 : 도깨비한테 이길라면 어떻게 해야 돼요? 방법이 있죠?)

(청중 : 힘이 쎄야제.)

(조사자 : 아 힘이 쎄야 해요?)

(청중 : 하.[긍정의 대답] [웃으면서 말하기에 또렷하게 발음하지 못한다.] 아 저 그런단께.)

도깨비가 그 완전하지를 못헌갑데요. 얘기를 들어보며는 어딘가 허점이 있다는 기라. 근데 허점을 잘 못 이용을 해야제(잘 이용해야지) 잘못 이용허믄 나가(내가) 당해요. 그것이 [웃으면서] 도깨비허고 잘 작전인데.

아~ 자전거를 타고 간께 이 머 도깨비가 나타나 갖고 밀어 분다 그러대. 아 옛날에 그런 이야기도 있었어. 그 우체국장 아들이 그랬죠? 아버지도 한번 당했다 그런 것 같은데? 둑방에서.

(청중 : 이 저 ○○군 목상을 주로 많이 했던 모냥이야. 그랬는디 밤에 어디 술 묵고 오다가 인자 다리 밑에 떨어진 거지. 그런께 옛날에 그러믄 귀신에 홀렸다 그런단 말이야.

(조사자 : 귀신에 홀려서~)

아.[긍정의 대답]

(조사자 : 떨어질 일이 없는데 떨어지시니까~)

근께 인제 귀신에 홀렸다 그 말이여.

(조사자 : 음~ 자전거 타고 오다 떨어진 거는요?)

인제 고거하고 똑같은 얘기라. 자전걸 타고 간께 옆에서 자꼬 건드린께 빤듯이 갈 거인디 어디로 갈거냐.

(청중 : 그런께 인제 술먹은 사람들이 인제 술을 묵고 왔다 갔다 한 거이제.)

그것이 인자 내 말은 도깨비 탓이지. 자기 잘못인지는 모르고.

묘자리가 뒤바뀐 최산두

자료코드 : 06_03_FOT_20100410_NKS_PBG_0004

조사장소 : 전라남도 광양시 봉강면 봉당리 상봉마을 상봉마을회관
조사일시 : 2010.4.10
조 사 자 : 나경수, 서해숙, 이옥희, 편성철, 김자현
제 보 자 : 박병기, 남, 66세
구연상황 : 강대순 제보자가 호식에서 살아남은 이야기를 마친 후 조사자가 혹시 최산두에 관한 이야기를 들었는지를 물었다. 박병기 제보자는 저곡마을에 최산두의 묘가 있는데 위치가 바뀌어 있다며 이야기를 시작하였다.
줄 거 리 : 최산두 부자의 묘의 위치가 바뀌어 있다. 최산두의 묘가 위에 있고 최산두 아버지의 묘가 더 아래에 있다. 최산두의 묘가 더 위에 있는 이유는 최산두의 벼슬이 아버지보다 더 높았기 때문이다. 그것 때문에 지금까지도 집안에서 분쟁이 있다. 최산두의 성씨를 두고도 충청도 최씨인지 광양최씨인지 다투고 있다.

아까 얘기한 최산두씨 거 묘가 부자간에 묘가 바뀌어 있어요. 밑에가 있어요. 인제 그것 때문에 우리가 지금 상당히 논쟁이 되고 있는데.

(청중 : 최산두씨 묘~)

벼실(벼슬)해서 올라간 게(올라간 것이) 더 맞냐? 부자간이라 하믄 아부지 밑으로 내려와야 할 거 아니냐.

(청중 : 그런께 벼실을 했다고 해서~)

벼슬을 했다고 해서 거근 국가 벼실이고 집안에는 아들 아니냐. 묘를 그렇게 써 놨다고 해서 상당히 지금 그.

(청중 : 그런께로 저그 국가에서 헌 께로 국장을 헌 거여이.)

국장은 아니제. 최산두 상주 벼슬이 인자 세자 스승이었더만. 세자 스승 되더만.

(청중 : 한림학자라. 한림. 국가에서 준 벼실이 아니고. 한림벼실은 그렇다 허드마. 국가에서 준 벼실이 아니라. 야인으로서 그런 거슥을 해서…….)

근게 그 지위가 머냐? 세자 공부시키는 그 ○○다 그런마. 그런 벼슬이라 그런디. 그렇다고 쓰~ 부자간에 바꿔서 써 논 거는 그거를 우리가 봤을 때는 못마땅해.

시대 흐름에 따라 다르겠지마는 부자간에 묘를 바꿔 놨으니 그 집안이 잘 될 거인가는 모르것지마는. 그런께 즈그들끼리 싸움이 일어나 갖고는.

서당굴쏘 속의 금송아지

자료코드 : 06_03_FOT_20100410_NKS_PBG_0005
조사장소 : 전라남도 광양시 봉강면 봉당리 상봉마을 상봉마을회관
조사일시 : 2010.4.10
조 사 자 : 나경수, 서해숙, 이옥희, 편성철, 김자현
제 보 자 : 박병기, 남, 66세
구연상황 : 최산두 묘에 관한 구술이 끝난 후 조사자가 이 마을에 혹시 용소가 있는지 묻자 제보자가 다음 이야기를 시작했다. 이 이야기는 강대순과 권양준 제보자도 잘 알고 있는지 중간 중간에 보충 설명을 해 주었다.
줄 거 리 : 마을 위쪽에 명주실꾸리 3개가 들어가는 서당굴쏘가 있으며, 그 소에 금송아지가 있다고 한다. 그래서 그 금송아지를 건지려고 소의 물을 퍼내면 하늘에서 큰비가 내려 다시 물이 차고 또 퍼내면 다시 큰 비가 내려 절대로 금송아지를 건지지 못했다는 이야기이다.

여기 올라가면 인자 명주실꾸리 알아요? 명주실꾸리. 명주실꾸리가 세 개가 들어간단 쏘가 있어.

(조사자 : 아~ 그 쏘 이름이 이름이 뭐라고?)

서당굴쏘라고 있어. 어.[긍정의 대답] 근디 지금 가서 보믄 뵈애(보여). 밑바닥이.

(청중 : 아니. 지금은 완~전히 막혀져 부렀어. 그렇게 깊은 거시긴디.)

(조사자 : 명주꾸리 세 개가 들어간다고요~)

(청중 : 어. 소가 나오고 이러니께 그거이 시방…….)

(청중 : 거짓말이제. 그만큼 깊으다는 말이제.)

내가 지금 ○○한 거이 있어요. 쑥 안에 들어가면 이렇게 구멍이 있

어요.

(청중 : 다 맥혀져 부렀어.)

아니. 다 맥혀져 부렀는데. 찬물 구멍 나오는 거 찬물이 나오는 구멍을 보니까 꼭~ 사람이 파 놓은거 같애. 이렇게 생겼어.

(청중 : 근디 거그가 저 그 때 그 머 전설이지마는 그것이 실화인지 마는)

새앙채 이 금이 있다 그랬거든. 아니. 금도 있고. 전설에 속에가 금송아지가 있다 해 갖고 옛날에 그 종을 마 갖고 한 삼 조 사 조 물을 다 팔라믄 하늘에서 비가 내려와 뿔고. 그래서 못 허고. 다시 막 또 애를 쓰고 물을 다 퍼내믄 비가 와 불고. 그래 갖고.

(청중 : 결국에는 못 팠다는 거여.)

(청중 : 아 그것이 다른 것이 머시라 거기에 금송아지가 들었다고. 금송아지가. 그것을 캐낼라고 그런께 방금 전에 애기헌 푸고 나믄 어쩌고 비가 내려 가지고. [청중들과 소리가 겹쳐 들리지 않는다.] 그래 가지고 하늘에서 억지로 ○○○ 그런 편이죠.)

서당굴쏘에 사는 먹구렁이

자료코드 : 06_03_FOT_20100410_NKS_PBG_0006
조사장소 : 전라남도 광양시 봉강면 봉당리 상봉마을 상봉마을회관
조사일시 : 2010.4.10
조 사 자 : 나경수, 서해숙, 이옥희, 편성철, 김자현
제 보 자 : 박병기, 남, 66세
구연상황 : 서당굴쏘의 금송아지에 관한 구술을 들은 후 조사자들은 매우 흥미로워하며 소에 관한 또 다른 이야기가 있는지를 물었다. 그러자 박병기 제보자가 이어서 이 이야기를 들려주었다.
줄 거 리 : 서당굴쏘의 고기를 잡으려고 양수기 4대로 물을 퍼냈는데, 막상 물을 다 퍼내

자 그 많던 고기가 한 마리도 없었다. 그런데 며칠 후에 2km 떨어진 이웃 마을에서 썩은 냄새가 나서 가 보니까 서당굴쏘에 있던 고기가 전부 그곳에 죽어 있었다. 서당굴쏘에서는 찬물이 나오는 데가 있어서 사람들이 목욕을 하다가 심장마비로 죽기도 했다. 또 서당굴쏘에는 먹구렁이가 쏘를 지키기 때문에 고기가 많아도 사람들이 잡기를 무서워했다.

그 후에 그러고 또 나온 얘기는 그 쏘를 한 번 텄어요. 우리가 얘기하는 양수기 네 대 갖고 펐는대. 고기를 잡을라고 펐는대 고기가 한나도(한 마리도) 없어. 고기가 많이 살던 데가(그곳에서 살았는데). 그 고기를 한 마리도 못 잡고 난중에. 지난 뒤에 여 여그 밑에 어딥니까? 전동!

(청중 : 내흥산!)

근께 내흥 전동~ 거기 갖다 옴 사 고기를 내뿌렀대. 그러니까 며칠 후에 가서 썩은 냄새가 나서 가 보니까. 인제 쏘에 있던 고기가 전~부 거기 가서 죽었더래.

(청중 : 아 인자 고기를 잡았는디. 저그는 고기가 없고. 여 그 도깨비가 여 갖다가 버렸다. 이 말이라. 근께 인자 ○○ 인자 그 어쩌고 있는 거이라.)

근께 그 구전에 보며는 여 쏘란 것이 굉장히 ○○○ 쏘라. 아까 얘기한 대로 금송아지가 있었는데 품을라 그러니까 하늘에서 자꾸 비를 뿌려서 못 구했고.

두 번째 인자 그 난중에 이제 시대가 변천돼서 기구가 많이 좋아졌잖아요. 근게 고기가 굉장히 많았어요. 그래서 양수기를 네 대를 대 갖고 쭈~욱 물을 퍼 갖고 바닥을 보니까 고기가 하나도 없어.

그래서 이상하다. 한산하고 본께 고기가 썩는 냄새가 나서 본께. 거그 가서 고기가 옴 싹 죽었대. 여그서 여기서 봤을 때 한 이키로(2km).

(조사자 : 도깨비가 옮겨 놨다는 거예요?)

(청중 : 근께 인자 말은 도깨비가.)

말은 인자 도깨비가 옮겼다 그런대. 그것이 어떤 그 구전에 됐는지 잘 몰라. 그 다음에 지금도 가서 보며는 지금.

여 안에 들어가면 이런 통이 하나 있다 했죠. 방금 나가 얘기한 거. 그 통에가 찬물이 나와. 그런께 여름에 애들이 목욕 갔다 거기서 저 사람이 많이 익사사고가 나거든요.

(청중 : 사람이 여럿이 죽었구만.)

갑자기 ○○○ 사람이 탁 들어가 갖고 찬물이 마비가 와 부러. 심장마비가. 상당히 많은 사람이 죽었어요. 그 해 그 한바위 갔을 때 제가 거기 가 봤는데 물을 싹 퍼 불고 딱 이러게 생겼어. 꼭 사람 ○○ 것 같다 그래요.

근데 그 깊이는 얼만지 몰라요. 근데 지금 돌이 싹 다 메꿔지고 없더라고. 그때 물을 파 갖고 손을 넣으니까 고기가 많이 들었어. 속에가. 근디 무서워서 손을 못 넣어.

고기는 있는대. 왜? 옛날에 깊은 물에는 저 뱀도 있고 근다 그러거든.

(청중 : 근께 뱀허믄 먹구랭이.)

일반인은 먹구랭이라 그러거든.

(청중 : 그게 물속에 산다 그러거든.)

물속에 살지. 근디 그런 것이 얼른 섬뜩나서 손을 못 넣것드라. 고긴 많이 있는디 못 잡겄어.

(조사자 : 그 동그란 크기가 몇 cm이나 될까요? 한 지름…….)

그것이 내가 봤을 때에~ [생각하다가] 한 일메타(1m) 정도 될까.

(조사자 : 일미터. 어~ 자연이죠? 인공이 아니죠?)

그러제. 근데 거기서 물이 올라오는 거여. 찬물이 막. 근께 딴디는 절~대 찬물 난 디가 없어.

근디 거그가 딱 가운데가 있어. 그래 갖고. 우에가 딱 비○이 돼 있거든. 돌로 딱 돼 있지. 저~ 우에서부터 일곱 여덟 엎져 갖고 쭉~ 밀고 오는 거여. 배 타 배를 깔고 쭈~욱~ 타고 내려오믄. 뒤에 사람은 밀려 내려오기 전에 밀려 나온 기라. 밀려 나온 사람이 [청중 기침] 잘못하믄 익사당해.

(청중 : 가보므는 그 우에가 전~부다 뱀으로 돼 갖고 있어요.)

이따 가서 시간돼서 가보믄 아시겠지만 사실은 참 좋은데.

(조사자 : 먹구렁이가 그런데서 살기도 합니까?)

(청중 : 아 옛날에는 문지풀에는 지방은 몰라도.)

얼른 얘기해서 그 먹구렁이란 것이 관리자라. 책임자라. 우리가 얘기하는. 예. 말하자믄 쏘 같으며는 쏘에 대한 책임을 지고 있는 것이 먹구렁이라 그러거든. 그래서 얼른 인자 신○가 돼 있었제. 근께 먹구렁이가 안 가는 디가 없고 어떤 그 특이헌 장소에는 나와요.

도깨비와의 씨름

자료코드 : 06_03_FOT_20100410_NKS_PBG_0007
조사장소 : 전라남도 광양시 봉강면 봉당리 상봉마을 상봉마을회관
조사일시 : 2010.4.10
조 사 자 : 나경수, 서해숙, 이옥희, 편성철, 김자현
제 보 자 : 박병기, 남, 66세
구연상황 : 강대순 제보자가 밤에 고기를 갖고 다니지 않는 이유가 도깨비 때문이라는 이야기를 마치자 이어서 박병기 제보자가 도깨비와 씨름한 이야기를 들려주었다.
줄 거 리 : 어떤 사람이 밤길을 가는데 도깨비가 싸움을 걸자 있는 힘껏 도깨비를 들어올려 잡아서 묶어 놓았는데, 이튿날 가서 보니 빗자루였다는 이야기이다.

아 근께 도깨비가 쬐깐한께 싸워 갖고 딱 묶어 논께 아침에 가서 본께 빗자루라 그런대. 그런 전설도 있다 그래. 저녁에 저녁에 길을 가다가 도깨비허고 인자 붙었죠이. 싸움이 붙었어.

근디 도깨비가 하~ 기운이 세더랍니다. 도깨비가.

그래서 인자 힘을 히껏(힘껏) 들여 갖고 어떻게 그 잡아서 묶었어. 묶어 놓고 인자 집이를 와갖고 자러 집이 와 갖고 자고.

'얼마나 센~놈이냐?'

아침에 가서 본께 빗자루 몽댕이라.

(청중 : 날이 세서 거 허허[웃음] 인가 거그서 졌으면 그 사람은 죽제.)

그러제.

평강 채씨 시조담

자료코드 : 06_03_FOT_20100410_NKS_CJG_0001
조사장소 : 전라남도 광양시 봉강면 부저리 저곡마을 저곡마을회관
조사일시 : 2010.4.10
조 사 자 : 나경수, 서해숙, 이옥희, 편성철, 김자현
제 보 자 : 채정규, 남, 84세
구연상황 : 앞서 조사지역인 상봉마을에서 제보자에 관한 정보를 듣고 연락을 하여 오후에 만나기로 했다. 농사철이 시작되는 바쁜 와중에도 제보자는 약속시간에 기꺼이 나와서 많은 이야기를 들려주었다. 조사자들이 조사취지를 설명하고 이야기판을 벌이기 위해서 제보자의 성이 채씨여서 혹시 채씨 시조담을 아는지를 묻자 다음 이야기를 구연했다.
줄 거 리 : 강원도 평강에 사는 어느 처녀가 임신을 했는데, 누군가 와서 자고 가는데 누구인지, 어디로 가는지를 알 수 없었다. 그래서 명주실로 찾아보니 그 정체는 거북이었다. 이후 처녀가 낳은 아이가 평강 채씨 시조가 되었다는 이야기이다.

○○이 송 송자 연잔데 우리 할아버지의~ 여는 그 함자가이. 함자가 아~ 머 그런 옛날 에~ 뭡니까이? 이 에~ [생각을 한다.] 그때는 티브이가 없었던 시절일까?

근데 그 유래를 그 채씨 채씨란 시조가이. 어떻게 시조가 어떻게 해서 됐냐? 헌 것이. 거북이와 채는 구해라. 그랬거든이. 채 채가는 채씨는 거북이다! 그리 돼 갖고 써. 하~ 머 요새 서씨는 머 머 쥐라 그럽니까? 머

쥐라 그러고오~

(조사자 : 그쵸. 쥐 서자하고 연결해서~)

허허[웃음]. 또 또 머슨 [생각하다가] 머라고 다 있어~ 별명이 있어. 별명이. 근디 채는 구야라~ 그랬단 말이여. 채씨는 거북이다. 인자 그것이 전설적인 얘기겠지마는. 인자 그 머이냐?

그 당시에 어느 곳인지는 몰라도. 거기가 강원도 평강이라. 평강! 에! [고개를 끄덕이면서] 에.[긍정의 대답] 강원도 평강~군 유진면 유~진면이고 쓰~[허공을 보며 생각하다가] 동네 이름을 모르것네. 마을 이름이면 마을인데~ 거그서 인자 아~[생각하다가] 머이냐? [땅을 쳐다보면서] 결혼을 아직 안 헌 그 미성년이제이~

(조사자 : 처녀가?)

처녀가~ 인자 있었어. 부모 밑에 살았겠지이. 처녀가~ 그랬는디이~ 묘허게 머냐? 인자 임신을 했단 말이여이. 근데 그 당시에 만일에 요런 결혼도 안 했는디 어 머이냐? 처녀가 임신을 했다 그러면 [잠시 틈을 주다가] 보통 문제가 아니제~ 그래서 인자 즈그 부모들이 이~ 경악을 헌 것이죠이.

[언성을 조금 높이면서] 놀랜 거라. 그때는 철~저헌 어~ 남녀유별이고 옛날에는 다 그랬는디이. 요새 세상은 머 완전히 개방이 돼 갖고 엉망진창인께. 우리 [웃음을 터트리면서] 생각이 달라.

그래서 인자 [생각하다가] 살핀께~ 밤에 머 이 머이 나타났어! 나타나 갖고 어디로 가 부러. 그래 인자 그 다음에 씰~[침을 삼킨 소리] 그 으[생각하다가] 머이냐? 이 이~ 명주술을(명주실을) 명주실을 그 물채에다가 요렇게 딱 머이냐? 찌매서 놨뒀어. 어디로 갈란가 볼라고오.

(조사자 : 그 전에 그랬겠네요. 예~)

어.[긍정의 대답] 그런께 이것이 어느 연못으로 들어가 부러. 인자 한~참 가 갖고는~ 허허[웃으면서] 나중에 요리 잡아당긴께. 거북이가 거북이가. 거북이가 나와. 근께 거북이 그 놈이 허허[웃는다.].

(조사자 : 사람으로 화(化)해서.)

와서 결국엔 인자 아~ 그 처녀 하고 인자 뭐 결국 상대가 인자 된 것이제. 처녀도 처녀도 아는지 어쩐지 모르고 전설이니까. 응. 그랬다는 전설이 있어요. 그것이 한 때에 에~ 요새 같으믄 드라마라고 그럴까? 머이 또 있었어요이. 옛날~

(조사자 : 그게 다 인제 전해오는 이야기 아니겠습니까?)

예. 그래. 그래서 채는 구야라. 근데 지끔 우리 에 머냐? 본관에 평강이 삼팔(38선=휴전선) 이북이란 말입니다이. 삼팔 이북이라~ 강원 강원돈디 삼팔 이북이라 북이라. 어. 북쪽이라. 그래서 인자 우리가 가서 거그 전~부 우리 시조 묘소도 거그가 다 계시고.

(조사자 : 그래서 그 때 거북이하고 해서 태어난 아이가 시조이신거죠?)

[웃으면서] 그런 것이제. 송 자 연 자 우리 할아버지다 그 말이다.

(조사자 : 근데 왜 구 자를 안 쓰고 채 자를 썼을까요?)

에~ 그게 머 옛날엔 다~ 그거 머~ 아 경주 김씨는 어~ [생각을 하다가]

(조사자 : 김알지!)

김~알지제. [생각하다가] 김알지가 경주 우에 머 머슬 어째 다 이~ 닥히(닭이) 머 어찌돼 갖고 김씨가 됐다 하고, 박혁거세도 마찬가지여. 박혁거세는 또 머~ 그랬잖에~ 전~부 신화설이란 말이여. 옛날엔 전부 신화설이여이. 과학적인 그 머이냐? 신화! 전부!

하~ 그러고 ○○○○ 갑네 또. 우리 단군할아버지도 곰이 어쩌고 등등 별에 별 이야기가 있잖애요. 인자 전설이여~

근디 왜 채냐? 그것은 우리가 원래 우리 한~국 어~ 씨족들이~ 우리가 생각헐 때. 대부분 중국으로부터 요리 유입이 됐다고 그렇게 생각헐 수백에는(수밖에는) 없지 않습니까.

중국 왕비가 된 월애촌의 여인

자료코드 : 06_03_FOT_20100410_NKS_CJG_0002
조사장소 : 전라남도 광양시 봉강면 부저리 저곡마을 저곡마을회관
조사일시 : 2010.4.10
조 사 자 : 나경수, 서해숙, 이옥희, 편성철, 김자현
제 보 자 : 채정규, 남, 84세
구연상황 : 평강 채씨 시조담을 이야기가 끝나자 조사자들이 잠시 다과를 준비하여 제보자에게 드렸다. 제보자가 음료수를 마시면서 이런 저런 이야기를 하다가 다음 이야기를 구연했다.
줄 거 리 : 옥룡면의 월애촌에 사는 미인이 중국의 공출로 끌려갔는데, 이후 왕비가 되어 나라와 마을에 많은 혜택을 주었다는 것이다.

아 옛날은 중국을 큰집이라 그랬다고 우리 어려서 중국. 어~ 중국을 큰집이라 그랬다니까~ 근게 여가 제후국이거든. 우리 한국이 제후국이라. 인자 중국은 천자국이고. 그니까 항상 우리가 뇌물 갖다 바치고 그랬다고. 어. 뇌물 갖다 바치고 그랬어.

그래 가고 내가 그때 인자. 중국 제왕이 명령을 허며는 우리 한국에 아름다운 머이냐? 에~ 색시들을 전부 머이냐? 수입을(공출을) 했어. 전부. [웃으면서] 데꼬가 부렀다 말이야.

(조사자 : 예에. 공출해서~)

어. 좌우간,

"가장 그 미녀를 몇이면 몇 보내라."

아. 그러면 명령이 그런께 전국을 댕기면서 [제보자의 목을 축이기 위해 음료수를 드린다.] 미인을 골라 가지고, 오~ 중국으로 갔다가 뇌물로 바친 거이여. 그것이 이 옥룡 가며는 이 그런 것이 머시 있어요.

또 인자 전설이라고 보는디. 사실이라요이. 허허[웃음] 우리가 볼 때 사실이라고 봐. 거그 가며는 [눈을 감고 생각하면서] 쓰~ 옥룡에 가며는 월애촌이 있어요이. 월애. 달 월(月)에 사랑 애(愛)자 월애촌이 있어.

근디 거기에 기~가맥히게 아 그 아름다운 여인이 있었어. 그래 갖고 징발이 돼 갖고 중국으로 인제 차출이 됐제. 근데 인자 왕비가 된 거이여. 하~도 미인이라 논께 왕비가 됐어.

하.[긍정의 대답] 왕비가 됐단 말이여. 그래도 고향은 고국은 잊지 않을 겁니까! 아무리 중국을 가도 내 고장! 내 탯자리, 우리 부모, 형제,

이런 걸 항상 생각하고 있었을 거 아닙니까. 그래서 왕비로 있으면서 우리 대한민국에 큰 혜택을 줬다 그러거든. 그 큰 마을에도 혜택을 줬겄지. [웃으면서] 인자 전설이단 말입니다이. 그래 월애라고 있어. 월애!

진시황에게 바친 백운산 삼산

자료코드 : 06_03_FOT_20100410_NKS_CJG_0003
조사장소 : 전라남도 광양시 봉강면 부저리 저곡마을 저곡마을회관
조사일시 : 2010.4.10
조 사 자 : 나경수, 서해숙, 이옥희, 편성철, 김자현
제 보 자 : 채정규, 남, 84세
구연상황 : 중국에 관한 이야기가 끝나자 조사자가 백운산에 관한 이야기가 있는지를 묻자 다음 이야기를 구연했다.
줄 거 리 : 중국 진시황이 오래 살기 위해 조선 팔도의 산삼을 바치도록 했는데, 그중 백운산에서 캔 산삼도 진시황에게 바쳤다는 이야기이다.

그런데 우리 광양에 백운산 있지 않습니까. 백운산이 맹산(명산)인데에. 백운산이 명산입니다. [고개를 끄덕이면서] 맹산인디. 진시황이 안 죽을라고. 에~ 머이냐? 조 그 당시엔 조선이라 말이여. 조선 팔도에다가 어~ 사신을 전부 보내 가지고 오~ 불사약을,

그런께 인자 동샘이제 동삼! 이 산삼! [웃으면서] 산삼을 채취해 갖고 오라고 명령을 했다 이거지이. 그래 인자 나왔을 거 아닙니까. 나와 갖고 각지에서 인자 채취를 해 갖다 바치는디,

우리 백운산 산생이(산삼이) 가~장 약효가 있었다. 그래 갖고 죽었잖애요. 결국은. 허허[웃는다.] 그것이 하나에 전설이다. 그런 애깁니다.

(조사자 : 그러니까 진시황 진시황이 그 백운산 산삼을 먹고 오래 좀 살았는지?)

[웃으면서] 모르제. 그야(그것을) 누가 압니까. 그냥 전설이라니까.

백운산의 세 가지 정기

자료코드 : 06_03_FOT_20100410_NKS_CJG_0004
조사장소 : 전라남도 광양시 봉강면 부저리 저곡마을 저곡마을회관
조사일시 : 2010.4.10
조 사 자 : 나경수, 서해숙, 이옥희, 편성철, 김자현
제 보 자 : 채정규, 남, 84세
구연상황 : 앞서 백운산 산삼 이야기에 이어서 백운산에 관한 다음 이야기를 구연했다. 마을회관에 마을사람들이 많이 나오지 않았는데도 제보자가 적극적으로 이야기판에 임해 주었다.
줄 거 리 : 백운산에 세 가지 정기가 있는데, 첫째는 최산두이고, 둘째는 월애촌의 왕비이며, 셋째는 앞으로 큰 재벌가 나올 수 있는 정기라는 이야기이다.

백운산이 이 명산이고 영산이기 때문에 저기가 에~ [눈을 감고 이야기를 생각한다.] 머이냐? 아~ 세 가지 [여전히 눈을 감고 이야기를 생각한다.] 쓰읍~ 내가 기억력이 없어. 어~ [갑자기 생각나서] 삼정! 이 쌀 미(米) 옆에 푸를 청(靑)자가 아~ 그 정(精)자라고 그 헌 게 있잔애요. 삼정이라고 세 그 정이 있다. 제 에. 챗자(첫 자)는.

(조사자 : 첫 자는. 에. 백운산의 정기를 말하는.)

응. 세 가지 그런 정기가 있었는 데에. 첫째 하나가 [생각을 하다가] 이 최산두이. 최산두가 퍘고. 쓰~ 그 뭐 뭔 승이라 그러나? 삼정 삼정 이름을 이렇게 까먹어자 뿌러.

(조사자 : 도선국사는 아니…… 남사고?)

[조사자 말에 생각을 했으나 남사고가 아니기에 말을 바꾸어] 그러고 두채가(둘째가) 월애여. 두채 정이. 두채 정이 먼 정인디. 그것이 인자 그저 월야와 같은 아름다운 사램이 나온다는 거기서 정기를 받은 것이 월야라. 월야가 받았어. 긍께 중국에 왕비까지 됐다 그 말이라. 긍께 얼매나 백운산 정기를 받았냐? 그 말이여.

그런디 인자 하나가 남았어.

(조사자 : 봉에 정기, 여우에 정기 아닌가요?)

쓰~ [고개를 좌우로 흔들면서 다시 생각한다.] 그 먼 정긴가 나 모르겠어. 어디~ 나 인자 수첩에도 적어 놓고 그랬쌌는디이. 근~디 마지막은 호~ 여호라는 호(狐) 자가 있재. 여호. 여호. 여수(여시) 말이여.

이.[긍정의 대답] 여이. 호~정이 남았다 호정이. 그럼 호정은 무엇을 위헌 거냐? 대재벌가가 나올 수 있는 정이라 이거라. 그것이 아직 안 나타나 이거라. 긍께 앞으로 광양에 우리나라에서 아조 어~ 뭐냐? 저명한 어~ 재벌가가 날 것이다. 그걸 누구헌테 갈쳐 주고 가더랍니다. 허허[웃음]

후손이 없는 최산두

자료코드 : 06_03_FOT_20100410_NKS_CJG_0005
조사장소 : 전라남도 광양시 봉강면 부저리 저곡마을 저곡마을회관
조사일시 : 2010.4.10
조 사 자 : 나경수, 서해숙, 이옥희, 편성철, 김자현
제 보 자 : 채정규, 남, 84세
구연상황 : 잠시 쉬었다가 최산두에 관한 이야기를 다시 구연했다. 제보자는 남의 집안 이야기라면서 조심스럽게 이야기를 진행했다.
줄 거 리 : 최산두는 후손이 없어 외손봉사를 받았는데, 훗날 후손이 나타나 송사가 벌어졌다고 한다. 원래 최산두는 한미한 집안이었는데 양반집으로 장가를 갔다.

> 그러나 처가에서 사위 대접도 제대로 받지 못하고 결혼 생활도 제대로 하지 못했다. 이후 서울 가서 출세하여 고향으로 내려오니 부인이 후회하며 나와 맞이하자 최산두가 물 한 그릇을 가져 달라고 하였다. 부인이 물을 가져오자 최산두가 물을 모래밭에 부은 뒤에 부인에게 이 물을 다시 주어 담으라고 했다. 부인이 담지 못하자 최산두는 예전과 같을 수 없다며 돌아섰다. 그래서 후손이 있을 수 없어 외손봉사를 받았다는 것이다.

우리 최산두 선생 참~ 묘소가. 나 이런 얘기를 안해야 해. 왜? 후세한테 그런 얘기를 허며는 헷갈린께. 타성받인께 먼 이야기해도 되것지마는 나 그분들도 주로 다 참~ 시조고 어~ 그런디. 그분들 헌테 그~ 즈그 인자 종친들한테 누가 가며는 안되잔애. 궂은 것도 좋다고 쳐줘야 그거이 도리지. 그렇지 않은 걸 자꾸 그 이 그렇게 평가를 허면 안 좋은 거라 그 말이라.

그래서 인자 그런 애기를 안 허는디. 여러분들은 소위 [웃으면서] 순천대학교에서 역사~ 아 아. 인자 본께 전남대지. 전남대. 아이고 나 나 순천대라 했더니 전~부 단수가 높은디 전남대라. 하하[웃음] [전원 웃음]

근디 어찌된 고는 이. [최산두 묘자리를 가리키면서] 광양 최씨라 그랬어이. 이 신 신재 선생님에 본관이 광양이라. 한쪽에서는 최계라. 이 지금은 최계 최씨로 정착이 됐거든(제보자는 초계 최씨를 최계 최씨로 발음하고 있다).

왜 머이냐 재판이 났냐? 어 왜 송사를 했냐? 요새는 뭐 상권이 머 요렇게에 ○○○ 돼 있으니까 그런디. 옛날은 아까도 애기 했지마는 원님이 그런 상권을 가지고 있어. 어 원님 말씀이며는 머 모든 것이 다 권한의 소유라.

근디 요거시이. 옛날이 옛날. 외손이 봉사를 했어. 외손이 외손이 김해 김씬디. 여 시방 우리 봉강면에 많이 계시오. 가장 수가 많아 김해 김씨. 그분들이 제사를 모셨어. 최산두 선생님에 제사를 모셨어.

그럼 우리가 언능 생각헐 때 본손이 없었을 거 아니냐! 본손이 없었은께 외손이 이 외손이 제사를 지내지. 본손이 있으며는 어떻게 외손이 제사를 지낼 수가 있겠느냐? 요렇게 우리가 생각헐 수 가 있잖애요. 상식적으로. 그런디 머냐 최계 최씨들 측에서,

"저거 우리 시조다."

"최계 최씨제 광양 최씨는 아니다."

요래 갖고 이것이 이 이조 말에 송사가 생긴 거여. 근게 관가에다 고발을 했잖애. 인제 분쟁이 되니까 아~ 가서 나름대로 자기네들 입장을 다 밝힌 것이여.

"절때 본손이 없다. 그래서 우리 외손이 제사를 모신 것이다. 최계 최씨는 가짜다."

이러고 했단 말이여. 긍께 인자 최계 최씨들은 그걸 용납헐 수가 없재. 그런께 분쟁이 되니까 재판을 헌 거재. 송사를 헌거재. 긍께 원님헌테 사상고를 했는디. 하~ 이 원님도 가~만히 생각헌께 몰~라~아~

'아 어짜냐 말이여. 오래 된 옛날 옛날인디 과연 최계 최씨가 맞는 건가? 광양 최씨가 맞는 건가?' 도저히 몰~라.

아 긍게 그 명 아~ 거 머이냐? 원님이 명관이었던 모냥이여. 그래 갖고 족보도 어~ 말허자믄 허씨들이 가지고 있었다 허는 말이 있어. 긍께 이게 요리 연결하믄 통 맞은 말이고 중 말이고 안 맞는 것이 있어. 그래서 그런께 그런 것을 안 믿을라 헌디.

인제 쭉 내려오는 그런 것이 있었다는 것을 여러분들이 또 예까지(여기까지) 오셔서 예사니까, 그거 머 별것도 아니고 상대방을 괜~ 그 머이냐 이 상처 주는 얘기가 된다 그 말이라. 최계 최씨들에게 상처 주는 얘기가 돼 불지.

그래서 그래 갖고 인자 판결을 허는디 머라 그러는 고는, 족보도 말허자믄 허씨들이 가지고 있었단께. 외손들이 가지고 있었어. 긍께 그것이

일반인들 생각에 본손이 없었다 그렇게 생각헐 거 아니여. 그것도 인자 본손이 없다는 것을 우리가 추리해서 또 얘기를 허며는 또 가정이 나와.

왜냐며는 산두 선생이 머이냐? 이 옥룡 이 면 그 즈그 아버지가 머 먼가? 말허자며는 요새 같으며는 그 머 급사! 이 심부름허는 사람 이 면에 행정기관에.

옛날에는 그거 하인으로 취급했잔애. 급을 낮게 취급을 했단 말이여. 옛날 시대에는. 그런 생활을 했어. 응. 지그 아부지가 신재 여그 최산두 선생님에 호는 신재지 신재 최산두 근데.

그래서 근디 최산구가 어려서 부터서 이거이 하여간 머리가 비상해 부네.

얼굴도 아조 머 그야말로 오~ 참~ 미남으로 생기고, 하나도 흠잡을 디가 없어. 욕심을 디게 낸 거여. 근디 즈그 딸이 있었어. [웃으면서] 저 옥룡 그 머 인자 집광이라던가 옛날 면장 요새 같으믄 면장이제. 그래 갖고,

'요놈을 꼭 사우를 삼았으믄…….'

했는디. 그때는 양반 상놈 막 이럴 때 아니냐 말이여.

'아 양 양반해 갖고 자 자식 결혼시킨다믄 이것이 참~ 가문에 큰 먹칠이고…….'

도저히 있을 수가 없는 때라. 그 때가 이. 인자 고민을 헌 거이여. 고민을 했어. 넘 주기는 싫은디 이 놈 자식이 쪽 빠져 갖고 영리하고. 근게 즈그 마누라 헌테다가 얘기 했어.

"어이 그 외 아무개 자식이 참 기가 맥히게 머리가 천재고 참 장래가 촉망하고 근디 그놈을 사위를 삼았으면 허는디 내 욕심이 [웃으면서] 넘 주기는 싫다."

그런께. 막 하늘이 낮아서 못 뛰는 거라.

"이 무슨 말씀을 이런 말씀을 허냐? 소위 양반 양반집에서 아니 하인 자슥허고 혼인을 해. 다시는 그런 얘기 입 밖에 내지 마라."

고 그럴 꺼 아니여. 머. 뻔해. 옛날에 가만히 되새겨보며는 그럴 법허다

말이여. [언성을 높이면서] 그래도 도저히 아까와. 안된께 즈그 마누래 말을 무시해 뿔고 강제 결혼을 시켜 부렀어. 어 즈그 딸허고. 긍께 딸도오 생각해 봐.

그때 시절에 상 상사람하고(하층민하고) 결혼을 허게 됐어. 즈그 아바이는 양반하고도 참 양반인디. 하 기가 참 처녀도이 그래도 맞을 택이 없어. 아무리 머 미모고 영리해도 그거이 뒷차라(둘째라). 솔직히 양반 상놈이 엄연히 그때는 머 참 하늘허고 땅허고 차인데(차이가 있는데).

긍께 강제결혼하고 즈그 아버지 명령으로 해서 막 억지로 결혼을 시켰단 말이여. 그런께 결혼생활 치루도 못 헌거이여. 부부생활을. 그래 갖고 서울 가서 배신해 갖고 시방 옥룡 가며는 한재라는 재가 있어.

한재. 이. 한재라는 재가 있는데. 삼인육갑 잽히고 옛날에는 머 머 급제를 허면 그런다면서. 앞뒤에다 요리 해 갖고 그래 갖고 옹호를 해 갖고 인자 고향을 오는 것이여. 금의환양을 허는 것이여.

그런께 거가 산길이었어. 아무리 울창헌디 길을 딱고 거그를 트고 옥룡을 해서 내려왔다 그러거든. 인자 옥룡에 학사대가 있고 그렇잖애. 자기가 공부했던 학사대가 있단 말이여. 인자 그러니까 자기가 인자 공부했던 그런 뭐 또 글 있고. 그리 해서 요리 오다가 생병을 허는 지점이 있어. 상병!

상평. 거그를 딱 오니까. 그니까 부부생활 제대로 못했다 얘기라. 말허자며는 결혼만 했지이. 근께 인자 즈그 마누래가 아~ 서울서 즈그 남편이 금의환향을 했다. 인자 벼슬을 해 갖고 내려오는 판이라.

머 삼인육갑을 잽히고 머 그런단 거로 있고 그랬지 옛날에는. 머 거드름피 갖고 말 타고 막 이래 갖고 내려온디 즈그 부인이 후회를 헌 거이지.

'잘못 생각했다. [웃으면서] 그 때 남편으로 해서 극진히 모셨으며는 영화를 볼 껀데 잘못했다.'

고 후회를 해 갖고. 전~부 전설이라이. 얘기라. 마중을 갔어. 마중을 갔어. 가 갖고 꿇고 앉아서,

"(자신이 남편 대접을 해주지 못한) 과거에 잘못했다." 고,

"용서해 달라."

고 빌었어. 마상에 말 타고 오는디. 인제 딱 말을 멈추고,

"알았소. 저 저기 가서. 요새 같으믄 그릇에 물을 한 사발 떠 갖고 오시오."

즈그 인자 부인된 사람허고. 근께 인제 물을 딱 떠다 바친께. 인자 그게 모래밭이라. 모래밭에다 부어 부러.

"그 물을 다시 떠서 먼청과(처음과) 같이 채우시오."

[웃으면서] 거 채와질 껍니까(채워지지 않겠지요). 모랫 속으로 스며들었는디.

"그와 같은께 다시 애정표현은 없소."

근께 안 된다 이거지. 그런께 손이 없을 꺼 아니냐! 그래 갖고 분쟁이 됐다 이거여. 손이 없은께. 외손이 머이냐 제사를 지냈다 인자 그러한 전설이 있어. 전설이이.

어머니가 입으로 정기를 받아서 태어난 최산두

자료코드 : 06_03_FOT_20100410_NKS_CJG_0006
조사장소 : 전라남도 광양시 봉강면 부저리 저곡마을 저곡마을회관
조사일시 : 2010.4.10
조 사 자 : 나경수, 서해숙, 이옥희, 편성철, 김자현
제 보 자 : 채정규, 남, 84세
구연상황 : 제보자는 어릴 적부터 마을 어른들에게 최산두에 관한 이야기를 많이 듣고 자랐다고 한다. 그래선지 최산두에 관한 이야기를 조사자가 계속 묻자 여러 각 편들을 들려주었다. 이야기는 어릴 적에 들은 기억과 생활 속에서 터득한 자신의 생각이 두루 겹쳐 있었으나 제보자 특유의 입담으로 흥미롭게 이야기를 진행했다. 이야기의 앞부분은 제보자의 생각을 쭉 이야기하다가 뒷부분에는 최산두의 탄생에 관한 이야기로 마무리를 지었다. 기억이 확실하지 않다며

자신 없어 했다.

줄 거 리 : 최산두의 탯자리가 문헌상에 나와 있지 않아 알 수 없으나, 무덤이 이 마을 가까이에 있는 것으로 보아서 여기가 탯자리일 것으로 제보자는 추측하였으며, 최산두의 탄생은 어머니가 입으로 정기를 받아서 낳은 것이라는 이야기이다.

이 그런디. 저 우리 최산두 선생님이. 에~ 어디서 출산이 낳다(태어났다). 이 이 탯자리가 문헌상으로 없어. 어. 광양에서 낳는디 광양에서 나기는 낳는디. 이거 때문에 참~ 저도 인자 [머리를 긁적이면서] 고민을 했거든요. 어~ 우리 마을에서 낳지 어~디~가 낳…… 이건 내 주장이야.

인자 예나 지금이나 인자 같은 생각이다 말입니다이. 아무리 저~ 머이냐? 입신양명을 해도 죽을 때는 나가(자신이) 난 고향! 나가 난 탯자리에 가서 묻힐라고 하는 것이 인간의 기본~ 나가(제보자 자신이) 그러거든. 요새는 머 다 객지로 가서 객지에서 그냥 주저앉는 사람도 있습디다마는,

옛날은 탯자리에 와서 다~ 묻힐라고 그래. 에~ 그랬다 말입니다. 근디 최사 최산두 선생의 묘소가 [좌측을 가리키면서] 여그도 있단 말이여. 우리 마을에 있어. 근디 어찌 딴디서 날 택이 없다. 여기 딱 명확히 딱 되부럿으믄 딱 찍어 뿌른디.

아~ 이 눔이 중간에 분쟁요소가 약간 있었어. 어~ 우리 우리 면에서 낳다. 머해 갖고 광양읍에서도 낳다. 머 옥룡서도 낳다. 이런 거 머시 있었단 말입니다. 그러나 저는 [단호하게] 절대 육하원칙에 의해서 우리가 고찰해 보더라도, 우리 마을에서 낳제 딴디 날 택이 없다 말이여.

왜냐? 옛날은 인자 다 그 명당을 지관들이 인자 국풍들이, 이 마 높은 사람들은 국풍들이 인자 전부 산채를 돌고 인자 어~ 답사를 해 가지고 명당을 잡는 거 아닙니까~ 응~ 명당을 잡는다 말입니다. 뫼자리를~ 저 시방 옥룡면을 가며는 그 옥룡면이 백운산 바로 밑 아닙니까이.

여그도 백운산 줄긴디 전~부~ 거~그가 우리 마을보담도 더 그 당시

로 봐서는 명당이 더 좋은 명당이 있었을 걸로 본다. 근디 거그서 낳으믄 거 즈그 머이냐? 에~ 거 자기 최산 최산두 선생이 난(태어난) 거그다가 묻제.

왜 우리 동네 앞에다가 묻었것냐? 절~때~ 우리 마을에서 낳다는 것이 육하원 서로 따지도 맞다. 왜? 요새는 좀 달라졌지마는 옛날은 분명이 그랬다아. 아. 분명이 그것이. 하.[긍정의 대답] 이거를 청을 했거든.

그래 갖고 당시에 광양 군수허고도 저허고 많~이 대담도 허고 그랬습니다. 이 인자 문제 때문에. 절~때~ 우리~ 마을에서 낳다. 긍께 군수께서 저 어 김옥현이라고 이번 시장 앞에 군수로 있을 때. 그분이 심지어 그런 애기를 했어요.

“어르신 말씀이 맞습니다. 근디 확실히 문헌상으로 없으니까 지금……”

“이러지 않습니까. 계~속 육하원칙에 입각해서 주창을 하십시오. 허며는 백년만 되며는 정책이 됩니다.”

그러더라고. 어. 계~속~ 내가 주장을 했거던요. 뭐 지금 현 시장헌테도 계속 그런 애기를 했고. 인자 그래 갖고 즈그 인자 족보에 즈그 족보 대동보 하지 않습니까. 이 최씨들. 에~ 우리 마을에서 낳다고 수록이 되어 갖고 있어요.

(조사자 : 아~ 예에. 하기사 묘소가 있으니까.)

예에. 하 그렇지 않습니까. 즈그 인자 문중에서도 즈그 시조에서도 반조제 시조는 아니라고. 공이 있다고 그래 갖고 날 감사장까지 나를 인자 줘서 받고 그랬습니다.

(조사자 : 나중에 나중에 한번 최산두 묘소에 한번 알으켜 주시면 가보겠습니다. 조금 있다가.)

알으켜줄 거이 아니라 시방도 갈 수가 있어. 나는 다리가 아파서 못 모시고 가서 탈이제. 그전에는 나 댕겼재. 다리가 아파 갖고오.

(조사자 : 그 그러면 어떻게 해서 최산두 선생님이 태어났다드라. 그런

얘기 있으시면…….)

거 전설적으로 있어. 흐흐[웃는다.] 우리 마을 앞에 여그 어디서 최산 최산두 인자 즈그 어머니가, 아~ 어머니가 인자 꿈을 꾼께.

머 그~ [잠시 생각을 한다.] 인자 인자 입으로 오~ [입을 통해서 몸 속으로 들어오는 표현을 하면서] 뭐 머시 요리 들어왔다. 달? 달인가 머인가는 잘 그런 짐승은 아니고? 그런디 말 임신을 해던 거라. 그래 갖고 최산두를 낳았다 그 말이라. 허허[웃음]

(조사자 : 아~ 달의 정기를 받아서?)

어. 그런 것이제이. [고개를 좌우로 흔들면서] 몰라. 달인지 어쩐지 나는 거기까지는 머…….

(조사자 : 뭐가 들어왔는지는 기억이 안 나시구요?)

[고개를 끄덕이면서] 입으로 머이 들어왔다 해라(합니다). 그래 갖고 임신을 해 갖고 최산두를 낳다 이기라아. 근께 백운산의 첫채(첫째) 정기인 쓰~ 거 뭔 정인데……. [잠시 생각을 하다가] 제일로 마지막은 내가 인자 아는디…….

(조사자 : 그렇게 해서 낳았다는 것이지요.)

[고개를 끄덕인다.] 그래 갖고 낳어.

최산두가 어릴 적에 겪은 두 가지 일

자료코드 : 06_03_FOT_20100410_NKS_CJG_0007
조사장소 : 전라남도 광양시 봉강면 부저리 저곡마을 저곡마을회관
조사일시 : 2010.4.10
조 사 자 : 나경수, 서해숙, 이옥희, 편성철, 김자현
제 보 자 : 채정규, 남, 84세
구연상황 : 제보자는 어릴 적부터 마을 어른들에게 최산두에 관한 이야기를 많이 듣고 자랐다고 한다. 그래선지 최산두에 관한 이야기가 계속 이어졌다. 이야기는

어릴 적에 들은 기억과 생활 속에서 터득한 자신의 생각이 두루 겹쳐 있었으나 제보자 특유의 입담으로 흥미롭게 이야기를 진행했다. 구연한 이야기는 여우 구슬 삼킨 이야기와 죽은 이들이 장차 크게 될 최산두를 알아본 이야기가 서로 혼융된 채 이야기가 진행되었다.

줄 거 리 : 지금은 저수지에 잠겼으나 예전에 그곳에 서당이 있었다고 한다. 최산두가 어릴 적에 그 서당에를 다녔는데, 예쁜 색시가 나타나 유인을 하였다. 그래서 서당 훈장에게 이야기하니, 훈장이 색시 입안에 구슬이 있으니 그것을 삼키라고 일러준다. 그리하여 구슬을 삼키니 그 색시는 여우로 둔갑하여 도망갔다. 그 구슬을 삼켜서 최산두가 큰 인물이 되었다고 한다. 또 다른 이야기로 최산두가 한밤중에도 열심히 서당에를 다니는데, 어느 날 비가 많이 와서 초분 옆에서 비를 피하고 있었다. 마침 초분 안에서 말이 들려오기를, 우리 집에 사인선생이 와 있으니 제삿밥을 먹으러 가지 않겠네 하였다. 그리고 제삿밥을 먹으러 갔다 온 이가 제삿밥에 뱀이 있어서 화가 나서 그 집 아이를 화로에 밀어 버렸다고 했다. 이 말을 들은 최산두가 사인이 누구인지 궁금해서 훈장에게 물으니, 훈장이 누구에게 발설하지 못하게 하고 열심히 공부를 시켰다고 한다.

낳는디. 지금의 재주가 비상해에. 머 그냥 총명이~ 아 그거 다 있어. 즈그 보첩에도 있고 그래. 서로 때고 있어. 있는데. 머 한나를(하나를) 가르치믄 열을 안다 그 말이여이. 그렇게 머리가 비상해에. 그리고 체격도 잘났고오. 오. 미남으로 난 거재(태어난 것이지).

[잠시 숨을 고르면서] 그래 갖고 오 머이냐? 공부를 인자 어떻게 했냐? 인자 그 때 그렇게 넉넉허니 가정도 넉넉지는 못했던 모냥이것지. 그래 아마 전설적인 얘기니까. 내가 안 봤으니 누가 압니까마는.

여그서 여 우리 마을에서 인자 저그 집이 있었을 거 아닙니까 우리 마을에. 요리 가며는이 저 저수지 안에, [기억을 떠오르기 위해 눈을 감는다.] 옛날 그 머이냐? 서재가 있었어이.

(조사자 : 서당!)

서당. 그 그것이 [다시 눈을 감고 생각을 한다.] 그 자리도 있어. 그 자리가 있는 거를 안디. 그 저수지 속으로 들어가 부렀어. 저수지로 수몰이 되어 부렀어. 그거이 옛날 우리가 인자 그 초등학교에 댕길 때에도 저수지 없을 때에는, 저수지 가운데로 길이 있었거든요.

광양읍으로 통허는 길이. 긍께 인자 그때 토점이라는 마을이 있었어. 토점. 흙 토(土)자에 점. 그거이 머이냐믄 질그릇을 만드는 곳이었었어. 그래 토점이라 허는데. 거그가 먼 서재냐?

인자 이거이 이거이 나 까부런 거라(잊어버렸다). 거그서 인자 머이냐? 서재를 다녔어. 어려서. 최산두가~ 그런디 요렇게 서재를 다니며는 밤에이. 밤에 또 중간에 허허[웃음을 터트린다.] 그래서 이거이 재미난 얘긴디.

[언성이 높아지면서] 아 여 고개를 넘으며는이 이쁜 색시가 와서 자꾸 유인을 해. 그래도 머 공부허는 과정에서 여자허고 결국 요랬다가는 그 안 된다. 그래 갖고 자꾸 철처허니 배제를 했다 그랬다거든. 그래 인자 즈그 [생각하다가] 배제를 했어이.

(조사자 : 구슬을 주고받고 하지 않았나요?)

으매~ 그런 거이 있어. 어디서 들었는 갑구만. 그런디. 가만있어 봐. 그 전에 쓰~ 순서가 꾀이네에(꼬이네). 대닌디(다니는데). 어~ 하루저녁에. 인자 여름 여름철이겠지. 아 인자 밤에 밤에도 인자 서재를 댕긴단 말이여.

옛날에는 머 어려서 아무리 어려도 그 배워야 되것다는 그 신념이 강했던 모냥이재. 여 여 드세요. [앞에 놓인 과자를 가리키면서] 저한테만 들라하지 말고오. 그래 갖고 하루저녁에 여 앞에 가며는 초빈이 있었어. 초빈. 초빈! 옛날은 사램이 죽으면 바로 안 갖다 묻어. 안 갖다 묻고.

저 가~ 그 간이 여 그 움막을 지 갖고(지어 가지고) 그 속에다가 관을 놨둬. 놔두며는 물이 쪽 빠진단 말이여. 부패해 가지고 전부 인자 수분이 완전히 탈수 되어 뿐지 후에, 인자 좋은 자리를 택해 가지고 갔다가 인자 장 이 장사를 지낸다 그러거든요.

옛날~ 그래서 인자 초빈으로 들어갔더니 비가 와. 막 비가 와 갖고 에

번개가 뇌성번개를 허고 비가 막 억수가 떨어지니까, 서재를 가다가 이거 인자 못 가고 그리 들어갔어. 초빈으로. 거 머 시체 갖다 감당해 논.

가서 인자 비이 [웃으면서] 멈추기만 기다리는 거라. 그래야 인자 서재를 가재. 있은께. 인자 귀신이 났어. 막 귀신들이,

"어이 아무개."

그런께 인자 거 송쟁이(송장이) 하나 뿐이 아니라 말이다아.

"아 어이 어이 아무개 집이 오늘 저녁에 제사다네. 제우다네. 오늘 우리 물밥 얻어 묵으러 가세."

[웃으면서] 그러거든. [웃으면서] 물밥 허잖에. 요새 제사 모시며는 물밥 허거든. 옛날이나 우리들이 유교적인 제사에는. 그런께 인자 자기가 머물렀든 그 초빈에서는 머 귀신이 머라고 답변허는 거고는,

"어이 저 이 시방 우리 집이 이……[생각을 한다.]."

[조사자를 가리키면서]

"우리 집이 사인 선생님이 손님이 와 계시네".

이.[긍정의 대답] 귀헌……. 사인 벼슬이 그 정사품인가 돼. 어 옛날이. 유교시대의 그 관직으로 해서. 인자 모르재. 그 사인이 먼지를 몰라. 어렸은께 최산두도. 그래 갖고 쫌 있인께. 그 저 물밥 얻어 묵으러 온 귀신들이 인자 거그를 와. 와 갖고,

"어이 자네 안 오길 잘했네." 그러거든.

"그 왜?"

인제 걸게 얻어 묵고 온 줄 [웃으면서] 안께.

"아~ 이~ 빌어묵을 껏 기냥 기분이 나빠서 응 그 집 어린애를 화로에다 확~ 밀어 뿔고 와 뿌렀네. 괘씸해서."

"거 왜 그랬는가?" 그런께.

"아 세상에 인자 물밥에다가 인자 배암을 [칼로 자르는 시늉을 하면서] 짤라서 이렇게 밥에다 놨(다, 이 말이 생략됨)."

더래야. 그게 먼고는 머리크락. 머리크락을. 그래 인자 절 때 머리크락이 음식에 들어가믄 안된다는 그 머슬 옛날부터 에 전해내려 온 건데. 그걸 조심해라 이 말인데. 제사를 모실 때는 목욕 정성 되게 하고 정성을 다해 갖고 제사를 모신단 말이여.

근디 제사 모실 때 에~ 주로 인자 주부들이 음식은 다 장만 헌거단 말이여. 근디 어쩌다 머리가 그리 빠져 가지고 거가 있었던가 인자 그 가뱀으로 헌 거여 그 구신들헌테는. 그래 인자 못 묵었다 이거지.

긍께 이놈 새끼들 세상에 이럴 수가 있냐 해 가지고 밀어 뿌렀다 이거라. 어린애를. 그 집 어린애를. 그런다 그래.

'근디 이상하다. 사인이 머일까?'

"쓰~ 제사 물밥에 뱀이 인자 배암을 [칼로 뱀을 토막치는 시늉을 하면서] 이렇게 그 돌 이렇게 썰어서 나서 기분이 인자 안 좋아서 인자 괘씸해서 오기를 부리고 왔다."

인자 그런 얘기라. 근데 인자 비가 멈찼어(멈췄어). 멈차서 인자 서재를 갔어. (서재가) 저 저수지 안에 있어. 그 흔적이. 시방은 수몰이 돼 불었어. 수몰이 됐는디. 우리 그니까 어렸을 박정희 대통령 때에 이게 맥혔거든. 요거이. 백운저수지. 백운저수지라 그래. [머리를 긁적이며] 그래서~ 인자 가갔고.

"왜 인자 오냐?"

인자 접쟁이(훈장님이).

"오늘 인자 비가 와서 소내기가(소나기가) 와갖고 이렇게 인자 초빈에 비 피~해 갖고오 그러다가 비가 멈춰서 왔습니다." 그런께.

"그라. 그런 줄 안다."

"근디 스승님."

그런 거제. 그~ 접장이지. 그걸 보고 머냐 접장을 보고. [조사자를 보며] 어? 훈장이제이. 훈장이 훈장을 보고 했어.

"훈장님 하 묘헌 이야기를 들었습니다. 제가 어디를 비를 이 이 피하고 있는디이 귀신이 나 갖고 아 이 머이 [웃으면서] 제사집이 그 어디 있다고 물밥 얻어 묵으러 가자고 이랬는디 아 이 사인 손님이 와 계셔서 나는 못 가것은께 자네들이나 갔다 오소. 근디 사인이 뭡니까?"

했단 말이여. 근께 입을 딱 막아 버려. 그 인자 학도들이 딴 사람도 있을 거 아닙니까? 입을 딱 막으면서 딱 막아 뿌러.

"얘기 말아라."

근께 눈치를 챈 거이여. 총명허고 그런께 장차 이것이 상당히 거 대인이 될 것이다 라고 인제 예측을 헌 것이제. 그 인자 훈쟁이. 근게 어린 것이 다 해 갖고(말하고 다니면) 일반적으로 알아 버리면 거시 장승 성장해 가는데, 어떤 해가 있을까 봐 훈쟁이 음~ 머이냐 통제를 시킨 거이라. 시켰어. 그래서 인자 거그서 공부를 열씸히 했단 말이라. 열씸히 해 갖고.

그래 갖고 그 다음날 아침에 와서 수송을 해본께, 저~ 건네마을에 모집이 제사를 진께 모싯는디 아~ 이 어린애가 화루에 기냥 화루에 엎어져 갖고 화상을 입었다. 그런 소문이 났었다. [웃으면서] 어디까지나 전설~ 인제 그랬다 그러거든.

그래 가지고 인자 아~ 거그서 인자 아~ 그렇게 인자 공부를 하고 허고. 아까 얘기허다가 고개를 넘은 밤으로 예~쁜 처녀가 자꾸 유 유혹을 해. 유혹을~ 아 그래서 인자 만날 피했단 말이라아. 마 요새 같으면 뽀뽀도 하고 머 그랬던 모냥이여. 근께 절 때 거절을 허고. 아 그냥 즈그 선생 저 그 훈장한테 일렀어.

"아 훈장님! 나 이 이 고개를 넘으믄 저녁마다 머 이렇게 나타나 갖고 막 나를 괴롭힙니다." 헌께.

"그래. 니가 이번에는 딱 그런 머시 나타나서 그렇게 허며는 인자 뽀뽀를 해라." 이러라.

"입맞춤을 헐 때 뱉는 혀 밑에 구슬이 있다. 그 놈을 언능 니가 어 뺏아 샘켜(삼켜) 버려라.”

이 말이여. 그렇게 시킨단 말이야. 그런께 뭐 훈장 말씀대로 실행을 단행헌단 말이여. 그런께 다음 날에도 마찬가지라. 그래 인자 뽀뽀를 해 갖고 혀 밑에 구슬이 있었어. 고 놈을 뺏어 샘켜 버렸어. 근께 이놈이 여우가 돼 갖고 도망을 가 부러. 그 여우가 뭐.

(조사자 : 여자. 여우가 여자로 변했는데.)

그렇지. 여우가 머 몇 년 몇 십년이 되며는 고렇게 변신을 헌다 그러거든. 그 옛날부터 전설이~ 근께 인자 그것이 여우였었다 이거라. 하하하 [웃으면서] 그거이 사람이 아니고. 그래서 그 유혹에서 벗어났다. 인자 그런 전설이고.

도선국사 묘자리는 명당

자료코드 : 06_03_FOT_20100410_NKS_CJG_0008
조사장소 : 전라남도 광양시 봉강면 부저리 저곡마을 저곡마을회관
조사일시 : 2010.4.10
조 사 자 : 나경수, 서해숙, 이옥희, 편성철, 김자현
제 보 자 : 채정규, 남, 84세
구연상황 : 최산두 이야기가 계속 이어졌는데, 조사자가 도선국사에 대해서도 아시는 이야기가 있는지를 묻자 다음 이야기를 구연했다.
줄 거 리 : 도선국사의 묘자리가 명당이라 하여 옛날에 많은 사람들이 도장(倒葬)을 했다는 이야기이다.

도선국사가 여 삼십 오년인가? 여그서 칩거허다 돌아가셨지. 죽었잔애.

(조사자 : 어디 어디 여기 근처요?)

아~ 옥룡 옥룡사가 있잖애. 옥룡사. 그 인자 팔도를 다 도선국사가 저분이 에~ 우리나라 그 오행! 그 인자 산세 그걸 갖고 인자 오행이라 헌단 말이여. 인제 그게 주역이제. 그 시조 아니라고 [엄지손가락을 높이 치

켜들면서] 시조! 도선국사를. 또 또 여러 가지 전설이 많제애.

도선국사에 대한 전설이이. 그래 갖고 인자 순천대학 어 학교에서 그 머냐? 옥룡사지에서 도선국사의 머슬 발굴을 헐라고 막 팠는디 나타났다 그러거든. 나타났는디 [웃으면서] 사 그런디 또 그 우에 딴 해골이 있고 어쩌고 헌께. 맹당이면(명당이면) 옛날 도장을 했어. 거그다가 쓰면 자손이 머 좌우간 이 에 머랄까?

참~ 홍성허고 머 어쩌고 복을 많이 받는다 그러고 전부 그런 짓거릴 했잔애. 옛날. 그 그렇게 말허자며는 그때는 미신이 막 이럴 때 아닙니까이. 요새는 과학적으로 머이 안되면 전~부 안들어.

저곡마을의 선인독서혈

자료코드 : 06_03_FOT_20100410_NKS_CJG_0009
조사장소 : 전라남도 광양시 봉강면 부저리 저곡마을 저곡마을회관
조사일시 : 2010.4.10
조 사 자 : 나경수, 서해숙, 이옥희, 편성철, 김자현
제 보 자 : 채정규, 남, 84세
구연상황 : 도선국사 이야기에 이어 조사자가 마을 형국이 어떠한지를 묻자 다음 이야기를 구연했다. 농사철이 시작되어 마을회관에는 마을사람들이 오지 않아 한적하고 조용했다.
줄 거 리 : 저곡마을은 선인독서혈로, 마을 주위에 책상바위, 유건바위가 있다고 한다.

우리 마을이 선인독서혈이라 그래. 우리 선산도 선인독서혈이라고도 애길해. 선인 신선이 이 글을 읽는 혈이다.

(조사자 : 선인독서혈. 어디가요? 저곡마을이요?)

[고개를 끄덕이면서] 그래. 그러고 그 뒤에 책상바위도 있고이 또 이~ 유건바위도 있고. 유건 옛날엔 다 그 점잖은 그런 머 머 선비들은 유건을 썼잖애. 유건바우가 있고. 또 글을 읽었던 책상바우가 있고이. 그 앞에 촛

대바위가 있어. 또 촛대 맹이로 팍~ 올라간 산이 있어.

[자신의 뒤쪽을 가리키면서] 이 여그 여. 근게.

(조사자 : 혹시 비봉산이 촛대바윈가요?)

어? 비봉산은 [고개를 좌우로 흔들면서] 여 소재지에 있는디 건네 그 높은 산이야. 우리 면으로 봐서는 가장 거그가 주산이지. 근게 비봉산. 봉 봉(鳳). 우리 면이 봉이거든. 어 봉강면이라 말이라아. 그래서 그 봉이 난(날아간) 산이라 비봉산이고. 인자 봉당리, 또 상봉, 하봉 전부 봉자가 붙어 갖고 있어.

(조사자 : 그래 가지고 촛대 촛대봉이 있고요. 또?)

있어. 아 책상바우가 있고. 유건바우가 있고.

병풍산과 국회의원

자료코드 : 06_03_FOT_20100410_NKS_CJG_0010
조사장소 : 전라남도 광양시 봉강면 부저리 저곡마을 저곡마을회관
조사일시 : 2010.4.10
조 사 자 : 나경수, 서해숙, 이옥희, 편성철, 김자현
제 보 자 : 채정규, 남, 84세
구연상황 : 잠시 쉬면서 조사자가 준비한 음료를 제보자에게 대접했다. 그러나 제보자는 이야기에 여념이 없어 쉬지 않고 이야기를 이어갔다.
줄 거 리 : 기암절벽의 병풍산이 있어서 그 기세로 인해 이 마을에 국회의원이 나왔다고 한다.

이도선 국회의원이 났던(태어났던) 그 마을이 이. 먼 마을인고는. 그 내나 같은 줄인디이. 평풍바우가 있어. 평풍산(병풍산). 산이 상당히 그 기암절벽으로이 해 갖고 평풍같이 생겼어.

그래서, "이도선이가 났다." 인제 우리가 [웃으면서] 그런 얘기를 해.

(조사자 : 누가 났다고요?)

이도선이.

(조사자 : 국회의원)

국회의원. 쩌 박정희 대통령 때 머이냐? 전국을 누비면서 어 차○ 연설헌 박정 이도선이거든. 우 우리 면 쪽 지난 쪽에. 긍께 그런 화려헌 머이냐? 아~ 그~ 지세가이 그런디서 났기 때문에 그렇게 웅변을 잘했다. 고 그렇게 우리가아~ 삼선 의원이제이. 비례대표 여 해서 이젠 지역구로 해서 그냥 왔어.

저곡마을의 원지명은 월곡이다

자료코드 : 06_03_FOT_20100410_NKS_CJG_0011
조사장소 : 전라남도 광양시 봉강면 부저리 저곡마을 저곡마을회관
조사일시 : 2010.4.10
조 사 자 : 나경수, 서해숙, 이옥희, 편성철, 김자현
제 보 자 : 채정규, 남, 84세
구연상황 : 마을 형국과 지세에 관한 이야기가 계속되자 조사자가 왜 이 마을을 저곡마을이라 했는지를 묻자 다음 이야기를 구연했다. 제보자가 밭에서 일을 하다가 조사자를 만나러 왔던 상황이라 밭에서 기다리는 제보자의 부인을 염려했다. 앞의 다른 이야기와 마찬가지로 이 이야기에서도 자신의 여러 생각들이 겹쳐진 가운데 이야기가 진행되었다.
줄 거 리 : 저곡마을은 예전에는 월곡이라 불리었는데, 마을에 닥나무가 많다 해서 저곡마을로 바꾸어 불리게 되었다는 이야기이다.

옛날엔 전부~ 산세나 지세나 이것을 어~ 머이냐? 그 머슬 해 가지고 전~부 이름을 붙여 놨단 말이야. 글 안 씀니까이. 방금 말과 같이 이 소 같이 생겼기 때문에 우산. 여 비봉 해서 인자 봉이 날았다 해 갖고 우리 면이 봉강인디. 어 봉강인디. 우리 마을이 원래가 월곡이여. 달 월(月)자 해고.

여그 나가 얘기 해 갖고 여그 정자 정자 여기 거슥 머슬 현판을 어~ 월곡으로 월곡으로 요렇게 해 놨잔애. 월곡이여 월곡. 왜 월곡이 저곡이 돼 뿌렀냐?

이것이 영~ 나가 기분이 안 좋아. 근디 옛날 우리 마을에도 다 글을 많이 읽고 헌 분들도 계셨다고 허는디. 어른들이 어째 그 왜정치할 때 아마 이 마을명이 이 머이냐?

변헌 것 간디. 당촌은.

월곡이단 말이여. 월곡. 왜 월곡이냐고 허냐며는 옛날도 우리 마을에서 시집간 분들이 전~부 택호가 월곡댁이거든. 저~ 외 밖에 시집간 분들 택호가. 택호란 것이 왜 그 친정마을 이름을 따 가지고 택호로 붙인단 말이여.

거 어치보믄 월곡댁이거든. 그런걸 봐서도 옛날부터 월곡이란 것이 틀림이 없었는디. 저곡이 됐단 말이여. 왜 저곡이 됐냐? 당나무 저(楮)자거든. 딱나무 딱나무. 아 여 우리 마을이 여그 인자 산중이제. 산중이라. 딱나무가 많이 자생을 해 자생을 해 갖고 있을 거이라. 그런께 딱나무 저자를 붙여 부렀단 말이여.

월곡인디도 닥실인디 왜 닥실이 됐냐? 달실이여. 닥실 [아니라고 손을 X모양으로 긋는다.] 달실인디. 여러분들은 다 머 국어에 대해서도 많이 윽[트림을 한다.] 참 배워 갖고 했을 겁니다마는, 국어의 유화현상. 자꼬 머 얘기 허며는 어떻게 햇바닥(혀바닥) 놀림이 어채해 갖고 굳어져 불잔애. 달실 달실 차라리 닥실 닥실로 돼 부렀어. 그래서 딱나무 저자가 붙어분 거여.

나 거 이놈의 거 우리 촌명이 저곡해 갖고 참~ 재수가 없다. 왜 재수가 없냐? 이 놈을 파자를 해 보믄, 나무 목(木)자에 나무 목 변에 놈 자(者)라. 나무헌 놈 꼴짜기라.

"그 이 사람이 나무헌 꼴짜기에서 먼 나것냐? 이거 당장에 앞으로 기회가 있으믄 월곡으로 개척을 해라.”

요런 얘기를 해 갖고 나가 이 대째 지방의원을 지냈는디. 그때부터서 시도를 했어. 그랬는디 돈이 많이 들어 갖고 안 된다더만. 그래 갖고 무산이 됐고. 허허. 무산이 됐고. 지금 우리 마을에 시원이 있어요이.

우리 봉강, 옥룡 여 저 옥곡 머 저 지 지방선거 때, 우리 마을 출신이 지금 현재 여 유월 달까진가 칠월 달까진가 임기제이. 다시 재출마를 했는디 지금. 그래서 이걸 뚜두러 고쳐야 헌다. 월곡으로 고쳐야 해 월곡으로 달 월자로 바꿔야 한다.

이것이 이것이 우리가 통상 어떻게 발음이 이 달실 달실 발음을 잘못해 가지고 딱실이 돼 부렀제에. 거 원래는 달실이다. 쩌 비에도 월곡으로 되어 갖고 있어. 수백 년 전에.

보은으로 효자 어머니 묘자리 잡아 준 호랑이

자료코드 : 06_03_FOT_20100410_NKS_CJG_0012
조사장소 : 전라남도 광양시 봉강면 부저리 저곡마을 저곡마을회관
조사일시 : 2010.4.10
조 사 자 : 나경수, 서해숙, 이옥희, 편성철, 김자현
제 보 자 : 채정규, 남, 84세
구연상황 : 마을 형국과 지세에 관한 이야기에 이어서 조사자가 호랑이에 관한 이야기가 있는지를 묻자 다음 이야기를 구연했다.
줄 거 리 : 어머니를 지극정성으로 모시던 효자가 어느 날 저녁에 호랑이를 만나 호랑이 입안의 걸린 뼈를 빼내 주었다. 그러자 호랑이가 보은으로 어머니의 묘자리를 잡아 주었다는 이야기이다.

옛날 우리 마을에 응~ 넘의 집을 고용살이를 응~ 사램이 있었어이. 근디 지~극한 효자여. 근디 없이 살았어이. 근디 다 배고픈 세상이라. 근께 인자 즈그 어머니는 어디가 살았냐며는 옥룡에 살았어. 요리 시방 길

을 한 포장 했잖애요. 요리가 관광 코스가 돼 뿌렀습니다이. 쩌리해서 쩌 앞에 옥룡을 해서 통하것제. 양산이란 마을이고.

거가 가믄 대마마을도 있고 그래. 대마마을은 머 막걸리로 어 좌우간 해서 여그서 ○○을 해 갖고 팔고 두부도 해서 팔고 그래. 쓰~ 근디 거가 살았어이. 즈그 어머니가. 근께 인자 고용살이를 허니까 낮에는 인자 머이냐? 거 주인집이서 일을 해야 되고.

인자 저녁밥만 먹으며는 인자 즈그 어머니헌테 가. 그래 갖고 새벽에 딱 오는 거여. 그런디 갈 때 어떻해서 가냐? 저녁밥 먹을 때 [가슴에 사선으로 배낭을 매는 시늉을 하면서] 여그다가 전대를 차. 그래 갖고.

[기침을 한다.] 주인 볼 때는 먹는 냥. 그때는 호롱불인께 컴컴허니 그 상대가 어떡헌지 알게 머여. 요새는 가로등이 있고 전등이 있으니까 환허지마는. [밥을 입에 넣은 척 하면서 전대에 담는 시늉을 한다.] 여그가 떠 담아.

어~ 전대에다가. 떠 담아 넣어 갖고 즈그 어머니 굶주린 배를 조금이나마 허기를 면해 드리기 위해서. 그렇게 해서 지극헌 머이냐? 효도를 했다 그 말이라. 하리(하루) 저녁에 올라갔는디. [웃음을 터트리면서] 아이 호랭이가.

[조사자를 가리키면서] 호랭이 얘길 해도라니까 그래. 호랭이가 나타났어. 그 앞을 딱 가로막아. 아 이건 오도가도 못허게 됐어. 호랭이 [웃으면서] 그 얼마나 무서운 거여. 사람 잡아 묵는 건데. 하~ 이거 안돼 갖고,

"아이 나 나를 잡아먹을라믄 나를 잡아먹던지. 그러믄 나가 울 어머니 찾아간께 질을(길을) 좀 비켜 주던지."

께 소용이 없어. 입을 떠~억~ 벌려 갖고 잡아먹을라는 모냥이란 말이여. 아 이 입만 타~악 벌리고 있어. 머 달려와 갖고 훔치지도(할퀴지도) 않고. 허 거 이상허거든. 잡아먹을 시간이 됐는디 안 잡아묵어. 거 이상해. 입만 자꾸 벌리고 있거든.

'하 이상하다.' 해 갖고 입에다가 인자 주둥이에다가 소 손을 밀어너 봤어. 근께 목구녕에 사람을 잡아 묵어 갖고 갈비뼈다구가 딱 버티 갖고 있는 거이라. 이거 안 넘어가 호랭이가 죽을 지경이라. 그럴 거 아닙니까. 이놈이 넘어가야 헐 거인디 뱉도 못허고 넘어가도 못허고. 그래서 인자 이놈을 빼 줬어.

[웃으면서] 그래서 인자 참 고마웠겄지. 사램 같으믄 기가맥히게 고마웠겠지. 생명을 구해준 은인이라고 봐지재. 그런께 꼬리를 자꼬 치거든.

"왜 그러느냐?" 허고,

"나 요리 올라 타라는 말이냐?"

허고 [호랑이 등에 올라탄다.] 요리 오른께 딱 올라탔어. 어~ 탄께. 딱 업고 가. 근디 한~참 어디로 간디. 딱 내려놓고 [호랑이가 땅을 앞발로 판다.] 막 파. 쓰~ 가~만~히 생각헌께,

'이거이 맹당(명당)이기 때문에 자리가 좋은께 다음에 어머니가 돌아가시면 여그다가 장례를 지내라고 묘를 쓰라고 그런 거 아니냐?'

그래서 즈그 어머니 돌아가실 때 그 자리에다가 묘를 썼다 그러거든. 그 묘가 있는디 나 시방 몰라. 인자 딴 사람들은 알 거구만. 인자 막 수풀이 돼 갖고 지금 사램이 안 다니니까 산이 완전허니 돼 갖고 통 그 지점이 어디가 어딘지를 몰라요. 지형이 그렇게 ○○져 부렀어. 시방도 있어. 그 묘가.

도깨비는 없다

자료코드 : 06_03_FOT_20100410_NKS_CJG_0013
조사장소 : 전라남도 광양시 봉강면 부저리 저곡마을 저곡마을회관
조사일시 : 2010.4.10
조 사 자 : 나경수, 서해숙, 이옥희, 편성철, 김자현

제 보 자 : 채정규, 남, 84세
구연상황 : 호랑이 이야기에 이어서 조사자가 도깨비를 보거나 도깨비에 대해서 들으신 이야기가 있는지를 묻자 다음 이야기를 들려주었다. 연이어 여러 편의 이야기를 구연하시고도 즐거워하는 모습이 인상 깊었다.
줄 거 리 : 사람들이 쓰던 물건에 피가 묻어 있으면, 비가 오거나 날이 습할 때 그 물건에서 파란 불빛이 나온 것이지 도깨비는 없다는 이야기이다.

도깨비들도 전부 미신이고 응~ 거 인자 우리 뭐야 해골 가운데는 인이 있다 그러재. 인 성분이 있어. 그래서 옛날 얘기가 그러거든. 왜 도깨비가 옛날 그렇게 많았냐? 요놈을 [웃음을 터트리면서] 취조를 해 갖고 제후를 어떻게 해 갖고 본께.

전~부 빗지락 몽댕이. 머 도리깨 몽댕이 요런 거이더라. 그럼 그게 어째 도깨비가 될 수 있는 거이냐? 근디 그게 아니란 애길 허는 거이제에. 옛날 인자 주부들이 인자 그 부엌에서 인자 일을 허다가 인자 칼질 겉은 것을 헌단 말이여이.

응. (칼질하다가 실수고 다치면) 그럼 피가 나. 요새는 머 감고 감고 해 갖고 지혈도 쉽지마는 그때는 피가 나믄 씩씩 문대고. 근디 빗지락에다가 씨는 빗지락에다가 요리 문대. 피가 나믄.

그러믄 이놈이 이놈이 어쩌다가 딱 던져 부러. 길에다 어디 후미진 곳에다 던져 부러. 그러므는 날이 흐려 갖고 습기가 많으며는 인이 타는 거라. 그래 갖고 인자 이렇게 인자 이 파~란~이 인자 이 불빛으로 화해.

그건 인자 에~ 그건 인자 확실히 옛날은 그 이 농가에 가며는 작시바리라는 거이 있어. 요렇게 나무 놈을 가지가 [굵은 나무 기둥에 많은 가지가 달려 있는 모양을 그리면서] 요런 놈을 딱 세워 갖고 우에 다가 감줄 같은 것도 놓고 그러게 돼 갖고 있거든. 근디 인자 그런디다가 그 시장에서 깔치 같은 거를 사 갖고오 걸어 놓거든.

갈치. 이.[긍정의 대답] 걸어 노으며는 비가 올라 그러며는 뭐냐 파~란

이 불을 써. 그 그러믄 인자 그때 말허자믄 기가 약헌 사람들은,

"귀신 났다." 그래.

"귀신불!"

인이 탄단 말이야. 인이 타. 그래서 그거이 도깨비고. 절때 도깨비란 거이 없어. 옛날 그 이 개똥불을 보믄 머라 그러지? 아 그. 반딧불. 긍께 요것도 잘못 보며는 이 도깨비불로도 오인을 헐 수가 있어.

옛날엔 [손을 땅으로 내리면서] 이 과학이 (발달되지 않았다, 이 말이 생략됨) 덮어놓고 내려온 그 얘기허고 어떻게 연결을 시키 갖고. 머 귀신. 우리 동네도 밤을 지내믄 귀신이 나 갖고 귀신방에를 짓고 애기들이 울고 그래 많아. 그것이 전~부 [이마를 가리키면서] 사람의 정신에서 차별해.

"거가 무서운 곳이다."

그러면 무서워지는 것이여. 아무리 무서운 곳이라도 무섭다 소리를 어디서도 들은 사실이 없으며는 암~실 안 해. 무사통과야. 근디 거그서,

"귀신이 나와 갖고 누가아~ 귀신 나와 갖고 죽었다."

그러며는 소름이 확~ 들면서 기냥 무서운 것이여.

걸어가다 멈춘 남산

자료코드 : 06_03_FOT_20100410_NKS_CJG_0014
조사장소 : 전라남도 광양시 봉강면 부저리 저곡마을 저곡마을회관
조사일시 : 2010.4.10
조 사 자 : 나경수, 서해숙, 이옥희, 편성철, 김자현
제 보 자 : 채정규, 남, 84세
구연상황 : 도깨비 이야기에 이어서 조사자가 혹시 산이 걸어가다 멈춘 이야기를 들으신 적이 있는지를 묻자 다음 이야기를 구연했다.
줄 거 리 : 남산이 걸어가는데 마침 여자가 산이 기어간다고 말을 해서 그 자리에 멈춰 버렸다는 것이다. 그 산이 계속 걸어갔으면 이곳이 크게 되었을 것이라는 이

야기이다.

구례 저기 매천 선생 사당에는 가 봤은께 인자 거 거기도 월곡마을이여. 매천 선생님의 사당 있는디가 우리 마을 아니 저 월곡이여. 거기가 월곡. 그런디. 요 산 있제이. [마을 입구 쪽을 가리키면서] 요 앞에.

이 남산이라 그래이. 남쪽에가 있은께 남산. 흐흐[웃음] 근디 우리 마을이 아까 아 선인독서혈이라 그랬제이. 그렇게 차~암~ 자리가 좋은디. [남산을 가리키면서] 저 놈의 산 때문에 이놈의 거 숭악한 꼴짜기 밖에 안돼.

그런디 이것이 [남산을 지칭한다.] 한 때 걸어 나가더라 이거야. 나가. 저 저 산이. 뚜벅 걸어 나간께. 아 이거 우리 [앞의 조사자들을 모두 가리키면서] 여성들이 들으며는 기분 나빠해. 어 그 때만 해도 여성들이 잘~ 못살고 거 굉장히 낮게 대우를 했단 말이라. 하 어떤 여자가,

"아 저 산이 기어 나간다."

고 긍께 주저앉어 뿌렀다 그거라. 여자 때문에 그 방정맞게 그 여자가 그런 얘기를 해 갖고, 저거이 걸어 나갔고 태평양으로 갔는지 광양만으로 갔는지 그랬으믄. 요거 [남산을 가리키면서] 확 터져 버렸으믄 [저곡마을을 가리키면서] 좋~지 여가. 참~ 자리가 좋습니다. 여가.

[웃으면서] 여 도청 소재지가 되던지 무신 각○이 있었을 것인디. [남산을 가리키면서] 저놈의 산 때문에 안돼. 저거 때문에. 저거만 없어져 뿌렸으면. 어~ 그래서 그런 전설도 있어.

백운산에도 박힌 쇠말뚝

자료코드 : 06_03_FOT_20100410_NKS_CJG_0015
조사장소 : 전라남도 광양시 봉강면 부저리 저곡마을 저곡마을회관

조사일시 : 2010.4.10
제 보 자 : 채정규, 남, 84세
구연상황 : 제보자가 바쁜 와중에도 많은 이야기를 구연해 주었는데, 이제 가서 일을 해야 한다고 일어나려고 할 때, 조사자가 마지막으로 백운산에 관한 이야기를 다시 묻자 다음 이야기를 구연했다.
줄 거 리 : 일본 사람들이 조선의 정기를 끊기 위해 전국 곳곳에 쇠말뚝을 박았는데, 백운산에도 두 개 쇠말뚝을 박았다고 한다.

백운산에는 그랬다는 얘기가 없어도 전국적으로 다 그런 사례가 있다고 해서, 머 해방 후에 머 수년 전에만 해도 그 전부 쇠말뚝을 뺐다 이런 얘기가 있잖애. 그러죠이. 그랬단 말이여. 그 [이마를 톡톡 두드리면서] 정신이여.

왜놈들이 우리 한국 사람을 조선 사람을 완전히 식민지화해서 노예화해 갖고. 이 이러기 위해서 어 그 당시에 우리 조선 사람은 그것을 믿었단 말이여. 오행 이치를 믿었어. 명산에 말하자면 쇠말뚝을 꼽아 뿌러믄 완전히 그 혈이 말이여 정기가 끊겨 분다. 말쌀이 돼 뿐다. 요렇게 믿었단 말이여.

긍께 정신을 완전히 마비를 시캐기(시키기) 위해서 그 새끼들이(일본놈들이) 그렇게 정책을 세운 거여. 왜놈들이. 그 쇠말뚝. 쪄 백운산에 쇠말뚝 그 한두 개 꼽았따 해서 머 나라가 망하고 그것은 완전히 그것은 참 미신쩍인 얘기라 말이라. 그 놈들이 정신을 우리나라 민족의 정신 혼을 어 말살시키기 위해서 그런 정책을 썼다 그 말이라.

최산두의 성장 과정

자료코드 : 06_03_FOT_20100410_NKS_CJG_0016
조사장소 : 전라남도 광양시 봉강면 부저리 저곡마을 저곡마을회관
조사일시 : 2010.4.10

조 사 자 : 나경수, 서해숙, 이옥희, 편성철, 김자현

제 보 자 : 채정규, 남, 84세

구연상황 : 제보자는 어릴 적부터 마을 어른들에게 최산두에 관한 이야기를 많이 듣고 자랐다고 한다. 그래선지 최산두에 관한 이야기가 계속 이어졌다. 이야기는 어릴 적에 들은 기억과 생활 속에서 터득한 자신의 생각이 두루 겹쳐 있었으나 제보자 특유의 입담으로 흥미롭게 이야기를 진행했다.

줄 거 리 : 최산두는 어릴 때부터 총명하여 일곱 살 때 소와 까마귀에 관한 시를 지었으며, 성장하여 백운산의 학사대 석굴에서 3년간을 독학하였다는 이야기이다.

그래 갖고 인자 아~ 인자 성장을 했단 말이여. 근디 그 훈장 밑에서 배울 거이 없어 인자. 뭐 통달해 갖고 머 제자가 스승을 잡아먹는다 그런 소리도 있잖에요. 그~렇게 머리가 비상해.

그래 갖고 칠서 땐가 그 이 시 지어 논 거이 지금 수록이 돼 갖고 있어요. 즈그 족보에. 우리들도 재료(자료)를 갖고 있기는 있습니다마는 즈그저 [마을 앞 쪽을 가리키면서] 저 소대가리 아닙니까이.

에 우산이거든. 소 우(牛)자 뫼 산(山)자. 또(꼭) 소 같이 안 생겼습니까. 저수지 있는 그 산이. 그~(거기가) 우산이여. 우산. 그것을 보고 시를 지은 거 있어. 일곱 살 때 그 시를. 근께 요새는 과학문명이 발달이 돼 갖고 옛날 그 무슨 그런 그 우리가 과학적인 그런 머시 없으며는 인정을 안 허지 않습니까이.

근디 그때는 전~부 그 산형, 지형 이런 걸 갖고 다 머 명당을 따지고 다 지명도 만들고 그랬든 것이라 말입니다. 그래서 그걸 보고 소에 대한 글을 지은 거이 있어. 그거이 유명해. 일곱살 묵을 때에 이미 시를 지었단 말이라.

그러고 또 영 오시도 있어. 가마귀 오(烏)자에 인자 그 있는다고 해서. 까마귀에 대해서도 지은 시가 있어. 그래서 그거이 어려서 일곱 살 묵어서 지었으니까 얼마나 그것이 유명헙니까.

그 물형을 보고 좌우간 묘허게 옛날 고서 이런 것을 에~ 그 근거를 두

고 참~ 희한한 시를 짓다는 것이 참 총명헌 것을 나타냈다는 그런 얘기겠죠. 그래 갖고 안돼서 그 스승 밑에서는 배울 게 없어.

그런께 이분이 인자 저 백운산 밑에 가면 옥룡면에 거그가 동곡이 있어. 동쪽에 동쪽 동(東)자에 또 골짝 곡(谷)자. 그 앞에 가믄 시내가 이렇게 흐른디. 학사대가 있어. 학사대. 배울 학(學)자에 선비 사(士)자. 인제 집 대(垈)자이. 집 대자라고 대만이란 대자 있잔에요. 반자로 하며는 요리해 갖고 밑에 있고 헌것이 대잔대. 학사대가 있어요.

예. 거가 아 어 석굴이 있어. 동굴이 있어. 근게 사람 한나가 가서 맘대로 행동허고 인자 물도 거가 있다 그러더만. 그 동굴 안에 새미가 있어. 근께 생활하는데 불편이 없어. 응. 그 굴속에서 근께 인자 거그서 먼가 이 진리를 터득허는 거라. 글을 많이 배왔으니까.

배왔으니까 그 진리를 어 물리를 얻기 위해서 그렇게 독학을 헌 것이여. 그런디 그거이 이렇게 연대를 이렇게 따져 보니까 삼 년 동안을 거그서 공부를 했다고 그렇게 나와 갖고 있어요이. 쭈~욱 허니 과학적으로 연대를 따지 갖고 보니까.

머 십년 공부를 해 갖고 그랬다 그런디 십 년은 아니고 삼 년인가 거그서 공부를 했다 그러거든. 인자 주자 공자 밑에 인자 그 다음 시 내가 주자가 굉장히 또 머 그 참~ 당대에 유명한 학자 아닙니까. 주자학 강목을 머 팔십 권인가 갔고 가 갖고 그걸 다 탐독을 해 갖고 인자 이치를 그 뜻을 다~ 인자 캐치를 헌 거여.

최산두의 유년시절과 귀향살이

자료코드 : 06_03_FOT_20100410_NKS_CJG_0017
조사장소 : 전라남도 광양시 봉강면 부저리 저곡마을 저곡마을회관
조사일시 : 2010.4.10

조 사 자 : 나경수, 서해숙, 이옥희, 편성철, 김자현

제 보 자 : 채정규, 남, 84세

구연상황 : 제보자는 어릴 적부터 마을 어른들에게 최산두에 관한 이야기를 많이 듣고 자랐다고 한다. 그래선지 최산두에 관한 이야기가 계속 이어졌다. 이야기는 어릴 적에 들은 기억과 생활 속에서 터득한 자신의 생각이 두루 겹쳐 있었으나 제보자 특유의 입담으로 흥미롭게 이야기를 진행했다. 아래 이야기에서는 최산두의 유년시절, 조광조 이야기, 당시의 정치 현실, 매천 황현 선생의 이야기도 함께 언급되었다.

줄 거 리 : 최산두가 유년시절에 아이들과 놀다가 잘못하여 친구를 죽게 만들었다. 그리하여 원에 잡혀서 들어갔는데, 원님이 최산두의 영특함을 알고 서울에 가서 공부하도록 했다. 이후 조정에서는 조광조가 거짓 역모로 몰려 귀향을 내려가게 되었고, 최산두도 15년간 귀향살이 하면서 많은 후학들을 가르쳤다고 한다.

최산두가. 그래 갖고 인자 서울로 간 거이여. 근디 서울로 간 것도 [웃음을 터트리면서] 그 동안에 여러 가지 얘기가 있어요. 이 이웃 마을에 부용이란 마을에 거그 인자 놀러를 댕개.

인자 어려서는 동무가 있을 거 아닙니까. 친구가.

근디 장난이 났어. 장난이 나 갖고 어찌헌 것이 급소를 했던가 사람을 한나 살인을 했어. 최산두가. 인자 [웃으면서] 전설이당께 전설. 힘이 장사라 논께 우찌께 어쩌고 장난을 하다가 어째 잘못하다가 죽어 부렀단 말이여.

긍게 관가에서 잡아갔을 거 아니여. 살인 살인을 했으니까. 그래 갖고 잽히 갔어. 잽히 갔는디. 그때 인자 원님이 여 시방 나 딸아이가 시방 거 머이냐? 도서~승이냐? 머이냐? 관리자 내나 거그라. 거그다 갖다 놔.

갖다가 인자 그 머이냐 나졸들이 잡아다가 거그다가 요새 같으믄 감금을 시켜 놨는디. 그날 따라서 그 원님이. 요 너머가 공원입니다. 거가 우리 광양에 공원입니다. 그래 갖고 인자 거그다가 인자 감금을 시켜 놓은께.

하~ 머 어쩔 것이여. 머 법 법이 법에서 그런디. 원님이 원님 명령에 의해서 인자 헌께. 할 수 없이 그 있은께. 아 이 졸도들이 원님을 모시고 헌께.

"에~ 라~ 씨~이~." 허거든.

반드시 거그서 엎져서 요래 갖고 있어야 되는디 지내가도록. 근디 뻣뻣해 갖고 있어. 근께 디지게 뚜두러 팼불지.

"이놈의 자식. 원님이 지낸다고 [웃음을 터트리면서] 신중히 처신을 해라고 했는디도 말 안 한다(말을 듣지 않는다)."

고. 그래 갖고 기합을 당한 거이여. 에~이~ 그래도 거이 먼 생각을 해서 그랬던지 인자 응허들 안 했던 모냥이지.

근께 조사를 해본께 기~가 맥히게 영리한 인물이라. 인자 원님이. 그래 갖고 말이 인자 그 서울로 이렇게 올려 보내줬다. 머 이런 전설도 있고 별에 별 얘기가 다 있습니다. 얘기는.

응. 그래 갖고 인자.

(조사자 : 원님 땜에 서울 간 거네요.)

아. 어 인자 서울을 가 갖고 그 당시에 아조 서울서 유명한 대학자. 정암! 고요할 정(靜)자에 이 암자 암(庵)자. 정암! 여러분들은 인자 그 역사를 배왔은께 국사를 배왔은께 잘 아실 거이마. 어~ 조정암 정암.

[조사자를 바라보면서 긍정의 손짓을 하며] 조광조. 거가 호가 정암이지. 그 분들허고 전~부다 글이 좋아 논께 학식이 좋아 논께. 유는 노가 좋잖아요. 항상 그 이 학문으로 어 서로 인자 늘 교류를 허고 그런께 인자 굉장허니 그 뜻이 맞았잖에. 맞을 꺼 아닙니까.

그런께 그 당시에 서울 장안에서도 그 정암. 금방 머라 했죠? 조광조. 또 머시 또 김머시 머 쌔부러(많고). 다 잊어묵고(잊어버렸고) 나 거 머 서적을 봐야 알제. 나 기억 못 허것고이.

그래 갖고 인자 항상 같이 모아서 어~ 이렇게 인자 서로 토론허고

며 등등 했을 꺼 아닙니까. 그러다 인자 그때 연산군이 학정을 해 가지고 나라가 상당히 어지러운디, 성종 때도 나라가 어지러웠데거든. 응. 성종 때에.

근디 최산두가 요런 정가에 등단이 헌 것이 중종 때라. 중종. 성종 다음에 중종이죠. 나는 역사 공부를 안 해 논께 몰라. 여러분들은 딱딱 외제. 근디 인자 그 중종이 그 우에서 인자 정치를 잘못해 가지고.

나라가 참~ 어지럽고 민원도 많고 백성도 배고프고. 인자 정치를 잘못허믄 그런 거 아닙니까. 정치를 잘못헌께 요새 같이 탐관이 요새도 탐관이 많아. 아~ 그 고관대작헌 인사들이 도둑질을 해 갖고 만날 머 검찰에 불려 댕기고 그 모냥이라 그 말이라.

그런께 나라가 편헐 수가 없다 라는 얘깁니다. 근본적으로 위가 맑아야 되거든. 위만 맑으믄 밑에 백성들은 가~만 있어도 맑아져.

'상탕하부쟁이요.'

그러거든. 옛날 나 그 선생 말씀이,

"웃물이 맑으며는 아랫물은 스스로 맑게 돼 갖고 있어."

아 대통령이나 각개 장관들이 깨끗해 보세요. 밑에서 죄질 수가 없는 거라. 어떻게 죄질 수가 있는고. 근디 우에서 만날 못된 행위를 허니까,

"니~미~ 즈그도 저런디 우리가 뭐~."

이래 가지고 오염이 된 기라. 감염이 돼서 그래서 문제가 된 거라. 아~ 솔직히이~

쓰~ 그래서 인자 조광조를 중종이 영입을 헌 거이여.

'이분을 영입을 해 갖고 인자 요새 같으믄 국무총리 어떤 줄에다 앉혀 갖고 국정을 허며는 나라가 반듯이 참~ 부강해지고 오~ 있을 것이다.'

요런 생각으로 등용을 했단 말이라. 근께 전~부다 원리 원칙이거든. 그 분이 여튼 부정이란 것은 생각도 안 해. 에~ 요순 시기를 만들라고 시도헌 분이거든 저분들이. 요순 저 중국에 요순 때라 그러믄 역사적으로

유명허지 않습니까이.

요순이라 그러믄 요임금 머 순임금 시대를 갖고 요순이라 하지요이. 근디 인자 그러헌 그 머이냐? 아~ 선례를 본받아 갖고 우리 조선국에도 요순과 같은 나라를 만들라고 했어. 그래서 인자 그 탐관오리를 전부 속아낸 거이여.

속아내 뿌러. 속아냈어이. 그 것들은 머 머이냐?

부정 축제(축적)해 가지고 잘~살잔여. 잘살아.

전부 백성들 피 빨아 갖고 어 잘살아.

전부 관직에서 [밖으로 내몰듯이 시늉을 하면서] (내쫓았다, 이 말이 생략됨) 아 국무총리가 있은께 인사권이 있을 꺼 아니여. 근께 쫓아냈다 [웃으면서] 우리말로 자꾸 속아 내붓어.

아 그때 최산두가 전부 같이 똑 같은 인용을 받고 정치 무대에 들어갔기 때문에 인자 그 큰 그 장관들 어 그땐 국회라는 제도는 없었은께 글안습니까.

해 갖고 세상을 맑게 만들어 갖고 중국 요순과 같은 그런 나라를 맨들라고 허니까. 이분들이. 그런디 이눔 것이 [웃으면서] 재수없이이 훈구파들. 어 아~ 옛날 하 권리허고 말허자믄 뭐 부정축재허고(부정축적하고) 잘살고 아~ 이 무리들이 쫓겨나 분께 그냥 반발헐 것 아닙니까.

"이놈 새끼들을 기회만 있이므는 니놈 새끼들을 잡아먹어야지. 우리가 보고 있겄냐!"

그 또 즈그들이 뭉치는 거라. 그거이. 글 안해요? 하~ 예나 지금이나 이치가 똑같애.

인자 그것이 그것이 머이냐 마무리가 지어야지 끝이 나지. 아하하[웃음] 그래 갖고 아 훈구파들이 조광조를 아 조광조 일당을 머이냐? 이 보복을 헐라고 계략을 헌 거이여. 계략을 계속. 해서 심지어 이런 설도 있어요이.

그 요새 같으믄 경복궁 안에 그 머이냐? 궁궐 안에 초목에다가 나뭇잎에다가, '위초위왕' 벌꿀을 묻혀 가지고 나뭇잎에다가, '위초위왕' 전~부 새겨 놨어. 밤으로 이놈들이. 그거이 먼 뜻인고는, 앞으로 아니 그 새김은 머이냐? 하며는,

"앞으로 이 나라 왕이 왕은 조가가 된다."

그 조광조를 지적해 가지고 이놈들이 그렇게 공격을 헌 것이여이. 이 사전에 계략적으로. 인제 벌꿀을 넣갖고 그렇게 요렇게 써 논께. 어. 주초 달릴 주(走)자. 이 초가 이 어~ 적을 소(小) 밑에 달 월(月)이거든. 여 여기다가 달 월자 허며는 초 초씨가 돼. 초. 우리나라 말로 조씨가 된단 말이라.

"그기 위왕이다. 조가가 왕이 될라고 시방 이런다."

근게 요렇게 공작을 헌 것이여. 근게 이놈 것이 그 벌레가 이놈의 나뭇잎을 가 보니까. 꿀이 있단 말이다. 꿀이 있는디만 나뭇잎을 싹 갈아 묵어. 근께 난중에 빵구가 난디 본께. 전부~

'위초위왕' '위초위왕' 나뭇잎마다 이렇게 돼 있어. 근께 왕헌테 고(告)헌 거여.

"아이 상전마마. [잠깐 미소를 띄우다가] 하 이런 괴변이 있나?"

"뭐인고?"그런께.

"아 저 정원에 이렇게 저 나무 풀 좀 보십쇼. 전부 '주초위왕' 다 이렇게 해 갖고 이거이 참~ 괴변 아닙니까?"

아 이러고 왕이 본께 전부~다 주초위왕이라고 전부다 그래 놨어. 참 희한안 일이여이. "무슨 변고냐?" 허고 이놈을 인자 전부다 주구장장 회의를 했던지 해 갖고,

"그것이 머시것느냐?"

즈그들이 계략적으로 딱 헌 거인께.

"그것이 바로 이 조 가라는 조자다. 앞으로 조광조가 왕이 될라고 지금

이 야단을 한다." 근끼 인자,

"오리들을(탐관오리들을) 전부다 좆아내고 허는 일을 헌 것이 결국엔 지가 왕 할라고 그런다."

그래 갖고 중종헌테 말허자며는 의심을 받게 됐단 애기여. 그런께 인자 중종이 시작은 잘했는디 귀가 얄앴지(얇았지) 이 양반도. 머슬 판단이 자꾸 간신배들의 간괴에 넘어가분 거여. 근디 왕도 교육을 아 최산두나 조광조 같이 공부를 못했음은 사실 아닙니까. 왕위에만 올랐다 뿐이지이. 근께 왕을 그런 제도가 있었던 모냥이라. 그 유명한 학자들한테 항상 강의를 받아 왕도. 근께 계속 임금을 인자 세뇌를 시키는 거제.

"이렇게 이렇게 해야 정치가 바로 잡아집니다."

근께 왕의 명이 상권을 가지고 있잖아요 옛날에는. 왕. 글 안해요. 왕이 지시를 해야 멀 허재. 밑에 신하는 조언허고 머 그런 것이다 그 말이여. 근데 인자 그래 갖고 오~ 중종을 그렇게 우리 최산두 선생도 인제 그 머 상감 으 머이냐? 스승 역할을 헌 것이제.

강사 놀이(역할)을 했어어. 그런께 늘 강의를 한단 말이라. 공자의 진리 머 주자의 진리 머 참~ 요순이 어떻게 해서 요순이 됐다는 거. 그렇게 해야 왕이 따라서 정치를 헐 거 아니여. 그런디 아 그래 논께 짜 짜증이 나더래. 자꾸 머슬,

"요렇게 해야 합니다. 요렇게 해야 합니다."

허고 강의를 허니까 그것도 인자 귀찮했던 모냥이제. 그렇고 있는 찰나에 그런 문제가 터졌어. 위초위왕. 근디 저것들은 이미 계획을 딱 세워가지고 인제 하루저녁에 완전히 반란을 일으킨 거이여. 머이냐? 수구파가 옛날 그 과거 정권 쥐었던 놈들이.

그래 갖고 일망타진해 뿐거여. 싹 잡아 가지고 조광조도 여그 전라도 어디 귀향와 갖고 불려 올라가다가 사형 당했지. 그때 비에 전~부 그 당시의 여 그 참상이 후람들이 다 그 역사를 제대로 요렇게 해 갖고 어~

여그 시방 저그 가면 비가 있어요. 비 그 신도비가 있는데 거기에 다 뜻이 새겨져 갖고 있습니다이. 그래 갖고 오~

(조사자 : 그 상황에서 최산두는 뭐 어디에 계셨는지?)

최산두가? 사임 벼슬까지 했어. 사임. 아까 얘기 안합디까. 근께 몇 년 동안에 오십 사세인가? 세상을 떴어. 저분이 어디서 죽었는 고는 동복으로 귀향을 갔거든. 유배당했단 말이여.

조광조허고 그 패들은 전~부다 쥑 에~ 사형 아니며는 전부 인자 유배시킨 거여.

에~ 근디 죽지는 안 허고 죽이진 안 허고 어~ 화순 그 동복 가서 십오 년을 귀향을 살았다 그래.

십사 년 아~ 나도 인자 연대가 다 나왔고 기록이 돼 갖고 있는 걸로 아는데. 그래 갖고 거그서 십 사오 년을 십오 년으로 되어 갖고 있는 걸로 나 기억하고 있는데. 그래도이 그때 그 유배를 시켜 갖고 완전 그 권리를 완전히 인자 기냥 완전히 말소를 시켜 버렸는데, 그래도 자유가 보장이 된 모냥이라. 그 권내에서만.

하. 서울이나 이런디 가선 머 못해도. 그 권내가 다 거시기 있어. 다 그 [웃으면서] 외에 가면 반칙인 거제. 근게 만날 다니면서 그 유림들허고 어~ 머 진사들 이런 벼슬아치들 어~ 생원, 모아 갖고 시회하면 시회 같이 글 짓고 술도 마시고.

어~ 그런 자유가 있었어. 거그서 인자 딴디로는 못 가도. 권행 고향이라도 여그는 못 와도 꿘내서는 머이냐 허용이 됐던 모냥이라. 그래 갖고 제자를 많이 길렀잖애. 거그서. 그래 가지고 심지어 하서 거가 어디 사람이냐? 장성?

장성사람이제. 하서 김인후. 또 먼 저 머냐? 백성들이 부정을 못 본디이. 그래 인자 우엣 놈들이 일을 잘 못해 가지고 더러워지는 거 머시 안타까운데. 최산두의 요행이다! 그렇게 진단을 해요.

왜 그러냐? 그렇게 국가관이 투철허다. 그렇게 에 머냐? 아~ 십오 년 동안을 유배를 허면서도 반드시 아침이믄 일~찍허니 일어나서 목욕재계 허고 북쪽을 채다보고(쳐다보면서) 이 머이냐 왕의, 최산두 선생이. 거그서 항상 기도허는 거라.

"우리 인자 상전 머이냐 편히 잘 계십시오."

그 얼마나 충신이냔 말이여. 자기를 지금 모가지를 갖고 머이냐 파직을 시키 갖고 귀향살이를 헌디, 니미 왕 아니라 즈그 하나씨라도 참~ 적개심이 많을지마는 아니라고. 그렇게 에 참~ 나라를 사랑하고오 백성을 어애무허고 그런 정신이 투철허고.

그렇게 십오 년 동안을 귀향살이를 하면서도 원망을 안 해. 원망을 안 허고 제자들을 계~속~ 교육을 시킨 거이여. 그런께 나라에 충성허고 ○○○○란 정신을 환영을 시킨 거이죠. 그래서 그것이 계~속 연이어 내려와 가지고,

우리 전남이 전라도가 이렇게 그 나라를 위해서 충신 이 충성을 허는 분들이 많이 난다. 아 그런데 황현이 우리 면 출신 아닙니까. 황현! 매천 말이여. 그러고 이순신장군이 에~ 임진왜란 때에 해전을 헐 때에 거기에 병사들이 주로 호남인이라. 전라도 사람이라.

다른 디도 더러 있것지마는 전~부 마 지원해서, 국란을 막기 위해서 왜놈을 무찌르기 위해서 목숨을 내놓고, 거 이순신장군 휘하에서 왜놈들허고 인자 참~ 결전을 해 가지고 승리로 이끌었다.

그래서 그때 그 당시의 그 임금이 머다냐? 그때 그때 왕이. 선조제. 선조대왕께서,

"약무호남(若無湖南)이며는……."

쓰~ 머이라? 무이 그랬나?

"무위국가(無位國家)(정확히는 시무국가(是無國家)이다. 그리고 양무호남 시무국가는 이순신이 한 말이다)."

그랬잖애. 선조대왕이 그랬단 말이여.

"만일에 호냄이(호남이) 없었으며는 나라는 없어져 부렀다."

그거여. 근게 그때 우리 호남 출신들이 얼마나 아~ 나라에 충성을 다 했냐! 헌것이, 최산두가 그렇게 유교적인 그 정신을 후일 그 계~속~ 교육을 시켰기 때문에 그것이 축허니 이렇게 돼 가지고, 어 말허자믄 매천 거튼 선생도 낳고 그랬다는 얘기라.

3. 옥룡면

전라남도 광양시 옥룡면 용곡리 대방마을

조사일시 : 2010.1.28
조 사 자 : 나경수, 서해숙, 이옥희, 편성철, 김자현

대방마을 전경

옥룡면 대방마을은 본래 광양형 북면 옥룡리 지역으로 추정되며 1700년대 초기 이후에는 옥룡면에 속하였으며 1789년경에 간행된 『호구총수』에는 대방촌(大方村)이라 하였다. 1912년에 간행된 『지방행정구역명칭일람』에는 옥룡면 대방리로 기록되어 있으며, 1914년 행정구역 개편 이후에는 옥동리·석곡리·초장리·장암리·홍룡리와 병합하여 용곡리라 하였다.

대방마을은 1805년경 여산 송씨(廬山宋氏)가 처음 입촌하여 마을을 형성하였다고도 하고 영천이씨가 처음 마을에 들어왔다고 전하나 문헌상 마을 이름이 기록된 여러 사실로 보아 실제는 이보다 훨씬 앞서 마을이 형성된 것으로 추정된다. 마을 원래 이름은 '연화촌(蓮花村)'이었으며 그 뒤 어느 도사가 뒷산을 달에, 마을을 꽃에 비유하여 '달뜬 아래 꽃다운 마을'이라는 의미라고 불리게 되었다고 전한다.

본래 마을 이름은 대방(大方)이었다고 한다. 대방(大方)의 의미는 '규모가 큰 마을', '큰 인물이 나는 고을' 등 여러 가지로 해석 될 수 있는데 전하는 이야기로는 중국 청나라에서 망명해 온 풍수지리설과 도술에 능통한 양맥수(麥秀)가 추동마을과 이 고을에 거주하며 여러 가지 어려운 일들을 처리해 주는 특별한 인물이 사는 고장이라 하여 대방(大方)이라 했다고 이야기되고 있다.

마을의 자생조직으로는 위친계와 부녀계가 있다. 위친계는 관혼상제시 상부상조를 목적으로 1965년에 조직되었으며, 부녀계는 마을 기금과 저축을 목적으로 1962년에 조직되었다. 마을의 문화 유적으로는 보호수로 지정된 당산나무와 정자나무가 있다. 당산나무는 옥룡면 용곡리 276-1번지에 위치한 귀목나무이며 수령이 약 370년, 흉고 3.5m, 수고12m로서 보호수 지정번호 15-5-3-20번이고, 정자나무는 옥룡면 용곡리 276-1번지에 위치한 이팝나무이며 수령 370년, 흉고 2.5m, 수고 12m로 서 보호수 지정번호 15-5-3-21번이다.

마을 근처 점텃골은 고려 때 옹기를 구웠던 곳이라 전해오는데, 지금도 가끔 토기와 파편이 출토되나 가마터는 발견되지 않고 있다. 또한 대방마을 '쑤시밭골'에서는 주먹만한 불상이 발굴된 적이 있으며 마을 곳곳에서 기와 조각이 출토되고 있어 과거에는 마을에 절이 있었을 것으로 추정되고 있다.

현재 마을에서는 남자 77명 여자 74명 총 151명이 거주하고 있고, 주요 소득원은 벼농사와 감이다. 마을의 주요 시설물로는 1978년에 준공된 마을회관과 마을정자 등이 있다.

전라남도 광양시 옥룡면 운평리 상평마을

조사일시 : 2010.2.26
조 사 자 : 나경수, 서해숙, 이옥희, 편성철, 김자현

상평마을은 본래 광양현 북면(北面) 옥룡리(玉龍里) 지역으로 추정되며, 1700년대 초기 후에는 옥룡면에 속하였으며 1789년경(호구총수)에는 상평마을이 평촌(坪村) 지역으로 기록되어 전한다. 1912년 일제강점기 행정구역 개편 이전에는 옥룡면 상평리(上坪里)라 하여 문헌상 처음으로 현재 이름이 나타나며, 1914년 행정구역 개편시 상평리(上坪里)·하평리(下坪里)·상운리(上雲里)·하운리(下雲里)·삼정리(三亭里)가 병합하여 운평리(雲坪里)라 하여 이 지역에 속한다. 이후 1987. 1. 1. 기준『광양군행정구역일람』에 의하면 옥룡면 운평리(雲坪里 : 법정리)에 속하여 행정리상 운평1구 지역으로 상평(上坪)이라 하였으며 현재(2002. 12. 31)는 광양시 옥룡면 운평리(법정리) 지역으로 행정리상 양평에 속하여 자연마을로 상평(上坪)이라 한다.

상평마을은 1500년경 인동 장씨·청송 심씨·이천 서씨 3성씨가 입촌하여 터를 잡고 마을을 형성하였다고 전하며, 이름 유래는 문헌상 처음 이름인 평촌(坪村)에 연유하여 살펴보면 산기슭에 자리 잡은 굴물 즉 상운·하운마을에 비교하면 그 위치가 옥룡천변에 넓게 펼쳐진 뜰에 자리잡은 마을 즉 평뜰에 위치한 마을이라 하여 평촌(坪村)이라 하였으며 상평(上坪)은 웃평뜰에 자리잡은 마을이란 뜻이다. 문화 유적으로는 송천사지 옥봉당 부도, 칠의사 삼일운동기념비, 홍학기념비 등이 있다.

현재 이 마을에는 88가구로 남자 78명 여자 79명 총 157명이 거주하

고 있다.

전라남도 광양시 옥룡면 죽천리 내천마을

조사일시 : 2010.2.26
조 사 자 : 나경수, 서해숙, 이옥희, 편성철, 김자현

내천마을은 문헌상 기록에 의거 살펴보면 1600년경 광양현 북면(北面) 옥룡리(玉龍里) 지역으로 추정되며 1700년대 초기 이후에는 옥룡면에 속하였다. 1789년에 간행된 『호구총수』에는 옥룡면 내천촌(奈川村)이라 기록되어 있으며, 1872년 왕명(王命)으로 제작된 광양현지도에 내천리(奈川里)로 표기되어 있다. 1912년에 간행된 『지방행정구역명칭일람』에는 옥룡면 내천리라 하여 별도 독립된 행정구역으로 있어 오다가 1914년 행정구역 개편 시에는 항월리・개현리・죽림리・망동리와 함께 병합하여 옥룡면 죽천리(竹川里)에 속하였다. 이후 1987. 1. 1. 기준 『광양군행정구역일람』에 의하면 옥룡면 죽천리(법정리), 행정리상 신기(新基 : 새터)마을과 함께 죽천2구 지역이었고, 현재는 광양시 옥룡면 죽천리(법정리) 지역이 되어 행정리상 내천(奈川)이라 하였다.

내천마을은 1780년경 이씨 성을 가진 사람이 처음 이곳에 정착하였다고 전한다. 마을 이름을 '먼내'라고도 하는데 유래는 알 수 없지만 옛날 냇가(川) 바로 인근에 마을이 형성되었던 연유로 부른 이름이라고 한다. 한편 옛날에는 마을 가운데로 내(川)가 흘렀는데 마을 주변 냇가에 능금나무가 많이 심어져 마을 이름을 내천(柰川)으로 쓰다가 내천(奈川)으로 변했다고 전한다.

전해오는 이야기로는 삼한시대에 변한(弁韓)의 내천현(奈川縣)이 있었는데 그 당시 이곳이 광양의 중심지였다는 설이 이어져 오고 있다. 내천이 고대 광양의 중심지라는 설은 첫째 '골안', '옥터거리'와 같은 지명이 현

재까지 남아있고, 둘째 중국 청나라에서 망명하여 추동마을에서 살았다는 풍수지리설과 도술에 능한 양맥수가 이 마을이 '마방산하천인가거지(馬坊山下千人可居地)'라고 했다는 설, 셋째 이곳에 향교가 있었다고 전해오는 구전과 땅에서 무수한 기왓장과 주춧돌이 출토되고 있다는 사실, 넷째 내천일대 어느 곳을 파나 돌과 기왓장이 많이 나온다는 사실에 근거를 두고 있다. 한편 처음 면 소재지가 내천에 있었으며 그 이후 삼정지로 옮겨 갔고 1920년경에 지금의 면 소재지로 이전되었다고 전하고 있다.

현재 마을에는 76가구로 남자 119명 여자 116명 총 235명이 거주하고 있다.

▌제보자

김재임, 여, 1919년생

주 소 지 : 전라남도 광양시 옥룡면 죽천리 내천마을 내천마을회관
제보일시 : 2010.2.12
조 사 자 : 나경수, 서해숙, 이옥희, 편성철, 김자현

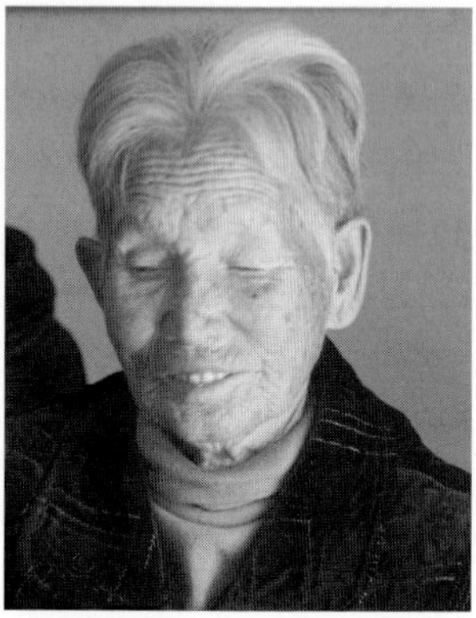

김재임 제보자는 1919년 광양시 옥곡면 오동정마을에서 태어나 21살에 이 마을로 시집을 왔다. 슬하에 7남매를 두었고, 고령의 나이임에도 매우 정정하였다. 여순사건 당시 경험한 이야기를 들려주었다.

제공 자료 목록
06_03_MPN_20100128_NKS_KJY_0001 총 맞아 죽을 뻔한 사연

박채규, 남, 1948년생

주 소 지 : 전라남도 광양시 옥룡면 죽천리 내천마을 내천마을회관, 옥룡면사무소
제보일시 : 2010.2.12, 2010.2.26
조 사 자 : 나경수, 서해숙, 이옥희, 편성철, 김자현

광양의 이야기꾼 박채규(朴彩奎)는 1948년에 광양시 옥룡면 개현마을에서 태어났다. 현재 개현마을 이장을 맡고 있다. 체신청 공무원으로 퇴직한 후 농사를 짓고 있다. 미리 취지를 말씀드리고 마을을 찾았을 때 제보자가 기억하고 있는 설화들을 워드로 작성하여 올 정도로 준비성이 철저하였다.

또한 구비문학대계 사업의 취지를 정확하게 이해하고 책에 들어있는 이야기보다는 어렸을 때부터 마을에서 들어온 이야기를 중심으로 구술을 해 주고 다른 분들께도 취지를 충분히 설명해 주었다. 처음에 전화를 드렸을 때에는 다소 조사자들의 방문을 달가워하지 않은 듯 했으나 이후 내천마을 장한종 제보자와 서동석 제보자를 따로 모셔 이야기판을 만들어 줄 정도로 큰 도움을 주었다. 지역의 지명전설 외에도 재미있는 민담 여러 편을 들려주었다.

제공 자료 목록

06_03_FOT_20100212_NKS_PCG_0001 한재의 장군바위
06_03_FOT_20100212_NKS_PCG_0002 용소와 도굿대
06_03_FOT_20100212_NKS_PCG_0003 앙심을 품은 백룡이 도선을 죽이다
06_03_FOT_20100212_NKS_PCG_0004 맷돌바위 유래
06_03_FOT_20100212_NKS_PCG_0005 용왕바위와 토끼바위
06_03_FOT_20100212_NKS_PCG_0006 백운산의 천년 묵은 동삼
06_03_FOT_20100212_NKS_PCG_0007 스님들의 큰 절 자랑
06_03_FOT_20100212_NKS_PCG_0008 마을 사람들의 큰 마을 자랑
06_03_FOT_20100212_NKS_PCG_0009 광양 사람이 순천 사람보다 오기가 더 있다
06_03_FOT_20100212_NKS_PCG_0010 도선국사 어머니를 모셨던 운암사
06_03_FOT_20100212_NKS_PCG_0011 도선 탄생담
06_03_FOT_20100212_NKS_PCG_0012 최산두 탄생담
06_03_FOT_20100212_NKS_PCG_0013 걸어가다 멈춘 왕금산
06_03_FOT_20100212_NKS_PCG_0014 백운산의 세 가지 정기
06_03_FOT_20100212_NKS_PCG_0015 최산두를 알아본 귀신
06_03_FOT_20100212_NKS_PCG_0016 최산두와 초동
06_03_FOT_20100212_NKS_PCG_0017 남사고와 요절매
06_03_FOT_20100212_NKS_PCG_0018 남사고를 알아본 정창하
06_03_FOT_20100212_NKS_PCG_0019 남사고와 정창하
06_03_FOT_20100212_NKS_PCG_0020 옥룡 일대의 풍수와 비보
06_03_FOT_20100212_NKS_PCG_0021 남사고가 잡아 준 묘자리
06_03_FOT_20100212_NKS_PCG_0022 옥룡 주변의 명당자리
06_03_FOT_20100212_NKS_PCG_0023 용설기와 내천

06_03_FOT_20100212_NKS_PCG_0024 도깨비와 씨름한 박장군
06_03_FOT_20100212_NKS_PCG_0025 광양과 옥룡은 배 형국
06_03_FOT_20100212_NKS_PCG_0026 대명이 죽여 벌 받은 포클레인 기사
06_03_FOT_20100212_NKS_PCG_0027 열녀이야기
06_03_FOT_20100212_NKS_PCG_0028 효자와 범명당
06_03_FOT_20100212_NKS_PCG_0029 박문수가 말한 광양과 성안
06_03_FOT_20100212_NKS_PCG_0030 미래를 예견한 지명
06_03_FOT_20100226_NKS_PCG_0001 색동저고리와 빨간 돌띠의 유래
06_03_FOT_20100226_NKS_PCG_0002 박정희 죽음 예언
06_03_FOT_20100226_NKS_PCG_0003 여우 구슬을 삼킨 최사임
06_03_FOT_20100226_NKS_PCG_0004 알몸으로 호랑이를 물리친 며느리
06_03_FOT_20100226_NKS_PCG_0005 귀신을 태운 택시기사
06_03_FOT_20100226_NKS_PCG_0006 노총각이 처녀를 취하다
06_03_FOT_20100226_NKS_PCG_0007 쥐 좇도 모르는 소리
06_03_MPN_20100226_NKS_PCG_0001 다시 발복하는 옥룡사지

서동석, 남, 1936년생

주 소 지 : 전라남도 광양시 옥룡면 죽천리 내천마을 내천마을회관, 옥룡면사무소
제보일시 : 2010.2.12, 2010.2.26
조 사 자 : 나경수, 서해숙, 이옥희, 편성철, 김자현

광양의 이야기꾼인 서동석(徐東析)은 1936년에 광양시 옥룡면 용곡리 흥룡마을에서 태어났다. 현재 흥룡마을 이장을 맡고 있으며 한국산삼협회 심사위원으로 활동하고 있다. 서동석 제보자는 산삼을 캐러 다닌 지 40년이 넘었다. 여러 산을 다니며 많은 경험을 해서인지 풍부한 이야기를 들려주었다. 인근 마을인 대방마을에서 조사를 할 때 대방마을 이장님이 일부러 서동석 제보자를 부를 만큼 인근에서는 알아주

는 이야기꾼이다. 젊었을 때 뚜렷한 병명 없이 몸이 많이 아파서 치료하느라 집안의 전답과 배까지 팔 정도였다고 한다. 의약으로 해결되지 않자 씻김굿을 11번이나 했다고 한다. 그러나 정작 나은 것은 씻김굿을 하는 무녀들의 행동에 화가 나 다시는 가족들에게 굿을 못 하게 하고 산삼을 캐러 다니면서 저절로 몸이 치유된 것이라고 한다. 서동석 제보자는 대방마을에서 이야기를 들려주고, 조사자가 일부러 홍룡마을을 찾아 갔을 때도 이야기를 들려주었으며, 옥룡면사무소로 초청하였을 때도 또 다른 이야기를 들려줄 정도로 이야기의 종류가 다양했다.

제공 자료 목록

06_03_FOT_20100128_NKS_SDS_0001 백운산의 정기를 받은 용곡리
06_03_FOT_20100128_NKS_SDS_0002 중국을 날아서 왕래한 추동마을의 강바람
06_03_FOT_20100128_NKS_SDS_0003 서산대사와 무학대사
06_03_FOT_20100128_NKS_SDS_0004 삼봉골의 서장군
06_03_FOT_20100128_NKS_SDS_0005 변신 잘하는 완도 조씨와 중국 사람의 힘겨루기
06_03_FOT_20100128_NKS_SDS_0006 명당자리 잘못 잡은 국풍 남사고
06_03_FOT_20100128_NKS_SDS_0007 불을 밝히며 길을 인도해 준 호랑이
06_03_FOT_20100128_NKS_SDS_0008 정월 보름날 찰밥 먹는 이유
06_03_FOT_20100128_NKS_SDS_0009 서민호국회의원과 명당
06_03_FOT_20100128_NKS_SDS_00010 홍룡의 유래
06_03_FOT_20100226_NKS_SDS_0001 스님을 비웃는 김삿갓의 한자풀이
06_03_FOT_20100226_NKS_SDS_0002 지혜로 공자를 구한 박색처녀
06_03_FOT_20100226_NKS_SDS_0003 풍수지리가 모씨
06_03_FOT_20100226_NKS_SDS_0004 삼오발복지지로 부자가 된 윤씨
06_03_FOT_20100226_NKS_SDS_0005 박정희 이름풀이
06_03_FOT_20100226_NKS_SDS_0006 행하는 것이 예다
06_03_FOT_20100226_NKS_SDS_0007 구룡소
06_03_FOT_20100226_NKS_SDS_0008 조율시이의 의미
06_03_FOT_20100226_NKS_SDS_0009 절이 산으로 간 까닭
06_03_FOT_20100226_NKS_SDS_0010 북을 두드리면서 경문을 읽는 이유
06_03_FOT_20100226_NKS_SDS_0011 사돈과의 동침

06_03_FOT_20100226_NKS_SDS_0012 혈을 자르자 피를 흘린 가무고개
06_03_FOT_20100226_NKS_SDS_0013 중국 사신을 물리친 이인
06_03_MPN_20100128_NKS_SDS_0001 도선국사 무덤 이장
06_03_MPN_20100128_NKS_SDS_0002 도깨비불
06_03_MPN_20100226_NKS_SDS_0001 디딜방아 훔치기
06_03_MPN_20100226_NKS_SDS_0002 46년째 전국 명산을 돌아다니는 심마니
06_03_MPN_20100226_NKS_SDS_0003 오구굿을 11번 한 사연

서병국, 남, 1953년생

주 소 지 : 전라남도 광양시 옥룡면 죽천리 내천마을 내천마을회관
제보일시 : 2010.2.12
조 사 자 : 나경수, 서해숙, 이옥희, 편성철, 김자현

서병국(徐炳國)은 1953년에 광양시 옥룡면 용곡리 대방마을에서 태어나 지금까지 이 마을에 살고 있다. 현재 마을 이장을 맡아 마을 일에 앞장서고 있다. 과수 등 농업과 축산업을 하고 있다. 젊은 나이지만 활발하고 성실한 성격으로 주민들에게 신뢰를 얻고 있음을 짐작할 수 있었다. 마을유래와 왕금산에 대한 지명전설을 들려주었다.

제공 자료 목록
06_03_FOT_20100128_NKS_SBK_0001 사당골과 연화마을
06_03_FOT_20100128_NKS_SBK_0002 백운산에서 떠내려온 왕금산

서정도, 남, 1932년생

주 소 지 : 전라남도 광양시 옥룡면 죽천리 내천마을 내천마을회관
제보일시 : 2010.2.12

조 사 자 : 나경수, 서해숙, 이옥희, 편성철, 김자현

서정도(徐廷濤) 제보자는 1932년에 광양시 옥룡면 용곡리 대방마을에서 태어났다. 전문대를 졸업하였으며 과수 농사와 벼농사를 주업으로 하고 있다. 마을 주변의 지명에 얽힌 전설과 내복에 산다와 같은 흥미로운 설화 여러 편을 들려주었다.

제공 자료 목록

06_03_FOT_20100128_NKS_SJD_0001 걸어가다 멈춘 왕금산
06_03_FOT_20100128_NKS_SJD_0002 대리미소
06_03_FOT_20100128_NKS_SJD_0003 내 복에 산다
06_03_FOT_20100128_NKS_SJD_0004 죽을 사람은 꼭 죽는다
06_03_FOT_20100128_NKS_SJD_0005 은혜 갚은 꿩
06_03_FOT_20100128_NKS_SJD_0006 불효자 길들이기
06_03_MPN_20100128_NKS_SDS_0001 직접 들은 호랑이 울음소리
06_03_MPN_20100128_NKS_SDS_0002 귀신목격담

서정화, 남, 1941년생

주 소 지 : 전라남도 광양시 옥룡면 죽천리 내천마을 내천마을회관
제보일시 : 2010.2.12
조 사 자 : 나경수, 서해숙, 이옥희, 편성철, 김자현

서정화 제보자는 1941년 광양시 옥룡면 용곡리 대방마을에서 태어나 지금까지 마을에서 거주하고 있다. 초등학교를 졸업하고 농사를 주업으로 살아왔다. 마을의 지명에 얽힌 전설을 두 편 들려주었으며 서정도 제

보자가 이야기할 때 동참하며 보충 설명을 해 주었다.

제공 자료 목록
06_03_FOT_20100128_NKS_SJH_0001 도선국사와 연화동
06_03_FOT_20100128_NKS_SJH_0002 사당골의 장군바위
06_03_FOT_20100128_NKS_SJH_0003 길을 인도해 준 호랑이

이순심, 여, 1924년생

주 소 지 : 전라남도 광양시 옥룡면 죽천리 내천마을 내천마을회관
제보일시 : 2010.2.12
조 사 자 : 나경수, 서해숙, 이옥희, 편성철, 김자현

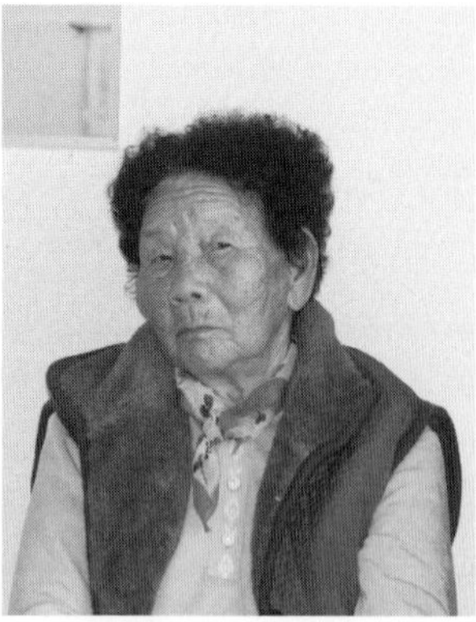

이순심 제보자는 1924년 광양시 옥룡면 추동마을에서 태어나 16살에 이 마을로 시집을 왔다. 농사를 지으며 자식을 키우는 것으로 평생을 보냈다. 아리랑 타령을 2곡 들려주었는데 고령의 나이임에도 목청이 좋았다.

제공 자료 목록
06_03_FOS_20100128_NKS_LSS_0001 석탄 백탄 타는 디는
06_03_FOS_20100128_NKS_LSS_0002 산아지 타령 / 시들새들 봄배추는

이정임, 여, 1939년생

주 소 지 : 전라남도 광양시 옥룡면 죽천리 내천마을 내천마을회관
제보일시 : 2010.2.12
조 사 자 : 나경수, 서해숙, 이옥희, 편성철, 김자현

이정임 제보자는 1939년에 태어났다. 농사를 지으며 살아왔으며 친절

하면서도 적극적인 모습을 보여주셨다. 설화도 여러 편 들려주었고, 민요도 여러 편 들려주었다. 설화를 구연할 때 서사를 놓치지 않고 재미있게 끌어갈 만큼 이야기 구연 능력이 뛰어났다. 맨 마지막에 교훈을 강조하는 점이 특징이었다. 어렸을 때 아버지께서 이야기를 많이 들려주셔서 그때 들은 이야기를 지금까지도 기억하고 있다고 하였다. 민요 산아지 타령을 부를 때에는 손으로 물레를 돌리는 시늉을 하며 박자를 맞추는 모습을 보여 주었다.

제공 자료 목록

06_03_FOT_20100128_NKS_LJY_0001 가슴을 도려내고 죽음으로 정절을 지킨 과부
06_03_FOT_20100128_NKS_LJY_0002 방귀 낀 며느리
06_03_FOT_20100128_NKS_LJY_0003 전라도 사람의 가짜 무당 행세
06_03_FOT_20100128_NKS_LJY_0004 이야기 듣다 오줌 싼 아낙네
06_03_FOT_20100128_NKS_LJY_0005 진주 백형이네 집으로 가거라
06_03_FOT_20100128_NKS_LJY_0006 독깍쟁이가 크게 뉘우치다
06_03_FOT_20100128_NKS_LJY_0007 생선 때문에 집과 마을에서 쫓겨난 며느리
06_03_FOS_20100128_NKS_LJY_0001 논 매는 소리 / 저 건네 갈매봉에
06_03_FOS_20100128_NKS_LJY_0002 아리랑 타령 / 칠팔월 수숫잎은
06_03_FOS_20100128_NKS_LJY_0003 산아지 타령 / 물레야 자세야
06_03_FOS_20100128_NKS_LJY_0004 언니 언니 사촌언니
06_03_FOS_20100128_NKS_LJY_0005 저 건네 갈매봉에

이종찬, 남, 1926년생

주 소 지 : 전라남도 광양시 옥룡면 죽천리 내천마을 내천마을회관
제보일시 : 2010.2.12
조 사 자 : 나경수, 서해숙, 이옥희, 편성철, 김자현

이종찬(李鍾贊)은 1926년에 광양시 옥룡면 죽천리 내천마을에서 태어나 농사를 지으며 이 마을에서 살고 있다. 조사자가 방문하였을 때 죽천 마을회관에는 많은 사람들이 모여 있었지만 이야기판은 쉽게 열리지 않았다. 모인 사람들이 이종찬 제보자에게 이야기를 부탁하는 것을 보면 마을에서 신망을 얻고 있음을 짐작할 수 있었다. 이종찬 제보자가 풍수설화로 이야기의 문을 열면서 조사가 진행될 수 있었다.

제공 자료 목록

06_03_FOT_20100212_NKS_LJC_0001 양맥수가 말한 천인가거지지
06_03_FOT_20100212_NKS_LJC_0002 장성이 나온 대방과 홍룡마을
06_03_FOT_20100212_NKS_LJC_0003 몰공구리의 널바위와 상여바위
06_03_FOT_20100212_NKS_LJC_0004 내천마을은 배 형국
06_03_FOT_20100212_NKS_LJC_0005 용소에서 기우제를 모시다
06_03_MPN_20100212_NKS_LJC_0001 도깨비에 홀리다
06_03_MPN_20100212_NKS_LJC_0002 도깨비불

정용표, 남, 1933년생

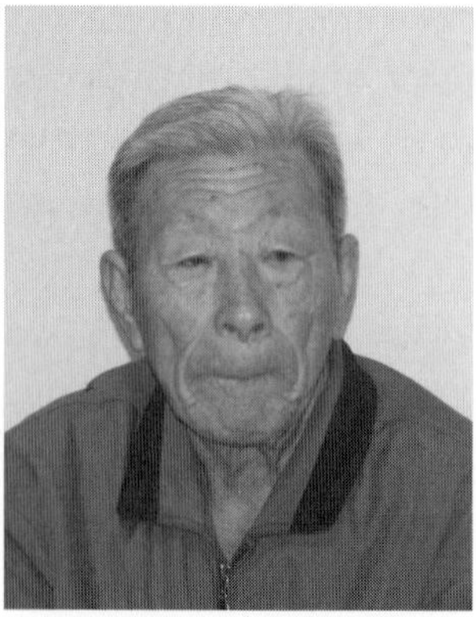

주 소 지 : 전라남도 광양시 옥룡면 죽천리 내천마을 내천마을회관
제보일시 : 2010.2.12
조 사 자 : 나경수, 서해숙, 이옥희, 편성철, 김자현

정용표 제보자는 1933년 광양시 옥룡면 죽천리 내천마을에서 태어나 이 마을에서 농사를 지으며 살고 있다. 여순사건 당시의

경험담을 들려주었다.

제공 자료 목록
06_03_MPN_20100212_NKS_JYP_0001 여순반란 때의 반란군과 군인

장한종, 남, 1922년생

주 소 지 : 전라남도 광양시 옥룡면 죽천리 내천마을 내천마을회관, 옥룡면사무소
제보일시 : 2010.2.12, 2010.2.26
조 사 자 : 나경수, 서해숙, 이옥희, 편성철, 김자현

광양의 이야기꾼인 장한종(張翰鍾)은 1922년에 옥룡면 율천리 501번지에서 태어났다. 어려서 서당에서 한문을 공부했으며 소학교를 2년간 다녔다. 1943년 서백업(1925년생)과 결혼하여 슬하에 8남매(2녀 6남)을 두었다. 광양 향교 전교를 역임했으며 사회단체 정화위원장, 새마을지도자 등 사회활동을 많이 하고 있으며, 근래에도 광주노인학교를 다니고 광양문화원의 초청을 받아 민요 등을 부르는 등 활발하게 활동하고 있다.

젊었을 때 면서기를 하면서 1951년부터 좌우익에 의한 피해를 막기를 위해 날마다 자신의 생활을 간략하게 기록하였는데 지금까지도 하루도 거르지 않고 지속하고 있다. 깨알 같은 글씨로 그날의 날씨, 만난 사람, 한 일 등을 기록해 놓은 수첩이 수십 권이 된다고 한다. 현재는 1959년 수첩부터 남아있는데 그 이전의 기록은 빨치산이 가져갔다고 한다. 이 특별한 수첩을 계기로 장한종 제보자는 사실 전국적으로 유명한 명사이기도 하다. 방송이나 신문에 여러 번 출연하였다.

장한종 제보자는 또한 자타가 공인하는 효자이기도 하다. 부친과 모친의 생명을 연장시키기 위해 두 번이나 단지를 하였다고 한다. 장한종 판소리 단가나 통속민요 등을 멋들어지게 부르고 설화구연도 맛깔나게 하는 멋을 아는 할아버지라 할 수 있겠다.

제공 자료 목록

06_03_FOT_20100226_NKS_JHJ_0001 도술을 부린 양맥수
06_03_FOT_20100226_NKS_JHJ_0002 아들재치로 풀어낸 유서
06_03_FOT_20100226_NKS_JHJ_0003 양맥수에게 축지법 배운 정창화
06_03_FOT_20100226_NKS_JHJ_0004 옥룡사를 창건한 도선국사
06_03_FOT_20100226_NKS_JHJ_0005 서당 선생과 학생 간의 한자풀이
06_03_FOT_20100226_NKS_JHJ_0006 돈에 관한 한자풀이
06_03_FOT_20100226_NKS_JHJ_0007 정씨와 구락당
06_03_FOT_20100226_NKS_JHJ_0008 사십촌과 오십식에 대한 한자풀이
06_03_FOT_20100226_NKS_JHJ_0009 오성대감과 스님의 한자풀이
06_03_FOT_20100226_NKS_JHJ_0010 청개구리 닮은 아들
06_03_FOT_20100226_NKS_JHJ_0011 삼형제가 죽으나 삼정승이 나올 묘자리
06_03_FOT_20100226_NKS_JHJ_0012 이인의 예언
06_03_FOT_20100226_NKS_JHJ_0013 빨간 다우다가 잘 팔린 이유
06_03_FOT_20100226_NKS_JHJ_0014 아버지와 아들이 죽어 생긴 깜짝바위
06_03_FOT_20100226_NKS_JHJ_0015 애기 안 나오게 박으시오
06_03_FOT_20100226_NKS_JHJ_0016 돼지가 땅을 뒤지는 이유
06_03_FOT_20100226_NKS_JHJ_0017 여우 구슬을 삼킨 총각
06_03_FOT_20100226_NKS_JHJ_0018 저승 가서도 갚아야 하는 노름빚
06_03_FOT_20100226_NKS_JHJ_0019 지 아버지 장 떠먹는 소리
06_03_FOT_20100226_NKS_JHJ_0020 이 세상에 자기보다 힘 센 사람은 많더라
06_03_FOT_20100226_NKS_JHJ_0021 백운산의 농바우
06_03_FOT_20100226_NKS_JHJ_0022 중국의 수수께끼를 푼 이인
06_03_FOS_20100226_NKS_JHJ_0001 상여 소리
06_03_FOS_20100226_NKS_JHJ_0002 상여 소리 / 임방울
06_03_MFS_20100226_NKS_JHJ_0001 남원산성
06_03_MFS_20100226_NKS_JHJ_0002 군밤 타령
06_03_MFS_20100226_NKS_JHJ_0003 농부가

옥룡면 죽천리 내천마을 내천마을회관에서의 조사장면

옥룡면사무소에서의 조사장면

한재의 장군바위

자료코드 : 06_03_FOT_20100212_NKS_PCG_0001
조사장소 : 전라남도 광양시 옥룡면 죽천리 내천마을 내천마을회관
조사일시 : 2010.2.12
조 사 자 : 나경수, 서해숙, 이옥희, 편성철, 김자현
제 보 자 : 박채규, 남, 63세
구연상황 : 앞서 이종찬의 이야기가 끝나자 제보자의 이야기가 시작되었다. 제보자는 이 지역에서 공직 생활을 하였고, 평소 풍수나 지형에 관심이 많았기에 이에 관한 많은 이야기를 들려주었다. 조사자가 제보자와 사전에 연락을 취하면서 조사취지를 설명 드렸더니 미리 자료를 준비하여 읽기도 했다. 차분하면서도 적극적이면서도 근거가 있는 이야기만을 주로 이야기하였고, 부족한 이야기는 설명까지 덧붙였다.
줄 거 리 : 한재에 장군바위가 있는데, 세상이 말세가 되면 그 바위에서 장군이 나와 세상을 평정할 것이라는 이야기이다.

그 장군바위가 있는데. 거기 옛날에는 거기 돌길 소리길이었잖아요. 인자 그 앞을 지나다니는데. 거기가 상당히 높이가 이메타, 폭은 한 일메타(1m) 이상 되는 그 장군바위 문이라고 문이라고 있는데. 세월이 그기 말세가 되며는 이 속에서 장군이 나와 가지고 세상을 좋게 헐 장군이 나올 것이다. 이런 말을 인자 내가 많이 들어왔었어요.

그것이 인자 그 그 지금 그 뭐 많이 누가 들었는가는 모르것습니다마는 어르신들이. 저는 거그를 지내대니면서 그런 소릴 듣고 지내대니고 그러니까 약간 무서운 기도 있고 머 전에 그랬거든요. 그래서 인자 그 장군~바위에 대한 그 그 그런 이야기가 있었고오.

(조사자 : 그럼 이 근처에서는 어르신들이 장군바위가 어딘지 아신가요?)

먹대모이에 거그 있죠. 용쏘 우에. 예. 거 어르신 잘 알죠. 예. 계란. 계란이 요렇게. 가에 돌로 딱 싸 갖고 있었같이(있는 것과 같이) 못 보게 싸 갖고 있는 형국으로 딱 돼 있어요. 인자 그런 [청중들이 서로 웅성거리면서 이야기를 하기에 잠시 말을 쉰다.] 그래서 인자.

먹방부락 앞. 그래서 인자 여기를 나는 그때 당시에는 그 그걸 상당수 사람들이 왜 믿었냐? 하며는. 당시 육이오 때 여그 굉장 피해지역 아닙니까이. 그래서 인자 요 지역에서는 그 하도 살기가 힘드니까, 대차 그 장군이 나와서 이 시끄러운 세상을 평정을 해서 잘 살 수 있는 갑다. 그러고 도선국사가 살았던 디라서 예언에 대해서 상당히 관심들을 갖고 있거든요. 그래서 이런 것도 상당 부분 믿음이 갔었어요. 당시에는. 그런 적이 있었고.

용소와 도굿대

자료코드 : 06_03_FOT_20100212_NKS_PCG_0002
조사장소 : 전라남도 광양시 옥룡면 죽천리 내천마을 내천마을회관
조사일시 : 2010.2.12
조 사 자 : 나경수, 서해숙, 이옥희, 편성철, 김자현
제 보 자 : 박채규, 남, 63세
구연상황 : 장군바위 이야기에 이어서 다음의 이야기를 구연했다. 제보자는 이 지역에서 공직 생활을 하였고, 평소 풍수나 지형에 관심이 많았기에 이에 관한 많은 이야기를 들려주었다. 조사자가 제보자와 사전에 연락을 취하면서 조사취지를 설명 드렸더니 미리 자료를 준비하여 읽기도 했다. 차분하면서도 적극적이면서도 근거가 있는 이야기만을 주로 이야기하였고, 부족한 이야기는 설명까지 덧붙였다.
줄 거 리 : 기우제를 모시던 용소가 있는데 장수가 도구대를 짊어지고 용소를 건너다가 갑자기 홍수가 와서 도구대가 떠내려갔다. 며칠 뒤에 옥룡사의 연못에 그 도구대가 떠 있었는데, 용소와 옥룡사의 연못이 서로 통하여 도구대가 그곳까지 갔다는 이야기이다.

인제 그 밑에 내려오믄 그 용~쏘~라는 것이 상당히 유명헙니다. 옛날에 기우제도 거그서 지내고. 군수~님들이. 비가 안 오믄 그런디예요. 옥룡 용쏘가 좀~ 에~ 고을마다 경상도 가믄 용쏘가 있습니다.

그래도 여기서는 그 군수가 와서 직접 기우제도 지내는 그런 그 큰 용쏩니다. 그런디 여기에 그 저 무슨 전설이 있나 허며는. 그 우에가 저그 그 도구대. 도구대 아신가요? 절구~질허는거. 이 도구대 장수가 그리(그곳의) 저 노지를 건너는데 도구대를 짊어지고.

인제 홍수가 갑자기 와 가지고 떠내려가 버렸어요. 그러는데 그 도구대가 며칠 뒤에. 인자 못 찾았지요. 시체고……. 옥룡사 그 도선국사가 사는 못에 못에 그 도구대가 떠 있었어요.

그게 인자 그 그게 무슨 말이냐하믄. 용쏘가 하~도 깊었고 용이 살았기 때문에. 옥룡사에도 용이 살았고. 근께 용이 그 속으로 굴을 통해서 내통을 허고 다니는 굴이 있었다. 이 굴로 도구대가 그리 떠내려갔다. 인제 요런 이야기는 제가 들은 적이 있습니다.

앙심을 품은 백룡이 도선을 죽이다

자료코드 : 06_03_FOT_20100212_NKS_PCG_0003
조사장소 : 전라남도 광양시 옥룡면 죽천리 내천마을 내천마을회관
조사일시 : 2010.2.12
조 사 자 : 나경수, 서해숙, 이옥희, 편성철, 김자현
제 보 자 : 박채규, 남, 63세
구연상황 : 앞서 용소 이야기에 이어서 다음의 이야기를 구연했다. 구룡소를 계속 '구룡쏘'라고 발음하다가 제일 마지막에 '구룡쏘'라고 발음하였다. 제보자는 이 지역에서 공직 생활을 하였고, 평소 풍수나 지형에 관심이 많았기에 이에 관한 많은 이야기를 들려주었다. 조사자가 제보자와 사전에 연락을 취하면서 조사 취지를 설명 드렸더니 미리 자료를 준비하여 읽기도 했다.
줄 거 리 : 옥룡사에 살던 아홉 마리 용이 도선에게 쫓겨 구룡소로 왔다고 한다. 옥룡사

를 지을 적에 마지막까지 버티던 백용이 있어서 도선이 눈병을 퍼트려서 용을 쫓아내고 절을 짓자 이에 앙심을 품고 도선을 죽였다는 이야기이다.

요리 내려 오며는 그 구룡쏘라는 인자 데가 우리 지역 이쪽 죽천리에 가 있습니다. 구룡. 아홉 마리의 용이 살았다. 근디 그것이 여태 그 참 이 지역에서는 참 깊고 넓어서 그 옆에 지내면 기냥 쏘~름이 끼칠 정도로 무서웠어요. 우리들이.

그리고 이 지역 사람들이 지금은 머 그 죽는 방법도 다양합니다마는, 그때는 유일허게 목 매 죽는거, 물에 빠져 죽는 것인디. 거기가 거 그 그런 지역에서 그 그런 일이 발생하고. 그런 아조 깊은 지역입니다.

이 감히 우리들이 어렸을 때 거그서 목욕도 못 허고 무서웠는데. 거기가 인자 그 거기는 오선○님이 크게 어디 기록은 안 남아 있습니다. 이것은. 근디 도선국사가 그 수초 그 그 미워서(메워서) 절을 질라(지으려) 할 때, 용이 살던 용이 요리 넘어와서 아홉 마리 용이 살았다. 예. 아홉 마리가 살았다.

인자 전설로 하며는 백룡이 기어니 오기를 부려 갖고 도선국사를 죽게 했다는 그런 전설이 많이 있습니다마는. 인자 우리 지역 이 이야기로는, 구룡쏘가 거기 용이 요리 쫓기와서 살았다.

인자 사실상 어찌 보믄 도선국사가 여가 우리가 이웃 마을입니다. 예. 옥룡사니까. 그리고 백운사를 다니는 그런 그 도선국사가 다니던 길초. 에~ 그래서 인자 에~ 이 지역은 가장 관심도 있고. 또 많은 이야기들이 그대로 전해 내려온다고 볼 수 있는디. 우리가 인자 어렸을 때부터 들은 이야기로 보면 인자. 도선국사가 거기 와서 절을 지을라고 헐 때에 거그가 인자 못이였다.

근디 이 못을 메울라고 메울라고 보니까 쉽지 않잖아요. 그래서 인자 전국에다가 눈병을 퍼트렸어요. 눈병을 퍼트려 가지고,

"수척(투척, 가져온 돌을 못에 던진다) 한 번씩 가지고 와서 (연못을) 메우며는 눈병이 낫는다."

그런 또 소문을 내니까. 인제 그 도술 있는 분이 눈병도 기냥 일시에 막 퍼트렸것죠. 수초(얼마되지 않아서) 전부 그걸 메왔어요. 메왔는디 인자. 용이 살……, 안 나갈라고 인자 버틸 것 아닙니까. 발버둥을 허고. 그 중에서 백룡이 기~어니(기어이) 안 나갈라고 마지막까지 버티는 용이 백룡이었답니다.

그래서 인자 거 거 메와졌고. 또 와서 온 사람들이 눈병이 다 나샀고(나았고). 거 거기서 한 삼키로 능선을 타고 올라가며는 눈볼기샘이란 것이 그대로 있습니다. 거그가 물을 묵으면 눈이 맑아진다 해서 지금도 이름이 눈볼기샘 그렇게 에~ 전해오고 있는디.

지금 광양시에서는 지금 도선국사에 대해 연구는 많이 하고 있어도 그건 지금 인지를 못하고 있어요. 그래서 우리 요 지역이 인자 농촌마을 종합계발사업으로 지금 확정이 됐어요. 응. 그렇게 되며는 그것을 인자 좀 발굴을 해서 관광자원으로 생각을 갖고 있습니다.

(조사자 : 지금도 샘물은 계속 솟고 있어요?)

아~ 그 절~때 마르지 않죠. 예. 쫄쫄쫄 나오고 있어요. 지난번에 나가 떠 갖고 와서 수질검사까지 해 보니까 아조 양호헌 그 수질이대요. 에~ 그래서 인자 그 백룡을. 중국을 가면서,

"백씨 성을 절때 들이지 마라."

허고 갔는데. 인제 그 때 그 이야기로는 시체는 절에 두고 도선국사가 혼만 중국을 갔는데,

"백씨 성을 가진 사람은 들이지 마라."

해서 했는데. 중이 한나(하나) 와서,

"쫌 자고 가자."

허니까 이걸 인자 들었던 모냥이여. 근디 그 사람이 인제,

"방에 시체가 있는디 왜 초상을 안 치냐?"

초상을 치워야(치뤄야) 한데서 인자 그냥 초상을 쳐 놓고 본께. 중국서 혼이 와 본께 자기 들어갈 몸이 없잖아요. 인자 그래서 죽었다. 그 백룡이 중으로 변해 갖고 와서 하룻밤 자고 가것다 해서 기어이 행짜를 부렸다 인자. 백룡이니,

"백씨 백씨 성을 가진 사람은 들이지 마라."

그랬는데 인자 말이 그래요. 쓰~ 영~암 가믄 또 딴 전설이 있습니다. 도선국사에 대해서이. 죽음 전설이. 근디 여그서는 제가 어렸을 때 들은 이야기는 그렇고. 거기 용이 요리 쫓겨 와서 살았다. 인제 그렇게만 용~ 구룡쏘에 대해서는 있습니다. 구룡쏘. 구룡쏘. 예. 구룡쏘는 인자 그렇고.

맷돌바위 유래

자료코드 : 06_03_FOT_20100212_NKS_PCG_0004

조사장소 : 전라남도 광양시 옥룡면 죽천리 내천마을 내천마을회관

조사일시 : 2010.2.12

조 사 자 : 나경수, 서해숙, 이옥희, 편성철, 김자현

제 보 자 : 박채규, 남, 63세

구연상황 : 제보자의 이야기는 계속 이어졌다. 제보자는 이 지역에서 공직 생활을 하였고, 평소 풍수나 지형에 관심이 많았기에 이에 관한 많은 이야기를 들려주었다. 조사자가 제보자와 사전에 연락을 취하면서 조사취지를 설명 드렸더니 미리 광양시사의 자료를 준비하여 문제점을 지적하고 자신의 생각을 적극적으로 표명하고 설명하였다.

줄 거 리 : 도에 능통한 부부가 있었는데, 어느 날 남편은 보를 만들고, 부인은 삼을 지어 밥상보를 만들어 밥을 지어 가지고 오기로 하는 내기를 했다. 남편이 보를 완성했는데도 부인이 돌아오지 않자 배가 고파 죽어서 맷돌바위가 생겼다는 이야기이다.

에 맷돌바위라는 것이 있습니다. 우리 부락에는. [청중들을 둘러보면서]

저 어르신들은 알죠. 맷돌바위. 맷돌쟁이라고 헌디이. 그 기 약간 시지에(광양시지에) 나와 있는 내용은 이 같은(자신이 메모하여 온 이야기 내용과 같은) 내용인디, 그 잘못 잘못된 부분이 있다라고 나는 생각허거든요.

시지에서는 어떻게 나와 있냐? 허며는. 저 중이. 요 우에 송천사라는 도선국사가 지어 놓은 송천사가 또 있습니다. 큰~ 절이 있는데. 그 기 중이 인제 이 마을에 과부허고 눈이 맞어서 이 저 오르내리다가 내기를 해서 보를 하나 만들었다. 봄 어…….

근디 중보다. 근디 그것은 인제 여 어르신들이 계시지마는 잘못된 거이라고 저는 단정을 합니다. 이 마을 중 중보가 있는데. 큰 물은 원 냇물에 막은 보가 큰 보고. 요런 중림서 막은 꼬랑 물 막은 것이 중간에 쪼끄만 보가 있어서 중본디.

예. 근디 중을 거기다 개입을 시켜서 아마 거 이십 년 전에 시지 편찬하면서 아마 거 편집이 잘못 됐지 않냐? 이런 생각을 해 봅니다. 근디 인제 우리 마을 전설로 내가 어렸을 때 들던 건. 지금 거기도 보면 원래 보는 동곡 앞에 있는 보라고 해 놓고 보는 여그 여그 보라고(옥룡면 죽천리에 위치한 보라고) 했어요.

그런께 그거이 잘못된 표기고. 동골 앞에 있는 우리 마을 보가 지금 한 삼키로(3km) 이상을 수평으로 아~주~ 험한 디로 돌아와서 농사를 짓고 있습니다. 그래서 그 때는 그 우리 마을에가 그 인이라 그럴까.

도에 능통한 부부가 살았는디. 마을에 물이 없고 농사를 못 지니까. 부부가 내기를 했다. 그래서 남자는 그 용쏘를 내기를 허고. 여자는 그 길쌈 삼 삼뿌리 짜르잖아요. 그 놈을 파서 그 놈을 이어서 밥상보를 이어 가지고 밥을 지어 갖고 오기로. 누가 빨리 허냐? 내기를 했는데. 그 남자가 이겼더랍니다.

그래서 남자가 보뜨랑을 다 내놓고 시간이 남으니까 돌을. 아마 그 돌이 머 우리들 서너이서 보듬어야 되는 큰 돌을 세 개를 한 이~삼메타

(2~3m) 포지개 했어요(겹쳐지게 했어요). 아~조~ 지금 중장비로도 헐 수도 없을 정도로 아~주 정확허게 견고허게 딱 포지개 놓고. 포지개 놓고도 안 돌아와서 배가 고파서 죽었드랍니다.

밥을 지어 갖고 오니까. 이 여자가. 예. 배가 고파서 인자. 그 보뜨랑 내놓고 돌까지 포지개 놓고도 시간이 나니까 이제 에~ 남자는 그 도인은 죽었드라. 인자 그 보또랑이 바 누가 보던지 지금 지금 사람들은 못 내놓고 상상도 못헐 정돕니다. 얼~마나 험헌디로 그것을 내 왔는가아. 예. 그 거이 삼~사키로(3~4km) 나옵니다. 그거이. 그럴 정도로. 물이 수평으로.

(청중 : 인제 그렇게 들었어요. 근께 우리가 본 건 아닌께. 옛날에 그 맷돌바우가 그래서 생겼다. 그런 이야기가 있어. 그런 말이라. 허허[웃음])

그래 인자. 돌을 이렇게 포지개 했어요. 세 [주먹을 쥔 손을 차곡차곡 위로 쌓아 올린다.] 세 개를.

(청중 : 맷돌맹이로 맷돌맹이로 요렇게 생겼어요. 그렇게 생겼어요.)

(조사자 : 지금 그 맷돌바위가 남아 있습니까?)

거그는 산이니까 있습니다. 그런디 인자 옆에 나무가 차 갖고 있어서 계발이 안 되고 그래서 인자. 그러고 또. 보또랑을 [손가락 두 개를 바닥에 놓고 그 위에 주먹 쥔 손을 차곡차곡 쌓아 올린다.] 요렇게 해 놓고 그 위에 돌을 이렇게 딱 싸놨어요(쌓았어요). 용수로 쓰고 있지요. 거기를. 아까 그 최사임이 살던 학사대 마을 동곡. 동동마을 바로 밑에가 보가 있습니다. 거기서 이리 돌리는 물이예요. 지금.

용왕바위와 토끼바위

자료코드 : 06_03_FOT_20100212_NKS_PCG_0005
조사장소 : 전라남도 광양시 옥룡면 죽천리 내천마을 내천마을회관
조사일시 : 2010.2.12

조 사 자 : 나경수, 서해숙, 이옥희, 편성철, 김자현
제 보 자 : 박채규, 남, 63세
구연상황 : 제보자의 이야기는 계속 이어졌다. 제보자는 이 지역에서 공직 생활을 하였고, 평소 풍수나 지형에 관심이 많았기에 이에 관한 많은 이야기를 들려주었다.
줄 거 리 : 마을사람들은 마을의 액운을 없애기 위해 용왕바위가 있는 곳에 토끼바위를 마주 보게 세워 두었다는 이야기이다.

지금 저 용왕바위라는 것이 우리 그 마을 앞에 가면 있어요. 용왕바위이. 그 앞에 인자 용왕쏘라고 있습니다. 또. 근데 그래서 이걸 파괴를 안 하고 그대로 지금 보존은 돼 있는데 주위에는 약간 파괴가 돼 있어요. 뒤에 인자 적은 바위들을 그 루사(2002년 8월 한반도에 상륙한 태풍) 때 하천 정비하니라고.

그래서 여그에가 또 그 뒤에가 샘물이 나 갖고, 이 마을 사람들이 옛날에는 수도 없을 때에 거기 전~부 가서 인근에서 물을 질어 묵는 그런 또 우물도 있어요. 그래서 이 공고롭게 거그가 옛날에 살던 사람이 그 토끼바위를 만들어 가지고 그걸 마주 보게 놨~둬서, 그래서 인자 그 토끼바위를 만들어서 인자 그 마이 마주 보게 해 놨습니다.

이게 용왕이란 것은 [잠시 생각을 하다가] 인제 뒤에 또 용왕쏘 샘물이 또 솟았고. 그래서 상당히 요건 우리 지역에 가치가 있다 해서 지금. 글쎄 인자 마을을 그 어떤 수호를 허는 도사가 지내면서, 마을을 그 기가 흉기(나쁜 기운)를 막아줄 수 있는 액땜을 헐 수 있는 그것이라고 해서 만들어졌다고 전해지고 있습니다.

백운산의 천년 묵은 동삼

자료코드 : 06_03_FOT_20100212_NKS_PCG_0006
조사장소 : 전라남도 광양시 옥룡면 죽천리 내천마을 내천마을회관
조사일시 : 2010.2.12

조 사 자 : 나경수, 서해숙, 이옥희, 편성철, 김자현

제 보 자 : 박채규, 남, 63세

구연상황 : 제보자의 이야기는 계속 이어졌다. 제보자는 이 지역에서 공직 생활을 하였고, 평소 풍수나 지형에 관심이 많았기에 이에 관한 많은 이야기를 들려주었다. 조사자가 제보자와 사전에 연락을 취하면서 조사취지를 설명 드렸더니 미리 자료를 준비해 왔으며, 자신의 생각을 적극적으로 표명하고 설명하였다.

줄 거 리 : 백운의 천년 묵은 동삼이 사람으로 둔갑하여 하동장이나 광양장을 보러 갔는데, 이를 수상히 여긴 주막집 여인이 서숙밥을 해서 주고 몰래 실을 꿴 바늘을 꽂아 두었다. 나중에 실을 좇아가 보니 억불봉의 바위 틈의 동삼 잎에 바늘이 꽂혀 있어서 그것을 뽑으니 서숙이 쏟아져 나왔다는 이야기이다.

인자 직접 우리 지역은 아니지마는 인자. 그 우리 또 백운산! 백운산에 대한 이야기가 하나 또 있어요이. [청중을 둘러보면서] 인자 어르신들 많이 들었것지요. 백운산에 그 천년 묵은 동삼이 둔갑을 해 갖고 그 머 하동장에를 보러 다닌다. 그런 이야기 안 들으셨나요?

들었죠이. 예에. 옛날에 사랑방에서 들은 이야기를 나가(내가) 지금 오십 년 정도 지나서 좀 쌀~쌀~ 더듬어 봤습니다. 근데. 그 인저 옛날에는 걸어 다니니까 주막이 거리거리마다 다 있잖아요. 쉬어가는 장소로. 그래 인자 백운산에서 인자 그 산삼이 둔갑을 해서 장을 보러 다닌다는 말은 전해 들은데,

실지 둔갑을 어떻게 허는지 모르잖아요이. 그래 인자 그 어느 주막집 여인이 상당히 머 센서가(센쓰, sense)있었던 모냥이예요. 중이 하도 그 하동장이나 광양장에 이 장을 보러 다닌다. 다니는 중이 있으니까 쓰~ 이걸 좀 수상히 여겼던 모냥이예요.

한번은 들리니까 이제 그때는 식량도 없고 그러니까 대접을 헐란다고 서숙 조밥으로 해서 인자 잘~ 대접을 허고, 인제 그 실에다가 바늘을 끼가지고(끼워서) 그걸 뒤에 옷섶에다가 모르게 꽂았답니다. 그러니 이튿날 그 실을 인자 [실을 감으면서] 조심조심 그 챙겨서 올라가니까. 여기 우리

억불봉이 있어요이.

여그선 우리 바구리봉이라 그런디. 학명으로는 지명으로는 억불봉입니다. 억불봉에 아~ 그~ 크~은 그 바위틈에 동삼 잎에가 딱 꽂혀 있더랍니다. 동삼~ 그거이 천년 묵은 동삼이었어요 인자. 거 여자가 인자 그 머 누구나 마찬가지죠. 금치가 나죠이(자신이 동삼을 캐어 소유하고 싶겠죠).

그래 이 놈 확~ 뽑았던 거예요 인자. 뽑으니까 그 대가리가 딱 떨어지는 데 서숙이 바르르이~ 나오더랍니다. 자기가 해 준 밥이 거그서 그대로 나온 거예요. 인자. 긍게 동삼은 눈에 보이지도 않고 서숙만 바그르르이 헌거여 인자. 인제 그러헌 이야기가 있습니다. 그런 것은 인자 사실 전설이란 것은 어떤,

'너무 탐욕을 내지 마라.'

이런 의미로 만들어진 우리 교훈이 될 수 있는 것들로 만들어진 것이 많잖아요. 그래서 인자 그 뒤로 인자 둔갑을 하는 삼도 노승도 안 내려와 뿌리고. 어~ 지금도 그 주위에서 삼은 나오고 있습니다. 동삼은. 예. 지형이 그리 돼 있어요. 억불봉에가. 인자 그런 이야기들이 있고.

스님들의 큰 절 자랑

자료코드 : 06_03_FOT_20100212_NKS_PCG_0007
조사장소 : 전라남도 광양시 옥룡면 죽천리 내천마을 내천마을회관
조사일시 : 2010.2.12
조 사 자 : 나경수, 서해숙, 이옥희, 편성철, 김자현
제 보 자 : 박채규, 남, 63세
구연상황 : 제보자의 이야기는 계속 이어졌다. 제보자는 이 지역에서 공직 생활을 하였고, 평소 풍수나 지형에 관심이 많았기에 이에 관한 많은 이야기를 들려주었다. 조사자가 제보자와 사전에 연락을 취하면서 조사취지를 설명 드렸더니 미리 자료를 준비해 왔으며, 자신의 생각을 적극적으로 표명하고 설명하였다.

줄 거 리 : 스님들이 자기 절이 얼마나 큰 절인가를 서로 자랑하는 이야기이다.

큰 그 절 이야깁니다. 절! 근게 인자 그 풍수들이나 인자 이 중 스님들이 인자. 어~ 주로 많은 지역이니까 큰 절 이야기도 여가 있어요이. 근데. [잠시 목을 가다듬고] 어느 주막집에서 스님들이 인자 오다가다 만났는디.

또 스님끼리 통했던가. 같이 이야기를 했던 모냥이예요이. 근데 거기서 이야기를 나누다 보니까 인자 머 자기 지역 자랑이나 자기 자랑 안 된가요이(할 수 있잖아요). 인자 구례 한 스님이 인자 그 자기 절 자랑을 하게 된 모냥이여. 근게 그 스님이 허는 말이,

"우리 절은 얼~매나 큰지 동짓날 죽을 쑤며는 사람이 못 젓는다. 하도 솥이 커서. 여그다가 배를 띄워 놓고 젓는다."

배를 타고 다니면서 저서요(저어요). 동지죽을. 얼~마나 많이 쑤는지. 신~도가 그만큼 많다는 뜻이죠. 그런께 인자 또 한 스님은,

"쓰~ 자네 절도 크긴 큰 갑네. 근디 우리 절은 화장실이 얼~마나 높은지이. 초하룻날 가 대변을 보며는 섣달 그뭄날 떨어지는 소리가 섣달 그뭄날 나네."

[머리를 긁으면서] 그 인자 솔찬히 그러거든. 그런 화장실이 있는 모냥이죠. 그 인자 또 한 스님은 머라고 하냐믄 인자,

"쓰~ 솔찬히 크기는 크네. 근디 우리 절은 방이 얼매나 큰지 일 년 내내 웃목을 내가 한번을 못 올라가 보내." [전원 웃음]

응~ 웃목에를 못 올라가 봐요. [전원 웃자 같이 웃으면서] 그래 인자 스님들이 그 사랑방에서 허는 이야기들인데. 아마 이 절이라는 것은 나는 그래요. 절이란 것은 보통 우리가 관광을 절로 많이 거치는데 에~ 가 본께 부처 있고 머 있고 먼헌디 가~.

흔히 이런 이야기를 헙니다마는 나는 그 그렇게 생각허지 말고 어느 절

이든지 가믄 특색이 있으니까 특색을 찾고 오라고 그럽니다. 예. 그래서 이 절들도 방만 컷지 화장실은 쬐깐했것죠. 말하자믄. 근께 그 큰 것들은 특색이 있다는 것을 의미헌 이야기지 않느냐. 내가 인자 그렇게 봅니다.

마을 사람들의 큰 마을 자랑

자료코드 : 06_03_FOT_20100212_NKS_PCG_0008
조사장소 : 전라남도 광양시 옥룡면 죽천리 내천마을 내천마을회관
조사일시 : 2010.2.12
조 사 자 : 나경수, 서해숙, 이옥희, 편성철, 김자현
제 보 자 : 박채규, 남, 63세
구연상황 : 앞서 스님들의 절 자랑에 이어서 다음의 이야기를 구연했다. 제보자는 이 지역에서 공직 생활을 하였고, 평소 풍수나 지형에 관심이 많았기에 이에 관한 많은 이야기를 들려주었다. 조사자가 제보자와 사전에 연락을 취하면서 조사 취지를 설명 드렸더니 미리 자료를 준비해 왔으며, 자신의 생각을 적극적으로 표명하고 설명하였다.
줄 거 리 : 마을 지명을 가지고서 구례, 순천, 광양 세 사람이 서로 자기네 마을이 더 큰 것을 뽐냈다는 이야기이다.

그 다음에 이제 그 마지막으로 이야기 또 하나 하자면 큰 마을 이야기가 있습니다. 이거 인자 많이 들어 보셨을 겁니다마는. 요것도 역시 인자 거 주막에서 서로, 그 오다가다 만나며는 밤새 또 이야기 헐 수가 있고 머 막걸리 놓고 이야기 헐 수도 있고 그럴 껀데.

구례 사램허고 그 광양 사램허고 순천 사램허고 즈그 아마 그 한자리에서 또 그 주거니 받거니 이야기를 허는 기회가 됐던 모냥이예요. 그래 구례 사램이 인자 자기 동네가 크다고 자랑을 했던 모냥이예요.

"그래 우리 동네는 얼~마나 큰지 인제 그 요짝 가 집에서 저짝 가 집까지가 천 리나 된다."

어. 그랬어요. 그러니까 순천 사램이 허는 얘기가,

"허 이 그런 동네가 크다 그런가. 우리 동네는 이쪽에서 저짝까지가 구만 리나 되네."

그랬어요. 흐~[웃으면서] 근게 광양 사램이 [계속 웃으면서] 광양 사램이,

"어이 구만 리가 머 큰 동네라고 그런가. 우리 동네는 억만 리나 되네."

억만 리. 억만 리. 그래 인자 참고로 그래 인자 그런 이야기가 있었고. 참고로 자료는 내가 조사를 해 보니까. 구례 가며는 사실 광의면에 가며는 구만리가 있습니다. 또 순천에 가며는 서면에 가면 구만리가 있어요. 부락면이이.

그래서 이 저짝 순천 지역이나 저짝 지역에서는 아마 구례 사램들은 이야기가 구만리로 전파가 돼 있지 않것느냐? 근디 우리 지역에서는 이 재를 넘어가믄 구례 하천리, 광양 하천리라고 한 동네가 꼬랑을 사이로 이렇게 그렇게 부르는 지명이 있습니다.

그래서 우리 옥룡에는 천리로 요~렇게 이야기가 전해 내려왔을 것이다. 그러나 우리가 이제 학 그 지명을 놓고 엄격히 따지자며는, 구례도 구만리가 있고 순천도 구만리가 있습니다. 그리고 광양은 지금은 보통 부르는 거는 억만쟁이라고 그런디. 억만쟁이. 억만쟁이. 이~ 그런디 그거이 억만리다. 그래서 광양 사램이 완성을 헌 거지요. 지명이 실지 그렇게 있습니다.

광양 사람이 순천 사람보다 오기가 더 있다

자료코드 : 06_03_FOT_20100212_NKS_PCG_0009
조사장소 : 전라남도 광양시 옥룡면 죽천리 내천마을 내천마을회관
조사일시 : 2010.2.12

조 사 자 : 나경수, 서해숙, 이옥희, 편성철, 김자현
제 보 자 : 박채규, 남, 63세
구연상황 : 제보자의 이야기는 계속 이어졌다. 제보자는 이 지역에서 공직 생활을 하였고, 평소 풍수나 지형에 관심이 많았기에 이에 관한 많은 이야기를 들려주었다. 조사자가 제보자와 사전에 연락을 취하면서 조사취지를 설명 드렸더니 미리 자료를 준비해 와서 적극적으로 이야기를 구연했다.
줄 거 리 : 광양 사람은 고춧가루 서 말을 먹고도 삼십 리를 가거나, 죽은 광양 사람 하나가 순천 산 사람 셋을 당할 정도로 광양 사람은 오기가 많다는 이야기이다.

그래서 요것이 인자. 예. 억만 리. 그래서 인자 광양 사람은 역시 [잠시 생각을 하다가] 그 고춧가루 서 말을 묵고 뻘 속 삼십 리를 긴다는 말을 혹시 들어보셨는가요? 예. 광양 사람은 고춧가루 서 말 묵고 그 그것도 또 뻘 속을 삼십 리를 기 갈 수 있는 그런 그 오기와 배짱 어~ 끈기가 있다.

인자 그런 말이 있고. 또 광양 사람 송장 한 사램이. 송장. 죽은 사람 한 사램이 순천 산 사람 서이를 당한다. 인자 그런 말이 전해오고 있습니다.

도선국사 어머니를 모셨던 운암사

자료코드 : 06_03_FOT_20100212_NKS_PCG_0010
조사장소 : 전라남도 광양시 옥룡면 죽천리 내천마을 내천마을회관
조사일시 : 2010.2.12
조 사 자 : 나경수, 서해숙, 이옥희, 편성철, 김자현
제 보 자 : 박채규, 남, 63세
구연상황 : 제보자의 이야기는 계속 이어졌다. 제보자는 이 지역에서 공직 생활을 하였고, 평소 풍수나 지형에 관심이 많았기에 이에 관한 많은 이야기를 들려주었다. 조사자가 제보자와 사전에 연락을 취하면서 조사취지를 설명 드렸더니 미리 자료를 준비하여 적극적으로 이야기를 구연했다.
줄 거 리 : 옥룡사 근처의 운암사에 도선국사 어머니를 모셨다는 이야기이다.

도선국사가 있다 보니까. 골고리(골고루) 막 그 절 흔적은 있습니다. 절 흔적은 있고. 지금 도선국사 어머니도 우리 그 마을 뒷고랑에 살~던 흔적이 그대로 있어요.

(조사자 : 아~ 도선국사 어머니가 여기 살았었어요?)

아~ 어머니가 여기 살았죠. 어머니를 도선국사가 자기는 옥룡사에 있고 거기서 한 이키로(2km) 떨어진 데다가 암자를 지어 가지고. 그 그 운암사~를 앞에 여기 저~ 지었잖아요이. 예. 운암사를 옥룡사 요짝 꼬랑에, 그 항일암에서 주지스님으로 계시던 박득수라는 스님이 한 삼십년 전에 여기를 처음 기반을 잡아 가지고 와서 그 운암사를 지었습니다.

옥룡사 자리는 어짜피 손을 못 대버리고 거기는 저 조계종 산하기 때문에. 거기 자기 사재를 지었어요. 크게 지어서 그 동양에서 제일 큰 그 저 뭡니까? 그 저. 응. 부처 그 동상 그걸 세웠잖아요. 여기. 그래 인자 그런디 어머니를 모셔 와서 모신 그 터가 있습니다.

그 비석이 그 비석은 그 일제 때(일제강점기에) 파손이 되어 가지고 누가 거기 비결지가 있을 거이라고. 비석 우에다 도선국사 비결지를 넣었을 거이라고 전해 내려오는 말이 많이 있었어요.

근디 그것을 탐을 내고 누가 그것을 파기를 해 가지고 가서, 이 우리 마을 사람들이 고초를 많이 겪었답니다. 지서에 가서. 일제 때 그. 지금도 그 터는 그대로 있습니다. 거글 자주 가고.

(조사자 : 그 암자 이름은 무엇입니까? 도선대사 어머니 살았던.)

그 터는 인자 우리 기록에도 그렇고 운암~ 운암사라 그래 돼 있습니다. 운암사! 근디 지금 운암사라고 여그 밑에 지어 놓은 절터는 운암사가 아니고. 기록에 옥룡사에서 약 그 이키로 우에 운암사란 절에 도선국사 어머니를 모셨다라고 돼 있는디. 지금 그 터가 있고요.

도선 탄생담

자료코드 : 06_03_FOT_20100212_NKS_PCG_0011
조사장소 : 전라남도 광양시 옥룡면 죽천리 내천마을 내천마을회관
조사일시 : 2010.2.12
조 사 자 : 나경수, 서해숙, 이옥희, 편성철, 김자현
제 보 자 : 박채규, 남, 63세
구연상황 : 제보자의 이야기는 계속 이어졌다. 제보자는 이 지역에서 공직 생활을 하였고, 평소 풍수나 지형에 관심이 많았기에 이에 관한 많은 이야기를 들려주었다. 조사자가 제보자와 사전에 연락을 취하면서 조사취지를 설명 드렸더니 미리 자료를 준비하여 이야기를 구연했고, 자신의 생각을 적극적으로 표명하였다.
줄 거 리 : 도선의 어머니가 빨래를 하는 도중에 떠내려오는 오이를 먹고서 임신을 하여 도선을 낳았다는 이야기이다.

영암 구림에서 태어난 것은 제가 알기로는. 그 그건 기록에 있는 거기 때문에 저희들은 그걸 보고 그~ 예~ 거기 그 가 봤습니다만. 도갑사라던가. 인제 거가 구림이라 그러죠. 구림. 예~ 그 저 뭡니까? 비둘기가 그 저 대밭에서 감싸고 보호를 허고 있었다. 뭐 그런~ 내용 정도만 제가 알고오.

제가 인자 그~ 우리가 여기서 듣기로는. 어머니가 오이를 베 묵고(비어 먹고) 저~ 임신을 해서 이제 낳았다. 이렇게만 우리는 전해 들었죠. 근디 제가 어렸을 때는 그걸 믿었죠. 크면서 상식적으로 이해가 안 가서 어 거기에 대한 굉장히 관심을 가졌었거든요.

인제 그 저 관심을 가졌는데 인자 어느 스님들 스님들이죠. ≪정감록≫ 소설 ≪정감록≫을 쓴 스님이 있데요. ≪정감록≫ 비결지를 거기서 그걸 나가(내가) 인자 읽어 봤어요. 책을 사 갖고 읽어 보니까 그거에는 에~ 어떤 왕족일 것이라는 김씨이~ 그 신라 말기 때~ 왜냐하며는 서로 왕다툼을 허기 위해 그 형제간끼리도 그 죽이고이.

그런 것을 굉장히 그 좀 시러해서. 그 어느 왕자가 그냥 형제간들끼리

다 밀리고 자기는 기냥 전국 방탕생활을 하면서 자기 신분을 속이고. 그 월출산을 내려오는데. 그 마을 뒤에가 너~무 예쁜 여자가 앉아 있어서 거기서 인제 말을 걸고 하룻밤 자고 왔는데. 인제 자고 왔다아. 인자 그 놈이 임신이 되뿐 거죠. 하루 자고 오니까아.

인자 그 도선국사 어머니가 상당히 그 농도(농담도) 잘허고 재치가 있는 모냥이여. 긍께 빨래터에서 이제 그 그 우리가 듣기로는, 빨래허다가 오이가 떠내려와서 그걸 비어(베어) 묵으니까 임신이 되었다. 이렇게 전해져 왔었는데. 인자 그 궁금증을 풀기 위해서 내가 저기 좀 보니까. 인자 그 마을은 그것도 하나의 소설이니까. 그 저 빨래터에서 자꼬 인자 건드리니까,

"어찌 과부가 저 임신을 해야."

허고 건드리니까.

"하~ 나~ 오이가 떠내려와서 묵으니까 임신이 됐어요." [전원 웃음]

그러고 그 어머니가 농으로 헌 말이 이렇게 그 전파가 됐을 것이다. 인자 이렇게 돼 있고. 저그 그런께 왕손이다 그런 말이 이~ 딴디서도 그런,

"그랬을 것이다."

그런 그 추측의 말들이 있대요. 영암 그 당진 가니까 작년에 나 그 거그 가서. 거그도 관심이 있는 분 노인이 한 팔십 되는 분이 있어서 내가 두 시간 이야기를 해 보니까. 거기는 그 어 도선국사가 중국을 들어가서 안 돌아왔던 거로 그렇게 전해져 있는데. 거기 가서 한 보십쇼. [한참 말이 없다가] 옷을 벗어 가지고 그 떤지 놓고,

"왜 내가 안 돌아 돌아오믄 이 옷을 챙길 것이고. 안 돌아오믄 그런 줄 알아라. 죽은 줄 알아라."

안 돌아와서 지금 그 옷이 그 차돌로 변해 가지고 지금 그 관광자원화 돼 있지요. 예. 그런 이야기는 거그서 들었어요. 그런께 거그서는 도선국사가 중국가 죽은 걸로 안 돌아온 걸로 돼 있는데.

최산두 탄생담

자료코드 : 06_03_FOT_20100212_NKS_PCG_0012
조사장소 : 전라남도 광양시 옥룡면 죽천리 내천마을 내천마을회관
조사일시 : 2010.2.12
조 사 자 : 나경수, 서해숙, 이옥희, 편성철, 김자현
제 보 자 : 박채규, 남, 63세
구연상황 : 제보자의 이야기는 계속 이어졌다. 제보자는 이 지역에서 공직 생활을 하였고, 평소 풍수나 지형에 관심이 많았기에 이에 관한 많은 이야기를 들려주었다. 앞서 도선의 탄생담에 이어 최산두에 관한 이야기를 묻자 다음의 이야기를 구연했다. 이야기가 아주 간결했다.
줄 거 리 : 최산두가 정기를 받아 태어났다는 이야기이다.

최산두 선생은 머냐 저 대방마을에서 그 유래 들었죠. 삼정기 중에 하나를 받아서 태어난 분이라고이.

걸어가다 멈춘 왕금산

자료코드 : 06_03_FOT_20100212_NKS_PCG_0013
조사장소 : 전라남도 광양시 옥룡면 죽천리 내천마을 내천마을회관
조사일시 : 2010.2.12
조 사 자 : 나경수, 서해숙, 이옥희, 편성철, 김자현
제 보 자 : 박채규, 남, 63세
구연상황 : 제보자의 이야기는 계속 이어졌다. 제보자는 이 지역에서 공직 생활을 하였고, 평소 풍수나 지형에 관심이 많았기에 이에 관한 많은 이야기를 들려주었다. 조사자가 제보자와 사전에 연락을 취하면서 조사취지를 설명 드렸더니 미리 자료를 준비하여 이야기를 적극적으로 구연했다.
줄 거 리 : 도사가 도읍을 정하기 위해 모든 산들을 밤중에 옮기고 있었는데, 여인이 물을 뜨러 샘에 가다가 이 광경을 보고 산이 움직인다 하니 그 산이 멈춰 버렸고, 그 산에서 금을 채취했었다는 이야기이다.

아 저 거시기 하나 빠졌네요. 왕금산이라고. 여기 들어오믄 왕금산이라

고 있습니다. 왕~금~산~은 우리가 어떻게 이~야기가 전해지고 있냐며는. 그 옛날에 그 도인이,

"이 지역에 이 백운산에 기가 아~주 충만허고……."

어~ 그래서,

"이 지역에 도읍지를 정헐 만한 그런 기가 있다. 그런 터다!"

그런디 보니까 아~주 지역이 협소해요. 머 전부 산이고 올망졸망헌 산이고. 그래서 인자 그 지역을 넓히기 위해서 산을 밤에 이동을 시키는 거예요. 인자. 낮에 하며는 인자 좀~ 위험도 따르고 곤란허것죠이. 그래서 인자 그걸 그 산을 이동을 시키는데. 밤에 이동을 시키는데 인자 새벽에 어떤 그……. 그 인자 인근에 가믄 참새미도 있고 인자 그 좋습니다.

그런디 여인이 물을 뜨러 새미에 우물에 나왔다가. 아마 머 새벽밥을 헐라 했던가. 정한수를 떠 놀라(떠 놓으려) 했던가. 하여튼 첫 새벽에 그 사람이 인자 여자가 뜨러 나오니까 산이 움직이고 걸어가고 있어요. 산이. 그러니까 기냥 깜~짝 놀래 갖고 인자,

"아~ 저 산이 걸어간다."

고 소리를 질러 버렸어요. 여자가아~ 그러니까 산이 꽉 주저 앉어 부렀어요. 그 말허자믄 거기 들 가운데가 지금 산이 하나 이렇게 산이 이~정보 되는 산이 하나 있습니다. 이렇게 봉우리가아. 예에. 여그 오는디 지나온데. 그런디 인자 그거이 그걸 산을 옮기는 아마 그 큰 도사가 산을 짊어지고 인자 가는데. 산이 딱 주저앉어 뿌니까 그 속에 도사가 깔려 있다.

거 인자 거가 금을 많이 채취했습니다. 금굴이 많이 있어요. 지금도 흔적이 많이 있어요. 근디 겨우 머 지팡이라던가 신짝 정도만 지금 금을 채취를 허고 진짜 인자 몸뚱이는 남아 있다. 지금 그리 전해오고 있어요.

백운산의 세 가지 정기

자료코드 : 06_03_FOT_20100212_NKS_PCG_0014
조사장소 : 전라남도 광양시 옥룡면 죽천리 내천마을 내천마을회관
조사일시 : 2010.2.12
조 사 자 : 나경수, 서해숙, 이옥희, 편성철, 김자현
제 보 자 : 박채규, 남, 63세
구연상황 : 제보자의 이야기는 계속 이어졌다. 제보자는 이 지역에서 공직 생활을 하였고, 평소 풍수나 지형에 관심이 많았기에 이에 관한 많은 이야기를 들려주었다. 조사자가 제보자와 사전에 연락을 취하면서 조사취지를 설명 드렸더니 미리 자료를 준비하여 이야기를 적극적으로 구연했다.
줄 거 리 : 백운산에는 봉황, 여우, 돼지 세 가지 정기가 있는데, 봉황의 정기를 받아 최산두가 태어났고, 여우의 정기는 월야촌의 월애이고, 나머지 돼지 정기는 부자가 되는 정기로 북초등학교를 세워 준 사람이라 생각하는데 아직은 확실하지 않다는 이야기이다.

최산두 씨 백운산에 삼~정기가 있다 해 가지고. 삼~정기 중에 이제 그 봉의 정기를 받고 태어난 사람이 최사인. 한림학자 최사인이다. 그 분이 인자 고향은 그 명~확한 기록은 없습니다만. 여 봉강면 닥시리라는(닥실이라는) 디에 그 사당도 있고 봉황사라~ 사당이 있고, 거그서 태어난 걸로 허고. 봉의 정기기 때문에 뒷~산이 닭 형국으로 생겼습니다. 뒤가 닥실 뒤가.

그래서 인자 그렇고. 공부를 우리 그 여그 우. 아까 인자 개울보 우에서 동곡 앞산. 굴속에서 굴속에가 막 이보단 [마을회관 내부를 살피면서] 쪼금 적습니다. 들어가 보며는. 밑도 바위고 우에 지붕도 바위고. 그 안에가 물도 한 사람 묵고 살 수 있을 정도 물이 나와요. 긍께 밖에 나올 일이 없습니다.

거기서 공부를 십 년간을 헐라고 작정을 하고 들어갔는데. 인자 십년을 허고 성공을 헌 분이기 때문에 우리 옥룡서 그 최사인이란 사람의 전설이 있고. 어~ 그 사람은 봉의 정기를 타고 태어난 사람. 그 다음에 인자 여

우에 정기를 탄 사람은 월애. 중국에 그 그 머입니까. 그 아가씨들 중국서 그 몽고에서 그 저 우리나라 그 저 여자들 많이 데려갔잖아요. 그래 인자 그 미모가 특출해 가지고 어 왕후가 돼서 인제 외교 역할을, 우리나라에 외국 사신들이 오며는 전~부 그 사람이 그 그 우리나라를 굉장히 많이 도왔다. 그래서 지금까지 좋은 이미지로 그렇게 전해 내려오고 있습니다. 그래서 월야마을이 여가 있어요. 월야마을이라고 있습니다.

지금은 이런디. 여기서는 지금 월하촌으로 기록돼 있는데. 월애가 태어난 곳이라 해서 월야촌이다. 우리가 어래서부터는 어려서부터는 그렇게 부르고 있었어요. 월야촌. 월애. 그 다음에 인자 그 돼지의 정기를. 긍게 봉허고 여우허고 돼지 정기가 삼정기가 백운산에 가 있는디, 아직 돼지 정기를 타고 난 사람은 중국에 머 부자? 석숭인가? 그런 분에 못지않은 부자가 오실 것이라고 인자 기대는 허는데. 아직 그런 사람은 점지를 못 허고 있지요.

그래서 인자 나는 우리 지역에서는, 여기 북초등학교를 터를 잡아 지었다고 했는데. 우리 옥룡 출신 장딸막 여사라고 있습니다. 그~분이 여 학교를 지어 줬어요. 그 분이. 자기 돈을~

여 비석도 있습니다마는 그 공로비가. 그래서 머 꼭 굳이 따진다며는, 머 우리 지역에 학교를 그 머 지어 준 분이 오히려 그 기를 좀 받은 거 아니냐. 그~분은 듣기로는 인자 결혼도 안 허고 서울서 처음에는 식모살이 혼자 부모도 일찍 여의고. 식모살이해서 어쩌고 해서 인자 어~ 살았는디 일단 돈이 좀 있으니깐.

저도 인자 그때 그 학교 기념비 제작할 때 그 와서 봤는데. 수양딸 하나 데꼬 왔더만요. 근디 그 미모가 천명이 있으믄 그 천명 중에 으뜸이고 열 명이 있으믄 열 명 중에 으뜸이고. 하튼 하튼 잘 생겼대요. 옛날 같으믄 부잣집 맏며느리형으로 쫌 넙덕허니 생겼는데. 참 그 우리 어렸을 때 보니까 쫌 귀티가 나는 그런 그 응~ 인물이대요. 그래서 그 인물로 돈을 좀 모았지 않았냐.

백운산에서 삼정기가 있다 했는데 옛날 인자 그 도선국사가 그랬는가 누가 그랬는가 예언을 헌 사람이 그랬겠죠. 그랬는디 그 봉의 정기를 받고 태어난 사람은 최산두고 그리고 여우에 정기를 받은 사람은 월애라. 그 다음에 돼지 정기를 받을 사램이 태어날 것인디 아직 에~ 누군가 나타나지 않고 있다. 그래서 이 정기를 받은 지금 학실하다고(확실하다고) 다 믿고 있습니다. 그런 특별한 사람들이 났기 때문에.

최산두를 알아본 귀신

자료코드 : 06_03_FOT_20100212_NKS_PCG_0015
조사장소 : 전라남도 광양시 옥룡면 죽천리 내천마을 내천마을회관
조사일시 : 2010.2.12
조 사 자 : 나경수, 서해숙, 이옥희, 편성철, 김자현
제 보 자 : 박채규, 남, 63세
구연상황 : 제보자의 이야기는 계속 이어졌다. 제보자는 이 지역에서 공직 생활을 하였고, 평소 풍수나 지형에 관심이 많았기에 이에 관한 많은 이야기를 들려주었다. 조사자가 제보자와 사전에 연락을 취하면서 조사취지를 설명 드렸더니 미리 자료를 준비하여 이야기를 적극적으로 구연했다.
줄 거 리 : 최산두가 어릴 적에 밤이면 공부를 하러 서당에 다녔는데, 어느 날 비가 와서 무덤 옆에서 쉬고 있는데, 귀신이 한림학사가 왔다는 이야기를 듣고 더욱 공부에 매진하여 한림학사가 되었다는 이야기이다.

(최산두는) 한~림학자 그대로죠. 한림학자! 근데 인자 그 그 사람이 공부헌 과정에서 요런데 들리는 이야기는. 에~ 그 사람도 우리 기록상으로는, 시지에(광양시지에) 그런디로 그 사람 이야기는 광양읍이나 저런 디 사람들이 많이 알고 있습니다. 근데 그 공부를 헌 동기가. 하원에서 지금 현재, 지금 현재 하원이고 옥룡 소재지 옆에 거급니다.

저~ 광양읍에 사곡이란디가 서당이 있었어요. 서당. 글서당~. 근디 그 재를 목댕이재라고 넘어 다니는데. 거기가 지금도 좀 우리가 밤에 차를 타고 가도 좀 으실헙니다. 근디 전에 걸어 다닐 때는 참~ 무서운디에요. 근데 전에는 그 머. 그 초상을 사램이 죽으면 초상을 바로 안 치고 널에 담아서 실겅을 질러 그 우에다가 언져 물 빠진 뒤에 머 헌다던가 덕발! 잉~ 덕발이 있는데.

거 무서워서 잘 못 다니는 덴디 자기는 그 머 공부를 헐라는 욕심이 있어 논께 기냥 밤낮으로 잘 다녔어요. 긍께 하루는 그냥 폭풍우가 거그 간께 쏟아지는 기라. 그래 천상 의지헐 데가 의지헐 데가 없으니께 덕발 밑에 가서 널 밑에 가서 이렇게 있으니까. 귀신이 저 건네 덕발 밑에 귀신이,

"어이 나갈 때가 됐는디 가세."

귀신까지 이야기해요. 거그서는. 그러니까 자기 옆에 있던 덕발 귀신이,

"어이 나는 귀한 손님이 오셔서 오늘 저녁에는 못 가것네."[전원 웃음]

그러더랍니다. 그런께 저짝에서 또,

"어? 귀한 손님이라니 먼 손님이 왔단 말인가?"긍께,

"한림학자가 오셨네."

긍께 이 최사인이 인자,

'아하! 나가(내가) 앞으로 한림학자가 되는 인물이구나. 그럼 나 공부를 부지런히 해야것다.'

그래서 인자 그 영향으로 공부를 열~씸히 했답니다. 그래서 학림학자가 됐어요.

최산두와 초동

자료코드 : 06_03_FOT_20100212_NKS_PCG_0016
조사장소 : 전라남도 광양시 옥룡면 죽천리 내천마을 내천마을회관
조사일시 : 2010.2.12
조 사 자 : 나경수, 서해숙, 이옥희, 편성철, 김자현
제 보 자 : 박채규, 남, 63세
구연상황 : 제보자의 최산두 이야기는 계속 이어졌다. 제보자는 이 지역에서 공직 생활을 하였고, 평소 풍수나 지형 그리고 인물에 관심이 많았기에 이에 관한 많은 이야기를 들려주었다. 조사자가 제보자와 사전에 연락을 취하면서 조사취지를 설명 드렸더니 미리 자료를 준비하여 이야기를 적극적으로 구연했다.
줄 거 리 : 최산두가 백운산의 학사정에서 십 년을 목표로 세우고 공부에 전념하였다. 그러나 9년이 되자 이 정도면 되겠지 하고 나와서 백운산을 바라보며 시를 지었으나 뒤를 잇지 못하고 있으니 지나가던 초동이 뒤를 잇자 크게 뉘우치고 다시 들어가 십 년을 채우고 돌아왔다는 이야기이다.

그래 인자 여그 우에 학사정에 공부헐 때 이야기는. 그 이 사램이 십 년을 작정을 허고 들어갔는디 그 얼마 지루헙니까. 십 년을 혼자서이 책만 보고 있으니까. 그래 인자 한 다 못 채우고 구 년이나 돼서 나왔던 모냥이여.

'그래 인자 이만허믄 다 배왔지.'

하고 나오니까. 백운산이 기냥. 거 바로 앞에 백운산이거든요. 백운산이 요리 나와서 쳐다보니까 큰~ 산이 기냥 하늘을 막고 있는 듯이 기냥 보인디. 거기서 인자 자기가 글을 거 머 한 수 헌 거이 있대요. 거기 나가(내가) 메~모를 해온 거이 있을 거 인디요.[제보자가 조사해 온 메모지를 살펴보았지만 있지 않았다.]

그래 인자 그걸 보고 인자(백운산이 하늘을 막고 있는 듯한 모습을 보고) 한 수 했는디이.

그 뒤엣 말은 못 이어 버렸어요. 이 사람이. 글이 짧아 가지고. 근게 어느 초동이 요리 지나가면서 그 글을 하나 해 주고 간 게 있대요. 음~ [메

모한 글을 찾았다.] 여기 나와 있는 것은.

처음에 백운산이 우뚝 솟아 하늘을 가리는 듯한 그 감흥을 보고,

“태산압후천무북(太山壓後天無北)”

이라. 이렇게 인자 최사인이 글로 그 느낌을 갖다가 했는데 그 뒤를 못 잇고 있으니까. 인제 한 초동이 나타나 가지고는 그 헌 말이 있어요.

“대해당전지실남(大海當前地失南)”

이런 말을 허고 인자 사라져 뿌릿어요. 근디 이 말은,

“그 정도 공부 갖고 출세를 못 허니 더 해라.”

는 뜻이라요. 자기가 풀어 보니까. 그래서 거기서. 십 년을 꼭 채우고 왔다.

남사고와 요절매

자료코드 : 06_03_FOT_20100212_NKS_PCG_0017
조사장소 : 전라남도 광양시 옥룡면 죽천리 내천마을 내천마을회관
조사일시 : 2010.2.12
조 사 자 : 나경수, 서해숙, 이옥희, 편성철, 김자현
제 보 자 : 박채규, 남, 63세
구연상황 : 제보자의 최산두 이야기가 끝나자 잠시 휴식을 가졌다. 이어 조사자가 남사고에 대한 이야기가 있는지를 묻자 다음의 이야기를 시작했다. 제보자는 이 지역에서 공직 생활을 하였고, 평소 풍수나 지형 그리고 인물에 관심이 많았기에 이에 관한 많은 이야기를 들려주었다. 조사자가 제보자와 사전에 연락을 취하면서 조사취지를 설명 드렸더니 미리 자료를 준비하여 이야기를 구연했고, 자신의 생각을 적극적으로 표명했다.
줄 거 리 : 남사고가 추동마을에 와서 머슴살이를 하는데, 어느 날 주인을 데리고 도술을 부려 중국에를 갔다. 주인에게 중국 가면 물건에 욕심을 내지 말라 했으나 주인은 담뱃대를 몰래 감추었다. 남사고가 중국에서 돌아오는 도중에 담뱃대 때문에 주인의 몸이 무거워서 결국 떨어뜨렸는데, 그곳을 일러 요절매라 부른다는 이야기이다.

남사고 이야기도 있죠. 있는디 한~두개가 아니고이. 지금 기록에가 얼핏 알고 찾아보며는. 옥룡에도 에~ 머시 나와 있냐며는. 아까 그 인자 남사고는 원래는 아까 추동에는 후손들이 있다고 그랬죠이.

근디 선동으로 기록이 나와 있습니다. 선동. 요절매 전설이라는 기록에가 나와 있는디. 그것은 그 사램이 귀향을 와서 선동에서 머슴살이를 했었어요. 신분을 감추고. 그런디 이~상허니 딴 사람은 열~씸히 일을 해도 능률이 안 오른디. 이 사람은 노는 댄정댄정 노는 것 맨킨디 딴 사람보다 훨씬 그 일은 능력이 많아요.

근디 주인헌티 인정을 받고 주인이 인자 품삯도 더 주고. 머 이렇게 해서 아조 절친허니 인자 지내던 사인디(사이이다). 그 그 사램이 그 중~국~을 가면서,

"구경을 한번 시켜 주것다."

그래 가지고 데꼬 갔는데. 그 저 정씨를 인자. 주인 주인. 자기 인자 머심살이 허는 집 주인을.

"절~때 가서 그 욕심을 내면 안 된다. 물건에 욕심을 부리믄 안 된다."

그러고는 타일러 갖고 업고 인자 도술로 중국을 갔는디. 중국에 가서 보니까 이제 정씨가 보니까 그 그 검은 담뱃대가 있어요. 그걸 보고 오죽이라 그러죠이. 그거이 이자 탐이 나니까 한나(하나) 빼 가지고, 여 여 [허리춤에 넣는 시늉을 하면서] 뒤에가 찔러 가지고 몰래 인자 남사고 모르게 인자 오는 오는디.

남사고가 옴서 본께 한 쪽이 무거워요. 그래 보니까 이 사램이 대를 하나 쪄서(허리춤에 끼워서) 꽂았어. 그래서 그 동네 뒤에 와서 그 남사고는 그냥 떨어 빼렸어(정씨를 아래로 던져 버렸다). 그래 가지고 허리가 뿌러져 부렀어요. 우게서(위에서) 인자 떨어 뿌려 논께.

바로 그래서 그 요절매 전설이라는 그 전설이 내려거이 인자 그렇고 그렇게 기록이 돼 있어요. 요절매. 요절났다. 허리가 뿌러졌으니까 요절

난거 아닙니까아. 그래서 인자 요절매 전설이다. 그렇게 부르다가 지금 그대로 전해내려 오는디.

그것은 우리 저 시지에(광양시지에) 기록을 보며는 그래 갖고 그 후에 남사고는 흔적을 감춰 버리고 안 나타났다. 그렇게 돼 있는디. 그것은 좀 잘못된 이야기 같애요. 왜냐허면 그 후에 이야기들이 또 있는데. 그 사람은 그 주인을 떨어 부렀으니까 안 나타날 수는 있는데. 음~ 그 뒤에 또 머라고 써 놨냐며는. 또 절친히 지냈으니까 사정을 허니까 어디 즈그 묘자리를 어디어디 잡아 줬다라고 기록이 나와 있습니다.

그래서 사라졌다라고 했는디 그 밑에다가 또 묘자리를 잡아 줬다라고 [웃으면서] 나와 있기 때문에 쪼끔 먼가, 그 편집에 모순이 있지 않나? 그런 생각이 들고. 인제 기록에 없는 이야기들은요이. 기록에 없는 이야기는 인자 아까 거 정씨 이야깁니다.

남사고가 여그 와 있는 동안에 요절매가 거 가 정창하라는 사람인디. 이름이 있어요. 이 지명도 여 아까 두 간디가(두 군데가) 있다 그랬죠. 정창하꼴이 추산리 가면 있고 뒷골이 정창하꼴이 있어요. 집터가 있으니까. 저 저그 저 닥곡리 저 어~ 산중에 들어가며는 옥룡 마지막 꼬랑에 가며는 또 정창하꼴이 있어요. 거기도 살았고.

지리산에도 가면 정창하꼴이 있습니다. 그만큼 그 사램이 그 아조 그 공부를 열씸히 허러 그 남사고를 같이 데리고 다니면서 같이 공부를 헐라고 애를 쓴 사램이예요.

남사고를 알아본 정창하

자료코드 : 06_03_FOT_20100212_NKS_PCG_0018
조사장소 : 전라남도 광양시 옥룡면 죽천리 내천마을 내천마을회관
조사일시 : 2010.2.12

조 사 자 : 나경수, 서해숙, 이옥희, 편성철, 김자현
제 보 자 : 박채규, 남, 63세
구연상황 : 제보자의 남사고 이야기는 계속 이어갔다. 제보자는 이 지역에서 공직 생활을 하였고, 평소 풍수나 지형 그리고 인물에 관심이 많았기에 이에 관한 많은 이야기를 들려주었다. 조사자가 제보자와 사전에 연락을 취하면서 조사취지를 설명 드렸더니 미리 자료를 준비하여 이야기를 구연했고, 자신의 생각을 적극적으로 표명했다.
줄 거 리 : 문둥병 환자가 도술을 부려 오이를 먹으면서 지나가는 사람들에게 오이를 주었다. 마침 정창하가 보통사람이 아니라 생각하고 오이를 먹고 그를 따라갔다. 알고 보니 그 환자가 남사고였다는 이야기이다.

글면 인자 이 요절매하고 관련 없이 기록에 없는 이야기는. 이 사램이 항시 도술을 부리니까 빈장을(변장을) 잘해요. 변장술이 능해. 그러니까 인자 읍에서 올라오다 보며는 지금도 인자 중정리라는 마을이 있습니다. 옥룡 입구. 응. 옥룡 입구 마을이 중정기라는 마을이 있어요.

그 길가에 정자나무도 있고 항시 오다가다가 걸어 다닐 때 쉬어가는 곳이 거그예요. 그런디 인자 그 정창하란 분허고 그 친구들이 행교에를 갔다가 행교에가 광양읍에가 그 입구거든요. 걸어서 인자 올라오는데. 서너이 인자 올라오고 있으니까.

그 정자나무 밑에가 문둥이가. 문둥이 알아요? 막 [입술에 손을 대면서] 피가 찍찍 나고 막 그런 문둥이가 오이를 칼로 칙칙 껍덕을 빼쳐(벗겨) 갖고 쿡 비어 묵고(베어 먹고). 아 한 번 쿡 비어 묵고 또 묵으라고 [일행들을 향한 듯 청중들에게 손을 내밀면서] 주거든. 그 누가 받아 묵것어요. 문둥이가 주는디. 거 오이도 비 묵은 자리에 피도 묻고 입술에서 피가 터져 갖고.

정~창~하~ 그분이 인자 아 그래서 그 사람은 먼가 좀 아는 사람이예요. 그걸(오이를) 받아 묵었어요. 어 칼로 칙칙 삐져 불고 피가 묻은 디를 삐저 불고 비어 묵고. 가~만히 옆에서 보니까. 옆에 인자 오이를 놓고 파

는 할마이가 있는데. 이상하니 자기 정창하가 보기에는 오이가 자꾸 굴어요. 바구리에. 자꾸 주는 구는디. 그 도사가 문둥이가 갖고 오지 안 헌디 이상허게 굴어. 거 자꼬 삐저 갖고 자기가 자꼬 묵꼬. 근데 이 할마이는 울~만해 갖고 인자 있는디. 그 문둥이가 인자,

"얼마요?"근께.

'아 이거이 나가(내가) 오이는 안 줬는디.'

돈을 받을 수도 없고. 오이는 굴어 뿔고 없고. 아~ 이거 참 애가 터질 일이라. [전원 웃음] 할마이가 인자. 그래 울~만해 갖고 있는 거라 인자. 아 이거 나가 안 줬는디 돈 도라헐 소리를 못 허것고 저 사람들은 자꼬 오이를 묵고 있고. 거 보고 있으니 바구리는 자꼬 굴고.

"그래 인자 그 오이는 나가 다 묵은 거요."

그럼서 인자 돈을 주더랍니다. 그래서 인자 정창하씨가 인자,

'저 사람은 보통 인자 사람이 아니구나.'

그래서 인자 그 사람을 따라서 인자. 그걸 인연이 돼서 인자 따라 올라온 거예요. 그래 갖고 자기 동네 데리고 가서 인자 그 저 건너 추산마을에 에~ 뒤에다가 터를 잡아서 따로 공부를 허고 살았다.

(조사자 : 그 문둥이가?)

남사고라. 하. 남사고고.

남사고와 정창하

자료코드 : 06_03_FOT_20100212_NKS_PCG_0019
조사장소 : 전라남도 광양시 옥룡면 죽천리 내천마을 내천마을회관
조사일시 : 2010.2.12
조 사 자 : 나경수, 서해숙, 이옥희, 편성철, 김자현
제 보 자 : 박채규, 남, 63세

구연상황 : 제보자가 남사고 이야기를 계속 이어갔다. 제보자는 이 지역에서 공직 생활을 하였고, 평소 풍수나 지형 그리고 인물에 관심이 많았기에 이에 관한 많은 이야기를 들려주었다. 조사자가 제보자와 사전에 연락을 취하면서 조사취지를 설명 드렸더니 미리 자료를 준비하여 이야기를 구연했고, 자신의 생각을 적극적으로 표명했다.

줄 거 리 : 남사고와 정창하가 대방마을 앞 소릿길을 지나는데, 호랑이가 나타나자 남사고가 호통을 치니 물러났다는 것과 정창하가 남사고에게 도술을 배워 중국을 다녀왔는데, 진상면의 황씨들이 사는 마을에 가면 정창하가 중국에서 가져온 영산홍이 있다는 이야기이다.

인자 그 기록이 한나(하나) 있는 것은. 그 또 이 사램이 그 요절매 선동 요절매 전설허고 연관된 이야기예요. 요 사람허고 주인인께 시장엘 자주 다녀. 같이 다니는데. 그~ 우리 소재지에 홍룡부락이라고 쪼끄만한 부락이 있습니다. 모냥 그 대방마을 바로 밑에 부락 그. 거기서 그 걸어 다니며는. 그 동네 앞으로 해서 대방마을 앞으로 해서 이렇게 소릿길로 옛날에는 다녔어요. 우리도 여그 다닐 때도 인자 그 길이 원길입니다. 옛날에는 아조 옛날에는. 근께 인자 홍룡 옆에 딱 오니까 호랑이가 인자 큰~ 호랑이가 나타나 갖고 기냥.

"어흥~"

허고 나타나니까 기냥 그 머 그 정생이란 사람은 기겁을 허제이. 기겁을 해뿐 기라. 그래 인자 남사고는 호통을 막 치거든요.

"어 어디서 어른들이 가는디 그 저 이런 버러질들이냐!"

고 호~통을 치니까 호랑이가 실러실러 달아나 뻐려요. 그런께 인자 그 정생이란 사람이 [웃으면서] 거기서 탄복을 한 거예요. 인자 그런 그것은 그 마을엔가 어딘가 살짝 그 몇 마디 있을 거예요. 그 호랑이를 쫓았다.

근디 그 정창하란 사람은 남사고헌티 배와 가지고(배워서) 그 동기들이 다 있습니다. 진상가며는 황중리라고 가며는 황씨들이 일촌을 허고 살아요. 근디 거기 황씨가 거 같이 서로 도술로 정창하란 사람이 거기를 놀러

저녁에 놀러 갔다 오고. 마을이 지금 머 황씨 손~들이 번창을 허고 있거든요. 그래서 그 중국서 그 영산홍인가? 그 한 주를 갖다가 그 저 황중리에 심었다는 나무가 지금도 있답니다. 에~ 지금도 있다 그래요.

(조사자 : 요절매가 어디 산 이름인가요?)

아니. 개인 별명이라 별명. 정창하에 별명이라요. 요절매 정생이라~ 그러믄 에~ 그~ 다 알죠. 다 알아. 후손들은 이 추산리 마을에가 요절매 정생이 나와야 하는데 왜 선동 나왔느냐?

인제 그런 그 의문을 제기하고 있어요. 후손들은. 근디 옛날부터 무언가 그 연고가 있기 때문에 그 동네로 전설이 돼 내려왔을 거 아니냐.

또 이렇게 이런 관점에서 보며는. 선동을 지나서 쩌 백운산 그 안창에서 공부를 몇 년간 했으니까 거그 부락을 지내댕이는 황중리로 가는 이 어떤 선동은 길목이고, 허니까 여기서 모종에 일이 또 허리는 여그서 다쳤을 가능성도 있지 않냐? 허는 추측들 허는 사람들도 있어요.

글 안헌가요(그렇지 않은가요?). 옛날에 전해 내려온 거를 백프로(100%) 무시허고 그걸 잘못 썼다라고 헐 수 없잖아요. 이 기록이란 거. 이 요절매란 사람은 벌써 도선국 아니 [고개를 흔들면서] 양맥수 이백 한 이삼십 년 전 사람인데. 왔는데. 그때 기록이 제대로 안 돼 있었고.

말로 전해 내려온 것을 선동부락으로 전해 내려오는디 왜 추동부락에서 후손들이. 즈그 저 육대조니 칠대조니 허는디 왜 그 부락이야? 잘못된 기록이다라고 이야기를 해도 그것은 쉽게 근거 없이 뒤집을 수 없는 거죠.

옥룡 일대의 풍수와 비보

자료코드 : 06_03_FOT_20100212_NKS_PCG_0020

조사장소 : 전라남도 광양시 옥룡면 죽천리 내천마을 내천마을회관
조사일시 : 2010.2.12
조 사 자 : 나경수, 서해숙, 이옥희, 편성철, 김자현
제 보 자 : 박채규, 남, 63세
구연상황 : 제보자의 최산두 이야기가 끝나자 조사자가 도선국사가 정한 명당이 있는지를 묻자 다음의 이야기를 시작했다. 제보자는 이 지역에서 공직 생활을 하였고, 평소 풍수나 지형 그리고 인물에 관심이 많았기에 이에 관한 많은 이야기를 들려주었다.
줄 거 리 : 비보사상을 주창한 도선국사는 상극이 있어야 발복을 한다고 했다. 광양 곳곳에는 서로 기가 통하도록 했는데, 갈마음수 명당에는 그 앞으로 큰 천이 있다는 뜻으로 마을 이름을 만든 것이 그와 같은 것이다. 그리고 도선국사가 옥룡사를 지을 때도 그러했다는 이야기이다.

아니 이 근처에는 이제 그 도선국사가 점지해 논 묘자리는 거의 없고. 자기 자리 명당도 그 못 잡고. 그 도선국사는 어떤 그 사람을 쪼끔 보며는요. 꼭~ 제대로 생긴 명당을 찾는 사람이 아니예요. 없는 못쓸 자리도 좋~게 기를 돋아서 기를 돋우는 능력이 있어요. 그 사람은 비보 사상을 주창한 역대 그 풍수 대가 아닙니까이. 그 사람이 주창한 것은 딴 사람은 무학대사라던가 머 이런 분들은 그 비보사상을 전파하지 않았어요.

근디 도선국사는 비보사상을 그 주창을 헌 사람이예요. 긍게 상극이 있어야 발복을 헌다. 이 논리거든요. 개가 호랑이가 있으믄 개가 있어야 이 호랑이혈에다가 써도 발복을 헐 수 있고. 개혈에다가 써도 호랑이가 있어야 발복을 해요.

그 말은 먼 말이냐. 상극이 있어야 서로 용을 써야 기가 허제. 용 안쓰믄 그저 밥 묵고 천장만 쳐다보믄 무슨 기가 나오것어요. 긍게 전~부 그 사람은 그 보를 해 놨어요. 근게 옥룡에 지명을 보며는 전~부 보를 해 놨습니다. 그 우리 저 저 쭈~욱 내려오면서 보며는 갈마음수라는 명당이 있어요이. 말이 물을 먹는다는 거이거든요.

그 마을 앞에는 덕천이란 이름이 딱 있습니다. 덕천! 큰~ 냇물을 갖다

가 동네 이름으로 만들어서 보호를 해 논 거예요. 생각해 보쑈. 말이 물을 먹어야 하는데 목이 타는데 물이 없음 그거이. 그래서 그렇게 돼 있고오.

우리 옥룡도 전~부다 그렇게 돼 있습니다. 근데 허다 보면 저 광양읍에가면 또 갈~ 지금은 갈티라 그럽니다. 갈티! 근디 갈치예요. 목마른 꿩치(雉) 자. 목마른 말이 물을 먹을라고 해요.

그 마을 유래를 보며는 어느 도사가 와서, 이 목마른 말 [고개를 저으며] 꿩이 물을 먹을라니까 여기 우물을 파야 된다 해 갖고 우물이 지금도 거가 예구라는 마을이 있어요. 예구. 그래서 그기 가며는 목마른 꿩이 있잖아요.

옆에 마을에다 덕산이다 그랬어요. 큰 산이 있어야 꿩이 의지 피헐 때가 있잖아요. 그래서 그 반 반듯이 비~보호를 해 논 것이 도선국사의 그 특징이예요. 근께 어디든지 명당도 분명히 비보호가 된다는 논리예요. 그래서 도선국사가 옥룡사지 여그 와서 자기가 우리나라 최고의 명당이라고 자리를 잡았잖아요이.

삼십 오년간 살았는데. 풍~수 학교를 가며는 전~부 그 여기를 [마을 일대를 가리키면서] 답사를 나옵니다. 답사 후기를 써 노은 거를 보며는 그 교수들도 써 노은 거를 보며는.

앞산을 보며는 콱~ 높은 산이예요. 앞산이.

근께 머 크게 신통치가 않아요. 머 앞이 좀 터져야 한단 말이지 앞산은 큰 산이 덕치꼴 맹키로 앞을 가로막고 있지.머 그 다녀간 답상기를(답사기를) 보며는 보편적으로 그런 것만 보이고. 실지. 모르고 가며는.

근데 이 사람이 나는 인자 그. 왜 여기를 잡았냐? 그런 의문을 갖고 보는데요. 백운산에 가서 딱 상봉에서 내려다 보며는 이거이 인자 비츤(비천)오공혈에다 옥룡사가 있습니다. 비츤오공. 지네가 하늘을 나는 하늘 천(天) 자. 지네 오(蜈) 자이. 비천오공이라. 난다. 비츤오공혈이 이 옥룡사지 턴다.

이 지네가 그 한 아까 말한 참새미라 말한 적 있지요. 거기까지의 거리가 이키로 삼키로 된 거립니다. 이 지네가 단순허게. 그리고 이 참새미는 지네의 생식기에서 물이 납니다. 생식기 부분에서 꼬리 부분에. 예. 거기서 물이 나고 있어요.

그런디 이 지네가. 도선국사가 과연 여기를 어찌 잡았것느냐? 백운산에서 보며는 아까 그 봉의 정기를 받은 것이 닥실이다 그랬죠. 그 거기는 그 닭 집이라는 뜻입니다. 집 실(室) 자. 쉽게 말해서 오행적으로 봐서. 닥키(닭이) 지금 닭대가리가 여짝 그 상산마을에가 있어요. 그래 갖고 앞에 닥키 크~은 닥키 있으니까 깜짝 놀래 갖고 지네가 하늘로 팍~ 솟는 거예요. 거 상극이잖아요.

지네가 닥클 먼저 보믄 지네가 죽고, 지네가 닥클 먼저 보믄 닥키 죽거든요. 먼저 물면. 아조 그건 극적인 상극이예요. 그러니까 아하 거기 가서 봐야 알아요. 백운산 상봉에서 바래다 보며는 한 눈에 다 보입니다. 지네하고 닥하고 딱 있는 것이. 그래서 요것이 큰 지네를 보고, 과연 도선국사가 백운산에서 공부를 헐 때에 바우는 밥상 맹키로 내려다보고 있거든요.

거 백운산 칠백 팔십인가 되니까. 근께 딱 이래 갖고 닥히 요러고 있고 지네가 여그서 기냥. 그 닥 몸뚱이가 탁 가리고 있어요. 지네에 가서 보믄 여그서. 근께 앞은 큰~ 산이 놓여 있으니까 무슨 여가 명지다고 했느냐? 이거 아~무 기(氣)도 볼품없는 디다고 그 답상기를 써 논 사람들이 말이 나와요. 근데 실지 그것은 난 그 사람들을 만나믄 백운산 상봉에서 한 번 내려다 봐라.

(조사자 : 백운산 상봉에서 보면 이 마을이 보입니까?)

아~ 보이죠. 예. 그러믄 가서 보며는 혹시 가시며는 이 옥룡사지 지냈던 꼬불꼬불허고 쫙~ 한 등 내려왔습니다. 그리고 여그 입을 쫙~ 벌리고 옥룡사지가 있고. 구리 안씨들 묘가 있고 이 동백산 주위 문중산. 근데 앞에 닥히 딱 있어요. 깜~짝 놀래서 지네가 팍~ 솟는 거예요. 옥룡사는.

옥룡사지는 뭐요?

(조사자 : 그 지네 어디 부분에 해당되나요?)

지네 이 수염. 수염 부분에 여그는 지네가 여그 가운데 수염이 있잔에. 이빨이 쫙 벌리고 있는디서 여그 가 구례 한씨들 묘가 있습니다. 구례 한씨들. 근디 구례 한씨들은 동백림을 그 삼정인가 되는 것을 문중산으로 사 가지고 거 여그 묘를 써 놓고 있어요.

그리고 재각이 거가 있었고. 지금은 다 쓰러졌어요. 우리 어렸을 때 있었던 재각이 수리를 안 하니까 쓰러져서 지금 그 자리는 순대에서(순천대학교에서) 지금 전부 다 드러내서 지금 발굴 현장이 돼 뿌릿고. 그러며는 인제 옥룡사지는 수염 밑입니다. 바로. 근게 여가 수염 밑에 여가 인자 저 수지가 있는 디를 메워서 써 지었어요. 절을. 도선국사는 못을 못을 메워서 그 저 눈병을 퍼트려서 했다했잖아요. 그 자리에다가 옥룡사를 지었고.

근께 기는 사실은 없는 디다가 그 도선국사가 헌 흔적을 보며는 전~부, 지금 현대 풍수로 보며는, 기가 없는 디를 그 사람은 기를 모아 가지고 보호를 해 가지고 전부 헌 흔적이 있다 라고 그 그 유명헌 풍수들이 써 논 책에는 있어요. 근디.

(청중 : 도선국사 요 절 입구에 못이 있었는데 그 못을 메울 수가 없어. 그 눈병을 전~부다 유행을 시켜 갖고. 그래서 돌을 갖다가 전~부 메왔다고.)

근디 지금 요 몬당에 여그는 한씨들은 여그 저 수염겉은 디에다가 썼잖아요. 요렇게 산이 가운데가 나가 있어요. 근데 여그다가 썼는데에. 요 몬당에 여그는 지금 저 황암석 광양제철소장은 지금은 지난번에 전임 소장집 묘가 여그 있어서 그 사람이 여그 저 다녀가고 그랬어요. 여기가 인자 여기 혈도 괜찮지 않느냐? 하는 사람들도 있대요.

남사고가 잡아 준 묘자리

자료코드 : 06_03_FOT_20100212_NKS_PCG_0021
조사장소 : 전라남도 광양시 옥룡면 죽천리 내천마을 내천마을회관
조사일시 : 2010.2.12
조 사 자 : 나경수, 서해숙, 이옥희, 편성철, 김자현
제 보 자 : 박채규, 남, 63세
구연상황 : 제보자가 도선국사의 비보와 명당 이야기에 이어 생각난 듯이 남사고에 관한 이야기를 짧게 구연했다.
줄 거 리 : 남사고가 정창하에게 잡아 준 묘자리는 옥녀탄금혈로 옥룡의 명지라고 한다.

근디 인자 주로 남사고가 묘자리를 잡아 준 것이 있어요. 근디 아까 그 남사고가 잡아 준 옥룡에서 명지는 인제 그 저 상산 마을에 가며는 옥녀탄금혈이라고 있는데. 옥녀가 그 거문고를 치는 혈이 있어요. 근디 거 여자가 앉아서 거문고를 치니까 여자 그 저 생식기에다가 명지 명당의 혈이 있어요.

그래서 인자 지금 우리가 그걸 흔히 감씨 혈이라고 그런대. 거기에가 지금 정창하. 남사고헌티 배운 정창하 아버지 묘가 거가 써져 있습니다. 근디 거기가 틀~림없이 누가 보믄 그냥 또 형체로 사람형체로 해서 딱 (다리를) 벌리고 앉아 놓고 어~ 그렇게 생겨 있어요. 인자 거그가 그 사람이 잡아 준 유명한 묘자리가 되고.

옥룡 주변의 명당자리

자료코드 : 06_03_FOT_20100212_NKS_PCG_0022
조사장소 : 전라남도 광양시 옥룡면 죽천리 내천마을 내천마을회관
조사일시 : 2010.2.12
조 사 자 : 나경수, 서해숙, 이옥희, 편성철, 김자현
제 보 자 : 박채규, 남, 63세

구연상황 : 앞서 도선국사에 관한 이야기에 이어서 다음의 이야기를 구연했다. 제보자는 이 지역에서 공직 생활을 하였고, 평소 풍수나 지형 그리고 인물에 관심이 많았기에 이에 관한 많은 이야기를 들려주었다.
줄 거 리 : 옥룡 주변의 노루정절터, 맹호춘림 명당자리에 관한 이야기이다.

인제 그 이 주위에도 상당히 많이 써 놨어요. 또 그 다음에 좋은 자리는 날몰 황씨 이야기했던 그분 묘가 쩌~기 저 옥룡 입구에 가면 또 그 도로변에 그 그 먼 학 저기 저 나 잊어버렸네요. 그 혈 이름을. [생각을 하다가] 그 고양이가 쥐를 쫓고 있는 그 그 혈이 아조 누가 봐도 참~ 고양이가 용을 딱 쓰고 있어요. 그런 그 혈에 날몰 황씨들이 썼고. 음~ 하여튼 저 [생각을 잠시 하다가] 또 천마식풍 여그 좋은 자리는 추동 한씨들이 또 한자리 쓴 디 있고.

(조사자 : 노루이름 따라 헌 데는 없습니까? 노루.)

옥룡에는 인자 노루~[생각을 해 본다.] 혈은 쩌어기 저 옥룡하고 봉강 경계에가 그 노루정절터라는 명당이 있긴 있는데. 정절터. 음~ 노루가 노는 그런 혈이 있는데. 흡사 노루것이 생겼대요.

근디 인자 거기는 봉강허고 옥룡허고 경계 틈 저~어 깊은 산에가 있고. 인제 이쪽에는 그 옥룡에 이쪽에는 그 아까 그 비보 이야기를 했는데. 맹호춘림이란 디가 있어요. 맹호춘림. 춘림. 그 인자 그 숲 속에서 맹호가 나오는 거이잖아요. 맹호춘림. 그러믄 흔히들 보므는 산세가 호랑이 같이 생긴 디는 있을 수도 있잖아요. 근디 숲은 어떻게 만들 것어요.

숲은 어떻게. 숲 속에서 호랑이가 나오는데. 숲은 자연형태로 어떻게 만들어지겠습니까? 그러니까 그 도선국사 재주가 있어요. 그러니까. 뒤에가 이 맹호가 맹호혈이 있는데. 요 꼬랑을 송림이란 이름을 붙였어요. 송림. 송림! 근께 도선국사를 가만히 보며는 전~부 그 호랑이가 뭡니까? 숲이 아니믄 맥을 못 추것지요.

그러니까 호랑이 기를 호랑이 혈에다가 기를 돋우기 위해서 여그다가 송림이란 이름을 붙여 갖고 기를 딱 돌아 놨어요. 아까 저그 저 꿩도 목마른 꿩도 이 동네 옆에 덕산이라고 했잖아요. 큰 산 큰 산이 있어야 꿩이 숨죠. 그래서 전~부 이 광양에 지명은 거의 그렇게 만들어져 있습니다. 예. 그렇게 만들어져 있어요.

용설기와 내천

자료코드 : 06_03_FOT_20100212_NKS_PCG_0023
조사장소 : 전라남도 광양시 옥룡면 죽천리 내천마을 내천마을회관
조사일시 : 2010.2.12
조 사 자 : 나경수, 서해숙, 이옥희, 편성철, 김자현
제 보 자 : 박채규, 남, 63세
구연상황 : 제보자의 명당과 지명에 관한 이야기가 계속 이어졌다. 제보자는 이 지역에서 공직 생활을 하였고, 평소 풍수나 지형 그리고 인물에 관심이 많았기에 이에 관한 많은 이야기를 들려주었다.
줄 거 리 : 내천과 용설기 마을 지명을 보면 용이 있으니 당연 물이 있어야 한다는 이야기이다.

그 여기도 내천마을이라 허는데 실질적으로. 인자 옛날에 요리 냇물이 흘렀다. 지금 그렇게만 알고 있습니다. 우리들이. 실지 흐른 것 같고요. 돌이 많아요. 여그 마을이. 인자 그 루사 같은 큰 비가 와서 변형이 되아서 물이 저짝으로 돌았다.

이렇게 우리가 알고 있는데. 이 우에 가며는 용설기란 마을이 있습니다. 용설기. 아~조 변형되기 전에 마을. 아주 오래된. 용이 있으며는 물이 있어야 되는 거이 아닙니까. 그래서 여그를 내 천(川)이라고 해 놓지 않았느냐. 그때부터 이미 내천이지 않느냐. 하는 생각도 들어요.

도깨비와 씨름한 박장군

자료코드 : 06_03_FOT_20100212_NKS_PCG_0024
조사장소 : 전라남도 광양시 옥룡면 죽천리 내천마을 내천마을회관
조사일시 : 2010.2.12
조 사 자 : 나경수, 서해숙, 이옥희, 편성철, 김자현
제 보 자 : 박채규, 남, 63세
구연상황 : 앞서 지명과 명당에 관한 이야기가 끝나자 제보자에게 도깨비에 관한 이야기를 물었다. 그러자 이종찬이 먼저 이야기를 했고, 옆에서 듣고 있던 제보자가 이어서 다음의 이야기를 구연했다.
줄 거 리 : 박장군이 술을 마시고 한밤중에 소릿길을 가는데, 도깨비가 나타나 씨름을 했다. 박장군이 씨름에 이겨서 도깨비를 집으로 끌고 와 기둥에 묶어 두었는데 아침에 보니 빗자루였다는 이야기이다.

그 어려서 들은 이야긴데. 여기는 육이오 여순사건 직접 관련된 명소 아닙니까. 그래서 그 그때 당시에 사람이 많이 젊은 사람들이 많이 죽어 가지고 귀신도 많이 나고 도깨비도 많이 나고 그런 지역이라고 볼 수 있어요. 이 지역이. 근디 이 도채비가 인자 나오고 우리 어려서 보며는, 그때는 비가 오믄 구신불이라고 도채불이라고 많이 보였어요. 실지로. 지금은 말 그대로 눈 딱고 봐도 안 뵈입니다이.

근디 진짜 그거이 귀신이 있다고 믿고 그런 시댄디. 인자 그 우리 저 큰아버지 그 이야긴디. 큰아버님이 그 옥룡서는 인자 머 그 다 아는 박장군이라고 그렇게 인자 기운이 쎈 분이 큰아버지로 계셨어요. 근디 그래서 큰아버님 이야기들이 좀 있는데. 저 저 아까 거 구룡쏜가(구룡쏘인가).

거그가 그 우리 마을은 저 그 소릿길로 걸어 다녔어요. 요새는 요리 [소릿길 반대편에 새로 논길을 가리키며] 건너지마는. 인자 술을 많이 드시고 그냥 머이 오 오시니까 거그서 인자 그 도채비가 나타나 갖고 인자. 고마를 잡고 씨름을 허자고 하니까. 힘이 쎈 분이고 담이 쎈 분이논께 인자. 이놈을 [도깨비 허리춤을 잡고] 보꿈 훔치 갖고 인자,

"이놈 시키. 따라와 바라."

하고 그냥 와 갖고. 집에 와서 인자 보 꿈(끈) 이놈으로 동동 매 놨어 인자. 근디 이튿날 보니까 [웃으면서] 빗지락 몽둥이랍니다. 빗지락 몽둥이. 근디 이런 것들은 인자 하나 취중에.

머 머 나이잡순 분들은 술을 많이 드신 분들은. 저 머 [사방을 손짓하면서] 귀신이 막 손을 쳐서 피해 왔는디, 이튿날 보니까 머 그 비닐때기가 나무에 걸려 갖고 펄렁펄렁 하고. 막 취중에 귀신이 막 나를 부르더라. 집이 와서. 그래 갖고 이튿날 보면 비닐이여. 나 그런 이야기들이 동네에 흔해요. 근데 어르신들이 생각이 쪼끔 날 겁니다.

광양과 옥룡은 배 형국

자료코드 : 06_03_FOT_20100212_NKS_PCG_0025
조사장소 : 전라남도 광양시 옥룡면 죽천리 내천마을 내천마을회관
조사일시 : 2010.2.12
조 사 자 : 나경수, 서해숙, 이옥희, 편성철, 김자현
제 보 자 : 박채규, 남, 63세
구연상황 : 앞서 도깨비 이야기를 듣고 있다가 갑자기 생각난 듯이 다음의 이야기를 구연했다. 제보자는 이 지역에서 공직 생활을 하였고, 평소 풍수나 지형 그리고 인물에 관심이 많았기에 이에 관한 많은 이야기를 들려주었다. 또한 미리 자료를 준비하여 이야기를 구연했고, 자신의 생각을 적극적으로 표명했다.
줄 거 리 : 도선국사가 광양를 큰 배 형국으로 보고서 광양 경계선에 있는 따리봉은 배의 기관실이며, 논실은 노를 젓는 곳이라는 것이며, 옥룡 역시 배 형국이고, 내천마을 근처가 유선출동혈이라는 이야기이다.

우리 인자 요 지역은 도선국사가 광양을 큰~ 배로 보고. 또 인자 마을마다 거의 그 옥룡은 배의 형국이다 라고 해 놨어요. 그래서 이 건네 요 그 가며는 유선출동이라 허는 혈이 있습니다. 유선출동. 배가 출동을 허

는디 저 산 저그서 배의 기관실에 해당허는 디다. 그러고 옆에 배들이 섬들이 옥룡 그 몇 십 쭉~ 늘어져 있습니다. 쩌~ 밑에서부터 하천 섬이 그렇게 배가 그렇게 돼 있고.

광양 전체로 배로 보는 것은 백운산 옥녀봉 구례허고 광양 경계선에 가믄 따리봉이라고 있어요. 따리봉. 배 따리봉. 근디 거기 가서 보믄 진짜 배 따리 같이 뒤로 산이 쫙~ 뻗어 갖고 둥구머니 생겼습니다. 그래서 그 전에 또아리봉이라고 푯말을 붙여 놨었어요. 아 내가 그 한 십여 년 전에 갔다 와서 보니까 그렇게 돼 있어어. 처음엔 또아리로 생각했지. 표기가 잘못된 거이다 해서 시에(광양시에) 이야기를 했더니 인자 따리봉으로 바까(바꿔) 놨습니다.

배따리가 맞아요. 그런데 그 으 그 마을에 밑에 마을에 첫마을이 논실입니다. 논실. 논실부락이라 그래요. 논실. 논이 많아서 논실이라 해 놨다 그래 놨어. 근디 웃을 일이예요. 왜냐허믄, 그 우리가 그 배잖아요. 여기가 논실이란 디가 그 배를 보면 노를 젓잖아요. 이름이 배 움직일 논(淪) 그럽니다. 한문으로. 배 움직일 논. 배를 움직이는 거는 돛단배는 노가 움직이잖아요. 이것도 논제가 노로 변해서 노 젓다. 이렇게 되지요.

근디 그 논실은 집 실(室) 자. 기관실입니다. 배의. 그래서 이름을 그렇게 붙여 논 거예요. 그것은 도선국사가. 배가 움직일려면 기관실이 있어야 되지 않것어요. 따~리봉 옆이니까. 그래서 이 유래를 광양 십이실을 재조명해야 합니다. 광양시에서 자랑하고 있는 거이 광양 십이실을 그 자원화 할라고 하는데. 그 제대로 아~무것도 안돼 있어요. 십이실.

옥룡에가 십이 광양에가 십이실 중에 옥룡에가 여섯실가 있어요. 논실, 석실, 밤실, 지실 머 이렇게, 봉강에 두 개 있고 광양 십이실이란 디가. 그래서 지금 이런 부락에도 이 앞에가, 면 소재지에 서씨들 광양 서씨들 재각이 있는데 광양 서씨들. 또 풍수허고 얽힌 이야기들이 있어요.

풍수 대접을 잘 못했더니. 배의 형국 한 쪽에다가 재각을 짓도록 해 놨어요. 그래 갖고 배가 침몰을 허도록 그 그 재각자리가 배의 여 한쪽에다가 짓게 해 놨습니다. 지형적으로 보면 그렇게 돼 있습니다. 꼭 귀떽이에다가.(모서리에) 광양 서씨들이. 사곡 가면 박씨들의 이야기가 있습니다. 풍 풍수를 지둥에다 달아 가지고.

대명이 죽여 벌 받은 포클레인 기사

자료코드 : 06_03_FOT_20100212_NKS_PCG_0026
조사장소 : 전라남도 광양시 옥룡면 죽천리 내천마을 내천마을회관
조사일시 : 2010.2.12
조 사 자 : 나경수, 서해숙, 이옥희, 편성철, 김자현
제 보 자 : 박채규, 남, 63세
구연상황 : 오랜 시간 동안 설화조사가 이루어져 청중들이 많이 지쳐 있었다. 조사가 거의 마무리되어 가는 분위기 속에서 조사자가 인내를 가지고 당산나무를 잘라 사람이 죽은 일에 관한 이야기를 묻자 다음의 이야기를 구연했다.
줄 거 리 : 포클레인 기사가 공사 중에 대명이를 죽였는데, 이후 포클레인이 뒤집혀서 기사가 죽었다는 이야기이다.

예. 포크레인 기사들이 머 일허려면 뱀이 나왔는디 뱀을 죽여 뿌리더만 그냥 포크레인이 뒤집혀서 죽었다. 그런 여러 가지 일들이 이야기들이 있지요이. 그건 그 순간순간 흘러간 이야기라서 우리가 확실허니 얘기는 못 허것네요.

광양도 그 몇십 년 전에 호남고속도로를 낼 때 인자 그 삼부투온에서(삼부토건에서) 와서 부산까지 요리. 광주에서 부산까지 요리 내논디 그런 이야기들이 상당히 있었어요. 그 포크레인 기사가 땅을 그 큰~ 대명이가 나와 갖고 이걸 머 어떻게 죽여 뿌렀더니 자기들이 기사가 죽었다. 그런 이야기들이 있었는데 전헐 만헌 참고가 안 돼요. 그런 것이.

열녀 이야기

자료코드 : 06_03_FOT_20100212_NKS_PCG_0027
조사장소 : 전라남도 광양시 옥룡면 죽천리 내천마을 내천마을회관
조사일시 : 2010.2.12
조 사 자 : 나경수, 서해숙, 이옥희, 편성철, 김자현
제 보 자 : 박채규, 남, 63세
구연상황 : 앞서 여순반란에 관한 이야기가 끝나자 조사자가 이 마을에 열녀 혹은 열녀비가 있는지를 묻자 다음의 이야기를 구연했다.
줄 거 리 : 남편이 사경을 헤맬 때 단지를 했다는 열녀 이야기와 수절한 과부가 조카들을 키워 성공시켰다는 이야기이다.

그래 인자 저는 머 입담도 없고 자세하고 구체적으로는 얼른 모르것구요이. 그 인자 아까 말씀허다시피 인자. 아조~ 그 결혼~허자마자 그 과부가 됐는데. 남편이 인자 그 사경을 헤맬 때 그 그 손에 그 피를. 했다는 그런 이야기가 있고.

또 인자 그러다 보니까 그 개가를 해가야 헐 형편인디도 그 안 가고, 수절을 해서 인자 그 조카들 둘이를 그 사람이 키워서 성공을 시켰다 해서 인자. 그 가문에서 인자 또 그 비문해서 세웠고. 보니까 그 수~십년 지내보니까(지나니까) 담장이 무너지고 인자 사후관리가 안 돼서 그 인자 자손이 능력이 안 돼서, 시에서 예산을 그 십여 년 전에 확보를 해서 그 담장 정비, 집 요런 진입로 확보허는 걸 좀 해 놨습니다. 그 지역에서 인자 에~ 이런 것은 널리 그 홍보가 되고 본보기가 되어야 헐 부분이다 해서.

효자와 범명당

자료코드 : 06_03_FOT_20100212_NKS_PCG_0028
조사장소 : 전라남도 광양시 옥룡면 죽천리 내천마을 내천마을회관

조사일시 : 2010.2.12
조 사 자 : 나경수, 서해숙, 이옥희, 편성철, 김자현
제 보 자 : 박채규, 남, 63세
구연상황 : 앞서 열녀이야기가 끝나자 조사자가 서씨 문중에서 잉어 잡아서 보양한 효자 이야기를 물었더니 제보자가 이야기를 이어갔다.
줄 거 리 : 어머니를 지극정성을 모시던 효자가 어느 날 저녁에 호랑이를 만나 호랑이 목에 걸린 뼈를 빼내 주었다. 그러자 호랑이가 보은으로 어머니의 묘자리를 잡아 주었다고 한다.

아~ 효자 이야기는 그 범명당! 허[웃음]. 범명당 이야기는 저 어디가 지금, 어디가 기록이 있을 거예요. 근디 인자 그거이 그 유래지 겉은 디는 그거이 그 마을 유래가 아니니까 안 나오니까 그 안 나와 있는 상탠디. 그 저 봉강과 옥룡과 관련이 있는 문제기 때문에 봉강에서는 또 어떻게 말이 전해 내려올지 몰라요.

옥룡 그 상산마을이 있어요. 도선국사가 그 절을 지었다는디. 그리고 봉강 닥실이라는 데. 아까 그 최사인 그 봉향사가 있는 그 마을. 거기서 그 남의집살이를 허는 사람이 상산마을에 거쳐헐 디가 없으니 상산 옥룡 상산마을에다가 어머니를 모셔 놓고. 근디 자기가 그 저녁밥을 주며는 반만 먹어. 머심살이를 하니까. 반만 묵고 반은 남겨서 어머니를 줄라고 밤에 그 재가 아까 말헌 그 딱재라는 딥니다.

그 지네와 닭 이야기를 했잖아요. 닭 그 등을 넘어오는 행국이대. 그 상산 마을은 닭 머리 밑에 있는 마을이고. 그래서 인자 거그서 넘어 댕기는디. 밤마다. 한 번은 그 재를 넘으니까 호랭이가 인자 길을 막고 어흥 허고 있는 거야. 그 인자 보통 인자 그 [웃으면서] 줄행랑을 쳐야 허는디. 그 효심이 극심허니까,

'나가 이 밥을 안 갔다 주믄 어머니가 죽는다.'

그런 인자 생각을 갖고 그 인자 도망을 안 가고 인자.

"왜 니가 나를 꼭 잡아 묵어야 것냐? 나는 어머니 밥을 꼭 갖다 줘야겄

는디. 나를 안 잡아먹으면 안 되것느냐?"

허는 식으로 인자 허허[웃음] 허니까. 호랭이가 어 인자 안 달아나고 씩~ 씩~ 씩~ 비비면서 꼭 그런 잡아묵을라는 표정이 아니고 그런 느낌이 아니라. 그래 보니까 입을 벌리고 있는디. 그 목에가 비녀가 목에 딱 걸려 있어. 목에. 긍께 여자를 잡아 묵고 인자 그 비녀가 목에 걸려 갖고 지가 인자 죽것으니까 요걸 빼내도라. [청중이 웃는다.] 그런 뜻이예요.

그래서 인자 그 담이 있었던가 그걸 비녀를 빼내 주니까. 좋~타고 달아날 거인디 호랭이가 자~꼬 와서 옷을 씩씩 문대니까 인자. 그래서 인자,

'아 이 나를 타라는가 보구나.'

인자 호랭이 등을 인자 그 타고 가니까 그 내려놓는 디가 인자. 있었다가 거그다가 어머니를 모셨다. 그래 그 범명당 이야기가 인자 에~ 그 그 부근에 어디가 있어요. 묘는 안 가 봤어요. 근디. 그 재~ 사이에. 그래서 그 범명당 이야기가 그것이 효자이야기지요. 말허자믄.

효성이 지극해서 명당을 얻었다. 그런 걸로 얘기가 받아들여집니다.

박문수가 말한 광양과 성안

자료코드 : 06_03_FOT_20100212_NKS_PCG_0029
조사장소 : 전라남도 광양시 옥룡면 죽천리 내천마을 내천마을회관
조사일시 : 2010.2.12
조 사 자 : 나경수, 서해숙, 이옥희, 편성철, 김자현
제 보 자 : 박채규, 남, 63세
구연상황 : 조사자가 제보자에게 전우치 이야기를 물으니 모른다고 하자 이어서 무학대사, 서산대사 등에 대해서 물었으나 역시 모른다고 했다. 그래서 박문수나 암행어사 이야기를 묻자 옥룡에 관한 것은 아니라며 다음 이야기를 구연했다.
줄 거 리 : 박문수 어사가 광양이 앞문을 열면 고기가 들어오고 뒷문을 열면 나무가 들

어오는 곳이기에 가장 살기 좋은 곳이라 했다. 그러나 지금은 제철소가 들어선 곳이 가장 좋은 곳으로 어사의 예언이 빗나갔다는 이야기이다.

박문~수는 인자 우리 지역에 와서 특별한 우리 옥룡에 관련된 이야기들은 전해온 게 별로 없어요. 인자 광양~이 살기 좋은 전라도의 광양이다. 광양이 이제 성안이다. 그리 이야기가 돼 있기 때문에 그런 말만 들었지 우리 직접 성안이 우리 지역이 아닌디 관심을 갖고 그 구체적인 걸 알라고도 안 했고. 인자 거기 고락동엘 가며는 그 관련 이야기가 나올 겁니다.

(청중 : 역사에도 나와 있어. 그 암행어사가 내려와서 광양을 딱 들어와서 광양이 참 좋으께. "전라도가 광양이요. 저 성안은 살기 좋고. 그리 좋은 디라." 그래서 그것이 다 나와 있어 다. 그래서 성안이 왜 좋은 디냐며는 그 섬맹이로 된디 뒷문을 열면 나무가 들어오고 앞문을 열면 고기가 들어온다. 그랬거든. 그런께 성안이 제일 좋은 디다 그랬단 말이여. 박문수 어사가. 그래 앞문을 열면 나무가 들어오고 뒷문을 열면 고기가 들어와. 그렇게 했어.)

그런께 그때부터 해상~문화 우리가 그 보통 그 머 나주라던가 이런 그 그 그런 디를 끼고 있어야 발전이 되잖아요. 근디 요런 디는 농촌만 있으니까 그런디.

(청중 : 그런디 그 예언이 빗나갔어. 빗나가. 예언이 지금 광양시가 되면 성안이 그 시청이 설 줄 알았는디. 어떻게 완전히 성안이 피해 본 지역이여. 이번에 인자 거 다시 인자 거 전~부다 계발돼서 다시 그런디. 완전히 성안이 좋은 디라 그랬는디 예언이 빗나가 버렸어.)

그때 당시 살기 좋은 지역이라고만 했었지. 그 사람은 예언가는 아니였었잖아요. 박문수는. 현 이 실태를 이야기 헌 것이고.

미래를 예견한 지명

자료코드 : 06_03_FOT_20100212_NKS_PCG_0030
조사장소 : 전라남도 광양시 옥룡면 죽천리 내천마을 내천마을회관
조사일시 : 2010.2.12
조 사 자 : 나경수, 서해숙, 이옥희, 편성철, 김자현
제 보 자 : 박채규, 남, 63세
구연상황 : 앞서 이야기에 이어서 다음 이야기를 구연했다. 제보자는 이 지역에서 공직 생활을 하였고, 평소 풍수나 지형 그리고 인물에 관심이 많았기에 이에 관한 많은 이야기를 들려주었다.
줄 거 리 : 행정마을에 광양시청이 들어섰고, 큰 저울이라는 뜻을 가진 대근마을에는 차량이 드나들면서 계량하는 곳이 되었다는 이야기이다.

그 양맥수가 인자 도선국사가 인자 그랬는가는 몰라도 도청을 말씀허신께 그런디. 거기가 거 도청 들어설 아니 광양시청 들어선 디가 옛날에는 아~조 그 촌이었었거든요. 빈촌이고 근디 거가. 이름이 거가 행정 부락이예요. 그래서 그 시청이 그 부락에 들어선 것이고. 또 그 주위에 보며는 대근이란 부락이 있어요. 성안 바로 동네 앞에가. 대근!

근디 거기가 그 컨테이너 공간이 섰잖아요. 컨테이너 차량이 들어오면 들어오고 나가면 계량 측정소가 거그 섰어요. 지금 그거이 서기 전에는 대근이네가 먼가 그 큰~ 저울 큰 저울이란 뜻인데. 어떤 큰 인물이 날꺼 아니냐 허고 [웃으면서] 그 궁금해 하고 있었는데. 이 느닷없이 그 광양시 중에서 제일 뒤에가 그 대 컨테이너가 활성화가 되지 않아요. 그래서 모든 차량이 드나들면 거그서 계량을 허고 나가야 합니다.

(조사자 : 하중을 재는데.)

어. 그러죠. 그래서 인자 대근이란 지명에 맞차서 딱딱 되고 있어요. 아니 광양뿐이 아니라.

(청중 : 전국적으로 다.)

전국적으로 지명에 따라서 지명 따라서 그~ 다 됩니다. 지금.

색동저고리와 빨간 돌띠의 유래

자료코드 : 06_03_FOT_20100226_NKS_PCG_0001
조사장소 : 전라남도 광양시 옥룡면 운평리 상평마을 옥룡면사무소 2층 회의실
조사일시 : 2010.2.26
조 사 자 : 나경수, 서해숙, 이옥희, 편성철, 김자현
제 보 자 : 박채규, 남, 63세
구연상황 : 조사자가 색동저고리에 대한 이야기를 묻자 다음 이야기를 구연했다. 박채규가 먼저 이야기를 시작했고, 제보자가 이야기를 마무리 지었다.
줄 거 리 : 사주에 삼천 명의 자식을 둔다는 스님이 있었는데, 그 스님은 절에서 백일기도를 드리는 부인들을 임신시키고 자식을 낳으면 색동저고리 혹은 빨간 돌띠를 입히도록 했다는 것이다.

인자 그 금방 신돈이 얘기를 헌데 스님이 그 저. 자기 사주를 보니까 자기 앞에 자식이 삼천 명이라. 근디 생각해 보소. [청중 웃음] 삼백 명을 낳것습니까. 아무래도 삼천 명을 낳을 수가 없는데 자기 팔자에 삼천 명이라~ 그래서 이 사람이 연구를 헌 것이,

"절에 우리 절에 오며는 애기를 탈 수 있다. 애기를 낳을 수 있다. 백일기도를 허며는."

그래서 스님이 방을 맨들기를 여~러 개를 만들었어. 그래 갖고 처음에는 환허니 전기불이 환헌디서 기도를 드리고, 그 다음엔 쪼~끔 어두운 디. 쪼~끔 어두운 디 이렇게 순차적으로 가 가지고. 마지막에 이제 백일이 다 됐을 때는 캄~캄~한 방에서 기도를 드리도록, 그럴 때 자기가 인자 가서~ 인자 하룻밤 자게 해서 잔께 그냥 전부.

"여기 우리 절에서 애기를 타 기도를 해서 되며는 꼭 색동저고리를 평생을 입혀야 헌다."

동색이 저고리이~ 그래 인제 자기 딴에는 알거이라고 자기가 인자.

"그래서 해 입혀야만이 이 사람이 명대로 살제. 안 그러믄 아주 단명헌다."

그렇게 말을 해서 그 삼천 명에 그 자기 자식을 낳았다. 이런 그 절에 가믄 애기 탄단 건 그 일종에 과학적으로 믿어지지 않는다 해서, 불신해서 만들어진 이야기. 말허자면이. 그렇게 나는 보아져요. 그 그 스님을 괜히 그 그.

(청중 : 그걸 보고 빨간 돌띠라고 그래.)

[제보자 웃음] 빨간 돌띠.

(청중 : 옷 옷고름 빨간 것 뺑 돌려 갖고 쨈매는 거이 있거든. 기냥 여그서 여그만 쨈맨디. 빨간 옷고름을 해 갖고 요리 뺑 돌리서 쨈매. 그래서 빨간 돌띠라 그래.

"여그서 태이나므는(태어나면) 반드시 빨강 돌띠를 해야 오래 산다."

그랬어.

근께 그걸 전~부 시행했다고. 근께 아 나중 나와 본께 서울 장안을 본께 전~부 빨강 돌띠 헌 놈 백이...)[전원 웃음]

박정희 죽음 예언

자료코드 : 06_03_FOT_20100226_NKS_PCG_0002
조사장소 : 전라남도 광양시 옥룡면 운평리 상평마을 옥룡면사무소 2층 회의실
조사일시 : 2010.2.26
조 사 자 : 나경수, 서해숙, 이옥희, 편성철, 김자현
제 보 자 : 박채규, 남, 63세
구연상황 : 제보자가 옥룡사에 관한 이야기가 끝나자 예언에 관한 이야기라며 다음의 이야기를 구연했다.
줄 거 리 : 박정희 대통령의 예언가가 항상 차 조심하란 말을 했다. 이에 박정희는 자동차만 조심했으나 자동차가 아닌 차지철에 의해 죽음을 당해 예언이 들어맞았다.

근디 그 예언이란 것은 많이 들어봤잖아요. 박정희 대통령도 그 저 박정희 대통령도 그 예언가가 그랬잖아요.

"차를 조심해라."

아~조 그 잘 본다니까 가서 보니까,

"차를 조심해라. 차를 조심해라."

하니까 교통사고만 그 비서들이 그냥 그 정신을 썼거든요.

"교통사고만 절대 없게 해라."

운에 차를 조심하라 했으니 차~ 교통사고 날 확률이 있다 해 갖고 그걸 조심을 했는데,

나중에 사고가 나고 본께.

"차기철이 차씨를 조심허라."

는 뜻인데, [전원 웃음] 근디 예언집에 보며는 차기철이가 죽였잖아요. 근께 예언을 보면 절~때 직설적으로 안 써 놔요. 왜냐믄 예를 들어서 만약에

"차씨 성을 가진 사람을 조심해라."

하고 예언을 하믄 어찌것습니까.

전국의 차씨들이 몰쌀돼 뿔제. 죽이 뿔제. 박정희 대통령도. 박정희 대통령도 충분히 그럴 수 있는지요. 그래서 우리가 그 남사고나 그런 큰 예언집을 보며는 정확허니 그 이씨조선이라던가 요런 것도, 그 육백 년. 정확히 그것이 예언을 해 놨어요. 그거 그것을 풀어 풀어논 거를 보며는 기가 차게 맞어요. 육백 년까지 맞게로 짚어 부러요.

여우 구슬을 삼킨 최사임

자료코드 : 06_03_FOT_20100226_NKS_PCG_0003
조사장소 : 전라남도 광양시 옥룡면 운평리 상평마을 옥룡면사무소 2층 회의실
조사일시 : 2010.2.26
조 사 자 : 나경수, 서해숙, 이옥희, 편성철, 김자현

제 보 자 : 박채규, 남, 63세
구연상황 : 구슬을 삼킨 총각 이야기를 듣던 제보자가 바로 이어서 이야기를 구연했다.
줄 거 리 : 최사임이 밤이면 서당을 다니는데 여자가 나타나 서로 만나곤 했다. 서당 선생이 이를 알고 그 여자와 입 맞출 때 구슬을 삼키라고 알려 주어 그렇게 하여 훗날 한림학사가 되었다는 이야기이다.

그 이야기허고 흡사헌 것이요이. 뭐이냐? 그 저 최사임이가 지난번에 이야기한 그 저. 최사임이가 산다는 디가 바로 여 저 여그가. 저 전설에 나온 디가 저 건네 마을이예요. 저 목땡이재를 넘어 다닐 때 사복 서당에를 다니면서~ 그 밤으로 다니는데~ 인자 그 아가씨가 인자 그.

밤으로만 다닌다고 그랬잖아요. 그때는. 인자 그 덕 이야기 허면서~ 근데 그 인자 예쁜 아가씨가 나와서 밤으로 거그서 재회해서 인자, 만내기를 청허고 이리 만낸다 보니까. 서당 선생한티 그런 그런 연유를 이야기를 허니까. 서당 선생이 인자 그,

"틀림없이 그 키스(kiss)를 헐 때 무언가 입 안에. 구슬이~"

뭐이 뭐 입맞춤이나 뭐 그랬것죠.

"구슬을 니가 그 뺏어라. 따 묵어라."

그래서 그것을 삼키 갖고. 최사임이는 삼켰다고 전해져내려 삼켜서. 뭘 아는 그런 한림학자가 됐다. 그 말이 꼭 요 어른 말씀(정한종이 이야기한 '여우 구슬 삼킨 총각'을 말한다) 헌 거허고 거이 비슷허니 그 스토리(story)가 나와 있어요.

알몸으로 호랑이를 물리친 며느리

자료코드 : 06_03_FOT_20100226_NKS_PCG_0004
조사장소 : 전라남도 광양시 옥룡면 운평리 상평마을 옥룡면사무소 2층 회의실
조사일시 : 2010.2.26
조 사 자 : 나경수, 서해숙, 이옥희, 편성철, 김자현

제 보 자 : 박채규, 남, 63세

구연상황 : 제보자가 장한종에게 들어보지 못한 좋은 이야기를 많이 들었다고 하면서 자신도 이야기를 하겠다고 했다. 기록에 없고 어릴 적에 사랑방에서 들었던 이야기라는 말도 했다.

줄 거 리 : 부모의 약을 구하기 위해 한밤중에 산길을 가는데 호랑이가 나타나자 아들이 먼저 옷을 벗고서 뒷걸음질하며 갔으나 잡아먹혔다. 할 수 없이 효부인 며느리가 알몸으로 뒷걸음질 하면서 호랑이 앞을 지나가니 호랑이가 놀라 도망갔다는 이야기이다.

이 저 서당이나 유식헌 그런 분들이 모인 그런 그 장소에서는 유식헌 이야기들이 많이 나와요이. 인자 나는 이 저 일이나 맞으면 일허고 저녁이면 모여서 잡담허고 시간 보내는 그 테레비(television)도 없는 시절이니까. 그런디서 인자 그 선배들헌티 들은 이야기 그 몇 개만 나가(내가) 그 메모를 해 봤어요. 이자(인제) 여러 여러 가지 많~은 이야기 중에 또 이야기들이 그 옛날에 들어 갖고 스쳐간디. 인자 주로 우리 그 저 교수님께서 인자 그, 그 범 이야기나 뭐 뭐 그 요런 이야기를 많이 또 그 오늘 요구를 많이 허네요. 보니까.

그래서 그 여기에는 없는 거이~ 내가 그 기록 준비를 안 해 왔는데 한번 생각이 나서, 그 효부 이야기를 한번 해 볼께요이. 그래 인자 부모가 이제 그 아파서 계신디. 천상 약국이 쩌 저 너매가 있어요. 그래 인자 약을 구허러 그 재를 안 너므며는 꼭 안 되게 되어 있어요. 근디 그 재에는 이제 꼭 호랑이가 그 잿몬당에 있어 가지고, 가는 사람마다 함홍차사라~ 잡아묵어 뿌리.

그러니 인자 이 고민을 안 헐 수가 없죠이. 꼭 부모님은 살려야 것는디, 인자 꼭 가믄 길은 외길인디. 그 꼭 잡아묵어 버리니까~ 방도가 없어. 인자 고민을 허다가 인자. 남편을 보고 인자,

"당신이 가서 약을 지어 와야 안허것냐?"

그래 인자 둘이서 인자 고민 끝에 인자, 그 아 아 아들을 인자 남자를

아 아들이제이. 그러니까 남편을 보고 인자 어떤 꾀를 냈냐? 허믄 인자. 옷을 할랑 벗고 기냥 알몸으로 인자, 빌어묵을 거 호랑이가 무서우니까~ 기냥 뒷걸음질을 해서 올라갔어 인자.[청중 웃음] 모로 고개 푹 숙이고 인자. 그래 무서우면 고개 숙이잖아요이.

아! 그래 가니까 호랑이가 가만 본께 아이 뭐이 벗어 논께 벌건헌 거이 올라오는디 본께, 아 이 쎄를(혀를) 요리 쭉 내 갖고 헐레벌떡 올라오거든. 아이 근께,

'에 저거 저 지쳐 갖고 힘도 없겄다.'

막 쎄를 내 갖고 헐렁헐렁허고 온께. 그래 잡아묵어 뿌렀어. 아~ 남편이 안 와서 함흥차사라.

'이거 틀림없이 호랭이가 잡아묵어 부렀어.'

그래 인제 여자가 이 얼매나 효심이 극심허던지 인자,

"부모는 살려야 것다. 꼭 살려야 것는디~ 에 빌어먹을 것 나가(내가) 인자 간다."

그래 인자 자기도 사람이라 무서운께 이 사람도 할랑 벗고 인자 뒷걸음질로 그 재를 인자 올라가니까. 이 호랑이가 보니까 인자 이번에는 아 입을 떡 벌리고 온디. 아 모냐는(전에는) 뭐 쎄를 내 갖고 헐렁헐렁허고 올라오드만 이번에는, 입을 쫙~ 벌리고 올라오거든. [전원 웃음]

'아~ 따 기냥 무섭다.'고,

"날 살리라(살려라)."

허고 호랭이가 도망가 부렀어. 그래 가지고서 약을 지어 가지고서 부모를 살렸어. [전원 웃음] 그래 인제 이야기 중에 왜 혀가 [웃으면서] 나왔는지 알겠지요이. 뒤에 뒤에 간 사람은 얼매나 무서웠겄는가요. 입은 입만 쫙 벌리고 올라오거든 인제 그냥. [전원 웃음]

귀신을 태운 택시기사

자료코드 : 06_03_FOT_20100226_NKS_PCG_0005
조사장소 : 전라남도 광양시 옥룡면 운평리 상평마을 옥룡면사무소 2층 회의실
조사일시 : 2010.2.26
조 사 자 : 나경수, 서해숙, 이옥희, 편성철, 김자현
제 보 자 : 박채규, 남, 63세
구연상황 : 제보자가 책에 있는 이야기는 큰 의미가 없다고 생각한다면서 자신이 실제로 들은 이야기를 하겠다고 다음 이야기를 구연했다.
줄 거 리 : 택시기사가 한밤중에 산모퉁이를 지나다가 예쁜 색시가 태웠다. 그 색시는 도착지에 당도하여 택시비를 가져오겠다면서 들어가더니 나오지 않자 기사가 그 집을 가 보니 마침 그날이 색시의 제삿날이었다는 이야기이다.

귀신 이야기가 또 하나 있어요이. 귀신 이야기는 인자 그. 택시 기사가 별로 그날은 이상허니 인제 그 손님이 없어서, 밤늦게까지 인자 그날 돈을 벌기 위해서는 늦게까지 그날 일당을 채울라므는 인자 다니는데. 인자 밤이 익숙해져서(으슥해져서) 어디를 요리 산모퉁이를 지내니까(지나니까), 예쁜 그 색시가 손을 들어서 반갑게 태왔지요. 태와서,

"아무디 까지 가자."

해서 갔는디. 어 인자,

"아 차비가 없다."

인자,

"아 여 우리 집이니께 들어가서 차비를 언능 가져올 테니까 쫌 기다리시오."

그러니까 기다리고 있는디 만나(계속) 안 나와. 근디 본께 그 집 불은 써져 있어. 아 한~참 기다리다가 인자 안 돼서 들어가는 수뿐이 없제. 가서 본께 제사를 지내고 있는디. 사람들이 웅성거리고.

"이런 이런 사람이 들어온 일 없냐?"

그런께 생김새를 이애기를 들어 보니까,

"아 그 우리 딸이다. 오늘 우리 딸 제사다."

이~ 아~ 그래서 인자 뭐 그래 딸을 싣고 왔단디 택시비를 후허게 줘겄지요잉. 그래 인자 후허게 줘서 인자 받아 가지고 그 왔는디, 인자 그 그런 와중에 인자 먼 이야기를 허는고는.

귀신은 이 사람 눈에는 보이는데, 빽밀러(백미러)에는 절~때 안 보인답니다. 거울에는~.

그래서 그 흔히들 이야기 허는 것들이, 태웠는데 앞에 빽밀러를 보믄 안 보인다 그래요. 그건 귀신이답니다. 그런 걸 종종 기사들이 흔히 이야기를 허대요.

(조사자 : 거 거울에는 안 비치고 사람 눈에는 보이고.)

보인다 귀신이. 그래 그건 또 그럴 듯 이야기 같애요이. 실체는 없고 사람은 [웃음]

노총각이 처녀를 취하다

자료코드 : 06_03_FOT_20100226_NKS_PCG_0006
조사장소 : 전라남도 광양시 옥룡면 운평리 상평마을 옥룡면사무소 2층 회의실
조사일시 : 2010.2.26
조 사 자 : 나경수, 서해숙, 이옥희, 편성철, 김자현
제 보 자 : 박채규, 남, 63세
구연상황 : 서동석이 장한종에게 육자배기를 해 달라고 요청했으나 제보자가 노총각 이야기를 하나 더 해야겠다며 이야기를 시작했다.
줄 거 리 : 뒷집에 사는 부잣집 처녀를 사모한 노총각이 술수를 부려서 처녀를 임신시킨 이야기이다.

아이 나 저 노총각 이야기 하나 더 허고. 인자 그 저 옛날에 시골에 살고 보니까 가난헌께 장가를 못 간 노총각들이 많이 있었어요. 그래 인자 이 뒷집이 부잣집인디. 예~쁜 처녀가 있은께 자연히 날마다 본께 머 사

모허게 됐거죠이. 근디 이 청혼을 해 봐야 들어 줄 리도 없고. 나는 못살고 가난헌디 생기기야 멀쩡허니 잘 생겼지마는 총각놈 종이.

아 거 뒷집이는 옛날에는 다 거 치마랑 바지랑 맞어야 헌다고. 아무리 생각해 봐야 청혼을 안 될성 싶은 거야. 그래 밤낮으로 궁리를 헌것이, 묘안이 참~ 좋은 묘안이 나왔어요. 그래서 인자 뒷집이 처녀를 한번 만나봐 가지고,

"아 이 한 번 묘~헌 이야기를 들었다."

"뭔 이야기냐?"

"여자들이 처녀가 혹 음부가 비틀어진 여자들이 있다는디. [조사자 웃음] 이기 비틀어지믄 애기를 못 낳는단다. 결혼을 해도."

그래 이런 말을 살~짝 딱 던져 놨어 인자.

이 처녀가 가~만히 생각헌께 하 지껏도 안 봤거든. [전원 웃음]

'비틀 아 비틀어졌으믄 어쩔까? 나도 시집가 애기를 못 낳으믄.'

허고 인자 걱정을 허다가. 옛날에는 머 인자 지금은 주방이 다 개량이 됐지만. 부엌에서 그 꺼먼 솥에 불을 떼서 밥허잖아요. 이 이 가~만히 부뚜막에 발 올려 갖고 밥을 채려 놀 생각헌께 이거이 언능 이 이, 밥허는 동안에 깜빡 잊어뿌렀는디. [청중 웃음] 하 이거 걱정이 돼. 밥허다가 그냥. 근께 살~짹이 떠들러 봤어. 부뚜막에 한 다리를 얹고, 아 근께 이게 비틀어졌단 말이여.[전원 웃음] 부뚜막에다가 다리를 얹어 놓으니까~ 아 아 이거 큰일 났거든 인자.

'하 거 나 인자 설마 했는디 아 이거 비틀어졌으니 인자 결혼해도 애기도 못 낳겄고 이거 어쩧고.'

인자 머이마를 살~짝이 불렀어. 총각을.

"니 그 저 머이 약이 있다던디 약을 구헐 수 있나?"

하 이거 총각이 [웃음] 얼씨구나 됐다 하~

"약을 인자 구헐 수 있다."고,

"아 그럼 나가(내가) 약을 구해 올 테니까 이거이 소문이 나믄 안 되니까 극비리에 이걸 해야 한다."

근디 인자,

"그 약을 넣을라며는 그냥 넣는 거이 아니고 남자 인자 성기 끄트리에다 이거이 넣어 가지고 그걸 속에다가 넣어야 허는디 그래야 발라지거든. 그믄 그건 나가 해 줄 테니까 요걸 소문이 나믄 넘을 시키믄 안 되고. 뒤에서 이기 이 중간에 [강조하기 위해 언성을 높인다.] 딱 적당히 넣어야 되는디 더 들어가도 안 되고 덜 들어가도 안 되고. 근디 뒤에서 느그 엄마가 봐 줘야 한다."

아 근디 어쩔 거이여. 소문이 나믄 안 되고 즈그 어머니뿐이 비밀을 지켜 줄 사람이 없지. 근께 그러기로 했어 인자. 인자 딱 날을 잡아서 그날 저녁에 일을 칠라고(치를려고) 그런디.

아 인자 성기에다가 중간에다가 금을 딱 줘 갖고 금을 딱 잡고 [전원 웃음]

"이거이 뒤에서 잘 보쇼."

(청중 : 금을 기렸그만(그렸구만))

하하하[웃음] 처녀 아가씨 즈그 엄마를 보고,

"이게 더 들어가도 안 되고 덜 들어가도 안 되니까 딱 뒤에서 이걸 봐야 돼요."

나중에 증인이 있어야 된께 그러거든. 그래 가지고는 이놈이 일부러 인자, [웃음을 머금은 목소리로 언성을 높이면서] 쪼금 더 넣으며는 즈그 처녀 엄마가,

"어이 좀 빼소. 빼!"

어 좀 푹 빼뿌르믄 또,

"어이 좀 더 넣으소. 더 넣으소."

[전원 웃음] 이거이 인자 계속 반복해서 인자, 이놈이 일부러 허는 거

니까. 아 이러다 분께 사정이 되분까 아니요이. 근께 그 저 임신이 되불꺼 아니요.

(청중 : 그래서 빚을 싹 갚았지.)

[전원 웃음] 그래서 잘 잘 살았고.

쥐 좆도 모르는 소리

자료코드 : 06_03_FOT_20100226_NKS_PCG_0007
조사장소 : 전라남도 광양시 옥룡면 운평리 상평마을 옥룡면사무소 2층 회의실
조사일시 : 2010.2.26
조 사 자 : 나경수, 서해숙, 이옥희, 편성철, 김자현
제 보 자 : 박채규, 남, 63세
구연상황 : 제보자가 노총각 이야기에 이어서 다음 이야기를 구연했다.
줄 거 리 : 집이 가난하여 객지 생활을 하던 남자가 밥을 먹을 때마다 쥐에게 밥을 주었다. 그러기를 십 년이 되어 집으로 돌아가니 부인이 이미 자기 남편이 왔다 갔다면서 문전박대를 했다. 알고 보니 쥐가 남편으로 변신하여 부인의 집을 찾았던 것이다.

서씨 이야기 아까 인자 그 저 쥐 쥐허고 관계된 이야기. 인자 하도 그 옛날에 집이 가난하니까 십 년을 객도는 남자가 인자 돈을 벌러 나갔어요. 객 객지로.

(청중 : 쥐 좆도 모른다! 그 이야기 헐라고). [웃음]

잉. 아 인자 한~ 십~년 객지에 가서 인자 밥을 먹으면서 인자. 공사판에서 밥을 먹으니까 인자. 고시레를 허니까 쥐새끼가 나와 폴폴 나와서 묵어이. 에 매일 요러다 본께 한 십 년 그러다 본께. 쥐도 인자 같이 쥐도 인자 큰 쥐가 돼 갖고 인자. 쥐도 인자 늙으니까 둔갑을 허게로 된다. 미꾸라지가 용 되듯기.

아 한 십~년 돼서 인자 돈도 좀 벌었고. 인자 집이를 갈라고, 짐을 챙

기고 준비를 허다 본께 인자 쥐가 알아챘던 모냥이여. 근께 거울을 본께 많이도 늙었겄지요이. 그 동안에 거울도 없고, 자기가 한 십 년 지내다 본께 자기 꼴을 본께 참 많이도 늙었어.

'마누래도 이 거이 뭐 알아보거나?'

싶으고 인자.

'마누래도 늙고 나도 늙었구나.'

허고 인자 봇짐을 싸 갖고 집이를 오니까. 아 마누래가 문전박대를 허고 쫓아내 부러. 그래서 인자,

"아 이 나가(내가) 나가 남편이다."

"응? 왜 그러냐?"

인자 머 아예 머 사정없이 말도 안 붙이고 내쫓을라 해서 인자. 꽉 붙잡고 인자 그 사정을 들어 보니까,

"아 이 이삼일 전에 와서 남편이 우리 남편이 왔다 갔다."

그런 거라. 집이를 왔다 갔어. 그래 인자 알고 보니까, 쥐가 이 놈이 둔갑을 해 갖고 남편으로 둔갑을 해 갖고 마누래하고 하룻밤 자고 가 붓어. 그래 노니 이 이 임신이 되아 뿟어. 인자 그런께 남자가. 여자가 인자 아인자 연유를 들어본께 쥐가 와서 둔갑을 해 갖고 와서 자고 갔거든. 근께 마누래를 보고,

"쥐 좆도 몰랐냐?"[전원 웃음]

그러니 요새 대화 헐 때,

"쥐 좆도 모르는 놈이 까부네."

그러잖아요. [조사자 웃음] 거그서 유래가 된 말이다. 그러고. 서 서씨들이 그래서 서씨를 보고 쥐다. 정씨는 땅나구(당나귀). 서씨는 쥐다. 예. 그런 그 말들을 그 저녁으로 모이면 그 노상 허는 말들 그런 말이예요.

백운산의 정기를 받은 용곡리

자료코드 : 06_03_FOT_20100128_NKS_SDS_0001
조사장소 : 전라남도 광양시 옥룡면 용곡리 대방마을 대방마을회관
조사일시 : 2010.1.28
조 사 자 : 나경수, 서해숙, 이옥희, 편성철, 김자현
제 보 자 : 서동석, 남, 75세
구연상황 : 사전에 조사자가 마을 이장에게 연락을 드리고서 조사 당일 마을회관을 찾았다. 이장은 조사자들을 친절하게 맞이해 주었고, 자기의 마을이 조사지로 선택된 것을 감사했다. 조사자들이 마을회관에 모인 주민들에게 조사의 취지를 자세히 설명한 뒤에 간단히 다과 시간을 가졌다. 이어서 조사자가 이야기 말문을 열고자 마을의 유래를 물었더니 제보자가 들려준 이야기이다.
줄 거 리 : 용곡리는 용이 등천한다는 용소가 있으며, 옛날에 대밭등에 송씨라는 분이 움막을 짓고 살다가 해방 이후 내려왔다고 한다. 또한 마을 사람들은 연꽃이 변한 형국인 연화촌에 공동묘지를 쓰는데, 아직까지 연화꽃봉우리에 묘를 잡지 못한다고 한다. 만약 이곳에 묘를 쓰면 큰 인물이 난다고 한다. 그리고 마을 형국이 좋고 백운산의 정기를 받아 마을에 장군이 두 명이나 나왔다고 한다.

지금 옥룡 그러며는~ 우리 용곡리에 용쏘라는 것이 있습니다. 저 위에 용쏘가 동곡 앞에 가면 용쏘라는 쏘가 있었어요.

(조사자 : 쏘~. 물웅덩이 같은 것 말씀이시죠?)

그것이 그 언젠가는 그 용쏘에서 용이 등천을 할꺼다~ 이런 면에서 인자 옥룡이라는 용자를 지었고. 사실은 용곡리 그렇게 돼 가지고 중학교 있는데서 부터 여기까지가 용곡리입니다. 용곡리.

용곡 잉! 그러며는 용 용(龍)자를 따서, 인자 석곡이라는 곡자 곡(谷)자를 따서 그 골이 깊어요, 거기가. 그래서 용곡리이고. 인자 어 유래를 잡았고. 근디 인자 우리 대방마을에 오셨으니까 대방마을에는 저~ 우에(위에) 올라가면 맨 처음에 대밭등이라는 데가 있어요.

대! 대가 많이 있어요. 거기에 송씨라는 사람이 움막을 치고 살았다고 그래요. 돌로 담을 짓고 돌담으로 집을 짓고 살았다고 그래요. 송씨라는

분이.

(청중 : 여산 송씨라고.)

여산 송씨라고 그분이 거기 거기 대밭등이라는 데서 막을 짓고 큰 막을 짓고 살았어요. 전부 인자 없이 살고 그랬기 때문에 사십 오년 때 해방돼 가지고 오십 팔년 때 반란 나 가지고, 아 아 [년도를 잘못 말하여 수정하면서] 사십 팔년 때 반란 나 가지고,

오십년 때 육이오 나 가지고 그랬기 때문에 일정(일제강점기) 때만큼 못 묵고 살았거든요. 사실상 허덕였거든요. 그러니까 그 일정 일정 이 전에도 마 사실 못 묵고 살고 마 배고파서 풀이파리(풀잎) 뜯어 묵고 살고 그러니께.

그 송씨라는 분이 거그 가서 움막을 치고 살아 가지고 여기 인자 결국은 내려오게 되었구나,

나중엔 점차 근디 여기에 연화라는 것이 있어요 연화……, 요짝 보면 저짝 건너에서 보면 연화촌이라는 데가 있어요.

그럼 그 연꽃이 연꽃이 변한 형국이라 그래. 그럼 인자 거기 ≪정감록≫ 비결에 보믄 이거이 전국의 산세를 동양철학으로 보거든. 동양철학으로 봐 인자. 지금 인자 뭐 모(묘)자리를 잡니 뭐슬(무엇을) 하는 것도 하나의 동양철학으로 인정하는 거여.

그 연화라는 데가 있어 가지고 사실상 그 용곡리의 공동묘지를 그 연화에다가 잡는다고 하제. 거그다가 공동묘지를 설치를 했어. 근디 연화꽃봉오리에다가 못 잡았어 시방. 연화꽃봉우리에다가~ 근디 연화꽃봉우리에다가 잡아야 한디[웃음], 연화꽃봉우리를 시방 누(누구) 묘를 써서 잡을랑가 몰라 아직까진 허허[웃음].

그러니까 사실상 여그가 유래가 깊고 지금까지 내려온 거로 봐서는, 그래도 옥룡에서는 시방 별 두 개짜리가 여그서 하나 나고, 대방에서 해운(해군) 소장이 있고, 전라통신감으로 있던 요짝에서 인자 우리 마을에서

요짝에서 소장으로 별 두 개짜리가 있거든요.

그러기 때문에 우린 백운산 정기를 받아서 요 웅동, 웅동. 웅동 그러면 진상하면 웅동이라 그래요. 요 재를 넘어가면 웅동이어요. 그러니께 그 곰의 혈을 따라서 내려오다가 에 곰 웅(熊)자거든.

곰. 그래 가지고 그 내려오다가 이 호박넝쿨 내려가다가 호박 열대끼(호박 열매가 맺듯이), 아(응). 요 호박이 열대끼 요리하고 요리 뿌리가 내려와서 이 대방에 인재들이 많이 난다. 그런 전설까지는 알고 있습니다.

중국을 날아서 왕래한 추동마을의 강바람

자료코드 : 06_03_FOT_20100128_NKS_SDS_0002
조사장소 : 전라남도 광양시 옥룡면 용곡리 대방마을 대방마을회관
조사일시 : 2010.1.28
조 사 자 : 나경수, 서해숙, 이옥희, 편성철, 김자현
제 보 자 : 서동석, 남, 75세
구연상황 : 용곡리에 대한 이야기를 마치자 조사자가 이 마을에 도선국사가 왔는지를 묻자 다음의 이야기를 들려주었다.
줄 거 리 : 추동마을의 강바람이라는 사람이 대나무 잎사귀를 입에 물고 하루 동안에 날아서 중국을 왕래했다고 한다.

추동에 가며는 도선국사. 요쪽에 도선국사가 여기 와서 계셨지마는. 옛날 고담 애기로는 추동마을에 강바람이란 사람이 있었어. 그분이 중국을 다닐 때 중국사신으로 다닐 때 [마이크를 달기에 잠시 이야기를 멈춤]

집에서 저녁밥 먹고 대장땡이(대나무 잎사귀) 요만헌 거 입에 물고 중국으로 날아갔어. 중국 가서 애기허고 거기 인자 저녁밥 묵고 놀다가 아니 [잠시 이야기 흐름이 잘못됨을 알고 다시 수정하면서]

인자 여그서 저녁밥 묵고 가 가지고 중국 사신으로 가서 놀다가 새벽녘에 인자 대꼬쟁이 하나 물면 추동까지 날아오고 그랬단 말이여. 그런

전설도 있어요. 허허[웃음]

(조사자 : 그 사람 이름이 누구라구요?)

강바람이라 그랬어. 그때 강바람.

서산대사와 무학대사

자료코드 : 06_03_FOT_20100128_NKS_SDS_0003
조사장소 : 전라남도 광양시 옥룡면 용곡리 대방마을 대방마을회관
조사일시 : 2010.1.28
조 사 자 : 나경수, 서해숙, 이옥희, 편성철, 김자현
제 보 자 : 서동석, 남, 75세
구연상황 : 서정화 제보자가 장군바위 이야기를 마치자 이야기를 듣고 있던 제보자가 다음의 이야기를 들려주었다. 제보자들이 서로 이야기를 주거니 받거니 하자 이야기를 경청하던 청중들도 즐거워했다.
줄 거 리 : 중국 왕자와 함께 이 마을을 지나가던 서산대사가 날이 저물어 오두막집을 찾아가자 그 주인이 환대하며 극진히 대접해 주었다. 다음날 서산대사가 백운산을 둘러보는데, 어느 묘를 보고서 호랑이 잔등에 묘를 쓰면 멸족할 것이라고 나무라자 그 사람이 이 묘자리에 서산대사와 중국 왕자가 서 있으니 이곳이 명당이라 하였다. 그 사람이 바로 무학대사이다. 후에 서산대사가 무학대사를 서울로 데리고 가서 동대문을 짓게 되었는데, 세 번째 장소에 동대문을 짓게 되자 이 문이 완성되면 금수강산의 골육상쟁이 일어난다 하여 그 뒤로 사라져 버렸다. 그 서산대사와 중국 왕자가 짚던 지팡이가 오늘날 유명한 송광사의 향나무라고 한다.

옛날 전설에. 서산대사가. 서산대사가 [조사자끼리 장비 준비하는 소리] 중국에 왕자를 모시고 이 여기를 들어왔다 그랬거든 이 옥룡을~ 들어와서 시방 저기 저 짝(저 쪽) 등 뒤에 들녘에 쪼끔한 움막이 하나 있었다고. 근데 거그를 지내가다가(지나가다가) 인제 날이 저물었어.

근디 왜 여그를 왔느냐? 백운산에 명규를 잡을라고 백운산에 명규를 잡을라고 그런데 오다가 날이 저물어서 쪼깐 오도막에 가서,

"하룻밤 묵고 갈 수 있냐?"

그런께로 쪼깐한 거이 쪼깐한 거이,

"그러라고"

그래 즈그 집에 가 보니까 방 한 칸 움막이라 쬐깐한~ 작은 움막인디 영감 할멈이 둘이 살아. 둘이 사는디 둘이 사는데 잘 때가 없을 것 같거든. 그래서 인자 가만히 있어 보니까,

즈그 마누래가 할멈은 그날 저녁에 부엌에서 자고 그 서산대사하고 그 중국 왕자하고 오두막에서 재운다.

왕자하고, 그때는 그때는 중국이 큰집이라 큰집이라 그랬어. 그래 재와(잠을 재워) 가지고는 그 이튿날 새벽에 아침에 밥을 해 준 것을 본께로, 그 야무지 밥을 해 주는데 그 부인이 그때는 아무것도 밥해 줄 것이 없은께로,

자기 머리를 짤라서 가서 팔아서 와서 그걸 보쌀(보리와 쌀) 한 주먹 팔아 가지고 밥을 지어 주고 그런디. 쪼깐헌 그 사람은 자기를 인도했던 사람은 없어 간 곳 온 곳이~ 간 곳 온 곳 없어.

그래서 둘이 인자 밥을 묵고 나와 가지고 이 눔이 참 어디간가 싶어서 싹~ 백운산을 둘러보러 올라가니까, 백운산 저 몬당 쪽에 가서 묘를 하나 썼는데(누군가가 묘를 쓰고 있는 모습을 보는데) 시방 그 묘는 모르겠어요 어디 갔는지. 호랑이 잔등에다가 아 호랭이 왜 잔등에다가 묘를 쓰는 거여.

그럼 거그다 묘를 쓰며는 바로 그냥 사람이 죽을 판이라. 호랑이 잔등에다가 묘를 쓰니까. 그래서 참 묘해서,

'어떤 놈이 저 저런 데다가 묘자리를 잡아서 묘를 썼나?'

싶어서 그 인자 서산대사는 그 묘를 쓴디(묻는 곳) 앞으로 올라가고 그 왕자는 뒤에서 올라가고, 그래 인자 묘를 쓰고 보라고(볼려고) 이렇게 딱 아 논께 앞에서 딱 들어간께로 청강이 요리 인자, 청강이라 그러지이~

묘를 뒤집어요 요 윗대를,

"하관이요!"

그러더만 탁 묻어 불고 덮어 부런다(흙으로 덮다). 고기서 일허던 사람들이, 어 그래서 참 묘해서 가서 인자 서산대사하고 그 중국 왕자하고,

"이 묘를 누가 지관인데 묘자리를 잡아서 쓰는 거냐?"

그러니께로 내나 엊저녁에 자기를 인도했던 쪼깐한 고거이,

"나라고"

그 말이여. [웃음] 그래서,

"호랭이 잔등에다가 묘를 쓰면 가족이 전부 멸족을 허는데 왜 거그다 묘를 쓰냐?"고 하니까,

"그 왕자님이 호랭이 머리를 밟고, 서산대사가 꼬리를 밟았는디 호랭이가 뭐 힘을 쓸 꺼냐? 그때만 지내면(지나면) 큰 명재가(명당이) 된다."

이거여. 근께 알고 본께 그 놈이 무학대사라. 아.[긍정의 대답] 무학대사가 키가 뭐 뭐냐 삼미터 오십인가 된데. 인제 그런 전설적인 얘긴데[웃음] 그래서 서산대사가 잡아 가지고 올라갔어.

하. 데꼬 올라가서 우리나라 도읍을 서울을 올라가서 동대문 지을라고 터를 잡으니까 무학대사가 뭐라고 했냐하며는,

"이건 학터다."

"학 쭉지에다가 이것은 동대문을 지으면 이것이 뭐 파손된다. 절대로 안 된다."

그런 거여. 근디 억지로 우겨서 마람지었다고. 동대문을 세 번차 성공을 해서 지은 거여. 그런께 무학대사가 뭐라고 했는고는,

"앞으로 우리 금수강산에 골육상쟁은 어떠하리오."

그랬단 말이여. 동서끼리 계속 싸운다 그 말이여.

"골육상쟁은 어떠하리오."

그래 놓고는 동대문을 짓던지 말던지 자기는 간다고 허고는 없어져 뿌

렀어. 그런께 무학대사 잔등이 전설만 있지 지금은 없어져 뿌렀어.

(조사자 : 그게 어디로 갔나 모르겠네요.)

어디로 갔는가 몰라. 근데 그 서산대사 서산대사하고 중국 왕자하고 지팽이를 하나썩(하나씩) 짚고 나왔는데 그것을 그 모냐? 그 행나무(향나무) 지팽이를 짚고 나왔는데. 그 행나무가 시방 순천 송광사 저짝 암자에 가서 그 행나무 작대기를 딱 꽂았어.

근디 가서 그 나무를 보며는, 그 암자 송광사에서 저짝 보성 벌교 쪽으로 올라가며는 그 등너매 거 암자가 있는데, 지팽이 두 개를 꽂아 놨는데 행나무가 두 개가 이렇게 딱 섰서요, 시방. 근디 요 밑보던(밑에 보다는) 우가(위에가) 더 커 행나무가. 지팽이 형체라. 똑(꼭) 지팽이 형체라.

그래 뭐 가지가 많이 나 이런 가지가 많이 난 것도 아니고 나폴나폴 요런 가지만 몇 개있어. 지금도 생생히 살아 있어요. 이제 그런 얘기들이 있어요. 허허[웃음]

삼봉골의 서장군

자료코드 : 06_03_FOT_20100128_NKS_SDS_0004

조사장소 : 전라남도 광양시 옥룡면 용곡리 대방마을 대방마을회관

조사일시 : 2010.1.28

조 사 자 : 나경수, 서해숙, 이옥희, 편성철, 김자현

제 보 자 : 서동석, 남, 75세

구연상황 : 도선국사 무덤 이야기가 끝나자 잠시 주변 지형에 대한 이야기들이 오갔다. 여러 사람들이 서로 이야기를 하면서 잠시 소란스러운 상황이 계속되었다. 조사자가 분위기를 수습하기 위해 아기장수 이야기를 들려주면서 이런 이야기가 있는지를 묻자 제보자가 이 마을 이야기는 아니고 근처 삼봉골에서 있었던 이야기라면서 이야기를 시작하였다. 일제시대에 있었던 힘쎈 장수에 관한 이야기라고 하였다.

줄 거 리 : 일제시대에 삼봉골에 사는 서장군이 일본 사람이 타던 말의 다리를 잡아서

마굿간에 던져 버렸다고 한다.

그 우리 우리 부락에서 하나 나아논께(태어나니까). 저 저 저어~ 삼봉에 가며는, 응. 저 삼봉마을에 가며는. 옛날에 그 일정(일제강점기) 때 일본 놈들이 우리 한국 침입했을 때. 그 서장군이란 사람이 그 저 마루에서 그 말 다리를 잡아서[말 다리를 잡는 시늉을 하면서] 마굿간에 때려 [말을 던지는 시늉을 한다.] 쳐뿌렀다는 한분이 있고,

그분의 비가 그 저 행교 있는 디가 있드만 시방 안보이는 모양이더라고요. 일본 놈 일본 놈 말 타고 간께 말 발, 발을 [때리는 시늉을 하면서] 때려 쳐부러고 그랬다 그래. 허허[웃음]

변신 잘하는 완도 조씨와 중국 사람의 힘겨루기

자료코드 : 06_03_FOT_20100128_NKS_SDS_0005
조사장소 : 전라남도 광양시 옥룡면 용곡리 대방마을 대방마을회관
조사일시 : 2010.1.28
조 사 자 : 나경수, 서해숙, 이옥희, 편성철, 김자현
제 보 자 : 서동석, 남, 75세
구연상황 : 앞 이야기에 이어서 조사자가 청중들에게 박문수 이야기를 물어보자 예전에 들은 적은 있는데 기억이 나지 않는다고 했다. 그 사이 부엌에서 점심을 준비하는 소리가 너무 커 녹음에 많은 지장을 주었다. 할 수 없이 조사를 잠시 중단하고 지금까지 이야기를 했던 제보자들의 이름을 물었다. 청중들이 대부분 '서'씨 성을 가진 분들이어서 조사자와 성씨에 관한 이야기를 주고받았다. 잠시 후 부엌에서 나는 소리가 조용해지자 조사자가 재미난 古談얘기를 해 달라고 하자 제보자가 "고담얘기 한 자리 할까요?"라 말하며 이야기를 시작했다.
줄 거 리 : 완도에 축지법을 잘 쓰는 조가라는 사람이 살고 있었는데, 그 사람이 중국으로 보내려는 곡물 배를 부채로 부쳐 완도에서 받아 가지고 백성들에게 모두 나누어 주었다. 중국에서 이 사실을 알고 그 사람을 잡기 위해 둔갑을 잘하는 사람을 데리고 왔다. 그러자 조가는 파리로 변하고 이어 학으로 변신했으나

결국 잡혀서 중국으로 끌려갔다는 이야기이다.

내가 얘기 한 자리 헐까요? 저 남해 가며는~ 완도. 우리 전라남도 완도 가며는 옛날에 그분이 인자 그 축지법을 헌 분이라. 그런데 그분의 이름이 [손가락을 머리에 대면서] 잘 기억이 안 난데~ 쓰읍~[이름을 계속 생각한다.]

정 뭐인가? 정씬데~ 옛날에는 우리나라에서 전~부 곡물을 끌어와 가지고 중국으로 전~부 곡물을 바쳤어. 옛날에는 바쳤는데~ 그분이 딱 부채를 하나 들고 앉아서 큰~부채를. 배가 인자 곡물을 실고 중국으로 가며는, 부채를 들고 [부채로 바람을 일으키는 모습을 취하면서] 부치면 할랑할랑~ 부치고 앉아 있으면 곡물 배를 전부다 완도에 갔다 불어 부렀다 그 말이여.

완도에서 곡물을 싹 받아 부렀어 묵어 부렀어. 그 사람이. 그래 가지고 없는 사람들 싹 다 나눠줘 뿌렀어. 백성을 나눠줘 뿌러 인자. 그런께 중국서 중국서 이거이 공출 얼른 말허면 일정 때 공출이라잉. 즈그들 헐라 헐 거인디 안 오거든. 안 올라와 중국에서 근데 그걸 잡을라고 나왔어요. 중국에서.

중국에서 잡으로 나와서 얘기를 들어 본께 그놈이 그 조가라고 부채를 할랑할랑 부치고 앉아서 싹 다 불어서 없는 사람 싹 다 나눠줘 뿌렀다. 없는 백성들. 그러니까 그 사람이 그 사람을 잡을라고 중국에서 나왔어. 나왔는디. 요리 [아래를 내려다보듯 시늉을 하며] 보고는 간 곳 온 곳이 없어 어디 가 불고,

하.[긍정의 대답] 그랬더니 조~기 있는 걸 보고 가며는 없어져 불고 하~ 이래 참 묘하단 말이여. 중국에 가서 일등급 둔갑을 잘허는 사람 하나를 데리고 두 놈을 데리고 왔어 그놈을 잡을라고. 잡을라고 딱 가니까 방에 있는 걸 보고 방에 딱 들어가니까, [잠깐 숨을 고르고]

하~ 요놈이 큰 파리가 돼 가지고 하늘로 날아가 버려 변동을 해 뿌렀어.

(조사자 : 변신술이 있네요.)

그런께로 파리가 되어 날아가 버리니까 [웃으면서] 이거 참 전설의 얘기지이. 그러니까 중국에서 온 사람이 새가 되어 가지고 딱 가서 잡아 버렸어. 잡아 가지고 요 [한 뼘 정도의 크기를 손가락으로 허공에 그리면서] 대롱에다가 요런 대롱에다가 그 파리를 잡아 가지고 소캐로(뚜껑으로) 깍(꽉) 막아 부렀어.

아 요로고 해서 가지갈라고 가지갈라고 했었는디. [헛기침] 요 새끼가 되졌나 어쨌나? 파리가 되졌나? 어쨌나? 싶어서 살짝이 요~리 열어 본께, 하~ 요놈이 기냥 그 뭐이냐? 새가 돼 가지고 [잠시 새 종류를 생각하다가] 그 뭔 새냐? 뭔 새가 돼 가지고 공중으로 훌 날아가 버려.

아! 학이 돼 가지고 학이! 학이 돼 가지고 날아가 버렸어. 그래 논께로 중국서 온 사람이 가만히 [하늘을 쳐다보면서] 있다가, [손가락으로 하늘을 가리키며] 저 공중에 날아간 저걸 잡아야 할 거인디. 으찌 잡을 꺼냐? 싶어서 가만~히 있더마는, 큰~ 큰 다라이에다가(대야에) 물을 한~나(한가득) 떠다 놓고는 거그다가 가운데다가 작대기를 하나 딱 세워 놨어요.

[대야 앞에 앉아서 대롱을 내려다보듯이 앉는다.] 이렇고 앉았어요. 마당에~ 이러고 앉았으니까. 하~ 요놈이 하~ 요놈이 우주를 날아댕긴께로 전~체가 강이라.

전체가 강인데. 고 개 그 강 가운데에 나무가 하나 서 있거든. 큰~ 나무가. 아 그런께로 그 와서 딱 앉았어. 앉은께.

"에 이놈 자슥."

하고 깍 잡아 부렀어. 근께 다라이에 그 조가 그 놈이 날아댕기다가 본께 전체 강인데 둥근 나무로 보인 그것이 그 양대기 다라이 가운데에 세워놓은 꼬쟁이 고거이라 그거여. 거기 앉은께로 딱 잡아 부러. 허허[웃음]

그래 가지고 그 놈을 중국으로 잡아가 부렀따아~ 그런 전설도 있고. 완도에서 그랬거든. 완도에서.

명당자리 잘못 잡은 국풍 남사고

자료코드 : 06_03_FOT_20100128_NKS_SDS_0006
조사장소 : 전라남도 광양시 옥룡면 용곡리 대방마을 대방마을회관
조사일시 : 2010.1.28
조 사 자 : 나경수, 서해숙, 이옥희, 편성철, 김자현
제 보 자 : 서동석, 남, 75세
구연상황 : 완도 조씨의 이야기가 끝나자 이야기에 대한 평을 여러 사람이 동시에 말하기 시작했다. 그리고 청중들 간의 이야기의 흐름에 벗어나는 이야기가 오가며 잠시 이야기판이 혼란스러워졌다. 이에 조사자가 녹음하고 있음을 환기시키고 있는데, 제보자가 다시 이야기를 시작했다.
줄 거 리 : 국풍 남사고가 아버지 뼈를 짊어지고 명당을 찾아 한 달 동안 돌아다녔다. 마침내 명지(名地)를 발견하고 묘를 쓰니, 쟁기질하던 사람이 소를 향해 미련한 남사고 같은 놈이라 했다. 알고 보니 뱀 머리에 묘를 썼던 것이다. 아무리 국풍이라 해도 운이 닿지 않으면 그런 묘자리를 잡는다는 것이다.

요 뒤로 저 뭐 ≪정감록≫ 비결에 풍수지리학에 보며는 좋은 명당자리들이 많~이 있다 그러거든. 그런디~ 지금 나가(내가) 연구해 보고 공부해 본 걸로 봐서는 [머리에 손을 대며 생각하듯이] 고거 명당이 도대체가 어디가 있냐? 이거여~(명당이 어디에 있는지 알 수가 없다)

옛날에 국풍 남사고가 즈그 아부지 묘를 쓸라고~ 국풍인데~ 남사고가 즈그 아부지 뼈를 짊어지고[손을 주변으로 크게 휘두르면서] 한~달을 헤맸어. 한달을 헤매다가 좋~은 자리에다가 딱 써 놓고,

'이거이 참 명지다.'

그래 가지고 명당자리에다가 써 놓고 내려가니까 저기 저 논에서 어떤 놈이 [쟁기를 잡는 시늉을 하면서] 소를 몰고 논을 가~ 논을 갈다가 뭐

라고 허냐며는~

"하~ 거 미련헌 남사고 같은 놈."

근디 뭐 칠전 팔전 만에, 칠전~ 일곱 번 옮기고 여덟 뻔 옮길 때,

(청중 : 칠전팔기(七顚八起))

남사고가 뭐라고 했는고는,

"사사고(死巳顧)가 왠 말이냐?"

그랬거든요잉. 사사고가~ 그건 [손 끝부분을 가리키면서] 죽은 뱀 대가리에다가 써 놨어. 죽은 뱀 대가리에다가 써 논거지. 한~ 몇 년 옮기고 옮기고 그 명당자리 잡을라고 국풍이라 그렇게 했던 사람도 자기 운에 안 닿으니까 그 죽은 뱀 대가리에다 써 놨지.

그래서 인자 그 소릴 듣고는 다시 그 이튿날 즈그 아부지 묘를 가 본께로 하~ 대체 죽은 뱀 대가리에다가 묘를 써 놨어. 인제 그런 뭐~ 그러니께 철학으로 해서 묘자리가 명당이 있다! 아버지에 죽은, 죽은 부모의 뼈를 파 가지고 내가 복을 받을란다. 이거이 요새는 안 맞어.

불을 밝히며 길을 인도해 준 호랑이

자료코드 : 06_03_FOT_20100128_NKS_SDS_0007
조사장소 : 전라남도 광양시 옥룡면 용곡리 대방마을 대방마을회관
조사일시 : 2010.1.28
조 사 자 : 나경수, 서해숙, 이옥희, 편성철, 김자현
제 보 자 : 서동석, 남, 75세
구연상황 : 서정도 제보자가 호랑이 이야기를 하자 이를 듣고 있던 제보자가 이어서 들려준 이야기이다.
줄 거 리 : 대방동에 사는 강영감이 젊었을 때의 일로, 한밤중에 일행들과 함께 바구리봉을 가는데 호랑이가 불을 밝히면서 길을 인도해 주었다는 것이다.

불은 호랑이 불은 있습디다. 나도 불은 봤는데.

(청중 : 아. 불은 분명히 있지.)

이전 그전 난시 때 한창 바구리봉으로 갔어. 그 대방동 사시는 강영감 [왼쪽 방향 뒤를 가리키면서] 강대호씨 영감하고 인자 부인들허고 우리들 인자 남자들은 나 혼자지 아무도 그때는 젊었는 땐께 한 이십 대 못 됐은께로. 그런디 [봉우리를 가리키면서] 바구리봉써 밤이 됐어. 근데 거기 우채 몬당에서 그 골 우채 몬당에서 내려온디 하~도 노래를 불렀싸. 그래서,

"뭐들라고 노래를 불러 쌌쏘."그런께는.

"아 노래 좀 불러라. 컴컴헌디."

캄캄한 밤이라~ 그저 근디 불이 이렇게 [두 손을 축구공 정도의 크기만큼 벌리면서] 파~아란 불이 둥글둥글헌 거이 계~속 앞을 따라가요. [손으로 불이 이동한 행로를 그리면서] 요리 저리 하면서. 그렇고 댕기면서. 한 우리가 그때 칠팔 명 됐을 거이만,

그런께로 그[자신의 뒤쪽을 가리키면서] 강영감이 대호씨 영감이 노래 좀 부르면서 시끄럽게 하라 그러지. 그러고 곰골 아래채만큼 온께 가더라니께 그 불이.

(조사자 : 그게 진짜 호랑이 불이었을까요?)

그게 인자 그게 인자 호랑이 불이라고 봐야지.

(청중 : 그게 인자 사람들 길을 인도했네~)

그래 [고개를 끄덕이면서] 인도한 셈이지.

정월 보름날 찰밥 먹는 이유

자료코드 : 06_03_FOT_20100128_NKS_SDS_0008
조사장소 : 전라남도 광양시 옥룡면 용곡리 대방마을 대방마을회관
조사일시 : 2010.1.28

조 사 자 : 나경수, 서해숙, 이옥희, 편성철, 김자현

제 보 자 : 서동석, 남, 75세

구연상황 : 오전에 대방마을회관에서 이야기를 해주던 제보자가 이장 업무로 면사무소에 가려고 하자 조사자들은 오후에 흥룡마을회관에서 다시 뵐 것을 약속하였다. 그리하여 조사자들이 오후 늦게 흥룡마을회관에서 다시 제보자를 만났다. 이미 조사취지나 방향에 대해 알고 있던 제보자가 바로 이야기를 시작했다.

줄 거 리 : 왕이 여행을 갔는데 돼지와 까마귀가 서로 싸우는 것을 보고 따라가다가 큰 연못가에서 봉투를 발견하고 열어보니 '(단스를) 열면 두 사람이 죽고 열지 않으면 한 사람이 죽는다'고 적혀 있었다. 궁으로 돌아와 단스에 활을 쏘니 작은 부인이 정부와 함께 죽어 있었다. 그리하여 그 까마귀를 기리기 위해 매년 음력 정월에 찰밥을 먹는다고 한다.

한국 국민은 동방예의지국이라고 해 가지고 한국 설 명절을 세제(쇠지). 그럼 한국 설을 쇨라고 전부 준비를 만들고 어쩌고 해 쌌거든. 인자 그런디 정월 대보름. 정월 대보름은 어째서 빨간 찰밥을 해 묵는고. 어. 어허허허[웃음]

그 인자 근디 그 머이냐아~ 소중왕이 이십 이대 소중왕이 있었잖아 우리 그때 소중왕(소지왕을 말한다). 어 소중왕 때 그 왕이 그 집에서 가~만히 있으니까 그 종이 어디로 놀러를 가자고 그랬어. 여행을 떠났어. 여행을 싸~악 떠나가는데 가마귀허고(까마귀하고) 돼지허고 무진장 싸와(싸워).

움막을 쳐 놨던 이 집에서 키우는 돼지 한 마리하고 가마귀 한 마리하고 되게 싸우는데, 가마귀 이놈이 결국엔 대가리가 피가 나고 찢기고 그래 가지고 인자 날아간다 그 말이여.

'그래 저거이 어디로 간고?'

하여 따라가 봤어. 말을 당나귀를 타고 따라가니까 어느 연못가에를 딱 갔어. 어느 큰~ 연못가에를 딱~ 갔는데 연못가에서 가마귀는 딱 깍~장하고 있는데 그 연못 옆에 큰~ 엽서 편지 봉투가 딱 하나 있단 말이여. 그래서 그 소중왕이 하인한테,

"가서 저 봉투를 집어 보아라."

한께 하인이 봉투를 집어 보니 거기 내용을 머라고 딱 써 놨는고는,

"여러 보며는 열어 보며는 두 사람이 있고, 안 열어 보며는 한 사람이 죽는다."

그랬어. 아니다 긍께,

"열어 보며는 문을 열어 보며는 한 사람이 죽고, 문을 안 열어보고 일을 허며는 두 사람이 죽는다."

고 적혀있어. 아 이거 참~ 소지왕이 아무리 해석을 못 허겄어. 그래 즈 그 집 딱 왕궁을 왔어. 왕궁을 와서 그 여 단스(チァダンス)같은 큰~ 농장이 있는데. 그 왕이 그 작은 엄시를(작은 엄마를) 데리고 살았거든. 작은 엄시가 뒤에 후원에 별땅에 있어.

별땅에다가 큰~ 별땅을 지어 놓고 있는데, 그 작은 엄씨가 꼭 이상해. 맘에 맘적으로. 근디 역모를 꾸몄던 거이라. 작은 엄씨가 요나라에 있은께 왕이 작은 엄씨가 따른 사람을 봐 가지고 역모를 꾸며 가지고 그날 저녁에 아마 죽일라고 했던 거야. 근디 그 단스가 하도 이상하게 보이길래 하인을 즈 밑에 종을 불러서,

"저 단스를 보고 활을 댕기라."

그랬어. 그래 활을 들고 단스를 보고 활을 탁 쏴니까 세 발을 쏴니까 단스 속에서 피가 흘렀어요. 그럼 그 단스 속에 그 저녁에 왕을 죽이고 지가 왕이 될라고 역모를 꾸밀란 놈이, 작은 엄씨를 보듬은 그 샛서방 그 놈이 거그가 앉었어. 딱 거가 숨었던 거야.

그래서 화살을 당겨서 그것을 죽여 버렸는디 죽여 버렸는데.

그 가마귀란 것이 옛날에 전체 빨간 음식을 좋아해. 그래서 정월 대보름이며는 찰밥을 그 팥을 넣어서 붉게 해 가지고 사방에다가 던져 주고,

"아하 이 날은 정월 대보름이니 쉬라!"

이래 가지고 정월 보름이 됐데. 그런 거이 있어. [웃음] 그 소중왕은 그 소중왕은 역사에 남아 있잖아. 그 무슨 나라 때냐? 나와 있잖아.

서민호 국회의원과 명당

자료코드 : 06_03_FOT_20100128_NKS_SDS_0009
조사장소 : 전라남도 광양시 옥룡면 용곡리 대방마을 대방마을회관
조사일시 : 2010.1.28
조 사 자 : 나경수, 서해숙, 이옥희, 편성철, 김자현
제 보 자 : 서동석, 남, 75세
구연상황 : 조사자가 묘자리를 잘 써서 집안이 흥하거나 망한 이야기가 있는지를 묻자 다음의 이야기를 구연했다. 처음에는 고려시대의 풍수이야기로 시작하다가 이 지역의 국회의원인 서민호(1903~1974) 이야기로 나아갔다. 만취한 청중 한 분이 조사 과정에 자꾸 끼어들어 전체 분위기가 산만해지기도 했다.
줄 거 리 : 명당 잡는 비법책이 이미 고려시대에 나왔으나 왕이 자리 보존을 위해 없애 버렸고, 조선시대에도 이에 관한 비법책이 있었으나 평민들은 보지 못하게 했다. 순천에서 초기 국회의원을 했던 서민호가 어릴 적에 아버지 뼈를 가지고 묘자리를 잡기 위해 돌아다녔다. 마침 비단장수들과 함께 잠을 잤으나 일어나 보니 아버지의 뼈를 비단인 줄 알고 누군가가 훔쳐가 버린 것이다. 이후 서민호는 국회의원이 되고 부자가 되어 아버지 뼈를 훔친 사람을 찾아가 그 뼈를 어디에 묻었는지를 물어서 가보니 그 자리가 명당자리였다는 것이다.

근디 먼디 가만히 생각해 보면 먼 이야기가 나왔싸도 이젠 잊어버려.

(조사자 : 묘자리 잘 써서 묘자리 잘 써서 집안이 흥하고 망하고 그런 이야기는 들어보지 않으셨나요?)

그런디 그런 묘를 요샌 명당이라 그러는데. 명당이라 그러는데 이 묘를 쓰며는 인자 살기(殺氣)만 피해서 쓰면 되는 거야. 그러고 인자 보통 묘를 쓸 때 풍수지리학을 보며는 옥룡작혈이니 천룡작혈이니 전부가 있는데,

그 묘를 옛날에는 옛날에 우리 고려 때 그때는 그 풍수지리학을 만든 사람이 틀~림없이 그 사람 묘 쓴 데로 갔어. 그랬는데 왕이 왕이 그 무슨 왕이냐? 왕이,

"하아~ 요놈을 놔뒀다가는 이놈 새끼를 놔뒀다가는 이것이 즈그(우리, 제보자의 입장에서 왕을 가리키면서) 왕릉을 가이 뺏기게 됐어."

그 자식이 묘자리를 잡아 버리며는. 그런께 그 놈 서적하고 그 그 놈을

죽여 버리고 그 놈이 만든 지리학 서적을 싹~ 불태워 부렀제. 그 놈을 불태워 버렸는데, 중년에 이조 말에 와 가지고 이조 말에 와 가지고 한옥…… 한명수? 한명수라는 사람이 그 종이 한 쪼가리 남은 걸 찾아 가지고 저장을 해. 다시 다시 그 사람이 만든 거야.

그 사람이 다시 만들어 가지고는 인자 어느 정도 그 풍수지리학을 만들었는데, 그 뒤에도 그 사람이 만들어 놓은 뒤에도 그 사람은 일체 왕족의 묘자리뿐이 못 보러 와. 이런 사람 평민은 묘자리를 못 보게 만들어 버렸어요. 왕궁에 가둬 놓고.

근디 그 사람 서적도 없어져 뻐렸고. 지금에 있는 풍수지리학 책이란 것이 아주 심해. 지리학이 여러 가지 사람헌테 풍수 열 명을 데려다가 지리학 선생 열 명을 데려다 놓고 보며는 열 명이 다 틀려. 보면 다 틀려.

근디 인자 우리 수맥 보면 딱 잘해. 물이 보트냐? 물이 나냐? 안 나냐?는 수맥봉을 딱 잡고 가서 보며는 수맥은 잡아 줘야 해. 이 송장을 갖다가 부모 시체를 갖다가 물속에 물이 난 데다가 묻을 수는 없거든. 그러기 때문에 우리 수맥봉을 가지고 수맥봉은 내가 잡아 줘.

그러니 어느 뭐 명지가 있어 가지고 지금은 명지가 전혀~ 지금 현재 도선국사 묘자리 했던 데. 그게 시방 우리 저 백계산이 도선국사 묘자리 했던 데고. 남산이 저거 시방 일류 명풍들의 손이 들어올 꺼요. 여그를 개발헐 꺼여.

앞으로 개발할라고 그런데 그거 소용없어. 그 복인이 복인지라 잉. 복이 있는 사람이 복을 만나는 거여. 만날 복(福)자를 써서(복을 내리다 라는 의미의 복자를 쓴다). 그러니까 순천 서인호 국회의원 서인호 선생 같은 사람들이 잉~

서민호 선생이 서민호 국회의원이 2댄가 3댄가 사람 있잖아. 그래 갖고 감옥살이 끌려가고,

그런디 그때 그 야당 당수를 했나? 부당수를 했나? 그런디 여그 저 순

천에 와서 술자리를 허고 있을 때 헌병들이 와서 잡았어. 감사관들이 와서 잡으니까 그때는 국회의원들이 총을 가지고 있었어.

그때 쏴 죽였잖아. 두 놈인가 세 놈을. 그래 가지고 감옥을 들어가고 그랬는데. 그 사람이 본래 살 때 하~ 곤란해서 묵을 거이 없어. 근디 즈그 서민호씨 즈그 아버지가 즈그 아버지 시체를 황애장사 보 갈때기는 즈그 아버지 시체를 싸서 여그다 뉘고.

그때는 비단장사들이 황애장사라 그래. 옛날에는. 이 광양 순천은 차가 없고 걸어댕겨 논께 한양길도 걸어갔거든. 짚새기 짚새기 없어. 저그 저 서울 간다 그러며는 짚새기 한 죽 삼아서 뒤에 짊어지고 이고 그러고.

그러면 반산등이 재라는 거이 있어. 여기 순천서 등내리 막 내려가면 성가로 요짝에 거기가 요 저 그 과거보러 간다던지 뭐 저 장사꾼들 자는 집이 있어. 술집이. 그 비단장사 황애보따리 장사 이 사람들이 전부 거그 가서 잔디.

즈그 아부지 뼈를 짊어지고 비단보따리 매고 해 가지고 그 사람들 비단 보따리장수들 옆에 가서 잤어. 비단보따리 옆에 놔두고 즈그 아버지 뼈를……. 근디 비단보따리 장사들이 여남 놈 스무 놈이 있다가 같이 그냥 잔 거야. 잤는데.

아침에 자고 일어나 본께로 즈그 아버지 뼈를 돌라가 버리고(훔쳐가다) 없어. 하~.[긍정의 대답] 돌라가 부렀어. 그 뼈를 잊어불고 인자 탈기를 있는디. 탈기를 갔어, 서민호씨 즈그 아버지가. 그 이 광양 순천에서 서민호씨가 최고 인물이라 그랬어요.

뼈를 잊어버리고 뼈를 찾으믄 찾으믄 해 쌌고 그랬는데, 나중에 국회의원이 됐다. 서민호씨가 몇 대 국회의원이야? 순천에서 2대, 3대, 4대 했나? 그런디 국회의원이 되고 그 뒤에 [언성이 높아지면서] 잘 돼. 즈그 아버지 뼈를 잊어버리고는 기냥 부자가 되어 부러. 자꾸 부자가 되고 서민호씨 형제간도 잘~ 되고 아니 기냥 잘되고 그러니께.

인제 즈그 아부지 시체를 찾을라고 발~광을 했어. 발광을. 그때 잊어버린 것을. 근디 여수를 내려가다가 율촌이 있어. 그때 황애 보따리를 돌라온 사람이 놈의 보따리를 돌라왔다 해서 전설이 됐어. 그러니까 여수 율촌을 내려갔어. 율촌을 내려가서,

"아 그전에 뼈를 돌라온 사람이..."

비단보따리 돌라 온다는 것이 인자 없는 사람이, 비단보따리 돌라다 포라 가지고(팔려고) 끄니(끼니) 끓일라고 돌라 가버린 거라 비단인 줄 알고. 그런디 인자 가서 서민호란 사람이 국회의원이나 된께. 옛날에는 국회의원이라 하면 참~ 무서웠지. 떠억~ 앉어서 그 사람을 불렀어.

근께 부린께로(부르니까) 그 놈을 잡아 가지고 온디 비서들이 잡아 가지고 온디, 기냥 막 웃옷채보도 못하고(웃옷을 채 입지도 못하고) 업져 기들어온다 말이여. 잡아 죽일 꺼 아니여. 넘의 뼈를 돌라갔으니까 잡아 죽일 꺼 아니여. 그래서 딱 잡아 놓고는,

"고개를 들어라."

고개를 들었어.

"니 그때 황애보따리를 돌라 왔던 그 뼈를 어따가 묻었냐?"

그래. 그러니께로 [웃음] 이놈이 양심이 바른 놈이라,

"어따가 놈의 뼈를 돌라 와서 돌라 와서 본께 뼈이길래 아이 거 어따가 내묻어부러 부러요. 저 양지쪽 고랑 양지쪽 깽들에다가 파묻었습니다."

그래서 인자 뼈를 묻어버렸다 그러기에,

"그래야."

그래 놓고는 인자 술대접을 잘 허고 우리 한국에서 제~일 명풍수들만 데리고 내려왔어. 그래 인자 거그를 갔어. 묘에 즈그 아버지 뼈를 묻어 논데를. 가서 본께 명풍들이 전~부다 쳐다보고,

[갑자기 언성을 높이면서] "이렇게 명지가 없다."

는 거여. 명당자리가. 지대로 뼈를 명당자리에 찾아 묻었어. [전원 웃

음] 그래 가지고 마 국회의원이 나오고 무슨 그냥 벌쩡허고 그냥 아주 아주 과양, 순천에서는 서민호허면 그냥. 서민호 그러며는 쩡~내 그러거든.

돌아가신 지가 한~ 삼사십 년 되아가. 그런디 그러니까 그런디서 서민호씨가,

"복인이 복일지다. 나가(내가) 복이 있었기 때문에 나가 이런 자를 만났다."

그래 가지고 그 사람을 논을 한 이십마지기 사 줬어. 서민호씨가. 그래서 그 사람도 잘 살고 인자 그랬었는디. 그 서민호씨 손이 서민호씨가 이천 서가라 인자 근디 이천 서씨라. 그 서민호씨 손이 지금은 어떻게 돼 있는지는 몰라.

홍룡의 유래

자료코드 : 06_03_FOT_20100128_NKS_SDS_0010
조사장소 : 전라남도 광양시 옥룡면 용곡리 대방마을 대방마을회관
조사일시 : 2010.1.28
조 사 자 : 나경수, 서해숙, 이옥희, 편성철, 김자현
제 보 자 : 서동석, 남, 75세
구연상황 : 앞의 명당 이야기에 이어서 조사자가 홍룡이라는 마을 이름과 연관 지어 용에 관한 재미난 이야기가 있는지를 묻자 다음의 이야기를 구연했다.
줄 거 리 : 홍룡은 용이 득천할 수 있도록 마을 한가운데 연못이 있었으나 근래에 이 연못을 메워 마을회관을 지었다. 그리고 광양에서 한학공부를 많이 하는 마을로 유명했다는 이야기이다.

우리 용이 흑룡이 마 요새 풍수지리학 하면 좌천룡 우백호라 그러거든. 그런데 본래 우리 용이 득천을 헌다고 해 가지고 동네 한 가운데가 [자신의 뒤를 가리키면서] 가운데 큰 연못이 있었어.

어. 큰 연못이 있었는데 이것을 을해년도에 그러면 지금으로부터 칠십

오년 전이라. 칠십 오년이 됐어. 그러면(그러면서) 그 연못을 싹 메워버리고 회관을 지어 버렸어. 나가(내가) 맡은 안에(서동석이 이장을 맡았을 때) 지었단 말이야. 근디 그때가 뭐슬 어쨌냐. 요짝에 인자 [자신의 좌측을 가리키면서] 서당터라는 밭이 있어. 요짝 동네 요짝에가 그런디 거기서 인자 서재공부를 많이 하고. 광양에서는 서재가 여그가 일번! 우리 마을이.

[고개를 끄덕이며 긍정으로 답한다.] 인자 한자공부. 한자공부 하는 디야. 그러고 옛날에는 전부 한자공부했지. 그러고 그 다음에는 천암에가 하나 있었어. 저 [자신의 앞 쪽을 가리키면서] 천암. 광양읍 천암에. 요 [손가락을 두 개 펴며] 두 간디가 제일 서재로 해서 유명했던 딘데.

여기서 우리 삼일운동 해 가지고 우리 독립 태국기(태극기) 기려 가지고 독립만세를 불렀잖아. 우리 서재에서 만세를 부르고 야단이 나 가지고 이거이 전부 잽혀가고 일본 놈들헌테 잽혀가고 해 가지고,

인제 그분들이 독립기념만세 불렀던 분들이 요그 밑에 상덕 면 소재지에 가면 큰 비석을 세워서 거기다 이름을 전부 새겼어. 인재 그 서재를 뜯어다가 여기 가운데다가 옮겨서 지었던 거야. 회관으로.

옛날에는 요것이[현 마을회관 주변을 가리키며] 천룡등이라 천룡. 좌천룡이라 그래 가지고 [기침] 집을 못 짓게 했어. 사실상. 숲을 가꾸고 집을 못 짓게 했었는디. 요새 세대가 개명이 되다 보니까 자꾸 세대 따라서 하다 보니까 그 못둠벙도 메워 그 연못도 메워서 집을 지어 버리고, 이 천룡등도 요렇게 해서 인자 우리가 집을 짓고 살고 요렇게 됐지.

스님을 비웃는 김삿갓의 한자풀이

자료코드 : 06_03_FOT_20100226_NKS_SDS_0001
조사장소 : 전라남도 광양시 옥룡면 운평리 상평마을 옥룡면사무소 2층 회의실
조사일시 : 2010.2.26

조 사 자 : 나경수, 서해숙, 이옥희, 편성철, 김자현
제 보 자 : 서동석, 남, 75세
구연상황 : 앞서 장한종 제보자의 한자풀이 이야기를 듣고 있던 제보자가 이어서 다음의 이야기를 구연했다.
줄 거 리 : 김삿갓이 절을 찾아갔는데 스님이 재워 주지 않자 이를 비웃는 내용의 한자풀이 이야기이다.

김삿갓이가 인자 그 어디 가다가 절간을 들어가서 잠을 하루저녁 재워 달라 하도 사정을 했거든. 근디 중이 안 재와 줬어. 그런께로 중이 뭐라고 문구를 썼는 아 그 저. 중이 뭐라고 써는데 잊어버렸네. 근디 인자 김삿갓이가 가만히 있다가 안 재와 준께로 욕이 막 올라와 삿갓을 요리 [머리 위로 손을 올리면서] 쓰면서

"승두는 하마랑이라(僧頭下馬郎)."

대가리 중 대가리는 말 붕알 같은 거이 늘어진 거이 [웃음] 그런다 그러허고. 승두는 하마랑이라 그런 거고. 말 붕알. 여름에 그거 인제. 말 붕알 늘어진 것 같은 놈이.

(청중 : [종이에 글을 쓰다가] 그래 그 승두 하마락이란 말이 있어.)

[웃음] 지금도 그 말허면,

지혜로 공자를 구한 박색처녀

자료코드 : 06_03_FOT_20100226_NKS_SDS_0002
조사장소 : 전라남도 광양시 옥룡면 운평리 상평마을 옥룡면사무소 2층 회의실
조사일시 : 2010.2.26
조 사 자 : 나경수, 서해숙, 이옥희, 편성철, 김자현
제 보 자 : 서동석, 남, 75세
구연상황 : 장한종이 과거 마을을 돌아다니면서 붓을 팔러 다니던 붓 장수에 관한 이야기를 했다. 옆에서 이야기를 듣고 있던 제보자가 공자의 이름 얘기하며 다음의 이야기를 시작했다.

줄 거 리 : 공자가 제자를 데리고 외국으로 갈 때 박색인 처녀를 만났는데, 그 처녀가 무슨 말을 했으나 새겨듣지 않고 갔다. 공자가 외국에 가서 죄인으로 붙잡혔는데, 서숙 한 가마를 구슬에 꿰면 살려주겠다고 했으나 그 방법을 알지 못했다. 공자가 종을 시켜 그 박색처녀에게 비법을 물으니 꿀과 명주실을 주면서 방법을 알려주어 무사히 풀어나게 되었다는 이야기이다.

공자님이, 그 ○○○, 공자님의 이름이 구~준~위 거든(공자의 이름은 구준위가 아닌 구중니(丘仲尼)이다). 공자님이 그 공~가가 아니고. 언덕 구(丘)자고잉. 성은~ 버금 준(중(仲))자 신 위 자해서 구~준~위거든 공자님 이름이~ 근디 그 공자님이 [손가락 두 개를 펴면서] 두 형제분이 살았어. 근디 즈그 아 즈그 동생이 큰~ 죄를 지었단 말이여. 근디,

"그 죄를 어떻게 헐 거이냐?"

국가에서 논의를 허니까. 공자님은,

"죄를 받아라." 그랬어.

"○이 줘라."

그래 가지고 중국에서 나와서 도를 닦다가 자기 제자를 데리고, 서양을 건네 갈라 할 때. 그 문구를 잊어묵어 버렸어.[고개를 옆으로 돌리면서] 서양을 건네 갈라 할 때, 어느 뽕나무 밭을 옆을 지내(지나)갈라 할 때. [얼굴에 손을 긁는 듯이 행동하면서] 빡~빡 얼굴을 쳐다보도 못헐 처녀가 하나 뽕을 따고 있었어요. 뽕잎을. 그러니까 그 공자님이 말허기를, 하그 너무다가 박색이라는 뜻으로 썻단 말이요.

[머리를 긁적이며] 나는 문자를 다 잊어묵어 뿌렀어. 그러니까, 그 빡빡 얼굴 얽은 처자가 딱 허는 말이,

"보상이 몇 잎이며는 살아날 수 있는디. 보상이 몇 잎이며는 살아날 수 있는디."

탁~ 그 소리만 헌단 말이요. 그래서 인자 공자님이 예사로 듣고 갔어. 근디 서양을 딱 들어가서 도를 우도를 딱 들어가니까 제자를 데고 들어가

니까, 서양에 이 그 뽀스타(포스터, poster)가 붙었는디 꼭 그 저 자기하고 똑같은 기라. 그런 간 간판이 붙었는디,

"그 사람을 잡으며는 보상이 인자 저 몇백만 원 준다."

이렇게 뽀스타가 붙어 있어. 큰일 났어 바로 자기라 바로 자기라. 공자님 자기란 말이여. 하 그러나 저러나 데편지고 다녔어. 다녔는디 딱 잽혀 뿌렀어. 근디 감옥에다 탁 가둬 버렸어. 공자님을 가둬 부렀어. 가둬 부린께 공자님이,

"나가(내가) 아니다."

죄를 해 봐야 소용이 없어. [언성을 높이면서] 똑같으니 뭐. 그럼 어떻게 해야 헌께로 인자 나중에 인자 저짝에서 뭐라 허는고는, 서숙을. 서숙을 한 가마니를 주면서 한 가마를 주면서,

서숙을 요짝에서 구슬로 한 가마니를 다 꿰어래.

"그럼 너를 살려 주마."

그랬어. 서숙알을. 어. 근디 감옥 안에서 그 서숙알을 어떻게 그걸 맹주실로 가서 서 끼어서 서숙알을 구슬을 한 줄을 맨들 거이냐 이 말이여. 하 그래서 답답해서 즈그 종을 보고,

"언능 그 저 아까 그 저 뽕나무 밭에서 얼굴 빡~빡 얽은 그 각시헌테 언능 찾아가라."그랬어.

"찾아가서 그 사람헌테 그 비결을 얻어 가지고 오니라~ 그 사람이 틀림없이 아는 사람이라."

보내니까 그 쫓아갔어. 그 뽕밭에 갔어 딱 서있어 그 여자가. 오니까, 생청 벌꿀 같은 설탕물이제 그때 같으믄 그걸 한 한 병 주면서. 명주실 한 꾸리 하고 명주실 한 꾸리 하고. 그래 가지고 인자 [강조하듯이 힘을 주어] 깨~미를(개미를) 자잘한 깨미를. [웃음] 개미를 [웃음] 한 쟁반 줘.

"그래서 요 것을 갖다가 그 서숙 가마니 속에다 넣어 놓으라."그래.

(청중 : 꿀을 묻혀 가지고 그 깨미를.)

응. 그래 논께로 그걸 가져가서 공자님 주니까 그걸 보관해서. 하하[깨우치듯이] 이 서숙 가마니에 그 꿀을 버물러. 그래 가지고 인자 그 명주실 요놈을 인자 깨미똥을 여럿 달아 가지고, [웃음] 이게 애긴께 그러지. [웃음]

놔두니까 깨미가 서숙알 요리 뚫고 댕기고 요리 뚫고 댕기고 싸~악 구슬을 끼났어(끼웠어). 근끼 서숙알 한 가마니를 개미가 명주실꾸리 하나 가지고 그 서숙알 가마니를 구슬을 다 맨들었다. 그래서 공자님이 살아났다. 그런 얘기도 있거든요.

풍수지리가 모씨

자료코드 : 06_03_FOT_20100226_NKS_SDS_0003
조사장소 : 전라남도 광양시 옥룡면 운평리 상평마을 옥룡면사무소 2층 회의실
조사일시 : 2010.2.26
조 사 자 : 나경수, 서해숙, 이옥희, 편성철, 김자현
제 보 자 : 서동석, 남, 75세
구연상황 : 앞서 장한종이 풍수와 관련된 긴 이야기가 끝나자 제보자가 이어서 바로 다음의 이야기를 구연했다.
줄 거 리 : 왕이 명풍수가인 모씨를 감금시키고 왕릉만 잡게 했으며, 그 사람이 쓴 책은 모두 불태워 버렸다. 이후 조선시대에 이를 모방한 책이 나왔다는 이야기이다.

근디 풍수지리지 고전을 보면은. 순수 지리 때 그 모씨라는 분이 [팔을 크고 둥글게 그리면서] 그 전체 우리 산맥을 잡아서 만들었어. 그랬는데. 어. 근데 그분이 그 [머리를 긁으면서] 전설적인 거이지마는. 만들어 놓으니까는 틀~림없이 그 사람이 맞어. 딱 맞어 부렀어.

왕이 그 때 무슨 때 왕이더라. [잠시 생각을 하다가] 내가 잊어버려 근데 그 왕이 그 사람을 딱 감금을 시켰어. 다~시는 딴 사람은 못 허게. 다

시는 못 허게 해 가지고 왕~릉만 그리 해 가지고 그 사람만 해서 썼단 말이여.

왕릉만. 그때는 구족 시대라. 우리가 만주가 저 부여국이니 머 갈국이니 먼국이니 여~러 나라들이 안 있었다고. 긍께 그 사람이 맨들어 논 지리학이 틀림없이 맞어 돌아가기 때문에 그 사람을 왕릉에만, 왕릉 묘자리만 잡아 주게 해 끝나게 해. 그래고 죽어 부렀잖아.

자기가 자살해 부렀어. 그래 논께로 그 서적을 완전히 불살라 부렀어. 불살라 부렀어. 그 후에 이조 말에부뜸 와 가지고. 기머신가? 그분이 그것을 모작을 해서 지리학을 풍수지리학을 만든 거라. 그래 그 냥반이 만들었다는 것을 이름을 시방 다 잊어먹어 불고 책을 [음성이 낮아지면서] 본제가 오래되고 그런께.

그래서 그 모양을 따서 만들었따 그런디 원채 그 아는 서적은 싹 없어져 뿌렀고. 그 중간에 내려와서 그 사램이 대략 만들어 놓은 거라 그것이.

삼오발복지지로 부자가 된 윤씨

자료코드 : 06_03_FOT_20100226_NKS_SDS_0004
조사장소 : 전라남도 광양시 옥룡면 운평리 상평마을 옥룡면사무소 2층 회의실
조사일시 : 2010.2.26
조 사 자 : 나경수, 서해숙, 이옥희, 편성철, 김자현
제 보 자 : 서동석, 남, 75세
구연상황 : 제보자가 풍수 이야기에 이어서 다음 이야기를 구연했다. 장한종 제보자와 주거니 받거니 하면서 이야기가 진행되었다.
줄 거 리 : 광양에 사는 윤씨 집에 어느 삼오날 아침에 스님 한 분이 들어와 돈을 주면서 땅을 사 놓으라고 했다. 만약 3년 안에 돌아오면 주고 그렇지 않으면 가지라고 했다. 이후 스님은 나타나지 않아 광야에 제일가는 부자가 되었다는 이야기이다.

그러믄 지금 현재 풍수지리학이 여러 가지로 봐. 이 사람이 만든 건 다르고, 저 사람이 만든 건 다르고 뭐. 용천작혈이니 뭐 옥룡작혈이니 다 다르다 말이여. 근데 인자 우리 백운산으로 보며는 웅동 그래 가지고 곰골재 그래 가지고 내려와 있단 말이여.

거그는 삼오발복지지라고 있어. 삼오발복지지. 그런데 그 삼오발복지지에다가 누가 묘를 누가 썼냐? 며는 광양읍에 윤씨라는 분이 있었어. 근디 그 삼오발복지지가 틀림없다 그런디. 그 곰골에 웅동을 내려와서 여그와서 [기침] 그 묘를 딱 써 놓고 삼오날 아침이 딱 되니까,

어느 중이 한분 들어오는데 가방을 매고 와서 삼오날 아침에 와서,

"밥 한끼 얻어먹고 갑시다."그러니까.

"그러라."

그래 놓고 인자 사랑채에 모셔놓고 인자 밥상을 걸~게 들여놓고 딱 놓고, 딱 먹고 먹고는. 응. 삼오날. 근께 삼오발복지지라. 가 도 돈가방을 탁 끄르면서 전~부 돈이라. 전부 돈인데,

"이 돈을 가지고 당신이~ 땅을 사 놓던지~ 나중에 나가 삼년 안에 들어오며는 나를 쪼금 주고, 삼 년 동안 나가 안 들어오며는 당신 거이요."

그랬어. 근디 삼 년이 되고 오 년이 되고 십 년이 되도 안 오는데, 근디 그 사람이 땅을 이 광양 땅을 무진장 샀거든. 그래서 인자 윤봉덕이 윤봉덕이 그러며는 광양에 부자라 그랬거든. 그래 가지고 그 묘를 쓰고 삼오발복날 그 중이 그 모린(모른) 중이 돈을 갖다 줘서 그런 천석꾼 부자가 됐다~ 그런 전설이 있어.

그런디 시방 저기 시방 나가 그 묘를 벌초를 한 십년 해 줬어. 근디 지금 손들도 안 허고 그래. 나 나도 귀찮은께 안 해줘 불지. 누가 벌초를 해주나.

(청중 : 그 인자 시한이 있어요. 명지(名地)란 발복 기운이 우리 밥 먹은지 4시간 안에 배고프잖아요~ 그래 밥 기운이 떨어지데끼 그 지기도 그

보며는 정승을 삼형제 배출헌다. 어사를 배출헌다 몇 년간 발복을 헌다 다 나옵니다. 그래서 그게 수천 년 가는 거이 아니고 몇 대 가면 망하는 거이 그거여. 삼대 백 년을 간다 그러며는 삼대째 되며는 그 지기가 떨어 지니까 망하는 거예요. 잉. 그런 이치고.)

(조사자 : 다시 돌아오나요?)

(청중 : 인자 천년지내야 다시 돌아와요.)

박정희 이름풀이

자료코드 : 06_03_FOT_20100226_NKS_SDS_0005
조사장소 : 전라남도 광양시 옥룡면 운평리 상평마을 옥룡면사무소 2층 회의실
조사일시 : 2010.2.26
조 사 자 : 나경수, 서해숙, 이옥희, 편성철, 김자현
제 보 자 : 서동석, 남, 75세
구연상황 : 박정희 이야기를 듣고 있던 제보자가 바로 이어서 다음 이야기를 구연했다.
줄 거 리 : 박정희 이름을 보면 10년간 대통령을 하고 그만두어야 했는데, 그렇지 않아 신하에게 총 네 발을 맞고 죽었다는 이야기이다.

박정희가.

(청중 : 인자 시간을 두어야 다시 나올 수 있는 거예요(박정희의 죽음에 대한 예언 이야기 후 예언이 맞는지 맞지 않는지의 여부를 설명하고 있다).)

우리 저기 사람이, 이 사람 인 자가 붙었다고 밑에가. 그럼 십 년을 해묵고 그치라고 했는디. 십 년을. 한 번만 해묵고 [박정희 중 '正'자를 쓰면서] 요거이 밑에가 그칠 지(止) 자 아니라고. 그치라 그랬는디 안 그쳤어. 저번 저 죽여 붓단 말이여. 그래 논께로 [박정희 중 '熙'자를 쓰면서] 신하의 몸에서 총 네 방을 맞고 죽었어. [전원 웃음]

(청중 : 그건 인자 이름자를 갖고 풀이해 논 거이고.)

그래 몽땅 맞는 거야~ [주변에서 박수친다.] 박정희 틀림없이 맞었어.

(청중 : 근디 인자 지내 놓고(지나니까) 보니까 맞는 거예요.)

허허[웃음]

행하는 것이 예다

자료코드 : 06_03_FOT_20100226_NKS_SDS_0006

조사장소 : 전라남도 광양시 옥룡면 운평리 상평마을 옥룡면사무소 2층 회의실

조사일시 : 2010.2.26

조 사 자 : 나경수, 서해숙, 이옥희, 편성철, 김자현

제 보 자 : 서동석, 남, 75세

구연상황 : 장한종이 효와 관련된 이야기를 끝내자 효를 경시하는 요즘의 세태에 관한 이야기를 잠시 나누었다. 이에 제보자가 예와 관련된 이야기를 시작했다. 제보자 역시 이야기 마지막에 자신의 생각을 부언하고 있다.

줄 거 리 : 양반이지만 지극히 가난했던 강태공은 삼 년간을 백운산 계곡부터 도천면까지 낚시를 하고 있었다. 그 와중에 어머니가 돌아가시자 초상 치를 돈이 없어 그대로 두고 있으니 하인이 대나무에 시신을 둘둘 말아서 파묻자 이를 본 강태공이 행하는 것이 바로 예라고 말했다는 이야기이다.

세상이 발달되다 보니까,

"행하는 거이 예(禮)라."

그러거든. 행하는 거이 예다. 아무리 우리가 유교 사상에서 예라 허지만 [옆에서 장한종이 목을 가다듬는다.] 요새 행하는 거이 예다!

강태공이 그 강태공이 바늘로 가지고 낚시를 그 안 낚았다고~ 강태공이 바늘로 가지고 어디서부터 낚았냐? 하며는 옥련 백운산 계곡부터 바늘로 낚아서 내려갔어.[전원 웃음]

삼 년을 요리 도천면까지 낚아 내려갔어. [언성을 높이면서] 바늘로 가

지고 고기를 낚으니 고기가 무나? 그래 바늘이 낚시가 바늘이 요렇게 되야 고기가 물지이. 근디 하인을 데리고 둘이 그러고 댕겼어.

그래도 양반이다고 그래도 태봉벼슬 쯤 헌다고 그때부터 한 벼슬이라. 근디 그분이 어디서 죽었냐? 신성포 쪽에서 죽었어. 죽었는데.

(청중 : 광양 신성.)

[언성을 높이면서] 양반 행세 헌다고 사람이 딱 죽고 난께로, 아니. 즈그 어머니가 죽었어. 강태공이 즈그 어머니가. 근디 초상 칠 거이 있어야지. 죽 한 그릇도 낄여 묵을 거이 없는디. 가만 양반이라고 해봐야 소용이 없어. 송장이 방안에서 썩게 됐어. 썩어. 썩어내나도 초상 칠 건더기가 없으니까. 그러니까 하인이 가~만히 있다가,

"샛님"그러거든.

"뭘라 그러냐?"그런께.

"그 우리 초상대로 치러 봅시다."그러거든.

"우리 허는 예대로 해 봅시다."

그랬어. 그런께 이건 뭐 송장이 썩고 그런께 어쩔 수가 없어.

"해 보아라."

그런께. 대밭에 가다가 대를 하나 딱 찧어 가지고 와서 대발을 탁 엮어서잉. 댓조까리 쪼개 가지고 맞지잉. 엮어 가지고는 가마니 떼기 하나 가지고 오드만 방에 들어가더만, 송장을 똘똘 말아 가지고 대발에 똘똘 말아 가지고 딱 짊어지 지게에 짊어지고는,

"따라오십시오."

그래. 하 이거 강태공이 헐 수 없이 따라 간 거여. 졸래 졸래 따라가. 따라가 가지고는 뒷산에 가서 괭이로 구더기 탁 파 가지고는 딱 묻어 놓고는,

"샌님 어떻습니꺼?"

그랬어. 뭐 어쩔 수 없이 굶어 죽게 생겼은께 목구녕에 풀칠 헐 꺼이

없는디. 그런께 가~만히 듣더만,

"허허 느그 예도 쓸 만한 예구나."

그랬어. 그래서 그 행하는 거이 예다. 요새는 그 행하는 거이 예지. 옛~날 그 어른 지팡이 옆도 못 가고 어른 신발 벗어논 디도 제대로 신도 못 벗고. 이런 세대를 떠나서 요새는 행하는 거이 예다. 강태공이 바늘로 삼 년 동안 낚시를 낚았거든. 강태공이.

구룡소

자료코드 : 06_03_FOT_20100226_NKS_SDS_0007
조사장소 : 전라남도 광양시 옥룡면 운평리 상평마을 옥룡면사무소 2층 회의실
조사일시 : 2010.2.26
조 사 자 : 나경수, 서해숙, 이옥희, 편성철, 김자현
제 보 자 : 서동석, 남, 75세
구연상황 : 조사자가 이 근처에 용이 사는 연못이 있는지를 묻자 제보자가 다음의 이야기를 구연했다.
줄 거 리 : 구룡소는 명주실 세 꾸러미가 들어간다는 이야기이다.

저그 여 구룡쏘라고 왔으면 여그 여 우리 이장님이 말씀허셨지마는, 명지(명주) 꾸리 세 개가 들어간다 그래. 쇠꽂을 따라 넣으며는. 명지 실꾸리라 허믄. 옛날에 그 이런 실꾸리 뭐 긴 거이 몇십 미타 몇백 메타 나가거든. 그런 거이 세 개가 들어간다 그래.

조율시이의 의미

자료코드 : 06_03_FOT_20100226_NKS_SDS_0008
조사장소 : 전라남도 광양시 옥룡면 운평리 상평마을 옥룡면사무소 2층 회의실
조사일시 : 2010.2.26

조 사 자 : 나경수, 서해숙, 이옥희, 편성철, 김자현
제 보 자 : 서동석, 남, 75세
구연상황 : 박채규의 살아온 이야기가 10여 분 이상 계속되었다. 옆에서 이야기를 듣고 있던 제보자가 제사에 관한 다음 이야기를 구연했다.
줄 거 리 : 제사상에 올리는 조율이시에 대한 이치는 대추가 가장 어른으로 씨가 하나이므로 왕을 의미하고 밤은 삼정승을 의미하고 감은 육판서를 의미한다는 이야기이다.

보통 제상을 놀 때(놓을 때). 잉. 좌포우혜(左脯右醯). 조율이시(棗栗梨柹) 그렇게 놓거든. 그러믄 대추가 제일 어른 자리라. 그 담엔 밤~ 밤 이렇게 놓는데. 대추는 씨가 하나라. 그렇기 때문에 왕을 의미하는 거이고. 그 밤은 왠~만허믄 세 톨 백이여. 에 삼정승을 얘기허는 거고. 삼정승. 그러믄,

인자 감~이~ 응. 감은 뼈따구가 보통. 여섯 개가 된단 말이야.

(조사자 : 아~ 한 열매에~)

그런께 삼정승. 아니 ○○왕 삼정승 육판서를 얘기하는 거거든. 그래서 그 어른들을 옛날에 ○○ 그래 가지고 왕이 그렇게 딱 만들어서 제사를 지낸다 말이여.

(청중 : 그 조율시이를 근다. 아~ 지금 거 나 경상도를 가믄 조율이시를 놓네. 조율이시를 놔. 그래서 [언성을 높이면서] 에~ 모르는 거이다.)

삼정승 육판서가 왕허고 앉어서. 그 배 하나를 쪼개 먹으면서 갈라 먹으면서 그렇게 놔라 그렇게 놔라 그렇게 헌 거여.

절이 산으로 간 까닭

자료코드 : 06_03_FOT_20100226_NKS_SDS_0009
조사장소 : 전라남도 광양시 옥룡면 운평리 상평마을 옥룡면사무소 2층 회의실
조사일시 : 2010.2.26

조 사 자 : 나경수, 서해숙, 이옥희, 편성철, 김자현
제 보 자 : 서동석, 남, 75세
구연상황 : 청중들 간에 제사 방법에 대한 이야기가 오고가는 가운데 제보자가 다시 이야기를 구연했다.
줄 거 리 : 절을 없애려고 하자 신돈이 도술을 부려 서울을 불바다로 만들었다는 이야기이다.

근디 말허자믄 또 불교는 불교는 산 속에만 전부 들어 앉었거든. 산중에만. 그 신돈이가 망해 부러 가지고 그런 거 아니라고. 신돈이가. 신돈이가. 인자 법당에 들어 이런 큰 법당에 딱 가운데다가 은방석을 띄웠어. 은방석을.

그래 가지고는 은방석을 띄워 가지고는. 딱 거그 은방석 우에 올라앉어서 불공을 해. 그럼 주~로 부처님들이 여자들이 도시 대도시에 있었거든. 서울 장안 같은데. 그리 있었는디 주~로 애기 타러 가는 사람들이라.

그래 신돈이가 거기서 그 은방석 우에 올라앉어서 안개 같은 걸 딱쳤어. 그러믄 아무것도 몰라. 전부 불공드리러 간 사람들이. 그럼 지 맘에 드는 사람 전체 데리고 가서 애기 낳잖아. 신돈이 자식이 팔천 명이라 그러는구만 말이 그런디.

일본 놈들이 한국을 나와 가지고. 그 불교를 도시에 불교를 절을 없애 부리려고 불태워 버리려니까. 신돈이 어떤 수를 했는고 하면 이렇게 철사고리가 있었어. 그것이 수십 발씩 되는 철사고리가 전체 달리면서 서울 장안, 도술을 부려 가지고 그게 기 댕겨 가지고 그게 불덩어리가 되어 가지고 간 데마다 불이 나드래.

그런게 일본 놈들이 침범을 못 하게 됐어 못 없애게 됐단 말이여. 그래서 신돈이를 잡아 가지고 할 수 없이 느그들이 못 없애겠으니까. 느그 못 없으겠으니까 산중으로 들어가거라. 이래서 산으로 쫓아 버린 거야. 그래서 불교 절은 전부 좋은 수도 산에 가빠린 거야.

북을 두드리면서 경문을 읽는 이유

자료코드 : 06_03_FOT_20100226_NKS_SDS_0010
조사장소 : 전라남도 광양시 옥룡면 운평리 상평마을 옥룡면사무소 2층 회의실
조사일시 : 2010.2.26
조 사 자 : 나경수, 서해숙, 이옥희, 편성철, 김자현
제 보 자 : 서동석, 남, 75세
구연상황 : 조사자가 아기장수에 대해 묻자 장한종은 사람에게 날개가 달린 것은 거짓말이라고 했다. 옆에 있던 제보자가 이야기를 하려다가 장한종이 얘기를 계속하는 바람에 이야기를 중단했다. 장한종의 이야기가 잠시 멈추자 조사자가 서동석에게 조금 전에 하려던 이야기를 해 달라고 하자 다음의 이야기를 구연했다.
줄 거 리 : 남원의 양반집에 외동딸이 있는데, 겨드랑이에 날개 달린 머슴과 서로 좋아했다. 이 사실을 안 아버지가 그 머슴을 죽이고자 오두막을 불태웠는데, 잘못하여 딸과 함께 죽이게 되었다. 이후 집안이 파산하자 그 머슴이 싫어하는 북을 두드리고 경문을 읽으면서 귀신을 쫓았다는 이야기이다.

아니 남원에서 요사이 경문을 해. 경문이라 그래이. 그러믄 북을 뚜두려 가면서 북을 둥당둥당둥당~ 뚜두리면서 그 집에서 팔인경 같은 걸 읽고 그래.

(조사자 : 예. 독경 읽은 거 말씀하시는 거죠.)

그것이 왜 그러느냐? 그것이 어디서부터 유래가 퍼졌냐? 남원에서 그거시 나왔었는데 남원.

전라북도 남원에서 나왔는데 그 집이 큰 양반이 살았어. 근디 그 머심이 하나 있어. 종~이.

종이 있는데 즈그 딸이 외동딸이라. 외동딸인데 아~무리 봐야 그 꼭 즈그 종놈허고 둘이 좋아한 맹이라. 꼭 좋아갖 고 좋아헌 맹이라 말이여.

그래서 이 주인이 양반이 아무리 말길라고 띠 놔 봐야 못 띠 놓것어. 그래 ○○ 종 같단 말이여이. 근디 그 종놈 집이 오도막이 쬐~깐한 초집 오두막 단칸방 하나 있었단 말이야. 그런디 그 쥔 놈이 그 머심 놈이 방금 말대로 겨드랑이에 쭉지가 달렸단 말이여.

머슴. 이만 손바닥만헌 쭉지가 달렸어. 근디 그 자식이 큰 놈이 될 놈인디 근디 넘의 집 없이 산께 종으로 산단 말이여. 그런데 어디서 북소리만 나믄 달아나 뿌리. 북만 뚜두리믄 달아나 뿌려. 북소리는 죽~어도 못 들어.

그리 그 양반이 가~만히 쳐다보니까 즈그 집이 외딸이 인자 그날 저녁에 계속 종구고 있는데. 아! 그 머심 집으로 간다 그 말이여. 머심 집에 가 가지고 막 방으로 들어간단 말이여. 에 그 양반이 그 종구를 가~만히 살펴보니까.

그래서 오두막집이 딱 들어가서, 아따 나가 쪼금. [잠시 생각을 하다가] 근데 즈그 딸이 안 들어갔는디 그 저 그 머심 놈만 들어갔어. 그 머심을 불에 태와 죽여 뿔라고. 죽여 불라고 오두막에 그 문을 딱 잠그고는 그냥 휘발 지름을(기름을) 휙 쳐 불고 불을 내 부렀어.

근디 헤~필은 즈그 딸허고 둘이 딱! [손뼉을 치면서] 깨벗고 자는 판이라. 근디 즈그 외동딸꺼장 죽어 뿔잖아. 외동딸꺼지 딱 죽어 뻐리고 난께,

아 아 가산이 파산이 되는데 인자 머 그냥 날로 파산이 돼 불어. 날도(날로) 파산이 돼 불고 인자 그냥. [맞다는 표현] 가족이 막 멸족이 돼 불고 이런 처지라. 그래,

'하 하 이거 안되것다. 그 머심 놈 그놈이 그 날개 돋힌 놈 그놈이 북소리를 그~리 싫어허니까 요걸 북을 뚜두리서 이걸 구신을 쫓아야것다.'

이래 가지고 그때부터서 경문을 읽고 집안에서 북을 뚜두리고 팔인경을 읽고 그런 것이 그 구신 쫓아낸다 해서 그렇게 헌 거여. 그것이 상습이 돼서 지금까지 우리 고장에서 까지도 북을 다 치고 있잖아. 경문을 하고. 막 부엌에 가서 경문을 하고 이 부작(부적)을 기려 붙이고 안 그런다고. 그런께 그런 걸 기려 붙여. 남원에서 막 처음에... 아 저 몇 년도라고 기억을 지금 못 하것는데 그 책자에 있는디 다~ 잊어뿌러 인자.

(청중 : 팔원경이나 인자 요 그 경은 불교문화에서 나오는디요이. 불교문화는 이천 오백년 전입니다. 우리 부처님이 오신 것은. 그래서 우리가 감히 그 저 확실헌 유래 찾기는 어려운 거고 그 중간에 그 사람들이 책을 만들면서 이렇게 만들어져서 내놓는 거라.)

근께 팔원경 같은 것을 나 손으로 등했어. 참~ 붓으로 써서 맨들었어. (그런데, 이 말이 생략됨) 어디 가 불고 없어. 근디 요새 테이프를 사 가지고 팔원경을 들어본께 십분의 일도 안 나와 부리. 옛날 팔원경 그런 것이. 그 서행원 씨허고 둘이서 계속 적어 가지고 ○○○○요. 아침 저 저녁으로 읽었는데. 그 팔원경을 읽을 때는 저녁에 딱 읽기 시작허며는, 장꼬방에 가서 읽어 장꼬방에.

옛날에는 독 독을 놓는 데가 장꼬방이었는데. 거그서 읽는데. 읽을 때는 딴 거 안 묵어. 찬물 한 그릇 떠다 놓고 소금 한 번 집어 묵고 찬물 한 그릇 마셔놓고 또 소금 한 번 집어 묵고 그랬거든. 나도 그 장꼬방에서 몇 번 읽었네.

사돈과의 동침

자료코드 : 06_03_FOT_20100226_NKS_SDS_0011
조사장소 : 전라남도 광양시 옥룡면 운평리 상평마을 옥룡면사무소 2층 회의실
조사일시 : 2010.2.26
조 사 자 : 나경수, 서해숙, 이옥희, 편성철, 김자현
제 보 자 : 서동석, 남, 75세
구연상황 : 북을 두드리며 경문을 읽는 이야기에 이어 육담에 관한 이야기가 기억났는지 제보자가 다음의 이야기를 구연했다.
줄 거 리 : 광양 진상면에 사는 두 사람은 서로 사돈 간인데, 소를 팔러 하동 우시장에 왔다가 술을 마시게 되었다. 술에 취에 집으로 가는데 소를 서로 바꿔 타는 바람에 사돈댁으로 가서 사둔 부인과 잠을 잤다는 이야기이다.

근디 육담은 방금 영감님이(장한종을 가리킴) 육담을 허는데, 여 하동이 소전이 제일 컸어. 잉. 소 파는 데가. 근디 저 악양 사람허고 여그 광양에 진상 사람허고 사둔이라 둘이 사둔간인데. 둘이가 소를 폴러(팔러) 왔어요. 하동장으로.

소를 폴러 와 가지고 둘이서 사돈 간에 만내(만나)논께. 소는 이만 전이고(소 파는 일은 잊어버리고) 술 마시기 시작헌 거이여. 술을 진~탕 마시는 거여. 둘이. 근디 옛날에는 소를 타고 댕기. 팔러 댕길 때.

근디 소를 타야 것는디. [언성을 높이면서] 꺼꾸리(거꾸로) 탔어. 꺼꾸리. 그믄(그래).

(청중 : 사돈 끼리 서로 배껴 탄 거이제.)

하모(맞아). 배끼 탄 거이여 소를. 그런 께로 악양 사람은~ 진상으로 오고~ 진상 사람은~ 악양으로 가고 이런 거라.[조사자 웃음] 그 저 캄~캄한~ 밤중에 인자 소가 소는 한 번 간 질은(길은) 다 찾아가.

아~ 아~ 개 매이로(개처럼) 찾아가. 그것도 영리헌 거여. 그 찾어가 가지고 저녁에 모냥모냥 그래 가지고, 시방 마누래도 폴~폴~ 자는디 들어가서 인자 한방에서 자다가 이놈이 새벽녘에나~ 해서 이거이. 술이 얼추 깨고 그런께 즈그 마누래 젖통도 한 번 만져 보고 잡고. 근게 인자 젖통도 한번 만져 보고 어쩐게로 인자 아~무리 봐아(봐도) 다르거든. [웃으면서] 이거이 좀 달라. ○○ 마누래거든.

아 그런께 날은 저 저 불을 써 본께로(불을 켜보니), [웃으면서] 아 이거 사둔네라. [조사자 전원 웃음] 사둔네를 보듬고 잤신께 어찌될 꺼이여 인자. 서로가 그런 거여 인자. 서로가 양쪽에서 인자.

(청중 : 뭐 밑져 봐야 본전이지. 서로가 봤은께 뭐.) [웃음]

그래 가지고 사둔끼리 그런 망신스런 일이 있어.

혈을 자르자 피를 흘린 가무고개

자료코드 : 06_03_FOT_20100226_NKS_SDS_0012
조사장소 : 전라남도 광양시 옥룡면 운평리 상평마을 옥룡면사무소 2층 회의실
조사일시 : 2010.2.26
조 사 자 : 나경수, 서해숙, 이옥희, 편성철, 김자현
제 보 자 : 서동석, 남, 75세
구연상황 : 앞의 이야기가 끝나자, 조사자들은 조선의 인물을 없애기 위해 혈을 자른 이야기가 있는지를 묻자 다음의 이야기를 구연했다. 이야기판이 길어지는데도 제보자가 피곤한 내색 없이 즐겁게 이야기를 진행했다. 장한종 제보자는 조사자들에게 자신 때문에 많은 시간을 허비했다면서 미안해했다.
줄 거 리 : 봉당면 가무고개의 혈을 자르자 피가 흘렀다는 이야기이다.

그런께 여그 가뭄재 여그 공강으로 너머 가는 가뭄재를 짤라서 그 피가 흘렀다고 그러거든.

핏줄기가 나왔다고 가뭄재 짜르니. 가무개재. 가무개재라고 여그 우에가 있어. 어. 여그서 여. 봉당면으로 너머 가믄. 근디 그 왜놈들이 철을 박아 부렀잖아. 산에다가. 그 백운산에다가 철 찾으러 철을 많이 찾으러 댕겼어.

중국 사신을 물리친 이인

자료코드 : 06_03_FOT_20100226_NKS_SDS_0013
조사장소 : 전라남도 광양시 옥룡면 운평리 상평마을 옥룡면사무소 2층 회의실
조사일시 : 2010.2.26
조 사 자 : 나경수, 서해숙, 이옥희, 편성철, 김자현
제 보 자 : 서동석, 남, 75세
구연상황 : 앞서 중국의 수수께끼에 관한 이야기가 끝나자 이를 듣고 있던 제보자가 다음의 이야기를 구연했다.
줄 거 리 : 중국 사신이 머리카락으로 재주를 부리니 조선 사람이 더 큰 재주를 부려 꼼짝 못하게 했다는 이야기이다.

전에 중국 거 먼 사신이 내려와서 그냥. 머리카락을 빼 가지고,

"요짝에서 저짝으로 구녕을 뚫으라."

그랬어. 머리카락 하나를. 구녕을 뚤으라 그런께. 자기가 딱 뚤어 가지고 왔어. 머리카락을.

그래 요렇게 가지고 와서,

"한번 해보라."

그런께. 우리 한국에 그 재주꾼이, 그 머리카락 하나를 빼 가지고는 딱 딱 하나를 빼 가지고는. 여그서 요리 머리카락을 뚤잖아요. 여기서 질게(길게) 구녕을 뚤어 부렀어. 그래 중국 놈들이 꼼짝도 못하고 갔죠. 허허 [웃음]

사당골과 연화마을

자료코드 : 06_03_FOT_20100128_NKS_SBK_0001
조사장소 : 전라남도 광양시 옥룡면 용곡리 대방마을 대방마을회관
조사일시 : 2010.1.28
조 사 자 : 나경수, 서해숙, 이옥희, 편성철, 김자현
제 보 자 : 서병국, 남, 58세
구연상황 : 서산대사와 무학대사 이야기가 끝나자 제보자가 어렸을 때 들었던 마을 유래에 관한 이야기라며 다음의 이야기를 시작하였다.
줄 거 리 : 장군 네 명이 나온다는 사장군이 사당골로 부르게 되었고, 연화마을은 연꽃이 물 위에서 피어서 솟아오르는 그런 형국으로 후에 대방마을이 되었다. 현재 홍룡과 대방마을에 장군이 두 명이 나왔는데, 앞으로 두 명이 더 나올 것이라 한다.

우리 저 저 점토골이라고 있었습니다.[앞을 가리키면서] 점토. 옛날에 점토~ 한마디로 흙으로 도자기를 만들고. 점토골을 거쳐서 이야기했던 사장군. 저희들은 여기서 사~당군이라고 합니다마는 사당군이라고 합니

다마는.

사장군은 그동안에 전설적으로 내려오면서 바뀐 것이 사당골로 바꼈고~ 그 이전에는 사장군. 예. 사장군 바위. 그래 가지고 바위가 네 개가 있어 가지고 아까 말씀드린 대로 그 장군이 네 명이 날 수 있는 그런 형상을 가지고 있었다. 그래 갖고 사장군.

사당군을 바로 거쳐서 내려오면 연화촌이라고, 아까 말씀했던 연화촌이 있습니다. 그 연화촌은 실질적으로 옛날에 집성촌으로 있을 적에는 연화마을이었답니다. 연화마을로 있다가 실지 그 당시 연화마을로 있으면서 대방마을은 없었겠죠잉.

근데 연화마을로 있다가 어느 때인가는 모르지마는 연화마을이 다시 명명이 명칭이 바뀐 거지요. 대방마을로오. 그래서 연화마을은 한마디로 우리가 저기 이야기했을 적에 달뜨기 몬당이라고 있습니다. 저기 저쪽에 옥곡 쪽에 수평... 저... 면 쪽에.

거기서 내리다 보며는 꼭 연꽃이[손바닥을 펴서 꽃모양으로 만들며] 물위에서 피어서 솟아오르는 그런 형국을 가지고 있는 연화마을이었다. 이렇게 해서 전해내려 온 것이 연화마을이고, 연화마을이 다시 변형돼서 내려온 것이 우리 대방마을로 됐다.

근디 아까 대방마을에는 실지적으로 어찌 보며는 아까 사장군이라고 했죠잉. 그 별이 네 명이 나와야 되는데, 현재 두 명이 나왔답니다. 흑룡 대방 합쳐서 별이 두 개 나왔는데, 서장군이라고 거 통신감으로 있었던 옛날에 통신사령관으로 있었던 서정연 씨라고 그분이 원 본적 고향~ 태어난 곳은 이 대방마을에서 태어나 가지고 흑룡으로 이사를 가셨고오~

현재 해군제독 투스타로 어 재직 중인 서경조 씨가 있는데 그분은 현재 투스타로 있습니다. 에 지금 동해삼군사령관으로 지금 재직을 허고 있고. 그래서 앞 두 명은 장군으로 나왔는데 앞으로 두 명이 나올 것인디 언제 나올 것인가? 이 부분은 에피소드(episode)가 아직 히스테리(history)

가 된 거지요. 그래서 그 부분이 있고.

또 저희들이 요리 보며는 산 지형을 봤을 적에 아까 그 흑룡 이장님이 바로 말씀해 주셨습니다. 저 웅동 쪽에서 쭉 백운산을 거쳐서 내려오는 산세가 양쪽으로 뻗었답니다. 이쪽으로 하나 뻗었고 이쪽으로 홍룡으로 홍대방 사이로 이 그저 세 갈래로 뻗어 가지고 그 기를 받아서 많은 인재가 나오지 않은가! 그런 이야기를 헌 것은 어렸을 적에 저희들이 들어 온 것이고.

백운산에서 떠내려온 왕금산

자료코드 : 06_03_FOT_20100128_NKS_SBK_0002
조사장소 : 전라남도 광양시 옥룡면 용곡리 대방마을 대방마을회관
조사일시 : 2010.1.28
조 사 자 : 나경수, 서해숙, 이옥희, 편성철, 김자현
제 보 자 : 서병국, 남, 58세
구연상황 : 장군 네 명이 나온다는 사당골과 연화마을 형국 이야기에 이어서 들려준 이야기이다. 제보자는 마을 이장으로 적극적이고 활달한 성격을 지니고 있으며, 이런 조사가 마을을 위한 일이라며 적극적으로 참여하였다.
줄 거 리 : 배폭거리라 불린 왕금산이 백운산에서 떠내려오자 모내기하던 여자가 떠내려온다고 말하자 그 자리에 멈춰 버리고 여자는 즉사했다고 한다. 만약 계속 떠내려갔다면 이곳이 도읍이 되었을 것이라는 이야기이다.

대신 이 건너가 보며는 연화마을 바로[억양이 갑자기 커지면서] 보며는 쪼끄만 똥섬이 하나 있습니다. 그것은 저희들이 옛날에 이야기 들기로는 두 가지로 불렀습니다. 배폭거리가 하나 있었고, 배폭거리가 하나 있었고오. 배폭거리 내 아래에가 왕금산이라고 하나 있었습니다.

산이 하나 있는데, 똥섬이 조그마한 똥섬이 하나 있는데, 그 섬이. 배폭거리라고도 불렀고 왕금산이라고도 불렀습니다. 근디 왕금산 그것은 옛날

에 거기 저 여기서 농사를 짓고 살 데니까(살았던 시절이었으니까), 어렸을 때에.

농사를 짓고 살 때에 그저 그 산이 저 백운산 쪽에서 하나 떠내려오니까, 그 거북이같이 해 가지고 지금 현재 거북이형상 여기서 보면 거북이 형상입니다. 그 거북이 같은 것이 떠내려오니까 그 모내기를 허던 여자분이,

“아 그 저 거북이가 떠내려간다.”

라고 이야기를 헐 때 그 당시 그 자리에 거북이가 서면서 멈춰 서면서 그 여자는 현장에서 즉사했다. 그리고 만일에 그 거북이가 그대로 떠내려가 부렀으면 저 밑으로(현 위치가 아닌 곳에 위치했다면) 여기가 옛 도읍지 우리나라 도읍지가 됐지 않냐 헌(하는) 전설도 있었습니다.

(청중 : 왕금산이 방금도 말씀허다시피 금계단을 신고 내려왔다 그랬거든. 금계단을 신고 금계단을 신고 내려왔다 그랬는디. 여자가 방정맞게 “저 산이 계단 신고 걸어 내려온다.”)

이레 논께는 주저앉어 붓다 그 말이여. 그래서 주저앉어서 그분은 죽고 한마디로 말해서 그 왕금산은 그 자리에서 멈춰 있고, 긍께 한마디로 그 안에가 방금 흑룡 이장님 말씀대로 금계단을 신었다는 것은 한마디로 금이 많다. 그 안에가 금굴이 있어 가지고 지금 현재 그…….

(청중 : 금광을 많이 했어요.)

그 저어 채취를 했죠이. 금광산 식으로 해 가지고 그 서너 군데 구멍이 뚫려 있는데 지금은 한군데만 쪼끔 남아 있고, 지금 나머지는 도로로 우리 지방도 옥룡지방도 팔[도로명이 잘못되어 바로 이어] 십일호선으로 통하게 허다 보니까 많은 그저 편입이 돼서 그 자리는 현재 막혀 부렀죠이. [청중에게 동의를 구하듯이] 그런 전설이 있어.

걸어가다 멈춘 왕금산

자료코드 : 006_03_FOT_20100128_NKS_SJD_0001
조사장소 : 전라남도 광양시 옥룡면 용곡리 대방마을 대방마을회관
조사일시 : 2010.1.28
조 사 자 : 나경수, 서해숙, 이옥희, 편성철, 김자현
제 보 자 : 서정도, 남, 79세
구연상황 : 왕금산 이야기가 나오자 조용히 듣고 있던 제보자가 이어서 들려준 이야기이다. 제보자가 청중 가운데 나이가 가장 많다.
줄 거 리 : 왕금산이 걸어가는데 이를 보던 부인이 걸어간다고 말을 하자 그 자리에 주저앉았고, 왕금산에 금이 있다고 하여 사방에 구멍을 뚫은 흔적이 있다는 이야기이다.

왕금산이란 것이 그 옛날에 그 백운산에서 내려올 때 에 날이 참 뭉뚜루 해 갖고 큰~ 내려와 갖고 내려오는디, 거그가 에 어 시방 현재 죽림이라 그러고 내촌이라 그러고 개연이라 그런디, 그 자리가 시기가 큰 도시가 들어 앉을 디다. 이렇게 해 갖고 산이 내려왔는디, 참 금방 이분들 말씀헌 것과 같이 내려오다가 부인이,

"저 산이 걸어간다."

그랬거든요. 잉.

"산이 간다."

그래 논께. 그 자리에 딱 주저앉어 뿌렀는디 주저앉고. 인자 거이 참~ 우리가 알기로는 왕금산이라고 하거든. 왕금산~ 근디 핸제(현재) 그 금을 구뎅이마다 파도 금을 못 찾았단 말이야.

그래 갖고 시방 그 금을 못 찾고 소소허니 쪼깐썩만 나오는 것만 허고 구덕은 사방데 많이 뚤렸어. 응. 그런 전설이 있어.

대리미소

자료코드 : 006_03_FOT_20100128_NKS_SJD_0002
조사장소 : 전라남도 광양시 옥룡면 용곡리 대방마을 대방마을회관
조사일시 : 2010.1.28
조 사 자 : 나경수, 서해숙, 이옥희, 편성철, 김자현
제 보 자 : 서정도, 남, 79세
구연상황 : 서장군 이야기가 끝나고 조사자가 아기장수 이야기를 재차 묻자 이어서 들려준 이야기이다.
줄 거 리 : 다리미와 같이 생긴 그릇을 가지고 오다가 부딪혀서 떨어진 연못을 일러 '대리미소'라 부른다.

우리 부락 뒤에 가믄 대리미쏘가 있어요. 대리미쏘. 대리미. 대리미쏘. 대리미쏘가 [쏘의 둥근 모양을 손으로 그리면서] 있는디. 왜 그 쏘를 대리미쏘라고 했는고니 이제 그 같은 다리미이~

인자 그~ 그 다리미 같은 그릇을 갖고 오다가 거기에서 뭔가 서로 부닥치 갖고 인자 그 뭐 안 좋은 일이 있어 갖고 거그다 떨어져 뿌렀데요. 대리미를~ 인자 그 뭐 들고 온 것을~ 그래서 거가 인자 대리미쏘다 그렇게 인자 명명을 했죠.

요기 요 [자신의 뒤를 손가락으로 가리키면서] 뒷몰랑에 올라가며는 그런 대리미쏘가 있어요.

내 복에 산다

자료코드 : 006_03_FOT_20100128_NKS_SJD_0003
조사장소 : 전라남도 광양시 옥룡면 용곡리 대방마을 대방마을회관
조사일시 : 2010.1.28
조 사 자 : 나경수, 서해숙, 이옥희, 편성철, 김자현
제 보 자 : 서정도, 남, 79세
구연상황 : 죽을 팔자에 대한 이야기가 끝나자 조사자들이 이무기, 구렁이에 관한 이야기

를 묻자 모른다고 하자 다시 도사에 관한 이야기를 물었다. 그러더니 제보자가 한참을 생각한 뒤에 다음의 이야기를 구연했다.

줄 거 리 : 김정승의 셋째 딸이 자기 복에 산다 하여 집에서 쫓겨나 헤매고 다니다가 어느 시골 총각 집에 살면서 부부가 되었다. 그리하여 남편에게 글공부를 시켜 과거에 급제하고, 집안에 쌓아 두었던 돌을 마을 부자가 쌀과 바꾸자 하여 그리하였는데, 정작 돌무더기 위의 돌만 집안에 두었는데, 그것이 황금이어서 부자가 되었다. 이후 친정 부모와 함께 행복하게 잘살았다는 이야기이다.

저 김씨란 분이. 예. 김. 인자 김싸란 분이 인자 그 딸을 셋을 삼형제를. 그런디 인자 그분이 김정승이라고 그런디 정승급이라고 한분은 근디 인자 될라고 그랬던가(김정승이라고 정승급 될 정도의 분이 있는데). 딸들을 다 불러다 놓고 아 이 큰 딸 보고 물었어.

"니는 누구 복으로 먹고 사냐?"근께 인자,

"아부지 복으로 묵고 사요."

"왜 그러냐?"근께.

"정승으로 정승을 헌께, 아버지 복으로 먹고 사요."

둘째 딸보고 물은께 둘째 딸도 그랬어. 근께 셋째 딸이 셋째 딸이 인자 물은께.

"지(내) 복으로 묵고 산다."그러거든.

"나는 나 복으로 묵고 삽니다."

하 이거 그 아부지가 화가 벌떡 났어. 화가 나갖고,

"그럼 니 복으로 묵고 사는가 보자. 나가라."

그래 갖고 그 이튿날로 쫓아내 부렀어요. 응. 딸을,

"니가 니 입으로 니 복으로 묵고 산다고 했시니께 니 복으로 묵고 살아봐라."

하면서 쫓아냈어. 긍께 헐 수 없이 싸 짊어지고 나갔죠. 짐을 짊어지고 근디 정승집 딸이 되기 때문에 얼굴도 곱고 맵시가 고울 꺼 아니여. 아 질을(길을) 가다가 가다가 종일 내 걸었어. 걸어서 인자 어디 인자 못 가게 됐는데 어디 인자 뉘 집에 가서 인자 하룻밤 자고 그 이튿날 또 걸었단 말이여잉.

인자 방을 빌려 자고 또 간디 재가 딱 있는 디서 동그런 동그런 재가 있었는디, 재를 넘어서 내려온디 날이 일몰이 돼 부렀어 저물었어 저물었는디 갈 디가(갈 곳이) 없단 말이여 인자. 날은 저물제 집은 없제 그래 인자 쭈욱~ 내려온께. 그 얄궂인 솟을대 움막이 인자 저 산직이 산에서 인자 저 감자 같은 것을 심어 갖고 개간해 갖고 감자 같은 거 심어 갖고 솟을대로 울타리를 막고 그래 갖고 사는 집이 있더래.

그래 인자 그 집이 거기로 가서 본께. 아 인제 날은 저물어 뿟는디 방은 단칸이여. 정자 한나(하나) 방 한나. 근디 둘이 똑 둘이 살아. 즈그 어매하고 즈그 아들하고. 아 즈그 아들하고 둘이 사는디 할 수 없이 거게 자게 됐는디 즈그 어매하고 즈 저 그 손님이지요. 그 사람허고는,

“방에 들어가라.”

그러고 자기는 인자,

“정자에 잔다.”

그러고 인자 나온께,

“한 데 자도 괜찮다.”

그래 갖고,

“전부 한 방에서 자자. 나가(내가) 손님으로 와 갖고 주인을 쫓아낼 수가 있냐?”

이래 갖고 어째서 할 수 없이 인자 한방에서 인자 그 자게 됐더래요. 근께 잠이라도 잤는가? 못 잤지. 그래 갖고 그 이튿날 날이 새서 인자 그 뭐 밥도 그리저리 근께 묵었겄죠. 묵고 본께 [고개를 좌우로 찬찬히 훑어보면서] 요 사방간데 둘어보니 괜찮거든~ 여자가 보기에~ 근게 자기 복인 거죠. 자기 보기엔 거 살 수 있것단 생각이 들었는 갑죠. 그래 갖고,

“여그 하룻밤 더 자고 가면 안 되겠냐?”

헌께로, 놀랠 꺼 아니요오~

인자 그 뭐 옷도 잘 입었고~ 얼굴도 반닥하니 잘 잘생겼고 헌게 그 놀랬어. 그래 갖고,

“안 된다.”

근께, 쏘런다 쏘런다 그렇게 해 갖고 자게 됐더래요. 또 하릿 저녁에. 자게 되어서. 뚬벙 뚬벙 한 삼사일 된께 딱 자기가 인제 눌러 앉아야 되겠단 말이여. 자기가 볼 때에 그래 인자 그 남자헌테 그 글을 몰라잉. 글을 모른께 인자. 그 여자가 인자 글을 말로 그러니까.

‘여그서 그냥 내리 갖고 살자.’

이렇게 해 갖고 사는디 근데 저녁으로 인자 낮에는 가서 밭을 [밭가는 시늉을 하면서] 개간을 허고 인자 저녁으로는 글을 갈차요(가르쳐요). 근게 근디 자울라 싼께(잠을 자려고 하니까) 바늘을 갖다 놓고 [바늘로 무릎을 찌른 듯이] 자울면 꾹 찌르고 그래 갖고 인자 그때 글을 배우고 인자 글을 가르치고 그랬는디.

인자 오래 자꾸 그 세월이 간께 글도 인자 알만치 알고. 인제 개간한 돌을 돌을 하~나도 안 버리고 내려올 때 돌을 이고 오고 지고 오고 그래 갖고 돌을 갖다 맨들데[손을 둥그런 형태로 모양을 만들면서] 돌벤들을~

바구 바구 돌 요런 [공모양 정도로 손을 벌리면서] 돌. 돌을 인자 벼늘을 데 갖고 인자 마당가에다 자꾸 그거이 개간헐 때마다 나온 놈을 갔다 쌓는 거예요. 그래 갖고 인자 자꼬 살고 그렇게 사는디. 한 십여 년 전(정도) 이렇게 됐는가 봐 그런께 인자.

그래 인자 남자가 그 저 과거에도 볼 수 있는 그런 자격이 됐고. 인자 그 할 적에 인자 언제 인자,

‘몇일 날에 과거를 본다.’

인자 거글 갈라고 예정을 하고 있었는디. 그 돌덩이를 인자 여그다 해논 것을 인자. 이기 ○○○ 저기 같으면 인자 저 새미테만큼 됐는 갑죠.

거그도 정승이란 분이 한분 살았대요 인자. 정승이 아니라 지금 말하자면 그 이 면장잉.

면장~ 그 사람이 살았는디. 어 그분이 내려다 보면 저 나와서 저녁으로 나와서 쳐다보면 훤히 그쪽에서 빛이 나더래요 빛이.

(조사자 : 어어어~ 면장이 보니까요.)

예. 근디 그 집이 천석꾼이라. 그 면장허던 그 집이. 그래 갖고 저~녁마다 나와 보면 거그가 빛이 훤~헌 빛이 막 나더래요. 하래는 그 사람이 왔더래. 그 집으로 와 갖고,

"쓰~ 아무래도 집이가 거시기가 뭐이 헌디."

근디 돌덩이 요놈을 인자 욕심을 낸 거예요. 돌벼늘~ 돌을 갖다 쟁에논 걸(쌓아둔 것을). 그래서 인자,

"돌덩이 요놈허고 우리 창고에 나락하고 바꾸자."

그랬단 말이여. 돌 나락 쌓아논 것 허고 그런께 처음에는 인자,

"안한다."

그랬어. 근께 심이 두세 번 온께.

"그럼 그러자."

그래 갖고 인자 이러게 부자가 되고 그런께 그 저 일꾼들이 있을 꺼 아니요. 그놈들이 와서 돌을 전부 실어가고 또 저 쌀을 나락을 일로 실어가고 나락가마니 우에를 딱 제치더래요. 음! 나락가마니 제일 우에를 제처. 그럼 인자 이 부인도 와서 자기도 나락가마니 제일 우에 있는 놈을 제치면서,

"저 우에 있는 돌을 내려논다아~. 제일 우에 것은 내려논다."

제일 우에 것은 내려놨어. 내려놓고는 돌은 돌대로 저쪽으로 가 뿔고 나락은 요쪽 집으로 오고 근께 인자 부자가 됐네. 부자가 됐는데 내려놔분께 그 뒤에 다 바까분 뒤에 본께 그 집이 훤~허거든. 즈그 집은 아무것도 캄캄해져 불었고. 그 집이 돌 제일 우에 올려놓은 것이 금떵

어리라요.

어. 그래 논께 그게 빛이 났어. 그래 논께로 금떵어리를 논께 빛이 난께로 인자 그 놈 우에껄 내려 놔 뿐께 그 사람은 나락 다 차지하고 금덩이라 차지하고 저사람 저 나락만 뺏깃 뿐 거제.

(조사자 : 하나를 갖고 가서 그러네요. 제일 위에치를 갖고.)

예. 그래 갖고 사람이 인자 즈그 남자가 인자 과거를 보러 갔어. 과거. 옛날 과거. 과거를 보러 가갔고 과거에 합격이 됐단 말이요잉. 합격이 돼서 인자 즈그 친정에를 찾아 갔어 인자.

그래 갖고 과거보고 과거에 합격해서 간께. 즈그 집이 본래 있던 집이 없더래요. 본래 있던 집이 없어. 그래 인자 물으니까,

"아무대로 이거를 갔다아~"

그래서 거그를 가본께 참~ 험방지럽게 허고 살더래요. 그래서 인자 같이 만나 논께 막 놀랠 꺼 아니요.

"그래 갖고 이러고 이러고 헌다."

그래 가지고 그 살림들 요리 싹~ 땅겨 갖고 같이 가고. 그래 갖고 즈그 친정도 잘살게 만들어 주고 그랬다는 얘기가 있었어.

죽을 사람은 꼭 죽는다

자료코드 : 006_03_FOT_20100128_NKS_SJD_0004
조사장소 : 전라남도 광양시 옥룡면 용곡리 대방마을 대방마을회관
조사일시 : 2010.1.28
조 사 자 : 나경수, 서해숙, 이옥희, 편성철, 김자현
제 보 자 : 서정도, 남, 79세
구연상황 : 도깨비 이야기가 끝나자 조사자들은 제보자들과 함께 마을 주민들이 마련해 준 점심을 먹었다. 점심을 마친 후에 부엌에서 설거지하는 소리에 잠시 조사를 멈추고 휴식을 취하면서 마을에 다른 이야기꾼이 있는지를 확인하였다. 오

전에 많은 이야기를 해 주셨던 서동석 제보자가 3시부터 있는 '시장과의 대화' 참석하기 위해 자리를 뜨면서 잠시 소란스러워졌다. 그간 다른 조사자가 민요에 대한 정보를 물은 뒤에 다시 이야기판을 마련하자 제보자가 직접 본 이야기는 아니고 들은 이야기라면서 다음의 이야기를 구연했다.

줄 거 리 : 어떤 사람이 몇 월 며칠에 죽을 팔자라 하여 죽음을 피하고자 독 안에 들어가서 몸을 피했으나 결국 뱀이 독 안으로 들어와 물려 죽었다는 이야기이다.

저기 여기가 직접 저 본 얘기도 아닌디. 옛날 노인들한테 들은 이야기가, 그 옛날 노인들이 들은 얘기로 저 문복쟁이가 있었는 갑데요잉. 점치는 사람~ 그래 인자 한 사람이 그래 인자 지나는디 그 사람은 군담을 허드레요. 그 사람을 보고~ 군담! 근께 [생각을 하더니] 하 이 참 군담을 헌께 이 사람이 길을 가다가 돌아섰어 돌아서 갖고,

"어찌 그러냐?"

그런께 얼굴을 쳐다봤담 함서(쳐다보고 하면서)

"당신이 꼭 곧 죽을 팔자요."그러더라여.

"그래 어째서 그러냐?"

그런께. 몇 월 며칠날 몇 시 딱 시간까지 정해주면서

"당신이 배암을(뱀에) 물려 죽을 팔잔께에(팔자니까) 그걸 피해라."

그래서 어떻게 어떻게 피해라 허고 갈켜 줬는디 아 거 할 수 없이 거 인자 듣고 난께 기가 맥히잖어요. 근자 그날 인자 돌아가서 내~내 인자 걱정을 허고 그날이 돌아온께 어찌해 볼 도리가 없어.

근디 인자 큰~ [바위모양을 손으로 그리면서] 독을 독을 갖다가 놓고 독 안에다가 인자 사램이 들어가고 독 뚜껑을 덮었단 말이여. 독 뚜껑을 덮었는디 배미가 [언성이 커지면서] 휭~ 집에 [개미가 독 주변을 도는 길을 손가락으로 그리면서] 한 바쿠 돌더니. 집 한 바쿠 돌더만.

그 독 있는디로 가서 독을 한 바쿠 휙~ 돌더니 독에다가 꽉 몸뚱이를 감아갔고 대그빡을 갖다고 독 뚜껑 새에다가 들여요(뱀이 독 안에 머리를

들이 밀어 넣는다). 뭐 설마 뭐 물어 죽을 거인디 죽을라더냐? 그랬거든.

근디 그놈이 풀어 갖고 가 뿐께 사람이 탁 죽어 갖고 있어. 왜 그 독을 풀어 넣어 논께 배암 배암 독을 넣어 갖고 그 그 사람이 독 독을 풀어 넣어서 죽어 부렀단 말이여. 그래 갖고 말이 불가돔에는 독 안에도 못 이긴다 거 거시기 있잖에요. 그래 갖고 죽었다 그래요. 팔자대로 죽었다고 그래서 죽었다고 하고 근께 아무리 독을 독 안에다 넣어 놓고도 죽을 사람은 헐 수 없이 죽는다고.

(청중 : 근께 운명은 재천이라 하늘에 뜻에 맽겨야지. 아등바등해도 자기가 살수가 없는

그래서 불가돔에는 독 안에도 못 이긴다. 자기 운명이 그거밖에는 안됐다.)

은혜 갚은 꿩

자료코드 : 006_03_FOT_20100128_NKS_SJD_0005
조사장소 : 전라남도 광양시 옥룡면 용곡리 대방마을 대방마을회관
조사일시 : 2010.1.28
조 사 자 : 나경수, 서해숙, 이옥희, 편성철, 김자현
제 보 자 : 서정도, 남, 79세
구연상황 : 앞서 마을회관에 모인 할머니들에게 민요를 조사한 뒤에 이를 지켜 본 제보자가 다시 이야기를 하겠노라 하면서 다음의 이야기를 구연했다.
줄 거 리 : 과거를 보러 가던 사람이 재를 넘어가다가 구렁이가 잡아먹으려는 꿩 새끼를 구해 주었더니 그 사람에게 보은했다는 이야기이다.

옛날에는 과거를 보러 많이 안 댕기오. 등 뒤에 보따리 같은 것을 메고 과거를 보러 가. 인자 과거를 보러 가는디 옛날에는 저 저 서울에서 서울로 보러 댕긴께 시방 옛날엔 거슥 아니요.

한양. 한양으로 인자 과거를 보러 올라가는디 인자 걸어 댕기기 때문에

하루 이틀은 얼른 못 가거든요이. 가다가 인자 자고 자고 그런디. 아 하루는 인자 재를 넘게 되어서 재를 넘어가는디.

아 이 꿩이 알을 낳아 났는디 배미가(뱀이) 구렁이가 와서 [손을 휘저으며] 알을. [잠깐 생각하다.] 아 인자 본께 새끼 새낀디 새끼를 다 잡아먹고 애미도 거가 앉아 있으니까 안감 죽을 꺼 아니요. 이제 잡아먹고 요래저래. 구렁이가 잡아 새끼를.

이 저 머 과거 보러 간 사람이 쫓았어요. 쫓아 갖고 인자 이 저 새끼 남는 놈을 딴디다 옮겨 줘 뿌렀어요. 옮겨 놓고 인자 갔는디. 그러다 본께 간께 인자 거시기가 됐죠잉. ○가 인자 한~ 며칠 걸렸는디. 갔다가 과거를 보고 인자 갔다가 온디. 이 저 종을 절에 종을 안 치믄 이 사램이 이 구렁이헌테 물려 죽게 돼 있어. 그런께 인자 얘기를 했단 말이여. 인자 아는 사람이,

"인자 니가 이러이러헌 일이 있은께 니는 에~."[잠시 설명으로 넘어간다.]

새벽을 인경이라 그러거든.

"그 전에(새벽이 되기 전에) 잽혀 먹는다. 그래 너는 죽는다."

근께 거슥허라 헌디. 그게 인자 꿩이 그거를 알고 어뜩해 알았던지 원수 갚는다고 꿩이 알고는 인자 그~ 절에 가서 지 대그빡으로 종을 쳤어. 대그빡으로오~ [손을 이마에 대고] 대가리로 종을 쳐갖고 꿩은 죽어 뿔고.

그 사람은 다행이 인자 그 아침에 일어나 본께 꿩은 죽어 갖고 자기 옆에 날아와서 자기 옆에 죽고 인자 그 집 앞에서. 인자 자기는 살고 꿩은 죽고 그런 그렇게 한 인자 전설이 있어.

불효자 길들이기

자료코드 : 006_03_FOT_20100128_NKS_SJD_0006
조사장소 : 전라남도 광양시 옥룡면 용곡리 대방마을 대방마을회관
조사일시 : 2010.1.28
조 사 자 : 나경수, 서해숙, 이옥희, 편성철, 김자현
제 보 자 : 서정도, 남, 79세
구연상황 : 앞서 며느리 쫓겨난 이야기가 끝나자 조용히 앉아 있던 제보자가 다음의 이야기를 들려주었다. 오전에 비해 오후가 되니 청중들이 분위기를 주도하면서 많은 이야기를 들려주려고 했다.
줄 거 리 : 친구 아들이 부모에게 불효하는 것을 보고서 그 아들을 불러 자기 집으로 불러 극진히 부모를 모시는 것을 보게 하여 불효를 고쳤다는 이야기이다.

옛날 참~ 형제같이 친헌(친한) 친구가 있었더래요. 한 사람은 부락에 인자 좀 떨어져서 살고, 한 사람은 저 산 중에 산골에서 살고 그랬는디. 친구 집인디 한번 찾아 갔더래요. 산중으로. 산중으로 찾아간께. 근디 요 집이도 아들 하나~ 저 집이도 아들 하나.

아 그래 찾아간께. 그 집 아들이 그때 한 이십 살 묵었는 갑소. 산에 갔다가 오면 즈그 어매 아버지를 뚜두러 패요.

(조사자 : 산에 갔다 오면 패요?)

예. 나무 해 갖고 오면 즈그 어매 아버지를 패. 그 왜 그러냐? 헌께.

"어려서부텀 좋다고 예삐다고 느그 어매가 때리라. 느그 아빠가 때리라."

요것이 버릇이 딱 되어 부렀단 말이여. 그래 갖고 인자 들에 갔고 일만 허고 오며는 즈그 어매 아버지를 때려. 근데 즈그 친구가 가서 보고는,

'그 큰일 났다. 이놈~ 큰일 났어.'

그래서 인자,

"여기에다 이러면 안되겠네. 자네 우리 집으로 아들 델꼬 한번 올라나?"

허드라여. 하~ 요 말 안 듣는디. 어떻게 데리고 갈지 모르겠다고. 그래 갖고 며칠 있다가 시들허다가 인자,

"우리 집에 한번 와 보라."

고 했거든. 근께 즈그 친구끼리만 갔어요잉. 친구 집을 가본께 친구 아들은 바깥에 어디 막 기냥 즈그 부모한테 그렇게 효도를 허는디, 야는 들에만 갔다 오며는 즈그 부모를 때려. 그래서 인자 걸게 인자 음식을 장만해 갖고,

"집에 아들 한번 데꼬 오소."

그래 인자 그렇게 날을 받아 갖고 데꼬 갔어요잉. 인자 데꼬 간께 거 쨌일 거 아닙니까. 물론 짜기는 쨌지잉. 안 짤 수가 없었제. 거 즈그 아들이 어디 갔다가 들어오더만 막 방문 앞에 와서 즈그 아버지 한테 절허고,

"하이고 잉 엊저녁에 잘 지냈냐?"

하고. 헌께 이 야가 기냥 채다봤어. 이놈이 지그시 채다보고 있다가 인자 그날은 음식이랑 묵고 가셨어요. 가셨는디, 또 며칠 후에 인자 또 인자 오라 그래 갖고 인자 서로 왔다 그랬기 때문에 오라 그래 갖고 인자 그 집이서 또 갔어. 인자 요 아들을 데꼬 또 갔는디 그 때 인자 즈그 아부지가 출타를 해 갖고.

인자 효다 헌 아들이 인자 즈그 아부지가 출타를 하고 그래 인자 출타했다가 들어온께, 그~ 버선발로 맨발로 쫒아가서 즈그 아버지를 모시고 와 갖고 인사를 극진허게 하고 그러더래요.

그런께 인자 이 사람이 그래 또 인자 뚝띠히(똑똑히) 봤어잉. 인자 눈여겨보고 있다가 인자 거그서 묵고 갈리 가 뿌렀는디. 한번은 야가 나무를 짊어지고 시장을 가더래요 인자. 산중에 있는 아들이.

시장을 가더니 갔다 오더니 괴긴가? 머인가? 한 마리를 점포에 걸쳐 갖고 오더마는 그걸 자기 거슥을 해 갖고 하~ 즈그 아버지헌티 가 공경을 허드라 그 말이어. 그래 갖고 그 아들을 버릇을 잡아 갖고 효자 말을 듣

고 참~ 잘 살았드래요. 그런 말이 있소. 예. 그러니까 인제 세 살 버릇이 여든까지 간다 그런 말에서 난거죠.

도선국사와 연화동

자료코드 : 06_03_FOT_20100128_NKS_SJH_0001
조사장소 : 전라남도 광양시 옥룡면 용곡리 대방마을 대방마을회관
조사일시 : 2010.1.28
조 사 자 : 나경수, 서해숙, 이옥희, 편성철, 김자현
제 보 자 : 서정화, 남, 70세
구연상황 : 서동석 제보자가 강바람 이야기를 마치자, 제보자가 이어서 들려준 이야기이다. 이야기를 듣고 있는 청중들이 흥미로워하며 경청하고 있었다.
줄 거 리 : 도선국사가 중국에 가면서 연화촌에 백씨 성을 가진 이가 들어와서는 안 된다고 했으나, 그 뒤에 백씨 성을 가진 이가 마을에 들어와 큰 불이 났다고 한다. 그리고 달이 뜰 때 가장 아름다운 마을이 연화동이라 한다.

원래 우리가 고려 때는 이 이 대방마을이 어디서 형성 형성된 것이 아니고, 저 너매 시방 아까 우리가 말했던 연화 연화촌이란디가 원래 어 터를 잡고 거기 몰 저기에서 마을이 형성되었는데. [잠시 뜸들이다.] 에 사실 그것이 전설적이 되만 해도 그 도선국사가 중국을 가시면서,

"백씨의 성을 가지고 있는 분은 이 마을에 마을에 들어와서는 안 된다아~."

그런 부탁을 허고 중국을 가셨는데. 그 안에 백씨 가진 성이 어 그 마을에 들어와 갖고 그 마을에 들어와서. 거기서 바로 보며는 어디가 보이나며는 시방 쩌어 바로 보이는 봉화산! 봉화산 옛날에는 어떤 거 중앙에다가 알릴라며는(알리기 위해) 봉화불을 피워 가지고 알리잖애요. 그 봉화산이 연화촌에서 바로 보이거든.

근데 그 마을에 백씨라는 성을 가진 분은 절대 들어오지 말라고 했는

데 들어오네. 여 살아서는 안 된다 근디. 중국 가신 후에 그 백씨 성을 가진 분이 그 연화촌에 입촌을 해 가지고~그 마을에 전체 불이 나 붓다 이거야.

그래서 그때 인자 흩어진 분들이, 이 밑에 이거 시방 냇물 하나 건너며는 똘 하나 있고 지금 저 짝 이 동쪽 저 짝으로 전부다 터를 잡아 가지고 요 짝으로 왔다는 그런 옛날 그 노인들에 전설적인 그 이윤데~ 그게 원래는 우리 마을이 대방마을이 아니고 연화 연화촌이다.

긍께 그 연꽃 연(蓮)자.

긍께 도선국사가 옥룡좌를 밟 옥룡사 거 거기를 잘 잡고 계실 때에 그 분들이,

"여그 저 달 뜨믄 달 뜨는 날에 가장 아름다운 마을이다아~."

그래서 연화 연화동이라 그러거든요. 연화촌 연꽃이다아~그러큼 잡았는데 지금은 인자 그분들이 와서 여기서 터를 잡았는데. 달 뜨는 마을 앞에 마을 밑에 달뜨기 산 밑에 가장 아름다운 꽃이다. 그게 큰 대(大)자 꽃다울 방(芳)자.

사당골의 장군바위

자료코드 : 06_03_FOT_20100128_NKS_SJH_0002
조사장소 : 전라남도 광양시 옥룡면 용곡리 대방마을 대방마을회관
조사일시 : 2010.1.28
조 사 자 : 나경수, 서해숙, 이옥희, 편성철, 김자현
제 보 자 : 서정화, 남, 70세
구연상황 : 제보자가 앞서 들려준 연화동 이야기가 끝나자 이어서 들려준 이야기이다. 제보자의 진지하면서 점잖은 모습이 인상적이었다.
줄 거 리 : 사당골에 네 개의 장군바위가 있어서 이 마을에 육군, 해군 장군이 나왔다는 이야기이다.

요새 우리가 옛날 노인들 말씀을 가~만히 생각해 보며는 쓰~[잠시 목을 가다듬고] 이것이 참 전설적이기도 하고. 이 사~ 사당골이라고도 하고, 우리가 옛날 어르신들한테 들은 것은 사장군.

그 사당물에가 장군바위가 네 개가 있다아~ 그 장군바위가아~ 그 바위가 뭐~뭐~뭐~뭐~ 장군바우가 있다 그러며는 그 유래로 봐서 이후에 이 용곡리 여그에서 장군들이 너이가 태어난 것이 난 곳이 아니냐! 인물들이 난 곳이 아니냐!

사장군 네 개의 장군바우가 있은께에. 근디 이것을 그 노인들 허신 말씀을 가만히 생각해 보며는 연결성이 있단 말이여, 연관성이. 인제 그것이 그래서 어쩐가 모르겠지마는 방금 흑룡 이장님이 말씀허신 대로, 지금 현재까지 이거 근께 어 육군·해군 장군이 태어난 것이 시방 여그그던. 근디 가만히 보며는 그거이 맞어(맞게) 돌아간 거인가~ 그런 유래는 있어요.

길을 인도해 준 호랑이

자료코드 : 06_03_FOT_20100128_NKS_SJH_0003
조사장소 : 전라남도 광양시 옥룡면 용곡리 대방마을 대방마을회관
조사일시 : 2010.1.28
조 사 자 : 나경수, 서해숙, 이옥희, 편성철, 김자현
제 보 자 : 서정화, 남, 70세
구연상황 : 서동석 제보자의 호랑이 이야기가 끝나가자 이를 듣고 있던 제보자가 이어서 들려준 이야기이다.
줄 거 리 : 옛날에 숯을 굽고 살던 댑새영감이 한밤중에 산길을 가면 호랑이가 나타나서 길을 인도해 주었다고 한다.

아니 그 저 옛날에 우리 어렸을 때에 얘기를 들어보며는 그 댑새영감 말입니다잉. 댑새영감 그 양반이 저 독대짚골 독대짚골 거그 가서 숯을

꿉고 넘어 올 때에, 그 곰골 그 재에서 오며는 거 호랭이가 앞에서 아사랑이 길 인도해 가지고 응 대반모탱이 들어오며는. 자긴 올라가고오. 그 그랬다는 얘기가 있어요.

(청중 : 그 곰골 채에가 그 호랭이가 한 마리 있었거든요.)

그 노인들 헌티서 놀다보며는 그 말씀을 많이 허고. 옛날에는 먹을 것이 없어 갖고 저~깊은 산골에 가 가지고 숯을 꾸어서 그놈을 내다 팔아가지고, 그리고 또 인자 집에 왔다가 식량 같은 거 준비해 가지고 또 산에 들어가 가지고 먹으면서 나무해서 또 숯을 꿉고.

그래 갖고 오다가 보며는 그 밤을 낮같이 이용하고 다니는 그런 분들이 있담세. 호랑이가 앞에 길인도 해주고 그랬다고 그래요.

"인제 다 왔다 가거라."

그러면 올라가고 그랬다고 그래요.

가슴을 도려내고 죽음으로 정절을 지킨 과부

자료코드 : 06_03_FOT_20100128_NKS_LJY_0001
조사장소 : 전라남도 광양시 옥룡면 용곡리 대방마을 대방마을회관
조사일시 : 2010.1.28
조 사 자 : 나경수, 서해숙, 이옥희, 편성철, 김자현
제 보 자 : 이정임, 여, 72세
구연상황 : 내 복에 산다 이야기에 이어서 조사자가 쌀바위에 대해서 묻자 모른다고 했다. 이어 아이들의 지혜담을 비롯해 여러 이야기에 대해 물었으나 잘 기억이 나지 않는다고 했다. 조사자가 할아버지들 뒤쪽에 앉아 있던 할머니들에게 물레 노래를 물으나 이곳에서는 그런 노래를 없다고 얘기를 하면서 이정임이 아버지께 들은 이야기라며 다음의 이야기를 구연했다.
줄 거 리 : 일찍 과부가 된 여인이 살고 있는데, 이웃 집 남자가 자기 가슴을 만지자 가슴을 도려내고 죽음으로 정절을 지켰다는 이야기이다.

전에 우리 아버님한테 우리 친정아버지. 아버지헌테 그런 얘기를 자주 들어 쌌었거든요.

근디 그 우리아버님이 뭐라 했냐며는 열녀에 대해서. 예에. 열녀에 대해서 이야기 잘 해줘 쌌거든요.

근데 그 들은 거 중에 한 가지가 조선시대 여인들은 얼마나 그 정조에 대해서 크게 그 참 소중히 여긴 것을 그 얘기해 줬거든요. 근디 그게 인자 무슨 얘기냐 허며는, 한 여인이 일찍이 인자 소녀 과부가 됐단 말이요. 소녀 과부가 됐는데 그 정조를 지키기라기는 참~ 어려운 일이거든요.

그런 얘기들이 수없이 많이 있긴 있어요. 정조 얘기 그런 열녀에 대해서 있는데. 한 가지 나가(내가) 기억에 남는 이야기가 뭐이냐 허며는, 참 할 수 없는 것을 하는 것이 여자의 힘이다 그때 느꼈거든요.

우리 아버님께 얘기를 들으면서 그래서 머이냐 허며는, 참 혼자 그렇게 수절을 허고 살면서 그때는 그 양반이라는 계층 아래에 있으면서 벼슬아치라 함은 크게 저 능력있잖아요! 그럴 때에 이 농부에 아내로써 혼자된 사람이라 하며는 존재도 없어.

아무런 힘이 없고 그런 사람인데. 그런데 그 벼슬아치가 그 여인을 그 여인을……, 예. 그래 가지고 머 그 여인을…… 지금으로 말하면 머이라고 할까? 유혹을 해 가지고 유혹을 해서 그 [가슴에 손을 대면서] 유방을 만졌단 말이여.

그러니까 딴 남자에 대한 그 남자가 자기 몸에 유방을 만졌다. 그것이 인자 아주 정조를 파는 그런 마음이 됐단 말이여 이 여인이. 그래서 거가 생각도 못해 가지고 강가에로 갔데요. 강가에를 들어갈 때에 어떠한 거 거슥허로 들어갔냐며는,

자기가 자기 유방을 [가슴을 치는 듯한 시늉을 하면서] 칼로 비어 가지고 그것을 피를 흘리면서 그것을 들고 강가로 들어가면서 거가 크게 소리치면서,

"큰 문을 잽혀라."

이렇게 하면서 그 앞에서 쓰러져 죽었다고. 그 일로 인해 가지고 참~ 여자의 정조라는 것이 얼마나 귀중하다는 것이 널리 알려져 갖고, 그 때 그 옛적에 그 여인 그 때에 그 참~ 조선 사람 여인들이 그 정조에 대해서 크게, 하여튼 간에 동네 큰 동네가 됐다고. 그러면서 여자의 정조라는 것은 얼마나 귀중한 것이다.

"우리 한국인에 있어서 더욱이 참~ 우리 한국 사람들은 어쨌던지 간에 정조 지키고 부모 공경하고 우애 있고 이런 것을 목적으로 한께 한국 사람이니까 그걸 잘 생각해야 한다."

아 이러면서 하~[웃음] 그 얘기를 할 때, 그 다른 또 얘기들은 그저 뭐 정조를 지키면서 자기 자기가 거슥을 이기기 위해서 뭐 칼로 또 뭐 바늘로 쭈셔 가면서 정조를 지켰다. 이런 이야기는 수없이 많이 들었지만 해도 그것은 나 귀에 남아 있어요. 지금까지.

에 그래서 우리 참~ 전에 조선 사람들……. 지금 참 개판이 됐잖아요. 하~[웃음] 정조 지킨 것이 뭐 그것이 뭐 여자의 근본이라 생각지도 않고 지금은 그렇잖아요?

그런디 그런 서양 거시기가 와서 그랬다고 그러는데 지금은. 하여튼 세상이 말세가 된지 몰라도 이제 머 정조를 지킬라고 애쓰지도 않지만. 전에 우리 참~ 조선 여자들은 그~만큼 정조를 중히 여겼다고.

(조사자 : 결혼하시기 전에 친정아버지가 해 주신 이야기인 거죠?)

하.[긍정의 대답]

방귀 낀 며느리

자료코드 : 06_03_FOT_20100128_NKS_LJY_0002

조사장소 : 전라남도 광양시 옥룡면 용곡리 대방마을 대방마을회관
조사일시 : 2010.1.28
조 사 자 : 나경수, 서해숙, 이옥희, 편성철, 김자현
제 보 자 : 이정임, 여, 72세
구연상황 : 열녀 이야기에 이어서 아버지에게 들었던 이야기라며 다시 이야기를 구연했다. 제보자는 어릴 적에 아버지에게서 참으로 많은 이야기를 들었다며 마지막에 아버지에 관한 이야기를 꼭 덧붙였다.
줄 거 리 : 시집온 며느리가 방귀를 끼지 못해 얼굴이 새하얗게 변하자, 시아버지가 마음 놓고 끼라 했다. 그러자 며느리가 방귀를 끼니 온 집안이 들썩거리면서 마당의 덕석, 부엌의 살림살이가 모두 날아갔다고 하는 이야기이다.

방구 끼는 며느리 방구 끼는 이야기를 아까 하라 그랬는데. 우리 아부지 방구 끼는 며느리 방구 끼는 이야기는 다르거든요. 지금 저 낮에 저 유치원 학생들 머 동화책 거기서 나온 것을 봤거든요. 며느리 방구가 선생님이 머.

꼈데요. 아하하하[전원 웃음] 우리 아부지 말이 그래요. 우리 아버님 말이 참~ 방구를 잘 끼니까 그냥 [잠시 생각하다.] 응! 모든 것이 기냥 몸도 건강허고 신체도 좋고 그런께, 전에는 며느리 들어올 때 보통 튼튼허고 그리고 어린이도 잘 낳고 건강해서 일도 잘하고 이런 사람들을 며느리로 선호했데요.

지금은 날~씬하고 이런 한들한들한 것이 좋지만 해도. [웃음을 터트리면서] 전에 사람들은 며느리 들어오면 머심가치(머슴같이) 여기잖아요.

'하나 머심 들어온다.'

아 이렇게 생각해 가지고 인자 그 머 방구 잘 뀌고 잘 먹고 그러니까, 하이고 [조사자가 사진을 찍자] 못된 사람이 사진 찍을라고 헌데 나 안 할란다. 하~[웃음]

아이고[웃음] 우리 아부지 얘기는 그래. 그래 갖고는 이래 건강하고 신체도 좋고 그러니까,

'우리 며느리 복댕인가?'

싫어서 며느리를 델꼬 왔는디 인자 며느리 삼아 데꼬 왔는디. 아~ 그래 날이 갈수록 얼굴이 새하얘져가. 하~ 나중에는 [웃음] 빼빼 모르고(마르고) 인자 기냥 [얼굴에 손을 대면서] 얼굴이 파리해 간다 말이여. 하 애가 터져서 시아버지가 잠깐,

"며늘아가 니 무슨 근심이 있냐?"

"머 때문에 몸이 마르고 그러냐?"아 이러니까,

"후(後)는 이렇고 전(前)은 이런데~ 아 방구를 잘 뀌어야만이 잘 묵고 몸도 건강하고 일도 잘하고 할 수 있는데 어른들 앞에 [웃음] 시집을 왔으니까 어른들이 애롭고 해서(어렵기 때문에) 방구를 못 껴서 그럽니다. 방구를 못 끼니 소화가 안되고 밥도 못 먹고 [전원 웃음] 하~ 이런 애기 그럴 수밖에 없습니다."그런께,

"아 그까지 껏이 무슨 문제냐? 방구를 한번 뀌어 버려라."아 그러니까,

"낄 껏이 문제가 아닙니다.[웃음]"

"뭐 때문이냐?"그런께,

"그럼 방구를 낄라며는 아버님은 앞 기둥을 잡으시고, 어머님은 뒷기둥을 잡으시고, 시누는 부엌에 가서 잡으시고 아~ 이렇게 잡으셔야만이 되겠습니다."이런께,

"아 그럼 그래보자. 아 며느리가 죽어 가는데 이거 머 못할 일 있습니까?"

그래서 그냥 이렇게 기둥을 잡고 엎드리면서 있는데, 방구를 퉁~ 끼노니까 기냥 온 집이 들썩거리면서 기냥 마당에 덕석도 날라가고 부엌에 살림살이도 날라가고, 옆에 있는 우리 소장님도 날라가고 [전원 웃음] 우리 정집사님도 날라가고 막 날라가는디,

아 이놈의 시아버지, 시어머니는 기냥 둘이 막 붙들고 날라 안 갔답니다. 안 날라가서 목숨은 부지 했는디. [웃음] 그래서 그 방구에 이름이 나

가지고 그 양반은 그래서 방구 며느리가 전해져 내려왔답니다. 그래 그 뒤에는 아 맘 놓고 끼니까 그래 복잡하게 안 잡 안 폭발할 수 있고, 하~ 며느리도 건강해서 일도 잘 허고 글더랍니다. [전원 웃음] 그래서 우리 아버님은 그래요.

"참는 것은 그것이 몸에 해롭다. 말도 하고 싶음 해야 되고 또 무어이든지 하고 싶음 해야지 글 안 허면 큰 병이 되고 [웃음] 방구 참아서 병 난 며느리같이 모든 것이 이치가 그렇다."

그렇 그러시더라고요. 그런께 지금도 가만히 생각해 보면 우리 아버님이 참~ 훌륭허신 분이라. 구암리에 아직도 계시거든요. 우리 아버님이. 그런데 나에게 이 애기를 많이 들려주셨어요.

전라도 사람의 가짜 무당 행세

자료코드 : 06_03_FOT_20100128_NKS_LJY_0003
조사장소 : 전라남도 광양시 옥룡면 용곡리 대방마을 대방마을회관
조사일시 : 2010.1.28
조 사 자 : 나경수, 서해숙, 이옥희, 편성철, 김자현
제 보 자 : 이정임, 여, 72세
구연상황 : 서정도가 은혜 갚은 꿩 이야기를 끝마치자 제보자가 이어서 다음의 이야기를 구연했다.
줄 거 리 : 과거를 보러 한양을 가던 전라도 사람이 도중에 노자가 떨어졌다. 날이 저물어 마을에 들어가니 어느 집에 사람들이 웅성웅성 모여 있어서 노자를 벌기 위해 들어가서 대신 굿을 해 주었다. 법경을 읊는데 딱히 할 말이 없어서 마침 지나가는 쥐의 형상을 보고서 벌금이라 했는데, 집 주인은 죽은 딸의 이름을 알고서 부른다 하여 그 사람들을 후하게 대접해 주었다는 이야기이다.

우리 아부지헌테 들은 애긴데, 아 저 전라도 사람 인자 이 옛적에 인자 거짓말 애긴데. 거짓말 이야기라 거짓말 애긴데. 거 잼있게 들었기 때문

에 나도 또 그것을 잼있게 얘기를 해 갖고 사람도 웃겨 보고 그랬거든요.

[웃음] 인제 그것이 머시냐면 전라도 사람이 저~ 우에 사람들보다도 옛적부터 좀 머리가 뛰어나다 했을까? 쫌 잉. 그런 머가 있었다는 것을 그때 내가 생각했었거든요. 전라도 사람 과거를 갔더래요.

근데 과거에 갔다가 낙방을 해 갖고 내려왔던 길인께 노자가 떨어져 부렀어. 전에는 그냥 짚신을 삼아서 걸어서 [두 손을 발처럼 걷는 시늉을 하면서] 걸어서 한양을 가잖아요. 그래 인자 한양 가고 과거에 떨어져 갖고 오니,

인자 배도 고프고 이거이 인자 걷돌면서 마을로 인자 얻어먹으면서 내려와야 돼 내려와야 되는데. 어느 산골로 날이 어두워진께 들어갔더래요. 그 사람이 들어갔는데 인자 그때만 해도 과거보러 간 사람들은 자~연 무슨 얘기책도 많이 보고 그니까 좀 맹랑하고 그랬대요~ 과거보는 사람들이 서당사람들이 참 맹랑하거든요. 전에 얘기 들어 보면 서당 사람들 것이 맹랑한 사람들이 없었대요.

근께 이 양반도 그런 머가 끼가 있는 사람이고 그러니까 들어갔는데 산 산 산골마을로 들어갔는데 하 여인네들이 쑥떡쑥떡하더래요. 그래 가만히 들으니까,

"하이고 참~ 큰일 났다고~ 해는 넘어가는디 이 양반이 안와서 어떡하나?"

해쌌더래요. 아 가만히 생각허니까,

'옳다. 이건 무슨 사건이다.'싶어서,

"무슨 일이냐?"라고 하니까,

"아이고 우리 집이 시방 아이가 아파서 경문을 들일라고 허는디, 하 거 경문을 읽는 양반이 출타를 했는디 하 이거 안 온다."

고 [언성이 커지면서] 큰일 났다고 야단이더래요. 하.[긍정의 대답] 하 그래서,

'아 이거 참 가만히 생각한께 돈을 좀 벌어 갖고 노자를 벌어야것다.'

싶은 생각에서,

"아 그럼 나가 좀 헐 줄 아는디."

살~짝이 그래 봤더래요. 그러니까,

[두 손을 번쩍 들면서] "하이고 선생님."

막 해 도라 대요(해 달라고 하더래요). 아 근께 법구허고 법구채하고 갖다 주더랍니다. 그래서 그 놈을 갖고 인자 [전원 웃음] 방에서는 인자 조왕님을 불르고(부르고), 퉁당퉁당[채를 쥔 손을 좌우로 흔들면서]퉁당 인자 뚜두리면서 인자 성주 지앙 부르고 부엌으로 나왔는디, 하~ 이거 성주 조왕을 부른 것도 한두 번이지 하~ 이거 헐 말이 없는 거여 인자. 하~ 근데 가~만히 보니까 생쥐 새끼가, 생쥐 쥐새끼.[웃음] 쥐새끼가 인자,

'머이 퉁당퉁당 먼 굿이냐?'

허고, [몸을 앞으로 쑥 내밀면서 눈을 꿈뻑거리면서]

'묵을 꺼이 없냐?'

그러고 이리 내다 봤던 거죠이. 그때는 집들도 험상궂지 않아요. 막 얄궂고 양~ 집도 막 엉~성히 막 지어 놓고 이러니까. 그래 이렇게 내다보고 쳐다본께,

'핫따 [손뼉을 치면서] 이때다.'

싶어서, 그냥 법구를 둥덩둥덩둥덩 뚜두리면서,

"벌금벌금벌금벌금 많이 묵고 가거라. 벌금벌금벌금…" [전원 웃음]

법구를 [손뼉을 치면서] 둥댕둥댕둥댕둥댕 막 그랬더래요. 그러니까 하~ 그 집 아줌마가,

"하이고 우리 벌금이가 왔소."

아따 벌금이가 벌금이가 먼 이름인가 싶어서 신바람이 난께는 인자 막 [손뼉을 치면서]

"벌금벌금벌금벌금 많이 묵고 가거라."[전원 웃음]

막 신난께 북을 뚜두렸대요.

하 그러니까 방에 있는 아픈 사람도 가~만히 본께 막 신바람이 났어. [어깨를 덩실덩실거리면서] 북소리에. 하~ 그냥 들썩들썩했단 말이여. [언성이 커지면서] 그러니까 기분이 좋으니까 그 마음에 병이 인자 거 어디로 도망을 가 버렸는가 아 일어나고 잡어(싶어). 아 방에서 일어나니까 더 신바람이 났어.

북소리에 자꾸 둥댕둥댕허고 춤을 벌렁벌렁 추면서 나왔어. 아 그러니까 어떻게 했겠습니까? 법구 치는 사람이 얼마나 신바람이 나 갖고 그냥 더 신나게 뚜두렸네. 막~

"벌금벌금벌금~많이 묵고 가라."

고. 헐 소리도 없고 막~ 뚜두렸단 말이여. 그래 갖고 그 양반이 돈을 많이 벌어 갖고 용돈 노자를 해 갖고 내려왔다는데, 그 굿 허는 딸이 하나 죽었드래요. 딸이 하나 죽었는디 딸 이름이 벌금이라~ 이름이 벌금이레. [웃음] 이 양반은 쥐가 벌금벌금허니까,

"벌금벌금벌금"

헐 소리가 없으니까 그랬는데 하~ 즈그 딸이 와서,

"벌금벌금벌금"

벌금이가 왔단 줄 알고 즈그 어머니가,

"아 벌금이가 왔냐?[우는 목소리를 내면서] 많이 묵어라."

이러면서 막 곡을 허는 바람에 하이고 벌금이라고 해 논께 아 즈 아버지도 나사 뿌렀데요. 나사 갖고 그 집도 건강하고 이 사람도 노자 해 갖고 내려와서 잘 살아 묵었드래요. 근께 잠시라도 딱 딱 그 지혜로움이 그 이기를 낸다는 그것을 가르쳐 주잖아요.

예를 들어서 거짓말도 헐 때 허며는 크게 도움이 된다잖아요. 그 전라도 사람이 먼가 좀 특이하고. [웃음] 금방 금방 잘 돌아가고, 또 때를 봐서 지혜를 쓰면 좋은 일도 있다.

이야기 듣다가 오줌 싼 아낙네

자료코드 : 06_03_FOT_20100128_NKS_LJY_0004
조사장소 : 전라남도 광양시 옥룡면 용곡리 대방마을 대방마을회관
조사일시 : 2010.1.28
조 사 자 : 나경수, 서해숙, 이옥희, 편성철, 김자현
제 보 자 : 이정임, 여, 72세
구연상황 : 가짜 무당 이야기가 끝나자 이야기가 그런 것이라면서 제보자가 다음의 이야기를 들려주었다.
줄 거 리 : 과거 보러 간 선비가 노잣돈이 떨어지자 어느 마을에 들어가서 아낙네들에게 이야기를 들려주고서 먹을 것을 구하려고 했다. 그러나 아낙네들이 이야기가 너무 재미있어서 오줌을 쌀 정도였는데, 선비에게 먹을 것을 주지 않아 옷만 말리고 있었다고 한다.

전에 사람들이 그러잖아요. 짐을 한 짐 뚱~ [어깨에 짐을 내리는 시늉을 하면서] 지어다 노며는 밥이 한 그릇 들어와도 밥을 한 그릇 줘. 짐을 한 짐 지며는 고맙다고 밥을 한 그릇 주는데. 그 자기가 보지도 못허고 읽지도 못허는 그 답답한 마음을 풀어주는 글 글 아는 사람이 있어 주는 것은 기냥,

"고맙습니다."

이 말 한마디로 넘어가 넘어간 거 아닙니까 지금도. 그 그 이야길 우리 아버님이 허면서 그래요. 글을 많이 배운 선비가 글 많이 배운 선비가 인자 저 노상 공갈 얘기니까 인자 허[웃음]

[갑자기 생각이 나지 않자] 인자 공갈 얘기니까 [웃음] 과거 보러 갔다고 합시다. 하하[웃음] 과거를 보러 갔다가 내려오는디 인자 노비가(노자가) 떨어졌어. 노비가 떨어져서 아까 얘기 헌데로 산골마을을 찾아 들어갔는데.

그때만 해도 글 아는 사람이 참~ 많지 않았잖아요. 서민들은 글 배우기가 어렵고 한문이기 때문에 서 글 배우기가 어려와. 그러고 또 양반님

네들은 좀 있으니까 글을 배웠지 없는 사람들은 [언성이 조금 커지면서] 글 배울 시간이 어디 있는가요. 그래 갖고 글 모르는 사람이 태반이제. 그럼 그런 산골에서는 진짜 글 모르지. 근데 이애기(이야기) 책이라고 멀 들어 봤겠습니까. 이야기책이란 걸 모르지.

근디 이 양반이 이야기책을 담아 갔던가 몰라도 전에는 춘향전도 있고, 머 막 ≪홍길동전≫도 있고 ≪심청전≫도 있고 거 즐겨 봤습니다. 나도. 근디 그런 것들이 있는데 그냥 무슨 이야기책인지는 몰라도 산골을 찾아 들어간께.

하~ 인자 손님 왔다고 사람들이 하나 둘이 모이더래요. 그래서,

'무엇을 해 갖고 이 사람들을 기쁘게 해줄까?'

인자 그런 생각을 허고 배도 고프고,

'아 뭐 좀 갖다 줬으면 좋겠는디.'

뭐 주도 않고,

'아 그래서 머슬 해 갖고 이 사람들 맘을 좀 돌리 갖고 밥도 좀 얻어먹고 [웃음] 아 좀 기쁘게 해줄까?'

그러고 생각을 하다가,

"아 이야기책 들어본 적이 있냐?"고 물어보니까,

"이야기책이 뭐냐?"고 그러더래요.

"그럼 내가 이야기책을 쭈욱~ 읽어 볼 것이까(것이니까) 들어 보라."

고, 이 양반이 소성을 높여 가지고 [책장을 넘기는 시늉을 하면서] 참~ 잼있게 이야기책을 읽었어. 막 인자. 이 양반들이 너무 좋아 가지고 기냥 오줌이 내려와도 오줌 누러 안가. [전원 웃음] 막 인제 앉아서 듣는 거여. 그래 갖고 인자 막 손뼉도 치고 웃고 허면서 이야기를 들었는데,

아 인자 얼마나 읽으니까 조용히 나가더래요 밖으로 밖으로 모두 나가더래요. 나가더니 가~만히 보니까 머 부엌에 가서 불을 때고 이래 쌌터래요.

'하 이거 머 좀 해다 줄란갑다.[웃음] 뭐 좀 인자 이 얘기책 읽어 줬다고 고맙다고 뭘 맛있는 걸 고구마라도 삶아 줄라나?'

하고 기냥 있으니까, 하~ 가만히 있어도 아무도 안 갖고 오더래요. 안 갖고 와서 살~짹이 문구녕을 [문을 옆으로 여는 시늉을 하면서] 이렇게 해서 보니까, 하 이 아낙네들이 전부 속을(속옷을) 벗어 갖고 몰르니라고(말리느라고) 불을 피워 놓고 몰르고 앉았더래요. [전원 웃음]

이야기 소리가 생전 듣도 못한 이야기 소리가 너무 좋아 가지고 오줌은 내려온디 기냥 나가기는 못허고 앉아서 모두 오줌을 싸 부렀어. 그래 가지고 그냥. 그 양반이 아무것도 이애기책 읽느라고 힘은 다 빼고 또 아무것도 힘 뺐는디 아무것도 못 먹어서 배도 고프고 탈탈 굶고 뒷날 아직에(아침에) 그곳을 나왔더래요.

그러니까 짐이라도 한 짐 퉁 지어다 놓았으면 밥이라고 한 끼 얻어 묵을 건데, 글을 내 속에 많이 든 사람이 좋은 이야기책을 많이 읽어 주고 그 사람들 기쁘게 해 줘도 아 오줌만 쌔리고. [전원 웃음]

밥은 못 얻어 묵고 힘은 다 빼고 그러고 그렇고 하고 나왔더란 얘기래요. 그러니까 머이 머이냐 그러면 이 속에 든 글은 알캐 줘도(알려 주어도) 댓가를 너무 못 받는다 그거여. 즐거움을 주고 기쁨을 줬는데도 댓가가 안 돌아와 힘만 빼 있어.

진주 백형이네 집으로 가거라

자료코드 : 06_03_FOT_20100128_NKS_LJY_0005
조사장소 : 전라남도 광양시 옥룡면 용곡리 대방마을 대방마을회관
조사일시 : 2010.1.28
조 사 자 : 나경수, 서해숙, 이옥희, 편성철, 김자현
제 보 자 : 이정임, 여, 72세

구연상황 : 제보자가 이야기를 계속하자 조사자가 부자 이야기를 해 줄 것을 부탁하니 다음의 이야기를 구연했다. 제보자가 이야기를 즐겁게 구연하고 있어서 청중들 모두가 즐거워했다.

줄 거 리 : 지독한 깍쟁이가 재치기를 하면 '진주 백형이네 집으로 다 가거라' 하고 외쳤다. 진주 백형은 아주 부자여서 백성들을 많이 구제하기 때문에 그런 것이라 한다.

아 부자 이야기 보담도 독깍쟁이 이야기 그런거. 깍쟁이.[웃음] 깍쟁이. 너무 독허게 너무 쓸 줄 모르는 깍쟁이. 또 그 전에는 재채기가 툭 나오며는,

"엣취~ 진주 백형이네 집으로 다 가거라."

그랬거든요. 진주 백형이란 사람이 겁~나게 부자로 살았더래요. 그러니까 그 사람이 [웃음] 우리가 감기가 들며는 늘 얻어 묵으러 들어왔던 거슥헌 사람들은, 그래 많이 묵으면 나간다 이렇게 허거든요. 근께 못 묵은 시대에 못 묵어서 감기가 들어서 인자 잘 못 묵어 나간가 그런가 몰라. 하여튼 그러믄 우리가 재채기를 헐 때,

"엣취 거~리로(그곳으로) 다 가거라. 진주 백형이네 집으로 다 가거라."

그랬거든요. 거가 얻어먹으라고 근데 그 백형이 부자가 겁~나게 국세를 잘 했던가 봐요. 구제. 구제를 잘 했는가 봐 그런께 어디든지 빌어 묵는 사람들이 거그 가면 잘 얻어먹었던가 봐요. 근께 그래서,

"진주댁 백형이 집으로 가거라. 거그 가면 먹을 수 있다."

그래서 [웃음] 그 사람은 내리내리 잘살 거예요.

독깍쟁이가 크게 뉘우치다

자료코드 : 06_03_FOT_20100128_NKS_LJY_0006

조사장소 : 전라남도 광양시 옥룡면 용곡리 대방마을 대방마을회관
조사일시 : 2010.1.28
조 사 자 : 나경수, 서해숙, 이옥희, 편성철, 김자현
제 보 자 : 이정임, 여, 72세
구연상황 : 진주 백형이네 집 이야기에 이어서 깍쟁이 이야기라면서 다음의 이야기를 구연했다.
줄 거 리 : 광양에 지독한 구두쇠(독깍쟁이)가 있었는데, 어느 날 자기 집으로 찾아온 거지에게 할 수 없이 밥을 주었는데, 이것이 공이 되어 저승사자가 잡아가지 못했다. 이를 안 구두쇠가 크게 뉘우치고 많은 이들을 구제하여 자손만대에 행복하게 살았다는 이야기이다.

진주에, 나는 인자 광양 사람인데. [웃음] 그때 우리 아버님 말씀이 그래 진주라 그래요. 근께 진준 갑다(진주인가 보구나) 허고 열심히 들었제. 진주 아~주 부자가 있었는데 그 사람이 어떻게 해서 부자가 됐냐고 허며는 너무 안 써 돈을.

안 쓰고 안 줘. 그러니 모다(모아) 질 수밖에 없지. 한입 벌면 딱 끼우고 한입 벌면 딱 끼우고 줄 주를(주는 것을) 몰라. 안 써. 그래 갖고 부자가 돼 갖고 참~ 부자가 돼 갖고 잘사는데. 그만큼 됐으면 쫌 줄 주를 알아야 헐 거인디. 힝제간에도(형제간에도) 의리도 없고 그냥 하여튼 독쨍이라. 걍 걍 욕심쟁이 독챙이.

그랬는데 어찧게 인자, 하도 헌 사람이(하도 돈을 쓰지 않는 사람이) 몇 년을 그렇게 허고 살고 오는데. 한번은 어떤 일이 있었는고는 하~도 배고픈 사람이 밥 한 그릇 돌라고(달라고) 구걸을 허더래요. 아무리 안 준다고 해 싸도 이 사람이 곧 죽게 생겼으니까 막 [두손으로 땅바닥을 기듯이] 기어 들어오면서 밥 주라는 거예요.

그러니까네 할~수 없어서 어쩌도 못해서 밥을 한 그릇 줬어. 그 사람을. 밥을 한 그릇 줬은께 인자 구제를 헌 거제. 그랬는데 그 일이 있고 하루를 지내서 어디를 산을 넘어서 이렇게 갈 일이 있어서 갔다가 오는데

그때는 걸어갔다 걸어오니까 저물기가 일쑤죠. 해가 넘어가 저물기가.

인자 해가 서빡~하니 어두워 질라하니 이 사람이 고갯길을 넘어오게 됐더라요. 그런데 고갯길을 넘어오는데 어~떻게 울어 쌌더래요. 사람하나~ 하~도 슬피 울어 싸서 이렇게 가니까 한 사람이 슬피 울더래요.

"요보시오. 왜 우요? 머 때문에 그리 슬피 우요."근께,

"아무개 아무개 진주 아무개 거시기를 나가(내가) 오늘 저녁에 데꼬 갈 건디 하~ 어저께 누구헌테 은혜를 베풀어서 그기(그것이) 은혜가 그게 공이 돼 가지고 나가 그 놈을 못 딛고(못 데리고) 가게서(가게 되어서) 이렇게 원통해서 막 운다."

고 기가 맥히게 통곡을 허고 울고 있더래요. 그런께 [어깨를 들썩하면서] 이 사람이 깜짝 놀랬어. 지난날에 것은 모은 것으로 낙을 삼아 왔는데, 아 자기 목숨을 데려 갈라는 그 날이 다가왔는데 한 그릇 밥 한 그릇 준 것이 그거이 공이 돼 가지고 자기를 못 잡아 간다는……. 이 소리를 듣고는 얼마나 회개를 했던지.

그 후에는 가난한 사람도 도우고 무슨 일해도 도우고 그런 후헌(후한) 사람이 됐더래요. 그래 갖고는 자손만대 잘 살았더래요.[전원 웃음] 자손만대 잘살았다고. 몰라 어저께 우리 집 밥 얻어 먹으로 왔는지도 몰라. [웃음]

(청중 : 그러게. 배고픈 사람 밥 준 것이 제일 공 된다 그 말이여.)

그것이 넘을(다른 사람을) 돕는 일이 얼마나 큰 좋은 일이냐 하는 그것을 교훈을 주잖아요.

그 옛적에 옛적에 그냥 거짓말인가 모르죠. 거짓말인가 모르는데 인자 그렇게 베풀고 살아라 해 갖고.

생선 때문에 집과 마을에서 쫓겨난 며느리

자료코드 : 06_03_FOT_20100128_NKS_LJY_0007
조사장소 : 전라남도 광양시 옥룡면 용곡리 대방마을 대방마을회관
조사일시 : 2010.1.28
조 사 자 : 나경수, 서해숙, 이옥희, 편성철, 김자현
제 보 자 : 이정임, 여, 72세
구연상황 : 앞서 민요를 부르다가 잠시 휴식을 취한 뒤에 다시 이야기를 해 달라고 부탁하자 다음의 이야기를 구연했다.
줄 거 리 : 어느 산골에 갈치장사가 왔는데, 며느리가 너무 가난하여 갈치를 차마 사지 못하고 갈치를 만지던 손을 물어 씻어 그 물로 국을 끓여서 시부모에게 바치니, 시아버지가 큰 동우가 손을 씻었으면 우리 가족이 배불리 먹을 텐데 하면서 며느리를 쫓아냈다. 며느리가 마을 동구 밖에서 울고 있으니 마을 사람들이 왜 그런지를 묻자 그 연유가 설명하였다. 그랬더니 마을 사람들이 마을 우물에 손을 씻었으면 마을 사람들 모두가 배불리 먹었을 텐데 그러했다면서 며느리를 마을 밖으로 쫓아냈다고 한다.

옛적에는 얼~마나 고기가 귀허고 얼~마나 가난했던지. 한 마을에 저~ 산골 한 마을에 우리 전에 동네에 샘이 하나 있는 것 같이. 거그도 동네 샘이 [우물 모양을 그리면서] 하나 있었는데,

우리 마을도 지금은 수도가 이렇게 됐지만 그전에는 샘 하나밖에 없었어요.그 놈을 온 동네 사람들이 질어다(길어다) 먹고 그거 떨어지면 냇물로 가고 그랬는데. 그 산골마을에 옹담새미(옹달샘) 하나를 갖고 몇 가구가 살고 있는데. 어찌 그 산골마을에 고기장수가 한번 왔더래요.

[웃음] 갈치 장시가(갈치장사꾼이) 한번 인자 도구장을 이 가지고(생선 든 바구니를 머리에 이고) 왔어. 왔는데 하~ 이거 돈이 있어야제 깔치를 사제. 깔치를 살 수가 없어. 묵고 잡기는 묵고 잡은데 한 아낙네가 깔치 장시를 이렇게 봤는데, 아이 살 것 맨기로 내려놨는데(갈치를 살 것 같아서 머리의 바구니를 내려놓았는데),

"이것이 크냐? [손으로 바구니의 갈치를 모두 집는 시늉을 하면서] 이

것이 크냐?"

허고 인자 자꼬만(자꾸만) 만지만 보는 거여. 돈은 없어 몬 사고(사지 못하고).

(조사자 : 돈이 없으니까 못 사고 먹고는 싶고.)

어. 묵고 잡기는 묵고 잡고 우리 시방 우리 식구들 뭐 좀 이 비린내도 맡아 주고 잡고 못 사! 그래 인자 손을 자꾸 비늘만 자꾸 묻혔싸 인자. [웃음] 그래 갖고 하 이 장사는 인자 가고, 이 양반이 비늘 손 묻힌 손을 갖고 즈그 집으로 와 갖고 물을 떠 갖고 [두손을 비비면서] 손을 씻었어. 씻으니까 인자 깔치 비늘이 인자 고깃국이 되었단 말이여. 이놈을 무시를 낄여 갖고 국을 끓였어 인자.[전원 웃음] 국을 낄여 갖고[웃음] 저녁에 식사를 해야 드렸을 것 아닙니까 인자, 어른들을.

"하이요. 어디서 이런 고깃국을 가지고 왔냐? 어디서 났냐?"

그러니까 이 매느리가(며느리가) 되는 대로 이야기를 했어.

"고기 장시가 오늘 왔는데, 돈을 없어 못 사고 만지작거려 갖고 손을 씻거서 끓인 국입니다."[전원 웃음]그런께,

"니가 그렇게 지혜가 없어 갖고 어떻게 살림을 살 거이냐! 니 같은 사람은 우리 집에 며느리로 둘 수가 없다."

그러니까 쫓아내더래요. 글면 이유는 머냐? 그러면,

"큰 동우에다 독아지에다 손을 씻제. 그러면 몇 날은 그놈 고깃국을 먹을 껀데. 하~ 적은 한 끄니(끼니)에 묵을 거에다 손을 씻거 갖고 아 그렇게 해 갖고 한 끄니 해 갖고 그렇게 아낄 줄도 모르고 음 그래 갖고 무슨 살림을 살 꺼냐."

"니 겉은 며느리는 우리 집에 있으면 망하것다. 쫓아내 뿌라꼬."

하~ 인자 하~ 인자 손대 갖고 괴기국 낄여 주고 쫓겨났어. 쫓겨나가지고 어디로 그때는 갈 때 없어. 친정에서도 쫓겨나고, 입하나 덜라고 시집보냈는디 누가 들일라고 합니까. 도로 쫓아 보내는 거예요 전에는. 인

자 갈 데도 없고 인자 마을 밖 우물에서 앉아 울고 있었더래요. 그러니까 마을사람 한 사람이 와서 말하기를,

"왜 그러는가? 왜 우는가?"

그러니께, 그 얘기를 했어. 그러니까 이 사람이 생~ 머라 하는 거여.

"세상에 그 손을 우리 마을 우물에다가 씻것으면 [전원 웃음] 온 부락민이 다 고깃국을 먹었을 건데 세상에 즈그 식구 것만 그래 갖고 고깃국을 먹었으니 왜 안 쫓아냈겠냐고 자네는 쫓겨나도 마땅하다."

고 생~ 머라 하더래요. 그래서 그 마을에서 쫓겨났더래요. 그 며느리가.[전원 웃음]

양맥수가 말한 천인가거지지

자료코드 : 06_03_FOT_20100212_NKS_LJC_0001
조사장소 : 전라남도 광양시 옥룡면 죽천리 내천마을 내천마을회관
조사일시 : 2010.2.12
조 사 자 : 나경수, 서해숙, 이옥희, 편성철, 김자현
제 보 자 : 이종찬, 남, 85세
구연상황 : 조사자들이 사전에 박채규 마을 이장과 연락이 되어 미리 면사무소에서 만나서 함께 마을회관으로 갔다. 회관에는 마을 어르신들 7명이 나와 있었다. 선거를 앞둔 상황이라 조사자들을 선거위원회에서 나온 것으로 오해를 했다. 조사자가 조사취지를 설명을 드리고 마을 주변 정세를 물으며 이야기판을 조성했다. 마을 원로인 제보자가 먼저 말문을 열었다.
줄 거 리 : 중국의 양맥수가 추동마을의 마방산 일대를 보고 천명이 살 수 있는 좋은 자리라고 했다. 실제 그 일대에는 사람이 많이 살지 않았는데, 예전에 아이들을 많이 낳고 학교가 있을 때는 천여 명 가까이 살았다는 이야기이다.

여기는 한 가지 거이 그 풍수지리설 우리가 잘 모르지마는. 그 거짓말이다는지 이런 참 딱 맞는 거이 한 가지 있어. 옛날 얘긴디. 그 이름을 잊어부렀내. 저 이장은 알거이지만. 저 추동 살다 보믄 거 도선국사 말고 머

시기. [맞다고 크게 언성을 높이면서] 양맥수! 양맥수라는 거 선생이 중국인이여. 중국 사람인디 옛날에 여그 와서 인자. 근께 머이 하~도(아주) 옛날도 아니여.

저 이조시대에 온~ 모냉인디. 거 우리는 기억서 옛날에는 잘 모르겠어. 그 분이 저 [자신의 뒤쪽을 가리키면서] 추동이란 저 건네 동네 동네에 살았어. 오성~ 응. 쩌~기로 가믄 추산리 추동이란 디 큰 부락이 하나 있어. 그 부락에 삼서(살면서) 이 지방을(마을 인근 지역을) 댕김선. 그 사람이

그래 갖고 저 건네 산이여이. 마방. 그 마방산이란 디서. 마방 이 길에 가다가 딱 보고 여그를 보고 머라 했는고는,

"하~ 여그가 참 좋은 디다."

인제 가는 일생들 허고.

"하~ 저 가거지지가 있다."그래.

"천 사램이(천 명의 사람이) 살 수 있는 자리다." 그 말이여이.

"천~가거지지가 있다."

여그가 쬐까한 지금도 안 살고 있지마는 옛날에 천 사램이 산다는 것은 참 에로운(어려운) 일이라. 사람이 쬐깐이 살 땐디. 이무 이조 때니까. 아 지내가믄서, [감탄한 목소리로] "아~"

하믄서 물팍을(무릎을) 치면서,

"하~ 여그가 자리가 좋은 디가 있다."그 말이여.

"천인가거지지."라 그 말이여.

"마방산에가 천인가거지지가 있다."

그 저 행국 물방이라 그런디. 거기 말 행국이라 그랬어이. 몰. 그래서 그것이 얼매나 맞어떨어지냐? [언성을 높이면서] 정~확~히 맞어떨어져 붓어. 천 사램이 살 수가 없는디이. 어째서 천 사램이 살 수 있게 됐는고는.

핵교가 저~ 우게 있다가이. 그 북학교가 간~이 학교로 쪼까 있다가 요리 내려와 갖고 인구가 많이 살게 돼 갖고. 근디 산아제한 안 하고 그

때는 인구를 많이 낳을 때라. 한 사램이 한 집이 다섯 개 여섯 개 낳을 때이거든. 긍께 사램이 인자 바짝 바짝 불은 거이. 추산 동곡 [자신의 앞쪽을 가리키면서] 저 우로 올라가면 동곡이라 해 인자.

어. 여긴 죽천리고. 여기 사 개 리를(4개의 리를) 죽천리라 그러고. 이 자연마을 사 개 리를 죽천리라 그러고. 저 동곡 가면 삼 개 리를 동곡리라 그러고. 쩌 추산도 가면 삼 개 리를 추산리라 그래. 그래서 인자 이 [침을 삼기면서] 테두리를. 에 여그다가 북교를 하나 지엇단 말이여이. 북교. 학교. 북국민학교.

여 여 핵교가 시방 있지만. 그래 거그를 학교를 지어 갖고 인원이 얼마나 불었는고는 팔백 몇 명이 불었어. 이 학생들이 팔백 몇 명이라. 근게 이 지방 사람들로 천명이 사믄 없어 머.(학교를 짓기 전에는 이 부근에 천명 이상이 산 적이 없다) 천인이 천인이 한 번도 없었단 말입니다. 그래서 그것을 보고 인자 하~ 그 사람이 안다 그 말이여.

장성이 나온 대방과 홍룡마을

자료코드 : 06_03_FOT_20100212_NKS_LJC_0002
조사장소 : 전라남도 광양시 옥룡면 죽천리 내천마을 내천마을회관
조사일시 : 2010.2.12
조 사 자 : 나경수, 서해숙, 이옥희, 편성철, 김자현
제 보 자 : 이종찬, 남, 85세
구연상황 : 앞서 인근 마을의 형세에 대한 이야기에 이어서 다음의 이야기를 구연했다.
줄 거 리 : 홍룡과 대방마을은 큰 인물이 날 자리라 했는데, 과연 마을에 장성 두 명이 나왔다는 이야기이다.

그리고 거그는 여기서 딱 맞어떨어졌고. 저 밑에서 생평 저 소재지에서 이. 거그 올라오믄 저짝에 오믄 홍룡 홍룡 대방이란 부락이 있어. 두 부랙

이(부락이). 근디 거(그) 건네를 거그서(마방산에서) 올라다가 그 두 부락을 딱 쳐다보고,

"하~아~ 이거도 좋은 자리가 있다."그러더래.

"저그는 사람이 날 자리다."

이 말이여이. 장승이나(장군이나) 글 안허믄 장관이나 사람이 날……. 큰 인물이 날 자리다. 두 부락은. 그래 과연 그 부락에서 장승(장성)이 났어.

몰공구리의 널바위와 상여바위

자료코드 : 06_03_FOT_20100212_NKS_LJC_0003
조사장소 : 전라남도 광양시 옥룡면 죽천리 내천마을 내천마을회관
조사일시 : 2010.2.12
조 사 자 : 나경수, 서해숙, 이옥희, 편성철, 김자현
제 보 자 : 이종찬, 남, 85세
구연상황 : 앞서 용소 이야기가 끝나자 박채규 이장이 옆에 있던 제보자에게 몰공구리에 대해 이야기할 것을 유도했다. 청중은 박채규이다.
줄 거 리 : 신랑이 장가들기 위해 말을 타고 가다가 몰공구리에서 떨어져 죽어서 그곳에 널바위, 상여바위가 있다는 이야기이다.

몰공구리. 저~어 심연에 몰공구리. 그 하다 본께 머리가 떨어져서 몰공거리라 그랬어. [청중들이 웅성댄다.] 그 냇물허고 그 언덕허고 그 옛날에 새질이(샛길이) 있었는디. 그 사램이 많이 댕기는 질인디. 언덕 되게 많이 높아요. 저 밑에 냇물허고는. 그렇게 된께 말을 타다가 거글 둥구러져서(뒹굴어서) 그랬다 그거지. 옛날에 그렇게 그 이.

(청중 : 거가 그 길이 많이 다녔습니다마는 인자 우로 막 절벽도 막 몇 메타 되고 낭떠러지도 몇 메타 낭떠러진데 인자. 냇물이 있습니다. 옥 그 그 꼬랑 개울에 근디. 그 몰공구리라디 전설은 그 옛날에 장가를 가서 말

을 타고 갔는디. 거그 거 험한 길을 타고 갔던 모냥이여. 이 말허고 사람하고 같이 굴러 떨어져서 거기서 죽었어요.)

그래서 인자.

(청중 : 그래서 거기가 인자 그 말로만 끝난 게 아니고 그 밑에가 보며는 냇물에가 꼭~ 그 널같이 생긴 바위가 널 크기 더 큰 그 바위가 있고오. 또 그 옆에는 상애바위란 게 있고. 또 그 그 우리 키보듬 더 높으게 꼭 상여겉이 그런 형태로 꼭 돌이 있습니다. 옆에가. 그래서 그거시 인자 더 믿음이 가는 거지요. 그 그런 게 없어 뿔믄 그냥 그랬는 갑다 그랬을 건데. 그 밑에가 그대로 증거가 될 수 있는. 어떤 흔적이 그대로 남아 있어요. 그래서 아마 이런 것은 돌로 이미 그 형체가 있다는 것은 몇 천 년 전에 일이지 않것느냐?)

내천마을은 배 형국

자료코드 : 06_03_FOT_20100212_NKS_LJC_0004
조사장소 : 전라남도 광양시 옥룡면 죽천리 내천마을 내천마을회관
조사일시 : 2010.2.12
조 사 자 : 나경수, 서해숙, 이옥희, 편성철, 김자현
제 보 자 : 이종찬, 남, 85세
구연상황 : 앞서 박채규의 이야기가 계속되었다. 마침 옥룡 일대의 지형과 풍수에 관한 이야기가 끝나자 조사자가 옆에서 있던 제보자에게 또 다른 이야기가 있는지를 묻자 다음의 이야기를 구연했다.
줄 거 리 : 내천마을은 배 형국이기에 벅수거리에 돛대를 세웠다는 이야기이다.

거 우리 동네는 저 벅수만 세우잖애. 이 우리 동네 행국이 지리적으로 봐서 배 행국이라고이. 그래. 배 행국이라고 그 머 돛대를 세운다고 해 갖고. 옛날에 그 우리 어렸을 때에 들은 애기여. 돛대를 쳐~ 나무를 큰~ 나무를 단단하게 세워 갖고 오리를 이리 해 갖고 딱 거 우에다 꼽아 갖고

그리 세우는. 없어진 지는 오래 오래됐어. 오래전에 없어져 불었어(버렸어). 벅수거리에.

(조사자 : 그럼 그걸 뭐라고 부르셨습니까? 돛대 세우는 것을?)

그냥 돛대라 했다. 배 배에 있는 돛대를 세운다 그 말이여. 배 행국이라고 그 지형의 지형이 인자 지리 그 머 지리에서 배 행국이라 했지. 그 벅수거리 거기 들어온디 입구에 있으믄 보초맹이로 했어. 사람……. 밤나무 파 갖고 거그다 묻고. 굉~장히 오래 되앗어. 젊은 사람들은 그 돛대가 먼지 벅수가 먼지 몰라. 돛대 하나하고.

용소에서 기우제를 모시다

자료코드 : 06_03_FOT_20100212_NKS_LJC_0005
조사장소 : 전라남도 광양시 옥룡면 죽천리 내천마을 내천마을회관
조사일시 : 2010.2.12
조 사 자 : 나경수, 서해숙, 이옥희, 편성철, 김자현
제 보 자 : 이종찬, 남, 85세
구연상황 : 점심을 먹고 박채규 이장이 자리를 비우자 여러 사람들이 각자의 목소리를 내고 있어서 집중이 되지 않았다. 이장에게 전화를 걸어 다시 와 주시길 부탁드리고 이장이 오는 동안 조사자가 마을 전반에 대한 이야기를 물었다. 역시 여러 사람이 동시에 자기 말을 했다. 조사자가 계속에서 마을 생업, 농업생활에 대해 물으며 기우제와 관련된 이야기를 유도하자 용소에서 기우제를 지낸 이야기를 시작했다.
줄 거 리 : 과거 용소에서 기우제를 모셨다는 이야기이다.

어. 아까 말한 용쏘. 용쏘란 디가 여그서 한 이십미터(20m) 더 올라가야 돼. 쏘가 짚어(깊어). 거기서 한재에서…… 돼지머리 갖다 놓고 제를 지내고 그래 쌌어.

(청중 : 근디 옛날에는 거그서 제를 지냈어. 저 저 비오라고 거 제물 채

려(차려) 갖고 가서 제 지내고 글다가 비 맞고 내려오고 그 그럴 때가 있었어.)

비오는 날 가 논께 비가 온 거제. [조사자 웃음] 제를 지낸다고 비가 온 것은.

(청중 : 이상하게 딱 떨어진 거여.) [전원 웃음]

도술을 부린 양맥수

자료코드 : 06_03_FOT_20100226_NKS_JHJ_0001
조사장소 : 전라남도 광양시 옥룡면 운평리 상평마을 옥룡면사무소 2층 회의실
조사일시 : 2010.2.26
조 사 자 : 나경수, 서해숙, 이옥희, 편성철, 김자현
제 보 자 : 장한종, 남, 89세
구연상황 : 조사자가 남사고에 대한 이야기를 해 달라고 부탁하자 박채규 제보자가 남사고와 관련해서는 다른 사람을 소개시켜 주겠다고 했다. 그 사이 장한종이 중국 풍수가라며 양맥수 이야기를 시작했다. 제보자는 나이가 많음에도 불구하고 이야기함에 있어서는 거침이 없었다.
줄 거 리 : 중국 풍수가인 양맥수가 광양에 왔는데, 부잣집인 진계목이 머슴들에게 쌀을 주지 않고 보리밥을 주자 도술을 부려 솥뚜껑이 솥 안으로 들어가게 했다. 그러자 진계목이 쌀밥을 나누어 주었다는 것이다.

중국서 온 풍수 누구냐?

(청중 : 남사고지요. 남사고.)

아니. 남사고 아니고 음~ 여그 뭐이 뭐시~

(청중 : 양맥수?)

[청중 말에 갑자기 언성이 높아지면서] 양맥수! 그래 양맥수 애기를 허는디. 그 여 양맥수가 광양읍엘 왔어잉. 아니. 근디 양맥수 애긴께. 광양엘 왔는디. 읍에 부잣집이 있었어잉. 진계목이라고오. 진계목!

저 호라 계목이. 전에 저 전에 그것도 벼슬 이름이라. 응. 그런디. 넘의 집을 산디 하~ 이 소문을 들은께 그렇게 인심이 굳여잉. 머심을 한 서넉씩 두고 사는디이. 아 이 논을 모냐? 올 여름에 모를 심구고 쫌 쌀벼를 내주고 그럴 거인디 그냥 소 한 컵 보리밥만 쌀만 준다 그 말이라잉. 근디 양맥수가 뭔 소리를 했냐? 요새말로 도술을 부려 갖고 인제 보리밥을 이러게 삶아 놨단 말이여. 저 여자들이.

밥 때는 됐는디 소두방을 연 깨 소두뱅이(솥뚜껑) 안 나와 부러. 만날 소두뱅이 속에 들어가 갖고오. 안 열어져. 그러니까 밥을 해야 할 꺼인디. 그러믄 다시 밥을 헐라며는 보리쌀 갖고는 안돼. 쌀이랑 해야 돼잉. 그래서 급히 쌀을 해 갖고 쌀밥을 싹 나눠줬다 이거여. 그런 양맥수 도술이 있고.

아들 재치로 풀어낸 유서

자료코드 : 06_03_FOT_20100226_NKS_JHJ_0002
조사장소 : 전라남도 광양시 옥룡면 운평리 상평마을 옥룡면사무소 2층 회의실
조사일시 : 2010.2.26
조 사 자 : 나경수, 서해숙, 이옥희, 편성철, 김자현
제 보 자 : 장한종, 남, 89세
구연상황 : 앞서 서동석 제보자가 이야기를 하는 동안 제보자는 종이에 글씨를 쓰고 있었다. 제보자는 다시 조사자들의 시간을 빼앗아서 미안하다고 했다. 그러면서 '이런 글이 있어'라고 종이를 보여 주며 이야기를 시작했다.
줄 거 리 : 선친이 돌아가시면서 한문으로 된 유서를 남겼는데, 아들의 재치로 어려운 문제를 풀었다는 이야기이다.

그건 참고로 알아 듣고이. 글자 한나(하나)가 살리고 죽이고 해이. 근디 노인이 일흔 살 잡솼을 때 아들을 나 갖고이. 일흔 살 묵어서어. 거 칠십에 생자(生子)란 말도 있는디. 그래 갖고 인자 농사를 못 짓게 된께 사우

를 데릴 사우를 얻어 살았어. 하 꼬 죽을랄 때 인자, 논이 들 가운데 새미(샘이)가 있는디, 우 아래가 전부 그 사람 논이라. 그런께 요렇게 유서를 써 놓고 죽었다 그 말이라이.

"자답 정생이요(自沓 井上이요). 서답은 정하라(婿沓 井下라)."응.

"아들 논은 샘이 우요이. 사우 논은 새미 밑이다."

허고 딱 써 놨다 그 말이여이. 근디 새미 우는(위는) 가물어 불믄 못 해 묵어이. 잉. 새미 밑은 해 묵어도오. 하 이거 참~ 억울타 말이여이. 그러나 어쩔 수가 없어. 그래서 요새 같으믄 법원에다가 제출을 했어. 소송을 했어. 딱~ 내놨는디이. 아 이 판사가 아무리 생각해야,

'유서가 딱 이리 됐는디 [탁자를 탁 치면서] 어떻게 뒤바꿀 수가 있냐?'

걱정을 했다 그 말이라이. 그래 갖고 인자. 잠을 자고도 걱 내 내일이 판결날인디이. 판결을 헐러믄,

"아 유서대로 해라."

허믄 쉽지마는~ 아들 줘야 되고, 일반이믄 아들 논이 새미 밑이라서 좋지 사우 논이 좋을 택이 있는가아~ 그런께 밥을 묵음서 숟구락을 놓고 한심을(한숨을) 했다 그 말이라이. 그런께 일곱 살이나 묵은 놈이 서당엘 갔다 와서어, 아버지가 한심을 헌께,

"아버지 왜 그러요?"그러거든.

"하 이런 일이 있다."

"아~ 참~ 아부지도 그래 갖고 뭐슬 허요."

요새말로이. [전원 웃음]

"이리 주 내가 인자."

적어 감서 아! 요런 갑다 그러거든.

"이리 주라."

그래. 그래 갖고는 이리 줘 봐. [종이에 문장을 쓴다.] 요래 줬다 이~ (청중 : 글자로 한번 써야 알것그만. [종이에 쓴 글은 "子沓井이 上이요.

婿沓井이 下라.”]

“자답은 정이생이요(自沓은 井이 上이요).”)

응. 정이생이요. 새미 우. 아들 논은 새미가 우요. 사우 논은 새미가 밑이다. 어. 그런 머리가 어디 있것어~ 요런 것은 참 참고로 알아두는 거야. 머리 글짜 한나(하나)가이. 글믄 판사를 하 머를 했지마는 거 ‘이’자 붙일 줄은 모르고오. 응. 우리 말이믄 되거던이. 근디 참~말 쉬운 거이,

“자답은 정생이요(自沓은 井이 上이요). 서답은 정하라(婿沓井이 下라).”

그러믄 아! 그 고자묵고 알아묵어이.

양맥수에게 축지법 배운 정창화

자료코드 : 06_03_FOT_20100226_NKS_JHJ_0003

조사장소 : 전라남도 광양시 옥룡면 운평리 상평마을 옥룡면사무소 2층 회의실

조사일시 : 2010.2.26

조 사 자 : 나경수, 서해숙, 이옥희, 편성철, 김자현

제 보 자 : 장한종, 남, 89세

구연상황 : 제보자는 앞서 이야기가 끝나자마자 다시 다음의 이야기를 구연했다. 제보자의 이야기를 조사자가 이해하지 못해 의미 전달이 매끄럽지 못했다. 옆에서 이야기를 듣던 박채규 제보자가 조사자들이 이해할 수 있도록 많은 도움을 주었다.

줄 거 리 : 정창화가 양맥수에게 축지법을 배워서 중국을 왕래했는데, 축지법을 쓰는 동안에는 밑을 보지 말라고 했으나 잠시 망각하여 밑을 보다가 다리가 부러졌다고 한다. 그리고 진상에 사는 날몰 황씨도 축지법을 썼다고 한다.

그 저 추동 있어. 그 저 옥동에 정 뭐이냐?

(청중 : 달수? 아니 저 정 정채!)

잉. 헌께 즈그 할아버진가~? 거 축지법을 해 갖고 중국꺼지 갔다 안왔는가~(갔다왔다) 양맥수가 그 말을 듣고.

(청중 : 아니 양맥수 제자 정창화 이야기입니다.)

잉.[청중 말에 긍정] 배워 배워 갖고 갔다오다가 오다가 뭐,

"밑을 보지 마라."

라고 그랬던가 어쨌는디. 그걸 잊어 뿔고 떨어져서 다리가 부러져 부렀어. 그래 절고 댕겼다고. 그런 전설이 있어. 우리는 모르지이. 글고 요 추동 진심서 밤으로 저 진상 황씨 이 집이 날몰 황씨라고 있어. 거가 놀다오고 그런 사람인디. 축지법을 해 갖고. 축지법이란 거이 있어잉. 날라댕기는 거.

옥룡사를 창건한 도선국사

자료코드 : 06_03_FOT_20100226_NKS_JHJ_0004
조사장소 : 전라남도 광양시 옥룡면 운평리 상평마을 옥룡면사무소 2층 회의실
조사일시 : 2010.2.26
조 사 자 : 나경수, 서해숙, 이옥희, 편성철, 김자현
제 보 자 : 장한종, 남, 89세
구연상황 : 조사자가 제보자에게 뱀이나 용에 관한 재미난 이야기가 있는지를 묻자 다음의 이야기를 구연했다. 이야기 도중에 박채규 제보자가 조사자에게 이해할 수 있도록 많은 도움을 주었다.
줄 거 리 : 옥룡사에는 용 세 마리가 사는 큰 연못이 있었는데, 도선국사가 이곳에 들어와 큰 절을 짓고자 연못을 메워야 했다. 그래서 숯을 묻자 용 두 마리는 승천하고 나머지 한 마리는 그 연못에서 죽었다고 한다.

용은 인자 요 머시 요 저 저 백계산……. [이야기가 생각날 듯 말 듯하여 잠깐 머뭇거리다.]

음~ 뭐이냐 백계사에 거그 인자 큰~ 쏘가 있었는데에. 요 지금 백계산이라고 있어. 여그가. 옥룡사가 거그가 있었는디. 저 도선국사가 거그와 갖고. 근디 거그 용이 세 마리가 있었단 말이여.

그래 갖고 그 용을 있어야(없애야) 절을 크게 짓것는디 그 둠벙을 없애야(절을 짓기 위해 용이 살고 있는 둠벙을 없앴다). 그래서 할 수 없이 그때 말로 어~ 뭐이냐? [고개를 숙이고 잠시 생각을 하다가] 그 용이 죽는 [청중을 바라보면서] 무엇을 갖다가 전부~

숯을 갖다 싹 묻어 갖고 와~(용 두 마리는 하늘로, 생략된 부분) 올라가고, 한 마리가 뭐이냐 거그서 죽었단가 그런 전설이 있고. 그래서 옥룡여 옥룡이란 저 호도 면 호도 용(龍)자를 붙였다 그런 말이 있고 그래.

서당 선생과 학생 간의 한자풀이

자료코드 : 06_03_FOT_20100226_NKS_JHJ_0005
조사장소 : 전라남도 광양시 옥룡면 운평리 상평마을 옥룡면사무소 2층 회의실
조사일시 : 2010.2.26
조 사 자 : 나경수, 서해숙, 이옥희, 편성철, 김자현
제 보 자 : 장한종, 남, 89세
구연상황 : 디딜방아 훔치기 이야기가 끝나자 바로 제보자가 이야기를 시작했다. 제보자가 처음에는 박문수 이야기라고 시작했으나 나중에는 김삿갓에 관한 이야기로 정정했다. 제보자가 많은 이야기를 알고 있으나 이를 정리해서 이야기하기가 어려운 듯했다. 그러나 제보자가 한학에 대한 지식이 풍부하여 글씨를 써가면서 재미있게 이야기를 진행했다.
줄 거 리 : 서당 선생이 와도 배알하지 않는다는 내용과 학생이 열 명이 안된다는 내용의 한자풀이 이야기이다.

김삿갓이가 어느 서당엘 갔는디.

(청중 : 박문수 어사 이야긴가요? 김삿갓 이야긴가요?)

아~니 박문수가 아니라 김삿갓이 이 이가 글을 잘해이. 잘헌디. 어느 동네 가면 저 저 촌에 가면 전부 서당 서당으로 전에는 가거든. 근디 좀 접대가 나빠잉. 가본께. 근께,

"선생이 내 불알이요(先生來不謁)."

거 욕 아닌가이. 근디 뭔 소린고는 선생이 와도 생도들이 배알을 안 해.

"아 오시냐?"

고 인사를 안 해. 근디 생도는 몇몇이나 되냐? 이건 큰 욕이네.

"생도는 제미씹이다(生徒諸未十)."

그 말이여잉. [전원 웃음] 제미씹을 크지. 모도 해야 열이 못 된단 말이야잉. 열 이하를 제미씹이라잉.

돈에 관한 한자풀이

자료코드 : 06_03_FOT_20100226_NKS_JHJ_0006
조사장소 : 전라남도 광양시 옥룡면 운평리 상평마을 옥룡면사무소 2층 회의실
조사일시 : 2010.2.26
조 사 자 : 나경수, 서해숙, 이옥희, 편성철, 김자현
제 보 자 : 장한종, 남, 89세
구연상황 : 앞서 이야기에 이어서 한자풀이에 관한 다음의 이야기를 구연했다. 제보자가 한학에 대한 지식이 풍부하여 글씨를 써 가면서 재미있게 이야기를 진행했다.
줄 거 리 : 돈이란 천하에 싫어할 사람이 없고, 왔다가 가고 갔다가도 오며, 산 사람을 죽일 수 있고 죽는 사람을 살릴 수 있다는 내용의 한자풀이 이야기이다.

그러고 인자 글을 하나 지어 논 거이. 나는 그냥 하냥, [종이에 글씨를 쓰면서] 요렇게 잘 짓는 글은 없다고 그래요이. 돈이라~허고 짓는디. 우리 씨는(쓰는) 돈~. "주유천하개환영(周遊天下皆歡迎)" 천하를 다 댕겨도 싫어헐 놈은 없어

돈은~ 개환영인께. 다 환영을 해. 그거이 먼 고는, "흥국흥가세불경(興國興家勢不輕)" 이라잉. 나라를 이루고 집을 성사시킨디는 그 세가 개볍지 안해(가볍지 않아). 그것만이 있어야지만이 이루어진다 이 말이라잉.

"래복거래거래거(來復去來去來去)"(본래는 去復還來來復去 이다)요. 왔다

가 다시 가고 다시 오고. 갔다가 다시 가고 잉. 이 돈이 금방 여그 갔다가 금방 여그 갔다가 저리가고 왔다가 또 온단 말이여잉.

여그에 문제가 있어. "생능사사사능생(生能捨死死能生)"이라. [종이에 쓴 글을 손가락으로 가리키며] 돈이~ 산 놈을 쥑일 수도 있어 돈 땀세(돈 때문에) 잉. 쥑인 놈을 살릴 수가 있어 잉.

행 행무소에 갔다가 저 놈 죽인다 그러믄 갔다 와 있으믄 나오거든. "생능사사사능생(生能捨死死能生)" 이라. 요런 글은 참~ 이런 글은 좋아.

정씨와 구락당

자료코드 : 06_03_FOT_20100226_NKS_JHJ_0007
조사장소 : 전라남도 광양시 옥룡면 운평리 상평마을 옥룡면사무소 2층 회의실
조사일시 : 2010.2.26
조 사 자 : 나경수, 서해숙, 이옥희, 편성철, 김자현
제 보 자 : 장한종, 남, 89세
구연상황 : 앞서 이야기에 이어서 한자에 관한 다음의 이야기를 구연했다. 제보자가 한학에 대한 지식이 풍부하여 글씨를 써 가면서 재미있게 이야기를 진행했다. 제보자는 글이라는 것이 오묘하다며 감탄스러워 했다.
줄 거 리 : 정씨들의 제각 이름이 '구락당'인데 이를 거꾸로 읽으면 '당나구'가 되어 그로 인해 별명이 붙여졌다고 하는 이야기이다.

그러고 우스개 거리가 하나 있는 거 뭔고는. 정씨들이잉~ 정씨들이 호가 당나구라 안헌다고잉. 당나구잉. 별명이 당나구라 그러지잉. 근디 저 경상도다가 저 뭐이냐? 요새 뭐 같으믄 뭐라 헌가 제각 그 문을 해 갖고 그 문에다가 호를 하나 지야(지어야) 것는디이.

"뭐 뭐라고 지으면 좋 거냐?"

그런께. 근디 대접이 좀 나빴단 말이여. 근께 뭐라 짓는고 하므는, 구락당(貴樂堂)이라 지어 놨단 말이여잉. 잉. 그런디 정씨들 딱 써 붙여 놓고

본께 당나구라. 거꾸로 인제 하하하 [웃음] 응. 그런 그런 그런 유머가 있어~

응. 그걸 누가 생각하냔 말이여. 아 그런께 그런 글 잘헌 사람이 지 놓은께 예사 좋은 거로 알았거든. 근디 딱 해 놓고 붙이 놓고 본께 아 이와 본께 즈그 호 별명을 써 놨다. 하하[웃음] 구락당이라 해 놨단 말이여. [웃음] 그런 전설이 있어요.[웃음] 글이란 거이 참 거슥해.

사십촌과 오십식에 대한 한자풀이

자료코드 : 06_03_FOT_20100226_NKS_JHJ_0008
조사장소 : 전라남도 광양시 옥룡면 운평리 상평마을 옥룡면사무소 2층 회의실
조사일시 : 2010.2.26
조 사 자 : 나경수, 서해숙, 이옥희, 편성철, 김자현
제 보 자 : 장한종, 남, 89세
구연상황 : 앞서 이야기에 이어서 한자에 관한 다음의 이야기를 구연했다. 제보자가 한학에 대한 지식이 풍부하여 글씨를 써 가면서 재미있게 이야기를 진행했다. 제보자는 글이라는 것이 오묘하다며 감탄스러워 했다.
줄 거 리 : 사십촌과 오십식에 대해 망한 촌에 가니 쉰밥을 주더라는 내용의 한자풀이 이야기이다.

어느 동네 간께. 사십촌(四十村)에 오십식(五十食)이란 그런 말이 있어잉. 사십촌에 오십식. 그건 뭐이냐? 사십은 요런 지금 아까 마흔 쉬흔 그런 거 있지? 예순 그~ 칠십 팔십 글 안한다고 세는 거잉. 사십촌이란 건 마흔촌이란 거. 마흔동 망한 동네라 그 말이라잉.

오십시 오십은 쉰이거든 쉰밥을 주더라. 밥을 준 거이 쉬었던 거이라잉. 긍께 망헌 동네 간께 쉰밥을 주더라. 사십촌에 오십시. 이런 건 참 진짜 문자이야(문장이야)~ [웃음] 그러고 이런 건 이야기 안 들으면 모를, 그러고 글을 모르면 저 그 해석을 못 해~

오성대감과 스님의 한자풀이

자료코드 : 06_03_FOT_20100226_NKS_JHJ_0009
조사장소 : 전라남도 광양시 옥룡면 운평리 상평마을 옥룡면사무소 2층 회의실
조사일시 : 2010.2.26
조 사 자 : 나경수, 서해숙, 이옥희, 편성철, 김자현
제 보 자 : 장한종, 남, 89세
구연상황 : 앞서 서동석의 이야기가 마무리되기 전에 제보자가 기억이 난다는 듯이 다음의 이야기를 시작했다. 제보자가 한학에 대한 지식이 풍부하여 글씨를 써 가면서 재미있게 이야기를 진행했다. 제보자는 글이라는 것이 오묘하다며 연신 감탄스러워했다.
줄 거 리 : 오성대감과 스님 간의 외모를 가지고 서로 비웃는 내용의 한자풀이 이야기이다.

오성대감하고잉 또 한 분 오성대감허고 또 한 분이 두 분이, 참 저그 저 저 절을 찾아갔어잉. 여름이라잉. 아 근디 이 중이 글을 잘해. 그런디 이 뭐 그런디 뭘 할라고 갔냐? [머리 위에 관 모양을 손으로 그리면서] 관이라고 있어. 머리에 쓰는 거잉. [관 형태를 어사모 비슷하게 그리면서] 요리 요리헌 거.

그러믄 거까지 찾아왔으믄 곱게 대접힐 거인디이. [잠시 숨을 고르면서] 아이 뭐이냐? [종이를 보면서 대결한 문장을 생각한다.] 음~ 허이 가만 생각이 안 나네. [물을 마신 뒤에 펜을 들어 종이에 글씨를 쓰려 한다.] 가만 있자 중 승자를 어떻게 쓰냐? 음~ 낭 자를…….아니 스님을 간께 중이 그 여름에 씨고 온(쓰고 온) 관을 보고잉. 욕을 했단 말이여.

욕을 머이라고 했는고는, "유수첨첨좌구신(儒首尖尖坐狗腎)"(이 설화의 시는 김삿갓이 지은 시이다. 그리고 유수첨첨좌구신이 아니라 유두첨첨좌구신(儒頭尖尖坐狗腎)이다) 이라 그랬거든.

선비 머리에 뾰쪽뾰쪽 난 거이 완전 개 좆 겉다 그 말이여잉. [조사자 웃음] 오지기 욕 아닌가~ 그런께. 음~ [잠시 생각을 하다가] 그러다가

인자. [다시 종이에 문장을 쓰기 시작한다.] 근께 이 선생님들이 뭐라 했는고는 여름인께 여름인디 [머리를 가리키면서] (스님의 머리를 보니, 생략된 부분) 요리 보니 확~ 깎아 논께 땀이 홍근(홍건) 했단 말이여잉.

그런께, "승두원은잉(僧首團)"(본래는 승두원원(僧首團團)이다) 중 대가리는 둥글둥글헌디, "한말랑(汗馬崇)이라." 여름에 말 붕알 같더라 그랬단 말이여. [웃음] 응. 붕알 낭 자 잉. 그런께 그런께 이 글이란 것이 잼있어. 한말랑. 욕을 허면 욕을 헐 수가 알아야 해.

그런께 아 이 점잖은 영감님헌테 개좆 같다 그래 놨으니 그런 거여. 잉. 빼쪽빼쪽 나온 걸 욕을 허니. 그 중들은 그거이 안 좋거든~ 그 선비들허고는. 전에 대 틀을 미워 논께~ 긍께 욕을 했어. 긍께 가만히 보믄 스님들은 대반에 그 자리에서 대가리가 번쩍번쩍헌께 말 붕알에다 비했다(비유했다) 그 말이라잉. 승두원은 한말랑이라(僧首團團 汗馬崇). 잉 그런 말이 있어. [웃음] 우리가.

청개구리 닮은 아들

자료코드 : 06_03_FOT_20100226_NKS_JHJ_0010
조사장소 : 전라남도 광양시 옥룡면 운평리 상평마을 옥룡면사무소 2층 회의실
조사일시 : 2010.2.26
조 사 자 : 나경수, 서해숙, 이옥희, 편성철, 김자현
제 보 자 : 장한종, 남, 89세
구연상황 : 조사자들이 준비한 다과를 먹으면서 잠시 휴식을 취했다. 이어 제보자가 '전설집'에서 본 광양의 전설이라며 다음의 이야기를 구연했다.
줄 거 리 : 어머니가 말하는 것을 늘상 반대로 하던 아들이 있었다. 어머니가 죽기 전에 물에 묻어 달라고 하면 산에 묻어 주지 않겠는가 싶어 그렇게 말하고 죽었다. 아들은 마침내 어머니에게 잘못한 바를 깨닫고 어머니 말대로 물가에 묻어 주었다는 이야기이다.

즈그 어무니가(어머니가) 아들 한날 하나 낳아 갖고 사는디. 인자 즈그 아부지가 죽어 버리고. 근디 이 아들이 어~떻게 말을 안 듣는고오~ 나무해 오라 허므는 가서 까시쟁이 때도 못한 거 해 오고이. 그래 하도 부애가(부아가) 나서,

"아 이 자식아! 니 거 사람 같은 나무 좀 해 오니라."

그랬거든. 근데 사람 같은 나무를 해 온께 사람 같은 나무가 어딨는가. 요새는 없어졌지마는 전에는 저 벅수라고 저 솟대 세우는 곳에잉. 놈의(다른 마을의) 벅수를 싹 빼 가지고 왔단 말이여. 사람 같은 나무가 어디 있는가. 그러고 이 산에 가서 뭐 해라고 그러믄 들로 가고이. 내(川) 내에 가서 뭐 고기 잡아 오라 허믄 까끄므로(산 언덕에) 가고. 이렇게 반대로 한다 그 말이라.

그런께. 하 하 이 여자가 가~만히 생각헌께 나이는 들어 가고 인자 죽께 됐다 그 말이여. 그런께 자기가 죽은 뒤에 저~ 산이 있어잉. 근디 거가 인자 따땃하니 좋겠거든. 근께 죽을람서,

"나 죽으믄 저 뒤에 산에 갔다 묻어라."

그랬단 말이여잉. 죽을람서이~

(청중 : 아니 아니 글안해.[산에 갖다 묻는 것이 아니라고 부정을 한다.])

아니. [청중의 말을 듣고 급히 산이 아닌 물에 묻으라는 것을 생각해 내고는] 아니 죽을람서 거그 거그가 갖다 묻으라 해. 저 물가에 갔다 묻으라 그랬단 말이여. 그러믄 인자 까끌막에 묻을 거 아니여. 그랬더만. 그때 그 말을 딱 듣고는 확~ 변심이 됐다 그 말이여잉.

"하 하 내가 이때가(지금까지) 어머니 말을 안 들었드만 이번에는 들어야겄다."

그래고는 인자 [언성을 높이면서] 진~짜 냇물가에 갖다 묻어 버렸네. [청중 웃음] 그래 놓고 나니 비만 올라하믄 저 오믄 떠내려갈 거이거든. 걱정이 돼. 그래서 비만 올라 온 거이 그거이 청개구리 전설이여.

삼형제가 죽으나 삼정승이 나올 묘자리

자료코드 : 06_03_FOT_20100226_NKS_JHJ_0011
조사장소 : 전라남도 광양시 옥룡면 운평리 상평마을 옥룡면사무소 2층 회의실
조사일시 : 2010.2.26
조 사 자 : 나경수, 서해숙, 이옥희, 편성철, 김자현
제 보 자 : 장한종, 남, 89세
구연상황 : 앞의 이야기가 끝나자 어디에나 있는 이야기지만 청개구리 전설의 시원이 광양이었다는 말에 흥미를 느낀 박채규가 제보자에게 정확한 출처를 물어보자 책자에서 봤다며 말하였다. 그리고 긴 이야기가 있다면서 다시 이야기를 구연했다.
줄 거 리 : 봉강면의 비봉산의 오두막집에 살던 유명한 풍수가가 자신의 묘자리를 찾았다. 그러나 이 묘자리는 연이어 세 아들이 죽지만 삼정승이 날 묘자리였다. 풍수가가 고민하다가 이 묘자리에 묻어 달라고 죽는다. 전후 사정을 알게 아들들도 아버지의 뜻을 따르게 된다. 이후 큰 아들, 둘째 아들이 죽자 어머니가 막내아들에게 돌아다니면서 하고 싶은 대로 하라고 내보낸다. 아들이 돌아다니다 오두막집에서 하루 밤을 묵게 되는데 다음날 시집가는 처녀와 인연을 맺게 되고 이로 인해 세 아들을 얻게 된다. 이 세 아들이 모두 정승이 되었다고 하는 이야기이다.

봉강 귀봉산(비봉산)이라고 있어. 봉강에 제일 높은 산. 거그 산.

(청중 : 소재지 옆에.)

거그 나 가 볼라다 못 가 봤는디. 중턱에가 우물이 하 새미가 있어이. [탁자를 두드리며] 그 새미에 전설이 하나 있는디. 좀 질어(길어). 거그 새미 있는 디(데) 하고, 인자 그 때는 집이 오두막집이 촌에 산중에 오두막집이 산다 그 말이여. 그 우에 사는 사람이 그렇게 요새 같으면 저 뭐이냐? 잉 보덤도 매절 풍수잉. 유명한 풍수라. 지리를 잘 알아.

그런디 거가 인자 그 밑에 동네에가 친구가 살아. 그런께 거그 댕이 본께(다녀 보니까), 꼭 죽으믄 자기가 거가 쓰이믄(자신이 봐 둔 묘자리에 묻히고 싶은데) 허것는디. 그 놈의 자리가 삼정승이 나기면 날 거인디(삼정승이 날 명당 자리이지만). [탁자를 치며] 씩 뭐이냐? 써 놓으며는 몇

시 날(몇 날) 큰 아들이 죽고잉. 석 달 넘으면 둘차가(둘째가) 죽고, 삼년이 되믄 셋차 셋째가 죽었단 말이여. 인자 그런 자리라. 그런 자린디, 그 친구 보고 인자,

"나가(내가) 죽으면 꼭 그런 자리에 묻히고 자운디(싶은데), 그런 자리에서 절~때 이야그 허지 말고 말허지 말고 거따 씨게(쓰게) 해 주라."

그랬거든. 아니 자기가 죽으믄~ 아들네들 보고~ 그런디 그런께 이~ 친구가 도저히 안되것다 그 말이라잉. 삼형제가 다 죽게 됐으니. 그 갤차(가르쳐) 줄 수가 없어. 그러나 이왕 친구 말을 딱 듣고 변동을 헐 수가 없어잉. 근디 즈그 아들네들헌테 이야그를 했단 말이여~

"느그 아부지가 원헌 디가 여근디~ 응~."

"초상치믄 죽고 또 죽고 헌디 [탁자를 치면서] 느그 아부지 말 들을 수가 없다아~."

그랬어. 그러니까 이 아들이 효자던 모양이라잉.

"우리가 죽어도 좋은디 아부지 가고 싶은 곳 가야 된다."

[주변에 반응을 알기 위해] 응. 그래 갖고 그대로 그 아부지 말다로 이머냐 시행을 했어이.

그러고 난께 딱 죽어 뿌리네. 그나저나 못 믿어잉. 그 말 들었지마는. 아 [탁자를 한번 치면서] 석 달이 된께 둘째 아들이 떡 죽네. 그런께 즈그 어무니가 응~

"그러믄 나머지기 저건 삼년상 제사 모시면 죽을 놈이라~."

잉. 그런께,

"니 죽을 날은 정해져 있지마는 여그 있을 필요도 없고."

그때 그때 말로는 반보따리라 그래잉. 옷 똘똘 뭉쳐 갖고 짊어지고잉.

"니 가고 자운 데로 가고 니 살고자 헌 대로 살아라~."

응. 요로고 내보내 불써. 근께 갈리 뿌렀제잉. 그러고 인자 그런께 동냥삼아서 이 동네를 가고 저 동네를 가고 밥 얻어먹으며 어영부영 삼 년이

됐던 모양이여. 그런디 강원도 어디를 가다가 밤 인자 밤중이 됐다 이 말이여잉. 하 그래서 갈 디가 있는가?

저~어 산 밑에가 오두막집이 있어 갖고 거가 불이 있거든. 찾아갔어. 찾아갔는데 할망 혼자 있는데 사람이 찾아온께 반가운 게 아니라고잉. 근디 이 할마니가 어떤 수가 있냐~ 그 등너매(등 너머에) 부잣집이 딸이 당원 울타리 딸이 낼 시집갈 거이라잉. 그 너매 저 잉 원님집이~ 시집을 갈 건디. 거그 어~릴 때부터 유아부터 갓난아이를 키운 애라. 키운 할마니라. 그런께 낼 시집을 가믄. 시집가믄 찾아올 거이여? 못 찾아오제잉.

"오늘 밤에 가서 마지막으로 보고 와야것다."

응. 그러고 산 너매엘 가는 거여. 산 너매를. 근디 간디. 이 총각 보고,

"니 여그 있거라. 나 어디 갔다 올 디가 있다."

그러고 나섰어. 그런디 인자 그 반면에 그 계집애가 그 막 유모 어매가 이,

'나가 가믄 인자 못 볼 거이라.'

잉. 그런께 밤에 여 인자 할마니헌테 찾아오는 거여.

딸이. 근디 중간에 만냈으믄(만났으면) 다행인디이. 질이(길이) 어긋나서 못 만났다. 응. 그런디 와서 틀림없이 어머이가 할마니가 있을 거인께 그냥 들어와서 이불 밑에 들어갔단 말이여잉. 딴딴헌께(단단하니까) 딴딴헌 거이 있거든. 왜 근고 허니께 할마니는 없고 인적에가 있은께 불을 키 본께 총객이 눕네잉. 응. 거 어찌된 거여? 남녀가 만났은께 그냥 잤겄는가아~

그날 저녁이 즈그 아부지 제삿날이여. 삼 년된 제삿날이라. 그런디 거그 난 아들이 삼형제가 삼정승을 했단 말이여. 거 둘이 만 만난 거그서 난 아들이 삼형제가 커 갖고 삼형제 다 정승을 했어. 그래서 그거이 광양 뭐이냐? 비봉산 우물터라 전설이 있어요.

(청중 : 비봉! 날 비(飛)자 봉이 난다는 형상.)

비봉산 중턱 가운데 중간에이~

(청중 : 그 인자 풍수학적으로 그런 적이 많이 있어요. 그 상주들이 죽어도 발복헌 그런 거시기 이치대로 했다 오행 이치대로.)

그런께 풍수지리적으로 풍수지리. 요새 잘 알까 말까마는 풍수들이 댕기는 그런 데는 그런 것을 연구해 갖고는 이야그를 한다 그 말이여.

이인의 예언

자료코드 : 06_03_FOT_20100226_NKS_JHJ_0012
조사장소 : 전라남도 광양시 옥룡면 운평리 상평마을 옥룡면사무소 2층 회의실
조사일시 : 2010.2.26
조 사 자 : 나경수, 서해숙, 이옥희, 편성철, 김자현
제 보 자 : 장한종, 남, 89세
구연상황 : 조사자가 광양의 일반적인 현황 그리고 음식에 대해 이야기하며 분위기를 조성하고 있는데 제보자가 "요즘 사람들은 앞을 내다보지 못하면서 살아요"라고 말하면서 예언을 했던 이인에 대해 이야기를 시작했다. 제보자의 연령이 고령임에도 불구하고 피곤한 기색 없이 이야기를 이어갔다.
줄 거 리 : 예전에 마을의 이인이 서당에서 '銕糸千里人語去'라 했는데 이는 오늘날 핸드폰을 말하는 것이고, '銕屋三層人坐去'는 오늘날 비행기를 두고 했던 말이라 한다.

그 전에는 이인(異人) 그전에는 우리 마을로 이인이라고 있었는디. 이인. 이인이라고 뭘 잘~알고 그랬는걸 이인이라고 그랬는디. 우리 어렸을 때 서당에서 들은 소리가 있는디이.

"철사천리 인어거(銕糸千里人語去) 허고이."

철사 철사라고 안 있소이. 뭐야 뭐 댕기고 하는 철사아~ 그 철사천리에서 사람 말이 간다 말이여이.

(청중 : 예 요즘 전화기 같은 이치죠. 말허자믄.)

그거는 뭐이냐? 전에 인자 전봇대 있어갖 고 전 전 전화줄에 있다고잉. 그건 바로 헐 줄 알았어. [탁자를 치면서]

(청중 : 그 예언에 있는 얘기지요?)

예언에 잉. 철사천리 인어거. 사람 말이 가. 여그서 뭐라 뭐라 허믄 거 그 간다 말이여. 철사를 타고 갔지. 요새는 핸드폰으로 타고 갔지마는. [전원 웃음] 그 전에는 철사 줄로 갔거든.

(청중 : 아~ 철사천리.)

인어거.

(청중 : 인언이거만. 말씀 언(言)자를 해. 인언~ 말씀 언도 되고 어도 되고.)

그러고,

"철옥삼층에 인자거(銕屋三層人坐去)라잉."

철옥이라헌 건 이건 비행기여. 쇠꼬치. 쇠꼬칭 삼층에 사람이 앉어 가. 삼층에. 인자거라. 사람이 앉어서 가. 거그서 비행기 안에 사람이 앉어 가는 거 그걸 어찌 알았냐? 그 말이여.

(청중 : 이거 한 천년 전에 예언이라.)

삼구우리 우리 한 그런께 지금으로부터 한 팔십년 전에 내가 들은 얘기여. [탁자를 치면서] 서당에 대닐(다닐) 때에.

빨간 다우다가 잘 팔린 이유

자료코드 : 06_03_FOT_20100226_NKS_JHJ_0013
조사장소 : 전라남도 광양시 옥룡면 운평리 상평마을 옥룡면사무소 2층 회의실
조사일시 : 2010.2.26
조 사 자 : 나경수, 서해숙, 이옥희, 편성철, 김자현
제 보 자 : 장한종, 남, 89세

구연상황 : 앞서 이야기에 이어 제보자가 다음의 이야기를 구연했다. 제보자의 연령이 고령임에도 불구하고 피곤한 기색 없이 이야기를 이어갔다.

줄 거 리 : 처음 빨간 다우다가 나왔을 때 팔리지 않았으나 시어머니 고쟁이로 좋다는 선전을 해서 며느리들이 많이 사갔다는 이야기이다.

머리를 한동안 당신들. 아 [고개를 좌우를 흔들면서] 당신들 아니고. 머리를 써야 되는 거이.

한동안 저 우리 머이냐? 방죽회사에서이(방직공장에서). [안경을 벗는다.] 뭔 수가 있었는고는. 다오다 막 나와 갖고 다오다라는 베……. 있제이.

(조사자 : 다우다.)

빨~간 다오다를 싹~ 맨들어 놨어이. 근디 그거이 안 팔래(팔리지 않는다). 그런께 먼 수를 했냐?

"할마~ 시어매 고쟁이를 맨들믄 참~ 좋다."

그랬거든. 시어매 고쟁이를. 고쟁이 [하의를 가] 속옷을 요새는 고쟁이를 모르지이.

빤스 우에 입는 거어. [언성을 높이면서] 그런께 며느리들이 안 사간 사람이 없어. 그래서 그 회사가 부자가 됐다고. 응.[강조하듯이] 그 선전이란 거이 그래서 필요헌 거이라고.

(청중 : 지혜가 지혜가 필요허다는 그런 얘기죠.)

아.[긍정의 대답] 사람은 그 머이냐? 욕심이 빨간 고쟁이 다오다 요새 말허믄 다우다라 그랬거든. 아 다오다 다오다 베 이름이. 근디 고놈을 시어매 고쟁이를 해. 긍께 며느리들이 시어매 좋아라 머이야 전부 해 준다 허믄 안 사는. 그거 얼매 안했거든 갑이(값이). 안 해준 사램이 없어. 긍께 베가 모지래 장날~

아버지와 아들이 죽어 생긴 깜짝바위

자료코드 : 06_03_FOT_20100226_NKS_JHJ_0014
조사장소 : 전라남도 광양시 옥룡면 운평리 상평마을 옥룡면사무소 2층 회의실
조사일시 : 2010.2.26
조 사 자 : 나경수, 서해숙, 이옥희, 편성철, 김자현
제 보 자 : 장한종, 남, 89세
구연상황 : 조사자가 '호랑이에 관한 재미있는 이야기'가 없냐고 묻자 제보자가 '재미있는' 이야기가 있다면서 다음의 이야기를 구연했다. 다음 이야기는 실제 호랑이와는 관련이 없는 지명전설이다. 제보자의 연령이 고령임에도 불구하고 피곤한 기색 없이 이야기를 이어갔다.
줄 거 리 : 목포에 사는 아들이 아버지를 두고 소금을 팔러 돌아다니다가 김제에서 고용살이를 하고 있었다. 어느 날 노파가 빨리 집으로 돌아가라고 해서 와 보니 아버지가 운명하려 했다. 이후 아버지의 시신을 묻기 위해 짊어지고 가다가 낭떠러지에 떨어지면서 시신과 함께 아들도 함께 죽었다. 그로 인해 바위가 생겼는데 그 바위를 깜짝바우라 불렀다.

아 잼있는 이야기 있어. 여그 아까 전설 전설 이야기 헐 적에 말이여이. 아실런가 몰라도 목포를 가며는이. 그걸 요새는 깝바우라 그러던가? 목포 그 죽개동. 죽개동 깝바우(갓바위)

그걸 깜짝바우라 그런디이. 깜짝 놀랜 바우라고오~

(청중 : 아~ 깜짝 놀랜 바우.)

그 바우.

(청중 : 아 그 납작 바우라고 있잖아. 하하. [웃음]

(청중 : 아~ 깜짝 놀랜 바우라 안해요. 납작바우는 그 끈덕끈덕 허는 바우를 말허고.)

응. 그 바우 유래가 있어잉.

(청중 : 정확히 짚어야 해 그거를.)

유래가 있는 거이. 목포 사는 즈그 아버지허고 아들허고 혼~자 사는데. 먹을 거이 없인께 인자. 그때는 소금장시가 제일 손~쉬웠거든이. 소금을

지고 여그 전라북도 가면 진개만개 안 있더라고! 그 곡식을 논만 헌디이. 거그 가서 인자 양식을 구헐라고잉. 구해 올라고 즈그 아부지허고 인자 거그 가서 넘의(남의) 집을 살았단 말이여이.

넘의 집을 사는디 인자 가을이 됐어. 가을이 된께 거그는 전부 요새는 슬레트(슬레이트, slate) 지와집이지마는(기와집이지마는) 짚을 이거든. 짚을. 날 마람을 엮어 갖고 우리말로는 날개라고 그래잉. 그걸 마람이라고 해 표준어로. 그걸 마당에서 엮고 있는디이.

흑언(하얀) 노파가 동냥허러 오드마안. 긍께 동냥허러 와서 인자 요리 애를 날개에 있는 애를 채르보드마안(쳐다보더니), 그 동냥을 준께,

"그거 허지 말고 빨리 가. 빨리 느그 집이 내리가라."

그러그든. 응. 그런께 그럼서 세를 차고 가서 영감헌테 물었단 말이여.

"아니 알 것 없이 핑~ 가라."

고 말이여잉. 그러고 쫓아 내려갔어. 쫓아 내려간께로 즈그 아버지가 운명을 할라해. 응. 그런게 인(因)이라잉. 그런디 죽어 갖고 송장을 묻을라 한디 가마니에 싸 갖고 짊어지고 오다가 산에 가고 갈라고잉. 그 죽개동 요리 허면 산이 있거든. 거그 갈라다가 냇가 뭐냐?

낭떠러지에가 떨어져 부렀단 말이여.

시신이. [언성을 높이면서] 근디 지도 떨어져 죽어 버렸어. 거그가 그 바우가 생겨 부렀다 말이라이. 그래서 깜짝바우라 그래. 요새는 뭐 뭔 바우라 그러더라? 근디 거그 전설에는, 깜짝 놀라서 깜짝바우라 그래.

애기 안 나오게 박으시오

자료코드 : 06_03_FOT_20100226_NKS_JHJ_0015
조사장소 : 전라남도 광양시 옥룡면 운평리 상평마을 옥룡면사무소 2층 회의실
조사일시 : 2010.2.26

조 사 자 : 나경수, 서해숙, 이옥희, 편성철, 김자현
제 보 자 : 장한종, 남, 89세
구연상황 : 장한종의 젊은 시절 이야기가 10여 분 이상 이어졌다. 조사자가 육담을 해 달라고 하자 주저 없이 바로 다음의 이야기를 구연했다.
줄 거 리 : 노부부가 제주도로 놀러가서 폭포 앞에서 사진을 찍게 되었다. 할머니가 카메라맨에게 애기 안 나오게 박아 주시오 하니 어떻게 그러냐면 박지 않았다. 이후 할아버지가 죽자 할머니가 박자 할 때 박을 것을 하면서 울었다고 한다.

육담으로오~ 그럼 만나는 고이 뭔고는이. 이런 여자들이 들으면 요새는 욕 헐란가 몰라도이. 내외간에 제주도를 갔는디이. [자신의 이야기를 듣는지 확인 차 묻듯이] 응. 제주도를 가믄 인자, 관광지 어딘고 하믄 서귀포 가믄 저 저 다임 뭐? 뭐? 이 뭔 폭포냐? 두 갈래 내려온 거이~

제 제주 서귀포.[머리를 굴리며 생각을 한다.] 가만 있거라 언능 그거이 안 나온다~ 폭포가 있는디이. 폭포 앞에서, 긍께 여그 촌사람들이 가믄 그땐 기념사진이란 것이 다 냉기고(남기고) 있거든이. 사 사진 하나 박 찍을라고오~ 내외간에 섰어. 근디 그때는 요새는 카메라가 쌨은께 그런디. 그때는 카메라맨(cameramen)헌테 돈 줘야지 찍어. 그래서 딱~ 찍을라고 섰는디이. 그 카메라맨이,

"요리 섰시오."

배경 잡을라고 헐 거이라고. 그래서 막~ 샤다를 눌를라니까아 아주머니가,

"아저씨 아저씨 쪼끔만 참으시쇼." 허는 거이거든.

"왜 그러요?"

그런께, 거그 저 정방폭포! 정방폭포! 거가 물이 내려오는 디가 두 갈래거든. 음~ 그런께,

"아저씨 아저씨 저 물 좀 많이 나오게 박아 주시오."

그러거든. 요샌 찍지만 그땐 박았단 말이여~

"좀 많이 나오게 박으쇼."그랬어.

(청중 : 잘 박아.) [전원 웃음] 근께,

"예. 알것십니다."

허고 갔단 말이여~ 카메라 요~리 대 놓고 샤따(셔터, shutter) 막 눌를라근께,

[다급히 외치면서] "아저씨 아저씨 그만 이~ 찍어 보소." 그래.

"물은 많이 나와도 애기는 안 나오게 박아 주소."[전원 웃음] 그래. 응.

[언성을 높이면서] "애기는 안나오게 박아 주소."

그랬거든. 응. [전원 웃음] [웃으면서] 그 아요? 뭔 말인지?(조사자들이 이해를 하고 웃는지를 묻는다) 그래서,

"예 압니다."

허고 인자 박았네~ 그래 갖고 왔어~ 집이를이~ 응. [기침] [이야기의 한 부분이 빠지자] 아! 그런께 그 소릴 헌께로 영감이,

"[갑자기 성질을 내면서]에 그 뭐할러 박어야."

그러고 와 붓단 말이여~ 안 찍고 사진을 안 찍고잉. 그래 갖고 집이를 와 갖고. 우리 동넨가 몰라이. 한 서너 달 있다 죽어 부렀네. 영감이~ 죽어 뿌러어~ 긍께 그 사진 찍자는 할마이가 얼매나 그 채 그때 요새 말로 문둥이가 찍었으면 좋을 거인디. 영감이 미워. 그런께 그 제천에 가 갖고이.

"찍~짜~ 헐~ 때에~ 찍을 것을~ 박~짜~ 헐~ 때에~ 박을 껏을~ 끄으윽[흐느끼듯이] 안~ 박고~ 난께~ 서~운~허네~"

이러고 제천에서 운다 그 말이여. 근께 인자 당신들 인제 형제가 (몇인지는 (생략됨) 몰라도, 시어매가 제천 앞에가 우는디, 며느리가 같이 가서 안 울 수가 없어이. 그거이 인사라이. 근께 며느리가 와서,

"아~부~지~이~ 아~부~지~이~"

허고 와서 운단 말이여.

[할마니가 울면서] "아~가~ 아~가~ 매~늘~아~가~ 끄윽[흐느끼면

서] 너~희~들~은~ 여~행~가~서~ 박~자~헐~ 때에~ 두 말~ 말~고~오~ 박아라~"

잉. [전원 웃음] 느그도 여그다 싸다 나가 잉.

돼지가 땅을 뒤지는 이유

자료코드 : 06_03_FOT_20100226_NKS_JHJ_0016
조사장소 : 전라남도 광양시 옥룡면 운평리 상평마을 옥룡면사무소 2층 회의실
조사일시 : 2010.2.26
조 사 자 : 나경수, 서해숙, 이옥희, 편성철, 김자현
제 보 자 : 장한종, 남, 89세
구연상황 : 육담 이야기에 이어서 다음의 이야기를 구연했다. 제보자의 연령이 고령임에도 불구하고 피곤한 기색 없이 이야기를 이어갔다.
줄 거 리 : 제주도에서는 화장실 밑에 돼지를 키우는데, 어느 날 돼지가 대변을 보는 남자를 올려다보니 고구마와 감자가 걸려 있어서 떨어지기만을 기다렸다. 그러다 잠시 잠이 들었다가 깨어 보니 이제는 여자가 와서 대변을 보고 있어서 돼지가 다시 돼지가 쳐다보니 고구마와 감자가 없어졌다. 그 사이에 고구마와 감자가 땅에 떨어졌는가 해서 그렇게 땅을 뒤지고 다닌다고 한다.

그러고잉~['애기 안 나오게 박으시오' 이야기 후로 연이어서 이야기를 한다.] 그러고 또 뭐냐? 제 그 당신들은 제 제주를 요새 간께 그런 거는 없지마는, 그때는 제주 딱 셋방을 들어가며는이. 오른쪽이나 왼쪽 요리 동그렇게 막 저 목땡이가 요리 세 개 걸려 있어. 그 밑에는 반드시 돼아지가 살아 돼아지를 키워이. 근디 인자 남자가 가서 우에서 대변을 보니까, 오줌마냥 철 철 철 비가 온께 돼아지가 [하늘을 올려다보듯이] 요~리 쳐다봤단 말이여. 쳐다보니까,

"아~따 크대."

고구마가 하나 있고 감자가 드렁드렁 했거든. [탁자를 한번 치더니]

“인자 됐다. 저놈만 떨어지믄 [전원 웃음] 아침 요그를(끼니를) 허것다.”

허고 쳐다봤단 말이여잉. [전원 웃음]

한~참 쳐다본께 잼이(잠이) 들어 버렸네.

(조사자 : 돼지가요?)

잉. [언성을 높이면서] 그래 깨 놓고 본께 아 가 부렀는디 있을 거인가. 천지를 다 찾어도 없어. 떨어졌는가니이~ 그런께 [탁자를 두드리며] 지 새끼보고오~

“아까 여그.”

아! [갑자기 이야기가 잘못된 것을 알고는 수정한다.] 그러니까 쪼끔 있다가 여자가 왔어잉.

인자 뒤를 봤어이. 아~ 여자가 와서 뒤를 본께 여자 오줌 줄기는 기냥 막 한강맹이로 막 쏘내기 오대끼 오더란 말이여. 쏘내기가 떨어져. 그래서 잠을 깨 보니까아~ 아까 있던 고구매가 없네. 떨어져 불고이~ 하하하. [웃음] 그런께 즈그 새끼를 보고,

“아이 아까 여그 고구 비오 쏘내기 비올 때 고구매 허고 감자가 드렁드렁 여 [탁자를 치며] 떨어졌는디 나는 아무리 에 못 찾것다. 니나 찾아 묵으라.”

그랬어. 응. 하하하하. [전원 웃음]

(청중 : 그래서 돼지가 지금까지 디비고(뒤지고) 있습니다. [전원 웃음] 그거 그것 찾니라고.)

인자 알았어! [웃음]

(청중 : 인자 그 그런 우스게 얘기가 있죠. 돼지가 지금도 그 땅을 디비고 있다.)

(조사자 : 돼지가 디지는 이유네요.)

(청중 : 예. 지금까지 아직도 못 찾았어요. 몇백 년이 지나도.) [전원 웃음]

여우 구슬을 삼킨 총각

자료코드 : 06_03_FOT_20100226_NKS_JHJ_0017
조사장소 : 전라남도 광양시 옥룡면 운평리 상평마을 옥룡면사무소 2층 회의실
조사일시 : 2010.2.26
조 사 자 : 나경수, 서해숙, 이옥희, 편성철, 김자현
제 보 자 : 장한종, 남, 89세
구연상황 : 조사자가 호랑이와 관련된 이야기가 있는지를 묻자 제보자가 호랑이에 관련된 이야기가 있으나 얼른 생각이 나지 않는다고 말했다. 이어 조사자가 여우 구슬 삼킨 이야기를 청중에게 하자 제보자가 그런 이야기가 있다면서 다음의 이야기를 구연했다.
줄 거 리 : 총각이 서당에 다니는데 처녀가 유인하여 서로 정을 통했다. 그런데 총각이 자꾸 마르자 아버지가 연유를 묻자 그 정황을 설명했다. 이에 아버지가 서로 입을 맞출 때 입 안에 든 것을 삼키라고 했다. 그리하여 총각이 여자 입 안에 든 구슬을 삼키니 그 여자는 그 자리에서 죽었고, 총각이 구슬을 삼키면서 하늘을 보지 못하고 땅만 봐서 땅속 지리만 훤히 알게 되었다는 이야기이다.

그 전에 잉~ 인자 서당은 등 너매에 있고이. 저 산 너매가아~ 인자 나는 여그 살아이. 근디 항상 밥을 묵으면 서당엘 가고 또 밥 밤에 가고 밤에 오고 그래. [갑자기 언성이 높아지면서] 근디 인자 그 서당엘 가는디. 밤에~ 하~ 예~쁜 아가씨가 나와서~ 자~꾸 유인을 헌다 그 말이라이.

근디 총 총객이(총각이) 그 그걸 그저 둘 수가 있는가아. 그래서 그 여자허고 여러 달을 인자 같이 연애를 했어이. 밤으로만 댕김서. 근디 이 총객이 원인이 뭐냐? 자~꾸 몰라(말라). 빼~빼~몰라아. 그런께 즈그 아버지가 물었어이. 근디 총각 그놈은 소문 안 내이 보이거든. 근께 아버지가 조린께,

"아무 일 없다." 그랬단 말이여.

"아니다 니가 머인가 이생이(이상이) 있은께 이렇게 마르지. 그리 마를 수가 있냐?"

근께 어느 밤에 즈그 아들보고 이야그를 했어이. 그런께 인자 즈그 아버지가 그 놈 헌테 이야그를 안 허고 즈그 선생헌테 가서 이야그를 했어이.

"이런 이런헌 일이 있는디 이렇게 헌께 이렇단다."

그런께 그 선생님이,

"그럼 좋은 수가 있소. 그 총각 보고. 오늘 저녁에는 만내서(만나서)"

키스(kiss)를 헌 게제. 요새말로이.

"키스를 허므는 분명히 그 혀 끝으리에 무엇이 있을 거이다. 고 놈을 딱 따 묻어(따서 먹어) 뿌러라." 그랬다 말이여.

긍께 그 말만 듣고 그 저 같이 만난 거이여 역시. 그저 봄서로 키스를 험서로 이놈을 똑 따 묵어 불고 죽 따 묵어 부렀단 말이여. 그래 꿀떡 생켜(삼켜) 부렀어. 근께 호랭이가 캑 허고 죽어 부렀어.

잉. 호랭이가 죽어 불어~

(청중 : 아가씨가. 호랭이가 아가씨로 변해 갖고.)

[언성을 높이면서] 아 하.[긍정의 표현] 호랭이가 변신을 헌 거이라.

(조사자 : 여우가 아니고 호랑이였어요?)

(청중 : 여우였제? 여우?)

근께 먼 호랭인가 여운가 몰라. 여우 여우라 봐야제이. [웃음] 여우 여우 여우라이. 요새 귀신맹키로 여우. 긍께 깩! 허고 죽어 부렀어. 그러고는 개벽이 됐다 그 말이라. 그런께 그 구 아! [갑자기 생각난 듯이] 그러고.

"그걸 똑 따 묵고 응. 니가 하늘부텀 채리(쳐다) 보고 땅을 보라."

그랬단 말이여 잉. 근디 무의식적으로 하늘을 못 보고 땅만 봤어~ 근께 땅 속은 환하니 알아도 그 하늘은 몰라.

저승 가서도 갚아야 하는 노름빚

자료코드 : 06_03_FOT_20100226_NKS_JHJ_0018
조사장소 : 전라남도 광양시 옥룡면 운평리 상평마을 옥룡면사무소 2층 회의실
조사일시 : 2010.2.26
조 사 자 : 나경수, 서해숙, 이옥희, 편성철, 김자현
제 보 자 : 장한종, 남, 89세
구연상황 : 조사자가 저승에 갔다 온 사람 이야기를 묻자 제보자가 다음의 이야기를 구연했다. 제보자의 연령이 고령임에도 불구하고 피곤한 기색 없이 이야기를 이어갔다.
줄 거 리 : 노름하다가 빚을 지고 죽은 사람은 죽어서도 그 노름빚을 갚아야 한다는 이야기이다.

저 일신 동네이. 여그 광양읍 일신 동네. 한 군새비란 군새비란 사람이 있어이. 한군새비. 한씨가이. 그 사람이 요샌께 그러지마는 그전에는 노름이 참 심했거든. 응. 그럼 노름을 허게 되믄 나가(내가) 돈이 떨어지믄 친구보고 또 허고 자픈께(하고 싶으니까) 돈 빌려 달라 말허니어이. 그래 갖고 받고 갚고 그랬는디. 그 사람이 돈을 빌려 줬는디 노름허고~ 안 갚았어이. 죽은 뒤에 지옥문에 와 갖고오,

"니 돈 돈 갚아라."

그래 갖고 이 외 뭐냐? 이랬다는 말이 있어. 그걸 누가 믿냐? 그 말이여. 어 구신이,

"돈을 갚으라."

허고 외 있단 말 있어. 거 안 갚을 수 없지. 구신이 와서 그래 놨으니 응. [청중 웃음] 근께 노름 값을 근께 노름꾼들이 허는 소리지이.

(청중 : 그게 받기 위해서 말을 만들어 퍼트렸구만.)

지 아버지 장 떠먹는 소리

자료코드 : 06_03_FOT_20100226_NKS_JHJ_0019
조사장소 : 전라남도 광양시 옥룡면 운평리 상평마을 옥룡면사무소 2층 회의실
조사일시 : 2010.2.26
조 사 자 : 나경수, 서해숙, 이옥희, 편성철, 김자현
제 보 자 : 장한종, 남, 89세
구연상황 : 조사자가 저승에 갔다 온 사람 이야기를 묻자 제보자가 다음의 이야기를 구연했다. 제보자의 연령이 고령임에도 불구하고 피곤한 기색 없이 이야기를 이어갔다.
줄 거 리 : 늘상 노름하다가 들어오는 아들이 어느 날 아버지와 식사를 하고 있었다. 아들이 잠결에 장을 떠먹고 있으니 아버지가 '장이다'라고 알려 주니 아들이 노름판인 줄 알고 아버지에게 '장이면 너나 먹으라'고 했다는 이야기이다.

즈그 아부지 장 떠먹는 소리 맹이로 그렇지이. 노름꾼이~ 노름을 잉. 저~녁내 허고 인지 집이 가서 자울 헌께. 잠 잔단 말이여이. 저녁밥을 먹인자 밥상이 왔는디이. 그런께 이놈을 깨워 갖고. 인자 요새 같으면 인자 그전에는, 부모 그 저 부자간에는 겸상을 안 헌디. 그냥 부모간에는 요새는 기냥, 요새는 부모간에 다 앉어 밥묵제잉.

근디 밥을 아부지하고 밥을 한 상에서 먹어. 밥 묵으면서도 자울라 인자. 하~도 노름허다가 잠을 못 잔께. [조사자 웃음] 그런께 [청중 중에서 휴대폰 벨소리가 울린다.] 아까 우리 맹이로 해일섶을 갖다 놨어이. 해일을~ 인제 밥을 떠 갖고, 밥을 떠 갖고,

뭐이냐? 아니다. 밥을 묵음서이(먹으면서). 반찬을 간을 묵던 김치를 묵던 묵어야 헐 거인디.

이 자식이 장을 떠 묵는다 그 말이여이. 그래도 장은 안 떠 묵지이. 전이나 하나 묵제. 그런께 자우르다가 기냥 다리 하나가 장을 떴다 그 말이여이. 그런께 아부지가 뭐라 그런고는,

그 물팍을 침서,

"야 이 자식아 거 장이다."

그랬거든. 인자 거그가 계속 맞고 있어 응. 노름하다가 장 자가 나오믄 치게 됐어이. [조사자 웃음] 장 자가 나오믄 치게 됐다 응. 근디,

"야 이 자슥아 거 장이다." 근께,

[갑자기 언성을 높이면서] "장 같으믄 니나 묵어라."

즈그 아부지 보고. [전원 웃음] 응. 졌다 그 말이라이.

"장 같으믄 니 묵어 뿌러라."

잠자리에 말이여. 이 노 노름판인 줄 알고. 응. 그 유머가 있어. 하하하. [웃음] 그 말이 되는가 모르겠네.

(조사자 : 진짜 즈그 아버지 장 떠먹는 소리네요. 그것이.)

응. 그거이 장 그거이 김치 아니고 장이다 그랬을 때에 그게 잠자리 아니면 될 거인디. 잠자리에 장 노름판인 줄 알았단 말이야. 잠자리에는 밥상이 아니고이. 긍께 장 자리가 나오믄 자기가 지게 된 거이라이. 하 이짝 저짝 자왔던가 몰라. 거 육자나 팔자나 나오믄 묵을 거인디, 장 때문 딱 지것거든.

명님이(명심이) 딱 돼. 노름꾼은 명님이 되는 거야. 한번 쇠키고(눈에 불을 켜고) 허믄. 근디 장 때문. 이거이 팔자가 나오길 기다리고 있는디,

"그거이 자슥아 장자다."

그런께 [웃음] 즈그 저 저 뭐냐? 노름판 말로 같은 놈이,

"장 자 같으믄 니 묵어 뿔라."[웃음]

즈그 아부지보고. 그 노름판으로 알고 했다 그 말이여. 아이고 이거 말이 될까 모르것다.

이 세상에 자기보다 힘 센 사람은 많더라

자료코드 : 06_03_FOT_20100226_NKS_JHJ_0020
조사장소 : 전라남도 광양시 옥룡면 운평리 상평마을 옥룡면사무소 2층 회의실
조사일시 : 2010.2.26
조 사 자 : 나경수, 서해숙, 이옥희, 편성철, 김자현
제 보 자 : 장한종, 남, 89세
구연상황 : 서동석 제보자가 앞서 급변하는 사회에 대해 이야기하자 이와 관련해 박채규가 현대의 사회상을 비판했다. 옆에서 듣고 있던 장한종이 자신 때문에 조사자들의 귀한 시간을 뺏었다면서 마지막으로 고담 한자리를 하고 끝내겠다고 하고서 이야기를 시작했다. 이야기 도중에 제보자는 이야기는 거짓말이고 노래는 참말이라고 했다.
줄 거 리 : 스스로 힘이 세다고 믿는 사람이 이 세상에 자기보다 힘이 센 사람은 없을 것이라 믿고 길을 나섰다. 그러나 가는 도중에 자기보다 힘이 센 세 사람을 만나고서 세상이 얼마나 무서운가를 알았다는 것이다.

요새 요새 힘센 사람을 장사라 그러지이. 잉. 장사이. 근디 유머를 유충 우리 동네 사람이이. 하~도 힘이 씨서이. 산에 묘를 쓰러 가믄 우리가 토벌허고 그 나무를 베서 그 묘자리를 치거든. 근디 이 사람은 가믄 기냥 굵은 쎄까래감을 기운이 씬께 요리 쑥 쑥 잡아 빼 뿐다 말이여잉. 응. 그리 힘이 쎘어. 근께 자기 생각으로,

'이 세상에 나보다 더 기운 쎈 사람이 있을 거이냐?'

허고 나섰어. 자신만만허고이. 그리 허다가 하루 누구집이 잘 인자. 사랑 아무대나 가믄 사랑방이거든 누구 아무집이나 촌에 가믄. 사랑방에 갔는디이. 인자 여 봉창문이 있어, 새에. 근디 인자 옆에 마구 소마구가 있어 갖고 소죽을 낄인다 그 말이여이. 근디 쪼까만 꼬마가 나와 소죽 소죽일 낄이. 근디 가~만히 본께. 어 아실란가 몰라 산에 비사리라고 있어이.

비사리 나무. 요만헌 굵거든. 이걸 불을 때는디 이 진 놈을 못 넌께(긴 나무를 넣지 못하니까) 끊어서 끊는 게 아니고, 뚝 잡아 띠고 뚝 잡아 띠고 그런단 말이여. 그래서 그놈 다 낄여 놓고 나가 논 뒤에 잡아 댕겨본

께 안 떨어져. 어.[자신의 말을 재차 확인하듯이] 그런께 힘이 씨다 그 말이여.

'하 하 나보덤 더 센 놈이 있구나!'

그랬어잉. 또 하루는 어딜 가다가 누구 집일 들어간께. 나만이가 오르 같은 사람이 요새 같으면 인자 요새 한창 마람을 엮고 있어이. 날 날개 우리말로 허믄 날개라 그러거든. 근디 마람을 엮을라믄 요리 엮을라 허믄 요리 짚을 잡거든. 그래 갖고 대갈팍을 고 골 낼라고잉.

요리 골려 갖고 엮거든. 그래야 쪽~ 고르제잉.

그런디 요런 모른 마당에 앉아서 엮는디, 그 짚을 요리 폭 돌리믄 쑥 들어가 분다 그 말이라이. 짚이. 자기는 살~짝~이 나가서 마당에 가서 짚을 요러고 헌께 팩 꼬꾸라져 안 들어가. 거 더 기운 센 사람 아닌가~ 그게 안 꼬꾸라져 쑥 들어간께.

그래서 인자 형님이라 모시고잉. 또 한 간데(한 군데) 갔어. 그 장사이. 그 전~부 이야그는 거짓끌이고 노래는 참말이라 그러거든잉.[조사자 웃음] 어디 가서 주막에를 들어갔는디이.

"어 주모 막걸리 한 되 주소."

허고 그래 갖고 먹는디. 그 옆에가 젊은 사람 둘이 술을 먹고 있어. 아 그러더만, 방에서 둘이서 뭘 꽁딱꽁딱 말 시비가 났던 모냥이여. 근디 영감들이 와서 인자 여그 술을 먹고 있으니께, 즈그끼리 말 시비를 허다가, 요새 거짓끌이재. 그때 아리바시(아루바시, 箸はし)가 없었제 그때는이. 재범(젓가락)이제이.

이 재범. 재범을 확 떤진께 그 앞에 지둥으로(기둥으로) 푹 떨어졌단 말이여. 지둥을 집 지둥을 푹 뚫고 들어가 버려. 그래서,

'엣따. 세상에는 나보다 더 무서운 사람들이 있구나.'

그러고 포기를 허고 왔다는 거여. 하하[전원 웃음] 그런께 이건 뭐냐? 쪼끔 안다고 따지고잉. 요걸 제재 할라고 나온 소리여. 아는 식 절 때 어

디 가서 아는 식 허믄 안 된다 그거여.

저 저 속담에 뛰는 놈 위에 나는 놈 있다 그랬거든.

"아 이 자슥아 뛰는 놈 위에 나는 놈 있다고. 니 잘랐다는 소리 허지 말라."

그거이 제재 해 주는 소리여. 그 참고가 되는 소리여. [웃음]

백운산의 농바우

자료코드 : 06_03_FOT_20100226_NKS_JHJ_0021
조사장소 : 전라남도 광양시 옥룡면 운평리 상평마을 옥룡면사무소 2층 회의실
조사일시 : 2010.2.26
조 사 자 : 나경수, 서해숙, 이옥희, 편성철, 김자현
제 보 자 : 장한종, 남, 89세
구연상황 : 조사자가 남매혼 홍수설화에 대해서 묻자 제보자는 그런 이야기를 모르겠다고 하면서 다음 이야기를 구연했다. 이야기판을 마무리 짓고자 하면서도 조사자가 적극 권하면 다시 이야기를 하곤 했다. 제보자와 청중이 서로 이야기를 주고받으며 진행되었다.
줄 거 리 : 백운산 농바우에 조개껍질이 붙어 있는 것으로 보아 천지가 개벽할 때 물이 그곳까지 차 있거나 산이 치솟았을 것이라는 이야기이다.

(청중 : 그러니까 이것이 천지가 개벽을 헐 때는 물이 거그까지 차 가지고 조개껍질이 거그 올라가서 조개가 거그 붙었다 그러거든. 옛날에~)

(청중 : 지금 거기는 거시기 전설 이야기가 아니고, 현실이. 백운산 상봉이 천 이백 팔십메타가 되는데, 지금 거 농바우나 우리 그 억불봉이라는 디는 약 천메타 넘는 고지대입니다. 거의 그 능선으로서는 농바우 그 백운산 한 장너매 우에가 있는 바우고. 그 억불봉에 가며는 조개껍데기가 붙어 있어요. 실지로~ 근디 어~느 땐가는 거까지 물이 찼었다. 바닷물이 찼었다.)

그런디이.

(청중 : 그걸 증명하는 이야기로 전해내려 오는 거이거든.)

아~니. 그기 그기 상생인디이. 그기 물이 찬 거이 아니고오. 물이 차 물이 찻다믄 이 세계가 없어져 버리고이. 솟아오르요. 솟아 올라. 이. 여그는 요대로 있는디이. 그 산이 뿌~웅 [아래에서부터 위로 솟아오르듯이 그림을 그리면서] 올라오는 거야. [청중 웃음] 그래서 요새 화산이 화산이 올라와서 그런거든. 어 요 우에까지 물이 다 찼으므는 머 사람이 있을 거이 머이 있을 거이여. 아무것도 없는 거거든.

(청중 : 아니. 아니 저 만년 전 이야기거든.)

아니 [말이 안되는 이야기를 한다는 듯이 언성을 높이면서] 만년 전 이야기라도.

(청중 : 지금 저 온난화가 돼 가지고 일본이 몇 년 후에 잠수하게 될 거이다는 여그도 언젠가는 잠수 돼서 그때가치 지구 공존에 의해서.)

지구 월력으로 산이 산이 솟깨 올랐다는 거이제이.

중국의 수수께끼를 푼 이인

자료코드 : 06_03_FOT_20100226_NKS_JHJ_0022
조사장소 : 전라남도 광양시 옥룡면 운평리 상평마을 옥룡면사무소 2층 회의실
조사일시 : 2010.2.26
조 사 자 : 나경수, 서해숙, 이옥희, 편성철, 김자현
제 보 자 : 장한종, 남, 89세
구연상황 : 조사자가 중국 사신을 물리친 떡보 이야기를 하면서 제보자에게 이런 이야기를 들었는지를 묻자 다음의 이야기를 구연했다. 이야기판을 마무리 짓고자 하면서도 조사자가 적극 권하면 다시 이야기를 하곤 했다.
줄 거 리 : 중국에서 돌 속에 계란을 넣어 두고서 그 속에 무엇이 들어 있는지를 맞추도록 했는데, 장성에 사는 기씨라는 이인이 이를 알아맞혔다는 이야기이다.

그거이 그건 몰라도이. 얼른 또 어~ 장승에. 장승에 얼른 또 이름이 안 나온다. 예전에는 우리 한국이~ 중국 속국이 돼 갖고이. 중국서 먼 소리를 했는고는, 돌 속에다가 계란을 넣어 갖고잉. 우리 한국 임~금 헌티다 보냈어.

"[탁자를 치면서] 이 속에 든 거이 머이냐?"

응. 알아 맞히라고이.

"못 알아내믄 조곡을 얼매를 받히라."

이러고 했단 말이야. 그런께 아~ 그 독(돌) 속에 든 거이 뭔인 줄 알 수가 있는가?

응. 구신도 모르지이. 그래서 방을 붙였어.

"이 독 속에 이런 거이 왔는디이 알 사람이 있냐?"

응. 그랬는디 장성에 기세 기씨야. 영감이. 눈이 통보라. 외눈이야. 그분이~ 기 기 기 뭐 아니여.[박채규가 옛날 사람들이 했던 이야기라서 다를 수도 있다고 하자, 조사자가 이와 비슷한 이야기를 들은 기억이 있기에 물어보았다고 상황을 설명한다.]

어. 옛적에~ 근디 그 분이 글을 잘해. 눈은 한 놈 보여도오~ 그런께. [종이와 펜을 찾는다.]

[종이에 이 이야기와 관련된 한문 문장을 적고 있다.] 요렇게 적어졌어. 여물고 여문 돌 돌 가운데 물건이~ 반숙 반황금이다.(본래 최치원의 시로 이 부분은 반옥반황금(半玉半黃金)이다) 반치나 반황금맹이라 노렇다 말이야. 그래서 돌을 깨 본께. 계란을 너놨어이. 근디 돌 속에 중국서 여까지 와 논께, 반치나 익어감서이 그 노런 노랑 조씨가 노렇다 말이여이. 그걸 그렇게 이인이라. 그런께 그 사람이, [글을 쓰는 중]그런 이인을 그런께. 나가(내가) 시방 그런 이인을 갈 디도 없고 그런 이인을 만나러 갈까? 그러고. 그런 욕심이 나도.

총 맞아 죽을 뻔한 사연

자료코드 : 06_03_MPN_20100128_NKS_KJY_0001
조사장소 : 전라남도 광양시 옥룡면 용곡리 대방마을 대방마을회관
조사일시 : 2010.1.28
조 사 자 : 나경수, 서해숙, 이옥희, 편성철, 김자현
제 보 자 : 김재임, 여, 92세
구연상황 : 이정임 제보자의 이야기가 끝나자 조사자가 반란군 이야기를 다시 물으니 옆에서 조용히 듣고 있던 제보자를 가리키면서 반란댁이라 부른다고 말해 주었다. 그래서 조사자가 이야기를 해 달라고 하자 다음의 이야기를 구연했다. 이야기는 간결했다.
줄 거 리 : 그 당시에 남편이 마을 이장이어서 반란군이 여러 번 총을 들이대면서 죽이려고 했던 일을 겪어서 오랜 산다고 한다.

나는. 오래오래 살거야. 죽을 고비를 하도 넘겨 싸서. 반란사건 때. 반란군들이. 반란군이. 반란군을 겪어 나서 목구녕에 총을 대놓고 [총을 목에 대는 시늉을 하면서] 큭 큭 요래.

"이 총에 죽어라."

요래. 요만한 구녕에다 콱~ 쳐박아 놓고. 그래서,

"그래 나 죽을라도 제목이나 알고 죽을란다."고 그랬어.

"니 서방 잘못 만난 죄로 죽어라. 서방 잘못 만난 죄로."

(청중 : 그때 이장님이었으니까.)

딱 요만한큼 총을 대놓고 [목 주변에 총끝을 대놓고] 칵 칵 세 번 이랬어. 말이 안 나오게 때렸어. 그때만 그렇게 한 거이 아니라 몇 번을 한 번 두 번을 여가 [자신의 목을 가리키면서] 총이 들어온 게 아니라 몇 번 들어왔어. 근께 그런 걸 겪어 논께 오래오래 살 꺼이라.

여순반란 당시의 기억

자료코드 : 06_03_MPN_20100212_NKS_PCG_0001
조사장소 : 전라남도 광양시 옥룡면 죽천리 내천마을 내천마을회관
조사일시 : 2010.2.12
조 사 자 : 나경수, 서해숙, 이옥희, 편성철, 김자현
제 보 자 : 박채규, 남, 63세
구연상황 : 앞의 이야기가 끝나고 조사자가 당산제와 관련된 영험담, 신벌담 등을 물었다. 특별한 이야기는 없다면서 당산제를 잘 모셔서 여순반란사건 때 다른 지역에서는 피해를 많이 봤지만 이 마을을 피해가 없다면서 다음 이야기를 시작했다.
줄 거 리 : 여순반란 당시에 밤이면 반란군이 내려오고, 낮에는 군인들이 왔는데, 제보자의 마을에서는 군인들이 반란군의 은신처라 하여 부잣집을 불태워 버렸다는 이야기이다.

여순사건에 여그가 직접적인 피해 지역입니다. 그 십사 연대가 백운산으로 인제 들어오다 보니까 또 그러다 보니까 인민군들은 부산까지 갔다가 후퇴허면서, 백운산에 그 자기들의 그 여순반란사건에 관련자들이 자기들이 여그 동조자들이다 해서 많이 또 들어오고. 그래 갖고 여그서 밤이면 그냥 반란군들이 저녁마다 내려와요. 예. 거의 살았다 뿐입니까. 점령을 해도 낮으로 군인들이 왔다 가믄 저녁으로 그네들이(반란군이) 왔지.

(청중 : 낮으로 와 갖고 밤으로 자지도(잠을 자지도) 못허고 성가시게 해 갖고. 그놈을 싣고 내려오고 그랬어요. 지금은 모두 소개된(불에 탄) 지역입니다.)

[여러명이 한꺼번에 이야기를 하기에 채록이 불가능하다.]

(조사자 : 그럼 집도 모두 태워 버렸던가요?)

(청중 : 아니 다 안 태웠지. 저 우론 싹~ 다 태웠지.)

대현마을에서는 여그 다 불질러 버렸어요. 거기는 군인들이 인자. 그래 부잣집이란께 그냥 부잣집만 태왔어요. 부잣집만. 지금 여순~사건이 나고 육이오로 관련해서 우리 전대에서 옥룡지역에 와서, 참 여기 와서 싹

조사 일제히 해 가지고 보고서 책자로 제가 받아 봤습니다.

(청중 : [조사자가 어디가 소각되었는지 물어보자] 이 저 아군 측에서 다 태왔고, 저희 집은 인자 상해 사람들이 와서 태와 버렸어요.)

반란군들의 은신처다 해 가지고 국군들이 불질러 버렸어요. 전부 요 지역을.

비결지 해석

자료코드 : 06_03_MPN_20100212_NKS_PCG_0002
조사장소 : 전라남도 광양시 옥룡면 죽천리 내천마을 내천마을회관
조사일시 : 2010.2.12
조 사 자 : 나경수, 서해숙, 이옥희, 편성철, 김자현
제 보 자 : 박채규, 남, 63세
구연상황 : 지명에 관한 이야기가 끝나자 제보자가 이어서 다음 이야기를 시작했다.
줄 거 리 : 동골에 사는 사람이 광양시장이 도시계획에 참고하고자 비결지를 해석해 달라고 해서 해 주었다는 이야기이다.

근데 지명은 나가 언능 기억이 안 난디. 요새 자꾸 머 좀 잊어뻬린가 싶은데. 거 막~ 지명대로 된 디가 있어요. 어디 그 비행장 그 이륙허는 디허고 앉는 디허고 그 관재~탑이 있는 디허고 딱~ 그 지명대로 그 자리에 섰어요. 우리 여그 우리가 아니고오. 비행장 이야기니까. 관재소 머 그 관재리에가 관재답이 섰고 또 이렇게 딱 딱 그 지명대로 지금. 착륙허는디 이륙허는디 관재탑이 선 자리가 똑 그 옛날 지명대로 이렇게 된 디가.

그 지명을 상당히 관심 있게 봐야 해요. 근께 지금 이 시장 이 현 시장 말고 그전 김옥현 시장이 그 요런 일이 있었어요. 저 동골 가며는 그 지리학에 좀 밝은 어르신이 있었어요. 그 분헌테 그 비결지가 있다고 해 가지고 그 분이 한문을 많이 알고 그래 가지고. 그걸 갖다가 시장이 그 분

보고,

"전~부 풀이를 해서 주라."

그래 갖고 그 분이 풀이를 해서 줬어요. 그것은 인제 그 시정 그 도시 계획에 그 참고헐 만한 가치가 있는 거이거든요. 그 지명대로 계획을 세워야 나중에 문제가 발생하지 않을 수가 있어요. 그래서 지혜 있는 착안이다 하고 생각했는데. 그 그 사람이 제공헌 것은 유감스럽게도 비결지가 아니였어요. 아니였어. 근디. 허[웃는다.][전원 웃음] 본인보고 물으니까,

"싹 해줬다."그래서.

"그걸 왜 그 천기누설을 하는 거는 아닌디 그걸 해줬냐?"그런께.

"그 시장이 부탁을 하고 국장들이 와서 사정을 해 준디 어찌 안 해 준가. 그래서 해 줬다."

그러더라고요. 그분은 지금 돌아가셨어요.

다시 발복하는 옥룡사지

자료코드 : 06_03_MPN_20100226_NKS_PCG_0001
조사장소 : 전라남도 광양시 옥룡면 운평리 상평마을 옥룡면사무소 2층 회의실
조사일시 : 2010.2.26
조 사 자 : 나경수, 서해숙, 이옥희, 편성철, 김자현
제 보 자 : 박채규, 남, 63세
구연상황 : 서동석 제보자의 이야기가 끝나자 제보자가 이어서 다음 이야기를 구연했다. 제보자가 자신의 생각을 가미하여 이야기를 진행했다.
줄 거 리 : 천이백여 년 전에 도선국사가 옥룡사에 살았는데, 그에 관한 구체적인 증거가 없다는 것이다. 운암사 스님이 봉사 천 년, 벙어리 천 년이 지나면 다시 발복을 한다는 이야기를 듣고서 근래에 옥룡사지가 국가 차원에서 지원이 이루어지는 것은 그 기운이 천 년이 지나 돌아온 것이 아니겠냐는 것이다.

옥룡사지가 도선국사가 천이백 년 전에 살았잖아요. 지금 복원할라고

광양시에서 운암사 해 갖고 동양에서 최고 높은 불상도 그 옆에 세워 놨고, 게 인자 그 향일암 그 주지스님이 요리 와 가지고 그 운암사란 걸 그 복원해 놨고, 옥룡사는 시에서 복원할라고 몇 년간 공을 들여도, 저 조계 조계종에 속해 있기 때문에 그 종단에서 허가를 안 해 줍니다. 즈 즈그 소유권을 갖고 있을라고오~ 시에서 지금 몇 십억 예산을 세워 놔도 행세를 못 허고 있어요.

그래서 그 그때 그 내가 이 옥룡사 주지 현재 운암사 주지 박득수 스님이 들어오신 지가 삼십 년 전에 향일암에서 들어와서 여기서 땅을 샀는데. 그때 그 저 여기 전화 사업이 우선 되야 되기 때문에 인자 그 내가 직장에서 관련이 돼서 인자 그 참 만나서 잘 알고 그런디, 운암사에 온 스님이 인자 돌아가셨어요. 나이가 한 구십 되는 노스님이 있었는데, 내가 스님이나 목사님을 만나며는 맨 공격을 허면서 질문을 허는 사람이거든요. 그래서 그러니까 그 노스님 보고 내가 따졌어요.

"도선 도선국사가 유명한 국풍이라고 전해 오는디. [숨고르고] "도대체 그 사람이 지은 절터에 그 사람의 흔적이 없다. 이것이 어찌 옥룡사가 명지라고 그 사람이 와서 살았느냐? 그 의문이 안 풀리니까 한번 답을 줘봐라." 그러니까,

"그래야."

고. 그러믄서 그... 아무도 확인된 사항은 아니니까 그 사람 허는 이야기가,

"봉사 천 년, 벙어리 천 년 산 뒤에 다시 발복을 허리라고 기록이 돼 있다. 그런 기록이 돼 있다."

그래서 나도 처음 처음에 이해를 언능 그 소리를 언능 서서 대화헐 때는 몰랐어요.

'봉사가 천 년 살으라 했다?'

근디 나가(내가) 나가 여기에서 육십 년을 살아도 이 유지에서 살아도

봉사라는 사람 한 사람도 안 살았거든. 나(내) 생각에. 인자 대화가 거그서 맥히잖아요. 의문이 또 생기지. 그거 허무맹랑한 소리 아니냐? 나는 그 때 당시는. 그런데 인자 가~만히 그 스님이 가시고 인자 곰곰이 생각허게 되지요.

'아하 [탁자를 두드리며] 봉사라는 것이.'

나는 눈먼 봉사로 이 생각했는데~

'아 이것은 무식헌 사람. 도인이 아닌 평민인 것이다.'

라고 난 이렇게 깨달았어요. 응. 봉사라는 거는 글을 깨우치지 못한 것을 봉사라. 눈 뜨 눈 뜨고도 글을 모르면 봉사 아닙니까~ 그래서 에 봉사가 천년을 살은 뒤에 이 다시 복원이 되고 발복을 허리라는 그런 예언이 있다. 딱 그 소리만 허드라고. 응. 자기 헌 이야기 안 허고 그러데. 딱 지내고 며칠 고민을 허니까,

'아하 봉사가 나 같은 사람이 바로 봉사구나.'

잉. 그 평민이 거가 천 년을 살고 내려와서, 지금 그 광양시에서 복원을 하고 발버둥을 해도 몇십 억을 예산을 세워 놓고 그 주위에 땅을 다 지금 개인 문중 산인디 시에서 샀어요 다. 그래 갖고 문화재로 지정 받고 그 이십 억인가 주고 샀어요. 시에서.

그래 건물을 복원을 헐래해도, 그거이 인자 종단에서 안 해 줘서 못헙니다. 그러헌 그 그래서 예언이란 것은 진짜 그 예언집을 보며는 이 옥룡하고 광양하고 관련이 없지마는 정~확히 맞어떨어집니다. 그렇죠. 그 전에는 별로 살다가 국가적인 차원에서 관심을 갖잖아요이.

도선국사 무덤 이장

자료코드 : 06_03_MPN_20100128_NKS_SDS_0001

조사장소 : 전라남도 광양시 옥룡면 용곡리 대방마을 대방마을회관
조사일시 : 2010.1.28
조 사 자 : 나경수, 서해숙, 이옥희, 편성철, 김자현
제 보 자 : 서동석, 남, 75세
구연상황 : 제보자가 묻고 싶은 이야기가 있으면 물으라고 하자, 조사자가 강바람에 관한 이야기가 더 없냐고 물으니 앞선 이야기 외에는 없다고 하였다. 이에 서동석 제보자가 전국 어디에서나 들을 수 있는 이야기는 있어도 이 지역에 관한 특별한 이야기는 없다고 하였다. 이에 조사자가 어떤 이야기든지 괜찮다고 하면서 다시 조사취지를 설명하였다. 이어 점심시간이 되자 서병국 이장이 점심을 먹고 가라고 하면서 잠시 이야기판의 분위기가 흐트러졌다. 할머니들이 점심을 준비하는 소리가 녹음 중에 잡음으로 들어가기도 했다. 서동석이 다른 이들에게 도선국사의 묘를 발굴하는 것을 봤냐고 물었다. 이에 조사자가 도선국사에 대한 이야기를 해 달라고 하자, 제보자가 다음의 이야기를 들려주었다.
줄 거 리 : 도선국사의 무덤을 파 보니 물속에 뼈가 잠겨 있었다. 건질 때 뼈가 누런색이었는데, 삼 일이 지나자 새까맣게 변했다는 이야기이다.

도선국사가 거기 와서 인자 그 묘를 판디, [팔을 저어 땅을 파는 모습을 재연] 구들장 같은 돌로 우리 그전에 황토 박아 가지고 저 설통 안 받습니까잉~ 돌로 이리 대 가지고 황토로 여기저기를 한참 봉해. 돌이[양손으로 석곽모양을 그리면서] 양쪽에서~ 근디.

(청중 : 돌은 정상적으로 곽을 석곽을 만들었드마안~

근디 돌이 근마 황토로 박았다니까 심을 전부다 [손을 좌우로 흔들면서] 쐬면으로(시멘트로) 안 박고, 근디 요 우아래로 보면 밑에 허고 저 우에 허고는 딱 자연석 돌인디 딱 깍아 논 돌이네(인위적으로 깍은 것처럼 반듯한 모양의 돌이다). 근디 물이 흥건했어 [손바닥을 펴서 바닥에 놓으면서] 물.

물속에서 [손으로 뼈를 건지는 시늉을 하면서] 뼈를 건졌잖아. 물속에서 뼈를 건졌는디 이짝에 늘 옆에 하던 못 허고 저~ 한쪽에 서서 [갑자기 말이 빨라지고 청중과 목소리가 겹쳐 잘 들리지 않는다.] 근디 노오라니 뼈가 그대로 있었는데, 순천박물관에 순천대학교 그 뭐 박물관에 간께

로 삼 일 만에 뼈가 쌔까매져 버린다 그 말예요. 근께 바람을 쎄면 쌔까매져 버려요.

도깨비불

자료코드 : 06_03_MPN_20100128_NKS_SDS_0002
조사장소 : 전라남도 광양시 옥룡면 용곡리 대방마을 대방마을회관
조사일시 : 2010.1.28
조 사 자 : 나경수, 서해숙, 이옥희, 편성철, 김자현
제 보 자 : 서동석, 남, 75세
구연상황 : 호랑이에 관한 이야기가 끝나자 조사가자 이어서 도깨비에 관한 이야기를 물었다. 다른 조사자가 도깨비를 직접 보거나 경험한 이야기도 좋으니 해 줄 것을 부탁하자, 제보자가 직접 경험한 이야기라 하면서 들려주었다.
줄 거 리 : 옛날에 비가 오면 산에 나타난 도깨비불이 번뜩거리며 돌아다니는 것을 보았다고 한다.

고거는 인자 우리들이 인불이라 그런데. 에 도깨비가 옛날에는 저녁밥 묵고 날이 뭐 비가 올라고 그러면, 저그 저 [좌측 창가에 보이는 산을 가리키면서] 앞 도깨비불이 두 개가 됐다가 열 개가 됐다가 [좌우로 팔을 휘저으면서] 다섯 개가 됐다가 번뜩번뜩 돌아다녀. 아 학실이(확실히) 그리 돌아다녀. 그 한두 사람 보며는 그런디 동네 다 쳐다봤는디.

디딜방아 훔치기

자료코드 : 06_03_MPN_20100226_NKS_SDS_0001
조사장소 : 전라남도 광양시 옥룡면 운평리 상평마을 옥룡면사무소 2층 회의실
조사일시 : 2010.2.26
조 사 자 : 나경수, 서해숙, 이옥희, 편성철, 김자현
제 보 자 : 서동석, 남, 75세

구연상황 : 조사자가 당산굿에 대해 묻자, 이야기를 듣고 있던 제보자가 디딜방아 훔치기에 대한 이야기를 시작했다.

줄 거 리 : 마을에 병이 드는 것을 막기 위해 이웃마을의 디딜방아를 훔쳐서 자신의 마을에 가져다 놓고 매구를 쳤다. 그러면 이웃 마을에서는 다시 디딜방아를 찾기 위해 마을로 쳐들어와 서로 간에 몸싸움이 치열했다.

옛날에는 이 깡쇠 같은 그걸 치며는 인자 당산굿도 치지마는 인자 디딜방아라는 것을 마당 가운데다가 갖다 놓고 꽹쇠를 쳤어. 디딜방아. 그럼 디딜방아라는 것을 갖다 놓으며는 이 나무로 맨든(만든) 디딜방아가 있는데 밑짝 웃짝이 있거든. 그럼 지금 무엇을 방지를 하냐? 요새 같으며는 그 신종풀루(아포칼립스, aporkalypse)같은 것이,

"요런 것이 뱅이(병이) 마을에 못 들어고 싶사~."

허고 방지를 해서 마당 가운데다 놓고 지신밟기를 헙니다. 그래 놓고 매구도 치고 돌면서 재미있게 매구도 치는데, [고개를 크게 끄덕이면서] 다른 마을에서 돌라오고 그래. 그러믄 인자 이 마을에서 치며는 가서 그 디딜방아를 가서, 딴 마을에 가서 쳐다보고 있다가 어쩌든지 딱 훔치 [디딜방아를 가슴에 안는 시늉을 한다.] 잡고,

"디딜방아 잡았네!"

그러며는 인자 뺏기 부른 거라. 그 마을에 또 뺏으러 가. 허허[웃음] 그런디 저 추동마을에서 디딜방아를 놓고 매구를 치는디. 그거는 호 많아. 한 백호가 넘을 거여. 근디 우리 마을에서 디딜방아를 도돌라 갔어(훔치려고 갔다). 매구를 한~참 치고 술을 먹는 판이라. 술을 먹는 판이라.

그런디 우리 마을 사람들이 가 가지고는(가서) 인자, 그 젊은 각시들이 멀라 가서(무엇하려고 가서) 언능 그 디딜방아를 잡을 거여. 술 묵을 때이. 가서 디딜방아를 잡고,

"훔치(훔쳐) 잡았네!" 그랬다.

"디딜방아 잡았네!"

그랬단 말이여. 근디 동네사람들이 우~허니 들어갈라 그런께는 그냥 그 많은 동네사람들이 작대기, 몽나구를 치켜들고,

"이놈들 때려죽인다."

는 통에 막 도망질을 해 왔어. 우선 사람이 죽게 생겼는디. 그래 가지고 [웃음] 우리 동네 앞까지 도망질을 했어요. 그래 가지고 그 남정순이 즈그 어매란 사람이 어디 가서 자빠진께로 인자, 저 짝 사람들이 뛰 내려 가지고 허리를 그냥 칵! 하고 밟아 버렸어. 그래 가지고 한 몇 년 동안 죽도록까지 고생을 했어.

46년째 전국 명산을 돌아다니는 심마니

자료코드 : 06_03_MPN_20100226_NKS_SDS_0002
조사장소 : 전라남도 광양시 옥룡면 운평리 상평마을 옥룡면사무소 2층 회의실
조사일시 : 2010.2.26
조 사 자 : 나경수, 서해숙, 이옥희, 편성철, 김자현
제 보 자 : 서동석, 남, 75세
구연상황 : 앞의 이야기가 끝나자 조사자가 산삼에 관한 이야기를 꺼냈다. 그러자 제보자가 '산삼에 대한 전설은 내가 잘 알어'라고 운을 떼면서 자신이 산삼을 직접 캐러 돌아다닌다고 하면서 다음의 이야기를 시작했다.
줄 거 리 : 46년째 산삼을 캐러 다니는 제보자가 처음 산삼을 캐러 가게 된 연유와 조계산에서 처음 산삼을 캐서 그 당시 논 닷 마지기 값을 받았다는 이야기에 관한 것이다.

에 저 우리 오산이나 선산이나 우리 시청으로 전~부 알지마는 우리 옥룡에도 인삼을 두 간디 장려를 허고 있는데. 그걸 내가 시나리오를 책을 열~ 장 정도 써서 맨든 거예요. 삼천만 원 보조 받고. 여기 삼천오백 받고 이래 가지고 인삼재배를 실행했어요. 당~초에는 인삼이란 것도 요 지방 사람들은 몰랐어. 자세히는.

한 삼십 년 사십 년 전에는. 근디 옛~날 노인들이 옥룡에서 저 추동에 경상수 영감님이란 분이 다 돌아가셨어요 여그 상편에 한임오 영감님. 이 분들이 한 서넛이 산삼을 캐러 다녔어. 망태 하나 거 매고 산에 가서 단지밥 낄여 묵고. 지리산 영산 숲 속에 들어가서 계속 그러고 다녔어.

쓰읍~ [언성을 높이면서] 이기 아무리 해 묵을 길이 없어. 그래 나도 산삼 한번 캐볼라고 그래 따라 갔거든. 지리산을 한번 따라가 보니까. 가서 그때는 어디 바위 밑에나 얄궂이 돌로 어디 쌓아 놓고, 초롱 호롱불이 종지기 여그다 해 가지고 그 놈 키고 자고 그래.

그 단지밥 낄여 묵고. 그 몇 번 따라가 봐도 안 돼. 당신들도 못 캐는디. 저~어 추동에 경상수 영감님이 지리산 저 그 뭐이냐? 노고단 밑에서 한 뿌리 캤단 말이여. 인자 산삼을 캐도 안 뵈여 줘. 뵈여 주도 안 해. 어떡해든 뵈여 주도 안해. 그래 집이 와서 가~만히 생각해,

'에라이 빌어먹글 나도 한번 산삼 한번 캐 볼란다.'

그때는 인자 텐트도 없고 비니루 쪼가리 하나 짊어지고, 이 가마니에다가 배낭 요새 그거에다가, 뭐 더 덮을 담요나 하나 넣고 양석(양식) 단지 짊어지고 그러고 혼자 가는 거여. 어디로 갔는고는 멀지도 않은 순천 조계산으로 갔어. 순천 조계산을 들어가서 송광사 옆에 조계산을 들어가 가지고. 저녁에 인자 잘라하므는 기냥 나무로 이리 비잣히. 질~게~ 보따리 대놓고 불을 대. 불을 대면 요놈이 인자 가운데가 딱 타지 똥글라지 또 요놈이 불을 대 줘요. 요렇고 허믄 그리 대 줘요. 그 불 가에서 오그라져 담요 둘러쓰고 잠이 자지나. 그거이 잠도 아니지이.

그리 자고는 그 이튿날 일어났는데 아침해 이리 올라가는디. 인자 집안에 형님 되는 분이 나(내가) 가는데 앞에 와서 손으로 거무적 거무적 헌다. 근디 이것이 생전 못 본다. 호랑이허고 산삼허고는 생전 처음으로 보는 사람도 안다 그랬거든. 근디 뿌리를 캤단 말이예요. 근디 요만해. 요만한데 뿌리를 요만헌디. [웃음] 인자 서이 갔는디 치켜들고 보는 거라.

"이게 도대체 뭔 풀이냐? 우리는 못 본 풀이 아니냐?"이래 가지고는,

"이게 산삼인 갑다. 산삼인 갑다."

이래 가지고는. 백~날 찾아봐야 그거 하나 뿐이기라 그 산에. 그래서 그 때 인자 순천에서 들어왔었지. 들어와 가지고는 인자 이런 동이에다가 딱 세워 놓고 인제 영감님들헌테 갔어. 이게 산삼인가 봐 주십사~ 하고. [갑자기 손뼉을 치면서] 와서 딱 보고는 깜짝 놀래더라고. 그래서 인자,

"하 하 요거이 산삼이다. 어디서 캤냐?"

"조계산에서 했습니다."

그래 그날 인자 술을 받어다가 동네잔치를 그날 저녁에 한 번씩 했제. 동삼 캐 왔다고~ 그랬는디 지금 사십오 년 전에 또 요만헌 거 하나를 그 때 돈으로 이십삼만 원을 받았어. 이십삼만 원을 받아 놓고 본께 논 닷마지기 값이라.[조사자 전원이 놀란다.] 그 논이 닷마지기 값. 하 그런께 얼마나 된지 모르지이. 그때는~ 논 값이 쌌지 그때는.

(청중 : 지금 논이 지금 시세로 말허믄 일억. 닷마지기면 일억 줘야 해.)

순천 아 저 부산 영도대교란디를 가 가지고 그것을 이십삼만 원을 받아 놓고 난께로. 하 요거 부대부짜네 요만헌 거 하나 캐 가지고. 그래 가지고는,

'에라이 빌어묵을 노가대 허는 벌이 해 묵는 것보다 낫것다.'

싶어서 계속 망태질 삼았어. 그런디 지금 내가 딱 사십오 년 됐는데 금년이 됐으면 갈 꺼인디 사십육 년 차라. 사십육 년 차 된다.

아 혼자는 못 가지. 서이나~ 서이나 너이나 가제. 그러니까 내가 지금 우리 전~국에 있는 명산치고는 안 가본 디가 없어. 전국에 있는 명산치고는 안 가본 디가 없어. 전방 지대까지 가니까 전방 지대까지. 구들 찌고 들어가고.

(조사자 : 그러면 그때 그 산삼을 캐신 분은 지금도 같이 다니셔요?)

아 그 분은 영감이 돼서 못 갔지. 죽어 뿌렀고. 그런디 지금은 인자 문

제가~ 자꾸 세월이 흐르다 보니까. 중국산 장뇌 나와 버리지. 중국산 여기 카나다산 나오지 미국산 나오지 이북산 나오지. 우리 한국에다가 전~부 산에다가 장뇌 키워 버리지 이래 버린께. 산에 가서 쬐만헌 것 하나썩 캐 봐야 값도 못 받아. 값도 없어 지금은. 믿어주지도 않어.

오구굿을 11번 한 사연

자료코드 : 06_03_MPN_20100226_NKS_SDS_0003
조사장소 : 전라남도 광양시 옥룡면 운평리 상평마을 옥룡면사무소 2층 회의실
조사일시 : 2010.2.26
조 사 자 : 나경수, 서해숙, 이옥희, 편성철, 김자현
제 보 자 : 서동석, 남, 75세
구연상황 : 박채규가 나올 이야기는 다 나온 것 같다면서 조사자들에게 오후 일정에 대해 물었다. 면사무소에서 사무공간을 빌려 쓰는 부담감 때문이라 생각한 조사자가 더 많은 이야기를 듣고 싶다며 자리가 불편하면 옮길 것을 권유하는 등 여러 이야기가 오고 갔다. 이어 제보자가 젊은 시절에 자신이 오구굿을 여러 번 하게 된 사연을 말하기 시작했다.
줄 거 리 : 젊은 시절에 몸이 좋지 않아 오구굿을 11번 했으나 갖은 재산만 탕진하고 별 효험이 없었다. 이후 교회, 절을 다니면서 점차 몸이 좋아졌다고 한다.

근디 우리 집에서 나가(내가) 군대 갔다 와서 몸이 아파서. 신(神)을 애기허는데, 내가 오구굿이란 것은 오구굿 세 번을 허면 기둥뿌리가 다 날아간다 허는데. 우리 우리 집에서 굿을 열한 번을 했어. 오구굿을 나가 그때 죽게 생겼습니다. 내가 죽게 두~셋에 산다 해서 오구굿을 열한 번 했는디.

그 단골네들이라 그러거든요. 그 단골네들이 막 너이 다서이 와서 기~냥 간짓대를 세워 놓고 베를 요리 달아 놓고 줄 풀고 저~녁~내 지 뚜두리고 야단이거든. 근디 나가 아파 누웠어도 가~만히 쳐다보믄,

'저 빌어먹을 년들이 지랄병을 허고 자빠졌다.'

이런 생각이 들어가. [전원 웃음] 정신은 총총해. 근디 나가 아프다가 무슨 오구 오구굿을 열한 번을 허다 보니까. 내가 골 아파가 중성을 큰 거 두 채를 묵었어. 중성 배. 개구리 배를 내가 묻어 놨는디 그걸 내가 따 팔아 묵고. 우리 집이 재산 내가 다~ 팔아 묵고.

어. 몸이 아파 가지고 광주 재중병원에 입원했다가 안 좋아져서 전주 여수병원으로 넘어가서 안 돼서 집으로 왔어. 근디 오구굿을 열한 번을 허는디. 하 이건 머. 근디 뭐시 하나 필요헌고는. 뭐시냐믄 요 손때라는 것을 잡아.

응. 점쟁이라 손때를 즈그들이 손을 풀어. 근디 나 정신은 말~짱해. 옛날 그대론디. 손은 떨어. 분명히 떨어. 요렇게. 그 참 묘헌 거이더만. 이렇게 막 떨어. 그래서 우리 집이 열한 번을 했는데. 요 단골들을 계속 불러 옆에서 계속 굿을 열 번을 했는디. 열한 번째 허면서 저 평택 단골네들이 왔어. 아 저 저것들이 안 오고 딴 년들이 왔구나. 근디 딱 열한 번째 허는디. 어먼 단골네 패들이 와 논께. 즈그 돈 벌라고. 와서 쌈이 벌어졌어. 즈그들 끼정. 우리 마당에서.

우리 마당에서 굿을 허는디. 나는 가만히 쳐다보고 있어. 근디 [언성이 높아지면서] 마당에서 두 패가 싸움이 벌어져 가지고 싸움을 헌디,

"이년들아!"

"뭔 신이 왔냐?"

"뭔 할아버지가 왔냐?"

"이년들아."

그러고 싸우고 지랄병을 해. 그래서 그때는 아파 죽것드마는 그래도 일어나서,

"언능 언능 다 가. 이 빌어먹을 년들아. 때려죽여 버린다."

고 나가 일어나 호기 부렸어요. 그래 그날 딱 깨져 부렀어요. 그래 열

한 번을 오구굿을 허고 우리 집에서. 근께 살림 다 팔아 묵고 나 뭐 돈 쫌 모다 논 거 다 까묵고 그랬지. 그렇게 까묵어 뿔고 인제 시~나~브로 저 그 개새끼들이 그 구신 거 거짓말을 해 가지고, 죽으믄 죽고 살믄 살고 기냥 나댕긴거야. 그래서 나가 교회에도 육 개월을 다녔고,

절에 구례 봉동사 절에도 나가 일 년을 살았고. 백운사 상봉 절에 가서도 나가 한 육 개월을 살았고. 아 나 시나브로 괜찮아졌지. 그 인자 그대로 해서 지금까지 나가 지금 칠십 다섯이라도 ○○여. 오구굿을 열한 번을 했다니까. 거 광양 여그 여기. 여그 옥룡에도 무당이 있고. 지금은 없어져 뿌렀어. 상반이 반상이 없어져 부렀기 때문에. 없어졌기 때문에 그런 무당들 데리고. 옛날 오구굿 세 번만 허면 지둥(기둥) 뿌리 다 팔아 묵는다 했는디. 열한 번을 했으니까 빈문이(빈번히) 재산을 까묵었냐 그 말이여.

직접 들은 호랑이 울음소리

자료코드 : 06_03_MPN_20100128_NKS_SJD_0001
조사장소 : 전라남도 광양시 옥룡면 용곡리 대방마을 대방마을회관
조사일시 : 2010.1.28
조 사 자 : 나경수, 서해숙, 이옥희, 편성철, 김자현
제 보 자 : 서정도, 남, 79세
구연상황 : 남사고 이야기에 이어서 조사자가 백운산도 가깝고 하니 호랑이에 관한 이야기가 있지 않느냐고 묻자, 서병국이 서정도를 가리키며 호랑이 만난 적이 있으니 호랑이 만난 이야기를 해 보라고 재촉했다. 서정도는 호랑이를 직접 본 것은 아니라며 호랑이 울음소리를 들었던 것에 대해 이야기를 시작했다.
줄 거 리 : 제보자가 스무 살 적 봄날 아침에 언골로 나무하러 갔다가 가시덤불 속에서 호랑이 울음소리를 들었는데, 울음소리만 들어도 알고 놀란 적이 있다고 한다.

아이 나가(내가) 직접 보던 안해도 호랑이한테 나가 놀랜 적은 있어. 요

저 언골이란 데가 있어요.[오른쪽을 가리키면서] 작은 작은 언골이라고 그런데~[잠시 생각을 하다가] 그 그때가 한 한 이십 살~ 한 삼십 살 묵었을 때지 그때. 한 오십 년 되었을 때지.

왜 그랬는고는 에 그날 밤에 우리 조부님 조부님 제사를 지내고. 인자 낼 아칙에(아침에) 친구허고 나무를 하러 나무를 하러 가자고 해 놓고 올라가 본께 안 오고 나 혼자 갔어요. 나 혼자 갔는데,

나무를 해 갖고 그 그때가 봄이그만(봄이구만). 꼬사리 끈고 그땐께. 산에 올라가서 올라갈 때는 괜찮은디 내려올 때 꼬옥~ 덤뿌랭이가 거 [잠시 생각을 하다가] 하여간[두 손으로 크기를 가늠하면서] 이 집차댕이만한 까시덤뿌랭이가 있었어요.

그런디 거그를 지나 내려왔는디 한 네발 한 이십메따(20m) 내려온께 악을 씨는데(쓰는데),

그 때 그이 직접 보기는 안 했는디 그 우는 소리를 들면 알거든요. 그래서 한번 놀랜 적이 있었어요. [다시 한 번 오른쪽을 가리키면서] 요 작은 언골이라 헌디서.

귀신 목격담

자료코드 : 06_03_MPN_20100128_NKS_SJD_0002

조사장소 : 전라남도 광양시 옥룡면 용곡리 대방마을 대방마을회관

조사일시 : 2010.1.28

조 사 자 : 나경수, 서해숙, 이옥희, 편성철, 김자현

제 보 자 : 서정도, 남, 79세

구연상황 : 서동석 제보자의 호랑이 이야기가 끝나자마자 이를 듣고 있던 제보자가 들려준 이야기이다.

줄 거 리 : 옛날에 바위 위에 마을 노인들과 함께 앉아 있는데, 논가에 하얀 옷을 입은 사람이 돌아다니다가 흔적 없이 사라지는 것을 보았다고 한다.

[오른쪽 대각선 앞부분을 가리키면서] 옛날에는 요리 [바위 크기를 손으로 가늠하면서] 큰 바위가 있었습니다. 아니 무신 바위라고 이름은 안 모리겠는디 그 바위에 있는디 하리(하루) 밤에 날이 굴도록 했어요. 근께 영감들이 한 여덟이 있고 인자 같이 있었는디. 요건네 가며는 요기 저 거가.

(청중 : 새미방죽?)

거가 뭐? 새미방죽 아아(아니고) 거그 말고 뭐라고 이름 불렀어?

(청중 : 배륵매불)

배륵매불. 배륵 건네 거가 새미가 있었어요. 새미가 있었는디 그때는 질이(길이) 요런 크게 안 나 갖고 전부다 거시기 그냥 다 논질이(논길이) 된께 도로가 그렇게 됐는디. [앞을 손짓으로 가리키며] 거그서 희안히(하얀) 옷을 입고 저~그 요리 뒤로 돌아갔데 돌아갔는디 인자 [잠시 숨을 고르고]

개가 짖고 짖지 모르고 거 거 앉아서 여럿이 거그로 가 갖고 거그를 구경을 인자 가서 실제 거게 긴가? 아닌가? 헌다고 그런지 가 봤는디. [손을 좌우로 흔들면서] 어디 가 뿔고 흔적도 없어요. 흔적이 없어. 예. 근자 근께 그 귀신을 봤죠.

도깨비에 홀리다

자료코드 : 06_03_MPN_20100212_NKS_LJC_0001
조사장소 : 전라남도 광양시 옥룡면 죽천리 내천마을 내천마을회관
조사일시 : 2010.2.12
조 사 자 : 나경수, 서해숙, 이옥희, 편성철, 김자현
제 보 자 : 이종찬, 남, 85세
구연상황 : 박채규의 도깨비 이야기에 이어서 다음의 이야기를 구연했다.
줄 거 리 : 친구를 만나 술을 마신 뒤에 밤중이 되어 추동마을의 산을 내려오는데, 빨간

운동복을 입은 여자들이 무리지어 보를 지나가는 보았다. 헛것을 보았다 싶어 정신을 차린 후 다시 길을 가는데 어떤 놈이 나타나 몸을 밀었다. 그 주변에 있는 이웃 사람에게 도움을 청하여 무사히 집으로 돌아왔다는 이야기이다.

빗지락은 안 만나 봐도 나는 구신 한번 만나 봤네. 그때도 정신이 없은께 그래. 술 많이 묵고 그때 한 나이 오십대 될 때. 오십 댄께(50대이니까) 그때 머 심이(힘이) 좀 있고 걸어 다닐 때에. 밤에 저~ 서쪽에 집을 사러 갔다가 거 서쪽 친구를 만나 놓고 집을 산다 그런께.

술을 어찌 많이 묵었는고 술이 취해 갖고 집이를, 머 전화도 없고 그때는 걸어서 올 판인디. 저 추동 앞에 보믄 저 그 밑에 보믄 머냐 그 맥주 맥주 갖고 창고 저 없어졌는가. 거 거그 가믄 대밭이 있고 거그가 요리는 보가 있고 그 건네는 공동산이라. 추동 공동산이라.

근디 추동서 요리 내려오는디. 여 밤이 밤이 되었더만. 나 밤에를 그때는 상당히 추울 때라.

몰라 그 아홉 시나 열 시나 됐던 모냥이여. 머 시간은 모르지만 딱히. 그리 내려오는디. 저~어 백계산서 가이네들이(여자아이들이) 운동헐 때에, 머 운동회 헐 때 붉은 거 입고 그런 거 가이네들이 춤추고 헐 때.

하~ 이놈의 것 한 삼십 명이 그 운동복 그놈을 입고 그 저~어 몰 그 산에서. 저 그 외산 앞에이. 그 산에서 주루룩 내려온단 말이여. 나가 내려간디. 그럼 여가 보가 있어. 그 공동산에 보가 있어.

아 그러더만 나 앞에서 주루룩 지내서(지나쳐서) 그 보 보또랑을 보가 큰 보를 지내가는디.

그 놈을 줄줄줄줄 건네가. 그래서 그걸 보고는 그냥 깜~짝 놀랬단 말이여. 헛걸 본 거이라.

그래서 이놈의 것 인자 머 요새는(요새처럼 그 당시에는) 말 전화기도 없고 그때는 전화도 없을 때고. 그래 담배 이놈을 담배 이놈을……,

'어 내가 정신이 없구나.'

담배 이놈을 내 갖고 나이타를 탁 켜 갖고 담뱃불을 부치믄 팽 하믄 살다라지믄 그래서 내려오는디.

'하이고~ 헛것 봤단 말이다.'

그래 가지고 없어. 그 놈의 가시나들이 졸졸졸 지내 갖고 내 앞을 딱 가로막고 지내가. 말도 안 허고 쏙~ 지내가 버려. 그래 그냥 그놈을 겪으고 내려오다가, 그 근처에 주막이 있고 주막에 거 외상을 하는 집이 하나 있고 그란대. 내내(내가 다니는) 주막이 하나 있어요. 그래 거그 가서 인자 참 숨을 쉬 갖고 아이 또 내려온께.

인자 술이 오른 거야. 아니 길엘 살살 길엘 오는디. 젊은이 젊어서 그런가 자꾸 밀어내. 아 기냥 어떤 놈이 기냥 댓바람에 보듬았다가 착 보드래 뿌러. 그냥 거 밀어 뿐 게 아니라. 홱~ 보듬았다가 착~ 밀어 뿌러. 아 길바닥에 꼼 자빠져 부렀어.

"오늘 저녁 오늘 저녁에 저기서 구신을 봤는디 어디 머 구신이…."

그래 정신이 안 드냐. 아 그래서 또 일어나서 담배를 담배를 피우고 나이타를 빤짝빤짝 피워. 그래 갖고 못 와서 추동 와서 구룡쏘를 못 건너부렀어. 정신 놓고 까딱하면 또 구신을 만나게 돼 있어. 그 머시냐 양송리에 정머씨? 이.[긍정의 대답] 정전열이 나하고 같이 다녀 논께. 친하거든.

그 정전열이 집에 갈라하믄 또 동네서 냇물 건너 또 저리 안 들어가던가. 그래 천상 거그를 찾아가고 이사람 허고, 날보고 좀 냇물을 건너야 허는데 냇물을 못 건너 무서워서 인자. 한번 디 [전원 웃음] 봤지 그래 논께. 그래서 정전열이 처가,

"하이고 어쩐 일이예요." 그런께.

"나 이러이러해서 하도 정신이 없고 나가 구신을 봤다." 이런께.

"아이 그 참 술을 많이 자셨구만. 술을 많이 자셨구만 갑시다. 내가 모셔다 드려야지 이러믄 큰일 나."

"가자."

고. 아 근데 구신이 있어. 나 그래서 한번 봤네. 술이 그런 거야. 술이. 정신을 빼 뿐거야. 그냥.

도깨비불

자료코드 : 06_03_MPN_20100212_NKS_LJC_0002
조사장소 : 전라남도 광양시 옥룡면 죽천리 내천마을 내천마을회관
조사일시 : 2010.2.12
조 사 자 : 나경수, 서해숙, 이옥희, 편성철, 김자현
제 보 자 : 이종찬, 남, 85세
구연상황 : 조사자가 도깨비 방망이 이야기를 들어보신 적이 있는지를 묻자 제보자가 다음의 이야기를 구연했다.
줄 거 리 : 길을 가다가 도깨비불을 보았다는 이야기이다.

도깨비 방맹이. 보기는 봤는디 불 써고 댕기는. 도깨비 방맹이는 못 봤어. 나 주던 안 허더마. 아 어떻게 가다 줘. 길에 막 댕기다가 응. 옛날에는 그랬어. 도깨비불이라고. 막 저기로 댕겼는디 요새는 없데.

여순반란 때의 반란군과 군인

자료코드 : 06_03_MPN_20100212_NKS_JYP_0001
조사장소 : 전라남도 광양시 옥룡면 죽천리 내천마을 내천마을회관
조사일시 : 2010.2.12
조 사 자 : 나경수, 서해숙, 이옥희, 편성철, 김자현
제 보 자 : 정용표, 남, 78세
구연상황 : 조사자가 기우제에 대해 물었더니 여순반란 때 있었던 이야기와 연결하여 다음 이야기를 시작했다.
줄 거 리 : 반란군이 백운산에 입산하자 군인들도 입산하게 되자 마을 사람들이 짐 옮기는 데 동원되었다는 이야기이다.

옛날엔 그런 때 있었어요. 그 반란군이 있을 때여 그때. 반란군 내기 전에.

(청중 : 가물어 갖고 비가 안 온께 저 산몬당에 가 갖고 불 피울라고.)

여순~반란 사건이 나서 그 당시에는 이 길이 여그 여그꺼지만 있었어요. 에~ 그러니까 여수 십사일째 반란군은 저 반란군 일으킨 사람들이 백운산에 입산하기 위해 들어오는 것이, 여끄정 전~부다 차를 끄꼬(끌고) 왔습니다. 그래 갖고 여가다 차를 전부다 세워 놓고 여그 사램들헌티 등짐 전부다 짊메 가지고 전~부다 무기 실탄 그거 다 짊어지고 백운산으로 올라갔어요. 그래 갖고 입산했어요.

그래 갖고 그 당시에 우리들은 여기 사람들은 군인들이 철모 쓰고 총 맨 건 처음 봤죠. 근께 여기 와서 전~부다 그 자기들이 그냥 트럭 갖고 와서, 은행 뭐 담배 같은 것 그거 주고 자기들 여그 사람들 전~부다 동원시켜 짐지게 하고 백운산에 입산했습니다.

(조사자 : 마을이 피해를 많이 봤겠네요.)

아니. 마을에 피해는 없어.

(청중 : 피해를 보다니믄 말 안 들으믄 전~부 몽둥이 뜸질을 해 갖고.)

아니 그것은 인자 지나 보믄 십사일째 이십 연대 사람들이 들어와서 괜히 그 양민들. 양민들 그 사람들이 짐 짊어지고 짊어 줬으니까.

(청중 : 아 경찰 놈들이 내 찌르고 막 그랬제.)

이십 연대 사람들이 지나간 사람들이라고 전~부다 동네 사람들이 거시기 해 갖고 짐 지었다고 뚜두러 패고 거 거시기 고초를 많이 당했지요.

꿈속에서 아버지를 보고 어머니를 구한 사연

자료코드 : 06_03_MPN_20100226_NKS_JHJ_0001

조사장소 : 전라남도 광양시 옥룡면 운평리 상평마을 옥룡면사무소 2층 회의실
조사일시 : 2010.2.26
조 사 자 : 나경수, 서해숙, 이옥희, 편성철, 김자현
제 보 자 : 장한종, 남, 89세
구연상황 : 사전에 전화로 박채규 제보자와 약속을 하고 옥룡면사무소를 방문했다. 옥룡 면장이 미리 자리를 마련해 주어 면장실에서 조사가 이루어졌다. 박채규 제보자는 이전에 설화조사가 이루어진 관계로 조사의 취지를 이미 숙지한 상태이다. 그래서 장한종 제보자에게 구비문학대계 사업취지를 자세히 설명하고 적극적으로 많은 이야기를 들려줄 것을 권하였다. 이어 기억을 환기시키기 위해 제보자에게 귀신 이야기와 같은 구체적인 이야기를 해 줄 것을 요구하자 제보자가 다음의 이야기를 구연하기 시작했다.
줄 거 리 : 제보자가 새마을사업 무렵에 도로 확장 일로 집을 떠나 있었는데, 꿈속에 아버지가 나타나서 호통을 쳤다. 잠이 깬 뒤에 부랴부랴 집으로 가니 어머니가 화장실 앞에 쓰러져 있었다. 만약 꿈이 아니었다면 그날 어머니가 돌아가셨을 것이라는 이야기이다.

근디 그런 이야기를 허믄 나가(내가) 자랑 같은 이 이얘기(이야기)라서 좀 곤란헌디. 귀신에 대해 귀신에 대해서 보틈 한나(하나) 이얘기를 해 드릴께요잉. 전에 사람들이 귀신이란 거이 있니? 없네? 한참 따져 쌌거든잉. 따지. 근디 나는 직접 저 그 뭐이냐? 꿈으로 선몽 잉. 요걸 겪었단 말이여잉.

그래서 하 하. 구신이 절~때(절대) 있다아. 없는 건 아니다. 내가 요걸 말씀드리는디. 72년 새마을사업 한~창 할 때잉. 그때 내가 새마을 지도자를 했어. 그래서 날마든(날마다) 한 치를 치를.

인자 우리 동네 순환도 도로를 낸디. 한 치를 안 넓혀 줄라 해. 땅 열자를 재 갖고 [양 옆에 고랑을 표시하면서] 꼬랭이를 요리 가는디 요 까부(커브, curve)는 [옆 사람에게 동의를 구하듯이] 쪼까 늘려 줘야 헐 꺼 아닌가. 안 된다네. 그렇게 동네 싸왔어.

그런디 밤낮으로 그런께. 낮에는 싸우고 저녁에는 또 회의를 해야 해. 해 나갈란께잉. 그런디 그러다 보니께 나가 고달피 갖고 회의를 허고 열

한 시나, 그때는 또 집이서는 어머니가 아파 갖고 뭐이냐? 나가 대소변을 받을 때라잉. [언성을 높이면서] 아~ 근디 잠이 들어 뿌렀내.

궁께 하~ 궁께 자는디. 하 아버지가 돌아가신 지가 한 육 년되잉. 죽은 제가~ 아 근디 지팽이 들고 마당에 와 갖고,

"니 뭐더냐?"

고 칵! 뭐이라고 하네. 날 보고오~ 아버지께서. 그래 나가 붙들다가 잼이(잠이) 깨 불었어 꿈이. 그래서

'하 하 난리 났구나.'

싶어서 인자 잼이 깨 갖고 인자 그때가 또 새복(새벽) 세 시여. 그래서 쫓아가니까아. 근디 우리 집일 가니까아. 그때에 이 음력으로 초 여 [고개를 흔들면서] 십이월 이십육 일이라 됐단 말이.

응. 근께 눈이 살살 막 올 때여. 아 근디 나는 인자 집일 가니까 우리 새롭허고 화장실허고는 들어가 오른쪽에가 쩌어~ 멀어잉~ 멀은디 요런 계단이 있어. 계단을 올라가. 한냥 나가 어머니를 오강(요강)에다가 대변을 으 머이야 [목이 잠기다.] 받치 받치고 허는디.

인자 나가 없거든. 그런께 인자 헐 수 없이 억지로 억지로 인자 막 갔던 모냥이여 변소를~

화장실을. 갔는디 이 계단을 못 올라가 부렀어. 그래 갖고 엎드려 있단 말이여. [제보자는 목 가래를 진정시킨다.] 그런디 하냥 하냥 대소변을 받내고 근께로 속에 옷을 암껏도(아무것도) 안 입었어잉. 치매만(치마만) 입혀 놨지. 근디 치매 우에가 눈이 사르르 왔더란 말이여. 꿈이 아니었더람 그날 가는 거야아~

그래서 그렇게 에 거 머랑가? 참 딱 그런 머냐? 때문에……. 그래서 인자 나가 방에다 모셔서 살았단 말이여. 응. 그런 기적적인~ 그런디. 이건 아무도 안 묵어자봐요. 그런 이야길 안 묵어자운디. 그래서 인자 이거 나 또 자랑...

꿈속에 아들을 보고

자료코드 : 06_03_MPN_20100226_NKS_JHJ_0002
조사장소 : 전라남도 광양시 옥룡면 운평리 상평마을 옥룡면사무소 2층 회의실
조사일시 : 2010.2.26
조 사 자 : 나경수, 서해숙, 이옥희, 편성철, 김자현
제 보 자 : 장한종, 남, 89세
구연상황 : 웃음이 오가는 화기애애한 분위기 속에서 제보자가 지하국 퇴치담에 대해 묻자 모른다고 하면서 다음 이야기를 시작했다.
줄 거 리 : 제보자 아들이 전기회사를 다녔는데, 공사 도중에 전기에 감전되어 위태로운 상황이었다. 마침 제보자의 꿈속에 아들이 나타나는 것을 보고 죽지 않을 것을 예감했다. 이후 2년간 병원 치료를 받고서 지금은 잘 살고 있으며, 꿈속에서 부모님을 뵈면 무슨 일이든 잘 된다고 하는 이야기이다.

꿈 이야기는. 이 꿈 이야기는, 나야 나 꿈 이야기 빽이(밖에) 없는디. [청중 웃음] 나는 솔찍히 이런 소리를 못 허지만 한~동안 나~가(내가) 머라 할까? 부모에 대한 정성빽이(정성밖에) 없었어이. 그러기 때문에 아까 거 거 이야기 했더라고~

근디 먼 수가 있었냐? 우리 집 큰 놈이~ 전기 회사에를 댕겼어. 쩌 안양서이. 근디 삼동인디. 아 이 대포매고 가 갖고 스위치를 안 껐던 모냥이라~ 스위치를~ 안 끈고 저 공사를 하다가 몸에 불이 붙어 부렀어. 그래서 근디 어쩔꺼여, 사람도 없지. 줄이 타서 떨어져 부렀단 말이다이. 긍께 온~몸이 다 타져 버리고 가심이(가슴이) 다 타져 부렀어. 근디 떨어졌는디.

즈그 내외간에 인자 살았었는디. 전화가 왔네. 그래서 떨어져서 그래갖고. 저 저 먼 저 서울 먼 병원이냐? 한양대학교이.

"거그에 입원해 있소."

그래. 응. 그래서 그때는 정신이 통 나 선영빽이(선영밖에) 모... 근께 예수 믿는 사람 나헌티 오믄 통 말 못해.

"느그 선영 믿지. 멀라 예수 믿냐~ 선영을 믿으라."

그거여. 그래서 그 소릴 듣고. 인자 우리 동네 바로 옆에 우리 아버지 묘가 있어이. 석양에. 아니 저녁밥 묵고 쫓아갔어. 묘에. 그래서 움서(울면서) 빌었어이.

"하여튼 목심만(목숨만) 살려 주쑈."

응. 그러다가 잠이 들어 버렸어. 긍께 깨 본께 두 시라. 근디 집이 왔는디. 그래서 먼고는 아니~ 잠이 들잖애. 꿈에 방문틀 방에 와서,

"아부지"

그런단 말이여. 이 꿈에이. 이 아들이~

"나는 인자 틀림없이 ○○ 볼 거이다."그래,

"이 살아서 와 줍소."

했는디. 꿈에 그래서 딱 깨 본께. 아 이 밤중인디 여름이라 이슬이 사르르~ 왔는디. 그래 그 집이로 와 갖고는. 웬걸 사람이 꼭 모싯말만(안 좋은 말만) 몬자(먼저) 들어. 하 죽어서 송장이~ 하매나 오냐? 하매나 오냐? 잉. 새립문(사립문) 소리만 나길 기다리는 거여.

"틀림 죽어서 올 거이다."

그러고 기달랐어. 그랬는디. 한양 병원에서 이 넌을 치료를 했어이. 그러고 지금 인자 완전히 완치가 돼 갖고 시방 안양 공무원으로 있는디이. 꿈이란 것이 그리 소중해. 그래서 그런께, 나는 그때는 인자 그런디 부모가 꿈에 부모만 보믄 그렇게 좋은 일이 생길 수가 없어. 지금은 인자 지금은 좀 덜허지마는 한 십오 년 전까지만 해도. 나가 뭐든 잘못허든 일이 있지않아! 그러믄 [기침] 딱 이불 덮고 누워있으믄,

'좀 봐야것다.'

하믄 뵈여. 그러믄 만~사가 풀어져. 그래서 내가 예수를 믿고 뭐~ 목사고 뭐고 선영을 믿어라. 응. 나는 그래. 나가(내가) 딱 부모를 모실라고 일심이라고. 그때 돈을 주고 서울 가서 오십 전을 주고 샀어요. 요새 일심

그런 거이 없지마는. 요새는 액자지마는 요~만 해 갖고 글을 써서 폴았거든이(팔았거든). 일심이라 해 갖고,

"나도 하여튼 부모 모실 생각만 해야되것다."

해서 사다 붙여 놓은 거이 지금도 있어. 그거이 한 에 또 해방 직후엔께 지금부터 육십이 넌 되는구만.

세상 돌아가는 모습

자료코드 : 06_03_MPN_20100226_NKS_JHJ_0003
조사장소 : 전라남도 광양시 옥룡면 운평리 상평마을 옥룡면사무소 2층 회의실
조사일시 : 2010.2.26
조 사 자 : 나경수, 서해숙, 이옥희, 편성철, 김자현
제 보 자 : 장한종, 남, 89세
구연상황 : 예언에 대한 이야기에 이어서 제보자가 다음의 이야기를 구연했다. 제보자의 연령이 고령임에도 불구하고 피곤한 기색 없이 이야기를 이어갔다.
줄 거 리 : 세상 돌아가는 상황에 대한 제보자의 이야기로, 예전에 산아제한 하고자 노력했으나 지금은 애를 낳으면 국가에서 돈을 주고, 길을 넓히기 위해 울력을 힘들게 다녔는데 어느새 아스팔트가 나오고, 민둥산에 나무를 심으러 다녔는데, 어느새 연탄이 나와 산에 나무가 우거지는 등 앞을 내다보지 못한 정책을 한탄했다는 이야기이다.

그런디 만날 앞질러 이야기를 헌디이. 웃음거리가 한나(하나) 있어. 해방 뒤에가 내가 면엘 댕겼거든. 여그 면에 면에 댕겼는디이. 서기에서 일했어이. 그때. 인제 총무계에 있다가 서기에서 일헌디이. 세상에 요새 겉으며는 그~렇게 미련헐 수가 없어. 우리 한국서 이박사 정권 때에. 사람이 자꼬 난께이. 이 땅 이천만 그때 이천만 인군디이(인구인데).

"에 한국이 좁아 [청중이 기침] 못 살것다아. 좁아 안 될 꺼이다."

[탁자를 두드리며] 그래 갖고 남자들 붕알을 묶으러 댕기라 그래. 다시

못 낳케로. 산아 산아제하라(산아제한이라) 그래. 근디 지금 생각허믄 아이 뭐 사우디아 아리비아로 널려 자빠진 디가 그렇게 많은디, 거길 내보낼 줄도 모르고 못 낳게로 묶으러 댕기네이. 그 날보고, 나 저그 뭐이냐? 두 사람인가 묶은 경험이 있어. 못 낳케로.

응. 근께 나는 월급을 타 묵을란께 시킨 대로 안 헐 수가 없단 말이여. 근디 [탁자를 두드리며] 요새는 인자 뭐 한나(하나, 한명) 낳면 요새는 이백만 원 준다 하나.[조사자 웃음] 어. (아이 낳지 못하게 했던 일, 생략된 말) 그런 미친 짓을 했고오~

또 한나 뭔고는. 요기로 걸어갔지마는, 인자 다 당신들은 몰라. 해방직후에는. 우리는 알지. 아 보 요새 요새 같으며는, 그 때는 질이(길이) 아스왈트(아스팔트, asphalt)가 아니고 흙질이라이. 그케 이 질 무너진다고 재갈을 내(川)에 있는 재갈을 요리 서믄 요리 닿드락까지 여그 죄다 깔으라 그래. 봄며 울력하는 일이야아. 질이 여무라지라고오. 그걸 한 짐 두 짐 지고 와선 안 되거든. 봄내 울력허는 거이 그거이여. 근디 아스왈트 나올 줄 모르고오. [전원 웃음] 잉. 그 애를 쓰다가 아스왈트 나와 논께 쑥~ 안 펴졌드라고.

또 한나 뭔고는, 우리가 제일로 또 억울헌 놈이 있어. 억울헌 거이 있는디. 삼십 년 저 요대로 가며는 그때는 자꾸 깔끔을(산에서 나무를) 쳐다가(베다가) 불을 땐다 그 말이여이. 그런께 깔끔을 쳐다 불을 때니까. 가가을 가을인자 아니 봄에 전부 나무를 심으라 그래. 그 나무 숭그라고(심으라고) 그 원목을 줘 갖고 숭그 갖고 뭔 수가 있냐?

삼십년 후에 그 놈이 성목 되믄 깍끔임자가 칠십프로(70%). 이 우리 산 없는 사람이 삼십프로(30%) 뗄 꺼이다. 이거고는(이러고는) 봄마다 나무 숭그러 댕겼다고, 점심마다 벤또 싸 갖고 보리쌀 벤또 싸 갖고오. 한력 없이(한정 없어) 울력을 했어.

그런디 그거이 그 실때 없는(쓸데없는) 거이 뭐냐? 연탄 나와 뿐께 깍

끔이 묵어 자빠져. [전원 웃음]

어. 연탄 나온 줄 모르고오. 그래서 아스왈트 나와서 우리 편해졌고잉. 연탄 나와서 편해져 붓고오. 그걸 몰라아. 근디 정 인자 반댄 거이 지금 인자 외국으로이 이 뭐이냐? 아들(애들) 낳으라고 권헌다 말이여이. 돈을 정부에서 줘서 백만 원 준다 했다 이백만 원 준다 허데. 나도 요새 같으면 여러 천 한 팔백만 원 탈 거인디. 천 천 육백은 탈 거인디이.[전원 웃음] 여덟을 낫은께 천 육백 탔을 거인디 이런 어우런(억울한) 꼴이 있어~

참~ 우리 억울해. 해방 당신들은 몰라도 해방 뒤에 나무껍질 벗겨 묵고 살고 응. 그럴 때 그 벤또 싸 갖고 가 갖고 또 뭔디 깔끄막 가서 봄만 되믄 울력 울력이 그거이 한 십여 년씩 되었을 거이여. 아 그런께. 아 그러고 우리 집 애들이 소리 신고 핵교를 대녔어. 신이 없어서. 소리 삼아 갖고. 광양 농고를 저 두 놈이 댕기 갖고 저 소리 신고 하리(하루) 갔다 오믄 떨어져 불고 또 삼아 주고 삼아 주고. 그 새벽으로 삼고 낮으로 공부허고 그런 세상을 살았어요.

석탄 백탄 타는 디는

자료코드 : 06_03_FOS_20100128_NKS_LSS_0001
조사장소 : 전라남도 광양시 옥룡면 용곡리 대방마을 대방마을회관
조사일시 : 2010.1.28
조 사 자 : 나경수, 서해숙, 이옥희, 편성철, 김자현
제 보 자 : 이순심, 여, 87세
구연상황 : 이정임 제보자가 저 건네 갈매봉에 부르고 난 뒤 조사자가 다른 노래를 불러주라고 권하자 이순심 제보자가 천천히 박수를 치면서 이 노래를 불렀다.

석탄 백탄 타는 디는
연기라도 나는디~
요내 속 타는 디는
연기도 안난다~
에야~ 디야~ 산아지로

산아지 타령 / 시들새들 봄배추는

자료코드 : 06_03_FOS_20100128_NKS_LSS_0002
조사장소 : 전라남도 광양시 옥룡면 용곡리 대방마을 대방마을회관
조사일시 : 2010.1.28
조 사 자 : 나경수, 서해숙, 이옥희, 편성철, 김자현
제 보 자 : 이순심, 여, 87세
구연상황 : 산아지 타령을 부른 뒤 청중들이 박수를 치며 계속해서 부르기를 권하자 이 노래를 불렀다.

시들 새들 봄배추는

봄비 오기만 기다리고
옥에 갇힌 춘향아가
도령님 오기로만 기다린다

(청중 : 우와)

논 매는 소리 / 저 건네 갈매봉에

자료코드 : 06_03_FOS_20100128_NKS_LJY_0001
조사장소 : 전라남도 광양시 옥룡면 용곡리 대방마을 대방마을회관
조사일시 : 2010.1.28
조 사 자 : 나경수, 서해숙, 이옥희, 편성철, 김자현
제 보 자 : 이정임, 여, 72세
구연상황 : 조사자가 옛날에 논일하거나 밭일하면서 불렀던 노래를 불러 달라고 부탁하자 이 노래를 불러 주었다. 논맬 때 부르는 소리라고 한다. 이 마을에서는 김매기를 할 때 초벌과 두벌은 손으로 매고 세벌 때는 호미로 맸다. 세벌 때 매는 것을 맘논매기라고 한다. 7~8명이 품앗이로 논을 맸으며 뒤에서 모시중드는 사람까지 합하면 10명 정도가 김을 맸다. 이 마을에서는 모내기를 할 때 여자들이 모를 심었다. 남자들은 여자들이 모를 심을 수 있도록 조건을 마련해 주는 역할을 했다. 나주, 영암 등에서는 하루 종일 모를 심지만 이 지역에서는 농토가 작아서 한나절이면 모심기가 끝난다고 해서 나잘모라고 했다고 한다.

저 건네~ 갈~매봉에
어둠캄캄 묻은 것이
비 아닌가~
우산삿갓을 허리에다 두르고
저기저논에 논을매러 가세

[청중 박수]

아리랑 타령 / 칠팔월 수숫잎은

자료코드 : 06_03_FOS_20100128_NKS_LJY_0002
조사장소 : 전라남도 광양시 옥룡면 용곡리 대방마을 대방마을회관
조사일시 : 2010.1.28
조 사 자 : 나경수, 서해숙, 이옥희, 편성철, 김자현
제 보 자 : 이정임, 여, 72세
구연상황 : 제보자에게 옛날에 일하면서 불렀던 노래나 놀면서 불렀던 노래를 불러 달라고 하자 이정임 제보자는 김재임 제보자의 손을 붙잡고 이 노래를 불렀다.

칠팔월 쑤싯모개는(수숫잎은)
철을 알고 도시는디
우리집이 우리 시어마니는
철도 모르고 도신다
아리아리랑 스리스리랑
아라리가 났네 에헤에헤
아리랑 응아 절씨구 아라리가 났네

[웃음]

산아지 타령 / 물레야 자세야

자료코드 : 06_03_FOS_20100128_NKS_LJY_0003
조사장소 : 전라남도 광양시 옥룡면 용곡리 대방마을 대방마을회관
조사일시 : 2010.1.28
조 사 자 : 나경수, 서해숙, 이옥희, 편성철, 김자현
제 보 자 : 이정임, 여, 72세
구연상황 : 아리랑 타령이 끝난 후 이정임 제보자는 김재임 제보자의 손을 붙잡고 이 노래를 불렀으며, 한 손으로는 물레를 돌리는 시늉을 하기도 했다. 청중들도 함께 노래를 따라했다.

물레야 자세야 애리빙빙 돌아라
놈의집 귀동자 밤이슬 맞는다
아리아리랑 스리스리랑 아라리가 났네
아리랑 응아 절씨구 아라리가 났네

산천 초목에 불질러 놓고
진주야 남강으로 물을길러 가자
에야 디야 나헤에야
에야 디여루 산아지로구나

[웃음]

언니 언니 사촌언니

자료코드 : 06_03_FOS_20100128_NKS_LJY_0004
조사장소 : 전라남도 광양시 옥룡면 용곡리 대방마을 대방마을회관
조사일시 : 2010.1.28
조 사 자 : 나경수, 서해숙, 이옥희, 편성철, 김자현
제 보 자 : 이정임, 여, 72세
구연상황 : 산아지 타령이 끝난 후 계속해서 노래를 불러 주라고 권하였다. 선뜻 노래를 시작하지 않자 조사자가 "형님 형님 사촌형님" 노래를 알고 있는지 묻자 잠시 가사를 생각하더니 노래를 부르기 시작했다. 뒤에 더 사설이 이어지는 노래인데 기억이 나지 않는다고 하였다.

언니언니 사촌언니
나왔다고 기님마소
쌀한되만 제졌으면
형도묵고 나도묵고
꾸정물이 나오면은

성쇠주지 나쇠줄까
누른밥이 눌었으면
성개주지 나개줄까

그래 갖고는 네 귀에 풍경 달고. 거기에서 잊어불었네

저 건네 갈매봉에

자료코드 : 06_03_FOS_20100128_NKS_LJY_0005
조사장소 : 전라남도 광양시 옥룡면 용곡리 대방마을 대방마을회관
조사일시 : 2010.1.28
조 사 자 : 나경수, 서해숙, 이옥희, 편성철, 김자현
제 보 자 : 이정임, 여, 72세
구연상황 : 조사자가 "저 건네 갈매봉에"를 길게 불러 달라고 했다. 이정임 제보자는 아까 했다며 안 할 듯했으나 조사자가 재차 부탁하자 노래를 불러 주었다.

저건네 갈미봉에
어두캄캄 묻은것이
비 아닌가~
우산 삿갓을 허리에다 두르고
논에 기심을매러 갈이거나 헤

[웃음]

상여 소리

자료코드 : 06_03_FOS_20100226_NKS_JHJ_0001
조사장소 : 전라남도 광양시 옥룡면 운평리 상평마을 옥룡면사무소 회의실

조사일시 : 2010.2.26
조 사 자 : 나경수, 서해숙, 이옥희, 편성철, 김자현
제 보 자 : 장한종, 남, 89세
구연상황 : 조사자가 상여 소리를 해 달라고 부탁하자 불러 주었다.

어허어 농 어허어 농
어허허 어어허 어허허농
어리가리 넘자~ 너화여
이 건너 안산이

얼른 맥힌다 어쩌까

북망 산천이 멀고 멀다드니
이 건너 안산이 북망산이네
어허어 농 어허어농
어허허 어어허 어어허농
어리가리 넘자~너화여

상여 소리 / 임방울

자료코드 : 06_03_FOS_20100226_NKS_JHJ_0002
조사장소 : 전라남도 광양시 옥룡면 운평리 상평마을 옥룡면사무소 회의실
조사일시 : 2010.2.26
조 사 자 : 나경수, 서해숙, 이옥희, 편성철, 김자현
제 보 자 : 장한종, 남, 89세
구연상황 : 앞에 불렀던 상여 소리에 이어 임방울이 자신의 부인이 죽었을 때 불렀던 상여 소리라고 소개하며 이 노래를 불렀다.

어제밤에는 우리집이서 잤는디
오늘밤은 어디가 잘라요~

어허농 어허농 어허허허 어허어농
어리가리 넘자 너화여~

잘 못허지만은~

남원산성

자료코드 : 06_03_MFS_20100226_NKS_JHJ_0001
조사장소 : 전라남도 광양시 옥룡면 운평리 상평마을 옥룡면사무소 회의실
조사일시 : 2010.2.26
조 사 자 : 나경수, 서해숙, 이옥희, 편성철, 김자현
제 보 자 : 장한종, 남, 89세
구연상황 : 설화가 끝나자 박채규 제보자가 장한종 제보자에게 육자배기를 들려 달라고 하였다. 장한종 제보자는 젊은 사람들이 좋아하는 노래를 한다고 하며 이 노래를 불렀다. 자리에 서서 볼펜을 들고 손짓을 하며 춤을 추며 노래를 불렀다.

남원 산성 올라가
이화 문전 바라보니
수진이 날진이 해동청 바라매
떴다 봐라 저 종달새
석양은 늘어져 갈매기 울고
능수 버들가지 휘늘어진디
꾀꼬리는 집을 지어
이산으로 가면 꾀꼬리 수루루
음마 음마 어허야 에허야 뒤여
어허 둥가 둥가 내사랑이로다
니가나를 볼라면 심양강 건너가
이친구 저친구 다정한 내친구
둥가 둥가 어허야 에헤야 뒤여~
허허 둥가 둥가 내사랑이로다

앞집의 큰애기 시집을 가는디
뒷집의 농부는 저총각 목매러 간다네
목매러 가는건 아깝지 않으나
사나꾸(새끼줄) 서발 난동이 났구나
음마 음마 어허야 에헤야 뒤여
옥양목 보신 없다고
옥양목 석자 없다고
집안 야단이 났는데
눈치 없는 저총각
새보신 신고 내집에 뭣하러
또 찾으러 왔느냐
음마 음마 어허야 에허야 뒤여
어허 둥가 둥가 내 사랑이로다

군밤 타령

자료코드 : 06_03_MFS_20100226_NKS_JHJ_0002
조사장소 : 전라남도 광양시 옥룡면 운평리 상평마을 옥룡면사무소 회의실
조사일시 : 2010.2.26
조 사 자 : 나경수, 서해숙, 이옥희, 편성철, 김자현
제 보 자 : 장한종, 남, 89세
구연상황 : 남원산성이 끝나자 청중들이 박수를 치며 계속해서 부를 것을 권하자 이어서 불렀다. 앞 노래와 마찬가지로 서서 춤을 추며 노래를 불렀다. 제보자가 이 노래를 외운 이유는 광양에서 밤을 많이 재배하기 때문이라고 한다.

비가 온다 비가 와요
우주 공산에 어어아 얼싸 찬비가 온다

얼싸 좋네 얼싸 좋네 군밤이요~
에헤라 생률 밤이로구나
네는 처녀 나는 총각
처녀 총각이 어허얼싸 막 놀아난다
얼싸 좋네 군밤이요 어어하 군밤이요
어헤라 생률 밤이로구나

내가 군밤 타령을 외운 거는 우리 광양에 밤이 많이 나와 그래서 내가 군밤 타령을 열심히 외운 거여

농부가

자료코드 : 06_03_MFS_20100226_NKS_JHJ_0003
조사장소 : 전라남도 광양시 옥룡면 운평리 상평마을 옥룡면사무소 회의실
조사일시 : 2010.2.26
조 사 자 : 나경수, 서해숙, 이옥희, 편성철, 김자현
제 보 자 : 장한종, 남, 89세
구연상황 : 군밤 타령이 끝나고 조사자들이 농부가를 불러 달라고 권하자 물을 한 잔 마시고 농부가를 불렀다.

어허어허로 상사뒤요
아나 농부야 말 듣소
여봐라 농부들 말 들어
서마지기 논배미가 반달만큼 남았네
니가 무슨 반~달이냐
초생달이 반달이로다
어와 어와 어로 상사디여[박수]
하늘을 잠깐 치어다 봐

하늘을 잠깐 치어다 봐
검은 구름이 왕래하더니
소내기 집을 지었네
어와 어와 어로 상사디여

(조사자 : 소내 집이 뭐에요?)
소내기가 온다 그말이여

간다 허드니 왜 왔냐
간다 허드니 왜 왔어
이왕에 온 걸음에 하룻밤이나 자고 가
어와 어와 어로 상사디여

창부 타령

자료코드 : 06_03_MFS_20100226_NKS_JHJ_0004
조사장소 : 전라남도 광양시 옥룡면 운평리 상평마을 옥룡면사무소 회의실
조사일시 : 2010.2.26
조 사 자 : 나경수, 서해숙, 이옥희, 편성철, 김자현
제 보 자 : 장한종, 남, 89세
구연상황 : 조사자가 청춘가를 불러 달라고 권하자 불러 주었다. 즉석에서 가사를 만들어 내서 불렀다.

아니~ 아니 놀지는 못 허리라
하늘과 같이 높은 사랑
하해 같이도 미쁜 사랑
칠년 대한 가문 날에
빗발 같이도 반긴 사랑

당명황의 양귀비요
전남대학교의 선생님이라
일년 하고도 삼백육십 날을
하루만 안봐도 보고 싶네

이것 작사한 거요

쑥대머리

자료코드 : 06_03_MFS_20100226_NKS_JHJ_0005
조사장소 : 전라남도 광양시 옥룡면 운평리 상평마을 옥룡면사무소 회의실
조사일시 : 2010.2.26
조 사 자 : 나경수, 서해숙, 이옥희, 편성철, 김자현
제 보 자 : 장한종, 남, 89세
구연상황 : 4곡을 연속해서 부르니 숨이 차서 잠시 쉬었다. 잠시 후에 조사자가 쑥대머리를 불러 달라고 권하자 불렀다. 어린 시절 레코드를 들며 춘향가를 익혔다고 한다.

쑥대 머리 귀신 행용(귀신 형용)
적~막 옥방의 찬~자리에
생각나는 것은 님 뿐이라
보고 지고 보고 지고
한양 낭군을 보고 지고
오리정~ 정별 후로
일장서를 못 봤으니
부모 봉양 글~공부에
겨를이 없어서 이러든가
이화일지 춘대후에

나를 몰라 이러든가

얼른 안나온다

계궁행아 추월~같이도
번 듯~ 솟아서 비치고저
막왕막래 맥혔으니
앵무서를 헐 수 있나

맥혀싸서 안 되겄네. 더 해야 되겄는디

손가락으 피를 내어서
사정으로~ 편지헐까
간장 썩은~ 눈물로
임의 화용을 그려볼까

그만헐러네

홍 타령

자료코드 : 06_03_MFS_20100226_NKS_JHJ_0006
조사장소 : 전라남도 광양시 옥룡면 운평리 상평마을 옥룡면사무소 회의실
조사일시 : 2010.2.26
조 사 자 : 나경수, 서해숙, 이옥희, 편성철, 김자현
제 보 자 : 장한종, 남, 89세
구연상황 : 쑥대머리에 이어서 홍 타령을 불렀다.

에~헤야
청천의 뜬 구름은

두 손발이 다 없어도
사방 천리를 다 다니고
이내 몸은~
두 손발 다 있어도
가시는 임을 왜 못 붙들었나
아이고 데고 허허
허기나 성화가 났네
에~

회한가

자료코드 : 06_03_MFS_20100226_NKS_JHJ_0007
조사장소 : 전라남도 광양시 옥룡면 운평리 상평마을 옥룡면사무소 회의실
조사일시 : 2010.2.26
조 사 자 : 나경수, 서해숙, 이옥희, 편성철, 김자현
제 보 자 : 장한종, 남, 89세
구연상황 : 홍 타령에 이어 이 노래를 불렀다. 노래를 잘 부르면 여자들이 따르기 마련이라며 자신이 직접 창작한 노래라고 하였다. 산아지 타령 음곡에 사설을 얹어서 부르는 노래이다.

서산의 지는해를 붙들을수없나
아까운 부모님들 다늙어간다
에야라 디야 나허여어야
우리모두 정성다바쳐 봉친을허세
돌아가신~ 아버님의 명복을빌고
남아계신 어머님께 봉친을허세
에야라 디야 나허여이에야
우리모두 정성다바쳐 봉친을허세

4. 진상면

전라남도 광양시 진상면 섬거리 섬거마을

조사일시 : 2010.8.10
조 사 자 : 나경수, 서해숙, 이옥희, 편성철, 김자현

섬거마을은 이 지역 새뜸 유물산포지에서 원삼국시대(삼한) 생활 흔적인 유물이 광범위하게 산재되어 있는 것으로 보아 서기 1년에서 서기 300년경에 이 고장에 이미 마을이 형성되었음을 추정할 수 있으며, 문헌상으로도 고려 태조 때 섬거역이 설치되어 있어 이 당시에 마을이 형성되었을 가능성이 많다고 하였다.

그 이후 섬거마을은 1600년을 전후하여 광양현 동면(東面) 진상리(津上里) 지역으로 추정되며, 1700년대 초기 이후에는 진상면에 속하였으며 1789년(호구총수)에는 광양현 진상면 역촌(驛村)이라 하였다. 1912년『지방행정구역명칭일람』에 의하면 일제강점기 행정구역 개편 이전에는 광양군 진상면 섬거리(蟾居里)와 수동리(藪洞里)가 이 지역에 있었는데, 1914년 행정구역 통폐합으로 용계리(龍溪里)·신천리(新川里)와 함께 병합하여 섬거리(蟾居里)에 속하였다. 이후 1987. 1. 1. 기준『광양군행정구역일람』에 의하면 광양군 진상면 섬거리(법정리) 지역으로 행정리상 섬거2구가 되어 섬거(蟾居)라 하였고, 현재는 광양시 진상면 섬거리(법정리)에 속하여 행정리상 섬거(蟾居)라 한다.

마을에서 전해오는 이야기로는 약 720년 전에 허(許)씨, 장(張)씨 성을 가진 사람들이 처음 정착하였다고 하며 1700년대 초부터 규모 있는 마을이 이루어졌다고 전한다. 삼정봉(三政峰)·매봉(鷹峰)·각삼봉(角三峰)이 병풍처럼 둘러싸인 형태가 두꺼비 같다고 하여 이곳 역이름을 섬거역(蟾居驛)으로 불러 왔는데 이에 연유하여 마을 이름을 섬거(蟾居)로 명명하였

다고 전한다.

섬거마을에 포함된 수동리(藪洞里)는 옛 문헌에 기록되어 전하는 마을로서 새 동남쪽에 위치하며 숲이 많은 마을이란 뜻을 지니고 있는데 현재 행정리상 기록되지 않은 마을이지만 옛 흔적으로 '숲넘'이란 특정 지명이 지금도 남아 있다. 섬거마을 남쪽 장자골(長者洞)에 마을이 형성되어 있는데 설촌 연대는 알 수 없으나 일설에 의하면 옛날 나씨 성을 가진 사람이 7~8백 석을 하면서 풍족하게 살았다고 전해져 오고 있다.

섬거리(蟾居里) 이름 유래는 옛날 이 지역에 섬거역(蟾居驛)이 있었으므로 '蟾居驛' 또는 '蟾居'라 하였는데 1914년 행정구역 폐합에 따라 당시 섬거리(蟾居里), 수동리(藪洞里), 용계리(龍溪里), 장기리(場基里)를 병합하여 섬거리(蟾居里)라 하였다.

마을 주요 시설로는 마을회관, 향토유물관, 마을정자(東學亭), 재각(금녕김씨 재각), 영모재(경주최씨 재각) 등이 있다. 현재 섬거마을은 200여 가구이며, 마을 사람들은 600여 명에 이른다. 마을 사람들은 벼농사가 주업이며, 특작물로 참다래, 단감 등을 재배하고 있다.

전라남도 광양시 진상면 섬거리 신시마을

조사일시 : 2010.8.10
조 사 자 : 나경수, 서해숙, 이옥희, 편성철, 김자현

신시마을은 처음에는 대부분 옛 섬거역에 딸린 역둔답(驛屯畓) 지역인 농경지에 해당되는 곳으로 파악되고 있으며 본래 광양현 동면(東面) 진상리(津上里) 지역으로 추정된다. 1700년대 초기 이후에는 진상면에 속하였다. 이후 1789년경(호구총수)에는 광양현 진상면 역촌(驛村 : 현재 섬거마을)에 딸린 지역이었으며, 1872년 왕명(王命)으로 제작된 광양현 지도에 의하면 섬거역(蟾居驛) 관할 지역이었다.

1912년 『지방행정구역명칭일람』에 의하면 일제강점기 행정구역 개편 이전에는 광양군 진상면 섬거리(蟾居里)에 속한 지역으로서 이때부터 이 지역에서 마을이 형성되기 시작한 것으로 추정되며, 1914년 행정구역 통폐합으로 당시 진상면 섬거리(蟾居里)·용계리(龍溪里)·신천리(新川里)·수동리(藪洞里)가 병합되어 진상면 섬거리에 속하였다. 이후 1987. 1. 1. 기준 『광양군행정구역일람』에 의하면 광양군 진상면 섬거리(법정리) 지역으로 행정리상 섬거1구가 되어 신시(新市)라 하였는데, 당시 섬거(蟾居)인구(1,110명)와 거의 비슷한 수준으로 신시 인구(1,050명)가 번창하게 되었으며 현재는 광양시 진상면 섬거리(법정리) 지역으로 행정리상 신시(新市)라 한다.

신시마을은 1910년쯤 밀양 박씨(密陽朴氏)가 처음 정착하여 마을을 형성하였다고 전한다. 신시(新市) 이름 유래는 금이리 이천마을에 예부터 있었던 섬거장(섬구장터)이 이곳으로 옮겨오면서 새장터 즉, 새로 생긴 마을이란 뜻을 지닌 신시(新市)라 하였고, 시장이 들어서면서부터 점점 마을규모도 커졌으며 3일과 8일에 장(場)이 섬. 현재는 면사무소를 비롯한 관공서·학교가 위치하고 있어 진상면 소재지로서 역할을 하고 있으며 한편 국도 2호선이 마을 중심으로 통과하고 있어 옥곡–하동간의 유일한 교통로여서 번잡하였으나 2000년경에 외곽도로가 개설되어 교통 원활에 기여하였다.

마을에 시장(市場)이 소재하고 있어서 진상관 내 토산물과 생활용품의 거래지로 주민들의 왕래가 빈번하고, 특히 국도 2호선이 통과하면서 정류소가 위치하여 교통의 중심지 역할을 하며, 주민들은 주로 상업에 종사하고 있다. 한편 면사무소, 광양경찰서 진상지구대, 농민상담소, 우체국, 단위농협, 학교 등각급 공공기관이 자리 잡고 있으며 공직자가 많이 거주하고 있는 소비근교형 소도읍으로 번창하고 있는 마을이며, 대한노인회 진상분회인 운심당(경로당)도 이 마을에 소재하고 있다.

신시마을은 180여 가구이며, 마을 사람들은 500여 명에 이른다. 마을 사람들은 벼농사가 주업이며, 특작물로 오이를 재배하고 있다.

▌제보자

김덕천, 남, 1926년생

주 소 지 : 전라남도 광양시 진상면 섬거리 신시마을 노인회관 운심당
제보일시 : 2010.5.1
조 사 자 : 나경수, 서해숙, 이옥희, 편성철, 김자현

김덕천 제보자는 1926년에 태어났다. 현재 광양시 진상면 황죽리 신황마을에서 거주하고 있다. 마을에 있는 회관에도 가지만 진상면 노인회관에서 시간을 보낼 때가 많다고 한다. 노인회관에는 여러 마을에서 출입하는 사람들이 모이기 때문에 정보도 많이 얻을 수 있고 무료하지 않다고 한다. 이야기판에 적극 참여하지는 않았지만 조사자들의 권유에 엄상섭 국회의원에 관한 인물담과 도깨비불에 관한 이야기, 황룡사가 폐사하게 된 사연을 들려주었다.

제공 자료 목록
06_03_FOT_20100501_NKS_KDC_0001 황룡사가 망한 이야기
06_03_FOT_20100501_NKS_KDC_0002 도깨비불
06_03_FOT_20100501_NKS_KDC_0003 엄상섭의 지혜

김부기, 남, 1926년생

주 소 지 : 전라남도 광양시 진상면 섬거리 신시마을 노인회관 운심당
제보일시 : 2010.5.1
조 사 자 : 나경수, 서해숙, 이옥희, 편성철, 김자현

김부기 제보는 1926년에 태어났다. 노환으로 귀가 잘 들리지 않아서 의사소통에 어려움이 있어 많은 이야기를 듣지 못했지만 구연해 준 이야기에 근거해 미루어 짐작해 보면 재미있는 이야기를 많이 알고 있을 것으로 생각되었다. '외씨만한 각시' 등 재미있는 민담을 많이 들려주었다. 웃는 인상으로 조사자들을 편안하게 해 주었다.

제공 자료 목록

06_03_FOT_20100501_NKS_KBG_0001 소박 당한 세 자매
06_03_FOT_20100501_NKS_KBG_0002 외씨만한 각씨
06_03_MPN_20100501_NKS_KBG_0001 일본 며느리 자랑

김종관, 남, 1928년생

주 소 지 : 전라남도 광양시 진상면 섬거리 신시마을 노인회관 운심당
제보일시 : 2010.5.1
조 사 자 : 나경수, 서해숙, 이옥희, 편성철, 김자현

김종관은 1928년에 태어났고, 현재 광양시 진상면 비평리 비촌마을에서 거주하고 있다. 비촌의 옛 지명이 날몰이었다고 하는데 이 마을에 황씨라는 성을 가진 기인이 살았다며 이와 관련된 이야기를 여러 편 들려주었고, 풍수에 밝았던 양맥수에 얽힌 이야기도 들려주었다.

제공 자료 목록
06_03_FOT_20100501_NKS_KJG_0001 날몰 황씨와 양맥수
06_03_FOT_20100501_NKS_KJG_0002 천 리가 되지 않아 호랑이가 없다
06_03_FOT_20100501_NKS_KJG_0003 양맥수와 솥뚜껑
06_03_FOT_20100501_NKS_KJG_0004 지나가는 새 떨어뜨린 목청 큰 날몰 황씨
06_03_MPN_20100501_NKS_KJG_0001 도깨비불

김홍규, 남, 1936년생

주 소 지 : 전라남도 광양시 진상면 섬거리 신시마을 노인회관 운심당
제보일시 : 2010.5.1
조 사 자 : 나경수, 서해숙, 이옥희, 편성철, 김자현

김홍규는 1936년에 태어났고 현재 광양시 진상면 섬거리 섬거마을에 거주하고 있다. 조사팀에서 준비한 다과를 함께 먹으며 찾아온 이유를 설명하자 김홍규 제보자가 '말바우' 이야기를 꺼내셨다. 조사팀이 이를 놓치지 않고 어떤 이야기인지를 묻자 지명 유래담을 들려주었고, 이어서 망덕산이 멈추게 된 사연도 들려주었다.

제공 자료 목록
06_03_FOT_20100501_NKS_KHG_0001 장사가 앉은 말바위와 장사굴
06_03_FOT_20100501_NKS_KHG_0002 걸어가다 멈춘 망덕산

박기호, 남, 1927년생

주 소 지 : 전라남도 광양시 진상면 섬거리 신시마을 노인회관 운심당
제보일시 : 2010.5.1
조 사 자 : 나경수, 서해숙, 이옥희, 편성철, 김자현

박기호 제보자는 1927년생이다. 광양시 진상면 섬거리 신시마을에서 거주하고 있다. 현재 광양시 진상노인회 분회장을 맡고 있다. 이야기판에 적극 참여하지는 않았지만 조사가 이루어지도록 협조하였다. 조사자들의 권유에 이야기 한 편을 들려주었다.

제공 자료 목록

06_03_FOT_20100501_NKS_PGH_0001 금촌과 기차

박재봉, 남, 1921년생

주 소 지 : 전라남도 광양시 진상면 섬거리 신시마을 노인회관 운심당

제보일시 : 2010.5.1

조 사 자 : 나경수, 서해숙, 이옥희, 편성철, 김자현

박재봉 제보자는 1921년 광양시 진상면 섬거리 섬거마을에서 태어나 지금까지 마을에 거주하고 있다. 6살에 서당에 다니며 한문을 익혔으며 정규학교는 초등학교를 마쳤다. 농사를 주업으로 하며 슬하에 2남 4녀를 두었다. 아기장수 이야기, 원님 부인과 금돼지 등 흥미로운 전설을 여러 편 들려주었다.

제공 자료 목록

06_03_FOT_20100501_NKS_PJB_0001 죽어서 장승백이가 되다

06_03_FOT_20100501_NKS_PJB_0002 귀신에 홀리다

06_03_FOT_20100501_NKS_PJB_0003 오래된 나무에는 신이 있다

06_03_FOT_20100501_NKS_PJB_0004 원님 부인과 금돼지

06_03_FOT_20100501_NKS_PJB_0005 날개 달린 아기장수

06_03_FOT_20100501_NKS_PJB_0006 우리나라의 혈을 끊은 사람

06_03_FOT_20100501_NKS_PJB_0007 망덕산이 걸어가다 멈추다

06_03_FOT_20100501_NKS_PJB_0008 축지법을 쓰는 진상면 황씨

선옥규, 남, 1949년생

주 소 지 : 전라남도 광양시 진상면 섬거리 신시마을 노인회관 운심당
제보일시 : 2010.5.1
조 사 자 : 나경수, 서해숙, 이옥희, 편성철, 김자현

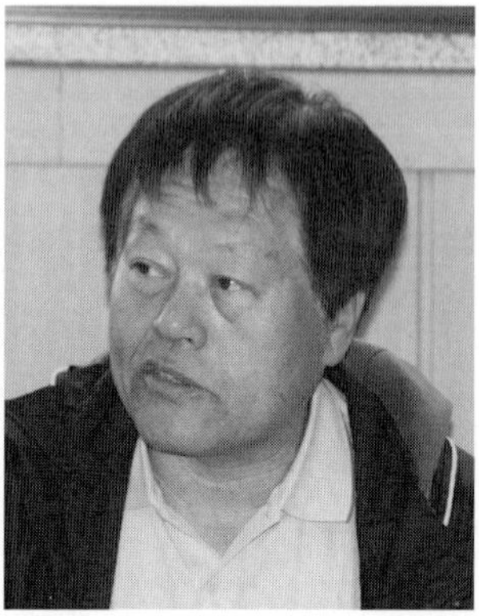

선옥규 제보자는 1949년에 광양시 진상면 섬거리 섬거마을에서 태어나 지금까지 이 마을에서 농사를 주업으로 하며 거주하고 있다. 이 마을에서 8대째 살고 있다고 한다. 동제와 관련된 이야기, 섬진강의 유래 등 마을의 지명에 얽힌 사연과 전설을 여러 편 들려주었다.

제공 자료 목록
06_03_FOT_20100501_NKS_SOG_0001 섬거마을과 매봉재
06_03_FOT_20100501_NKS_SOG_0002 출세한 집안의 명당 이야기
06_03_FOT_20100501_NKS_SOG_0003 흙을 던져 자신의 흔적을 알리는 호랑이
06_03_FOT_20100501_NKS_SOG_0004 여자들이 바람난다는 선바우
06_03_FOT_20100501_NKS_SOG_0005 별승대와 가승내

유도점, 여, 1923년생

주 소 지 : 전라남도 광양시 진상면 섬거리 신시마을 노인회관 운심당
제보일시 : 2010.5.1
조 사 자 : 나경수, 서해숙, 이옥희, 편성철, 김자현

유도점 제보자는 1923년생이다. 광양시 진상면 섬거리 섬거마을에서 거주하고 있다. 친정은 광양시 옥곡면 자박골이다. 노령으로 인해 귀가 먹었지만 밝은 성격의 소유자로 조사자가 민요를 부탁하자 흔쾌히 불러 주었다. 경로당에 함께 있던 다른 할머니들이 싫은 내색을 하지 않았다면

더 많은 민요를 불러 주었을 것으로 생각된다. 조사자가 즐겁게 진행되던 화투놀이판을 방해한다고 생각하였는지 다른 할머니들은 유도점 할머니가 민요를 부르는 것을 달가워하지 않았기 때문이다. 아리랑 타령 사설을 즉석에서 여러 곡 뽑아냈다.

제공 자료 목록
06_03_FOS_20100501_NKS_YDJ_0001 아리랑 타령

정성기, 남, 1931년생

주 소 지 : 전라남도 광양시 진상면 섬거리 신시마을 노인회관 운심당
제보일시 : 2010.5.1
조 사 자 : 나경수, 서해숙, 이옥희, 편성철, 김자현

정성기(鄭成基)는 1931년 광양시 진상면 금이리 상금마을에서 거주하고 있다. 현재 운심당의 경로회장을 맡고 있다. 이야기하기를 매우 좋아하였으며 이 지역에 관한 높은 관심을 여러 편의 지명유래담을 통해 풀어냈다.

제공 자료 목록
06_03_FOT_20100501_NKS_JSG_0001 오로대와 용소
06_03_FOT_20100501_NKS_JSG_0002 신황은 배 형국
06_03_FOT_20100501_NKS_JSG_0003 미래를 예측한 지명들
06_03_FOT_20100501_NKS_JSG_0004 양맥수가 잡아 준 명당
06_03_FOT_20100501_NKS_JSG_0005 섬거마을에는 벌이 살 수 없다
06_03_MPN_20100501_NKS_JSG_0001 지금은 사라진 섬거장터
06_03_MPN_20100501_NKS_JSG_0002 각산등의 등잔혈

정용삼, 남, 1923년생

주 소 지 : 전라남도 광양시 진상면 섬거리 신시마을 노인회관 운심당
제보일시 : 2010.5.1
조 사 자 : 나경수, 서해숙, 이옥희, 편성철, 김자현

정용삼 제보자는 1923년생이다. 광양시 진상면 섬거리 신시마을에서 태어나 지금까지 이 마을에 살고 있다. 조용한 성격으로 이야기판에 적극 참여하지는 않았지만 자신의 집안에 자부심을 갖고 효자문 이야기를 들려주었다.

제공 자료 목록
06_03_FOT_20100501_NKS_JYS_0001 수호천과 효자문

최병두, 남, 1935년생

주 소 지 : 전라남도 광양시 진상면 섬거리 신시마을 노인회관 운심당
제보일시 : 2010.5.1
조 사 자 : 나경수, 서해숙, 이옥희, 편성철, 김자현

최병두 제보자는 1935년 광양시 진상면 섬거리 섬거마을에서 태어나 지금까지 거주하고 있다. 현재 섬거마을 노인정회장을 맡고 있으며 농사를 짓는 것을 주업으로 한다. 본관은 경주 최씨이다. 경주 최씨의 중시조인 최치원이 지팡이를 꽂았는데 그 지팡이 최치원의 말대로 나무가 되었다는 이야기를 들려주었다.

제공 자료 목록
06_03_FOT_20100501_NKS_CBD_0001 최친원이 꽂은 지팡이

황호창, 남, 1929년생

주 소 지 : 전라남도 광양시 진상면 섬거리 신시마을 노인회관 운심당
제보일시 : 2010.5.1
조 사 자 : 나경수, 서해숙, 이옥희, 편성철, 김자현

황호창은 1929년 광양시 진상면 날몰(비촌)에서 태어나 지금까지 이 마을에 살고 있다. 이름난 풍수가였던 양맥수의 제자가 날몰에서 거주한 황호창 제보자의 집안사람이었기 때문에 이에 대한 이야기를 실감나게 들려주었다.

제공 자료 목록
06_03_FOT_20100501_NKS_HHC_0001 도선국사와 황학자
06_03_FOT_20100501_NKS_HHC_0002 각산등이 멈춘 이유
06_03_FOT_20100501_NKS_HHC_0003 황안석의 만인적선
06_03_FOT_20100501_NKS_HHC_0004 양맥수의 지도와 영산홍
06_03_FOT_20100501_NKS_HHC_0005 물이 마르는 갈마음수 자리
06_03_FOT_20100501_NKS_HHC_0006 죽었다 살아난 이야기

진상면 섬거리 신시마을 운심당(노인회관)에서의 조사장면

황룡사가 망한 이야기

자료코드 : 06_03_FOT_20100501_NKS_KDC_0001
조사장소 : 전라남도 광양시 진상면 섬거리 신시마을 노인회관 운심당
조사일시 : 2010.5.1
조 사 자 : 나경수, 서해숙, 이옥희, 편성철, 김자현
제 보 자 : 김덕천, 남, 85세
구연상황 : 앞서 배 형국 이야기가 끝나자 옆에 있던 제보자가 다음 이야기를 구연했다. 운심당은 진상면의 대표적인 노인회관으로 여러 마을에서 오신 어르신들로 가득했다. 그래서 조사 시에 잡음이 많이 들려 조사를 집중하기가 어려웠다.
줄 거 리 : 옛날에 춘양마을에 황룡사라는 큰 절이 있었으나 망해 버렸고 그 뒤에 터는 논으로 이용되고 있다는 이야기이다.

그러고 그 우리 거 저 춘양마을이란 디가. 옛적에는 황룡사. 황룡사 절이 이 우리 한국에선 제~일로 큰 절이랍니다. 근디 그 옥룡사는 그 마저~ 끄터리 [그러나 정확한 구술정보라 할 수 없다.] 뭐 조작을 해 갖고 망했다 이러고. 있죠. 있는디 그 그 논을.

논으로 인자 절이 망한께 논으로 인자 쳐 가지고 있는디. 과거에는 논 뚜럭에 이런 주출돌 된 거이 드문드문 있었대요. 그걸 도저를 허고 전~부 삭답을 해 부렀어. 그래 갖고 변경이 돼 붓다고. 내가 여 여기 영감님 집 뒤에 봤는디.

(청중 : 우리 집 뒤에는 거시기 삼 칸으로 지어 가지고는 거기 굵은 놈이 있었는데 그걸 변경을 해 버려…….)

전~부 마 도자를 마 토지를 마 개간험서 [웃으면서] 없애 부렀재. 예. 황룡사 절로 유명했다고 그랬어. 그런 전설이 있어. 거 거가 학교가 거 거 우리 마을이. 북교가. 북교가. 진상면 북교가 거기. 옥룡 서씨. 옥룡 서씨

들이. 망했다. 그런.

도깨비불

자료코드 : 06_03_FOT_20100501_NKS_KDC_0002
조사장소 : 전라남도 광양시 진상면 섬거리 신시마을 노인회관 운심당
조사일시 : 2010.5.1
조 사 자 : 나경수, 서해숙, 이옥희, 편성철, 김자현
제 보 자 : 김덕천, 남, 85세
구연상황 : 잠시 제보자의 인적 사항을 조사한 뒤에 주변의 절에 대한 이야기를 물었다. 그리고 이어서 조사자가 도깨비와 씨름한 이야기가 있냐고 묻자 제보자가 다음 이야기를 시작했다.
줄 거 리 : 마을 근처에 아주 넓은 대밭이 있는데, 밤에 그곳을 지나가다가 도깨비불을 보고서 그 자리에 주저앉아 버렸다는 이야기이다.

예전에는 많았어요. 도깨비불도 많이 보고 그랬는디. 지금은 그런 게 없어져 불고 그랬는디. 거 우리 마을 양전에 큰 대밭이라고 있었어요. 큰 대밭. 지금도 그 대밭은 그대로 있습니다마는. 아 육천메타 한 칠천 정도 되재.

하리(하루) 저녁에는 나는 못 봤는데. 비가 언제든지 도깨비라는 건 비가 올 때 그 일대에 도깨비들이 나타나거든요. 대밭 전~체가 도깨비불이더랍니다. 거 누가 본께에. 그래 그 사람이 그걸 보고 걸음을 가다가 밤에 건다가. 그걸 보고 걸음을 못 걸고 그걸 그 자리에 주저앉게 돼 부렀대.

그런 예가 있는디. 그 사람이 시방 저 진주 가서 사는 거 거 방아집이라고 거 머이냐 호등이 아재 어 뭐지. 그 머이냐. 그 자리에 보고 올라온께 전~부가 도깨비불이더래. 그래서 그 자리에 딱 주저앉어 부럿대. 그런 그런 전설이 있고.

엄상섭의 지혜

자료코드 : 06_03_FOT_20100501_NKS_KDC_0003
조사장소 : 전라남도 광양시 진상면 섬거리 신시마을 노인회관 운심당
조사일시 : 2010.5.1
조 사 자 : 나경수, 서해숙, 이옥희, 편성철, 김자현
제 보 자 : 김덕천, 남, 85세
구연상황 : 여우 이야기에 이어서 다음 이야기를 구연했다.
줄 거 리 : 일제 당시에 서당을 다니면서 공부를 했는데, 그 당시에는 짚신을 신고 다니면 사흘을 넘기지 못했다. 그러나 훗날 국회의원을 지낸 엄상섭은 짚신이 닳지 않았다. 알고 보니 짚신 바닥에 명태껍질을 붙여 가지고 다녔다는 이야기이다.

근디 저 ○○란 지혜란 거이 있어. 그 저 우리 고장에 그 2대 국회의원 허신 분인디. 그 사램이. 엄상섭씨라고 우리나라 초대 법적 제헌위원장을 안 했습니까. 그 양반들이 어린 초등학교 시절에 같이 인자 공부를 허는 사람들이 서당 서당이란 디가 있습니다.

거기에서 인자 대여섯이가 공부를 허는디. 왜정 때가 되논께 그 고무신이란 거도 없고. 소리. 말허자믄 짚 풀 짚새기나 소리짚이라 해서 삼아 신고 댕겼는디. 엄상섭씨 이사람 그 같은 짚을 가지고 소리를 삼아 신고 댕기도 이 양반은 일주일이 되도 밑바닥이 암시랑토 안 해.

딴 사람 것은 딴 사람 것은 소리를 신고 댕기며는 사흘만 사흘만 여그저 옆에 질이 난다. 근데 그 양반은 성성해. 엄상섭씨 거는. 그래서 인자 같이 인자 공부를 허는 학생들이 이제.

요새 같으믄 초등학생들이라. 인자 그 양반들이 인자 다른 사람들은 다 소리가 그 저 지가 나 갖고 닳아지는데 이 양반은 생생하거든. 근게 어떤 미알스런 놈이,

"야 신은 어찌 소리를 같이 삼아 신는디. 이렇게까지 견딜 수가 있느냐?"

거 딱 떠들라 본께 명태껍질을 딱 붙여 놨거든. 명태껍질. 그 저 그렇게 영리헌 분이셨단 말이여. 그 저 초대 국회의원도 허시고 엄상섭이 기초위원장도 안 했소.

소박 당한 세 자매

자료코드 : 06_03_FOT_20100501_NKS_KBG_0001
조사장소 : 전라남도 광양시 진상면 섬거리 신시마을 노인회관 운심당
조사일시 : 2010.5.1
조 사 자 : 나경수, 서해숙, 이옥희, 편성철, 김자현
제 보 자 : 김부기, 남, 85세
구연상황 : 앞서 각시 이야기에 이어 우스개 소리라 하면서 다음 이야기를 구연했다. 청중 일부가 좋지 않은 소리를 한다면서 싫은 내색을 보이기도 했다.
줄 거 리 : 시집간 첫날밤에 소박 당한 세 자매에 관한 이야기이다.

딸을 서이 키와 다 사우를 잘 보고 잡으믄 사람 마음 가이 일반이라이. 그중 큰 딸이 큰 딸을 여워 논께로. 어찌 됐든 간에 첫날 저녁 옷을 안 벗어 줄라드래. 아~ 인제 옷을 안 벗을래 인제 소박을 당해 뿌렀어. 하~ 이 동생들 둘은,

"하~ 이 우리 언니가 소박을 당했는디. 나는 어찌(어떻게 해야) 소박을 안 당해(당하지 않아야 하는데)."

연~구를 헌 게 그거 뿐이라. 시집가도록 걱정이여이. 두째(둘째) 딸을 먼고이고는. 문을 빵~긋~허니 염시롱(열면서),

"옷을 벗고 들어갈 거이요? [전원 웃음] 입고 들어갈 거이요? 에기 쑥 상스런 놈 이 상놈의 집안이 어디가 있소."

싸짊어져 부렀대. 하~ 이거 막둥이가 탈이여. 옷을 입고 들어갈 거여. 벗고 들어갈 거여 그래도 소박을 당해 부리고.

'하~ 이거 나는 어쨌으믄 소박을 안 당할까 싶어.'

넘이 부끄럽어 싫어 어찌 살까. 나가 소박을 안 당할라믄. 막둥이는 어짰느고는. [언성을 높이면서] 에~ 기 그런 거 어짠 거 없이 홀랑 벗고 들어가 버렸어. [전원 웃음] 벗으라도 [계속 웃는다.]

"에~기 순 망헐로므 집안이 어디가 있어야."

허고. 그래 가지고는 저~어들(자기들끼리) 얘기라고 헌것이,

"나는 첫날 저녁에 이러드라." 또,

"나는 이러더라." 그러고.

아 그날따라 세 동서를 거 맺어 가지고 참~ 넘 보기 좋게 잘~살았대. 거 결혼헌 사람들 보담도 더 동서를 친밀케 가까이 하고. 거 머리를 웬만히 썼어. 가운데 사람은 물어봐야 제이. 즈그 언니가 소박을 당했은께.

"입고 들어갈 거요? 벗고 들어갈 거요?" [전원 웃음]

그러다 나 아니믄 어쩔 거냐 자동적으로 벗고 들어가 뿌러야제.

외씨만한 각씨

자료코드 : 06_03_FOT_20100501_NKS_KBG_0002

조사장소 : 전라남도 광양시 진상면 섬거리 신시마을 노인회관 운심당

조사일시 : 2010.5.1

조 사 자 : 나경수, 서해숙, 이옥희, 편성철, 김자현

제 보 자 : 김부기, 남, 85세

구연상황 : 청중들이 조사자들에게 다른 곳에서 양맥수 이야기를 들은 적이 없냐고 물었다. 이에 조사자가 옥룡면에서 들었다고 했다. 여러 사람들이 양맥수 이야기는 옥룡면에 가서 물어봐야지 여기서 묻는 것이 아니라고 이구동성으로 말했다. 이에 조사자가 남사고에 대해 묻자 황호창이 들어본 적은 있는데 이야기가 전혀 생각나지 않는다고 했다. 이어 최산두, 아기장수 이야기를 물었으나 들어본 적이 없다고 했다. 잠시 후 조사자가 고담을 들려 달라고 하자 제보자가 다음 이야기를 시작했다.

줄 거 리 : 총각이 장가를 들었는데, 각시가 물외씨만큼 작았다. 그래서 도망갔는데 갑자기 바지가랑이가 무거워서 보니 각시가 딱 붙어서 인제 죽어도 당신 집 귀신이라고 말했다는 이야기이다.

그거이 한 가지 쪼~끔~ 인간에 저~ 그리 허고 사는 본능이지마는. 그거는 연이라 연은 알~까 싶어. 못 씰 거인디(안 좋을 것인데). 그래 장개를(장가를) 가고 나니까. 하~도 각씨가 적어서 이 이 물외씨마냥 했던 모냥이여. [청중 웃음] 그래 시~퍼서 장개를 들 수가 없어.

'외씨만한 사람을. 그래 나가(내가) 장개를 저런 사람헌테 가야하겠냐?'

얼매나 뛰가다 본게 바지가랑이가 무겨워서 틸룽~틸룽해.

'그리 무이(무엇이) 들어서……?'

곰바래 딱 들고 본께 빼~꼼허니 치다보고(쳐다보고),

"나가 인제 죽어도 당신 집 귀신이요." [전원 웃음]

날몰 황씨와 양맥수

자료코드 : 06_03_FOT_20100501_NKS_KJG_0001
조사장소 : 전라남도 광양시 진상면 섬거리 신시마을 노인회관 운심당
조사일시 : 2010.5.1
조 사 자 : 나경수, 서해숙, 이옥희, 편성철, 김자현
제 보 자 : 김종관, 남, 83세
구연상황 : 도깨비 이야기가 끝나자 청중들 간에 다시 효자문 이야기가 오고 갔다. 잠시 후에 제보자가 이야기를 끊고서 어릴 적에 들은 이야기라면서 다음 이야기를 구연했다.
줄 거 리 : 축지법을 쓰는 양맥수가 날몰 황씨와 서로 교유하면서 지내고 있었는데, 황씨가 양맥수에게 도술을 가르쳐 달라고 했다. 그래서 황씨에게 가르쳐 주려 하였으나 담력이 약해 배우지를 못했다는 이야기이다.

그런디 저거는 저 저. 인자 나는 시방 팔십 세 살 묵었는디. 쬐~깐해서

이야기 들으믄 머라고 얘길 허는고는. 우리 동네 황씨가 부자였었어. 근디 인자 본래 큰 사람이 있었고. 큰 사람. 큰 사람이 있었는디. 저 옥룡써 장맥수 제자라는 사람이 있었어. 장맥수 제자라는 사람이. 그 장~맥수~

그 양맥수 제자가 있었는디. 그 사람이 양맥수가 와 갖고 옥룡 와서 넘의 집을 살았는디. 그 옥룡서 적었을 거야. 거기 적혀 있을 거야. 옥룡서 거가 했으믄. 그랬는디. 인자 어찌 아는고는 우리 동네가 큰 사램이 있는디. 여 오 제자가 날몰 와서 여 쩌 나무해서. 나막신 그 놈을 신고 저녁을 사랑으로(사랑방으로) 와서 놀다가. 저녁 와 놀다가 또 즈그 집으로 와서 또 자고 이러금 저녁마다 와서 사랑방으로 와.

[갑자기 언성을 높이면서] 저 날몰. 옥룡서어. 그 사램이 인자 어쩌는 거이는. 딱 채끼는데 치끼. 길을 딱 세래 갖고 딱 걸어 논대. 아~ 축지. 그래 갖고 오는디. 날몰 황씨 집이와 논께 친구가 됐단 말이여. 만~날 저녁마다 와 논께. 그래 머라 했는고는,

"어이 자네가 그 기술 배운 거를 내가 좀 배우세."

근디 저 사람은 친구가 보더라도 도~저히 배울 수가 없는 사람이라. 담이 약해서. 그런께로 하~도 그래 싼께.

"좀 친구지간에 자네만 그러고 댕기믄 되겠는가. 옥룡서 여그 한 발짜국이믄 온단디 한 발짜국 딱 띠믄 여그 오는디 그걸 나도 좀 배우믄 안 되것는가?"

하도 그래 싼께. 그러믄 이래저래 한께로 머라 그러므는,

"야. 좋다. 니 한번 배워 봐라."

근디 인자 날몰~ 거 거 저 머이냐? 특~ 좀 숲이 있는 디가 있어요.

"니 쪼까 있다 나오니라이. 나가 앞에 나갈께."

인자 인자 그 야단을 하는디. 대차 담을 크게 묵었드래. 배울라고 저걸 무신 재주로 배울 거라고 나왔는디. 아~이 조금 있다 나온께. 캄캄헌디서 [언성을 높이면서] 호랭이가 돼 갖고 칵! 덮쳐 뿔라더래. 호랭이가 돼 갖

고 딱 덮쳐 뿔라 그런께 깜짝 놀래 부렀어. 근께,

"아이고!" 소리가 나왔대.

"보게. 자네 절~때 못 헌다. 못 배울라 근디 멀라 그래 쌌는가?"

그래 갖고 허탕을 치고 몇~달 이야기허고 놀다가.

"우리 간단한 거 한 가지만 배우세. 나 한~가지만 배울라네."

한 가지만 배운다고 하~도 사정을 해 싸. 친군께. 그래 갖고,

"아이 그럼 그러세. 자네 원 친구지간인디 자네 원도 해 줄 거인디 머."

머라 시불시불허드만 아 여 천장을 저 저 전빵 우에다 자기를 달아 놨더래.

제르대라고 삼 베낀 제빵구가 있어. 그 놈을 해 갖고 천장에다가 실허니 매달아. 빠삭빠삭 소리가 나. ○○○○○고. 그런께로 깜짝 놀라,

"나 죽는다."

악을 쓴께로. 가만 주저앉아 부럿대요. 그래 갖고 못 배웠다. 그거는 얼매 안 된 사실이래. 날몰 그 황~ 그 사램이 황머시긴디 이름을 잘 모르겠네.

천 리가 되지 않아 호랑이가 없다

자료코드 : 06_03_FOT_20100501_NKS_KJG_0002
조사장소 : 전라남도 광양시 진상면 섬거리 신시마을 노인회관 운심당
조사일시 : 2010.5.1
조 사 자 : 나경수, 서해숙, 이옥희, 편성철, 김자현
제 보 자 : 김종관, 남, 83세
구연상황 : 조사자가 호랑이에 관한 이야기를 물었으나 점심 식사가 들어오면서 분위기가 다시 어수선해졌다. 그 와중에 제보자가 다음 이야기를 구연했다.
줄 거 리 : 삼팔선을 막은 뒤로 천 리가 되지 않아 호랑이가 없다는 이야기이다.

삼팔선 전장 나기 전에는 있었어요. 어째 그랬냐 허믄 그 뽕 따러 가 갖고 호랭이 본 사램이 있었어. 뽕따러 가 갖고. 그랬는디 이 삼팔선 막은 뒤로 없어져 부렀어. 철조망이. 근께 하리에(하루에) 천 리를 가야하니 산대. 하리에 천 리를 가야 움직일 수 있단 거여. 천 리를. 근께 중국서 왔다가 저리 왔다갔어. 천 리 안 된께 호랭이가 못 가.

양맥수와 솥뚜껑

자료코드 : 06_03_FOT_20100501_NKS_KJG_0003
조사장소 : 전라남도 광양시 진상면 섬거리 신시마을 노인회관 운심당
조사일시 : 2010.5.1
조 사 자 : 나경수, 서해숙, 이옥희, 편성철, 김자현
제 보 자 : 김종관, 남, 83세
구연상황 : 앞 이야기에 이어서 지역 내 학교 설립에 관한 이야기가 이어졌다. 조사자가 양맥수에 관한 이야기를 묻자 옥룡면으로 가야 한다고 하자, 조사자가 재차 아는 이야기가 있으면 해 달라고 부탁하였더니 다음 이야기를 구연했다.
줄 거 리 : 양맥수가 머슴살이하는 동안, 집 주인이 솥뚜껑을 열려 했으나 솥뚜껑이 솥 안으로 들어가 있어서 열지 못했다. 그러나 도술을 부려 양맥수가 열었다는 이야기이다.

(양맥수가) 이 동네 와 사랑에 와서 놀다간 거는 세밀히 알았는데 저쪽 간 거는 잘 몰라. 그래 인자 얘기를 들믄. 하 하리(하루) 저녁에 논 스무 마지기를 갈아서 뚜두렀다. 그 얘기가 보통 멋진 말이 아니드라고. [전원 웃음]

아 그런께 아 그 사램이 인자 어뜩허는고는. 인자 먹은 밥은 많이 해 놨소. 근데 밥이 밥을 허는데 자기가 머심이 지러 가(밥을 짓기 위해 머슴이 간다). 지러 가믄 지러 감스로 요앵을(요행을) 부리거든. 어뜩허는고는 소두막 그 소두막 안 있소. 소두뱅이. 주인이 열란께 소두뱅이 밑에가 있

어(솥뚜껑이 솥 안으로 들어가 있다). 안 열어져 만날 해도. 밑으로 내려가 버렸어. 소두방이. 희안할 일이라. 그런께 기냥,

"아이 머심 아 소두방이가 요리 돼 붓네. 하~ 이거이 어찌된 일이단가?" 이래 싼게.

"아 머 그래요?"

그래 자기 들어 여 빼 부리거든. 빼 부리 그런 께로 주인네도 깜짝 놀랠 일이제. 소두뱅이 밑으로 어찌어찌 올라오냐 말이여. 자기가 인자 보고 어째 해 부렀는디. 보고 감세로. 소두방이 못 열개로(소두방이를 열지 못하게 하려고). 앵을(요행을) 부릴라고.

그런께로 그 인자 그 사램이 그렇크롬 허는 이야기가 가만치 들어 보믄 우리가 많~이 들었구만. 그 얘기는. 그 날몰 황 와서 이 애기를. 아근께 여 중간에 와서 딱 발 한 발 딛고 온대. 그 얘기를 해. 번번히. 얼매 안 됐어요. 그 이야기 들은 제가(들은 지가).

지나가는 새 떨어뜨린 목청 큰 날몰 황씨

자료코드 : 06_03_FOT_20100501_NKS_KJG_0004
조사장소 : 전라남도 광양시 진상면 섬거리 신시마을 노인회관 운심당
조사일시 : 2010.5.1
조 사 자 : 나경수, 서해숙, 이옥희, 편성철, 김자현
제 보 자 : 김종관, 남, 83세
구연상황 : 부자와 관련된 이야기를 하면서 자연스럽게 이야기가 이어졌다.
줄 거 리 : 황씨가 방에 앉아서 악을 쓰면 새가 똑 떨어질 만큼 대가 셌다는 이야기이다.

그 집이 오믄 광양에 오믄 인자 보통 방○디서 보냈는디. 그 사램이 아는 사람이라. 딱 여 방에 앉아서 [언성을 높이면서] 악을 바~락 쓰면 새가 똑 떨어집니다. 새가. 새. 그 그 영감이. 전에 우리 동네 황씨 영감이

얼매나 대가 차서.

아. 그렇지. 그 사람 친구. 그 사람 친구라. 아 근디 아 이 새가 날~ 툭 떨어지더래. 얼매나 담대가 시~고(쎄고) 악을 써도. 그래서 장맥수한테(양맥수한테) 그걸(축지법을) 못 배웠단 거여. 그러큼 똑똑해도 못 배왔대. 근께 얼매나 대단헌 거이냐 말이여.

장사가 앉은 말바위와 장사굴

자료코드 : 06_03_FOT_20100501_NKS_KHG_0001
조사장소 : 전라남도 광양시 진상면 섬거리 신시마을 노인회관 운심당
조사일시 : 2010.5.1
조 사 자 : 나경수, 서해숙, 이옥희, 편성철, 김자현
제 보 자 : 김홍규, 남, 75세
구연상황 : 조사자들이 준비한 다과를 먹으면서 청중들은 이런 저런 이야기를 나누었다. 이야기 가운데 말바우 이야기가 나오자 조사자가 끼어들어 말바우 이야기를 해 달라고 했더니 제보자가 다음의 이야기를 구연했다.
줄 거 리 : 섬거마을 인근에는 장사가 앉았다는 말바우, 장사굴, 장사발자국, 요강바우가 있는데, 말바우는 저수지에 잠겼다고 한다.

옛날에 여름에 그 각성봉. 예. 옛날 장사 여 말바우라고 [바람이 불어 웅웅거린다.] 있었어요. 거기가이. 그래 갖고 바위가 크~게. 말바우가 생겼어요. 그런디 인자 거그 인자 옛날에는 장사가 앉았던 자리도 있고.

우리 때 거 전설이지마는. 그 또 그 옆에 가면 그 저 장사굴이 있어요. 요~리 들어가믄 계~속 들어가믄 박 박쥐가 그냥 상~당하니 허고. 또 옛날에 저 장사바위. 옛날에 저 노인 요강 안 있습니까. 요 저 소변을 보고 바위가 요강 요강바위가 있십니다. 요강 뚜껑까지 딱 요리 있어. 시방은 시방 그 바위는 아직까지 있는디. 말바우 그거는 저 수자원공사 그거 험서 묻혀 부렀어.

굴은 남았지. 말바우에 글은 우찌 그랬꼬? 옛날에 저 저 부인들이 소변 보는 요강단지 있더라고. 그 바위가 있는디 요리 그 따까리가 있어. 그 시방 그 바우가 아직까지 있더래이.

걸어가다 멈춘 망덕산

자료코드 : 06_03_FOT_20100501_NKS_KHG_0002
조사장소 : 전라남도 광양시 진상면 섬거리 신시마을 노인회관 운심당
조사일시 : 2010.5.1
조 사 자 : 나경수, 서해숙, 이옥희, 편성철, 김자현
제 보 자 : 김홍규, 남, 75세
구연상황 : 조사자가 산이 걸어가는 이야기를 하자 제보자가 알았다는 듯이 다음의 이야기를 구연했다.
줄 거 리 : 망덕산이 걸어가는데 여자가 걸어간다고 말을 하니 멈추었고, 그 여자는 나물에 걸려 넘어졌다는 이야기이다.

망덕산! 망덕산. 망덕산이 옛날 그런 얘기가 있어요. 아니 망덕산이. 옛날에 저 우리 들은 이야기로는. 그기 저 망덕산이 요리 걸어가는디. 이 거 그 아가씨가 그랬다던가? 여자가, "저그 산이 걸어간다."

그러니까 ○나물 넝쿨에 걸려서 굴러 굴러 넘어져 자빠라져 부렀어. 허 [웃음] 여 풀넝쿨이. ○나물 넝쿨에 걸려 갖고 자빠져 갖고. 그전에 시방 망덕산이 우리. 인자 우리 우리 구간은 아닌디. 그런 전설이 있어요.

금촌과 기차

자료코드 : 06_03_FOT_20100501_NKS_PGH_0001
조사장소 : 전라남도 광양시 진상면 섬거리 신시마을 노인회관 운심당
조사일시 : 2010.5.1

조 사 자 : 나경수, 서해숙, 이옥희, 편성철, 김자현
제 보 자 : 박기호, 남, 84세
구연상황 : 양맥수 이야기가 끝나자 잠시 예언에 관한 이야기가 이어졌다. 그러다 제보자가 나서서 지형에 관한 이야기를 시작했다.
줄 거 리 : 금촌마을은 베틀인데 터널이 생겨 기차가 왔다 갔다 하면서 비단을 짜게 되니 '금촌'이라는 말이 들어맞는다는 이야기이다.

이야기 하나 합시다. 여그 저 어디 잿몬당 넘어서 왔지요. 올 때. [여전히 잿몬당을 모르는 조사자들의 답변이 없자] 여그 도로로 왔지요. 여그 몬당에 굽이굽이 돌아 왔지요. 그 마을이 금촌이란 마을이여.

비단 금(錦) 자에 마을 촌(村)자. 그게 요새 딱 절충이 되는 것이. 왜 금촌이냐? 거기 철도 경전선이 머이냐 터널이 생겼다. 굴이. 그래서 보디 베 짜는 거 옛날에 보디가 요리 들어가서 찰크닥. 요리 들어가서 찰크닥 그 보디 굴이 하나 생겼단 말이여. 응. 보디 굴이. 근디 요새 딱 절충이 되더라 그 말이여.

하.[긍정의 대답] 비단 금 자 마을 촌 자거든. 그 참~ 거 속설적인 얘기라도 딱 절충해 맞는다고. 그 베틀 것이 생긴 마을에 비단 금 자 마을 촌 잔디. 거기 어찌 요것을 금촌이라 했느냐? 그거이 굴이가 터널이가 기차터널이 생기 갖고 북이 왔다 갔다 헌께 베가 째이거든(짜거든). 그럼요. 실이지요.

죽어서 장승백이가 되다

자료코드 : 06_03_FOT_20100501_NKS_PJB_0001
조사장소 : 전라남도 광양시 진상면 섬거리 신시마을 노인회관 운심당
조사일시 : 2010.5.1
조 사 자 : 나경수, 서해숙, 이옥희, 편성철, 김자현
제 보 자 : 박재봉, 남, 90세

구연상황 : 선옥규 제보자의 명당 이야기가 끝나자 이를 듣고 있던 제보자가 다음 이야기를 이어갔다. 처음에는 장승백이라고 하였으나, 마지막에는 장성백이라 불렀다.
줄 거 리 : 과거 시험에 떨어진 사람이 파묘한 뒤에 서서 죽자 이를 장승백이라 불렀다는 이야기이다.

저 무신리 무신리 했쌌는디. 이 사실은 이 저 거슥 여 장승백이라고 여 지끔 지서 어디에 묘가 있었어요. 이 과걸 갔다가(과거 시험을 보러 갔다가), 과거에 무실격 돼 가지고 내려오다가 보니 자기 묘를 패묘를(파묘를) 해요.

거그서 서서 죽었대요. 장승백이. 서서 죽었어요. 이 묘를 팠는디 ○○○○데요. 그 사람이 딱 오니까 여서 그냥 그 자리에서 서서 죽어서 그래서 장성백이라 그래. 허허[웃는다.] 예. 여 지끔 지서 뒤에 묘가 있어요.

귀신에 홀리다

자료코드 : 06_03_FOT_20100501_NKS_PJB_0002
조사장소 : 전라남도 광양시 진상면 섬거리 신시마을 노인회관 운심당
조사일시 : 2010.5.1
조 사 자 : 나경수, 서해숙, 이옥희, 편성철, 김자현
제 보 자 : 박재봉, 남, 90세
구연상황 : 조사자가 도깨비에 관한 이야기를 묻자 제보자가 자신의 생각을 덧붙여서 다음의 이야기를 구연했다.
줄 거 리 : 초상집에 다녀온 길에 귀신에 홀려 고생했다는 이야기이다.

아 요새 머시 아 지끔. 신이 있다는 거 있다는 사람 없다는 사람. 없지도 않고 [전원 웃음] 있지도 않고 그렇다고 해. 우리 동네에 지끔 신에 홀텨 가지고(홀려 가지고) 고생한 사람도 있어요. 여그 아래 정지 나무거리.

우리 집 아버지가 여그 이 부락 여그 초머리에 초생이(초상이) 나 가지

고, 에 하절긴디 비가 부실부실 오는디. 이 사돈간이었었어요. 그래 가지고 거그 가서 일을 봐줘 가지고 밤에. 옛날에는 이 머 횃불 아니며는 소깹이(솔가지) 가지고 불 잡는다 말이여. 솔까지로(솔가지로) 가지고 불을 써 줘서 들고 올라오는디. 올라가다가 불이 가물가물허니 꺼져 뿌리네.

그래서 물소리만 듣고 찾어 올라가는디. 지끔 여그 [마을회관에 앉아 있는 사람들을 가리키면서] 사람들 알컵니더만. 차정이 강생집이라고 거그. 어덕이(언덕이) 두 질 이상 되는디. 그런디 거그를 어덕을 올라갔다 그 말이여.

두루매기를(두루마기를) 옛날에는 몸에 흰두루미가 아닙니까. 갓 씨고(갓을 씌고). 그래 가지고 거길 두 질 된 디를 올라가 가지고, 뽕나무가 있는디 가에 뽕나무를 잡고 있는디. 만날 기달리도 사람이 기척이 없고 거그서 사람이 있는 줄로만 사람이 있는 줄로만 알았더라 말입니다.

그래 가지고는 뉘가 오줌 누러 오믄 오줌 누는 소리를 있어도. 안 나와서 손을 살짝 노으니까 수십 개 내려가드래. 그래 가지고 도로 어떻게 해 가지고 올라와 있는디. 오줌 쏘리가 쫠 쫠 나서,

"사람 좀 살리소!"

허니까. 그때 정샘이거리 성무 즈그 아버지가 살았단 말이라. 아이 오줌을 똑 그치고 방으로 들어가 버리네. [전원 웃음] 난중에 인자 또,

"사람 살리라!"

그러니까 인성 소리 듣고 아는 사람 소리니까 나왔더래. 그래 도둑놈이 와서 그런가? 허고 방으로 쫓아 들어가서 목침을 들고 들어오믄 때릴라 했는디. 아 이 난중에 인성을 들었는디 아는 사람이래. 그래 가지고 불을 켜 갖고 집이까지 모시고 왔어요. [누군가 회관으로 들어온다.] 나도 그때 어렸었는디.

옛날에는 부모들이 어디 ○○ 것은 데 가믄 머 과자 같은 거 호주머니에 넣고 안 옵니까.

그리 나주고 두루매기 하나도 참~ 오줌을 싸고 있는디. 여가 김을 했거든. 봉생이샘 소리고 정생이샘 소리더래.

"인자 가요?"

그러더래. 근끼 도깨비 불이 번뜩 보이고. 이 집이로 오셨는디 보니까 두루매기도 암~시롱 안꼬 비가 부실부실 왔는디. 갓도 암실티도 안 해. 그런디 신이 있다 보믄 또 옳은 말이고, 신이 없다는 것도 옳은 말이라. 그래서 참~ 묘헌 일이라고 질이 둘 질이나 되뿐디 올라가 뿌리네. 신이 데꼬 올라가 뿌려. 저짝도 올라가 뿌리내. 도깨비가. 기래. 글키 가지고(그렇게 해 가지고) 고생한 사람들이 많이 있어요.

오래된 나무에는 신이 있다

자료코드 : 06_03_FOT_20100501_NKS_PJB_0003
조사장소 : 전라남도 광양시 진상면 섬거리 신시마을 노인회관 운심당
조사일시 : 2010.5.1
조 사 자 : 나경수, 서해숙, 이옥희, 편성철, 김자현
제 보 자 : 박재봉, 남, 90세
구연상황 : 조사자가 마을에서 당산제 모시는지를 묻자 모시지 않는다고 했다. 이어서 이 마을에 당산나무가 있는지를 묻자 있다고 하면서 다음의 이야기를 구연했다.
줄 거 리 : 오래된 나무에는 신이 있어서 그 나무를 베면 독이 나와 죽는다는 것이다.

나무가 신이 있다는 것이. 나무가 고목이 되며는. 저~ 독이 있어요. 그래 빌 적에(나무를 베어 낼 때). 이 기운이 나쁜~ 기운이 나와요. 그걸 씌며는 죽는 거이라. 그기 신이 잡아갑뺐다 그러거든. 저 독이 들었어요. 그거이 비며는 빌 적에 독이 나오는디 그걸 들러(들이) 마시며는 죽는 거여.

원님 부인과 금돼지

자료코드 : 06_03_FOT_20100501_NKS_PJB_0004
조사장소 : 전라남도 광양시 진상면 섬거리 신시마을 노인회관 운심당
조사일시 : 2010.5.1
조 사 자 : 나경수, 서해숙, 이옥희, 편성철, 김자현
제 보 자 : 박재봉, 남, 90세
구연상황 : 제보자들은 이 마을에 관련된 이야기만 하려 했다. 그래서 조사자가 이 마을과 관련이 없어도 좋으며, 어릴 적에 들었던 재미난 이야기도 좋다며 다시 한 번 조사의 취지를 설명했다. 그리고 성씨에 관한 이야기를 하다가 조사자가 최씨 이야기를 물으니 다음의 이야기를 들려주었다.
줄 거 리 : 옛날에 원님이 내려오면 부인이 흔적 없이 사라지자 몰래 묶어 둔 명주실을 따라갔더니 돼지가 사람으로 변신해 있었다. 그래서 원님 부인이 돼지가 가장 무서운 짐승 껍질을 알아내고서 그 돼지를 죽였다는 이야기이다.

진계면 ○○도 갖다댄께 그냥 다 억뿔이니까. 에~ 옛날에 원님이 내려오며는 사람을 잡아가 드랍니다. 원이 잡아가는디. 그래서 그거이 목에다가 명주실을 감애다 논께 ○거해요. 쨈매 놓~고 쨈매 놨더니 가더래요. 그런디 거그가 머인고는 돼지가 돼지가 그것이. 오래된 돼지가 변신이 돼가지고 그리 사람을 훔쳐가드래.

그래서 줄을 따라가니까. 그래서 있어서 살~짹이 없일 적에 나가실 적에 갔더랍니다. 그래 좀 말허기를 여자가. 여자를 그리 잡아간디. 원님 원님이 여자를 잡아가는디. 그래서 이 여자가 영리했던가,

"머시 무섭냐?"

고 물었더래. 그니까 저,

"머 먼 껍데기."라 그래.

"짐승 껍덕을 그것을 코에다가 붙여 놓으며는 죽는다." 그러더래.

어. 그래서 그 말해줘 가지고는 와 가지고 그 껍떡을 준비해 가지고 가서 그 쥑이 뿌리고 데꼬 왔다 그런 얘기. 근디 나 자스하니(자세하니) 모르고.

날개 달린 아기장수

자료코드 : 06_03_FOT_20100501_NKS_PJB_0005
조사장소 : 전라남도 광양시 진상면 섬거리 신시마을 노인회관 운심당
조사일시 : 2010.5.1
조 사 자 : 나경수, 서해숙, 이옥희, 편성철, 김자현
제 보 자 : 박재봉, 남, 90세
구연상황 : 앞서 이야기가 끝나자 조사자가 아기장수 이야기를 들어보신 적이 있는지를 물었다. 그러자 제보자가 다음의 이야기를 구연했다.
줄 거 리 : 날개 달린 사람이 나오면 죽였다고 한다. 어느 집안에 아이가 있었는데, 어느 날 어머니가 보니 집안 천장으로 날아다녔다고 한다.

옛날에는 옛날에는 나라에서 그 이 그 이 장군이 나며는 쥑이 뿔더랍니다. 그러니까 나라에서 젊은 사람이 나며는 쥑이 뿔더라고. 날개가 이 겨드랑이 밑에 날개 나오는 사램이 나오며는 거 없애 뿔더래. 그러니까 언제든지 지금도 그러지 않습니까?저 우리나라에서 모든 에 머이냐 김구 박사도 쥑여 분 거 아닙니까.

근디 사램이란 것이 나가(내가) 앞으로 나갈라고 난 사람이 쪼금 있을꺼여. 지보다 나은 사람이 있으면 엄청 있어와. 김구 선생도 안 그랬심니까.

(청중 : 나는 나는 그런 거는 몰라도 즈그 어매가 애기 나 갖고 닙히(눕혀) 놓고 밭에 볼일 보고 인자 이리 본께, 아 애기가 애기가 여가 누워 있어야 하는디. 아 댓방에 우에 날아 날아댕긴 거라. [전원 웃음] 그래고 그래 가지고.)

(청중 : 나도 인자 들은 제가 하도 오래돼 갖고 지금 대충 인자 그런 그 소리로 들었제. 즈그 어매가 쳐다본께 이 대빡으로 날아댕긴께 "아 참 묘허다." 싶어서 인자.)

우리나라의 혈을 끊은 사람

자료코드 : 06_03_FOT_20100501_NKS_PJB_0006
조사장소 : 전라남도 광양시 진상면 섬거리 신시마을 노인회관 운심당
조사일시 : 2010.5.1
조 사 자 : 나경수, 서해숙, 이옥희, 편성철, 김자현
제 보 자 : 박재봉, 남, 90세
구연상황 : 축지법 쓴 사람의 이야기가 끝나자 조사자가 풍수에 관한 이야기를 물었다. 이에 제보자가 조심스러워하면서 다음의 이야기를 구연했다. 이야기의 부분 부분이 생략되어 있고 자세하지는 않았다.
줄 거 리 : 우리나라 사람이 중국의 말을 잘못 듣고 우리나라의 모든 혈을 끊었다는 이야기이다.

그거이 제가 확실히는 모르지만도. 이 한국 사램인디 중국 중국 회사를 했던 모냥이여. 그래 가지고 우리 한국 사램이 중국 사람 말 듣고 싹 부수고 앉아 가지고 기린(그런) 것이 혈을 다 끊었다 그랬더만. 그래. 옛날 그런 말이 있어.

그거이 똑떽이 자세히 말허자믄 똑떽이 헐라 했더니 그냥 대략만 약가이 역불이 대략만 약 허는 거이여. 그 이 우리 한국 사램이 중국의 회사를 했더래요. 중국서 살았는디. 거 중국 사람들이 중국서 중국 나라에서,

"에 한국 혈을 끊어도라. 끊으라."

그러니까 앉아서 거그서 붓으로 딱 그린 거이 혈을 다 끊었다 그래. 그 말이 있대.

망덕산이 걸어가다 멈추다

자료코드 : 06_03_FOT_20100501_NKS_PJB_0007
조사장소 : 전라남도 광양시 진상면 섬거리 신시마을 노인회관 운심당

조사일시 : 2010.5.1
조 사 자 : 나경수, 서해숙, 이옥희, 편성철, 김자현
제 보 자 : 박재봉, 남, 90세
구연상황 : 앞서 김홍규 제보자의 이야기가 자세하지 않아서인지 옆에서 듣고 있던 제보자가 다음의 이야기를 구연했다. 마지막에는 전설임을 애써 강조했다. 김홍규 제보자는 이야기 속의 여자가 풀뿌리에 넘어진 것을 재차 강조하며 말을 했다.
줄 거 리 : 망덕산이 걸어가는데 부엌에 있던 어르신이 산이 간다고 부지깽이로 두드리니 그 자리에 주저앉았다는 이야기이다.

에 망덕산이 가니까 부엌에 있다가 산이 가니까 부악빵이(부지깽이)를 가지고,

"산이 간다."

고 뚜두리고 그냥 거기에 주저앉어 버렸어. 아 인자 전설이 인자 그러재. 어디서 왔는지 산이 문경이니까.

(청중 : 예. 풀뿌리에 걸려 넘어진 거지.)

그리 그기 이야기라. 전설이 그러지. 참으로 그런지는 몰라도 생각허면 그런 일이 없어.

축지법을 쓰는 진상면 황씨

자료코드 : 06_03_FOT_20100501_NKS_PJB_0008
조사장소 : 전라남도 광양시 진상면 섬거리 신시마을 노인회관 운심당
조사일시 : 2010.5.1
조 사 자 : 나경수, 서해숙, 이옥희, 편성철, 김자현
제 보 자 : 박재봉, 남, 90세
구연상황 : 아기장수 이야기에 이어서 곧 바로 제보자가 다음의 이야기를 구연했다.
줄 거 리 : 진상면의 황씨가 축지법을 써서 옥룡에 사는 친구 집에 놀다가 오곤 했다는 이야기이다.

그러고 인자 옛날에 축지법이 있었다 그래요. 축지법. 우리나라에서도

우리 진상면에서도 날몰 황씨가 축 축지법으로 저녁밥 묵고 저 저 옥룡 가서 놀다가 친구 집에 놀다가 오고 그랬다. 그런 말이 있어요. 아니 황씨가 그런 거이 아니고.

(청중 : 날몰 머심이 그랬다 그랬제. 머심이. [청중들 전원이 이 말에 긍정을 표한다.] 머심이 날몰 황씨 집이 일을 해 주고 옥룡가 즈그 집이가 자고. 아직에 오고 그랬다.)

그 축지법이 있었다고 허는디. 오늘 우리들은 안 본 거이라 모르것소.

섬거마을과 매봉재

자료코드 : 06_03_FOT_20100501_NKS_SOG_0001
조사장소 : 전라남도 광양시 진상면 섬거리 신시마을 노인회관 운심당
조사일시 : 2010.5.1
조 사 자 : 나경수, 서해숙, 이옥희, 편성철, 김자현
제 보 자 : 선옥규, 남, 62세
구연상황 : 조사자가 이장에게 연락을 드리고 마을회관으로 찾아갔다. 마을사람들 다섯 분이 이미 회관에 나와 계셔서 조사자가 조사취지에 대해 설명을 드렸다. 이어 조사자가 마을 유래에 대해서 묻자 제보자가 조사의 뜻을 알고서 섬거 마을에 대해 이야기를 시작했다.
줄 거 리 : 섬거마을은 남해안으로 왜적이 침입해 들어올 때 고려 병사들을 위해 두꺼비들이 다리를 놓아주었다 해서 붙여진 이름이고, 매봉재는 삼정승이 나온다 해서 붙여진 이름이라 한다.

여기가요이. 참~ 유서가 깊은 마을입니다. 아시겠지만도 아시고 들어오셨죠? 옛날에 이 칠백 년 전에 마을이 형성이 된 마을이었어요. 장씨허고 허씨라는 성을 가진 분들이 계속 살고 계시다가 칠백 년 전에, 에 그 분들이 없어지고. 문헌에 보믄 그렇게 나와요.

지금은 인자. 이 동네가 섬거 섬거 두꺼비 섬(蟾)자. 매봉. 그 매봉 우물

은 매움짜입니다. 움봉 그거 삼정봉 각성봉 딱 율곡이 그 뚜꺼비혈이라. 뚜꺼비섬에. 하고 거그서 섬거란 마을이 붙어졌고.

글면 인자 섬진이란 디가 있어요. 섬진강. 섬거 진이고 진이 여그는 역이라. 역이고. 역 아시죠이. 이 광양에가 역이 두 개가 있었어요. 광양읍에 가면 익신이라고 있어요. 익신. 익신역이 있었고 여기 섬거역이 있었어요. 근디 이 섬거 역리가 백여 백여 리 정도 됐고. 역중답도 한 한 이백평지 가차운 백칠팔십 필지 됐고, 근께 당 여그가 규모가 컸었어요. 규모가 컸는디.

여기 섬진이란 마을이 있을라 치면 그 치는 무엇인고는, 그저 섬진이라 붙여진고는, 옛날 고려 때 그 왜구가 남해안에 왜구 침입이 심했었나 봐. 근께 인자 거 섬거에 있던 뚜꺼비들이. 여그 머 뚜꺼비들이 한 이삼십만 명이 마리가 그냥 다 섬진을 넘어간 것이지. 재를 넘어서.

그 그시기 그 뚜꺼비 소리를 내불면서 왜구들을 쫓아낸 거여. 그래 갖고 인자 우리나라의 고려 병사들이 그 지치고 그런 사람들이 뚜꺼비 무리들이 다리를 놔줘 갖고 건네오게끔 해준 고것이 유래가 섬거고. 또 섬진이래 유래가 깊은 마을입니다.

혈이 인자 뚜꺼비혈 자체는 그니까 매~늠이라고 있어. 매~늠. 그 매늠이라고 고개 고개가 있어요. 우리 인자 동민들이 옛날에 많이 인자 동산이 있어 가지고, 남의 산 그 매란 것이 매늠이재라는 것이 머인고는 그 매봉 안 있습니까. 그 거 매봉재란 뜻이라. 응. 매봉재. 그 고개도 있고.

매봉에 삼정봉 삼정봉이 머인고는 삼정승이 나올 그 봉우리가 있어요. 삼정승이 나오믄 지금 인자 정승이 머 옛날 그 정승에 준허는 큰사람이 나왔던가 봐요. 엄상섭씨라고 그 거물정계 하나 있었어요. 응. 야당에서 그 자유당 때 그 핍박을 받는 중에서도 그 국회의원 두 번 허시고, ○○○○가믄 난중에 그 양반을 아주 정승급으로 이 마을에서는 그리 보고 있고. 이 마을 출신이예요.

또 따지고 보면 김승기 저런 사람들도 다 여 밑에 마을이거든요. 옛날에는 이 섬거라면 섬거리라는 것이, 그 섬거! 그 수동 수동이라 해서 술릉, 그 다음에 장기 이 시장터 이거이 터 있잖아요. 장터! 그 다음에 용계, 그 다음에 신천해 갖고 신천 ○나라고 있어요. 그 합해서 인자 섬거리가 된 것이죠. 거 인자 나중에 면이 생기고 에~ 행정구역이 개편이 되면서 그것이 바로 섬거리라는 뜻이 돼 갖고, 신시○도 따져 보면 섬거립니다.

한 백여 년 전에 박씨 되시는 분이 요 마을에 사시다가 거 와서 집을 짓고 한 채 한 채 늘어간 것이 신시가 되었고. 인자 자동차 질이(길이) 생기고 부산서 목포 가는 질이 생기고 뭐 또 철도도 생기고 뭐 각종 면사무도 생개 인자 ○○○○ 여가 헌 거여.

그래 인자 각성봉이라고 있어요이. 인자 아까 매봉, 그 다음에 삼각봉 아니 저 저 삼정봉. 에 각상봉 저것은 우리 마을을 지키는 일종에 그 그 병풍처럼 생겼다 그런디. 언제 추○도 몰라도 하여튼 축전이 선거 하나 있어요. 가 보믄. 성터도 성터도 남아 있고.

우리 마을을 보믄 저 뒷산에 가서 보믄 온화하니 딱 지리풍수학적으로 보믄, 좌청룡 우백호라고 있죠이. 딱 보믄 딱 딱 좌청룡 우백호 휘감고 있듯이 보여. 아~담히 터는 터는 좋아요. 마을터가. 딱 보믄 양택자리로 딱 보믄 위치가 좋아. 인자 이것이 저~ 밖에 있다가 들어오믄 참~ 겨울이라도 바람이 없어. 후끈해 버려. 순천 있다 광양만 오믄 좀 따시고, 광양도 옥곡 요쪽은 따신디, 옥곡서 요 지 요 지 마을을 딱 들어오면 후끈해 버려. 꼭 방에 들어온 것 같애. 근게 마을이 따신 마을이라.

출세한 집안의 명당 이야기

자료코드 : 06_03_FOT_20100501_NKS_SOG_0002

조사장소 : 전라남도 광양시 진상면 섬거리 신시마을 노인회관 운심당
조사일시 : 2010.5.1
조 사 자 : 나경수, 서해숙, 이옥희, 편성철, 김자현
제 보 자 : 선옥규, 남, 62세
구연상황 : 섬거마을 유래와 매봉재에 대한 이야기에 이어서 조사자가 장수와 관련한 이야기를 묻자 그런 이야기는 없다고 하면서 마을 자랑을 한참 했다. 다시 조사자가 풍수 발복에 관한 이야기를 묻자 명당에 관한 다음의 이야기를 구연했다.
줄 거 리 : 오늘날 출세한 사람들 집안의 명당에 관한 이야기로 그 명당터가 좋아 발복했다는 것이다.

그것이 어디가 있는 거는요이. 한 삼 년 전에 조선대학교 백 문석짜로 백 [이름이 기억이 나지 않아서 당황한다.] 으응? 뭔 교수가 그 아마 지리 풍수학과 아마 그 석좌교수더라구요. 그 분이 그 인자 [이름이 계속 생각 나지 않아서 한숨 쉰다.] 하~ 이름이 백날 들었는디. 오셨어요 인자. 그 분이 뉘집을 보 인자 짓고 왔는고는 김승규 있죠! 국정원장의 김승규. 김승규 그 그집이 호남서 제일 명 명족이답니다. 김승규 집을 견학을 하러 나헌티 전화를 헌 거인디,

인자 그 마을의 이장이 이 유래를 잘 모르니께 진작 석 달 전부터 전화가 왔드라고. 그래 인자 그 어르신을 그 교수님을 모시고, 그 한 삼십 명 그 봉고차 하나허고 승용차 한 이빠이 한 이십몇 명 오셨더라고요. 그리 인자 굵직허니 해 갖고 왔어. 그기 인자 그 묘자리가 좋아서 발복을 했다 해 가지고. 그 제일 처음에 그 김승규 탯자리를 한번 가 봤어요. 탯자리를 한번 가 봤는디. 뒤에 그 그 우물이 그 자리에 그대로 있더라고요이. 그 우물이 그대로 있어. 집에 집터를 딱 가 보더니. 집터가 요 요 바로 밑에 있습니다. 왼쪽에.

"집터 여가 별거 없다."

이거여. 인자 즈그 할머니, 할아버지 묘를 간 것이 즈그 할머니 묘 묘

가 집 뒤에 바로 있는디. 여그서 한 이~삼백미터 떨어졌어요. [언성을 갑자기 높이면서] 그게 그 당시에 석 달 전에 도굴을 당해 부렀어. 한 그 당시에 긍게 한 삼 년 전에 그 양반이 오기 한 석 달 전에 그 양반 팔월달에 왔은께 사월달인가 오월달에 도굴을 당해 부렀어. 그래 머 묘를 파 부렀어.

그래 누가 파 갖는고는 인자 김승규, 김민규 즈그 국회의원이고. 그 김승규 김승규 국정원장이고 그 당시에. 머 국정원장허믄 날으는 새도 그런 권력이지요. 즈그 행님들 보믄 해군 대령 하나 있고 또 머 교장도 하나 있고 그래요. 교장도. 명족이라고 호남서 명족이라 했어. 그 머이 묘를 파 부렀네. 하루아침에. 날리가(난리가) 난 거여. 그 당시 시○에서 인자 묘를 수습허고 누가 찾아갔나 도굴했나 찾아본께. 즈그 배다른 형제가 파 간 거여. 배다른 형제간이.

"그래 이 이 묘에 묘에 느그들만 이 복을 타야 되것냐!"

아 그래 갖고 즈그 고향에다 파묻어 뿌렀나 봐. 인제 그래 갖고 우세 뼈 몇 개 파다 본께 새벽에 파다 본께 몇 조각 남은 거 수습해 놨고 거식해 놨어요. 인자 처음에 집터를 한번 봤는디,

"집터는 영~ 아니다."

그거여. [목을 가다듬고] 그럼 묘자리 즈그 할머니 할아버지 묘로 안 갔습니까. 묘를 딱 보드만 한 이십 명이 각기 자기 구관을 가지고 말하는데 마지막에 결론적으로 인자 강평을 한디,

"묘 여그다 여그가 기여(맞다). 여그가 기여."

묘가 인자 움 삼정에서 움봉해 갖고 삼각 삼각산으로 저 각삼봉으로 돌아서 저 그 능소로 돌아오는 것이거든. 근디 우리는 그 앞에가 [언성을 높이면서] 큰~ 바위가 묘를 앞에 딱 가리고 있어요. 그래 갖고 평상에는 바위를 별로라 헌디. 그 바위가 길을 딱 막고 기를 못 나가게 헌다 이거여.

그거이 인자 바위가 기를 못 나가게 막고 있는께. 그 바로 앞에는 서범석이라고 있어. 옛날에 교육부 차관한 ○○○○○ 한 ○○. 그 서범석이 집을 탁 내려가 본디 딱 막고 있더라고. 그 묘자리 좋다 그거여. 저기 좋았다 인자 그 그 백남 백남정이 그 석좌교수가 그 양반이 딱 보고,

"이 묘자리 기가 막히다." 그거여.

"또 다른 묘자리 가자."

해서 인자 증조 즈그 증조할아버지 묘가 문필봉 밑에가 있어요. 즈그 증조할머니 할아버지 묘가 쌍봉인디 거가. 딱 가 봤더니. [침을 삼키고] 그 주위가 싹~ 밭이라. 여 그 주변에가 전~체가 묘가 많이 들어섰어.

"나는 이거 명당자리가 있다." 그거여.

"김승규, 김민규 나온 거 보믄 분명히 명당자리가 있다."

허고 순~ 묘를 많이 썼더라고. 이 가 본께 그건 그 자리가 묘자리가 좋은 자리가 아니여. 왜 안 좋은고는 바닥에 벌써 이끼가 나며는 그 저 습기가 안 있단 말입니까아. 가(그래서) 안 좋다 그거여. 그래 갖고 인자 김승규 집으로 또 할머니 할아버지 저 ○○○ 땜(댐) 우에 있더라고. 근디 거긴 완~전히 거북형상이라.

그 왜 거북형상이란고는. 그 사람들이 땜 막고 나서 땜을 막고 나서 발복이 됐거든요. 거북은 거북은 물을 만나야 돼. 완~전히 거북은 그때는 땜 밑에 물은 흘러갔지. 물이 고이든 안 혔어요. 근께 거북이가 놀 만헌 물이 안 됐었어. 땜을 딱 막고 팔십몇 년도 칠십몇 년도에 땜을 딱 막고 난께 물이 찬 거여. 근께 거북은 물을 만나믄 바로 물을 만난 거여.

그래 그때부터 발복을 했다고 교수 교수가 전체가 다 알고 있더라고. 오신 분들이. 묘자리 요 놈허고 두 군데서 발복을 했다 그거여. 집터하고 쩌~그 증조부 할아버지 묘는 그 별거이 없다 그거여. 두 군데 발복을 했다면 거그서 발복을 했다 그거여. 영감~ 내가 탯자리 보면서 애기했어.

"이곳은 에 땜 막고 난 담에 저 집이 발복이 되았다."

옛날에 땜 막기 전에 김승규가 사법고시 해 갖고 머 지검에 검사 머 지금엔 그 정도였지. 국정원으로 올라갈 처지는 안 됐죠. 그래 땜 막고 나서 즈그 형님은 국회의원 두 번 했지. 거 머 국가기관에 사장도 몇 번 했지. 김승규 거까지 올라갔재. 그 때 땜 막고 물이 찬 담에 거북이가 물을 만났다.

흙을 던져 자신의 흔적을 알리는 호랑이

자료코드 : 06_03_FOT_20100501_NKS_SOG_0003
조사장소 : 전라남도 광양시 진상면 섬거리 신시마을 노인회관 운심당
조사일시 : 2010.5.1
조 사 자 : 나경수, 서해숙, 이옥희, 편성철, 김자현
제 보 자 : 선옥규, 남, 62세
구연상황 : 오래된 나무에 신이 있다는 이야기를 듣고 있던 제보자가 우리 마을에도 예전에 당산제를 모셨다고 하면서 다음의 이야기를 구연했다.
줄 거 리 : 호랑이가 밤에 오면 흙을 던져 자신의 흔적을 남긴다. 예전에 동제를 모실 때 제를 모시는 곳으로 가는데, 호랑이가 흙을 던져서 제를 모시지 못했다고 한다.

여그서 하동 저그 갔다 오며는. 호랭이가 밤에 오며는 호랭이가 흙을 이렇게 떤대(던진대). 호랭이를 만나믄 오히려 좋대요. 가다 가다가 길거리 가다가 흙을 떤지고 떤지고 그런대 사람은 해꼬지 안 해요. [언성을 높이면서] 사램이 사램이 젤로 무섭지. 호랭이는 겁 안 난다 그거여. 사램이 겁난 거여. 사램이 사램이 무섭지.

(청중 : 그런께 확실히 보믄 호랭이 나타나믄 흙을 떤진다 그거야. 전부 다 그 소리는 다 하거든.

지가 있다는 걸 흙으로 표시를 허재. 인제 실지로 들으믄 어려서 들으며는 동제를 모시러 밤에 안 올라갑니까아. 저 약등에 배나무골에 가믄

호랭이가 막 흙 흙을 던져 갖고 그날 동제를 못 모시고 그 뒷날 모셨다는 말이 있고 그러더라구요.

(청중 : 아 우리 동네에 동제를 동제를 지낼 때가 있어. 잘 못 모셔가지고 호랭이가 내려와 가지고 흙을 던져 다시 모실 띠가 있어.)

여 밤에 보통 열한 시 넘어서 제사를 안 모십니까이. 그때 호랭이가 와 갖고 막 제사를 못 모시고 그랬답니다. 그런 얘기가 있다 그러더라구요.

여자들이 바람난다는 선바우

자료코드 : 06_03_FOT_20100501_NKS_SOG_0004
조사장소 : 전라남도 광양시 진상면 섬거리 신시마을 노인회관 운심당
조사일시 : 2010.5.1
조 사 자 : 나경수, 서해숙, 이옥희, 편성철, 김자현
제 보 자 : 선옥규, 남, 62세
구연상황 : 앞의 이야기에 이어서 제보자가 다음 이야기를 구연했다. 제보자가 이야기를 잇기도 전에 청중들이 적극적으로 나서서 이야기를 진행했다.
줄 거 리 : 입암마을에 선바위가 있는데, 여자들이 바람이 나므로 파묻었다고 한다.

다음 마을 청암리 가시면 입암마을이라고 있어요이. 메모를 하시고 그 마을에 가시믄. 그 마을이 그 선박골입니다. 선박골! 예~ 입암.

(청중 : 들에 바위가 섰다고 해서.)

그 선바위가 남근 남근이라. 남근이라 밭에가 있는디. 하도 바람이 나서 몰래 파묻어 놨답니다. [전원 웃음] 누가 어디인지 보여 준다고 했는디 안 보여 준다고 그 전설 나중에 한번 물어보십쇼. 아 근께 그 다음부터 쉬쉬해. 논 밭두렁에 있는 어 한 몇십 년 전까지만 해도 거가 사람들이 많이 왔다 갔더랍니다. 그 여자들이 하도 바람이 나 싸서이 파묻어 붓다고 남근을. 근게 입암이라고 그 그것이 입암이여 그것이.

별승대와 가승내

자료코드 : 06_03_FOT_20100501_NKS_SOG_0005
조사장소 : 전라남도 광양시 진상면 섬거리 신시마을 노인회관 운심당
조사일시 : 2010.5.1
조 사 자 : 나경수, 서해숙, 이옥희, 편성철, 김자현
제 보 자 : 선옥규, 남, 62세
구연상황 : 선바우 이야기에 이어서 제보자가 다음 이야기를 구연했다. 제보자는 조사자들에게 많은 이야기를 들려주기 위해 애쓰는 모습이 역력했다.
줄 거 리 : 처녀들이 시집가기 전에 절에 찾아가며 스님과 이별하던 곳이 별승대인데, 훗날 별신대, 빈대거리로 바뀌었다. 그리고 가승내는 스님과 잔 여자를 말하는 것이라 한다.

제가 우리 마을에 별승대라고 있어요이. 별승대 아시제. 동화로도 나오는 별승대. 동제도 모시고 그러지마는 여그도. [헛기침을 하고] 에 거 옛날에 그거이 별신 대신 [청중의 기침소리와 겹친다.] 별승대 별승대. 별승대가 머신고니 그것이 그것이 그게 구전으로 들은 이야긴디. 별승대가 먼고는 옛날에 우리나라 그 저 조 조선조 중년 땐가 여튼. 불교가 아~조 거슥헌 때가 있었어요. 세력이 좋을 때가 있었어요. 근데 여기 마을에 큰 애기들이 시집을 갈라믄.

낼 시집을 갈라믄 가차운 절에다 신고를 헌데. 아.[긍정의 대답] 절에 스님이 해서 인자 ○○에 처녀가 자고 가면서 그 인자 별승대라 그래 인자. 거기에 서서 스님 잘 가시라고 인자 손 흔드는 자리가 거기가 별승댄디. 그게 변질이 돼 갖고 머 별신대 별신대거리. 빈대걸리라고 결국은 거리를 빈대거리라. 저 그 별승대 거리에다가 별신대거리로 바뀌어 갖고 빈대거리로 그런 전설이 있고 그래.

응. 별승대. 별신대로 정했고 그 다음에 거리도 인자 별신대거리라고 정해 갖고, 빈대거리로 지금은 인자. 변대거리요? 지금은?

(청중 : 거기에 참해서(첨가하여) 한 말씀하겠습니다. 가승 가승 가승내

아닙니까. 가승내. 가승내. 여자를 큰애기를 보고 가시네라 그러지 안습니까. 가승내. 그거이 다 유래라 해. 가시네. 가시네. 여자를 가시네라 그러잖애. 그러니까 저 ○○을 할러며는 절 중이 와서 거슥해 주고 간대요. 그러니까 가승내. 중이 왔다 간다해서 가승내.)

그때 하튼 그때가 명종존가? 이조 중년에 보면 중이 드셀 때가 있었어요. 그때 중이 갈 때 꼭 잡았답니다. 인자 어르신 말씀 허고 거의 저와 비슷헌 말이예요. 예. 중이 어쩌던가 처녀하고 자고 뒷날 인자 처녀는 시집가고 가면서 인자,

"스님 잘 가시라."

고 그걸 별승대에서 이별을 했다. 별승대가 있어요. 역 앞에. 예. 별신대신대 그것이 변질이 됐어요. 원래는 별승대였는디. 그게 전설이 그렇더라고요. 옛날 거 수백 년 전에는 그거이 별승대였다고 그러더라고요.

오로대와 용소

자료코드 : 06_03_FOT_20100501_NKS_JSG_0001
조사장소 : 전라남도 광양시 진상면 섬거리 신시마을 노인회관 운심당
조사일시 : 2010.5.1
조 사 자 : 나경수, 서해숙, 이옥희, 편성철, 김자현
제 보 자 : 정성기, 남, 80세
구연상황 : 조사자가 사전에 노인회장과 연락을 취하고 운심당을 찾아갔다. 운심당에는 많은 분들이 나와 계셨다. 조사취지를 설명 드리고 마을 지형에 대해 묻자 제보자가 자연스럽게 다음의 이야기를 구연했다.
줄 거 리 : 한여름에도 시원한 오로대가 있으며, 그 근처 용소에서 과거 기우제를 모셨다는 이야기이다.

저 믄 회개라고 있어. 저 우에. 이 꼬랑에서. 그 올라가며는 막바지에 인자 백운산 신작으로 내려오는 계곡이 계곡 상단에 물이 있는디. 거그를.

오로대라고 그래. 오로대. 거길 가며는 삼복더위에도 가믄 ○○○더라. 아주 춥고.

예. 물에 대면 아조 손이 얼~음같이 치거운 오로대라고 있어요. 그 바우에다가 오로대라고 써 놨고. 그 오로대라고 쓰면서 거기다가 시를 하나 지(지어) 놨더만. 인자 그것은 인자 우리가 마 해석은 모르것고. 인제 그런 거 있었고.

예. 용쏘도 거깄고(그곳에 있고). 인자 그것은 우리 전설을 잘 모르것습니다마는. 용이 살았다 해서 용쏘라 그러지 안 한가? 우리가 예측은 그렇게 하고 있제. 그전에 영감들헌테.

오늘날 같이 이런 자료를 낼 수 있는, 예. 오늘날 같이 이런 자리가 마련되었으면. 우리도 마 참고로 삼았을 거인디. 그 인자 우리가 못 했어요. 인자 오늘 에~ 아쉬움이 많습니다. 그런 얘기는 못 들었고.

(청중 : 아니여. 아니. 그 때는 용쏘에 그런 그런다 말해도. 그전에 날이 가물면 가서 용쏘에 가서. 거 돼아지 목을 짤라 갔고가 제를 지내믄 틀~림없이 그 이튿날 비가 왔어.)

용왕제를 지내지. 어. 기우제. 절허고.

신황은 배 형국

자료코드 : 06_03_FOT_20100501_NKS_JSG_0002
조사장소 : 전라남도 광양시 진상면 섬거리 신시마을 노인회관 운심당
조사일시 : 2010.5.1
조 사 자 : 나경수, 서해숙, 이옥희, 편성철, 김자현
제 보 자 : 정성기, 남, 80세
구연상황 : 앞서 용소의 기우제 이야기에 이어서 다음 이야기를 구연했다.
줄 거 리 : 신황마을은 배 형국이어서 우물을 파지 않는다는 이야기이다.

그 밑에 가믄 구황이란 부락이 있고 그 밑에는 신황이란 부락이 있는디. 쓰~ 신황에 바로 사는 양반 여 [청중 무리 안에서] 두 분이 계시는데. 신황에는 옛날에 영감들 얘기를 들어 보믄 노인들 말 들어 보믄, 거우물 파믄 새미를 파믄 안 된다 해. 인자 그 모든 것이 배 배라고. 머 이런 신앙이라. 좌우간 이 배를 구녕을 뚫으(뚫으면) 그 새미를 파며는. 그 바로 해에 망헌다고. 인자 그~런 말을 나는.

어. 못 파게. 지금도 거 상수도를 이용해 묵지 않나 싶어. 신황! 새로울 신(新) 자허고 눌 황(黃) 자. 어찌 그런지. 배 안 자 써야 허는디. 인제 지금 현재 그렇게 알고 있는디. 인제 그~런~께 지금 옛날에 들은 말입니다만 들은 기억에 남아 있어.

미래를 예측한 지명들

자료코드 : 06_03_FOT_20100501_NKS_JSG_0003
조사장소 : 전라남도 광양시 진상면 섬거리 신시마을 노인회관 운심당
조사일시 : 2010.5.1
조 사 자 : 나경수, 서해숙, 이옥희, 편성철, 김자현
제 보 자 : 정성기, 남, 80세
구연상황 : 앞서 김덕천의 이야기가 끝나자 제보자의 이야기를 시작했다. 이야기 중간에 청중들 간에 서로 주고받는 식으로 이야기가 이어졌다. 운심당은 진상면의 대표적인 노인회관으로 여러 마을에서 오신 어르신들로 가득했다. 그래서 조사시에 잡음이 많이 들려 조사를 집중하기가 어려웠다.
줄 거 리 : 비촌, 평촌, 새꼬랑쟁이, 공사바우라는 지명는 오늘날의 상황과 딱 맞아떨어진다는 이야기이다.

그리고 내려 오며는 순천댐이 있지라. 그 부락이 에 비촌하고 평촌이란 디가 있어요. 날 비(飛) 자에. 근디 그것이 그래 해 가지고 인자 이 땜을 막게 됐거든. 땜을 막아서 인자 비촌은 날라갔다. 이. 날 비 자라 해서 날

라갔다. 그리 평촌은 평평해져 불었다. 그런 그 옛날~ 이름을. 도사가 이름을 짓지 않냐. 그래서 그런 얘기를 들어본 바가 있습니다.

평촌. 비촌. 그런 거이 있고. 거 내려오며는 요리 고개 지금 산이 딱 맥힛는디. 아니 이○○○ 꼬랭이 요리 됐는디. 이 새꼬랑쟁이라고 있어. 새꼬랑쟁이. 요 새꼬랭쟁이 요그가 막~아 있더랍니다. 꼬랑쟁이가. 딱~ 막아갖고 물이 요리 돌아내려와. 요~리해 순천댐으로 순천댐으로 돌아온디. 이 산이로 산 능선으로 와 갖고. 요 새꼬랑쟁이라고 옛날에 우리가 들은 말이제이. 여그 웃골에 사는 양반은 나보다 더 잘 압니다마는,

[제보자와 청중들이 모두] 소꼬리. 소꼬리라고 말했는디. 거그 질(길) 내려오믄 요~짝에 내려오믄 뭐 있는고는 인자. 바우가 큰~ 도로 질 있는디 바우에다가 백학동~이라고 거 있었어. 새겼어.

그 우에 가믄 그 옥룡을 못 가믄 신전이라고 있잖아요. 신전. 신앙에서 올라가는 옥룡으로 가는 길이 있는디. 거그 가면 에~ 비늘바우라고 있어요. 그 지표가 있고 그 비늘바우가 있는디. 인자 우리가 얘길 들은 바에 의하며는, 이 은어가 올라가다가 비늘 놓고 비늘바우 못 올라간다. 그런 얘기가 있습니다.

그 내려오며는 그래서 내려오며는 그 용개천허고 가는 길이 있는디. 거기가면 우리가 어렸을 때 목욕도 가고 그랬어. 학교댕길 때. 가보며는 거기 정자가 있고 거그 여 저 요새 말로 허자며는 놀이터 맹이로 쪼까 ○○허고 있었어. 거그 가며는 여그 속에가 이 동~그라허니 물속에가 똑 도구통맹이로 파논 데가 있어. 그게 머냐허면 소 솥 가매라고(솥가마라고) 솥가매. 가매솥구리라 해 갖고 거그 들어가믄 죽는다 해 갖고 한 번도 못 가봤어. 거 옆에는 목욕을 가도 거그는 못 들어간다고 했어요.

양맥수가 잡아 준 명당

자료코드 : 06_03_FOT_20100501_NKS_JSG_0004
조사장소 : 전라남도 광양시 진상면 섬거리 신시마을 노인회관 운심당
조사일시 : 2010.5.1
조 사 자 : 나경수, 서해숙, 이옥희, 편성철, 김자현
제 보 자 : 정성기, 남, 80세
구연상황 : 앞서 양맥수에 관한 이야기가 나왔으나 여러 사람이 한꺼번에 말해 분위가 어수선했다. 이에 조사자가 제보자의 인적 사항을 더 조사하였다. 그리고 나서 다시 양맥수에 관한 이야기를 다시 묻자 제보자가 다음 이야기를 이어갔다.
줄 거 리 : 양맥수가 남의 집 머슴살이를 했고, 광양 일대의 명당자리를 많이 잡아 주었다. 옥룡에 살면서 어떤 사람에게 명당을 잡아 주었는데, 자식에게 그 위치를 알려 주지 못하고 가마솥거래라는 말만 하고 죽었다는 이야기이다.

○산리로 와 가지고 넘의 집에 살았어. 근디 그 분이 멀 잘허는 고 오행을 잘해. 묘자리도 잘 보고 관상도 잘 보고 모르는 거이 없어요. 응. 오행. 근디 그분이 이 그렇게 거 했었어. 근디 인자 우산리 살면서 넘의 집을 살면서 주인은 옛날에 머심을 둔 사람이 와 오잖아. 딱 큰집에 앉아서 내려다보고 머심을 불러서 일을 시킨단 말입니다.

일을 시키는디. 에~ 하루아침에 딱 주인이 이 앉아서 내다보니까. 머슴이 양맥수란 사램이 마당을 쓸어. 이 빗지락으로 쓸면서 막 요리요리 가진단 말이여이. 그러면서 허는 말이 머라는고이냐믄 쓰~ 주인을 보고,

"멍청이. 멍청이." 그래. 바보라고.

"그래 어째서 [웃으면서] 바보냐?"

하고 물으니까. [언성을 갑자기 높이면서] 말이 말이 ○○○한 디가 백 대 치는 디라. 오행으로 보아서이. 백 대 치는 디.

"아~ 저 멍청이 것은 저걸 모른다."

고 그러더라고. 인제 그런 얘기가 있어요. 마 오행 잘 허는 양반이고. 양맥수가 우리 광양에 와 가지고 그 맹당을(명당을) 많이 잡아 줬어요. 맹

당을. 그래 그 분이 잡아 준 맹당을 쓴 사람들은 다~ 출세를 했습니다. 부(富)허고. 난 누구누군지 잘 모르겠습니다만. 그렇게 헌 양반이라.

근디 인자 그런 일이 있고. 저 한 ○년은 가 가지고 자기가~ 나이 많아서 저 거시길 헐라고. 인자 여그와 살았는디. 아까 저 우리 우리 김 부회장님이 이야기허다시피. 에~ 옥룡에 살면서 아~ 나가 잘허니까 그리 말고 나가 처음에는 몰랐단 말입니다이. 나 나가 누울 자리나 잡아 주라.

그런 애기를 허니까. 거 거절했어. 모른다고. 그러다가 끝끝내 사양을 하다가 나중에 인자 묘자릴 잡아 준다 해서 어느 꼬랑엘 가 가지고 인자 그 영감을 주인을 델꼬 갔어. 위치를 딱 데려 주면서 요 산에다가 신말이라고 있어. 옛날에는 신말. 말목을 요리 딱 박아. 묘를 정각을 써야지 비틀어지믄 자리를 모른답니다.

그래 딱 요리 요리허니까. 딱 여기 박아 놓고 내려왔어 인자. 내려와 가지고 자기 자기 식구들보고 한번이라도 데꼬 가서 애길 해 줘야 헐 거인디 이야기를 안 해 줬어. 그 자기가 운명시 죽게 되니까(죽음에 임박해서) 그때는 시방은 그러지만 그때는 사인교라고 이런 가마를 사인교 너이 매는 기라. 그래 사임교(사인교) 타고 올라갔는디 가다가 보니까 못 가고 가다가 운명을 해 버리게 됐어. 그럼서 머라 그러냐며는 자식들 보고 머라 그러냐며는,

"가매솥꼬리. 가매솥꼬리."

그 자리가(양맥수가 잡아 준 명당자리가) 가매솥거리랍니다. 그 자리가. 그래 결국은 못 가고 되돌아왔다. 죽어서 돌아왔다. 그래 거그가 자기 자리가 아니란 거라. 묘자리란 것은 주인이 반듯이 있다는 거여. 큰~ 명당은. 그래 그런 전설이 있구만. 전설이.

섬거마을에는 벌이 살 수 없다

자료코드 : 06_03_FOT_20100501_NKS_JSG_0005
조사장소 : 전라남도 광양시 진상면 섬거리 신시마을 노인회관 운심당
조사일시 : 2010.5.1
조 사 자 : 나경수, 서해숙, 이옥희, 편성철, 김자현
제 보 자 : 정성기, 남, 80세
구연상황 : 조사자가 호식에 관한 이야기, 포수가 호랑이 잡은 이야기에 대해 묻자 이야기를 듣던 제보자가 섬거마을과 관련된 이야기라면서 다음 이야기를 구연했다.
줄 거 리 : 섬거마을은 두꺼비 형국이라 벌이 살 수 없다는 이야기이다.

섬거 섬거 마을은 두꺼비 섬(蟾) 자예요. 두꺼비 섬 잔디. 두꺼비 섬 자는 이 벌이 안 된다더만. 예. 벌이 안 된대. 잡아먹는다고 해서 그런가 어쩐가 벌이 안 된대. 그런 전설이 있더래요. 그리고 이 뒤에 가믄 각산등이라고 있어요. 이 산이 이 각산등. 우리 면 소재지 바로 면사무소 우에 바로 가며는 아조 멋진 산이 내려온 산이 있어요. 이게 각산등이라 그러제.

각산등이 있고.

수호천과 효자문

자료코드 : 06_03_FOT_20100501_NKS_JYS_0001
조사장소 : 전라남도 광양시 진상면 섬거리 신시마을 노인회관 운심당
조사일시 : 2010.5.1
조 사 자 : 나경수, 서해숙, 이옥희, 편성철, 김자현
제 보 자 : 정용삼, 남, 88세
구연상황 : 앞서 지명에 관한 이야기가 끝나자 제보자가 나서서 다음 이야기를 이어갔다.
줄 거 리 : 며느리가 시아버지를 봉양하기 위해 한겨울에 숭어를 잡아서 드렸다고 해서 수호천을 '숭애쏘'라 부르며, 그 며느리에게 효자문을 세워 주었다는 이야기이다.

나 한 가지 말씀드릴랍니다. 그 저거이 그 효자문~같은 그런 거는 머 안 안~됩니까? 효자문. 그런 거이 아니라. 저 바로 우리 우리 면인디. 거 이름 할라 거가 효자문이라고 있어. 이 일전에 거 할아버지. 이 할아버지가 아파서 드러누웠는디. 며느리가 [잠시 숨을 고르고] 할아버지가 누워서,

"나 괴기가 묵고 잡다." 그랬어.

"숭어가 묵고 잡다."

그래. 그런께 아 그 요즘 같으믄 전~부 거슥허지마는 여가 그 전에는 강이거든. 아.[긍정의 대답] 강 저그 ○○○○○ 거 있고. 거그가 그래 숭애쏘가 있는디 한 가운데 숭애쏘.

(청중 : 수오천. 수~오천이라 그래.)

그래서 그 그 바록 그래 갖고 그 이름이 다 그렇게 난 거이라 말이여. 그래 인제,

"숭어 묵고 잡다."

그런께. 가. 잡으러 가서 본께. 아~ 뚜겅마치(뚜껑처럼 생긴) 얼음 우게(위에) 있더랍니다. 그래 갖고 주워 갖고 에~ 그 잡아 갖고 와서 봉철을(봉양을) 허고 그랬다 그래. 그래서 거그가 숭애쏘고. 숭애쏘고 여가 거 효자문이라 말이여. 그 효자문 묘가 우리 면에 있습니다. 지금. 그 효자문이. 그런디 거그다가 ○처럼 시청에서 한번 그 조사를 했어요. 근디 근거가 없다 이거라.

근디 근거가 어째 없는고는. 우리 일가가 그 근거를 책을 썼단 말이예요. 이런 종우를(종이를) 이렇게 크게 해 가지고는 그 나도 봤어. 그랬는디 아~ 그 영갬이 죽고 어찌했는고 그거이 없어. 그래 근거를 못 대 갖고 가일(무효)를 시켜 부렀어. 그랬는디 양씨들이 그 우리 부락에 양씨들이 재각이다라고 저 저 비각이라고, 재각이 아니고 비각이라고. 저 동면 있는디 저 저쪽 ○○이 이 비를 하나 이리 세워 놓고 있는디.

아이고 암것도 아닌 걸 효자문이라고. [웃으면서 낮은 목소리로] 출가했는디. 출가해서 효자문이라고 효자문이라고 즈그가 써 놨다 말이여. 우리 정씨집안 효자문인디. 그런 그런 머이 있는디. 그런 것은 머이 안 될까 모르것어.

최치원이 꽂은 지팡이

자료코드 : 06_03_FOT_20100501_NKS_CBD_0001
조사장소 : 전라남도 광양시 진상면 섬거리 신시마을 노인회관 운심당
조사일시 : 2010.5.1
조 사 자 : 나경수, 서해숙, 이옥희, 편성철, 김자현
제 보 자 : 최병두, 남, 76세
구연상황 : 박재봉 제보자의 돼지 이야기가 끝나자 조사자가 혹시 최치원 이야기가 아닌지를 묻자 자세히 모른다고 했다. 옆에서 이야기를 듣고 있던 제보자가 최치원이라는 말에 다음의 이야기를 구연했다.
줄 거 리 : 쌍계사 가는 곳에 꺾어진 나무 한 그루가 있는데, 이 나무는 최치원이 꽂아 둔 지팡이라 한다.

의신 가는 신흥 가는 거그에 나무가 이리 꺾어진 나무가 있거든. [주변을 보면서] 이 사람들 알 거이마. 보고 모두 그랬는디. 그때 지팡이를 꽂았는디. 이 나무가 지금은 지금도 나무가 꿋꿋이 커. 살아 있어. 지금도. 최치원이가. 여기 이야기가 아니고. 저~ 쌍계사 우에이. 지금 가믄 그 저 의신 들어가는. 거그 가믄 저 학교 학교 앞에가 인제 머 폐지됐을 거여 인자. 여 그 나무 하나 있어요. 그래 갖고 여그 저 머슬 묻었거든. 지리산에. 그 저 나무를 보고 그런 얘기를 듣고 그랬어.

도선국사와 황학자

자료코드 : 06_03_FOT_20100501_NKS_HHC_0001
조사장소 : 전라남도 광양시 진상면 섬거리 신시마을 노인회관 운심당
조사일시 : 2010.5.1
조 사 자 : 나경수, 서해숙, 이옥희, 편성철, 김자현
제 보 자 : 황호창, 남, 82세
구연상황 : 앞의 이야기가 끝나고 정성기가 한 노인을 지목하며 옛날 모심을 때 하는 노래를 해 보라고 권했으나 하지 않았다. 이야기가 집중되지 않고 조사자들에게 어디서 왔냐고 다시 묻기도 했다. 조사자가 인물과 관련된 이야기를 이끌어 내려 했으나 실제 사실과 업적에 대해서만 이야기가 오갔다. 이야기가 산만하게 진행되다가 제보자에게 도선국사에 관한 이야기를 묻자 들은 이야기라며 이야기를 시작했다.
줄 거 리 : 황학자가 도선국사와 같이 조선 왕조를 세우는데 그 뜻을 같이 했다는 이야기이다.

인자 그 ○ 이야기는 보진 안 했지만도 양맥수 분과 황학자라고 있어요. 우리 집안에. 예. 황 병자 중자 학잔디. 그 분도 음~[목을 가다듬는다.] 우리 집안의 면 자 견 자 바 자 석 자의 집안 전통이여. 전통해서 내려왔는디. 학자는 우고(위에고) [청중 기침] 면 자 견 자는 다음이란 말이여. 다음인디.

조선왕조 육백 년 광양에 맨 먼저 들어온 역사가 오백 년 역사라. 오백 년 다 못 됐는디 오백 년 역사라. 그래 갖고 이 발기를 헐 때. 도선국사의 그것을 존명을 해 갖고 같이 글도 짓고 말허자믄 좋은 문화도 발견해서 명을 내고 그랬다 그 말이여. 그 말.

각산등이 멈춘 이유

자료코드 : 06_03_FOT_20100501_NKS_HHC_0002
조사장소 : 전라남도 광양시 진상면 섬거리 신시마을 노인회관 운심당

조사일시 : 2010.5.1
조 사 자 : 나경수, 서해숙, 이옥희, 편성철, 김자현
제 보 자 : 황호창, 남, 82세
구연상황 : 앞의 이야기가 끝나자 도선국사의 역사적 실존 여부에 대해 설왕설래했다. 조사자가 이야기판을 집중하기 위해 제보자(황호창)의 인적 사항을 묻자 조용해졌다. 이때를 놓치지 않고 조사자가 산이 걸어온 이야기가 있는지를 묻자 다음 이야기를 시작했다.
줄 거 리 : 각산등이 걸어가는데 여자가 정지 문턱을 두드리면서 걸어간다고 하니 그 자리에 멈추었다고 하며, 누가 산을 끌고 오다가 넝쿨에 걸려 죽었다고 한다. 각산등으로 인해 날몰이 보호가 되었다는 이야기이다.

산이 걸어가다 멈췄다. 바로 여 각산 산이란 거이 있어. 각산 각산등. 주저앉어 부렀다 그래. 왜 그랬냐 허믄. 여 목 진상면 날몰 들어가믄 목이라고 있어요. 왜 그런 소리 허는 고이. 지금 우리~나라 서울 지금은 서울이라 허는디. 그때 서울 한양 그 장소가 어~이 참 성인이 그렇게 했는가 몰라도. 그 못박께라고 있어. 지금 땜이 물이 차 붓지만도이. 시방 공사바우 그 우에 절터가 있는디.

그 우에 그 우에 오두맥살이를 사는디. 사램이 내왕을 하믄서 거 주막이 있었던가 봐. 주막이 있는디. 우린 보지도 안 했는디. 거그로 오고 가고 우리가 꼭 학교댕길 때 보믄. 날씨가 꾸룩꾸룩헌디 좀 히미쳐. 겁이 난다 말이여이. 마음 속으로. 지금은 글 안치만도. 그때 시절에는 우리가 굉장헌 마음인가 모르겠지만도 거리가 멀고 그랬…….

근게 낮이로 벌~건 낮에 댕겨야제 머 쪼끔 거슥한게. 그 나이가 자꾸 들어간게 [청중이 기침한다.] 쪼끔 덜 무서운디. 거기서 오니께. 거그서 주막에 살았대. 거 느닷없이 가~만히 보니께 거 여자가~ 가만 본께 산이 바짝 눈앞에서 저그 걸어가드라는 거여. 그래 작대기 딱 때리 불등을 때리 그 저 그 저 모이냐 정지문턱을 때리믄서,

“저 산이 걸어간다.”

한게 여자가 장몰가게 그 소리 했다 해서 가다 서서 그래 각산등이라 했어.

(청중 : 글(그런) 말도 있고. 또 끄고 오다가 댕강 넝쿨에 걸려 죽었다 그런 [웃으면서] 말도 있다. 하하[웃음])

몰라. 그거는 인자.

(청중 : 그 사람이 끌고 오다가 그래 가지고 끌고 오다가 그랬다고. 그래 몰몬댕이에 놀래서 그랬다고 각산등. 그래 거리 갖다 놓은께 날몰이 좋아진 게라. 날몰 동네가 굉장히 좋 보호가 됐었지.)

우아래가 요런 바우가 딱 섰는디. 우리 집안에서 정승이 두 사람 백이(밖에) 안 났어. 저 그 바우가 보기에 반들반들헌께 저그 저 누가 그것도 지명을 했던 모냥이야. 쩌 바우가 참~ 좋다고 헌게,

"거 바우 가서 봐야것다."

고 그런께. 절~때 누가 그 도사가 그랬는가 그 바우를,

"없이지 마라. 그대로 시어(세워) 놓라."

그랬대요. 그래서 시방 우리 날몰이 인자 참 유래가 전통이 좀 깊어졌다 그런 말을 들었어. 그래서 적선도 허고 참~ 많은 적선을 했다 그랬어. 이 이 이성계왕 땐가? 그때.

황안석의 만인적선

자료코드 : 06_03_FOT_20100501_NKS_HHC_0003
조사장소 : 전라남도 광양시 진상면 섬거리 신시마을 노인회관 운심당
조사일시 : 2010.5.1
조 사 자 : 나경수, 서해숙, 이옥희, 편성철, 김자현
제 보 자 : 황호창, 남, 82세
구연상황 : 앞서 양맥수 이야기가 나오자 제보자도 양맥수 이야기를 하겠다면서 다음 이야기를 구연했다. 이야기는 양맥수와 도선국사가 언급되나 중간 부분부터는

황안석의 적선한 이야기로 귀결되었다. 이야기 도중에 '만인적석'이라고 하였으나, 뒤에서는 '만인적덕'이라고 발음했다.

줄 거 리 : 양맥수가 중국에서 필요한 것을 배워 가지고 광양으로 왔고, 도선국사 역시 좋은 곳이라 하여 광양으로 왔다고 한다. 비촌에 사는 황씨가 양맥수를 만나기 위해 기다리는데 지나가던 중이 큰 바랑을 맡겨 두었다. 그러나 중은 나타나지 않아 바랑을 보니 그 안에 황금이 있었다. 이후에도 황금을 찾으러 오지 않자 그것으로 만인을 위해 적선을 했다고 한다.

그리고 저 옥룡 가믄 아까 양맥수 얘기를 허니께 나가 그 과정을 해 보께이. 지금 만적석 했다는 우리 육대조 할아버지허고 양맥수를 어떻게 알았는지 몰라도 도선국사 양맥수가 인자 도선국사허고 같이 유대 됐는데. 중국 가서 넘의 집을 살다가 양맥수는 오고 싶다 그래.

중국 가서 모두 필요한 걸 배워 가지고 그래 갖고 여그 와서 중국서 오셨는데. 그 과정을 학실한 건(확실한 것은) 나가(내가) 다 기억을 못 허지마는 그 애기를 설명을 들어 보는까 우리 할아버지께서. 원래 이 도선국사가 어딘가? 중국 가서 수양을 많이 해 갖고 모든 기량을 숙달해서 배왔다 그 말이여.

근데 성은 나중에 오셔서 본께 김씨여 광산 김씨. 김 머시라고 허드만나 잊어 부렀어. 김씬디 그분이 첨에 인자 딱 여 서울 것은 디 주지허다가 돌아 내려와서 이 고장 온께,

"암만해도 이 전라도가 뭔가 위치가 좋다."

이래 갖고 처음에 동박곡이라고 여 여 섬진강이. 하동허고 전라도허고 경겐디. 거그 와서 나루를 건네서 초향 초향의 길을 어디로 갔냐 하며는 저 다압 거 신원으로 해서 재가 있어요. 시방 외압인가 내압인가 그런디. 그 재를 넘어와서 우리 마을을 비촌이라는 우에 그 고개가 있어요.

그래 딱 넘어와 본게 참~ 좋거든 내려다 보니께. 그래서 인자 우리 마을을 찾아오셨던가 우리 할아버지가 그 옥룡으로 가셨던가 몰라도 그 양맥수를 만날라고. 여 옥룡꺼정 댕김서 저녁으로 여 우리 크게 인제 기와

집을 지어 갖고 우리 거 집도 대략 이천 평이 넘어요. [청중이 기침한다.] 옛날 집터가.

거그다가 인자 그때 시절에도 목재를 짓던가 몰라도 이층을 지어 가지고 적선을 허는디. 아~들은 인자 하석이고, 아버지는 명 자 기 잔디. 그 할아버지께서 느닷없이 여름에 그 뒷동산 동네 마을 뒤에 산이 있는디. 거그 딱 기냥 올라가서 더운 게 시방 그리 될라 그랬던가. 느닷없이 웬 도사가 중이 세상에 바랑을 무겁게 지고 땀을 뻘뻘 흘림서 막 흘근하며 오더래. 그러면 옆에 인자 할아버지는 산소 옆에 딱 앉았는디. 거기 탁 놓고 누움선,

"샌님 잠깐만 봐 주쑈." 이럼선.

"거 어디 갈라 그러냐?" 그런께 말도 안 허고.

"머이냐?" 그런께.

"그 보관 좀 해 주쑈."

허고 그 질로(길로) 화장실로 갔다는 사람이 변 대변보러 갔나 그런 모냥이여. 그 말만 듣고 앉았다. 한~시간이 넘어도 안 오고 [청중이 계속 기침을 한다.] 거기서 할아버지가 날을 다 세우고 여름인께 여덟 시경에, 이상하다 싶어서 가서 이리 본께 꿈적도 못 헌디 생금이라. 보화 보물이란 말이여.

그런께 인자 할아버지 마음으로는 그걸 집이다가 보관해 놨다 난중에 찾아오믄 주겠다 허고. 하인들 그때는 하인들이라 허지. 일꾼들을 보고이. 열 명인가 여섯 명인가 데꼬 와 갖고 보~뜸고 내려왔대. 그 집터로. 갖다 놓고 딱 보관하고 있은께. 한 달이 되도 아무 소식이 없고 두 달이 되도 소 일 년이 되도 아무 소식이 없드래.

그래 그 집 그걸로 가지고 크게 성소를 이루면서. 요새말로 거 행인들 요렇게 오신 분들 접대를 봉사를 했단 말이여. 돈 없는 노자 없는 사람 노비 주고 여비이. 밥 없는 사람 밥믹이(밥먹여) 주고 옷 없는 사람 옷 그

래 갖고. 한~ 몇 년간 봉사를 허고 그런께 인원수는 다 적어 넣어서 다 기록을 해 놓았던가 만인이라 그랬어. 만인. 만 사람을 구했다.

그래 만인적석 황아석이라 그러거든. 적석. 만인적석 황아석! 그런 표시를 이성계 왕한테다 그 때 말로 조사원 감사원들 인자 내보냈던 모냥이라. 어느 고을에는 어떤 사람이…….

그렇게 소집을 허는디. 그중에 모함을 한나(하나) 들어간 거이 송씨라고 있어요. 저~ 그 본은 모르겠다. 그 송씨가 보니께 쩌 억불봉이라고 있어요. 거그 내려다 본거이. 들으면 황씨가 머 나쁘게 말허자믄 하인들을 부려만 먹었다. 요런 식으로 모함이 들었어. 그것이 한나 흠점이 있어서 그 정보를 갖고 와서 수집을 해 보니께.

그게 아닌께 적선을 허고 있더라 그래. 아까 말대로 돈 없는 사람 돈 주고. 그 분이 올라가서 이성계 왕께 말 그대로 올렸어. 그래서 만인적덕 황안석이라고 남대문에다가 크~게 어느 그 필체 좋은 사람이 기록을 했던가. 가객들이 구경꾼들이 가믄 기냥 그걸로 인화가 돼서 한사람 둘 모아서 그 남대문이 명패에다 만인적덕 황안석이라고 공로 훈장을 받았다 그러더만.

그래서 정~말 있어. 백인당이라고 있어. 그래 인자 또 아까 양맥수가 허는 말이 영산홍이 그때는 우리나라에는 없었어. 그 미국 [바로 말을 정정한다.] 중국서 온 거인디 영산홍도 거기서 가져와서 있는디. 그것도 다 도난당해 뿌렀어. [목소리가 작아지면서] 이번에 전부 수몰 되면서.

양맥수의 지도와 영산홍

자료코드 : 06_03_FOT_20100501_NKS_HHC_0004
조사장소 : 전라남도 광양시 진상면 섬거리 신시마을 노인회관 운심당
조사일시 : 2010.5.1

조 사 자 : 나경수, 서해숙, 이옥희, 편성철, 김자현
제 보 자 : 황호창, 남, 82세
구연상황 : 앞서 양맥수 이야기를 하려다가 자신의 집안 조상 이야기로 끝을 맺자 조사자가 양맥수를 물으니 다음 이야기를 구연했다. 이야기판이 산만스러워 제보자와 청중의 말이 겹쳐서 녹음하는데 어려움이 있었다.
줄 거 리 : 황안석이 명당자리를 적어둔 양맥수의 지도를 베꼈다는 이야기와 양맥수가 중국에서 가져온 영산홍이 이곳에 있었으나 도난당했다는 이야기이다.

그러고. 양맥수가 이자 이자 얘기를 들어 보쇼. 그 양맥수가 오시다가 우리 할아버지헌테(황안석) 와서 주무실 때에. 좀 수상한 짓을 했어.

'이 사램이 지리가 가장 참 선명한 사람인디.'

어떻게 해야 되냐 싶은께. 이 여기 차고 댕기는 주머니가 있어. 양맥수가 주머니를 찼던가 말이 나는 보진 않지만 거 들은 말이라. 주머니를 본게 이~만한 종이가 있는 걸 본게 그 지도라. 지도. 어느 땅에는 가믄 맹지다(명지다). 어디 가믄 맹지가 있다. 그런 것을 거그 새겨져서 그 놈을 가지고 좀 위조 좀 위조를 했어. 우리 할아버지가. 위조를…….

(조사자 : 예. 베끼신 거네요.)

응. 위조를 해 갖고 있다가 옥룡사는 정~휘종이라고 거근 저 어디 정씨냐믄 하동 정씨라. 하동 정씨가 거그 살았는디. 그 분허고 친해 갖고 친구 [청중 말과 겹쳐 들리지 않는다.]○○○……. 그 정휘종허고 정휘종허고 인자 댕김선. 날몰서 저~ 옥룡 갈라믄 저녁으로, 잠깐 가는 거를 축지를 했다. 축지법을 배와서 축지법을 했다. 그런 말을 들었어요. 그래서 옥룡 정~휘종씨 가정에서도 우리 날몰허고 참~ 친헌 사이로 지내고 있는디. 지금 그런 역사가 있어요.

영산홍은 아까 말했잖아요. 그 중국서 인자 가서 구해 갖고 양맥수 거구해서 도래서(달래서) 심은 거이라 그 말이여. 도난당해서 없어져 버렸어. 그거.

(청중 : [기침하면서] 양맥수란 사램이 이 황씨한테 갖다가 선물을 헌

것이지. 그기 다 근간에 와서 없어져 부렀다 그 말이여.)

사라져 불고 없어져 붓다. 아~무리 보관을 해도 사방을 찾아도 없어.

물이 마르는 갈마음수 자리

자료코드 : 06_03_FOT_20100501_NKS_HHC_0005
조사장소 : 전라남도 광양시 진상면 섬거리 신시마을 노인회관 운심당
조사일시 : 2010.5.1
조 사 자 : 나경수, 서해숙, 이옥희, 편성철, 김자현
제 보 자 : 황호창, 남, 82세
구연상황 : 앞 이야기에 이어서 조사자가 못된 사위, 며느리 버릇 고친 이야기를 물으나 모른다고 했다. 청중들 간에 개인사에 대한 이야기들이 중구난방으로 시작되었다. 조사자가 이야기판을 만들기 위해 미혈에 대해 물으나 들은 적 없다고 했고, 이어 용 못 된 이무기에 대해 묻자 여러 사람들이 동시에 이야기를 했으나 용이 되지 못한 것이 이무기라는 말이 전부였다. 이야기판이 집중되지 않고 자기 할 말만 하는 분위기라 조사자가 정리하기 위해 마지막으로 해 줄 말이 없는지를 묻자 제보자가 다음 이야기를 시작했다.
줄 거 리 : 물이 흘려내려 가다가 갈마음수 자리에 오면 물이 말라 버린다는 이야기이다.

갈마음수라는 여 저 있는디. 거그서 물이 그 소린 들었는디. 거 물이 요리 내려오다가 딱 중지허는 그 과정 본 사램이 누군고는이. 김~길주라는 죽었지. 돌아가셨지마는 영감이. 바로 냇가에 ○○○○○○○ 했는디. 그걸 나오니께 본께 인제 물이 한~ 방울도 안 내려오더래.

아~ 근디 그 변신한(다른) 이야기가 또 있어. 그 제 저 방한석이가 자기도 그걸 우리 앞에 ○ 그랬나 몰라도 한~참 있다 그 논에 감서 보니께 물이 안 내려오더래. 그래 확실히 갈마음수 자리가 있는 모냥이여. 용이 말 말이 목이 갈증나서 거기서 물…….

(청중 : 갈맛등이라는 기실 우에 있거든. 우에 있는디 냇물이 큰 냇물이라. 보통 쪼깐 내물도 아니고 이런디. 물이 막 빠싹 말라 버려. 그러믄 그

물이 어디서 없어졌는고 허고 올라가믄 물이 막 터져 나와 부러. 냇물이 바싹 말랐다가 터져 나와 버려. 그 물이 그 저 갈마음수로 들어가믄 못 보고 이 물이 어디서 어디로 가는고 허고 올라가믄 물이 터져 나와 버린대. 그래서 그건 발견 못 했다.)

죽었다 살아난 이야기

자료코드 : 06_03_FOT_20100501_NKS_HHC_0006
조사장소 : 전라남도 광양시 진상면 섬거리 신시마을 노인회관 운심당
조사일시 : 2010.5.1
조 사 자 : 나경수, 서해숙, 이옥희, 편성철, 김자현
제 보 자 : 황호창, 남, 82세
구연상황 : 조사자가 저승 갔다 온 이야기가 있는지를 묻자 바로 이야기를 시작했다.
줄 거 리 : 마을 사람 가운데 한 분이 죽은 지 사흘 만에 깨어나서는 좋은 곳에 갔다 왔다고 말했다는 이야기이다.

아 저승 갔다 온 이야긴 들어 봤는디요이. 나 그 보 우리 마을 우에 ○○ 이희열씨란 사람이. 죽었다고 낼 출상을 헐 거인디. 허허[헛웃음] 삼일 만엔가 사일 만인가 몰라도. 여 머이 방에서 투루룩 땡~ 헌 소리가 난께. 아 희열씨가,

"한숨 자고 일어났다."

이러면서 일어나더래. 그럼서 그 사람 말이 들어 본 사람들이 있었는갑서.

"그 어 왜 그렇게 오래 잤냐?"

고. 백깥에(밖에) 나와 본께 모두 [웃음을 터뜨리면서] 초상을 칠라고 준비 됐는디 깨고 나오니께. 참 묘허드래. 그래서 그 사램이 결국 사흘 석 달 만엔가?

(청중 : 아니여. 상댕히 있다가 죽었어.)

어. 오래 있다가 죽었어. 그래 꿈에 본께 어디 좋~은 디가 머 저승인가 몰라도. 저승이라 안 허고 좋은 디를 갔다 왔다고.

일본 며느리 자랑

자료코드 : 06_03_MPN_20100501_NKS_KBG_0001
조사장소 : 전라남도 광양시 진상면 섬거리 신시마을 노인회관 운심당
조사일시 : 2010.5.1
조 사 자 : 나경수, 서해숙, 이옥희, 편성철, 김자현
제 보 자 : 김부기, 남, 85세
구연상황 : 이야기를 듣던 김부기가 앞의 이야기가 끝나자 이야기를 시작했다.
줄 거 리 : 광양으로 시집온 며느리의 우스꽝스러운 행동에 관한 이야기이다.

그 전에 일본어 잘헌 며느리 이야기 한번 해볼까? 이거 상댕히 인자 사람마다 다 며느리 잘 보고 잡제이. 좋은 며느리. 근디. 날도 춥고 그전에 ○○ 했던 기라. 참 나당 했거든. 아이 정~드럭(저녁 내내) 따신방 불을 때 놔도 이웃에 동네 사램 놀러 와도 각시 예쁘단 사람이 없어. 어~뜩해 작고 못나 놨던지. 그런께 즈 시어마이란 사람이 아 직접 그럼서,

"아 우리 며느리 예쁘다고 좀 해줘."

하~도 예삐단 소리를 안 헌단 말이여. 그래 가만 본께 옷고름도 요리 허고 요리허고 그래 밉게 뵜단 말이여이. 저녁밥 묵으면 저 대방이 데꼬 바람씌로 나가. 그 전엔. 그래 저녁밥 묵고 나가더만 하늘을 쳐다보더만,

"헤~ 에~ 여그도 별이 있는 모냥이다."

글더만. 자꾸 미운 소리만 허는 거야.

[버럭 고함을 치면서] "여그라고 별이 없다냐! 문댕이것이 생긴 거이 저 미운 소리만 헌다."

근데 신랑은 야 쟈 이상~ 가는 모냥이라.

"아~ 나는 키 큰 사램이 살걸래(살기에) 다 따 묵었다 보이다."

얼~매나 미울 거이냐 말이여. 아 키 큰 사람이 얼매나 별을 따 묵을 거이냐 다 따 묵으고 없을 줄 알고 별이 있다 그 말이여.

'하~ 저거이 저렇구나.'

속이 타 죽것제. 그래서 또 염병헐 거이 또 담배를 피우다가 빨죽을 들이댄 거이(구멍을 낸 것이) 서너 차례 됐어. 담배를 피우다가 파이프로 뿜어다 넣어. 시아버지가 한 두어 번은 봐 줬어. 한 서너 번 차는 하도 갖짠아서,[고함을 지르면서]

"야 이 너 뿜을 꺼 머헐 꺼?"그런게.

"빨뿌데쓰(빠이프데쓰, パイプデス)." 그런 소리 허내.

빨뿌데쓰. 일본말 허제이.

"하~ 너 일본말 잘허구나."

"쏘데쓰(ソデス)."

말들이 참말이라 그 말이야.

"하~ 이 그 저 니 그래가 시잡 잘 살 것냐?"

"이마까리(イマカリ) 시마이데쓰(シマイデス)." 그래.

싫으믄 말아 뿔믄다 그 말이야. 시집 잘 가믄. 그래서 해이을(해우, 김) 꾸어 갖고 오랬어. 해이을 꾸어 갖고 오랬는디. 불○○(불조절) 내 갖고 싹 타져 삐리고 없어. 그래 헌단 말이,

"야 야 해우는 불빛만 봐도 꾸어진단다."

그제이 [조사자를 보면서] 꿔진다. 밥은 다 묵어 가는디 아 저 안 갖고 들어와. 그래,

"해이 어쨌냐?" 헌께.

"싹 타자 뿟네요." 그래.

"야 야 해이는 불빛만 봐도 꿔진다."

한번은 꾸어 갖고 밥을 다 묵어도 안 들어온다. 그래 갖고 문을 열어 본께 해이장을 들고 마당을 휙~ 휙~ 휙~ 휙~ 요러고 마당을 돌아댕

겨.[전원 웃음]

"니 머더냐?" 헌께.

"이웃집 모닥불 놔납니더."[웃는다.]

인제 불빛만 보믄 꾸어진다는. 불빛만 보믄 꾸어진다는 그래 이웃집 모닥불 논 거를 보고 그런 거여. 그러고 인자 말았지. 하도 속만 타고.

도깨비불

자료코드 : 06_03_MPN_20100501_NKS_KJG_0001
조사장소 : 전라남도 광양시 진상면 섬거리 신시마을 노인회관 운심당
조사일시 : 2010.5.1
조 사 자 : 나경수, 서해숙, 이옥희, 편성철, 김자현
제 보 자 : 김종관, 남, 83세
구연상황 : 다시 학교 설립에 관한 이야기를 한 뒤에 당산제 관련 이야기가 나오면서 자연스럽게 도깨비불 이야기가 나왔다. 이야기는 비교적 간결했다.
줄 거 리 : 도깨불이 횃불 마냥 일렬로 수백 개가 켜 있는 것을 보았다는 이야기이다.

도깨비불이 쭈~욱 가믄. 일렬로 수 백 개가 서지요. 동네서. 하.[긍정의 대답] 우리가 봤지. 그거는. 쭈~욱~ 쓰고 가. 날몰서 저물 때까지 그냥 수 백 개라 그냥. 불이 똑(꼭) 횃불 잡은 것맹이라. 그런데 시방 그것도 없어져 불고. 영~ 그냥 문화가 발달된 게 그런가 어쩐가 암것도 없어져 붓어.

(청중 : 아니 전기불. 전기불 들어오면서 없어져 부렀어.)

지금은 사라진 섬거장터

자료코드 : 06_03_MPN_20100501_NKS_JSG_0001

조사장소 : 전라남도 광양시 진상면 섬거리 신시마을 노인회관 운심당
조사일시 : 2010.5.1
조 사 자 : 나경수, 서해숙, 이옥희, 편성철, 김자현
제 보 자 : 정성기, 남, 80세
구연상황 : 운심당에서 어르신들과 함께 점심 식사를 했다. 이후 오전에 계신 청중 일부가 나가고 일부가 새로 들어왔기에 조사자가 재차 조사취지를 설명했다. 이를 듣고 있던 제보자가 다음 이야기를 구연했다. 운심당은 진상면의 대표적인 노인회관으로 여러 마을에서 오신 어르신들이 왕래하는 곳이다. 그래서 조사 시에 잡음이 많이 들려 녹음에 어려움이 많았다.
줄 거 리 : 옛날에 섬거장터가 있어서 이곳까지 목선이 들어왔으며 쌀을 쌓아 둔 창고가 있었다는 이야기이다.

요 내려가면 거 여 밑에 금니리에 섬거장터란 거이 있어. 이.[긍정의 대답] 장터라 그래. 배가 옛날에 그 배가 여수에서. 밑에가 있다. 근디 거기가 섬거장터라 그랬는디. 이 거기에가 인자. 장 자 옛날에는 큰 목선을 보고 장선이라 그래.

돛대가 세 네 세 개가 걸렸거든. 돛대가 걸려 갖고 그 그 배가 여그까지 다 들어왔어요. 그 여기 시방 시방은 못 들어오는디. 여 들어와 가지고 거기에 누가 있었는고이는 그 저 저 건네 산 저, 김~ 현주란 사람 즈그 아버지가 거기따 창고를 크~게 지었어. 그래 그 부 천석꾼이거든. 천석을 했는디. 그분이 술(쌀)을 받아 거따 적제(쌓는다).

나락을 벼를. 벼를 거따 재 놔(쟁여 놔, 쌓아 놓는) 창고. 재 가지고 거기서 인자 여수나 저 삼천포나 군산이나 말허자믄 그 출항해. 도시로. 그런 디가 배가 들어와서 섬거 장터란 디가 거가 머시 있었냐며는.

근디 지금 다 그 섬거가 다 그 허물어져 뿌리고. 옛날인께 없어져 뿌리고. 거그 와서 인자 배가 싣고 가믄 또 인자 나무 여그 여 말허자믄 가재목. 집을 짓는다던지 저 백운산에서 나오는 그 나무이. 고것을 인자 싣고 내려와서 싣고 가서 거그서 싣고 인자 그 목재가 나가고. 또 화목 장작. 화목을 똥그랗게 디다 태워 가지고. 묶어서 한 다발에 얼마썩. 밥할 장작

있고 좋알 장작 있어.

밥할 장작을 예 섬 해 갖고 얼마고 좋알 장작을 한 개비가 얼마썩 했어. 그거를 인자 그 사램 상인이 와 사 가지고 여수로 가서 팔아. 인자 거 거가 장터거리가 되었단 말입니다. 그런 디가 있어.

각산등의 등잔혈

자료코드 : 06_03_MPN_20100501_NKS_JSG_0002
조사장소 : 전라남도 광양시 진상면 섬거리 신시마을 노인회관 운심당
조사일시 : 2010.5.1
조 사 자 : 나경수, 서해숙, 이옥희, 편성철, 김자현
제 보 자 : 정성기, 남, 80세
구연상황 : 앞서 육담 이야기에 대한 청중들의 반발이 있었다. 조사자가 사돈 바뀐 이야기를 묻자 육담 이야기에 대한 강한 거부감을 보이며 요즘 세태를 빗대어 훈계조의 이야기를 장황하게 하였다. 이어서 조사자가 바보가 명당 잡은 이야기를 묻자 등잔혈에 대한 이야기를 시작했다.
줄 거 리 : 섣달 그믐날 저녁에 비촌마을에서 각산등을 바라보면 불이 켜져 있었는데, 그곳이 등잔혈이라는 이야기이다.

우리 비촌에서 보믄 여 각산등 등에서 유달리 인자 신경을 써~서 보다는 우연히 본 건지 모르지만도. 섣달 그믐날 저녁 딱 되믄 시간적으로 열시경 딱 되믄 말이여이. 항시 그 불이 빠꼼 세우고 세우고 그래.

'그거이 어쩐 일인고?'

나 혼자만 생각하고 수년간 겪어 봐도 한 어~ 십여 년을 좀 그 그 내용을 봤어. 혼자 ○○○○ 섣달 그믐날 밤 딱~ 본께. 안 보여 뿌래. 어쩐 사실인~고 그 뒷날 딱 본께. 그 다 묘를 썼더라고. 아니라. 연연이 거가 등잔혈이라 그랬어. 지금 알고 본께 지금 청년회장 산 거 행산 밑에 거바로 박 [문이 닫히면서 음성이 들리지 않는다.] ○○ 이지만.

박기선씨의 관리 저 밑에가 거 돼 있던 모냥이라. 그래 갖고 그 있는디여 여기 박○○이 즈그 할머니를 갖다 말하자믄. 그런께 그 안 뵈이는 기라. 등잔혈이라고.

아리랑 타령

자료코드 : 06_03_FOS_20100501_NKS_YDJ_0001
조사장소 : 전라남도 광양시 진상면 섬거리 신시마을 노인회관 운심당
조사일시 : 2010.5.1
조 사 자 : 나경수, 서해숙, 이옥희, 편성철, 김자현
제 보 자 : 유도점, 여, 88세
구연상황 : 섬거마을 회관에서는 남녀가 방을 달리하여 따로 모여 있었다. 할머니들이 계신 방에서 조사취지를 설명해 드리고 민요를 불러 주기를 권하였다. 유도점 제보자는 아리랑 타령을 몇 곡 불러 주었으나 다른 할머니들은 참여하기를 달가워하지 않았다.

간다 못간다 얼마나 울었냐
정거장 마당이 한강수가 되었네

다 불렀어
(조사자 : 이런 노래를 계속해서 불러 주시면 돼요)

우리댁 서방님은 일본동경 가시고
새벽달만 솟아도 생각이 나네

(조사자 : 그 다음에 뭐라고 해요? 아리랑이 들어가나요?)

아리아리랑 스리스리랑 아라리가 났네
아리랑 응~얼싸 아라리가 낫네
시고 떫어도 막걸리 맛좋고
몽둥이로 뺨맞아도 본남편이 좋네

5. 진월면

전라남도 광양시 진월면 신아리 신답마을

조사일시 : 2010.9.12
조 사 자 : 나경수, 서해숙, 이옥희, 편성철, 김자현

신답마을은 본래 광양현 동면(東面) 진하리(津下里) 지역으로 추정되며 1700년대 초기 이후에는 진하면에 속하였다. 이후 1789년경(호구총수)에는 현재의 신답마을 인근에 진하면 답동촌(沓洞村)이 있었다고 하였다. 1912년 『지방행정구역명칭일람』에 의하면 일제강점기 행정구역 개편 이전에는 광양군 진하면 신답리(新沓里)라 하였고, 1914년 행정구역 개편으로 진하면(津下面)과 월포면(月浦面)이 통합되어 진월면(津月面)이 되면서 진하면의 아동리(鵝洞里)・신답리(新沓里)・신덕리(新德里)가 병합되어 진월면 신아리(新鵝里)에 속하였다.

1987. 1. 1. 기준 『광양군행정구역일람』에 의하면 광양군 진월면 신아리(법정리)에 속하여 행정리상 신아1구가 되어 신답(新沓)이라 하였으며 현재는 광양시 진월면 신아리(법정리)에 속하여 행정리상 신답(新沓)이라 하였다.

신답마을은 약 370년 전 제주고씨(濟州高氏)가 처음 이 고을에 정착하였다고 전하며 신답마을이 현재와 같이 번창된 역사는 비교적 짧다. 마을 앞 간척지가 새로 형성됨을 계기로 옛날 본 마을인 답동(沓洞)과 비견하여 개척된 논이 많다 하여 신답(新沓)이라 하였다고 전한다. 지금은 사라진 옛 답동(沓洞)은 불썽골과 안골 사이 산자락에 위치하였을 것으로 추정된다.

신아리(新鵝里) 이름 유래는 1914년 행정구역 폐합에 따라 당시 아동리(鵝洞里), 신답리(新畓里), 신덕리(新德里)를 병합하여 신답(新畓)과 아동(鵝

洞)의 이름을 따서 신아리(新鵝里)라 하였다.

마을 유적으로는 마을회관 앞에는 밀양 박씨 효부비(密陽朴氏孝婦碑)가 있으며 마을 앞 들판에는 1990. 10. 5. 건립된 마을정자인 섬구정(蟾鷗亭)이 있어 농번기와 여름철에 주민들의 쉼터가 되고 있다.

마을 사람들은 80여 가구의 250여 명이 살고 있으며, 주업은 논농사이고 특작물로 매실, 감, 밤 등을 재배하여 농가수익을 올리고 있다.

▌제보자

김맹옥, 여, 1931년생

주 소 지 : 전라남도 광양시 진월면 신아리 신답마을 신답마을회관
제보일시 : 2010.3.6
조 사 자 : 나경수, 서해숙, 이옥희, 편성철, 김자현

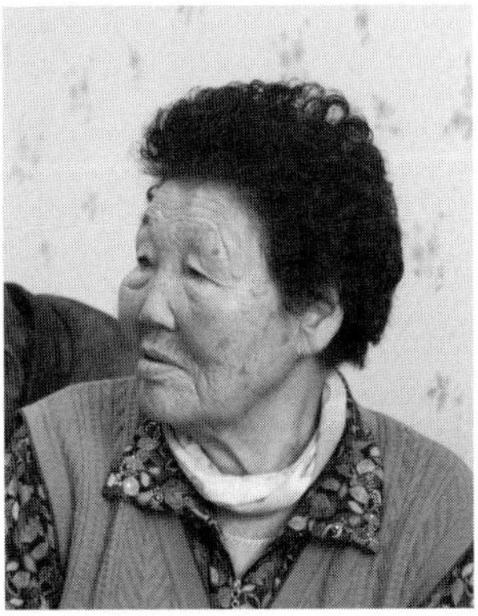

김맹옥은 1931년에 태어났다. 활달한 성격으로 민요 구연에 적극성을 보여주었다. 아리랑 타령을 불러 주었고 모심는 소리와 논 매는 소리도 불러 주었다. 자신이 살아온 인생을 노랫말에 담아 즉석에서 풀어낼 정도로 순발력이 뛰어난 가창자이다. 조사 현장의 분위기를 밝게 해 주는 제보자로 광주문화방송 '얼씨구학당'에 출연한 적도 있다고 한다.

제공 자료 목록
06_03_FOS_20100306_NKS_KMO_0001 밭 매는 소리 / 성아 성아
06_03_FOS_20100306_NKS_KMO_0002 아리랑 타령
06_03_FOS_20100306_NKS_KMO_0003 아리랑 타령 / 우리야 낭군은
06_03_FOS_20100306_NKS_KMO_0004 노랫가락
06_03_FOS_20100306_NKS_KMO_0005 모심는 소리
06_03_FOS_20100306_NKS_KMO_0006 논 매는 소리
06_03_FOS_20100306_NKS_KMO_0007 아리랑 타령 / 십오야 밝은 달도
06_03_FOS_20100306_NKS_KMO_0008 청춘가
06_03_MPN_20100306_NKS_KMO_0001 대낮에 헛것이 보이다

김봉래, 남, 1946년생

주 소 지 : 전라남도 광양시 진월면 신아리 신답마을 신답마을회관
제보일시 : 2010.3.6
조 사 자 : 나경수, 서해숙, 이옥희, 편성철, 김자현

김봉래 제보자는 1946년에 태어났다. 14살부터 20년 동안 배를 타며 잔뼈가 굵었다. 그 이후에는 개인사업체를 운영하고 있지만 뱃일은 그에게 뗄 수 없는 일이다. 1999년 전어잡이 소리 보존회가 결성된 이후로 10년 동안 보존회장을 역임했다. 조사팀이 마을을 찾았을 때 일부러 타지에서 와서 참여할 정도로 전어잡이 소리 보존에 앞장서시는 분이다. 조사 당일에는 전어잡이 소리 외에도 지명전설과 풍수전설을 들려주었다. 2012년 전어잡이 소리 앞소리를 맡아 오던 김은배 소리꾼이 별세한 후로는 앞소리를 맡고 있으며 전어잡이 소리의 보존을 위해 애쓰고 있다.

제공 자료 목록
06_03_FOT_20100306_NKS_KBR_0001 귀신바우라 부르는 이유
06_03_FOT_20100306_NKS_KBR_0002 마을 뒷산에 묘를 써서 발복하다

김우례, 여, 1934년생

주 소 지 : 전라남도 광양시 진월면 신아리 신답마을 신답마을회관
제보일시 : 2010.3.6
조 사 자 : 나경수, 서해숙, 이옥희, 편성철, 김자현

김우례 제보자는 1934년에 태어났다. 조용하신 성격으로 노래판에 적

극 참여하지는 않았지만 조사팀이 예전에 베 짜면서 불렀던 노래를 여러 번 권유하자 '삼 삼는 소리' 한 곡을 들려주었다.

제공 자료 목록
06_03_FOS_20100306_NKS_KUR_0001 삼 삼는 소리 / 꽃아 꽃아 고운 꽃아

김우엽, 여, 1939년생

주 소 지 : 전라남도 광양시 진월면 신아리 신답마을 신답마을회관
제보일시 : 2010.3.6
조 사 자 : 나경수, 서해숙, 이옥희, 편성철, 김자현

김우엽 제보자는 1939년생이며 현재 신답마을에 거주하고 있다. 전어잡이 뒷소리를 부를 때 함께 참여하고 그 외에는 다른 분들이 이야기하고 노래하는 것을 듣고만 있었다. 조사팀에서 젊었을 때 즐겨 불렀던 노래 한 곡 불러 달라고 재차 권유하자 노들강변을 불러주었다.

제공 자료 목록
06_03_MFS_20100306_NKS_KUY_0001 노들강변

김은배, 남, 1930년생

주 소 지 : 전라남도 광양시 진월면 신아리 신답마을 신답마을회관
제보일시 : 2010.3.6
조 사 자 : 나경수, 서해숙, 이옥희, 편성철, 김자현

김은배 제보자는 1930년에 태어났다. 17세에 처음으로 전어잡이 배를 탄 후 지금까지 뱃일을 하고 있는 베테랑 어부이다. 젊었을 때는 배를 타고 진도 조도, 인천까지 뱃일을 간 적도 있다고 한다. 평생을 뱃일을 하면서 잔뼈가 굵은 김은배 제보자는 굴곡 많았던 인생을 노래에 담아 구성지고도 깊은 소리를 들려주었다. 소리가 좋아 젊었을 때 판소리를 배운 적도 있다고 한다. 그래서인지 전문가 못지않은 목구성과 성량을 보유하고 있다. 1999년 진월 전어잡이 소리 보존회가 결성된 이후 전어잡이 소리 앞소리를 도맡아 하였다. 숨은 실력자로 광주문화방송 '얼씨구학당'에도 여러 번 출연한 적이 있다. 조사팀이 마을을 찾았을 때 살아온 인생 이야기를 이야기보따리를 풀어내듯 들려주었으며 전어잡이소리 외에도 판소리, 단가, 신민요 등 다양한 노래와 내용이 풍부한 설화도 여러 편 들려주었다. 그런데 안타깝게도 조사 이후인 2012년 5월 지병으로 인해 별세하였다.

제공 자료 목록

06_03_FOT_20100306_NKS_KEB_0001 대인도에서 태인도로
06_03_FOT_20100306_NKS_KEB_0002 홍수를 예견한 쥐
06_03_FOT_20100306_NKS_KEB_0003 미래를 예측한 지명들
06_03_FOT_20100306_NKS_KEB_0004 귀신의 대화를 엿듣고 문제를 해결한 소금장수
06_03_FOT_20100306_NKS_KEB_0005 만덕산의 천자봉자혈
06_03_FOT_20100306_NKS_KEB_0006 떠내려오다 멈춘 머구섬
06_03_FOT_20100306_NKS_KEB_0007 용 가는 데 구름 가고
06_03_FOT_20100306_NKS_KEB_0008 안씨 시조가 잡은 명당
06_03_FOT_20100306_NKS_KEB_0009 호식 당할 팔자
06_03_FOT_20100306_NKS_KEB_0010 호랑이 발가락 사이에 혼이 있다
06_03_FOT_20100306_NKS_KEB_0011 송장 거두어 복 받은 어부

06_03_MPN_20100306_NKS_KEB_0001 도깨비와 씨름하기
06_03_FOS_20100306_NKS_KEB_0001 홍 타령
06_03_FOS_20100306_NKS_KEB_0002 전어잡이 노래 / 놋 소리
06_03_FOS_20100306_NKS_KEB_0003 전어잡이 노래 / 그물 놓는 소리
06_03_FOS_20100306_NKS_KEB_0004 전어잡이 노래 / 그물 당기는 소리
06_03_FOS_20100306_NKS_KEB_0005 전어잡이 노래 / 잦은 그물 당기는 소리
06_03_FOS_20100306_NKS_KEB_0006 전어잡이 노래 / 고기 퍼싣는 소리
06_03_FOS_20100306_NKS_KEB_0007 전어잡이 노래 / 잦은 고기 퍼싣는 소리
06_03_FOS_20100306_NKS_KEB_0008 전어잡이 노래 / 만선해서 들어오는 소리
06_03_FOS_20100306_NKS_KEB_0009 전어잡이 노래 / 전어 퍼담아 주며 하는 소리
06_03_FOS_20100306_NKS_KEB_0010 농부가
06_03_FOS_20100306_NKS_KEB_0011 단가
06_03_FOS_20100306_NKS_KEB_0012 아리랑 타령 / 시어머니 죽으라고
06_03_FOS_20100306_NKS_KEB_0013 가난이야 가난이야
06_03_MFS_20100306_NKS_KEB_0001 이만석의 해방가요
06_03_MFS_20100306_NKS_KEB_0002 속 다르고 겉 다른 남자

정정님, 여, 1932년생

주 소 지 : 전라남도 광양시 진월면 신아리 신답마을 신답마을회관
제보일시 : 2010.3.6
조 사 자 : 나경수, 서해숙, 이옥희, 편성철, 김자현

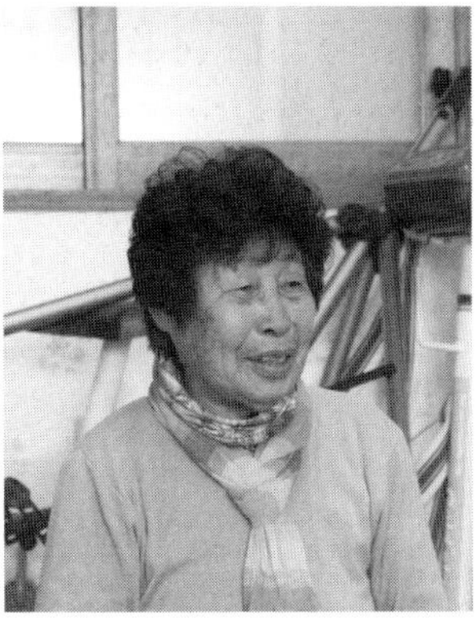

정정님 제보자는 1932년에 태어났다. 정정님 제보자는 김은배, 김맹옥 제보자와 함께 신답마을의 숨은 이야기꾼이자 가수였다. 활발한 성격으로 여러 편의 민요와 설화를 들려주었을 뿐 아니라 다른 사람이 노래할 때는 홍겹게 추임새를 넣어 주어 분위기를 돋우고, 사설을 빠뜨리면 왜 그 사설은 빼놓느냐며 기억을 상기시켜 주기도 했다. 광

양에서 김을 시배하게 된 사연이나 태인동의 아기장수 등 지역에 관한 설화도 들려주었고 이승부부와 저승부부와 같은 민담도 여러 편 들려주었다. 정정님 제보자는 지금 교회에 다니고 있는데 젊었을 때는 자꾸 귀신이 보였는데 교회에 다닌 뒤로는 보이지 않는다는 경험도 들려주었다.

제공 자료 목록

06_03_FOT_20100306_NKS_JJN_0001 방귀 뀐 며느리
06_03_FOT_20100306_NKS_JJN_0002 이승부부 따로 있고 저승부부 따로 있네
06_03_FOT_20100306_NKS_JJN_0003 나발목과 신탑
06_03_FOT_20100306_NKS_JJN_0004 김의 유래
06_03_FOT_20100306_NKS_JJN_0005 산 사람이 저승에 잡혀간 사연
06_03_FOT_20100306_NKS_JJN_0006 용소에 산 이무기와 문둥병 환자
06_03_FOT_20100306_NKS_JJN_0007 호랑이 산신
06_03_FOT_20100306_NKS_JJN_0008 태인도의 아기장수
06_03_FOT_20100306_NKS_JJN_0009 소금장수에게 말을 건 귀신
06_03_FOT_20100306_NKS_JJN_0010 아버지는 소금장수
06_03_MPN_20100306_NKS_JJN_0001 낮 12시만 되면 헛것이 보이다
06_03_FOS_20100306_NKS_JJN_0001 청춘가
06_03_FOS_20100306_NKS_JJN_0002 울 너매 담 너매
06_03_FOS_20100306_NKS_JJN_0003 자장가
06_03_FOS_20100306_NKS_JJN_0004 딸아 딸아 막내딸아
06_03_FOS_20100306_NKS_JJN_0005 흥글 타령 / 울 어매는
06_03_FOS_20100306_NKS_JJN_0006 모심는 소리
06_03_FOS_20100306_NKS_JJN_0007 육자배기
06_03_FOS_20100306_NKS_JJN_0008 노랫가락 / 날 보기 싫으면
06_03_FOS_20100306_NKS_JJN_0009 청춘가 / 꽃같이 고운 사랑

진월면 신아리 신답마을 신답마을회관에서의 조사장면

귀신바우라 부르는 이유

자료코드 : 06_03_FOT_20100306_NKS_KBR_0001
조사장소 : 전라남도 광양시 진월면 신아리 신답마을 신답마을회관
조사일시 : 2010.3.6
조 사 자 : 나경수, 서해숙, 이옥희, 편성철, 김자현
제 보 자 : 김봉래, 남, 65세
구연상황 : 김은배 제보자의 '도깨비와 씨름하기' 이야기가 끝나자 옆에서 듣고 있던 제보자가 다음의 이야기를 구연했다.
줄 거 리 : 선소와 신답 경계에 귀신바위가 있는데, 한국전쟁 당시에 많은 사람을 그 바위에서 총살시킨 이후로 마을사람들이 귀신을 자주 봤다고 해서 붙여진 이름이라 한다.

그전에 우리가 전해 듣기로는 우리 마을 요 자체가 전에는, 지금 옛날에는 경지정리 논정리를 안 허고, 인자 마 한마디로 말해서 인제 인력으로 방천을 조그마~하니 묵어 가지고, 지금 머 고속도로 없고 그럴 때, 그때 한마디로 이게 지금 고속도로 난 데가 머 몇십 년 되니까 박정희 시대 그때 머 군사정권 때. 만들고 그런 때이니까 그전에.

이런 저 구방천이라고 해 가지고. 작은 사람 인력으로 막 어깨를 해 갖고 지게를 져다가 이쪽 에 했던 방천이 있어. 방천이라고 그래. 그때는 당시 차도 없고 그러니까 단 사람만 다니게끔 쪼까마니 해서 만들어 놓고 방천인데. 이 얘기를 들으면서 우리 신답마을 앞으로 쭉 역이 있었어요. 저 짝 밖이 아니고~.

옛날에는 장비가 없으니까, 어디 물이 파다 들어오니께 가까운 디 막기 좋은 디만 막았지. 넓은 디는 못 막았잖아 장비가 없으니까. 그래 갖고 그런 방천이 있었는디. 그래 이리 쭉 가면, 옛날에 쩌어~기 그 땜해서 전쟁

당시로 해서 이짝으로 허면 선소로 내려가면 거 귀신바우라고 있어.

귀신바우가 왜 귀신바우냐? 하면 그때 그 전쟁 당시에 거기다 사람을 그 총살을 많이 시켰대. 에~ 무서와. 여기 해서 그 방천 요 우로 해서 갓 방천이라고 해서 그 짝 끄터리 요 선소와 신답의 경계 쪽으로 나오고. 근디 귀신을 많이 봤다고 그래요 그때. 어 어 그 짝으로 귀신바우라 겁이나 못가. 밤이면~

지금도 인자 변경은 다 됐지마는 흔적은 남아 있지. 귀신바우가~ 그러고 뭐 인자. 선소 일 보러 갔다가 오다가 새벽으로 오다 보면 마 귀신이 머 나와 가지고 막 무슨 소리를 허고 막 그런다고. 많이 그런 이야기를 많이 들었지.

마을 뒷산에 묘를 써서 발복하다

자료코드 : 06_03_FOT_20100306_NKS_KBR_0002
조사장소 : 전라남도 광양시 진월면 신아리 신답마을 신답마을회관
조사일시 : 2010.3.6
조 사 자 : 나경수, 서해숙, 이옥희, 편성철, 김자현
제 보 자 : 김봉래, 남, 65세
구연상황 : 제보자가 안씨 집성촌에 대한 이야기를 하다가 새로운 이야기가 생각난다고 하며 천장을 한 번 쳐다보고는 다음의 이야기를 시작했다.
줄 거 리 : 자유당 시절에 법무부차관이 용소마을 뒷산에 묘를 쓰려고 했다. 마을 사람들이 이를 막기 위해 마을에 올라가려 하는데 소나기가 내려서 산에 올라가지 못해 묘를 쓰게 되었고, 그 이후로 발복을 했다는 이야기이다.

그러고 또 우리 지역에 요리 보므는 가보믄. 저기 저 저 용소라는 마을에. 거기에가 지금 에~ [잠시 생각을 하다가] 광양 씨들 그 이문한 씨가 전 자유당 시대 때. [기억을 더듬기 위해 잠시 생각한다.] 그 법무부 차관인가 했을거야. 그 애들 딸들이 전부 고시 파스(패스, pass)를 딸도 했고

아들도 했고 그~때 당시가 지금으로부터 한~ 오십칠팔 년 됐는 갑다. 그때 건설하니까(건실하니까).

그때 당시에 자유당 당시에 머 머 아니 법무부차관 머 이리 되믄 무지 큰 권세지. 고시 파스했으니까. 그 용쏘 뒷산에 묘를 썼어. 묘를~ 광양서 묘를 이장을 해 가지고 묘를 가져와서 거기다가 자릴 잡아 가지고 쓸라 그런디.

용소 사람들이, "집 뒤에 묘를 쓰면 동네가 망헌다."

응. 해를 자꾸 끈으니까. 그래서 동민이 전체적으로 그냥 지금 같으믄 데모허데끼. 그 부인들은 똥오줌을 머리에 이고 남자들은 지고 가서 못 오게 퍼 부을라고오~ 그렇게 했는디. 그 사람들 묻으러 왔는디 마~침 그때에~ 으찌 됐냐하믄 막 쏘내기가 떨어졌어. 비가. 억수로 떨어졌어. 그래 동네 사람들이 올라가지도 못했어.

막 쏘내기가 막 떨어진께. 그래 사람들이 그 자리에 묻고 갔다 그래. 그렇게 건설했어요. 그래 그 분들도 다~ 후손이 머 법계통이나 전부 이런디 위주고. 잘 되았고 그랬데요. 그만큼 건설했어. 그때만 해도 자유당 시절 때만 해도 아~ 법무부차관 고시 파스면 얼~마나 힘이 있었어요. 대단했지. 그런 일이 있었어요.

대인도에서 태인도로

자료코드 : 06_03_FOT_20100306_NKS_KEB_0001
조사장소 : 전라남도 광양시 진월면 신아리 신답마을 신답마을회관
조사일시 : 2010.3.6
조 사 자 : 나경수, 서해숙, 이옥희, 편성철, 김자현
제 보 자 : 김은배, 남, 81세
구연상황 : 앞서 '태인도의 아기장수' 이야기가 끝나자 제보자가 이야기를 받아서 시작했다.

줄 거 리 : 태인도의 원래 이름은 대인도로 역적이 나와 세곡미를 가로채곤 했다. 도둑섬의 이름이 대인도라고 해서 점 하나를 더 찍어 태인도로 불리게 되었다고 한다.

아니 그거는 여그 말허자믄 뚜부고개 작은 둠벙에 가 있거든. 거기 경상도에 ○○고. 여. 태인도는 대인이 난 것이. [잠시 생각을 하다가] 대인이 났는디 역적이라. 저~ 상봉에 앉아서 부채를 가지고 [손을 흔들면서] 할~랑할~랑, 그 굴음배 구양배 싣고 가는 배가 전~부 태인도 [손짓을 하면서 생각한다.]

그래 어쨌든 부채를 들고 할랑대고 불며는 싣고 와. 그래 대인이 났는디 역적이라. 그래 갖고 인자 결국은 인자 그런디. 그 인자 구중 섬에서 대인이 나 갖고(태어나서) 대인도라 그런디 그랬더니 ○○○고.

그래 갖고 이 대인 도둑섬이 이거이 대인이라고 대인도하고 이름이 같아. 그래 갖고 가운데다 점하나를 탁 찍어 가지고 ○○○○ 해 갖고 태인도라 해. 대인돈디. 그래 가지고 그 머이 도둑섬이 대인도라 해서 이름이 전~부 같다 해서 가운데다 점을 하나 찍고 태인도라 했어.

홍수를 예견한 쥐

자료코드 : 06_03_FOT_20100306_NKS_KEB_0002
조사장소 : 전라남도 광양시 진월면 신아리 신답마을 신답마을회관
조사일시 : 2010.3.6
조 사 자 : 나경수, 서해숙, 이옥희, 편성철, 김자현
제 보 자 : 김은배, 남, 81세
구연상황 : 앞서 마을 앞으로 바닷물이 들어온 이야기가 끝나자 예전에 마을에 홍수가 많이 들었다고 하면서 다음의 이야기를 이어 갔다.
줄 거 리 : 홍수가 날 것을 쥐가 미리 알고서 새끼들을 안전한 곳으로 옮겼다는 이야기이다.

요 집 뒤에 그 웃집이 거그서, [잠시 생각을 하다가] 나 예부터 들은 바가 있는디. 짐승이 사람보다 더 안다고 그런디. 근디 인자 비가 많이 오게 됐는디. 아~ 저~어그 ○가 쥐가 이 새끼를 낳아 났던가. 가~만히 보니까 쥐가 새끼를 물고 자기 몸체 뒤로 가고 가고 그런다. 쓰~[공기를 들이마시며] 아물게(야물게) 몇 마리를 물어다 논 거여.

그래서 가만이 보니까 그 뒷날 비가 와 갖고 결국엔 물이 홀랑 잠겨 부렀다. 그 몸채가 거그서 말리 물 우에서 시수허기 좋을 만허니 그 정도로 물이 채 부렀다. 그런께 짐승이 사람보다 더 안다고 그런 말이 있어.

미래를 예측한 지명들

자료코드 : 06_03_FOT_20100306_NKS_KEB_0003
조사장소 : 전라남도 광양시 진월면 신아리 신답마을 신답마을회관
조사일시 : 2010.3.6
조 사 자 : 나경수, 서해숙, 이옥희, 편성철, 김자현
제 보 자 : 김은배, 남, 81세
구연상황 : 조사자가 청중들에게 마을 현황과 생업 활동에 대해서 묻고 답하였다. 이어서 제보자가 다음의 이야기를 구연했다.
줄 거 리 : 큰등, 쇠섬, 체점, 길목정의 지명이 광양제철이 들어온 오늘의 상황과 딱 들어맞는다는 이야기이다.

아 옛날에는 그런 말이 있었어. 서울 장안이 될 꺼라고. 앞으로 앞으로 서울 서울 장안이 될 꺼이다 그래. 긍께 제철이 된 거니까 그리 된 거이.

(청중 : 그렇게 됐다. 근디 그 큰등이라 하면 현재 옛날에 그 이 아까도 나가(내가) 애기를 했지만 마을도 마을 구석구석이 별도로 이름이 있다고 범몰하믄 범몰 아랫몰이라믄 아랫몰 이름이 있다고. 제철 거그 생긴 디가 옛날에 바다지만 이름이 있었어.)

인자 그 쇠섬이란 디가 있는디. 세 세섬이 아니고. 저 옛날 노인들 ○○

○고 쐬섬이라 그랬어. 쐬섬. 쐬섬인디 인자 쇠섬이라 그랬는디. 거가 쐬섬인디. 그 해 ○ 놓고는 용광로가 딱 들어와 부렀네.

저 저 우~에 가믄 체점이라고 있는디. 체점. 체점이 거 거이 글 읽 체자 체점. 꺼 짐 제철 물이 거그서 전~부 걸러 가지고 제철로 오고.

(청중 : 옛날 이인들이 그런 걸 다 알아.)

그리고 우리 요 지금 요기 휴게소 앉은 들이. 요그 인자 그 구묵질들이라고 그랬는디. 구묵 질이라고 했는디 인자. 근디 그거이 말허자믄. 긴 [잠시 틈을 주고] 목 정 이라 요러했단 말이여. 길~목~정인께 그거이 말허자믄 가다가 그거이 쉬어가는 그 길목 정. 쉬어갈 정자가. 그래서 휴게소가 딱 앉아 붓단 말이여.

귀신의 대화를 엿듣고 문제를 해결한 소금장수

자료코드 : 06_03_FOT_20100306_NKS_KEB_0004
조사장소 : 전라남도 광양시 진월면 신아리 신답마을 신답마을회관
조사일시 : 2010.3.6
조 사 자 : 나경수, 서해숙, 이옥희, 편성철, 김자현
제 보 자 : 김은배, 남, 81세
구연상황 : 앞서 정정님의 소금장수 이야기에 이어서 제보자가 다음의 이야기를 구연했다. 이야기판이 계속되는 데도 피곤한 기색 없이 적극적으로 참여해 주었다.
줄 거 리 : 제삿밥에 머리카락이 들어가서 귀신이 해코지를 했는데 소금장수가 귀신들의 대화를 엿듣고 해결을 했다는 이야기이다.

에~ 그게 아니고.

"오늘 저녁에 나 저~. 나가(내가) 기일인디. 저기 저 같이 가세."

에 갔는디. 그날 저녁에 어 하도 신기해서 갔더만. [침을 삼기고] 그날 저녁에 이 말허자믄 메를 질직에(지을 적에) 긍께 그 절 거튼데 가믄 저머 거슥이 가믄 그 밥 담고 헐 때 전~부 머리에 수건 씨고(씌고) 안 허느

는디(하는데) 그날 저녁에 그 멧밥에 머리크락이 들었던가. 그 말허자믄 그날 저 간께 마,

"이 구랭이가 뱁에 들어가 가지고 밥도 못 묵고 왔다."고 그래.

"그래서 나 손지를 그냥 못씨게 맨들고 왔다."

고 하더래. 그래서 인자 하도 그런께. 그 송장 말을 들은 동네를 내려와 갖고,

"오늘 저녁에 이 동네에 제사가 있었냐?" 물어보니.

"있었다." 그런 거여.

"그 집이 어뜩케 되었냐?" 그런께.

"그 손지가 하나 마 ○○○○ 마 ○○○○○○ 마 [오른팔을 가리키면서] 여가 못씨게 되었다."

고. 그러더니 그 사람이 인자 거 이 얘기로 헌 거이라. 그래서 하도 신기해서,

"와서 그랬다."

고. [언성을 높이면서] 근디 인자 옛날에 제사 모시며는 메를 하나 저 높은 데다 얹어 놓거든. 긍께 인자 그거이 옛날 사람들이 메를 하나 높은 디 올려 노으며는 자손들이 큰 사람 높은 사람 난다고 그런디. 내려다가 본께 머리크락이 있더래.

[고개를 끄덕이면서] 얘기는 나 그런 얘기를 들었어. 아니. 인자 그 얘기를 해 주니까 그 소릴 듣고 그 이 메 얹어 놓는 것을 숟구락으로 살~짝 들어 본께 머크락이 들어 있더래.

만덕산의 천자봉자혈

자료코드 : 06_03_FOT_20100306_NKS_KEB_0005

조사장소 : 전라남도 광양시 진월면 신아리 신답마을 신답마을회관
조사일시 : 2010.3.6
조 사 자 : 나경수, 서해숙, 이옥희, 편성철, 김자현
제 보 자 : 김은배, 남, 81세
구연상황 : 청중들 간에 대화 속에 만덕산이라는 말이 나오자, 조사자가 만덕산에 관한 이야기가 있는지를 묻자 제보자가 다음의 이야기를 구연했다.
줄 거 리 : 만덕산에 천자봉자혈이 있는데, 남쪽에서 온 송장이 그곳에 묻혔고, 지금은 수협이 들어와 있다는 이야기이다.

망덕산이 말허자믄. 천자봉자혈이 있다고 그래 가지고. 거그서 머 풍수들 안 들러 본 사램이 없고. 근디 그거이 [목을 가다듬고] 알고 보니까 그거이 비혈이라 보며는 천자봉자혈이 있는디. 남쪽에서 온 송장이라고 그랬단 말이여. 어. 떠 떠 온. 죽은 송장이 그 뫼를 헌 디가 봉자혈이었단 말이여. 근디 알고 보니까 지금 우리 제철이 전에는 김 많이 안했어. 김. 그래 인자 김발은 수협이. 거그가.

돈이 거그가 우리 어려서부터 우리 우에 어른들 때부터서 김으로 순전이 ○○헌디. 그 돈이 얼마나 그 차때기가 막 여 수십 척 거그서 나갔다가 들어왔다가 했으니까. 그래 인자 말허자믄 그 이 송장을 가에 묻지 누가 멀리 갔다 묻겠어요! 거그 인자 가차운 디 갖다 묻으며는 내는 인지 수협 앉은 그 자리가. 봉자혈이다 그 말이여.

근데. 말허자믄 물밑에 빠졌다 그랬거든. 그러니께 그 송장이 그 가에 밀려가 있는 거이 우에 거그다 묻으믄, 그 거가 천자봉자혈인디 그 인자 수협이 앉자 뻿거든. 그래 그기이 내나 그 수협이 그거이 봉자혈이라.

떠내려오다 멈춘 머구섬

자료코드 : 06_03_FOT_20100306_NKS_KEB_0006
조사장소 : 전라남도 광양시 진월면 신아리 신답마을 신답마을회관

조사일시 : 2010.3.6
조 사 자 : 나경수, 서해숙, 이옥희, 편성철, 김자현
제 보 자 : 김은배, 남, 81세
구연상황 : 조사자가 청중에게 산이 떠내려오다가 멈춘 이야기를 들으신 적이 있는지를 묻자 제보자가 다음의 이야기를 구연했다.
줄 거 리 : 머구섬이 떠내려오고 있는데 여자가 부지깽이로 '산이 떠 온다'라고 말하자 그 자리에 산이 멈추었다고 한다.

나는 그러니께니 [좌측을 가리키면서] 저 경상도 갈산리 가며는. 에 갈~산~리가 납골 있고 거 연막이란 데가 있고 내도 있고 서근부랭이 있고 그런디. 그거이 말허자믄 그거이 연막 앞에는 머구섬이라고 있는디. 그 산이 [웃으면서] 듬방구니 떠 오는디. 여자가 불을 때다가 불각정이(부지깽이) 갖고, [손가락으로 한 방향을 가리키면서]

"저 산이 떠 온다."

그래논께 거 그만 그 자리에 주저앉어 붓다 그 말이여. 그래서 그거이 그전에 멈춰서 주저앉어 붓다 그래서 머구섬이라고. [웃으면서] 그래 그런디.

용 가는 데 구름 가고

자료코드 : 06_03_FOT_20100306_NKS_KEB_0007
조사장소 : 전라남도 광양시 진월면 신아리 신답마을 신답마을회관
조사일시 : 2010.3.6
조 사 자 : 나경수, 서해숙, 이옥희, 편성철, 김자현
제 보 자 : 김은배, 남, 81세
구연상황 : 조사자가 청중에게 혹시 이무기가 승천하여 용이 되었다는 이야기를 들어 본 적이 있느냐고 묻자 다음의 이야기를 구연했다. 청중 가운데 유일한 남자인 제보자는 오전부터 오후까지 이야기와 민요를 구연하면서 조사에 성심성의껏 임해 주었다.

줄 거 리 : 용이 가는 곳에는 구름이 가고, 호랑이가 가는 곳에는 바람이 분다는 이야기이다.

우리 이웃 마을에서는 [입을 손으로 가로막으면서 말하기에 몇 음절은 잘 들리지 않는다.] 저 용~이 나온 쏘가 [잠시 생각하다가] 이거든. [고개를 끄덕이면서] 응. 근데. 그거이 근께 말허자믄 해리~ 해리 인자 거그 용쏘○○라 헌데, 이게 용이 날아간 게 아니고. 저그 저 경상도 전~대 부락이란 디가 머~ 용소가 있는디 거그는 분명이 용이 나갔는디(용이 하늘로 날아갔는데). [잠시 생각하다가] 그 용이 그거이 말허자믄,

"용 갔는 디 구름 간다."

고 [주먹을 쥐면서] 노래가 있거든.

"범 가는 디 바람 가고."

근디 용이 그기 말허자믄 [손바닥을 좌우로 펼치면서] 용에 보므는 닥키(닭이) 용 된 것도 있고. 배암이 용 된 것도 있고. 보통 배암 용이 많고 그렇지요? 또 미꾸라지도 용 된다는 말이 있고. 근디 그 용이 하늘로 등천헐 직에, 구름이 싸고 안 뵈이게 올라가야지. 뵈이면 못 올라가고 그러고 되믄 이무랭이여(이무기가 된다). 용이 못 된 이무랭이가 된다.

잉.[고개를 끄덕인다.] 그런께 용이 돼서 올라갈 때는 구름이 사람이 안 봐지고(안 보이게) 싸 가지고 하늘로 올라가는 거이지. 근디 인자 그런께,

"용 가는 디 구름 가고, 범 가는 디 바람 가고." 노래가.

노래가 있다. 노래가~

(조사자 : 예~ 전대부락에 거기 그 용은 용이 못 되고 주저앉어 버렸을까요?)

아니. 용이 됐다 그래. 인자 그러니까 한~정 없이 깊은 모냥이여. 그리 들어간다고 보~ 그리 깊으다고 그 만치 깊으다는 소리지.

안씨 시조가 잡은 명당

자료코드 : 06_03_FOT_20100306_NKS_KEB_0008
조사장소 : 전라남도 광양시 진월면 신아리 신답마을 신답마을회관
조사일시 : 2010.3.6
조 사 자 : 나경수, 서해숙, 이옥희, 편성철, 김자현
제 보 자 : 김은배, 남, 81세
구연상황 : 조사자가 묘자리 잘 써서 부자 된 이야기가 있는지를 묻자 제보자가 다음의 이야기를 구연했다. 청중 가운데 유일한 남자인 제보자는 조사에 성심성의껏 임해 주었다.
줄 거 리 : 안씨 시조가 명당을 찾으러 부모의 뼈를 가지고 돌아다녔다. 마을 가까운 곳에 명당자리를 발견하고 그곳에 묘를 쓰기 위해 일부러 미친 척 하다가 부모의 뼈를 묻고서 천석꾼이 되었다는 이야기이다.

우리 여 진월에서는 안씨들이 젤로(제일로) 우르고 살았는디. 안씨들이 천석 이상을 허고 그리 살았는디. 안씨들이 다~ 잘살으고 했는디 [머리를 쓸어 올린 후] 그 머 변호사 머 장관 머 많이 있다고. 하동 허고 여 진목 허고 같은 안씬디. 그 사람들이 이 얘기를 들으니까. 그 사람들이 말이 시조가 농담헌 말로 냄새가 막,

"니 시조가 중이지. 머 별거 머 있냐?"

그거여. 근디 근디 그 안씬디 시조가 중마냥 바랑을 하나 지고. 콕~ ○○ 산엘 가 갖고 자기 인자 부모 뼈를 파 가지고 [등 뒤를 가리키면서] 저그 인자 중바랑에다 넣고. 인자 아동도 요 동네 부락에 가믄 인자 질 가에다 묘 좋은 디에다 놜 꺼 아닌가. 그래 참~ 그 묘자리가 좋은 디거든.

그래 갖고 [생각을 하다가] 여기 와서 며칠 미친놈마냥 헛소리를 해 가지고 그 호매를 가다가 끌적끌적 파 가지고 묻어 놨다가. 또 뒷날 와 가지고 고놈 파 갔다가. 조상 뼈를. 저 경상도도 전대~로 어디로 저그 어디 근마로 사방 다 찾아댕기믄서 명지는 그 사람이 다 잡았어. 근디 그 저

사~방을 댕김서로 그러고 헌게.

"저 놈이 마 미친놈인께."

그때는 동네 뒤에는 묘를 못 시거든(옛날에는 마을 뒤에 묘를 쓰지 못하게 하였다). 그래 인자 긍게 마 부락사람들이,

"아 저놈 미친놈이다 마."

갈라 내삔다면 내버리 묵인해 놔 도삔네. 그때는 인자 딱 딱딱 됐어. 대강 인자 묻어서 인자. 대강 인자 쪼금 해 놓고 전부다 가 갖고. 자손들이 흥분해 가지고 인자 마 살림 마 들고 일나면 천직이.

옛~날 전~부 기냥 천석꾼이라 허믄. 지금 부자가 권리가 지금 대통령 권리보다 참으로 크지. 대통령 죄 없이 사람 죽였다가는 대통령 저 모가지 따지만도. 그 때 부자 놈 없는 놈 때려 죽여도 개죽음이여. 개죽음. 옛날에는 법이 있어(있어도) 고소도 못 허고 그~런 시대여.

그러니까 그때인자 마 살림을 들고 일어나고 머 사램이 똑똑헌 사램이 나고 마 근께. 그때서야 인자 막 뫼를 굴고로 써제지고 동네 사람 이길 수가 있어야지. 운이. 그래 가지고 인자 안씨들이. 그래 갖고 이 근방에 명지는 행일 다~ 여그 이정이란디 요너매. 이정. 그람요. 그 동네 맨 앞에 크~은 이제 그것도 맨 안씨들인디.

그 이정 그 앞에 닥바우라고 있어요. 닥바우라고 있는디. 그기 큰 바우 하나 있고, 밑에 작은 바우가 뒤에 종종종~ 따라가 있고 그래. 그래 그 이정이 그 이 옛날에는 싹~샘이라고 그랬거든. 싹샘이 그 기를 받고 실~샘. 실샘. 실가지 샘이다. 실가지. 닥 잡는 실가지가 있어요. 그래 그게 인제 실가지 실가지행이다(실가지형이다) 그 말이여. 실가지가 앞에 닥이 닥바우가 있으니까.

그기 말허자믄 실가지 순전이 닥잡아 묵고 살거든. 그러니까 그기 뱅운이(명운이) 좋은 자리다 그 말이여. 혈이 인자 그 씩섬이라. 실가지 샘인디 그 말허자믄 앞에 인자 닥바우 같은 거이 돌 그기 닥(닭)이다 그 말이

여. 그러니까 앞에(앞서 이야기 했던) 고앵이가(고양이가) 쥐 갖고 얼르는 그런 식으로, 이런 것도 그런 식으로 그리 좋은 자리다 그 말이여. 긍끼 안씨들이 전~부다 각지에 다 꼭 그런 요점 자리에다 써 가지고.

호식 당할 팔자

자료코드 : 06_03_FOT_20100306_NKS_KEB_0009
조사장소 : 전라남도 광양시 진월면 신아리 신답마을 신답마을회관
조사일시 : 2010.3.6
조 사 자 : 나경수, 서해숙, 이옥희, 편성철, 김자현
제 보 자 : 김은배, 남, 81세
구연상황 : 조사자가 호랑이 관한 이야기를 묻자 제보자가 다음의 이야기를 구연했다. 청중 가운데 유일한 남자인 제보자는 조사에 성심성의껏 임해 주었다.
줄 거 리 : 호랑이가 길을 막자 사람들이 옷을 벗어 던졌다. 그리하여 사람들은 호랑이가 선택한 옷의 주인을 남겨두고 길을 가고 옷 주인은 호랑이에게 잡아 먹혔다는 이야기이다.

얘기 들어보면 호랑이가 그것이 그거이 자기 거기가 안치인 사람은 아무리 그래도 상관이 없다. 근디 그거이 말허자믄 그런 말이 있어. 말허자믄 이 산신님의 참~ 거시기라고 볼 수가 있는디. 지금 어 옛날에 저~어디 있을라고 머. 그전에는 그 풀 같은 거 베고 머 가을되면 나무 해다 말려 가지고 때고 또 풀 베다가 하절되면 거름허고 그런디 그걸. 젊은 사람들이 산에 댕김서 같이 댕기고 그런디 풀을 인자 베고 와서 오는디. 아 호랭이가 딱 앞에 버티고 있는디 도저히 갈 수가 없고 그래서 싹~ 지게를 바차(받혀) 놓고, 인자 산인들 ○○○ 싹 인자 거이 바차 놓고 한 사람이 거이 언능 망금 했던 모냥이여. 그거이 기억이 났던 모냥이여.

"우리 다 가도 못 허고 이라고(이러고) 있으니 이 할 수 없고, 우리가 옷을 웃도리를 벗어 가지고 떤지 보자."

요렇게~. 근디 떤지께는 한 놈이 한사람이 떤진께는 한사람 옷을 딱! 물더라. 그래 인자 할 수 없이 거 내삐리고 왔는디(호랑이가 문 윗도리 주인만 남기고 모두 산을 내려왔다).

헤[웃음] 뒷날 간께 몸이 이렇게 됐다. 긍께 그거이 그게 딱 자기 눈에 띄고 치인 놈이라야 죽지. 글 안으면 안 죽는 모냥이여.

호랑이 발가락 사이에 혼이 있다

자료코드 : 06_03_FOT_20100306_NKS_KEB_0010
조사장소 : 전라남도 광양시 진월면 신아리 신답마을 신답마을회관
조사일시 : 2010.3.6
조 사 자 : 나경수, 서해숙, 이옥희, 편성철, 김자현
제 보 자 : 김은배, 남, 81세
구연상황 : 앞서 호식팔자에 이야기에 이어서 다음의 이야기를 구연했다.
줄 거 리 : 호식 당한 사람의 영혼은 호랑이 발가락 사이에 있다가 사람을 이끌고 온다는 이야기이다.

긍게 그 호랑이가 그거이 말허자믄 똑 밤으로 댕기는디. 즈그 발새에 사람 하나 잡아먹었을 제 혼이 여 [발가락 사이를 가리키면서] 발 사이에 들었단 그 말이여. 어. [발가락을 계속 가리키면서] 혼이 들었다고 그런 말이 있~다 그 말이여. 이 영감들 허허[웃음] 혼이 들었는디. 자기가 그저 배가 고픈디 그 저 발사이를 싹~ 싹~ 훑어 먹어. [웃으면서] 허~ 긍께 그거이 그 혼이 쌔배진다 그 말이여.

그기 한번 호식이 되간 집이 호식이~ 잘 돼야 가. 또 돼야 간다. 그런 말을 들었어. 영감들헌테 그런 말을 들었어.

(청중 : 한번 당허면 그 집이 또 당헌다 그런 뜻이지.)

그런 말이 있어. 말이 그 말이. 영감들이 그런 말을 들은 소리지.

(조사자 : 어르신 그러니까. 호랑이한테 잡혀 먹은 사람의 혼이 호랑이 여기 발 사이에 끼어 있는데 호랑이가 배가 고파서 여기 발 사이를 깔짝 깔짝 하면…….)

[웃으면서] 또 거그서 쌔배 준다 그 말이여.

(조사자 : 쌔배 준다? 또 만들어 준다? 그 말이예요?)

또 만들어 준다 그말이지.

송장 거두어 복 받은 어부

자료코드 : 06_03_FOT_20100306_NKS_KEB_0011
조사장소 : 전라남도 광양시 진월면 신아리 신답마을 신답마을회관
조사일시 : 2010.3.6
조 사 자 : 나경수, 서해숙, 이옥희, 편성철, 김자현
제 보 자 : 김은배, 남, 81세
구연상황 : 잠시 청중들 간에 대화가 오고 갔다. 대화 도중에 바다 이야기가 나오자 그에 관한 재미난 이야기를 해 달라고 했다. 그러자 제보자가 다음의 이야기를 구연했다. 청중 가운데 유일한 남자인 제보자는 조사에 성심성의껏 임해 주었다.
줄 거 리 : 바다에 떠다니는 시체를 묻어 주고서 복을 받았다는 이야기이다.

경상도 관산 사람들하고 나~ 저~ 경상도 관산리 사람들하고~ 그 마을 사람들 애기를 들어 보니까. 그 사람들이 왜~놈시대(일제강점기) 때부터서, 그 저~ 군산 칠산 여 [그물 낚는 시늉을 하면서] 고기 낚는 니뿐쓰리 많이 댕겼거든.

어. 어. 순전히 그러고 댕기고 인자. 그 또 민물장어. 그거 잡으러 또 댕기고. 그래 인자 순전히 그리 댕긴다 애기 들었는디. 그 밤에 가는디 배가 어찌 가다가 멈추더라고. '거 이상하다.' 싶어서 가 보니까. 이 이 송장이 하나가 [손을 사람 인(人) 모양과 비슷하게 그리면서] 뱃님에(뱃머리부

분에) 가로쳐져 가지고 딱! 배가 안 가더래. 그래 갖고. 응. 그래서 인자 그 사공이,

"이게 이럴 거이 아니다. 갖고 가자." 그랬대.

그래 인자 그 송장에 줄을 매 가지고 차고 가로 들어가 가지고. 섬으로 가로 인자 육지로 들어갔다 그 말이여. 육지에 인자 들어가 갖고. [기침을 하고] 내불수가(내다 버릴 수가) 없고 그래서 인자 그 있다 날이 새버렸다 그 말이여. 그래 갖고 뭐 어디 가차운 디(가까운 데) 동네 들어가 가지고 술을 한잔 사고 뭐 과자를 한 개 샀던가 어쨌던가 그래 가지고.

그걸 동네 사람헌테 연장을 삽을 하나 얻어 가지고 와 갖고 그걸 파고 묻어 주고. 거그다 술을 한 잔 부어 주고 갔드래. 가서. [눈을 긁적거린다.] 근디 인자 [언성을 높이면서] 딴 사람보다 (두 배 이상) 돈을 벌었더래. 응. 그래서 인자 좋아졌다는 결론이지. 그냥 내뿔고 갔으믄 거슥헐 거인디. 그렇게 인자 도와져 노니까 그 돌봐 준 거시지. 그런 얘기를 나 들었어.

방귀 뀐 며느리

자료코드 : 06_03_FOT_20100306_NKS_JJN_0001
조사장소 : 전라남도 광양시 진월면 신아리 신답마을 신답마을회관
조사일시 : 2010.3.6
조 사 자 : 나경수, 서해숙, 이옥희, 편성철, 김자현
제 보 자 : 정정님, 여, 79세
구연상황 : 조사자가 청중들에게 방구 뀐 며느리 얘기를 청중들에게 하자 제보자가 아는 이야기라고 하면서 다음 이야기를 구연했다.
줄 거 리 : 방구 잘 뀌는 며느리가 시집을 와서는 방구를 못 뀌어 얼굴이 노래지자 시아버지가 그 이유를 물었다. 방구를 뀌지 못해서 얼굴이 노래졌다는 사실을 안 시아버지는 며느리에 방구를 뀌게 했더니 지붕이 날아갈 정도였다는 이야기이다.

옛날에 방구를 잘 끼는디 시집을 왔어. 시집을 와서 방구를 참으니께 노랑병이 들어 삐리.

방구를 참으니께 쌧노~래 갖고. 그런께 인자 시아바이가,

"아가 니가 얼굴이 왜 그러냐?" 그런께.

"인자 나가(내가) 친정에서 방구를 그리 끼있다가 여가 와서 방구를 못 꾸고 참은께 그럽니다."

그러거든. 그런께 시아바이가,

"그러믄 한 번 끼 봐라. 용서헐께." 그런께.

"그러믄 그러믄 아부이 한 지둥을(기둥을) 잡으세요." [전원 웃음]

지둥을 이.

"한 지둥 잡고. 신랑은 뒤에 가서 한 지둥을 잡으세요."

방구를 끼믄 넘어간다고 집이. [전원 웃음] 그래 인자 그런께 그리 허고 그래 인자 허락을 허고.

"대자 앞 뒤 지둥을 잡고 한번 끼 봐라."

허고 방구를 끼는디. [전원 웃음]

(청중 : 그래 시어매는 어짜 뻴꼬.)

인자 그런 건 없고. 그래 인자 그냥 방구를 끼는디 인자 참~ 지붕이 달아날 정도로 끼불어 시 시~원히 잘~ 살드라네.

이승부부 따로 있고 저승부부 따로 있네

자료코드 : 06_03_FOT_20100306_NKS_JJN_0002
조사장소 : 전라남도 광양시 진월면 신아리 신답마을 신답마을회관
조사일시 : 2010.3.6
조 사 자 : 나경수, 서해숙, 이옥희, 편성철, 김자현
제 보 자 : 정정님, 여, 79세

구연상황 : 앞서 '방구 뀐 며느리' 이야기에 이어서 제보자가 다음 이야기를 구연했다.
줄 거 리 : 과부가 된 며느리가 꿈에서라도 죽은 신랑 한번 보여 달라고 애원했다. 그리하여 꿈을 꾸었는데 저승에서 신랑이 예쁜 부인과 겸상을 하고 밥을 먹는 광경을 보고서 이승부부 따로 있고 저승부부 따로 있다면서 크게 뉘우치고 개가를 했다는 이야기이다.

그러고 또 인자 저 며느리가 청춘과부로 애기 하나도 안 놓고 과부가 돼 갖고 사는디. 신을 인자 시아바이가 저 짚을 갖고 만드는 신 안 있더라고~ 그걸 하리(하루) 하리 저녁에 한 컬레씩 떠라. 그래 인제 시아바이가 [언성을 낮추면서] 망을 봤더라네. 망을 보니까. 신 그 놈을 신고 한 지둥을 잡고 저~녁내 뺑뺑이를 돔서,

"한번만 우리 신랑 보여 주라. 한번만 꿈에 꿈에라도 우리 신랑 한번만 보여 주라."

고 그~렇게 뺑뺑이를 돔서 기도를 허드래. 그래 그러는 거를 보고 시아바이가 [인상을 찌푸리면서] 얼~마나 마음이 아프고 원망을 했던지. 어쨌던지 그리 뺑뺑이를 돌아논께 참~ 정신이 돌아왔어.

인자 어~떻게 허든지 꿈에. 열두 대문을 열고 들어가니까 잉. 열두 대문을 열고 들어가니까 삼간 초당에 따~악 허니 집이 있는디, 자기 신랑이 따~악 요렇게 [양반다리를 한다.] 마리에(마루에) 앉았더래. 삼간 초당 말래에. 요래 앉았은께. 부엌에서 앞치마 입은 이~쁜 각시가 밥상을 들고 따~악 와서 놓고 겸상을 밥을 먹드래. 그런께 그만 이 이 사람이,

'아~ 이승부부 따로 있고 저승부부 따로 있고 저렇게 산디. 나가 아~무 거슥 없이 그랬는 갑다.'

하고 딱 회개하고 돌아와서 잘 살더라네.

나발목과 신탑

자료코드 : 06_03_FOT_20100306_NKS_JJN_0003
조사장소 : 전라남도 광양시 진월면 신아리 신답마을 신답마을회관
조사일시 : 2010.3.6
조 사 자 : 나경수, 서해숙, 이옥희, 편성철, 김자현
제 보 자 : 정정님, 여, 79세
구연상황 : 조사자가 우렁각시 이야기를 물었으나 들은 적은 있어도 할 줄을 모른다고 했다. 이어 조사자가 떠내려온 섬 이야기를 묻자 지명과 관련된 다음 이야기를 구연했다.
줄 거 리 : 지명과 관련된 전설로 나발목은 나팔처럼 가늘게 막혀 있었는데 지금은 터져 있고 신탑은 오늘날 제철소가 들어서면서 말 그대로 되었다는 이야기이다.

그거는 몰라도 저 우리 저 말허자믄 영감님이. 전에 저 저 가문을 읽었어. 쪼까 쫌~ 거슥해 근디. 여그 시방 말허자믄 나발목이라고 있어. 나발목이라고 있는디. 나발목 동네가 있는디 [우측을 손짓으로 가리키면서] 요쪽으로는 바다고 요리 바다고. 여그서 또 요리 [앞 쪽을 손짓하면서] 나가믄 이리 쨰지 나가는 디가 있는디.

그 시방 저 영감님도 알지마는. 그 저 나발목이 이렇게 [두 팔을 둥글 모양으로 만들면서] 맥혔던 거이라. 맥혔는디 시방 터져가 있거든. 터져가 있는디. 인자 그 지리 박사가 이 옛날 지리 박사가 말허자믄. 이 그 저그여 신답이 전에 [목을 가다듬고] 여그가 시방 신~답이 아니고 신~탑이라. 신탑인디. 전에는 이 휴게소가 안 생겼었거든. 안 생기고 여그가 참~ 괜찮했어.

여그가 고기를 치믄 한 한 돔백이라(물고기로 나타내면 한 몸통이다). 그니까 살 때가 좋은 디라 여그가. 고기로 치믄 한 돔백인디. 그 이 휴게소가 생김으로 여가 질이(길이) 나 여가 맥히 삐리고. 말허자믄 요래 삐리갖고 여가 영 [손을 좌우로 흔들면서] 경기가 안 좋아. 근디 이 신탑이 들어서 뺏어. 신탑! 이거이 신기소에서 탑을 안 세워 놨는가 뵈.

탑이 서 삐릿는디. 근디 이 부락 이 이름 지은 거이 옛날 지리박사들이 싹~ 시방 여그 시방 김 해 묵고 해태 해 묵을 띠(때)가 저 처 거시기 저 저. 제철 들어설 지 누가 알았것소. 참 바다가 육지 되고. 그래 인자 그 제철이 말허자믄 들어섰을 담세. 저 시방 금호동이니 저 거시기 뭐이냐? 여 거그 광~영이니 저런 디가 전~부 이름대로 돼 삐렀어. 이름이 광영이니까 제철이 들어서서 광이 나삐리고.

금호동이라는 디는 진~짜 개구석지. 방하나 정지하나 쩌~ 개구석지에서 김이나 해 묵고 살든 디가 시방 얼~마나 시 시가 들어서 뿌린가. 거가. 인자 그래 논께 그 인자 말허자믄 나발목이 그 끝에가 있는디. 그 인자 지리박사가 차를 갖고 딱 끊어 부렀대. 그 인자 요리 맥혀가 있는 거를. 그래가 툭 터져 갖고 인자 요 바다 요리 갈라 갖고 나가.

김의 유래

자료코드 : 06_03_FOT_20100306_NKS_JJN_0004
조사장소 : 전라남도 광양시 진월면 신아리 신답마을 신답마을회관
조사일시 : 2010.3.6
조 사 자 : 나경수, 서해숙, 이옥희, 편성철, 김자현
제 보 자 : 정정님, 여, 79세
구연상황 : 제보자가 마을 주변의 여러 지명을 언급했다. 이어 조사자가 김에 대해서 그리고 처음 누가 했는지를 물어보자 다음의 이야기를 구연했다.
줄 거 리 : 태인도에 사는 김씨 시조가 김을 처음 양식하여 이로 인해 '김'이라 부르게 되었다는 이야기이다.

그러고 저 태인 태인도 안 있는가 뵈. 태인도. 태인도 알지요? 그 저 태인도가 우리 영감님 말허자믄 김씨 김씨 말허자믄 뿌리가 거그가 있는 [조사자가 제보자가 이야기를 할 수 있도록 청중이 이야기를 하는 것을 제지한다.] 하. 우리 영감님이 김씨 뿌리가 거그가 시방 그 제당이 거가

서 있어요. 제각이 서가 있는디.

이 김 있지요이. 김. 먹는 김. 그 김을 이 김씨들 시조가 발견했대요. 김씨들 시조가. 처음에 인자 말허자믄 어떻게 그 태인도 와 갖고 사는디. 사는디 아~ 인자 바다에 조개도 잡아묵고 뭐도 잡아묵고 사는디. 인제 이렇게 말허자믄 밤나무 꼬쟁이를 꼽고 뭐 대꼬쟁이도 갖다 꽂아 놓고 이러는디.

거가 머 거가 머 이러는 거이 질더래요. 질으니까 그걸 떼어다가 이렇게 생으로도 묵어 보고 또 낄 쌂아 갖고도 묵어 보고 인자 또 요리 널어서 묵어 보고 그래서 그 할아버지가 발명을 해 갖고 이렇게 김이 됐대요. 그래 그 제각에 가믄 그 내력이 다 있더래요. 그래서 김씨답니다.

산 사람이 저승에 잡혀간 사연

자료코드 : 06_03_FOT_20100306_NKS_JJN_0005
조사장소 : 전라남도 광양시 진월면 신아리 신답마을 신답마을회관
조사일시 : 2010.3.6
조 사 자 : 나경수, 서해숙, 이옥희, 편성철, 김자현
제 보 자 : 정정님, 여, 79세
구연상황 : 조사자가 저승에 가서 옥황상제를 만나고 되살아난 사람의 이야기를 묻자 제보자가 다음의 이야기를 구연했다.
줄 거 리 : 복숭아나무나 살구나무를 집에다 심으면 귀신을 불러들인다고 한다. 마침 집에 살구나무를 심어 놓았던 사람이 죽을 때가 되지 않았는데 살구나무 때문에 집안으로 들어온 저승사자에게 잡혀 저승에 갔다 왔다는 이야기이다.

우리는 몰라도 머리를 머리를 말래에서 깜지 마라(감지 마라) 그랬어. 머리를. 말리(마루). 마루 마루 전에는. 시방 마루가 없지만 전에는 마루가 있잖아. 한식집 요런 집 마루가 그러고 살방 요 집 안에다가 복숭나무나 살구나무 심지 마라 그랬거든. 복숭나무허고 살구나무가 못 들어오잖아.

(청중 : 집 안에 심으믄 구신이 못 들어온다고.)

아니다 성님! 불러들인다더만. 불러들인대. 성님. 그래서 뭐 이래 거슥 허믄 그걸 꺼내다가 이래 갖고 안 갖다 내삐리요. 저 점을 해 갖고. 그래 그래 갖고 거그다 올리 갖고 나가잖아. 근디 그걸 못 숭구게 해.

그런디 그 집이 그런 나무가 숭구 갖고 심어져가 있었대. 있었는디. 이 할 이 사람이 여잔디 머리를 깜아 갖고 말래 끝에 앉아서 물이 질질 헌께. 요렇게 빗었대. 요리 빗었는디. 말허자믄 뒷 집에 할마이를 잡아갈라고 사자가 왔는디. 요 살구나무 밑에 그 구신이 이리로 오라고 손질을 했어. 하. 그래 논께 뒷집이 잡아갈 사람은 안 잡아가고 머리 깜는 사람을 잡아가 버렸어. 그래 저승을 가서. 말허자믄 저승사자가 가서 저승 높은 사람한테 가서 보고를 헐 꺼 아닌가. 허니까,

"이 사람이 아니다. 왜 딴 사람을 잡아왔냐?"

그 사람을 도로 돌리 보내고. 인자 원 그 사람을 잡아갔대. 아. 그런 이야기 들었어.

용소에 산 이무기와 문둥병 환자

자료코드 : 06_03_FOT_20100306_NKS_JJN_0006
조사장소 : 전라남도 광양시 진월면 신아리 신답마을 신답마을회관
조사일시 : 2010.3.6
조 사 자 : 나경수, 서해숙, 이옥희, 편성철, 김자현
제 보 자 : 정정님, 여, 79세
구연상황 : 조사자가 뱀이나 이무기와 관련된 이야기를 해 달라고 하자 이야기를 시작했다.
줄 거 리 : 용소에 용이 되지 못한 이무기가 살았는데 승천을 하지 못하고 바다로 나갔다. 문둥병 환자가 용소에서 목욕을 하고는 병이 나았고 더 이상 물이 나오지 않는다고 한다.

친정 아부지가 우리 클 때 얘기를 허는디. 큰 큰 년이 임진년이라 그래. 저 ○○○○는 임진년이라 뜻을 알 거이요. 임진년에 그~렇케 비가 많이 왔대. 임진년에 비가 많이 와. [침을 삼키고] 많이 왔는디. 저 시방 우리 친정이 구르게거든. 구르겐디. 그 저 무지개 꼬랭이라고 요러게 꼬랭이 있는디.

그 꼬랭이 시방 전~부 다시 손을 봐 갖고 전~부 질을(길을) 내 논께 없어졌는디. 그 꼬랭이 어떻게 생겼냐믄. 전~부가 다 요리 요리 요리 [구렁이처럼 구불구불한 모양] 쪽 빤디가(반듯한 길이) 없어. 전~부가 요리 요리 됐어 그래. 그거이 왜 그렇게 됐느냐? 하므는. 그 시방도 그 [마이크를 채우자 음성이 또렷이 들린다.] 용쏘라는 그 쏘가 시방 있어.

그 그 동네 가믄. 그 동네 가믄. 그래 그런디 우리 쨰깐해서 너물 캐러 가므는 그 저 용쏘를 지내게(지나게) 되므는 그 앞을 못 가것대. 무서봐서 소름이 찍 들어서. 그래 하나 둘은 못 가고 여럿이 들가서 요~리 보므는 크~은 바우가 요렇게 꼬랑에가 있는디. 그 밑에 물이 기냥 시~~퍼래. 물이 얼마나 깊은가 그것도 모르것고.

그런께 인자 무서봐 갖고 거그를 말허자믄. 하나 둘을 못 가보것고 그랬는디. 그 년에 임진년에 거그서 인제 용이 살았대. 용이 살아 갖고. 인자 말허자믄 그 용이 하늘로 득천을 못 허고 하매 바다로 나갔던 모냥이라. 그래 우리 아부지 말이. 하믄. 용 못된 이무기가 말허자믄. 용이믄 비오믄 하늘로 득천을 해야 헐 거인디 바다로 나가 나감스로 그 꼬랑을 나감서로 구불쳐서.

그 인자 말허자믄 그 그 그시기 요 양쪽다 전에는 전~부다 흙으로 둑으로 안 만들어 놨는가 뵈(흙으로 둑을 만들었다). 근디 그걸 꾸불쳐서 전~부 그리 됐대. 그 용 못 된 이무기가 바다로 나감서. 하 해야 헐 것인디 바다로 나갔어. 그래 인자 바다로 나가 갔고 득천을 헐랑가 그건 모르것는디.

그렇게 구부러쳐서 그 마 말허자믄 그 꼬랭이 그렇게 전~부 요 요렇게 [구불구불한 모양으로 손짓하면서] 됐어 뚝. 그랬는디 우리 아부지 얘기가, 그래 인제 그 바우가 용쏘 우에 큰~ 바우가 마 넓쩍허니 이런 지붕만한 거이 있는디. 거그에가 딱 바우가 요렇게 [손바닥을 펴고 그 가운데를 ㅣ모양으로 그으면서] 바우가 요리 됐으믄 한 꼬랑에가.

여그가 조르르~허니 (큰바위 가운데 부분이 위에서부터 아래로 물길이 있고) 요그가 (가운데 길이 난 밑부분에) 옴딱허니 종구랭이 하나 딱 틀만허니 그리 돼 있어. 자연적으로. 근디 거그가 가~물거나 비가 오거나 거그는 물이 흐르더래. 꼭 물이 그리 흘렀는디.

그 왜 인자 못쓸병. 문둥병. 문둥병 든 사람이 거그 와서 그 물을 묵고 거그서 씻고 그 사람이 나사 불었대. 그 뒤로 (물이) 몰라 부리고 안 나와 버린대. 아(응). 그런 이야그는 들었어.

호랑이 산신

자료코드 : 06_03_FOT_20100306_NKS_JJN_0007
조사장소 : 전라남도 광양시 진월면 신아리 신답마을 신답마을회관
조사일시 : 2010.3.6
조 사 자 : 나경수, 서해숙, 이옥희, 편성철, 김자현
제 보 자 : 정정님, 여, 79세
구연상황 : 제보자가 '용소에 산 이무기'가 끝나자 바로 이어서 다음의 이야기를 시작했다.
줄 거 리 : 첫눈이 오면 용소 위로 호랑이가 다녀가곤 했는데 이 호랑이가 산신이라는 것이다.

그런디 인자 실~지로 우리 아부지가. 어쨌던지 우리 아부지가 저 산신이 [자신을 손으로 가리키면서] 안에 들었던가 봐 우리 아부지가. 아 그랬는디. 그 인자 말허자믄 그 용쏘 우에 이렇게 사람이 댕기는 질에가(길에

가), 시방 그 정재나무가 있는가 지르고 있는가 살……. 정재나무 이런 놈이 [팔을 크고 둥글게 모양을 만들면서] 세 주가 있었어. 세 주가 있고 그 우에 산에가. 하. 그 우에 산에가 덕석 같은 바우가 세 개가 있어.

두 개가 [앞 쪽을 바라보며 나란히 두 개가 세로로 있는 모양] 요렇게 있고 한 개는 [가로로 누워있는 모양] 넙적허니 요러게 있는디 하~ 저~ 가을이 되믄. 딱 초가을에 눈이 온단 말이다이. 눈이 오믄 울 아부지가,

"나는 오늘 아침에 손님 왔는가? 가 보고 올란다."

그러고 가시어. 그래도 그러고 갔다 오시면,

"왔다가 갔더라. 왔다가 갔더라."

그래 언~제든지 그 큰 짐승이 첫눈 오믄 거 왔다 간대.

(청중 : 아~ 호랭이.)

하모 하모. 그리 인자,

"왔다가 왔다가 갔더라."

그러고. 한번은 인자 아버지가. 전~에는 저 하동 하동장이란 디가 이리 걸어서 가믄 거그가 저 [옆을 보면서] 선자 저그 아버지 거가 삼십 리요? 하동. 하동이~ 하. 하동장을 가갔구만 저물어. 저물어 갖고 눈이 많~이 왔더래. 그래서 인자 아부지가 오는디. 울 아부지는 술도 못 잡솨.

그래 인자 오시는 오는디. 근디 그 오는 길이. 생인들 둘이나 놔 논 꼴챙이라. 그리 무서운 꼴챙이라. 생인이 둘이나 나는……. 거그를 인자 아부지가 오시는디. 요리 (우측방향 길, 말은 생략되고 손으로 방향을 가리킨다) 인자 오는 길이 있고, 저렇게 꼴챙이 크~은 굼택이 저짝 산이 있고 그런디.

인자 아부지는 (손으로 방향을 가리킨다) 요리 오는디. 불이 [손을 ⊂⊃ 이런 모양으로 만들어서 눈에 대면서] 요렇게 크~게 요래 갖고는 저 저짝 편에서 요~래 따라오더래. 요~래 따라와 갖고. 우리 동네를 올라믄 장꼬개라고 고개가 [고개가 하늘로 서 있지 않고 땅으로 고꾸라져 있는

모양] 팍~ 요래 갖고 동네로 내려와.

그 그 고개가 있어. 시방 길이 나삘있어. 인자 신작로 질이 나. 그 몬당에 와서 딱 내리서니까 동네가 딱 뵈인께 딱 가 뿌리더래. 그랬다고 울 아부지가 애길 허드만.

(조사자 : 그게 호랑이예요?)

[고개를 끄덕이면서] 호랭이지.

태인도의 아기장수

자료코드 : 06_03_FOT_20100306_NKS_JJN_0008
조사장소 : 전라남도 광양시 진월면 신아리 신답마을 신답마을회관
조사일시 : 2010.3.6
조 사 자 : 나경수, 서해숙, 이옥희, 편성철, 김자현
제 보 자 : 정정님, 여, 79세
구연상황 : 조사자가 쌀바위에 관한 이야기를 묻자 그런 애기를 들은 적이 없다고 했다. 이어 아기장수 이야기를 묻자 다음의 이야기를 구연했다. 제보자는 오전에 이어 오후까지 조사가 진행되는데도 적극적으로 조사에 임해 주었다.
줄 거 리 : 태인도에서 태어난 아기가 어느 날은 천장에 붙어 있었다. 그 말이 임금의 귀에 들어가 아기를 죽였다고 한다.

그거는 저 저 시방 태인도라는 디가. [좌측 앞쪽을 가리키면서] 태인도. 응. 그래 태인도.

그래서 거가 태인도가 대인도라. 대인도. 대인이 났다 그래서 대인도라. 그래 인자 우리 시아배가 이야기 허는디.

(청중 : 그래 인자 우리 시조들 난디.)

응. 근디 거 거그에가 애기가 낳는디. 애기를 인자 말허자믄 한 고 어린디 닙히(눕혀) 놓고,

부엌에 어매가 인자 일을 허고 젖 믹일라고 들어오니까 아~가~ 안 뵈

이더래. 아가 안 뵈여서 쪼끔 있다 본께 천장에가 딱 붙어 있더래. 천장. 그거이 요거이 말이 입으로 입으로 전해져 갖고 나라 임금님헌테 귀에 들어갔어. 그래 그 애기를 쥑이 비렀대. 아. 쥑이 부렀대.

소금장수에게 말을 건 귀신

자료코드 : 06_03_FOT_20100306_NKS_JJN_0009
조사장소 : 전라남도 광양시 진월면 신아리 신답마을 신답마을회관
조사일시 : 2010.3.6
조 사 자 : 나경수, 서해숙, 이옥희, 편성철, 김자현
제 보 자 : 정정님, 여, 79세
구연상황 : 조사자가 소금장수와 관련된 이야기가 있냐고 묻자 바로 다음의 이야기를 구연했다. 제보자는 오전에 이어 오후까지 조사가 진행되는데도 적극적으로 조사에 임해 주었다.
줄 거 리 : 소금장수가 비를 피하기 위해 덕발 밑으로 들어갔는데 귀신이 자신의 이름을 부르며 같이 제삿밥 얻어먹으러 가자고 했다는 이야기이다.

소금장수가 소금장수가 댕기다가 비가 와서. 전에는 송장이 죽으면 [김은배를 쳐다보면서] 덕발을 헌다대. 덕발! 덕발이 뭐이냐? 허며는, 요렇게 인자 ○○을 매 갖고 거그다가 곽 곽을 놓고 우에다가 짚을 갖고 이렇게~ 그걸 애막이라 그러지. 애막! 애막. 그래가 짚을 덮어 놓는다대. 그래 거그 갔고 비를 피해 저녁에 자는디. 잉. 자는디.

인자 얼마나 있은께. 인자 말허자믄 이웃에 구신이 그 그 사람들 들어간 그 그 사람 이름을 부르더래. 거가 알고 본께 그 사람이래.

"아무씨! 아무씨!"

부르니께 대답을 허드래. 그런께 인자 말허자믄,

"오늘 저녁에……무슨 아무거시 제삿날이란께 얻어묵으러 가세."

그러더라 그러더래. 응.

"얻어묵으러 가세."

그러더래. 하. 덕발이라고 있어. 이렇게 짚을 엮어 갖고 이렇게 상사를 내놓고 이 나무를 해놓고 요 위에 곽을 얹어. 딱 사람 죽은 시체 담는 곽. 묘를 안 쓰고 전에는 삼 년을 얹어 놨다가 묘에 써.

그래서 거그다 이리 얹어 놓고 인자 짚 안 있는가(짚이 있잖아). 짚 그걸 요렇게 날개라고 엮거든. 그래 갖고 요 우에 덮어 놔. 하모. 덕발. 그래 그렇게 해 놨는디 비가 오니까 소금장수들이 거기가 비를 피하더랴. 인자 저녁에 이. 비를 피하고 있는디. 긍께 인자 딴 그 구신이,

"아무거시씨! 아무거시씨! 오늘 저녁에" 말허자믄,

"(누구의 제삿날이기에) 날짠께 우리 얻어묵으러 가세." 그러더래. 응.

아버지는 소금장수

자료코드 : 06_03_FOT_20100306_NKS_JJN_0010
조사장소 : 전라남도 광양시 진월면 신아리 신답마을 신답마을회관
조사일시 : 2010.3.6
조 사 자 : 나경수, 서해숙, 이옥희, 편성철, 김자현
제 보 자 : 정정님, 여, 79세
구연상황 : 앞서 제보자와 김은배가 소금장수 이야기를 주거니 받거니 했다. 이어 제보자가 다음의 이야기를 구연했다.
줄 거 리 : 아들 둘 딸 하나를 낳고서 과부가 된 여자가 어느 날 남편 생각을 하고 있었는데, 마침 소금장수가 들어와 같이 잠자리를 했다. 다음날 소금장수가 떠나면서 아기 이름을 정해주고 갔다는 이야기이다.

칠만이. 말허자믄 저 저 이 이기문이 이귀문이 아니요? 잘 모를 꺼이내. 모르는디 그 칠만이 즈그 어매가 참으로 젊어서 말허자믄 아들 둘 딸 하나 낳고 인자 남편이 죽었어. 남편이 죽었는디. 소금장수가 인자 소금을 폴로 댕기다가. 인자 날이 저물어서 진을(지낼 곳을) 정해야 허는디 자기

가 어떤 거이.

인자 그 집이가 잘살았는가 봐. 잘살아서 시방 그 집 손지가 손손지가 시방 구르개 저 저.

[잠시 생각을 하다가] 인자 오래되부러 ○○○○. 선생허고 그거이 양 양태식이라고 양태식이구만. 양태식인디 시방 태식이가 살았어 근디. 인자 대문을 열고 마 마당도 널러(넓어). 마당도 널루고 그런디 들어가서,

"아 진을 정헐라고."

허니까. 참~으로 새~파란 젊은 사람이 나와서,

"저거 진 저기 집이 못된다."

고 글더래. 그런디 이 소금장수가 조금 맘이 이상했던가 봐. 그래서 인자 나왔다가 동네 돌믄서 소금을 팔다가 날이 저물어서 인자 그 집 대문 밖 대문 옆을 갔더래. 대문 옆을 갔는디. 이 말허자믄 인자 젊은 사람이 혼자 삼서(살면서) 인자 애기가 있을라 했던가 봐. 인자 삼신 애기 있을라 했던가. 자꾸 이 얘기 춤(침) 숨킬라(삼킬려고) 해도 우숩네이. 이 그건 실지라.

전에는 여름에는 평상을 마당에다 놓고 잠을 자거든. 어. 아상. 근디 아상 기틀이라고 있잖아. 아상 기틀. 젊은 사람들은 잘 모를 거라. 아상 요로고 짜 놨제.

(청중 : 아상 네 귀러찌가(네 모퉁이) 있어.)

그러믄 요 가에 가에 나무가 있는가. 거그다가 읍~소를 치더래. 거그다가 몸을 비비면서 읍~소를 치더래. 대문 옆에 인자 가~만히 가니까.

(청중 : 그게 인자 애기 생길라고.)

애기 생길라고. 서방 생각이 나서. 어~ 나서.

(청중 : 나무에다가 비비제.)

막~ 읍~소를 치더래. 근께 막 문을 착~ 열고 들어갔어. 인자 막 들어가고. 들어간께 그냥 대번에 끌어앵기더래. 그래 갖고 그날 저녁에 거그

서 잤는디. 이 사람 소금장수가 가 비리고(가 버리고). 응. 가 버리고 아들을 낳는디 그 사람이 적어서 딱 적어 놓고 갔어. 간 뒤에 보니까. 이름이 여 성이 주가고. 응.

"(성씨는) 주가고 저 이름을 애기가 놓믄(낳으면) 남자 거으믄 칠만이라고 지라."

적어 놓고 갔어. 하. 그 칠만이. 그래 갖고 인자 애기를 나서 칠만인디. 이 사람이 해필이믄 육이오 사변 날디다. 육이오 사변 났을 때 입산을 해가 빨갱이가 돼 삐릿어. 해뿌리 논께 즈그 형님 잡아다 쥑이 삐랐제. 그래도 인자 즈그 시방 그거이 인자 보믄 선자 즈그 아부지! 두째 즈그 둘째 아들이 그 그 큰아들 다음에 아들이 즈 [생각하다가] 이름을 다 잊어뿌렀다.

새터외~ 하. 주칠만이 저 집에. 저 점자네 못 뒤. 새터! 저 그 사람~ 그시기 말허자믄 작은 사람허고 살았어. 그 사람은 죽고 시방 할멈은 인자 살았어 인자 살고. 그랬는디 인자 칠만이는 입산을 해 갖고 인자 즈그 형님들 다~ 죽여 비리고, 어찌 했던지 죽어 버리고.

하모. 며느리가 또 청승과부가 됐어. 큰 며느리가. 큰 며느리가 청승과부가 됐 저 저 집터 그 자리에 사는디. 청승과부가 되았는디. 용한이 이쁘게 생겼잖아요. 용한이가 인자.

(청중 : 용한이는 인자 우리 김해 김씨 아니가?)

김해 김씨던가 뭐 하던가 그런께. 그 저 태성이 즈그 아배보다 나이가 이 이십 살 차이가 날 거이여. 이십 살 차이가 난디. 전에는 이 틀 에~ 옷 깁는 틀. 그기 귀했어. 한 부락에 두 개 아니믄 한 개 있었네. 그 집 틀이 있었어. 그래 논께 그 틀에 일허러 댕긴다고 자~주 자~주 댕겼었어. 저 용한이란 사람이. 인물도 좋~고 참~ 그래. 댕기다가 어쩌다가 정분이 놔 뿟어. 정분이 나 갖고 [웃음] 그 그 집서 아들 집이서 쫓겨나 붓어. 그래 갖고 그 저 태식이 즈그 어매가 그러나 저재나 시집을 와 삐리고. 인제 어째 됐는고 그런 건 모르겄대. 그런디 그건 현실이라.

대낮에 헛것이 보이다

자료코드 : 06_03_MPN_20100306_NKS_KMO_0001
조사장소 : 전라남도 광양시 진월면 신아리 신답마을 신답마을회관
조사일시 : 2010.3.6
조 사 자 : 나경수, 서해숙, 이옥희, 편성철, 김자현
제 보 자 : 김맹옥, 여, 80세
구연상황 : 앞서 정정님의 낮 12시만 되면 헛것을 본다는 이야기가 끝나자마자 다음의 이야기를 구연했다. 청중들의 이야기가 겹쳐서 조사자가 중재를 하기도 했다.
줄 거 리 : 시할머니가 대낮에 헛것이 보여 큰소리로 욕을 하자 잠잠해졌다는 이야기이다.

나도 옛날에 우리도 그때 한 한. 아~ 한. 나는 옛날에 맹을 죽게 생겼으니 어찌것냐? 어. 보리가 요렇게 올라오는디. 보리가 요렇게 뱄어. 그럼이 고랑에다가 맹을 숭구거든(심거든). 맹을 어찌 숭구냐믄. 요 베짜 갖고 있는. 요리 숭구는디. 암~것도 우린 겁이 없어. [목이 쉬고] 그래 인자 맹을 숭구는디. 딱 그때 됐자. 나도 시계 평상 찬디. 열두 시라. 그냥 머리에다가 흙을 쫙~ 쫙~ 찌그리대. 그런께 맘이 그냥 놀래켜. 무섭고. 아 이걸 가자 해도 그렇고 어쩌자니 그렇고 인자 나는 원래 가므는 그런 걸 만내도 담이 씨어 갖고 몰라. 그냥 꾸~준허니 해도. 아 우리 시할매가 막 그럴 땐 막 뭘 굿 뚜드린 소리로 막

"어디 장돌박이 어디서 막 흙을 찌띠리냐? 돌을 던지냐?"

함서 뭐이라 허대. 그 시할머니가 팔십 한 살에 돌아갔는디. 그 할머니가 말을 해 줬어. 나가(내가) 막 외치고 우에서 숭금서로.

"니가 저그 바빠 죽것 다 숭그고 갈라 헌디 니가 뭣헌 짓들이냐? 어디 저거 건방지게로 이 저 대낮에 이런 짓거리를 허냐?"

고 동네 큰 욕은 못 해도 나가 건방지다 소리했어. 그렇게도 그 뒤에 잠~잠~해. 낮 한 시 되도 집에 온께 한 시라. 그 다~ 숭구고 내려와. 그 거뿐이는 그리 무섭게 헌 거 안 봐 봤어. 인자 나가 요 동네 온지가 육십 육 년 차라. 응. 그거이 담이 약해 갖고 당하믄 아프다더라.

도깨비와 씨름하기

자료코드 : 06_03_MPN_20100306_NKS_KEB_0001
조사장소 : 전라남도 광양시 진월면 신아리 신답마을 신답마을회관
조사일시 : 2010.3.6
조 사 자 : 나경수, 서해숙, 이옥희, 편성철, 김자현
제 보 자 : 김은배, 남, 81세
구연상황 : 조사자가 도깨비에 관한 이야기를 부탁하자, 제보자는 도깨비불은 실제 있다고 했다. 그래서 조사자가 도깨비와 씨름한 이야기를 꺼내자 다음의 이야기를 구연했다.
줄 거 리 : 새벽에 길을 가는데 어떤 사람이 나타나 씨름을 하자고 하여 이긴 뒤에 나무에 묶어 두고 왔는데, 다음날 가 보니 사람이 쓰다가 버린 몽당 빗자루였다는 이야기이다.

나 그 들은 바가 있는디. 아 여~ 그때 머이. 짐을 지게에다 지고 가는디. 새벽에 가는디. 아 이놈이 씨름을 허자고 허드라고.. 그래서 그래서 좀 어두워 갖고 했제. 어두움. 대낮에는 도채비가 안 나지. 거 인자 새벽 으스름해야 도채비가 나오지~

아 그래 가지고 깍 묶어 가지고(도채비를 꽉 붙들어서) 씨름 못해서 묶어 가지고 뜰에다 바쳐 놓고. 그럼 인자 거슥하지. 쳐 박아 논께 또 허자고 달라 들어 또 쳐 박아 놓고 놓은께 헐 수 없이. 허리끈을 요새 인자 우리 허리끈이 이런디 [자신의 허리띠를 가리키면서] 옛날에는 전부 베허리끈이여.

요놈 새끼를 모가지를 폭 꺾어 가지고 나무에다 달아매 놓고 곤마리 잡고. 뒷날 아침에 가본께 빗짜루 몽댕이. 빗짜루 몽댕이가 달랑달랑 대. 근께 인자 도채비란 것이 사람~ 손이 많~이 가는 것은 고것이 말허자면 시거리에서 도채비가 된다 그런 말이여.

손을 너~무... 사람 손에 너~무 많이 찌든 고것이, 그것이 말허자면 오래되며는 그것이 인자 된다고 그런 얘기를. 그런께 뭐 그런께 뭐 다른 것으면 말허자면 인자 오래된 거는 인자 사람 손에.

사람 손에 오래 많이 끼덴 것은. 그 도리채라고 이기 똘리는기, 대가 이게 이끔 오래 되어서 못 써서 치고(쓰고) 내뿟믄(내버리면) 인자 고런 것이 인자 된다고 고런 말이 있어. 빗자루 몽댕이 허고 인자 도리깨채하고 그거이 인자 도채비 된다 그런 말이 있어.

낮 12시만 되면 헛것이 보이다

자료코드 : 06_03_MPN_20100306_NKS_JJN_0001
조사장소 : 전라남도 광양시 진월면 신아리 신답마을 신답마을회관
조사일시 : 2010.3.6
조 사 자 : 나경수, 서해숙, 이옥희, 편성철, 김자현
제 보 자 : 정정님, 여, 79세
구연상황 : 김은배가 두 곡의 민요를 부르고 숨을 고르고 있다가 조사자가 도깨비 이야기를 해 달라고 하자 정정님이 이야기를 시작했다.
줄 거 리 : 낮 12시만 되면 헛것이 나타났는데 종교를 가진 후부터 나타나지 않는다는 이야기이다.

그때 젊었었어. 젊었는디. 밭을 매는디 어중간~히 점심때가 다 됐는디. 남은 걸 다~ 매자니 어중간헌 것 같고, 놔두고 가자니 좀 그래. 이~ 이놈의 것 다 매고 갈라고. 매는디 [밭은 긁는 시늉을 하면서] 엎지서 부~지런히 매는디.

이 머리 우에서 [30cm정도 크기를 손으로 표하면서] 꼭 손구락 이만헌 거이, 푸~욱~ 내려오더니 여그를 [뒷목 중앙을 손가락으로 찌르면서] 꾹~ 꼭 눌리는 거야. 칵~ 누르면서. 그때가 꼭 열두 시야. 콕~ 콕~ 누루는디 들도 못 허것고 저러도 못 허것는디. 이 호랭이가 물어가도 정신 놓지 마라 소리가 그 소리야.

'아~ 이거이 열두 시가 된께 이런 갑다. 이거이 틀림없이 이런 갑다.'

실어서 그래 인자 고개를 억~찌로 억~찌로 들라 그래. 애~를 쓰면서 어찌(하니까, 이 말이 생략) 들리더라고. 그래서 그냥 들~고 쫓아서 내려오니깐, [옆 사람을 보면서] 자네 성님이 한 거 밤둥이 서산 그 다랑이 안 있나? 시방 거시기 하는 거. 뱅자혈 다랑이! 그 왜 그 옆에 큰~ 바우 안 있소? 그래 인제 거그를 온께로 에 ○○ 어종간에서 거그서 밭을 매더라 말이오.

"아이고." 그래서,

"아이고 나가(내가) 이만 저만 허고 그래서 이짝 그런다."

딱 열두 신디.

"우리도 어중간해서 밭을 매내."

[침을 삼키면서] 그러더라고. 그래서 집이 요러 왔는디 그 뒤로는 절~때 나가 열두 시꺼정 안 했지. 아직까지 왔다가 낮에 낮에. 낮에 열두 시 하고 [틈을 두고] 달라. 그래 인자 그러는디. 또 인자 몇 년 있다가 내가 인자 하 [청중을 다시 바라보면서] 저 안골 정자네가 몇 년 되았소?

(청중 : 거의 뭐 칠팔 년 됐나?)

그런디. 그때 나가 나 나물을 캐서 폴 때(팔 때). 나물 캐 와서 여기서 팔고 그랬는디. 거그 에 우리 밭이 큰~디. 그 밑에가 돌미나리가 많이 났더라고. 응. 돌미나리가. 그래서 그걸 캐러 갔어.

그때는 나 시계를 갖고 갔단 말이다. 그래서 인자 그 한~ 거서 캐 갖고 요런 요런 푸대에다가 한~푸대 캤어. 한 푸대 캐 갖고 또 인자 요러

밖에서 캐는디. 맘이 어째 허~전하고 아~무도 없어 그날은. 그 꼬랑에가 아~무도 일허는 사람이 없고. 근디 그 길을 냈는디. 길 내는 사람들도 없고 아~무도 없어.

아무도 없는디 그 질을(길을) 냈는디 이런 질을 내놓고 이런 언덕을 말허자믄 해 놓고 판자 요놈을 해 갖고 요놈을 탁~ 탁~ 뚜두르거든. 그걸 뚜드리 노은께,

"탕~ 탕~" 나더라고.

"탁~ 탁~"

뚜두린 소리가 나더래. 호매가(호미가) 딱~ 딱~ 딱~ [땅을 손으로 긁으면서] 호매로 요렇게 긁었싸. 그러는디 또 인자 괭이로 또 뜩~ 뜩~ 뜩~ 세 가지로 그렇게 허드라고. 그런디 그렇허는디 이상허니 나믄 이상헌 거이라. 오늘 일하는 사람 아무도 없는디. 저런다 싶어 시계를 딱 봤는디 열두 시라. 딱 열두 시!

움막으로 쫓아 올라갔어. 움막으로 쫓아 올라가믄. 그 질이라는 거이 저짝 끄트머리 마 마 마지막 거가 뵈이거든. 쫓아 올라가 요리 쳐다보니 아무도 안 뵈이거든. 그래 인자 막 소름이 쫙~ 친 거이거든. 그래 인자 동네 쫓겨 내려와 갖고 이장헌테 물어봤어.

"오늘 거 일허냐?" 헌께,

"일 안 헌다."

그래. 그래 인자 여그 가믄 그 구석지에 밭 있는 사람이 인자 또 물어봤어.

"오늘 밭에 갔냐?" 그런께,

"안 갔다."

그래. 아~무도 안 갔어. 나 그 두 번 놀래 봤어. 영~ 열두 시라. 근디 그러고 나서 인자 나가 예수를 믿고 허니까 인자 그런 것도 없고.

밭 매는 소리 / 성아 성아

자료코드 : 06_03_FOS_20100306_NKS_KMO_0001
조사장소 : 전라남도 광양시 진월면 신아리 신답마을 신답마을회관
조사일시 : 2010.3.6
조 사 자 : 나경수, 서해숙, 이옥희, 편성철, 김자현
제 보 자 : 김맹옥, 여, 80세
구연상황 : 전어잡이 노래가 끝난 후 조사자가 밭일하면서 부르는 소리를 권하며 혹시 '성님 성님 사촌성님' 이런 노래를 알고 있느냐고 묻자 김맹옥 제보자가 노래를 시작하였다.

성아 성아 잘산다고 괄세마라
쌀반되만 제졌으믄 성도묵고 나도묵고
마음 좋게 헤어질 걸
있다고 잘세마라(괄세마라)
그후에야 나도살믄
그런괄세 안받으리

숨이 가빠

아리랑 타령

자료코드 : 06_03_FOS_20100306_NKS_KMO_0002
조사장소 : 전라남도 광양시 진월면 신아리 신답마을 신답마을회관
조사일시 : 2010.3.6
조 사 자 : 나경수, 서해숙, 이옥희, 편성철, 김자현
제 보 자 : 김맹옥, 여, 80세

구연상황 : 김맹옥 제보자가 여러 노래를 혼합해서 아리랑을 부르자 주변에서 노래를 듣던 청중들이 작은 소리로 웃기 시작했다. 그러자 김맹옥 제보자는 아무렇게나 옛날 노래를 부르면 되지 왜 흉을 보느냐며 성을 내기도 했다.

서산에 지는해가 지고싶어 지냐
나를두고 가는님이 가고싶어 가냐
아리아리랑 스리스리랑 아라리가 났네
아리랑 고개를 어느누가 냈냐
건방진 아가씨가 냈네

(청중 : 웃음)

얼씨구 절씨구 기화자 좋네
아리랑 아리랑 아라리야

놈헐 때 아무 소리 마라. 한 자리 더 하까

문전 세재가 왠고갠 던가
구부야 구부 구부로 눈물이로구나

아리랑 다 숭을 본께 안 할라네
(청중 : 아리아리랑 스리스리랑 아라리가 났네 아리랑 응응응 아라리가 났네)

아리랑 타령 / 우리야 낭군은

자료코드 : 06_03_FOS_20100306_NKS_KMO_0003
조사장소 : 전라남도 광양시 진월면 신아리 신답마을 신답마을회관
조사일시 : 2010.3.6
조 사 자 : 나경수, 서해숙, 이옥희, 편성철, 김자현
제보자 1 : 김맹옥, 여, 80세

제보자 2 : 김우엽, 여, 72세
구연상황 : 아리랑 타령을 부른 후 주변에서 더 해 보라고 권하자 이어서 불렀다. 김은배 제보자가 북가락으로 장단을 맞추고 있다.

우리야 낭군은 정도꾸 걸린가
놈의청춘 데리다가 일테만 내고
아리랑 아리랑 아라리야
아리랑 고개는 열두나고개
솥안에 든밥은 뜸들어야 좋고
나이애린 가장은 나이차야 좋대

인자 그라지 뭐. 나이 어린 가장은 나이 들어야 좋고 솥 안에 든 밥은 뜸이 들어야 좋지

사나꾸 백발은 쓸데가 있는디
인간의 백발은 쓸곳이 없네

거 안 맞나 우리 백발 쓸 곳이 없어

노랫가락

자료코드 : 06_03_FOS_20100306_NKS_KMO_0004
조사장소 : 전라남도 광양시 진월면 신아리 신답마을 신답마을회관
조사일시 : 2010.3.6
조 사 자 : 나경수, 서해숙, 이옥희, 편성철, 김자현
제보자 1 : 김맹옥, 여, 80세
제보자 2 : 김우엽, 여, 72세
구연상황 : 정정님이 김맹옥의 아리랑 타령을 듣고 심중에 있는 노래라고 설명해 주자 김맹옥이 이 노래를 불렀다. 누워 있으면 유사한 사설을 10곡 이상 이어서 부른다고 하였다. 김은배 제보자가 북가락으로 장단을 맞추고 있다.

(정정님 : 참 그것이 다 심중에 있는 노래라. 응)

꽃은 피서(피어서) 잎을 덮고
잎은 피서 꽃 덮는디

(정정님 : 그래)

우리집이 우런(우리)님은 어디를 가고
날 덮어줄 줄을 모르는가

[정정님 웃음]

얼씨구 좋다 기화자 좋다
아니 노지를 못하리라

참 누워 있으면 그런 노래가 열 자리도 더 잇어져

모심는 소리

자료코드 : 06_03_FOS_20100306_NKS_KMO_0005
조사장소 : 전라남도 광양시 진월면 신아리 신답마을 신답마을회관
조사일시 : 2010.3.6
조 사 자 : 나경수, 서해숙, 이옥희, 편성철, 김자현
제보자 1 : 김맹옥, 여, 80세
제보자 2 : 김우엽, 여, 72세
구연상황 : 정정님의 노래가 끝난 후 김맹옥이 모심는 소리를 부른다고 하며 이 노래를 불렀다. 손으로 무릎장단을 치면서 노래를 불렀다. 김은배 제보자가 북가락으로 장단을 맞추고 있다.

서마지비(서마지기) 논배미가
반달만큼~ 남았구나

여러분들~ 손세워서
어서배삐 모를숨거
점심 묵으로 가보세~

논 매는 소리

자료코드 : 06_03_FOS_20100306_NKS_KMO_0006
조사장소 : 전라남도 광양시 진월면 신아리 신답마을 신답마을회관
조사일시 : 2010.3.6
조 사 자 : 나경수, 서해숙, 이옥희, 편성철, 김자현
제보자 1 : 김맹옥, 여, 80세
제보자 2 : 김우엽, 여, 72세
구연상황 : 모심는 소리가 끝나고 논 매는 소리도 불러 달라고 권하자 이 노래를 불렀다. 손으로 논매는 흉내를 내며 노래를 불렀다. 노래를 듣고 있던 청중들이 웅성거리는 것을 귀기울여 들어보면 이 노래가 논 매는 소리에 딱 맞는 소리는 아니었던 것 같다. 논 매는 소리가 없어진 지 오래되다 보니 부르는 사람도 듣는 사람도 기억에 혼란이 있는 것 같았다.

여 모도. 뭐이라 해야 되냐. 어 모도 동네 사람들! 논매는 적군들. 동네 사람들 얼른 인자 논매러 인자 서씨. 갓집이 논매러 가세. 이러믄 호미를 다 손에다가 들고 우장 삿갓을 입고 줄을 잡아 서서. 그러믄 인자 큰 호맹이가 있어. 상사가 들어와 논매는 것도. 얼른 불러. 호미를 들고 논을 매세. 그러믄 막 엎져서 호미를 들고. 호미질을 허세 호미질을 해. 얼른 상사해 그래 갖고

어서 배삐~ 논을 매서
점심 때가 다 되가니
배가 고팠으니
어서 배삐 점심 묵으로 가세

술도 먹고 밥도 먹고

(정정님 : 그래 갖고는 못 얻어먹겠네)
그럼 다시 하께

점심 때가 다 됐으니
배가 고파 못~허니
어서 배삐 점심 묵으로 가세

(정정님 : 점심때가 되엇 배가 고파 못 허겄네 하고 그러고 끝네)
(청중 : 상사디여)
그러믄 인자 점심 묵으로 가자고

먼디 사람은 듣기도 좋고
가진 사람은 보기도 좋네

상사디여
(정정님 : 그리 가는 기라)

아리랑 타령 / 십오야 밝은 달도

자료코드 : 06_03_FOS_20100306_NKS_KMO_0007
조사장소 : 전라남도 광양시 진월면 신아리 신답마을 신답마을회관
조사일시 : 2010.3.6
조 사 자 : 나경수, 서해숙, 이옥희, 편성철, 김자현
제보자 1 : 김맹옥, 여, 80세
제보자 2 : 김우엽, 여, 72세
구연상황 : 논 매는 소리가 끝난 후 이 노래를 불렀다.

십오야 밝은 달도

믿을 수 없고
정들고 핥든 님도
믿을 수가 없더라
신작로 널러서 질가기 좋고
전깃불 밝아서 도망가기 좋다

노래 부르믄 노래여

청춘가

자료코드 : 06_03_FOS_20100306_NKS_KMO_0008
조사장소 : 전라남도 광양시 진월면 신아리 신답마을 신답마을회관
조사일시 : 2010.3.6
조 사 자 : 나경수, 서해숙, 이옥희, 편성철, 김자현
제보자 1 : 김맹옥, 여, 80세
제보자 2 : 김우엽, 여, 72세
구연상황 : 김우엽 제보자의 노들강변이 끝나자 김맹옥 제보자가 이 노래를 불렀다. 박수를 치면서 한 소절을 부르자 청중들은 옛날 노래를 부르라고 하니까 왜 이런 노래를 부르냐며 질타하는 말을 했다. 그러자 김맹옥 제보자는 이것도 청춘가라고 대답했다.

노세 노세 젊어서 젊어서 놀아

(청중 : 아 옛날 노래 부르란께)
아 여 이것도 청춘가여 청춘가

삼 삼는 소리 / 꽃아 꽃아 고운 꽃아

자료코드 : 06_03_FOS_20100306_NKS_KUR_0001

조사장소 : 전라남도 광양시 진월면 신아리 신답마을 신답마을회관
조사일시 : 2010.3.6
조 사 자 : 나경수, 서해숙, 이옥희, 편성철, 김자현
제 보 자 : 김우례, 여, 77세
구연상황 : 김맹옥의 노래가 끝나고 다른 분들도 노래를 불러 달라고 권하자 김우례 제보자가 이 노래를 불렀다. 삼 삼기 하거나 밭맬 때 부르는 노래라고 한다.

꽃차(꽃아) 꽃차~
곱은(고운) 꽃차
높은 산에~ 피지 말고
구름 안개 싸고 들면
피던 꽃도 아니 핀다~

덜덜 떨리네

홍 타령

자료코드 : 06_03_FOS_20100306_NKS_KEB_0001
조사장소 : 전라남도 광양시 진월면 신아리 신답마을 신답마을회관
조사일시 : 2010.3.6
조 사 자 : 나경수, 서해숙, 이옥희, 편성철, 김자현
제 보 자 : 김은배, 남, 81세
구연상황 : 조사자가 옛날노래를 부탁하자 김은배 제보자는 북을 가져와서 장단을 맞추며 민요를 구연하였다. 노래를 시작하기 전에 먼저 '중머리'라고 언급하였다. 청중들은 어깨춤을 추면서 지켜보다가 노래가 끝나자 후렴을 같이 부르며 민요를 마무리하였다. 특히 정정님 제보자는 '그렇지', '잘한다' 추임새를 적극적으로 넣으며 동참하였다.

요것이 중머리다. 중머리.

헤~~~이

한 많~은 이 세상~
어디다가 발길을 옮길거나
심상에(심산에) 길을 물어
어느 하늘 물어볼거나
아서라~ 괴롭다
이 세상 다 버리고
저~ 금강산 불계당을(불당을) 찾아가서
석가 요기다가 모실거나
아이고 데고 허

(청중 : 성화가 났네 헤.)

전어잡이 노래 / 놋 소리

자료코드 : 06_03_FOS_20100306_NKS_KEB_0002
조사장소 : 전라남도 광양시 진월면 신아리 신답마을 신답마을회관
조사일시 : 2010.3.6
조 사 자 : 나경수, 서해숙, 이옥희, 편성철, 김자현
제 보 자 : 김은배, 남, 81세 외 6명
구연상황 : 선창은 김은배가 맡았다. 김은배 제보자는 노래를 부르기 전에 전어잡이 노래에 대해 먼저 간략하게 설명을 해 주었다. 전어잡이를 나갈 때는 조수에 따라서 새벽에 나갈 때도 있고, 아침에 나갈 때도 있고, 저녁에 나갈 때도 있다. 놋소리는 노를 저을 때 부르는 소리이지만 젊은 사람들이 단잠을 자고 있으면 깨울 때 놋소리를 부르기도 한다.

어이야 뒤야
어이야 뒤야
어이야 뒤야
어이야 뒤야

얼씨구 좋다
어이야 뒤야
어이야 뒤야
오늘날은
어이야 뒤야
어디로 갈까
어이야 뒤야
경상도로
어이야 뒤야
나가볼까
어이야 뒤야
전라도로
어이야 뒤야
나가볼까
어이야 뒤야
오늘 물때는
어이야 뒤야
갱상도가
어이야 뒤야
물때가 좋아서
어이야 뒤야
갱상도로
어이야 뒤야
배질을 허네
어이야 뒤야
어이야 뒤야

어이야 뒤야
경상도로
어이야 뒤야
나가면은
어이야 뒤야
매구섬을
어이야 뒤야
지내가지고
어이야 뒤야
죽바구섬을
어이야 뒤야
지내~며는
어이야 뒤야
거제섬이
어이야 뒤야
나오는디
어이야 뒤야
거제섬에
어이야 뒤야
전~어가
어이야 뒤야
많이 나는디
어이야 뒤야
전어가 없어서
어이야 뒤야
배섬으로

어이야 뒤야
건너서서
어이야 뒤야
남해바다로
어이야 뒤야
건너가보세
어이야뒤야
남해바다로
어이야 뒤야
건너 가면은
어이야 뒤야
이난이 개가
어이야 뒤야
전어가 많이난디
어이야 뒤야
거그도 가보니
어이야 뒤야
전어가 없네
어이야 뒤야
갈구지 섬을
어이야 뒤야
지내가지고
어이야 뒤야
우무섬을
어이야 뒤야
당도를 허면은

어이야 뒤야
틀림없이
어이야 뒤야
전어가 있네
어이야 뒤야
어이야 뒤야
어이야 뒤야
전어 노는 걸
어이야 뒤야
잘 봐주소
어이야 뒤야

전어 노는 것을 봤단 말이여 그라믄 돛대를 내리고 어장 놀 준비를 해라 하믄 예하고 대답을 하고 그물을 노는 것이여

전어잡이 노래 / 그물 놓는 소리

자료코드 : 06_03_FOS_20100306_NKS_KEB_0003
조사장소 : 전라남도 광양시 진월면 신아리 신답마을 신답마을회관
조사일시 : 2010.3.6
조 사 자 : 나경수, 서해숙, 이옥희, 편성철, 김자현
제 보 자 : 김은배, 남, 81세
구연상황 : 선창은 김은배가 맡고 후창은 주민들이 함께 했다. 공연을 여러 번 해 봐서인지 호흡이 잘 맞았다. 전어 노는 것을 발견하면 돛대를 내리고 그물을 내리는데 이때 부르는 소리가 그물 놓는 소리라고 한다.

그물을 놓은디 큰 배는 앞으로 나오고 작은 배가 어서 돌리고 자 한번 해 보세.

어야뒤야
어야뒤야
큰배가 몬제(먼저)
어야뒤야
앞으로 나가고
어야뒤야
작은 배는
어야뒤야
어서 돌리소
어야뒤야
양배 사공들이
어야뒤야
서로서로
어야뒤야
손발을 맞춰서
어야뒤야
그물을 잘놔야지
어야뒤야
그물 잘못노먼
어야뒤야
가둬논 전어도
어야뒤야
놓쳐 부린다(버린다)
어야뒤야
어야뒤야
어야뒤야

아랫부랑도
어야뒤야
그물을 잘 놓고
어야뒤야
살무상도
어야뒤야
그물을 잘 놓고
어야뒤야
그물만
어야뒤야
잘 놓면은
어야뒤야
오늘날에
어야뒤야
만선하지
어야뒤야
어야뒤야
어야뒤야

그물을 다 놓았응께 그물 당그는 소리 해야겄단 말이여

전어잡이 노래 / 그물 당기는 소리

자료코드 : 06_03_FOS_20100306_NKS_KEB_0004
조사장소 : 전라남도 광양시 진월면 신아리 신답마을 신답마을회관
조사일시 : 2010.3.6

조 사 자 : 나경수, 서해숙, 이옥희, 편성철, 김자현

제 보 자 : 김은배, 남, 81세

구연상황 : 선창은 김은배가 맡고 뒷소리는 주민들이 맡았다. 그물에 고기가 잡히면 그물을 당기는데 그물을 당길 때 부르는 소리이다. 김은배 제보자는 '그물을 다 놓았응께 그물 당그는 소리 해야겄단 말이여'라고 한 뒤 이 민요를 부르기 시작했다.

어이용
어이용
어이용
이이용
우리 선원들
어이용
잘도 허네
어이용
전어가
어이용
많이 들어서
어이용
잘만 허면은
어이용
오늘날에
어이용
만선허네
어이용
어이용
전어가

어이용

많이 보이네

어이용

어이용

에이용

전어잡이 노래 / 잦은 그물 당기는 소리

자료코드 : 06_03_FOS_20100306_NKS_KEB_0005
조사장소 : 전라남도 광양시 진월면 신아리 신답마을 신답마을회관
조사일시 : 2010.3.6
조 사 자 : 나경수, 서해숙, 이옥희, 편성철, 김자현
제 보 자 : 김은배, 남, 81세
구연상황 : 선창은 김은배가 맡고 뒷소리는 주민들이 맡았다. 잦은 그물당기는 소리는 빠르게 그물을 당겨 올릴 때 부르는 소리라고 한다.

잦은 소리

어이용

어이용

어이용

어이용

어이용

어이용

전어가

어이용

많이 들었네

어이용

어이용

어이용

우리선원들이

어이용

신이 나서

어이용

어깨춤이

어이용

들썩들썩

어이용

잘도헌다

어이용

어이용

어이용

오늘날에

어이용

만선했네

어이어용

어이용

어이용

살모상들은 전어를 한꺼번에 모아두는 것이여

만선해서 들어오는 소리

자료코드 : 06_03_FOS_20100306_NKS_KEB_0008

조사장소 : 전라남도 광양시 진월면 신아리 신답마을 신답마을회관
조사일시 : 2010.3.6
조 사 자 : 나경수, 서해숙, 이옥희, 편성철, 김자현
제 보 자 : 김은배, 남, 81세
구연상황 : 선창은 김은배가 맡고 뒷소리는 주민들이 맡았다. 주민들은 어깨춤을 추면서 노래를 불렀다. 전어를 가득 잡은 배가 마을로 들어오면서 부르는 소리이다.

어기야 야~아
어기야 야~아
얼씨구~ 절씨구 지화자 좋네
어기야 야~아
우리 전애배(전어배) 보내놓고서
어기야 야~아
선주 마누라가 모욕을(목욕을) 하더니
어기야 야~아
정한수 떠놓고 빌고 빌적에
어기야 야~아
요왕님께 빌던 이말은
어기야 야~아
남해~바다 요왕님네~
어기야 야~아
서해바다 요왕님네들이~
어기야 야~아
우리를 돌봐줘서 장안했네(장원했네)
어기야 야~아
공든탑이 무너질쏘냐~
어기야 야~아

만선~했네 만선했소~
어기야 야~아
여보시오 부자~양반들~
어기야 야~아
돈있다고 자새말고~
어기야 야~아
없는 사람들 하소 말소~
어기야 야~아
물밑에는 일물천자가~
어기야 야~아
천금있고 만금있네~
어기야 야~아
우리도 돈있고 술밥있네~
어기야 야~아
공덕 받아서 만선했으니~
어기야 야~아
이런 갱사가(경사가) 어디있냐~
어기야 야~아
우리 전어배 만선했소
어기야 야~아
전어받으로 나오시오
어기야 야~아

전어잡이 노래 / 전어 퍼담아 주며 하는 소리

자료코드 : 06_03_FOS_20100306_NKS_KEB_0009
조사장소 : 전라남도 광양시 진월면 신아리 신답마을 신답마을회관
조사일시 : 2010.3.6
조 사 자 : 나경수, 서해숙, 이옥희, 편성철, 김자현
제 보 자 : 김은배, 남, 81세 외 6명
구연상황 : 선창은 김은배가 맡고 뒷소리는 주민들이 맡았다. 전어배가 마을에 도착하면 도부꾼들이 전어를 받는데 이때 전어를 퍼담아 주며 부르는 소리이다.

어~낭창 가래야
어~낭창 가래야아
많이 많이 퍼담아주소
어~낭창 가래야아
다래기채로 퍼담아줘라
어~낭창 가래야아
도부꾼들 손해보면
어~낭창 가래야아
전어 받으로 안 나온다
어~낭창 가래야아
도부꾼들이 돈을 벌어야
어~낭창 가래야아
전어 받으로 나오지
어~낭창 가래야아
다래기채로 퍼담아주소
어~낭창 가래야아
어낭창 가래야아
어~낭창 가래야아

얼씨구 절씨구 지화자 좋네
어~낭창 가래야아
많이 많이 퍼담아주소
어~낭창 가래야아

농부가

자료코드 : 06_03_FOS_20100306_NKS_KEB_0010
조사장소 : 전라남도 광양시 진월면 신아리 신답마을 신답마을회관
조사일시 : 2010.3.6
조 사 자 : 나경수, 서해숙, 이옥희, 편성철, 김자현
제 보 자 : 김은배, 남, 81세
구연상황 : 정정임 제보자가 설화 구연을 마친 후 조사자가 민요를 더 불러 주기를 권하자 김은배 제보자가 농부가를 불렀다. 김은배 제보자가 소리를 시작하자 주민들은 자연스럽게 뒷소리를 받았다.

여보시오 농부님들

(청중들 : 얼씨구)

이내 한 말씀 들어보소
아~나 농부야 말을 듣소~
여~이 여~이 여어루 상~사~ 뒤~여
충청도라 충복성은(충복숭아는) 주지 가지가 열렸고
강~남땅 강대추는 아그대 가그대가 열렸구나
여~이 여~이 어여어루 상~사 뒤~여
이 논배미를 어서 심어놓고 건네 배미를 건너가세
여~이 여~이 어여어루 상~사 뒤~여

됐지 뭐 그냥

(정정님 : 서 마지기 논배미가 반달만큼 남았고 점심도 먹으로 가야 되고 하는데 왜 빠지요?)

단가

자료코드 : 06_03_FOS_20100306_NKS_KEB_0011
조사장소 : 전라남도 광양시 진월면 신아리 신답마을 신답마을회관
조사일시 : 2010.3.6
조 사 자 : 나경수, 서해숙, 이옥희, 편성철, 김자현
제 보 자 : 김은배, 남, 81세
구연상황 : 정정임 제보자가 육자배기를 부르자 김은배 제보자가 이어서 이 노래를 불렀다.

사람이~

(청중 : 어허)

날 적의

(청중 : 어허)

인간 팔십을 산다고 해도

(청중 : 어허)

병든 날과

(청중 : 어허)

정든 날 빼고보면 단 사십년 살기가 어렵더라

(청중 : 그렇지)

그러다가 저러다가 아차한번 죽어지면
북망~산~천이로고나

(청중 : 어허)

부모한테 불효한 놈

(청중 : 어허)

형제간에 화목없는 놈

(청중 : 어허)

모조리 잡어다가 저~ 지옥으로 다 보내버리고

(청중 : 그렇지)

우리~ 남은 인들
○○좋게 화목하게 잘 살기를
원하면서

아이구 되아서 안 돼

아리랑 타령 / 시어머니 죽어라고

자료코드 : 06_03_FOS_20100306_NKS_KEB_0012
조사장소 : 전라남도 광양시 진월면 신아리 신답마을 신답마을회관
조사일시 : 2010.3.6
조 사 자 : 나경수, 서해숙, 이옥희, 편성철, 김자현

제 보 자 : 김은배, 남, 81세
구연상황 : 정정임 제보자가 소금장수 설화를 마치자 김은배 제보자가 이 노래를 불렀다.

시어마니 죽어라고 기도를 했더니~
친정어머니 죽었다고 부고가 왔네

(김맹옥 : 시어마니 죽어라고 기도를 했는데 친정어매 죽었다고 부고가 먼저 왔어.)

가난이야 가난이야

자료코드 : 06_03_FOS_20100306_NKS_KEB_001
조사장소 : 전라남도 광양시 진월면 신아리 신답마을 신답마을회관
조사일시 : 2010.3.6
조 사 자 : 나경수, 서해숙, 이옥희, 편성철, 김자현
제 보 자 : 김은배, 남, 81세
구연상황 : 아리랑 타령을 부르고 나서 이 노래를 이어서 불렀다. 중간에 김맹옥 제보자가 끼어들어 함께 했다.

가난이야~ 가나안이야

(청중 : 좋다)

원수 놈의 가난이야
어떤 사람은 팔자 좋아서
부귀 영화로 잘 사는디
이 놈 가난이는
무신 놈의 팔자기에
가난이를 타고나서~
요 고생을 하고 있으니

죽자하니 청춘이요
살자하니 고상(고생)이라
죽도 살도 못 허고
이놈 일을 어찔거나~

[청중 웃음]

일장주로 먹고 씨고(쓰고) 노세

청춘가

자료코드 : 06_03_FOS_20100306_NKS_JJN_0001
조사장소 : 전라남도 광양시 진월면 신아리 신답마을 신답마을회관
조사일시 : 2010.3.6
조 사 자 : 나경수, 서해숙, 이옥희, 편성철, 김자현
제 보 자 : 정정님, 여, 79세
구연상황 : 김맹옥 제보자가 아리랑 타령을 부른 뒤 정정님 제보자가 이어서 이 노래를 불렀으며, 김은배 제보자가 북장단을 쳤다.

무정방초는 연연이 오는데~~
정든 님 소~식은~~
무소식 이~로다

(청중 : 좋다)

지척이 천리고~
섬진갱이(섬진강이) 산이라도
니 안오고 나 안가믄은(안가면은)
지척이 천리로다

울 너매 담 너매

자료코드 : 06_03_FOS_20100306_NKS_JJN_0002
조사장소 : 전라남도 광양시 진월면 신아리 신답마을 신답마을회관
조사일시 : 2010.3.6
조 사 자 : 나경수, 서해숙, 이옥희, 편성철, 김자현
제 보 자 : 정정님, 여, 79세
구연상황 : 청춘가를 부른 다음에 이어서 이 노래를 불렀으며, 김은배 제보자가 북장단을 쳤다.

울너매 담너매 깔벼는(깔베는) 총각아
눈치만 있거든 떡받아~먹소
떡일랑 받아~서 폴매(팔매)를 치고
가는 홀목(손목) 잡고서 아리발발 떤다

자장가

자료코드 : 06_03_FOS_20100306_NKS_JJN_0003
조사장소 : 전라남도 광양시 진월면 신아리 신답마을 신답마을회관
조사일시 : 2010.3.6
조 사 자 : 나경수, 서해숙, 이옥희, 편성철, 김자현
제 보 자 : 정정님, 여, 79세
구연상황 : 울 너매 담 너매 노래를 부른 후 조사자가 자장가를 불러 달라고 권하자 이 노래를 불렀으며, 김은배 제보자가 북장단을 쳤다.

아가 아가 어서 자자
잘도 잔다 우리 애기
뒷집 개야 울지 마라
우리 애기 잠깬다

그러고 머 하는데 잊어불었어

딸아 딸아 막내딸아

자료코드 : 06_03_FOS_20100306_NKS_JJN_0004
조사장소 : 전라남도 광양시 진월면 신아리 신답마을 신답마을회관
조사일시 : 2010.3.6
조 사 자 : 나경수, 서해숙, 이옥희, 편성철, 김자현
제 보 자 : 정정님, 여, 79세
구연상황 : 자장가를 부른 후 조사자가 자식들 키우면서 부르는 노래를 권하였더니 이 노래를 불렀으며, 김은배 제보자가 북장단을 쳤다.

딸아 딸아 막내딸아
어서 크고 곱게 커라
오동나무 장롱짜서
국화 장석 걸어 주께

홍글 타령 / 울 어매는

자료코드 : 06_03_FOS_20100306_NKS_JJN_0005
조사장소 : 전라남도 광양시 진월면 신아리 신답마을 신답마을회관
조사일시 : 2010.3.6
조 사 자 : 나경수, 서해숙, 이옥희, 편성철, 김자현
제 보 자 : 정정님, 여, 79세
구연상황 : 김맹옥 제보자가 아리랑 타령을 부른 후 정정임 제보자는 자신의 어려웠던 시집살이에 대해 토로하였다. 그런 다음 이 노래를 불렀으며, 김은배 제보자가 북장단을 쳤다.

울 어매는 날 키워서
놈 줄데가 그리 없어
석탄 디륵(속탄데로) 날 숨거서
못 살겄네 못 살겄네

○○○ 못해서 못살 겄네
빈 동산에 나비가 뭣허냐
임없는 방안에 나가서 뭣허냐

모심는 소리

자료코드 : 06_03_FOS_20100306_NKS_JJN_0006
조사장소 : 전라남도 광양시 진월면 신아리 신답마을 신답마을회관
조사일시 : 2010.3.6
조 사 자 : 나경수, 서해숙, 이옥희, 편성철, 김자현
제 보 자 : 정정님, 여, 79세
구연상황 : 모심는 소리를 불러 주라고 요청하였다. 정정님은 사설을 구연하다가 중간에 사설이 생각나지 않는다며 곤혹스러워 했다. 청중들이 이런 저런 사설을 이야기해 주었다. 김은배 제보자가 북장단을 쳤다.

상사 뒤~여

따라해. 상사뒤여 해

상사 뒤~여
이 논배미를 어서 숭그고 장구배미로 넘어가세
상사 뒤~여
이 논에다가 모를 숨거

아이구 잊어불었다야. 기억력이 없어. 선자야 뭐가 나와서 너울너울 하지? 너불너불하다 한디 잊어불었어.
(김은배 : 장잎이 나서 너울너울 하지)

어서 숭그고 점심 때가 되었는데 손을 모아 숭거보세

상사 뒤~여

네가 무슨 반달이냐 초생달이 반달이~다

상사 뒤~여

육자배기

자료코드 : 06_03_FOS_20100306_NKS_JJN_0007
조사장소 : 전라남도 광양시 진월면 신아리 신답마을 신답마을회관
조사일시 : 2010.3.6
조 사 자 : 나경수, 서해숙, 이옥희, 편성철, 김자현
제 보 자 : 정정님, 여, 79세
구연상황 : 김맹옥 제보자가 논 매는 소리를 부른 후 정정임 제보자가 이 노래를 시작하였다. 이 노래는 논맬 때나 일할 때, 혼자서 마음이 슬플 때 즐겨 부르는 노래라고 하였다.

고나~헤

사람이 살라면 몇백년을 사드란 말이냐

젊은 청춘에 먹고 쓰고 놀아 보세.

아이고 데~고 허허 성화가 났네~

노랫가락 / 날 보기 싫으면

자료코드 : 06_03_FOS_20100306_NKS_JJN_0008
조사장소 : 전라남도 광양시 진월면 신아리 신답마을 신답마을회관
조사일시 : 2010.3.6
조 사 자 : 나경수, 서해숙, 이옥희, 편성철, 김자현
제 보 자 : 정정님, 여, 79세
구연상황 : 김맹옥이 노랫가락을 부를 때 적극적으로 공감하던 정정님이 김맹옥의 노래가 끝나자 이어서 불렀다.

날뵈기 싫으믄 남인듯 봐둬라
산넘고 물넘으믄 수수천맹이다

노들강변

자료코드 : 06_03_MFS_20100306_NKS_KUY_0001
조사장소 : 전라남도 광양시 진월면 신아리 신답마을 신답마을회관
조사일시 : 2010.3.6
조 사 자 : 나경수, 서해숙, 이옥희, 편성철, 김자현
제 보 자 : 김우엽, 여, 72세
구연상황 : 김우례 제보자의 노래가 끝나고 김우엽 제보자가 이어서 박수를 치면서 이 노래를 불렀다. 이 노래가 옛날 노래인지가 망설여졌는지 한 소절을 시작하고 나서 청중들에서 "이 노래 부르지 말까" 하고 물어보기도 했다. 청중들은 박수를 치면서 함께 분위기를 맞추었다. 잡가 혹은 통속민요의 범주에 드는 노래이지만 주민들에게는 이미 향토민요로서 기능하고 있다고 생각되어 민요 범주에 포함하였다.

노들강변 봄~버들

부르지 마까

휘이 늘어진 가지에다가
무정 세월~ 한 허리를
칭칭 돌려서 맺어나 볼까
에헤이요~ 봄버들도
못믿~으리로다
흐르는 저기 저 물만
흘러 흘러서 가노라

이만석의 해방가요

자료코드 : 06_03_MFS_20100306_NKS_KEB_0001
조사장소 : 전라남도 광양시 진월면 신아리 신답마을 신답마을회관
조사일시 : 2010.3.6
조 사 자 : 나경수, 서해숙, 이옥희, 편성철, 김자현
제 보 자 : 김은배, 남, 81세
구연상황 : 단가를 마친 후 이어서 이 노래를 불렀다. 이 노래는 테이프를 듣고 배운 노래인데 이 노래의 가사를 곰곰이 생각하면 매우 절실하게 다가온다고 하였다. 청중들은 김은배 제보자가 노래를 듣는 동안 추임새를 넣으며 매우 공감하는 분위기였다.

징용~보국대 끌려 갈직에(갈적에)
다 죽을로만 알았더니
일천구백 사십오년 팔월십오일 해방되어
연락선에 몸을 싣고 부산항을 당도를 했더니
문전 문전에 태극기 걸어놓고 삼천만 동포가 춤을 추네

(청중 : 얼씨구)

남의집이 아빠는 다 돌아왔는디
우리집이 돌이아빤 왜 못오나
원자탄에 상처당했나
무정하게도 소식없네
천왕산 꼭대기에 태극기는
바람에 펄펄 휘날리고
해방이 되어서 좋다고 했더니

또 요놈의 육이오가 터져가꼬

해방이 되어서 좋다고 했더니
찌긋찌긋찌긋한 6·25가 웬말이냐
어린자석을 등허리에다 업고
머리우에 보따리 이고
다큰자석 손을 잡고

(청중 : 얼씨구)

나많은(나이많은) 부모 앞에 모시고
한강 철교를 건널 적에
공중에서 폭격을 하니
온만 건물이 다 타버리고
이런 분함이 어디 있나

(청중 : 얼씨구)

부산땅을 피난을 가서
판자집에서 고생고생 다허다가
유엔군이 상륙을 해여서
대한민국이 다시 회복되어
살던 서울을 찾을라고
서울로 행하는 십이열차에
몸을 싣고 생각하니
눈물이 쏟아지기 한이 없네
서울땅을 당도를 해서
이를 불끈 앙다물고
지하철 고속도로 다 만들어서

선진국대열에 올라서서

[청중 박수]

세계에서 제일가는 올림픽 추천국이(주최국이) 되었으니
그 얼매나 기쁠쏘냐
해외에 계시는 할아버지 할머니
하로 바삐 귀국하여서
서로 서로 손을잡고서
서울 팔팔 올림픽 구경을 갑시다

이만석이 노래가 해방가여
(청중 : 참말로 그 노래가 진리가 있다)

속 다르고 겉 다른 남자

자료코드 : 06_03_MFS_20100306_NKS_KEB_0002
조사장소 : 전라남도 광양시 진월면 신아리 신답마을 신답마을회관
조사일시 : 2010.3.6
조 사 자 : 나경수, 서해숙, 이옥희, 편성철, 김자현
제 보 자 : 김은배, 남, 81세
구연상황 : '가난이야'를 부르고 나서 이어서 이 노래를 불렀다.

속다르고 겉다른 남자~
사랑한게~ 잘못이드라
그래~도 너는 내 남자~

6. 태인동

전라남도 광양시 태인동 용지마을

조사일시 : 2010.9.12
조 사 자 : 나경수, 서해숙, 이옥희, 편성철, 김자현

태인동 옛 지명이 문헌에 처음 나타난 것은 1451년에 편찬된 고려사(권51)에 광양현(光陽縣) 대안도(大安島)라 기록되어 전하며, 곧이어 1454년에 간행된 세종실록지리지 해도조편에 태안도(泰安島)라고 기록되어 있다. 이후 1530년경에 편찬된 『신증동국여지승람』에는 다시 대안도(大安島)라고 적고 있다.

태인(太仁)'의 의미는 태안(泰安)·대안(大安) 등의 지명과 함께 '크다'는 의미가 맥을 이어 오고 있으며 '인(仁)'은 '어질다, 자애롭다'는 뜻이 담긴 유교의 근본 개념을 나타내는 말로 광양읍의 인서리(仁西里)·인동리(仁東里)·옛 인덕면(仁德面)의 지명유래와 맥을 같이한다고 볼 수 있다.

태인동에는 도촌, 장내, 용지, 궁지, 명당마을로 구성되어 있는데, 용지마을은 1912년 일제강점기 행정구역 개편 이전에는 돌산군 태인면 용지리라 하여 문헌상 처음으로 현재 마을 이름이 나타나며, 1983년 골약면 태인 출장소를 태금면으로 승격시켜 광양군 태금면 태인리 용지마을이 되었다가 훗날 동광양시 태인동에 속하다 현재는 광양시 태인동 제3통, 제9통 지역이 되어 오늘에 이르고 있다.

용지마을은 주변 산세가 옥녀(玉女) 삼발형이라 하여 과부가 머리를 풀고 아기에게 젖을 먹이는 형국으로 어머니가 근심 없이 아기를 안으면(아기섬, 현 고려시멘트 자리) 지역이 크게 발전될 것이란 말이 옛날부터 전해 내려왔다. 과연 광양제철 건설로 '아기섬(兒島)'을 포함한 부근 지역이 제철연관단지로 조성되고 금호도와 연결되어 육지화됨으로써 용지마을이

아기를 끌어안은 셈이 되어 지금과 같이 크게 발전됐다는 그럴듯한 이야기가 전하고 있다.

용지마을은 1640년경 김해 김씨가 처음 입촌하여 마을이 형성되기 시작했다. 특히 해태를 김이라고 하게 된 것도 이곳에 입촌한 김여익공이 김 양식 법을 개발한 데서 연유한 것이며 2002년에 217호 중 100호가 김해 김씨여서 김씨 집성촌이라 할 만하다.

현재 용지마을에서는 용지 큰줄다리기가 전승되고 있다. 1640년 김여익이 입도해 김 양식법을 개발, 전파한 뒤에 시작된 큰줄달리기는 현재도 매년 정월 보름에 거행되고 있으며, 위쪽은 안마을(암줄), 아래쪽은 선창(숫줄)마을로 나눠 힘을 겨뤘다. 한 집도 빠짐없이 짚을 거두어 새끼를 꼬아 굵고 튼튼한 줄을 완성하고 완성된 줄은 보통 길이가 40~50미터, 둘레는 150미터에 이른다.

보름날 해질녘이 되면 마을 사람들은 줄을 메고 동네를 한 바퀴 돌며 사람들을 모으고, 줄다리기에 앞서 두 편은 각 동네에서 김 풍작과 승리를 기원하는 제사와 농악대를 앞세워 기세를 돋는 축제를 이어 갔다. 보름달이 중천에 떠오를 때 징소리와 함께 줄다리기는 시작된다. 한쪽이 이기려면 줄을 20미터 이상 끌어와야 하기 때문에 보통 4~5시간이 걸린다고 한다.

▌제보자

김금호, 남, 1950년생

주 소 지 : 전라남도 광양시 태인동 용지마을회관
제보일시 : 2010.9.12
조 사 자 : 나경수, 서해숙, 이옥희, 편성철, 김자현

김금호 제보자는 1950년 이 마을에서 태어나서 자란 마을의 토박이이며, 슬하에 2남 1녀를 두었다. 항운노조에서 23년 근무하다가 퇴직하였다. 어려서부터 노래를 좋아하고 잘했으며 명절 때 마을 콩쿨대회를 개최하는데 앞장서기도 했다. 1975년 경부터 마을에서 초상났을 때 상여 소리를 주로 맡아 했는데, 상황에 맞는 사설로 많은 사람들의 심금을 울렸다고 한다. 1993년부터 태인동 용지 큰줄다리기 줄소리 선창을 맡았다.

제공 자료 목록
06_03_FOS_20100912_NKS_KKH_0001 상여 소리

박쌍가매, 여, 1921년생

주 소 지 : 전라남도 광양시 태인동 용지마을회관
제보일시 : 2010.9.12
조 사 자 : 나경수, 서해숙, 이옥희, 편성철, 김자현

박쌍가매 제보자는 1921년에 태어났다. 머리에 가르마가 두 개여서 쌍가매라는 이름을 갖게 되었다고 한다. 친정은 광양시 옥곡면 장동이고 18

살에 태인동으로 시집을 왔다. 옛날부터 마을이나 계모임 등에서 여러 사람이 모이면 쌍가매 할머니는 노래 부르기를 좋아했다고 한다. 조사팀이 마을회관을 찾았을 때 모여 계신 할머니들은 처음에는 조사팀의 방문을 그다지 달가워하지 않았고 옛 노래도 잘 모른다고 했다. 그러면서도 모심을 때 불렀다며 '달아 달아 둘이 뜬 달'을 불러 주어 노래판이 열리게 되었다.

제공 자료 목록

06_03_FOS_20100912_NKS_PSGM_0001 달아 달아 둘이 뜬 달
06_03_FOS_20100912_NKS_PSGM_0002 물레야 자세야

송재민, 남, 1950년생

주 소 지 : 전라남도 광양시 태인동 용지마을회관
제보일시 : 2010.9.12
조 사 자 : 나경수, 서해숙, 이옥희, 편성철, 김자현

송재민 제보자는 이 마을에서 출생하고 자랐다. 15살에 청학동으로 가서 한 20년 살다가 살림이 어려워 1987년도에 마을로 돌아와 항운노조에 들어갔다. 항운노조 창립멤버로서 근무하다가 3년 전에 퇴직했다. 슬하에 1남 5녀를 두었다.

제공 자료 목록

06_03_FOS_20100912_NKS_SJM_0001 광양 용지 큰줄다리기 소리

이수희, 여, 1934년생

주 소 지 : 전라남도 광양시 태인동 용지마을회관
제보일시 : 2010.9.12
조 사 자 : 나경수, 서해숙, 이옥희, 편성철, 김자현

이수희 제보자의 친정은 광양시 진상면 어치마을이다. 열아홉 살에 시집을 와서 농사를 지으면서 바다에 다니며 백합도 잡고 김도 재배했다. 슬하에 5녀를 두었다. 이수희 제보자는 아리랑 타령을 맛깔스럽게 잘 불렀다. 그리고 이자애 제보자와 아리랑 타령 대결을 벌일 만큼 즉석에서 사설을 뽑아내기도 했다. 이 제보자의 아리랑 타령 노랫말은 해학적이고 성적인 사설이 많아서 청중들의 웃음을 유발했다.

제공 자료 목록
06_03_FOS_20100912_NKS_LSH_0001 성아 성아 사춘성아
06_03_FOS_20100912_NKS_LSH_0002 아리랑 타령 대결
06_03_FOS_20100912_NKS_LSH_0003 에야디야
06_03_FOS_20100912_NKS_LSH_0004 삼천리 강산이 밝아오네

이자애, 여, 1928년생

주 소 지 : 전라남도 광양시 태인동 용지마을회관
제보일시 : 2010.9.12
조 사 자 : 나경수, 서해숙, 이옥희, 편성철, 김자현

이애자는 1928년에 광양시 중마동에서 태어나 열아홉 살에 이 마을로 시집와서 슬하에 1남 6녀를 두었다. 농사일과 바닷일을 하면서 평생을 살아왔다. 교회를 다닌 지는 한 30년 되었다고 한다. 이수희 제보자와 아리랑 타령 대결을 벌일 만큼 즉석에서 사설을 만들어 내는 능력이 뛰어났다.

제공 자료 목록
06_03_FOS_20100912_NKS_LJA_0001 성아 성아 사춘성아
06_03_FOS_20100912_NKS_LJA_0002 성주풀이
06_03_FOS_20100912_NKS_LJA_0003 홍글 타령 / 울 엄마는 날 설 적에

진순남, 여, 1926년생

주 소 지 : 전라남도 광양시 태인동 용지마을회관
제보일시 : 2010.9.12
조 사 자 : 나경수, 서해숙, 이옥희, 편성철, 김자현

진순남 제보자는 1926년에 광양시 진월면 성계마을에서 태어났다. 이 마을로 들어온 지는 15년이 넘었다고 한다. 이 제보자는 민요의 사설을 많이 기억하고 있었으나 모든 민요를 음을 얹어서 부르지는 못했다. 홍글 타령은 처음부터 끝까지 그 사설을 기억하고 있었으며 노래가 끝난 뒤 이 노래의 의미에 대해 청중들에게 설명해 주기도 했다.

제공 자료 목록
06_03_FOS_20100912_NKS_JSN_0001 홍글 타령 / 낭창낭창 노두건너
06_03_FOS_20100912_NKS_JSN_0002 아리랑 타령

태인동 마을회관에서의 조사장면

태인동 마을회관에서의 조사장면

상여 소리

자료코드 : 06_03_FOS_20100912_NKS_KKH_0001
조사장소 : 전라남도 광양시 태인동 용지마을회관
조사일시 : 2010.9.12
조 사 자 : 나경수, 서해숙, 이옥희, 편성철, 김자현
제 보 자 : 김금호, 남, 61세
구연상황 : 점심을 먹은 후 마을회관에 다시 모였다. 조사자가 상여 소리를 듣고 싶다고 하니, 김금호가 소리를 하고 송재모가 장단을 맞추었다. 소리를 하기 전에 상여 소리는 발인제를 마치고 상여꾼들이 상여를 운반할 때 꽹과리, 북 등을 치면서 소리한다는 김금호의 설명이 있었다.

나~무~아~미~타아~아~부울~
나~무~아~미~타아~아~부울~

극락~세계로오 가시~라고오~
나~무~아~미~타아~아~부울~

염부울~ 공을~ 들입~시~다아~
나~무~아~미~타아~아~부울~

[이 노래를 부르면서 상여 주위를 두 바퀴 돈다.]

어~노~ 어~허~노오~
어~노~ 어~허~노오~

나도~ 어제에~ 청춘이~였는데에
오날~ 극락이 웬 말이나아~

어~노~ 어~허~노오~

인제가면 언제오요
오실날이나 일러주시오
내년 춘삼월 꽃피면 올라요~
어~노~ 어~허~노오~

극락~세계가아 멀다허더니이~
어~노~ 어~허~노오~

저 건너~ 저 한산이 극락일세에
어~노~ 어~허~노오~

[인제 이 '어~노~ 어~허~노오~' 소리를 상여 메고 한참하면 슬픔이 몰려온다. 그리고 다시 장단을 조금 바꿔서 이어지는 소리는 더 구성지게 부른다.]

어~노~ 어~허 노오~
허이~ 노오~ 어허~노오 야~ 어이가리~ 어~롱~차 어하요~
어~노~ 어~허 노오~
허~ 노오~ 어허~노오 야~ 어이가리~ 롱~차 어하요~

동네 여러부운~
내가 없는 연우라도(연후에라도) 우리 자식새끼들 잘 부탁합니다.
어~노~ 어~허 노오~
허~ 노오~ 어허~노오 야~ 어이가리~ 롱~차 어하요~

우지말어라~ 우지를 말어라~
인생 한번 나믄~ 한번은 가지이~

어~노~ 어~허 노오~
허~ 노오~ 어허~노오 야~ 어이가리~ 롱~차 어하요~

아이구~ 되고오 되고~ 아이고오
가지말고 가지말고 같이사세에
어~노~ 어~허 노오~
허~ 노오~ 어허~노오 야~ 어이가리~ 롱~차 어하요~

닥아(닭아) 닥아 꼬꼬닥아~
우지마라 우지마라
네가 울며은 날이~ 새면 나는~ 간다아~
어~노~ 어~허 노오~
허~ 노오~ 어허~노오 야~ 어이가리~ 어~ 롱~차 어하요~

[목이 아파서 잠시 중단한다. 녹음에는 잘 나오지 않으나, 조사자의 부탁으로 못된 사위가 상여에 참여하는 상황을 임의적으로 만들어서 소리를 해 달라고 부탁한다. 그래서 '어~노~'를 진어노를 두 대목하고 임의적으로 말한 상황에 따라 소리를 이어간다.]

어~노~ 어~ 노오~
허~ 노오~ 어허~노오 야~ 어이가리~ 어~롱~차 어하요~
어~노~ 어~ 노오~
허~ 노오~ 어허~노오 야~ 어이가리~ 어~롱~차 어하요~

놈아 놈아 이 사위놈아
니가 돈이 많아서어~ 부자살믄 뭣헐거이냐
살아 생전에 조기 한 마리라도오~
어~노~ 어~ 노오~

허~ 노오~ 어허~노오 야~ 어이가리~ 어~롱~차 어하요~

윤삼아 삼아 나 살아생전에 담배 한 갑이라도 사줬봤더냐아~
어~노~ 어~ 노오~
허~ 노오~ 어허~노오 야~ 어이가리~ 어~롱~차 어하요~

담배 생각 나며는~ 날이 존날(좋은 날) 길가에서 꽁초 주워~서 피운~ 심정~
어~노~ 어~ 노오~
어~ 노오~ 어허~노오 야~ 어이가리~ 어~롱~차 어하요~

가세~ 가세에~ 극락 가세에~
저 건너 안~산 극락을 가세~
어~노~ 어~ 노오~
어~ 노오~ 어허~노오 야~ 어이가리~ 어~롱~차 어하요~

[장단이 빨라진다.]

어하 롱차
어하 롱차

어하 롱차
어하 롱차

롱차롱차
어하 롱차

잘도 간다
어하 롱차

어허 롱차
어하 롱차

조심 조심
어하 롱차

운상허세
어하 롱차

어허 롱차
어하 롱차

올라가네
어하 롱차

잘도허네
어하 롱차

롱차롱차
어하 롱차

어하 롱차
어하 롱차

이 길 건너
어하 롱차

저 건네가[건너가]
어하 롱차

극락일세
어하 롱차

롱차롱차
어하 롱차

어하 롱차
어하 롱차

어하 롱차
어하 롱차

롱차 롱차
어하 롱차

어하 롱차
어하 롱차

우리개굴
어하 롱차

운상잘허고
어하 롱차

어허 롱차
어하 롱차

롱차 롱차
어하 롱차

어하 롱차
어하 롱차

롱차 롱차
어하 롱차

어하 롱차
어하 롱차

어하 롱차
어하 롱차

위친계원
어하 롱차

무어갖고
어하 롱차

극락간디
어하 롱차

잘도 쓰네
어하 롱차

어하 롱차
어하 롱차

롱차 롱차
어하 롱차

어허 롱차
어하 롱차

다 와가네
어하 롱차

잠깐 쉬어
어하 롱차

놀다가세
어하 롱차

롱차 롱차
어하 롱차

달아 달아 둘이 뜬 달

자료코드 : 06_03_FOS_20100912_NKS_PSGM_0001
조사장소 : 전라남도 광양시 태인동 용지마을 용지마을회관
조사일시 : 2010.9.12
조 사 자 : 나경수, 서해숙, 이옥희, 편성철, 김자현
제 보 자 : 박쌍가매, 여, 90세
구연상황 : 오전에 태인동 회관에서 용지 큰줄다리기에 관한 내용을 조사한 후 오후에 부녀자들이 모이는 경로당을 찾았다. 경로당에는 할머니들 10여 명이 담소를 나누고 있었다. 조사자들이 옛날에 일하면서 불렀던 노래나 놀면서 불렀던 노래를 들으러 왔다고 하자 할머니들은 옛 노래 사설은 토막토막 이야기하는데 음을 잃어서 부르지는 못했다. 여기저기서 산발적으로 '한다', '못 한다'를 반복하고 있을 때 박쌍가매 제보자가 이 노래를 부르기 시작했다. 모심을 때, 논맬 때 이런 노래를 불렀다고 한다. 제보자는 이 노래를 반복해서 불렀다.

달아 달아 하까

달아 달아 둘이 뜬달
임의 동청 비친~ 달아
어떤 품자를 품었던가

(청중 : 아고 잘하네)
하먼 그래. 그렇지 뭐

노래 밍창(명창) 싸고 간들
너를 나가 버리겄냐
서산에~ 지는 해는
지구(지고) 싶어서 너를 주느냐

(청중 : 그래)

달아 달아 둘이 뜬달
어떤 품자를 품었던가
노래 맹창 네가 허재
나가 무슨 허겄느냐

[청중 박수]
[조사자와 청중이 잘한다며 한 자리 더 해 보라고 하자 다시 반복해서 불렀다.]

달아 달아 말을 해라
어떤 품자를 품었는가
노래 맹창 싸고 간들
니를 나가 버릴쏘냐

(청중 : 아고 잘하네)

임의 동청 간들 만들
나가 너를 데꼬 가제

[조사자가 사랑하는 사람에 관한 노래냐고 묻자 논매면서, 모심으면서 부르는 노래라고 했다. 또 전에는 많이 했는데 잊어버렸다고 했다.]

달아 달아 둘이 뜬달
누구 말을 들었느냐
나를 두고 저 사람을
따라간들 쓸 수가 있느냐
잊을 수냐 배릴 쏘냐
나가 너를 배릴 쏘냐

[조사자가 "저건네 갈매봉에 비묻어 오는 노래 아세요?"라고 묻자 전에는 많이 했는데 안 부른지 오래 되어서 다 잊어버렸다고 함.]

물레야 자세야

자료코드 : 06_03_FOS_20100912_NKS_PSGM_0002
조사장소 : 전라남도 광양시 태인동 용지마을 용지마을회관
조사일시 : 2010.9.12
조 사 자 : 나경수, 서해숙, 이옥희, 편성철, 김자현
제 보 자 : 박쌍가매, 여, 90세
구연상황 : 물레야 자세야 노래를 아느냐고 묻자 제보자가 이 노래를 부르기 시작했다. 이 노래는 다른 청중들도 대부분 알고 있는 노래인 듯 했다. 한 청중은 이 노래의 끝에 '에야 디야' 후렴을 붙여서 부르기도 했다.

대밭에 드는 친구가 날 오라 헌다

[마이크 꼽았으니 다시 해 달라고 부탁]

물레야 자세야 어서 빙빙 돌아라
대밭에~ 새총객이 날 오라 헌다

하믄 밤이슬 맞고 대밭에 앉었지 하믄 어쨌당가

[조사자가 밤이슬을 맞는다 이런 내용은 없냐고 묻자 그런 가사도 있다고 함. 청중 중의 한 명이 본인도 한 자리 해보겠다며 이어서 부름]

물레야 자세야 어리빙빙 돌아라
너무 집이 귀동자 밤이슬 맞는다

[웃음]

에야 데야 에헤에 헤야
에야 디여라 사랑이로구나

광양 용지 큰줄다리기 소리

자료코드 : 06_03_FOS_20100912_NKS_SJM_0001
조사장소 : 전라남도 광양시 태인동 용지마을회관
조사일시 : 2010.9.12
조 사 자 : 나경수, 서해숙, 이옥희, 편성철, 김자현
제 보 자 : 송재민, 남, 61세
구연상황 : '줄소리'와 '고걸이' 소리는 선창과 후창으로 나뉜다. 안몰 김금호와 선창몰 송재모가 선창을 맡고, 모여 있는 마을 사람들이 후창을 한다. 처음 "동네 사람들 줄매소~"는 안몰 김금호가 외친다. 이후 안몰과 선창몰에서 번갈아가면서 선창을 한다. '줄드리는 소리'를 들을 수 있냐는 조사자의 질문에 직접 줄

을 만들면서 불러야 정확한 박자로 소리를 할 수 있다고 김금호가 말하였다. 그래서 이날 '줄드리는 소리'는 들을 수 없었다.

〈줄소리〉

동네 사람들 줄매소~오

우이여 헤~에
우이여 헤~에
선창몰 사람들아~
우이여 헤~에
줄 한 번 걸어도라~
우이여 헤~에

안몰 사람들아~
우이여 헤~에
줄 한 번 걸어도라~
우이여 헤~에

우리 줄은 쐬줄이고~
우이여 헤~에
느그 줄으은 썩은 새끼줄~
우이여 헤~에

황소 같으은 힘을 모아~
우이여 헤~에
문전까지 끌어주마~
우이여 헤~에

하늘에는 별이 총총

우이여 헤~에
대밭에는 마디가 총총
우이여 헤~에

어디 가냐 어디가냐
우이여 헤~에
줄안끊고 어디가냐
우이여 헤~에

황소같은 힘을내어
우이여 헤~에
문전까지 당겨주소
우이여 헤~에

우이여 헤~에
우이여 헤~에
안몰에는 문내난다
우이여 헤~에

우이여 헤~에
우이여 헤~에
선창몰에는 갯내난다
우이여 헤~에

느그 줄은 썩은 새끼줄
우이여 헤~에
우리 줄은 쐬줄이다
우이여 헤~에

우이여 헤~에
우이여 헤~에

〈고걸이〉

우이여 헤~에
우이여 헤~에
어허 숫줄 뭐하는가
우이여 헤~에
어서 한 번 걸어보세
우이여 헤~에

못가겄네 못가겄네
우이여 헤~에
남자조차 못들겄네
우이여 헤~에

암줄이 갈건인가
우이여 헤~에
신부주책도 못들겄네
우이여 헤~에

걸음좋네 버티보세
우이여 헤~에
밤새도로옥~ 버티보세
우이여 헤~에

안되겟네 안되겠어
우이여 헤~에

용왕님이 노하시겠네[잠깐 발음이 꼬인다.]
우이여 헤~에

걸음좋네 좋다좋아
우이여 헤~에
중간에서 만나보세
우이여 헤~에

옳다좋다 좋다좋아
우이여 헤~에
양쪽에서 양보해서
우이여 헤~에

[중간을 생략한다고 이야기하고 있다.]

우이여 헤~에
옳다좋네 좋다좋아
우~여~ 헤~에
쌩쌩하게 맞대보세
우~여~ 헤~에
우~여~ 헤~에

성아 성아 사촌성아

자료코드 : 06_03_FOS_20100912_NKS_LSH_0001
조사장소 : 전라남도 광양시 태인동 용지마을 용지마을회관
조사일시 : 2010.9.12
조 사 자 : 나경수, 서해숙, 이옥희, 편성철, 김자현

제 보 자 : 이수희, 여, 77세
구연상황 : 이자애 제보자가 성아 성아 사춘성아를 부른 후 이수희 제보자가 이어서 불렀다. 사설이 다소 달랐다.

성아성아 사촌성아
나왔다고 기님마라
쌀한되만 제겼으믄
성도묵고 나도묵고
성네가장 하잘살아
지게목발이 제적이고
우리네남편 하못살아
책상물림으로 제적이고
우리집이 하못살아
놋접시로 담을싸고
성네집이 하잘살아
누룩으로 담을싸고
언니언니 나왔다고 기님마소

말하자믄 그거이라. 못사는 언니가 동상집이 갔는디 기님을 해. 잘산다고 간께. 군담을 해. 밥도 못 해 주겠다고 잘산다고 간께 기님을 해.

아리랑 타령 대결

자료코드 : 06_03_FOS_20100912_NKS_LSH_0002
조사장소 : 전라남도 광양시 태인동 용지마을 용지마을회관
조사일시 : 2010.9.12
조 사 자 : 나경수, 서해숙, 이옥희, 편성철, 김자현
제보자 1 : 이수희, 여, 77세

제보자 2 : 이자애, 여, 83세

구연상황 : 아리랑 타령을 돌아가면서 한 후 가장 활발하게 참여한 이수희 제보자와 이자애 제보자에게 아리랑 타령 시합을 한 번 해보자고 제안을 했다. 이수희 제보자가 먼저 시작하고 이자애 제보자가 노래를 받았다. 청중들은 박수를 치며 동참했다. 이수희 제보자의 사설은 해학적이고 성적인 사설이 많아서 청중들의 웃음을 유발했다.

제보자 1 시어머니 죽으라고 삼년공을 들였더니
친정어마니 죽었다고 전부(전보)가 왔네

아고 그 잡년 잘했네 그 잡년 잘했어

[청중 웃음소리에 다음 사설이 잘 안 들렸다. 조사자는 시합을 요청했다.]

아리아리랑 스리스리랑 아라리가 났네
아리랑 응응응 아라리가 났네

제보자 1 십오야 밝은달은 구름속에 놀고
잊었던 아가씨는 신랑품에 논다

제보자 2 오늘 해~는 다 되~는디
골목 골목이 연기가 난다

우리 집이 우리나 임은
연기 낼줄을 아니 모르구나

제보자 1 우수~경~칩에 대동강 풀리고
우런님 말한자리에 나속도 풀린다

아리아리랑 스리스리랑 아라리가 났네

아리랑 응응응 아라리가 났네

제보자 2 나 떠난다고 실통정 말고
나 다녀올동안 몸조심을 하소

아리아리랑 스리스리랑 아라리가 났네~
아리랑 응응응 아라리가 났네(손뼉치며 다같이)

제보자 1 물레돌 베고서 잠자는 총각
언제나 커가지고 내낭군 될까

아리아리랑 스리스리랑 아라리가 났네~
아리랑 응응응 아라리가 났네

제보자 2 네가 잘나서 천하일색이냐
내눈이 어둬서 환장이로구나

제보자 1 분홍색~ 야달폭 치마
[노래 겹쳐서 채록 안 됨]

아리아리랑 스리스리랑 아라리가 났네
아리랑 응응응 아라리가 났네

제보자 2 네 정 내정은 그대로 살만 했는디
느구 부모 요사에 내가 남 되간다

아리아리랑 스리스리랑 아라리가 났네
아리랑 응응응

제보자 1 총각의 잡놈아 나치매끈 놔라

자방끈 실뱁(실밥)이 다 떨어진다

[청중 웃음]

제보자 2 달그닥 달그닥 (○○○○) 소리는
자다가 들어도 우리낭군 발자취

그만해 인자 그만해

에야디야

자료코드 : 06_03_FOS_20100912_NKS_LSH_0003
조사장소 : 전라남도 광양시 태인동 용지마을 용지마을회관
조사일시 : 2010.9.12
조 사 자 : 나경수, 서해숙, 이옥희, 편성철, 김자현
제 보 자 : 이수희, 여, 77세
구연상황 : 성아 성아 사춘성아를 부른 뒤 자연스럽게 이자애 제보자가 이 노래를 시작했다. 이수희 제보자와 번갈아 가며 노래를 불렀다. 모여서 놀면서 부르는 노래라고 했다.

서산에 지는해는 지구싶어 지냐
나를두고 가신님은 가고싶어 가냐

거기는 에야 디야가 들어가야 돼

에야 디야 에헤헤 에야
에야~ 디여라 내 사랑아

우리댁 서방님은 산노방 갔는디
니노방 꾼들아 나와같이 가세

그런 노래밖에 없어 옛날에 우리는

간다 못간다 얼마나 울었냐
정거장 마당이 대동강이 되었네

[조사자가 '하늘에다 베틀놓고 구름잡이 잉애걸고' 있냐고 묻자 이런 노래도 있다고 했다.]

시어마니~ 산소가 명산이던가
우리의 삼동새(삼동서) 떼갈보가 났네

물레야 자세야 어서 빙빙 돌아라
놈의집 귀동자 밤이슬 맞는다

울너매~ 담너매다가 임 세워놓고
호박잎 한들한들 전화를 거노라

[조사자가 이런 노래는 어쩔 때 부르는 노래냐고 묻자 같이 모여서 놀면서 부르는 노래라고 했다.]

삼천리 강산이 밝아오네

자료코드 : 06_03_FOS_20100912_NKS_LSH_0004
조사장소 : 전라남도 광양시 태인동 용지마을 용지마을회관
조사일시 : 2010.9.12
조 사 자 : 나경수, 서해숙, 이옥희, 편성철, 김자현
제 보 자 : 이수희, 여, 77세
구연상황 : 아리랑타령 대결이 끝난 후 이수희 제보자가 이 노래를 불렀다.

밝아오네 밝어와 삼천리 강산이 밝어와

모두들 나와서 손뼉을 치네
손뼉을 치면서 춤을 추니
이런 경사가 어딨느냐
좋네 좋아 삼천리 강산에 동이 텄네

그라믄 되지 뭐

성아 성아 사춘성아

자료코드 : 06_03_FOS_20100912_NKS_LJA_0001
조사장소 : 전라남도 광양시 태인동 용지마을 용지마을회관
조사일시 : 2010.9.12
조 사 자 : 나경수, 서해숙, 이옥희, 편성철, 김자현
제 보 자 : 이자애, 여, 83세
구연상황 : 성주풀이가 끝난 후 조사자는 이 마을에서 둥당애 타령이나 청춘가를 불렀냐고 물었다. 할머니들은 우리들은 그런 것은 모른다고 답했다. 이에 조사자가 시집살이 노래나 밭매면서 부르는 노래는 무엇인지를 물으니 있다고는 하지만 부르지는 않았다고 한다. 다시 조사자가 성아 성아 사춘성아 노래 앞부분을 부르며 이 노래를 알고 있느냐고 묻자 이자애 제보자가 이 노래를 부르기 시작했다.

성아성아 사춘성아
나왔다고 기님말소
쌀한되만 제졌으믄
성도먹고 나도먹고
그솥에야 누룽지는
성이다~ 먹으세요

인제 거기까지밖에 몰라

[조사자가 다른 사설도 있으면 불러 달라고 하자 이어서 불렀다.]

성님집이 잘산골로 누룩으로 담장싸고
이내나는 못산골로 돌담길로 담장쌓네

[제보자는 이 노래는 속을 비춘 노래라고 하였으며 노래가 재밌다고 하였다.]

성주풀이

자료코드 : 06_03_FOS_20100912_NKS_LJA_0002
조사장소 : 전라남도 광양시 태인동 용지마을 용지마을회관
조사일시 : 2010.9.12
조 사 자 : 나경수, 서해숙, 이옥희, 편성철, 김자현
제 보 자 : 이자애, 여, 83세
구연상황 : 이수희 제보자의 삼천리 강산이 밝아오네에 이어서 이자애 제보자가 성주풀이를 불렀다.

낙양성 십리 하에
높고 낮인(낮은) 저 무덤은
영웅호걸이 몇몇이며
절대가인이 그 누굴까
우리네~ 인생 한번 가믄
저그 저모냥 될터이니
에라 만수 에라 대신이야

저건네 잔솔밭에
설설 기는 저 포수야
저산 비둘기 잡지마오

저기러기 나와같이 임을 잃고
밤새도록 임을 찾아 헤매노라
에라 만수 에라 대신이야

(청중 : 아이고 잘하네)

한송정 솔을비어 조그맣게 배를지어
술이나 안주 가득 실고
강릉 경포로 달구경 가세
에라 만수 에라 대신이야

(청중 : 빠졌다. 많이. 잘하요 잘해)

홍글 타령 / 울 엄마는 날 설 적에

자료코드 : 06_03_FOS_20100912_NKS_LJA_0003
조사장소 : 전라남도 광양시 태인동 용지마을 용지마을회관
조사일시 : 2010.9.12
조 사 자 : 나경수, 서해숙, 이옥희, 편성철, 김자현
제 보 자 : 이자애, 여, 83세
구연상황 : 베틀 노래를 부르고 나서 이 노래를 부르기 시작했다.

울엄마는 날설적에 죽신노물(죽순나물) 원했던가
나살길이 모디(마디) 모디 설움이요
우러집이 클적에는 쌀독아지 봉다진디
노무집이 오고나니 개밥에도 도톨이요

그런 노래 불렀어

홍글 타령 / 낭창낭창 노두건너

자료코드 : 06_03_FOS_20100912_NKS_JSN_0001
조사장소 : 전라남도 광양시 태인동 용지마을 용지마을회관
조사일시 : 2010.9.12
조 사 자 : 나경수, 서해숙, 이옥희, 편성철, 김자현
제 보 자 : 진순남, 여, 85세
구연상황 : 진순남 제보자는 민요의 사설을 많이 기억하고 있었다. 하지만 모든 민요를 음을 얹어서 부르지는 못했다. 홍글 타령은 처음부터 끝까지 그 사설을 기억하고 있었으며 노래가 끝난 뒤 이 노래의 의미에 대해 청중들에게 설명해 주기도 했다.

낭창 낭창 노디(노둣돌) 건네
시누 올케 꽃끊다가
떨어졌네 떨어졌네
대동강에가 뚝 떨어졌네
무정하다 울오랍씨
앞에 오는 나를 안 잡고
뒤에 오는 올케 잡네
나도 죽어 한 성 해서
처자한번 생개보세(생겨보세)
가오 가오 나는 가오
대천지라 한바닥에
고기밥으로 나는 가네

아리랑 타령

자료코드 : 06_03_FOS_20100912_NKS_JSN_0002
조사장소 : 전라남도 광양시 태인동 용지마을 용지마을회관

조사일시 : 2010.9.12
조 사 자 : 나경수, 서해숙, 이옥희, 편성철, 김자현
제보자 1 : 진순남, 여, 85세
제보자 2 : 이수희, 여, 77세
제보자 3 : 이자애, 여, 83세
구연상황 : 에야디야를 부르고 난 뒤 자연스럽게 아리랑 타령을 부르기 시작했다. 진순남, 정남선, 이수희, 이자애 제보자가 돌아가면서 노래를 구연했다. 박수를 치며 즐거운 분위기였다.

[진순남 제보자가 노래를 부르기 시작함]

물레돌 베고서 잠자는 총각
언제나 커가꼬 내낭군이 될까

[사설을 두고 의견이 분분하기도 했다.]

십오야 밝고 밝은 달
우리집이 서방님도 [○○○○]없더라

[정남선 제보자가 노래를 부르기 시작함]

우리댁 서방님은 명태잡이를 갔는디
바람아 강풍아 석달열흘만 불어라

아리아리랑 스리스리랑 아라리가 났네
아리랑 응응응 아라리가 났네

널보고 날봐라 너따라 살겄냐
이세상 내가 너따라 산다

아리아리랑 스리스리랑 아라리가 났네
아리랑 응응응 아라리가 났네

서산에 지는해가 지고싶어 지냐
날버리고 가는님은 가고싶어 가냐

아리아리랑 스리스리랑 아라리가 났네
아리랑 응응응 아라리가 났네

[일부에서는 응아절싸라고 했다.]

우리댁 서방님은 명태잽이를 갔는디
바람아 강풍아 석달열흘만 불어라

아리아리랑 서리서리랑 아라리가 났네
아리랑 응응응 아라리가 났네

[이수희 제보자가 노래를 시작함]

질가집 담장은 높아야 좋고
우리집 아주머니 고아야 좋다

아리아리랑 스리스리랑 아라리가 났네~
아리랑 응응응 아라리가 났네

십오야 밝은달은 구름속에 놀고
믿었던 아가씨는 서방품에 논다

아리아리랑 스리스리랑 아라리가 났네
아리랑 응응응 아라리가 났네

십오야 밝은달은 구름속에 놀고
믿었던 아가씨는 신랑품에 논다

[○○○○○] 윤선이 뜨고
우리님 술잔에 옥동자만 떴네

아리아리랑 스리스리랑 아라리가 났네~~
아리랑 응응응 아라리가 났네

[이자애 제보자가 노래를 시작함]

네정 나정은 천태산 건넨디
누구부모 요사에 내가 남되간다.

아리아리랑 스리스리랑 아라리가 났네~
아리랑 응응응 아라리가 났네

우리댁 서방님 산넘어 가는디

[이자애 제보자는 신식노래를 좋아한다며 이어서 노래를 부름]

아리 아리 스리 스리 아라리요
아리 아리 고개로 넘어간다
아리랑~ 고개다 주막집을 짓고
정든 님 오기만 기다리네
아리 아리 스리 스리 아라리요
아리 아리 고개로 넘어간다
열라는 콩팥은~ 왜 아니열고
아주까리 동백만 왜 여는가
아리 아리 스리 스리 아라리요
아리 아리 고개로 넘어간다.

[이자애 제보자는 사설을 거꾸로 했다고 함]

우리가 살면은 몇백년 살까
죽음에 들어서 노수가 있냐

아리아리랑 스리스리랑 아라리가 났네
아리랑 응응응 아라리가 났네

[노래가 겹쳐서 채록 안 됨]

베개가 높고낮으면 내품안에 들어라

아리아리랑 스리스리랑 아라리가 났네
아리랑 응응응 아라리가 났네

가는임 허리를 아다담쑥 안고
살려라 죽여라 사상결단 헌다

[이자애 제보자는 이제 이 노래를 그만하자고 하며 멈추었다.]

▌엮은이 소개

나경수 전남대학교 국어국문학과를 졸업하고 동 대학원에서 문학박사 학위를 받았다. 현재 전남대학교 사범대학 국어교육과 교수로 재직 중이다. 주요 저서와 논문으로는 『광주전남 민속연구』(민속원, 2003), 『향가의 해부』(민속원, 2004), 『진도의 상장의례와 죽음의 집단기억』(민속원, 2014), 「수륙재의 민속학적 가치와 민속의례적 성격」(『한국민속학』 61집), 「무속 타파의 유불유착 사례로서 지리산성모상 훼철과 그 후 복원의 아이러니」(『남도민속학』 28집), 「경기체가의 연행 양상과 형태 재고」(『국어교과교육연구』 23집) 등 다수가 있다.

서해숙 전남대학교 국어국문학과를 졸업하고 동 대학원에서 문학박사 학위를 받았다. 현재 전남대학교, 조선대학교 등에서 강의하고 있다. 주요 저서와 논문으로는 『호남의 가정신앙』(민속원, 2013), 「의림지 관련 설화에 반영된 지역민의 농경문화적 세계관」(『동아시아고대학』 36집) 등 다수가 있다.

이옥희 전남대학교 국어국문학과를 졸업하고 동 대학원에서 문학박사 학위를 받았다. 현재 전남대학교 호남문화연구소 학술연구교수로 재직 중이다. 주요 저서와 논문으로는 『장흥고싸움줄당기기』(민속원, 2013), 「열두달을 노래한 민요의 연행맥락과 시간의식」(『한국민요학』 21집) 등 다수가 있다.

편성철 목포대학교 대학원 국어국문학과 박사과정을 수료하였다. 주요 논문으로는 「씻김굿에서 희설의 의미」(『한국무속학』 18집) 등이 있다.

김자현 전남대학교 대학원 국어국문학과 박사과정을 수료하였으며, 현재 세계김치연구소 연구원으로 재직 중이다. 주요 논문으로는 「쌍둥이설화 연구」(『남도민속연구』 14집) 등이 있다.

증편 한국구비문학대계 6-14
전라남도 광양시

초판 인쇄 2015년 12월 1일
초판 발행 2015년 12월 8일

엮 은 이 나경수 서해숙 이옥희 편성철 김자현
엮 은 곳 한국학중앙연구원 어문생활사연구소
출판기획 김인회

펴 낸 이 이대현
펴 낸 곳 도서출판 역락
편　　집 권분옥
디 자 인 이홍주

주　　소 서울시 서초구 동광로46길 6-6(반포4동 577-25) 문창빌딩 2층
등　　록 1999년 4월 19일 제303-2002-000014호
전　　화 02-3409-2058, 2060
팩　　스 02-3409-2059
이 메 일 youkrack@hanmail.net

값 46,000원

ISBN 979-11-5686-263-5 94810
978-89-5556-084-8(세트)